中印经典和当代作品
互译出版项目
CHINA-INDIA TRANSLATION PROJECT
普拉萨德作品集

普拉萨德短篇小说

Short Stories of Prasad

【印】杰辛格尔 · 普拉萨德◎著
巢　巍◎译

中国大百科全书出版社

图书在版编目（CIP）数据

普拉萨德短篇小说 /（印）杰辛格尔·普拉萨德著；巢巍译.
— 北京：中国大百科全书出版社，2020.1
（中印经典和当代作品互译）
ISBN 978-7-5202-0667-9

Ⅰ. ①普…　Ⅱ. ①普…　②巢…　Ⅲ. ①短篇小说—小说集—印度—现代　Ⅳ. ①I351.45

中国版本图书馆CIP数据核字（2019）第283517号

审　　校　刘　建
责任编辑　于淑敏
封面设计　许润泽　叶少勇
责任印制　常晓迪
出版发行　中国大百科全书出版社
地　　址　北京阜成门北大街17号　　**邮政编码**　100037
电　　话　010-88390636
网　　址　http://www.ecph.com.cn
印　　刷　小森印刷（北京）有限公司
开　　本　710 毫米 × 1000 毫米　1/16
印　　张　34.75
字　　数　403 千字
印　　次　2020 年 1 月第 1 版　2020 年 1 月第 1 次印刷
书　　号　ISBN 978-7-5202-0667-9
定　　价　138.00 元

中印经典和当代作品互译出版项目
中方专家组

主　　编	薛克翘　刘　建　姜景奎
执行主编	姜景奎
特约编审	黎跃进　阿妮达·夏尔马（印度）
	邓　兵　B.R. 狄伯杰（印度）
	石海军　苏林达尔·古马尔（印度）

总序：印度经典的汉译

一、概念界定

何谓经典？经，“织也”，本义为织物的纵线，与“纬”相对，后被引申为典范之作。典，在甲骨文中上面是“册”字，下面是“大”字，本义为重要的文献，例如传说中五帝留下的文献即为“五典”[①]。《尔雅·释言》中有“典，经也”一说，可见早在战国到西汉初，“经”“典”二字已经成为近义词，“经典”也被用作一个双音节词。

先秦诸子的著作中有不少以“经”为名，例如《老子》中有《道经》和《德经》，故也名为《道德经》，《墨子》中亦有《墨经》。汉罢黜百家之后，“经”或者“经典”日益成为儒家权威著作的代称。例如《白虎通》有“五经何谓？谓《易》《尚书》《诗》《礼》《春秋》也”一说，《汉书·孙宝传》有“周公上圣，召公大贤。尚犹有不相说，著于经典，两不相损”一说。然而，由印度传来的佛教打破了儒家对这一术语的垄断。自汉译《四十二章经》以来，“经”便逐

① “典，五帝之书也。”——《说文》

渐成为梵语词 sutra 的标准对应汉译，“经典”也被用以翻译“佛法”（dharma）[1]。随着佛教在中国的传播和发展，类似以“经典”指称佛教权威著作的说法也多了起来。[2] 到了近代，随着西学的传入，“经典”不再局限于儒释道三教，而是用以泛指权威、影响力持久的著作。

来自印度的佛教虽然影响了汉语“经典”一词的语义沿革，但这又可以反过来帮助界定何为印度经典。汉译佛经具体作品的名称多以 sutra 对应“经”，但在一般表述中，“佛经”往往也囊括经、律（vinaya）、论（abhidharma）三藏。例如法显译《摩诃僧祇律》（*Mahasanghika-vinaya*）、玄奘译《瑜伽师地论》（*Yogacarabhumi-sastra*），均被收录在“大藏经”之中，其工作也统称为“译经”。来华译经的西域及印度学者多为佛教徒，故多以佛教典籍为“经典”。不过也有一些非佛教徒印度学者将非佛教著作翻译为汉语，亦多冠以“经”之名，其中不乏相对世俗、与具体宗教义理不太相关的作品，例如《婆罗门天文经》《婆罗门算经》《啰嚩拏说救疗小儿疾病经》（*Ravankumaratantra*）等。如此，仅就译名对应来说，古代汉语所说的“经典”可与 sutra, vinaya, abhidharma, sastra, tantra 等梵语词对应，这也基本囊括了印度古代大多数经典之作。

然而，古代中印文化交流也有一定的局限性，若以现在对经典的理解以及对印度了解的实际情况来看，吠陀、梵书、森林书、奥义书、往世书等古代宗教文献，两大史诗、古典梵语文学著作等文学作品，以及与语法、天文、法律、政治、艺术等相关的专门论著都是印度经典不可或缺的部分。从语言来看，除梵语外，巴利语、波罗克利特语、阿波布朗舍语等古代语言，伯勒杰语、阿沃提语等中世纪语言，印地语、孟加拉语、乌尔都语等现代语言，以及殖民时期被引入印度并在印度生根发芽的英语都在不同的历史时期承载了印度经典的传承。

①“又睹诸佛，圣主师子，演说经典，微妙第一。”——《妙法莲华经》卷一《序品》（T09, no. 262, c18-19）

②“佛涅槃后，世界空虚，惟是经典，与众生俱。”——白居易《苏州重玄寺法华院石壁经碑》

二、古代中国对印度经典的汉译

经典翻译，是将他者文明的经典之作译为自己的语言，以资了解、学习，乃至融合、吸纳。这一文化行为首先需要一个作为不同于自己的“他者”客体具有足以令主体倾慕的经典之作，然后需要主体“有意识”地开展翻译工作。印度文明在宗教、哲学、医学、天文等方面的经典之作具有较高的知识水平，在不同时代对中国社会各阶层产生了独特的吸引力。中印文明很早就有了互通记录，有着甚深渊源，在商品贸易、神话传说、天文历法等方面已有学者尝试考证。① 随着张骞出使西域，佛教传法僧远来东土，中印之间逐渐建立起“自觉”的往来，古代中国对印度经典的汉译也在汉代以佛经翻译的形式得以展开。

1. 佛教经典汉译

毫无争议，自已佚的《浮屠经》② 以来，佛教经典汉译在古代中国对印度经典的翻译中占有主流地位。译经人既有佛教僧人，也有在家居士，既有本土学者，也有西域、印度的传法僧人。仅以《大唐开元释教录》以及《贞元新定释教目录》的统计为例，从东汉永平十年至唐贞元十六年，这 734 年间，先后有 185 名重要的译师翻译了佛经 2 412 部 7 352 卷（见表 1），成为人类历史上少有的翻译壮举。

---

① 季羡林:《中印文化交流史》（北京：新华出版社，1993 年）及薛克翘:《中国印度文化交流史》（北京：昆仑出版社，2008 年）中部分内容均介绍了相关观点。

② 学术界关于第一部汉译佛经的认定，历来观点不一。不少学者认为,《四十二章经》是第一部汉译佛经；但有学者经过考证发现，西汉哀帝元寿元年（公元前 2 年）大月氏使臣伊存口授的《浮屠经》应该是第一部，可惜原本失佚，后世知之甚少。目前，学术界基本倾向于认为《浮屠经》为第一部汉译佛经，并已意识到《浮屠经》在中国佛教史及学术史上的重要地位。参见方广錩:《〈浮屠经〉考》,《法音》，1998 年第 6 期。

表 1　东汉至唐代汉译佛经规模[①]

朝代	年代	历时	重要译师人数	部数	卷数
东汉	永平十年至延康元年	154 年	12	292	395
魏	黄初元年至咸熙二年	46 年	5	12	18
吴	黄武元年至天纪四年	59 年	5	189	417
西晋	泰始元年至建兴四年	52 年	12	333	590
东晋	建武元年至元熙二年	104 年	16	168	468
前秦	皇始元年至太初九年	45 年	6	15	197
后秦	白雀元年至永和三年	34 年	5	94	624
西秦	建义元年至永弘四年	47 年	1	56	110
前凉	永宁元年至咸安六年	76 年	1	4	6
北凉	永安元年至承和七年	39 年	9	82	311
南朝宋	永初元年至升明三年	60 年	22	465	717
南齐	建元元年至中兴二年	24 年	7	12	33
南朝梁	天监元年至太平二年	56 年	8	46	201
北朝魏	皇始元年至东魏武定八年	155 年	12	83	274
北齐	天保元年至承光元年	28 年	2	8	52
北周	闵帝元年至大定元年	25 年	4	14	29
南朝陈	永定元年至祯明三年	33 年	3	40	133
隋	开皇元年至义宁二年	38 年	9	64	301
唐[②]	武德元年至贞元十六年	183 年	46	435	2 476

自东汉以后的约 6 个世纪中，大量佛教经典被译为汉语，其历程与佛教在中国的传播历程基本同步。在这一过程中，涌现出许多重要译师，仅译经 50 部或 100 卷以上的译师就有 16 人（见表 2），其中又以鸠摩罗什、真谛、玄奘、义净、不空做出的贡献最为卓越，故此他们被称为“汉传佛教五大译师”。他们的生平事迹和具体贡献在许多佛教典籍中均有叙述，此不赘述。

① 本表主要依据《大唐开元释教录》整理而成，其中唐代的数据引用的是《贞元新定释教目录》。

② 唐代数据至德宗贞元十六年（800）为止，并不完整。但考虑到贞元年后，大规模译经基本停止，故此数据亦有相当高的参考价值，至贞元十六年，唐代已经译经 435 部 2 476 卷，足以确立其在中国译经史上的地位。

表2　译经50部或100卷以上的译师

时代	朝代	人名	译经部数	译经卷数
三国西晋	吴	支谦	88	118
三国西晋	西晋	竺法护	175	354
东晋十六国	东晋	竺昙无兰	61	63
东晋十六国	东晋	瞿昙僧伽提婆	5	118
东晋十六国	东晋	佛陀跋陀罗	13	125
东晋十六国	北凉	昙无谶	19	131
东晋十六国	后秦	鸠摩罗什	74	384
南北朝	宋	求那跋陀罗	52	134
南北朝	陈	真谛	38	118
南北朝	北魏	菩提留支	30	101
隋唐	隋	阇那崛多	39	192
隋唐	唐	玄奘	76	1 347
隋唐	唐	实叉难陀	19	107
隋唐	唐	义净	68	239
隋唐	唐	菩提流志	53	110
隋唐	唐	不空	111	143

自唐德宗之后，译经事业由于政局等多方面因素影响而受阻，此后又经历了唐武宗和后周世宗两次灭佛，佛教在中国的发展受到冲击。直到982年，随着天竺僧人天灾息和施护的到访，北宋朝廷才重开译经院，此时距唐德宗年间已有约两百年，天灾息等僧人不得不借助朝廷的力量重新召集各地梵学僧，培养本土翻译人才。在此后的约半个世纪中，他们总计译出五百余卷佛经。此后，汉地虽有零星译经，却再也不复早年盛况，古代中国对印度经典的汉译逐渐落下帷幕。

2. 非佛教经典汉译

佛教经典汉译占据了古代中国对古代印度经典汉译的主流，除此之外，其他一些印度经典也被译为汉语。这些文献大致可以分为两类：一类是在翻译佛教经典的过程中无意之中被译为汉语的，尤其是佛教文献中所穿插的印度民间故事等。① 一类是在翻译佛教经典之外，有意翻译的非佛教经典，例如婆罗门教哲学、天文学、医学著作等，尽管数量无法与佛教经典相提并论，但这些非佛教经典的翻译在一定程度上体现了古代中华文明对古代印度文明的关注开始逐渐由佛教辐射到印度文明的其他领域，不过从译者的宗教信仰以及对经典的选择来看，这类汉译大部分是佛教经典翻译的附属产品。

3. 其他哲学经典汉译

佛教自产生以来，与印度其他思潮之间既有争论，也有共通之处。因而在佛教经典的汉译过程中，中国人也逐渐接触到古代印度的其他哲学。有关这些哲学派别的基本介绍散见于包括佛经、梵语工具书、僧人传记的作品中，例如《百论疏》对吠陀、吠陀支、数论、胜论、瑜伽论，甚至与论释天文、地理、算术、兵法、音乐法、医法的各种学派相关的记载、注释和批判也可以在这些作品中找到。② 很有可能出于佛教对数论派和胜论派知识的尊重，以及辨析外道与佛法差别的需要等原因，真谛和玄奘才分别译出了数论派的《金七十论》和胜论派的《胜宗十句义论》。③ 这两部经典的汉译在一定程度上拓宽了中国知识界对印度哲学的视野，但其翻译在很大程度上受到了佛教对其他哲学派别好恶的影响，依然是在佛教经典汉译的主导思路下完成的。

4. 非哲学经典汉译

除宗教哲学经典外，古代印度的天文学、数学、医学在人类科

---

① 新文化运动以来，这一领域已有多部论著问世，此不赘述。

② 宫静：《谈汉文佛经中的印度哲学史料——兼谈印度哲学对中国思想的影响》，《南亚研究》，1985 年第 4 期，第 52~59 页。

③《金七十论》译自数论派的主要经典《数论颂》（*Samkhya-karika*），相传为三四世纪自在黑（Isvarakrsna）所作。《胜宗十句义论》的梵文原本已佚，从内容看属于胜论派较早的经典著作。参见黄心川：《印度数论哲学述评——汉译〈金七十论〉与梵文〈数论颂〉对比研究》，《南亚研究》，1983 年第 3 期，第 1~11 页。

学史上也具有重要地位，其中一些著作也被译为汉语。古代印度天文学经典多以佛教经典的形式由传法僧译出。[①] 隋唐时期，天文学著作汉译逐渐出现了由非佛教徒印度天文学家主导的潮流。据《隋书》记载，印度天文著作有《婆罗门天文经》《婆罗门竭伽仙人天文说》《婆罗门天文》。[②] 瞿昙氏（Gautama）、迦叶氏（Kasyapa）和拘摩罗氏（Kumara）三个印度天文学家氏族曾先后任职于唐代天文机构太史阁，其中瞿昙氏的瞿昙悉达翻译了印度天文学经典 *Navagraha-siddhanta*，即《九执历》。[③] 此外，印度的医学、数学、艺术经典也因其实用价值通过不同渠道被介绍到中国，其中一些著作或部分或完整地被译为汉语。

5. 落幕与影响

中国古代的印度经典汉译在唐代达到巅峰，此后逐渐走向低谷，无论是数量还是质量都难以达到唐代的水平。造成这一现象的原因主要有两个方面：一方面，唐代中后期，阿拉伯帝国的崛起以及唐朝与吐蕃关系的恶化阻断了中印之间两条重要的陆路通道：西域道和吐蕃道，之后五代十国以及宋代时期，这两条通道均未能恢复，只有南海道保持畅通。[④] 另一方面，中国宗教哲学的发展和印度佛教的密教化这两种趋势决定了中国对印度佛教经典的需求逐渐下降。在近千年的历程中，佛教由一个依附于黄老信仰的外来宗教逐渐在汉地生根发芽，成为汉地宗教生活不可缺少的一部分，其作为“中国佛教”的独立性日益增强。甚至权威如玄奘，也不能将沿袭至那烂陀寺戒贤大师

---

① 例如安世高译《佛说摩邓女经》、支谦等译《摩登伽经》、竺法护译《舍头谏太子二十八宿经》等。

②《隋书·经籍志》，北京：中华书局，1982 年，第 1019 页。

③ 参见 P.C.Bagchi, *India and China: A Thousand Years of Cultural Relations*. 1981, Calcutta, Saraswat Library, p.212. 此后，依然有传法僧翻译佛教天文学著作的记载，具体参见郭书兰：《印度与东西方古国在天文学上的相互影响》，《南亚研究》，1990 年第 1 期，第 32~39 页。

④ 菩提迦耶出土的多件北宋时期前往印度朝圣的僧人所留下的碑铭证明，宋代依然有僧人前往印度朝圣，且人数不少。法国汉学家沙畹（E. Chavannes）、荷兰汉学家施古德（G. Schlegel）、印度学者师觉月（P. C. Bagchi）等国外学者在这方面均有讨论，具体参见周达甫：《改正法国汉家沙畹对印度出土汉文碑的误释》，《历史研究》，1957 年第 6 期，第 79~82 页。

的“五种姓说”完全嵌入汉地佛教的信仰之中。汉地“伪经”的层出不穷也从某种角度反映了佛教的中国本土化进程。不空等人在中国传播密教虽然形成了风靡一时的“唐密”，但未能持久。究其根本在于汉地佛教的发展受到本土儒家信仰的影响，很难与融合了婆罗门教信仰的佛教密宗契合。此外，本土儒家、道家也在吸纳佛教哲学的基础上有了新的变革。至宋代，三教合一的趋势逐渐显现，源自印度但已本土化的佛教与儒家、道家的融合进一步加深，致使对印度经典的诉求越来越少。由此，义理上的因素使得中国的知识分子不再追求印度佛教的哲学思想；再者，随着佛教在印度的衰落，以及中国佛教自身朝圣体系的建立和完善，前往印度朝圣也失去了意义。

古代中国对古代印度经典的汉译始于佛教，也终于佛教。尽管如此，古代中国对以佛教经典为主的古代印度经典汉译已经在中国历史上烙下了深刻的印记，其影响是持久和多方面的。在这一过程中，译师们开创的汉译传统给后人翻译印度经典留下了巨大财富：

其一，汉译古代印度经典除早期借助西域地方语言外，主要翻译对象都是梵语经典，本土学者和外来学者编写了不少梵汉工具书。其二，一套与古代印度宗教哲学术语对应的意译和音译相结合的汉译体系得以建立。由于佛教经典的流传，很多术语已经成为汉语的常用语，广为人知。其三，除术语对应外，梵语作品译为汉语需要克服语法结构、文学体裁等方面的限制，其实践在一定程度上影响了汉语的一些表达法。[①] 如此等等都为后人继续翻译印度经典提供了便利之处。

更为重要的是，历史上重要的译师摸索出一套大规模翻译经典的方式方法，他们的努力对于后继的翻译工作来说具有很高的参考价值。经过早期的翻译实践，鸠摩罗什译经时便开始确立了译、论、证几道基本程序，并辅之以梵本、胡本对勘和汉字训诂，经总勘方

① 例如汉语中常见的“所＋动词”构成的被动句就可能源自对佛经的翻译。参见朱庆之《汉译佛典中的‘所V’式被动句及其来源》（载《古汉语研究》，1995年第1期，第29~31、45页）及其他相关著述。

定稿。在后秦朝廷的支持下，鸠摩罗什建立了大规模译场，改变了以往个人翻译的工作方式，配合翻译方法上的完善，大大提高了译经的效率和质量。唐代译场规模更大，翻译实践进一步细化，后世记载的翻译职司包括译主、证义、证文、度语、笔受、缀文、参译、刊定、润文、梵呗等十余种之多。

此外，先人还摸索出一套翻译人才的培养模式，隋代译师彦琮曾以“八备”总结了译师需具备的一系列条件，具体内容为：

一诚心受法，志在益人；二将践胜场，先牢戒足；三文诠三藏，义贯五乘；四傍涉文史，工缀典词，不过鲁拙；五襟抱平恕，器量虚融，不好专执，耽于道术，淡于名利，不欲高衒；六要识梵言；七不坠彼学；八博阅苍雅，粗谙篆隶，不昧此文。①

这八备之中，既有对译者宗教信仰、个人品行的要求，也有对梵语、汉语表达的语言技能以及对佛教义理的知识掌握等方面的要求，今天看来，依然有很大的借鉴意义。

三、近现代中国对印度经典的汉译

佛教在印度的衰落及消亡使中印失去了最为核心的交流主题。中国对印度经典的汉译停留在以梵语为主要媒介、以佛教经典为主要对象的时代，自 11 世纪末②至 20 世纪初，这一停滞状态持续了数个世纪之久。19 世纪中后期，印度士兵和商人随着欧洲殖民者的战舰再次来到中国，中印之间的交往以一种并不和谐的方式得以恢复。中印孱弱的国力和早已经深藏故纸堆的人文交往传统都不足以阻挡西方诸国强势的物质力量和文化力量，中印人文交往便在这新的格局中，借助西方列强构建起来的“全球化”体系开始复苏。

---

①《释氏要览》卷 2，T54, no. 2127, b21-29。

② 宋神宗元丰五年（1082）废置译经院，佛教经典汉译由此不再。

由于缺乏对印度现代语言和文化的了解，早期对印度经典的译介在语言工具和主题设置两个层面均在一定程度上受制于西方的话语体系。20 世纪上半叶中国对泰戈尔作品的译介便是明证。1913 年，泰戈尔自己译为英语的诗集《吉檀迦利》以英语文学作品的身份获得诺贝尔文学奖，这在当时的世界文坛引起了轩然大波，对当时正在探索民族出路的中国知识分子来说同样具有很大的震撼力和吸引力。陈独秀在 1915 年 10 月 15 日出版的《青年杂志》上刊载了自己译自《吉檀迦利》的四首《赞歌》，为此后持续了近一个世纪并且至今依然生机勃勃的泰戈尔著作汉译工程拉开了序幕。据刘安武统计，至 1949 年中华人民共和国成立止，“我国翻译介绍了印度文学作品 40 种左右（不包括发表在报刊上的散篇）。这 40 种中占一半的是泰戈尔的作品”。[①] 泰戈尔之所以在中国受到格外关注固然始于西方学术界对他的重视，但他的影响如此之大亦在于他的作品恰好满足了当时中国在文学思想领域的需求。首先，从语言文学来看，泰戈尔的主要创作语言是本土的孟加拉语，而非印度古典梵语。这引起了当时正致力于推广白话文的中国知识分子的广泛关注，并被视为白话文替代古文的成功榜样。[②] 此外，泰戈尔的文学创作，尤其他的散文诗为当时正在摸索之中的汉语诗歌提供了一个重要的参考对象。其次，从思想上来说，泰戈尔的思想与当时作为亚洲国家“先锋”的日本截然相反，为当时正在探索民族出路的中国知识分子提供了另一个标杆。于是，泰戈尔意外地成为中印之间自佛教之后的又一重大交流主题。尽管中国知识分子对其思想和实践的评价并不一致，许多学者依然扎实地以此为契机重启了中国翻译印度经典的进程。当时中国尚未建立起印度现代语言人才培养机制，因此早期

① 刘安武：《汉译印度文学》，《中国翻译》，1991 年第 6 期，第 44~46 页。

② 胡适向青年听众强调泰戈尔对孟加拉语文学的贡献时说：“泰戈尔为印度最伟大之人物，自十二岁起，即以阪格耳（孟加拉）之方言为诗，求文学革命之成功，历五十年而不改其志。今阪格耳之方言，已经泰氏之努力，而成为世界的文学，其革命的精神，实有足为吾青年取法者，故吾人对于其他方面纵不满足于泰戈尔，而于文学革命一段，亦当取法于泰戈尔。”（载《晨报》，1924 年 5 月 11 日）

对泰戈尔作品的汉译多转译自英语。凭借译者深厚的文学功底，不少经典译作得以诞生，尤其是冰心、郑振铎等人翻译的泰戈尔诗歌，时至今日依然在中国广为流传。

与泰戈尔一同被引介到中国的还有诸多印度民间故事文学作品。[①] 如前文所述，古代翻译印度经典时就有不少印度民间故事被介绍到中国，但多以佛教经典为载体。[②] 近现代以来，印度民间文学以非宗教作品的形式被重新介绍过来。这在很大程度上是因为“中国缺少创作儿童文学的传统”[③]，印度丰富的民间文学正好满足了中国读者的需求。与此同时，印度民间文学与中国文学之间的关系也日益进入中国学者的视野，“中印文学比较研究”这一新的研究领域开始初露端倪，其研究领域最广为人知的课题之一便是《西游记》中孙悟空形象与《罗摩衍那》中哈奴曼形象的渊源，当时许多新文化运动的大家都参与其中，鲁迅、叶德均认为孙悟空形象源于本土神话形象“无支祁”，胡适、陈寅恪、郑振铎则认为孙悟空形象源于哈奴曼。[④]

自西方语言转译印度经典的尝试为增进对印度的认知、重燃中国知识界和民众对印度文化的兴趣起到了积极作用，许多掌握西方语言的汉语作家投身其中，其翻译作品受到读者喜爱。然而，转译的不足也显而易见，因此，对印度经典的系统汉译需要建立一支如古代梵汉翻译团队一样的专业人才队伍。

1942 年，出于抗战需要，民国政府在云南呈贡建立了国立东方语文专科学校，设有印度语科，开始培养现代印度语言人才。1946 年，季羡林自德国学成回国，在北京大学创设东语系；1948 年，金克木加盟东语系。1949 年，国立东方语文专科学校并入北京大学东

① 参见刘安武:《汉译印度文学》,《中国翻译》，1991 年第 6 期，第 44~46 页。

② 参见薛克翘:《中国印度文化交流史》，北京：昆仑出版社，2008 年，第 261~265 页。

③ 刘安武:《汉译印度文学》,《中国翻译》，1991 年第 6 期，第 44~46 页。

④ 参见鲁迅:《中国小说史略》,《鲁迅全集》第 9 卷，北京：人民文学出版社，1981 年；鲁迅:《中国小说的历史的变迁》,《鲁迅全集》第 9 卷，北京：人民文学出版社，1981 年、胡适:《〈西游记〉考证》,《胡适文存》第 2 集第 4 卷，上海：亚东图书馆，1924 年；陈寅恪:《〈西游记〉玄奘弟子故事之演变》,《金明馆丛稿二编》，上海：上海古籍出版社，1982 年、郑振铎《〈西游记〉的演化》,《郑振铎全集》第 4 卷，石家庄：花山文艺出版社，1998 年；叶德均:《无支祁传说考》,《戏曲小说丛考》，北京：中华书局，1999 年。

语系。东语系开设梵语－巴利语、印地语、乌尔都语三科印度语言专业，并很快培养出第二代印度语言专业队伍。随之，印度经典得以从原文翻译。第一代学者季羡林、金克木领衔的梵语团队翻译了印度大史诗《罗摩衍那》及以迦梨陀娑为代表的印度古典梵语文学作家的许多作品，如《沙恭达罗》《优哩婆湿》《云使》《伐致呵利三百咏》等，并启动了《摩诃婆罗多》等经典作品的翻译；旅居印度的徐梵澄翻译了《五十奥义书》[①] 及奥罗宾多创作、注释的诸多哲学著作。季羡林、金克木的弟子黄宝生等延续师尊开创的传统，完成了《摩诃婆罗多》、奥义书[②]、《摩奴法论》、古典梵语文论、故事文学作品等一系列著作的翻译。与此同时，由第二代学者刘安武领衔的近现代印度语言团队译介了大量的印地语、乌尔都语、孟加拉语等语言的文学作品，其中尤以对印地语/乌尔都语作家普列姆昌德和孟加拉语作家泰戈尔的作品的汉译最为突出。[③] 殷洪元对印度现代语言语法著作的翻译以及金鼎汉对中世纪印度教经典《罗摩功行之湖》的翻译也开拓了新的领域。巫白慧等学者陆续将包括“吠檀多”在内的诸多婆罗门教哲学经典译为汉语。[④] 文献资料是学术研究的基础，这一系列经典汉译成果打破了古代中国对古代印度经典汉译中存在的“佛教主导”的局限，增加了现代视角，并以经典文献为契机，首次较为全面系统地介绍了印度文明，奠定了现代中国印度学研究的基础。由这两代学者编订的《印度古代文学史》《梵语文学史》和

---

① 参见徐梵澄译:《五十奥义书》，北京：中国社会科学出版社，1995 年。

② 参见黄宝生译:《奥义书》，北京：商务印书馆，2010 年。

③ 刘安武自印地语译出的普列姆昌德作品（集）有《新婚》（贵阳：贵州人民出版社，1982 年）、《如意树》（上海：上海译文出版社，1983 年）、《普列姆昌德短篇小说选》（北京：人民文学出版社，1984 年）、《割草的女人：普列姆昌德短篇小说新集》（长沙：湖南人民出版社，1985 年）等，加之其他学者的译介，普列姆昌德的重要作品几乎全被译为汉语。此后，刘安武又主持编译出版了 24 卷本《泰戈尔全集》（石家庄：河北教育出版社，2000 年），泰戈尔的主要作品均被收录其中。

④ 其中重要的译著成果包括巫白慧译《圣教论》（乔荼波陀著，北京：商务印书馆，1999 年）、姚卫群译《古印度六派哲学经典》（节译六派哲学经典，北京：商务印书馆，2003 年）、孙晶译《示教千则》（商羯罗著，北京：商务印书馆，2012 年）等。

《印度印地语文学史》等著作成为中国现代印度学研究的必读文献。[①]

由于印度文化的独特之处及其在历史上形成的巨大影响力，以现代学术研究的方式开展的印度经典汉译所产生的影响进一步辐射了包括语言、文学、哲学、历史、考古等多个学科领域，并形成了一些跨学科研究领域：

其一，中印文化比较研究。由胡适等老一辈学者开创的中印文学比较取得了新的进展，其中一部分研究形成了中印文化交流史这一新的学术研究领域；另一部分研究成为东方文学研究领域最重要的组成部分，东南亚、西亚等区域文学研究也受益于印度文学研究的开展和所取得的成就。此外，从具体作品到文艺理论的印度文学译介也从整体上进一步拓展了比较文学研究的视野。

其二，佛教研究。现代中国对印度经典汉译的范围不再局限于传统的汉语系佛教传统经典，在许多领域都取得了新的突破。在佛教文献来源方面，开拓了对巴利语系和藏语系佛教的研究。[②] 由于梵语人才的培养，中国学者得以恢复梵汉对勘的学术传统。[③] 对非佛教宗教思想典籍的译介也使得对佛教的认识跳出了佛教自身的范畴，对其与其他宗教思想之间的互动与联系有了更加全面的认识。

其三，语言学研究。对梵语及相关语言的研究推动了梵汉对音，以及对古汉语句法的研究。一些接受了梵语教育的汉语言学学者结合古代语料，尤其是汉译佛经，对古汉语的语音、句法等做出研究。

---

① 单就印度文学翻译而言，据不完全统计，1950~2005 年，中国翻译印度文学作品（以书记）约 400 余种，其中中印关系交好的 1950~1962 年约有 70 种，关系不好的 1962~1976 年仅有 4 种，关系改善后的 1976~2005 年则有 300 余种。不过，2005 年之后，除黄宝生、薛克翘等少数学者仍笔耕不辍外，其他前辈学人逐渐“离席”，这类汉译工作进入某种冬眠期。

② 相关成果包括郭良鋆译《佛本生故事选》（与黄宝生合译，北京：人民文学出版社，1985 年）、《经集：巴利语佛教经典》（北京：中国社会科学出版社，1998 年），以及段晴等译《汉译巴利三藏·经藏·长部》（上海：中西书局，2012 年）等。

③ 自 2010 年以来，黄宝生主持对勘出版了《入菩提行论》（北京：中国社会科学出版社，2011 年）、《入楞伽经》（北京：中国社会科学出版社，2011 年）、《维摩诘经》（北京：中国社会科学出版社，2011 年）等佛经的梵汉对勘本，叶少勇以梵藏汉三语对勘出版了《中论颂》（上海：中西书局，2011 年）。

四、现状和汉译例解

尽管取得了上述成就，但由于印度文明积累深厚、经典众多，目前亟待翻译的印度经典还有很多。其中，以梵语创作的经典包括四部吠陀本集、梵书、森林书、往世书、《诃利世系》《利论》《牧童歌》等；以南印度语言创作的经典包括桑伽姆文学、《脚镯记》《玛妮梅格莱》《大往世书》《甘班罗摩衍那》等；以波罗克利特语创作的经典包括《波摩传》等；以中世纪北印度地方语言创作的经典包括《地王颂》《赫米尔王颂》《阿底·格兰特》《苏尔诗海》《莲花公主》，以及格比尔、米拉巴伊等人的作品等；以现代印度语言创作的经典包括帕勒登杜、杰辛格尔·普拉萨德、般吉姆·钱德拉·查特吉、萨拉特·钱德拉·查特吉、拉默金德尔·修格尔、默哈德维·沃尔马、阿格叶耶等著名现当代文学家的作品以及迦姆达普拉沙德·古鲁、提兰德尔·沃尔马等人的语言学著作等。此外，20 世纪以来，一些印度思想家、政治家、文学家以英语创作的作品也可列入印度现代经典之列，目前中国仅对圣雄甘地、贾瓦哈拉尔·尼赫鲁、辨喜、纳拉扬、安纳德、拉贾·拉奥、奈都夫人等人的个别作品有所译介，大量作品仍然处于有待翻译的名单之中。

这些经典汉译的背后离不开相关学者的努力。进入 21 世纪以来，中国从事印度经典汉译工作的人员大致有两支队伍：第一支是自 20 世纪四五十年代以来成型的印度语言专业队伍，其人员构成以高等院校和研究机构从业人员为主，兼有相关外事机构从业人员，他们均接受过系统、专业的印度语言训练。第二支是 20 世纪初译介包括泰戈尔作品在内印度文学作品的作家和出版业者，随着 80 年代改革开放以来，越来越多接受过英语教育的人或全职或兼职地参与到印度作品的汉译工作之中。相比第一支队伍，这支队伍的人员构成较为复杂，水平也参差不齐，但在市场经济的推动下，一些能够成为市场热点的著作往往很快就翻译过来，例如两位与印度相关的诺贝尔文学奖得主泰戈尔和奈保尔的作品一版再版，四位印度裔布克奖得主萨尔曼·拉什迪、阿兰达蒂·罗伊、基兰·德塞、阿拉文德·阿迪加的作品也先后译出；此外，由于瑜伽的普及，包括克里希那穆提在内的一些现代宗教家的论著也借由英语转译为汉语。一方面，随着市场化改革的需求，第二支队伍日益蓬勃发展，但其翻译质量往往难以保障。另一方面，由于现行科研体制对从事翻译和研究者的不利状况，第一支队伍也面临着诸多问题。如何在接下来的实践中取长补短，或者说既要尊重市场机制的要求，又要以学术传统克服市场失灵的状况等，这也是需要进一步思考的问题。

应该说，印度经典汉译主要依靠第一支队伍，原文经典翻译比通过其他语言转译更为重要。20 世纪 80 年代以来，这支队伍勤勤恳恳，笔耕不辍，为印度经典汉译做出了巨大贡献，取得了丰硕成果。然而，就现状看，除黄宝生、薛克翘等极少数学人外，这支队伍的第一代和第二代学人已然“离席”，后辈学人虽然已经加入进来，但毕竟年轻，经验不足，加之现行科研体制自身问题的牵制，后续汉译工作亟需动力。好在已有些年轻人在这方面产生了兴趣，其汉译意识很强，对印度梵文原典和中世纪及现当代原典的汉译工作的理解也令人刮目。可以预见，印度经典汉译将会迎来又一个高潮，汉译印度经典的水平也将有新的提升。

从某种角度说，在前文罗列的种种有待翻译的印度经典中，印度中世纪经典尤为重要。中世纪时，随着传统婆罗门教开始融合包括佛教、耆那教等在内的异端信仰与民间的大众化宗教传统，加之伊斯兰教的进入，印度进入了一个新的“百家争鸣”时代。这一时期留下了许多经典之作，它们对后世印度的宗教、社会、文化均产生了重要影响。长期以来，中国对印度中世纪经典的译介几乎一片空白，仅有一部《罗摩功行之湖》和零星的介绍。近年来，笔者组织团队着手翻译印度中世纪经典《苏尔诗海》，并初步总结了以下心得：

第一，经典汉译并非简单的语言转换，除需要精通相关语言外，还需要译者具备与印度文化相关的背景知识，以便能够精准地理解原文含义。例如，在一首描写女子优雅体态的艳情诗中，作者直接以隐喻的修辞手法描述了包括莲花、大象、狮子、湖泊等在内的一系列自然景象和动植物，若不熟悉印度古代文学中一些固定的比喻意象，则很难把握这首诗的含义。[①] 由于审美标准不同，被古代印度诗人视为美丽的“象腿”在当今语境中已经成为足以令女子不悦的比喻。此类审美视角需要辅之以例如《沙恭达罗》中豆扇陀国王对沙恭达罗丰乳肥臀之态的称赞才能理解。

第二，古代中国对古代印度经典汉译的传统在很大程度上为现代翻译经典提供了以资可鉴的便利，譬如许多专有词汇在汉语中已有完全对应的词汇可供选择，省去了译者的诸多麻烦。但是，这也要求译者了解相关传统，并能将其中的一些内容为己所用；同时，还应避免由于古代中国对古代印度经典翻译在视角、理解上的偏差所带来的问题。例如，triguna 这一数论哲学的基本概念已由真谛在《金七十论》中译为“三德”，后来的《薄伽梵歌》等哲学经典的汉译也已沿用，新译经典中便不宜音译为“三古纳”之类的新词。此外，由于受佛教信仰的影响，一些读者在看到“三德”时往往容易将之与佛教中所说的法身德、般若德、解脱德等其他概念联系起来，对此需要给出注释加以说明以免误解。

第三，现代中国对现代印度经典的汉译虽然已经取得了不俗的成绩，但由于时间、人员等条件的限制，在翻译体例、内容理解等方面依然存在不少可改进之处。

笔者以《苏尔诗海》中黑天的名号为例予以说明。黑天是印度教大神毗湿奴最重要的化身之一，梵语经典中通常称之为 Krsna，字面义为“黑”，汉语之所以译为“黑天”，很可能是因为汉译佛经将婆罗门教诸神（deva）译为“天”，固在 Krsna 的汉语译名“黑”之后加上了“天”，大约与 Brahma 被译为“梵天”、Indra 被译为“帝释天”，以及 Sri 被译为“吉祥天”等相当。后世对相关经典文

---

① 参见姜景奎等:《〈苏尔诗海〉六首译赏》，载《北大南亚东南亚研究》(第一卷)，北京：中国青年出版社，2013 年，第 261~262 页。

献的介绍都沿用了这一名称。然而，若实际对照各类经典，可以发现毗湿奴名号繁多。[①] 中世纪印度语言继承并发扬了这一传统，在伯勒杰语《苏尔诗海》中，黑天的名号有数十种之多，其中仅字面义为“黑”的常见名号就有四个，分别是 Krsna, Syama, Kanha, Kanhaiya。这四个名号之中只有 Krsna 是标准的梵语词，且使用最少，只用于黑天摄政马图拉之后人们对他的尊称；其他三个均为伯勒杰语词，多用于父母家人、玩伴女友对童年和少年黑天的称呼。因此，汉译中如果仅使用天神意义的“黑天”一名就违背了《苏尔诗海》所描述的黑天的成长情境。为此，结合不同名号的使用情状以及北印度农村生活的实际情况，笔者重新翻译了其他三个名号，即将多用于牧女和同伴对少年黑天称呼的 Syama 译为“黑子”，多用于父母和其他长辈对童年黑天称呼的 Kanha 和 Kanhaiya 分别译为“黑黑”和“黑儿”。此外，还有一些名号或表明黑天世俗身份，或描述黑天体态，或宣扬黑天神迹，笔者也重新进行了翻译，例如：nanda-namdana“难陀子”、madhava“摩图裔”等称呼说明了黑天的家族、家庭身份，kesau“美发者”、srimukha“妙口”等以黑天身体的某一部分代指黑天，giridhara“托山者”、manamohana“迷心者”等以黑天在其神迹故事中的表现代指黑天，等等。

结合以上几方面的思考，《苏尔诗海》汉译实际上兼具深入而系统的研究性质，包括四部分：第一，校对后的原文。到目前为止，印度出版了多个《苏尔诗海》版本，各版本虽大同小异，但仍有差异，笔者团队搜集到影响较大的几个主要版本，并进行核对比较，最后确定一种相对科学的原文进行翻译研究。第二，对译。从经典性和文献性出发，尽可能忠实于原文，在体例选择上尽量保持诗词的形态，在内容上尽量逐字对应，特殊情况则以注释说明。第三，释译。从文献性和思想性出发，尽可能客观地阐明原文所表现的文献内容和宗教思想。该部分为散文体，其中补充了原文省略的内容

① 参见葛维钧:《毗湿奴及其一千名号》(载《南亚研究》，2005 年第 1 期，第 48~53 页）及相关著述。

并清楚地展现出情节的发展、人物的心理变化以及作品的思想内涵。第四，注释。给出有关字词及行文的一些背景知识，例如神话传说故事、民间信仰、生活习俗、哲学思想等，以及翻译中需要说明的其他问题。

试以下述例解说明：

【原文】略[①]

【对译】

此众得乐自彼时

听闻诃利[②]你之信，当时即刻便昏厥。

自隐蔽处蛇[③]出现，欣喜尽情吸空气。

鹿[④]心本已忘奔跃，复又撒开四蹄跑。

群鸟大会高高坐，鹦鹉[⑤]言称林中王。

杜鹃[⑥]偕同自家族，咕咕欢呼唱庆歌。

自山洞中狮子[⑦]出，尾巴翘到头顶上。

自密林中象王[⑧]来，周身上下傲慢增。

如若想要施救治，莫亨[⑨]现今别耽搁。

苏尔言，

如若罗陀[⑩]再这般，一众敌人大欢喜。

【释译】

黑天离开牛村很久了，养父难陀、养母耶雪达以及全村的牧人牧女都非常思念他，希望他能回来看看。牧女们对黑天的思念尤为

① 由于原文字体涉及较为复杂的排版问题，这里仅呈现该首诗的对译、释译和注释三部分，原文略。本诗为《苏尔诗海》（天城体推广协会版本）第 4 760 首，参见 Dhirendra Varma, *Sursagar Sara Satika*, Sahitya Bhavan Private Ltd., 1986, No. 181, p.334.

② 诃利，原文 Hari，“大神”之义，黑天的名号之一。

③ 此处以蛇代指罗陀的发辫，意在形容发辫柔软纤长、乌黑发亮。

④ 此处以鹿的眼睛代指罗陀的眼睛，意在形容眼睛大而有神、灵动美丽。

⑤ 此处以鹦鹉的鼻子代指罗陀的鼻子，意在形容鼻子又挺又尖、美妙可爱。

⑥ 此处以杜鹃的声音代指罗陀的声音，意在形容声音甜美悠扬、清脆嘹亮。

⑦ 此处以狮子的腰代指罗陀的腰，意在形容腰身纤细柔顺、婀娜灵活。

⑧ 此处以大象的腿代指罗陀的腿，意在形容腿脚步态从容、端庄稳重。

⑨ 莫亨，原文 mohana，黑天的名号之一。

⑩ 罗陀，原文 Radha，黑天最主要的恋人。

强烈，其中又以罗陀最甚。罗陀是黑天的恋人，两人青梅竹马，两小无猜，曾经你欢我爱，形影不离。可是，黑天自离开后就再也没有回来过，甚至连信也没有寄过一封。伤离别，罗陀时刻处于煎熬中。为了教育信奉无形瑜伽之道的乌陀，也为了看望牧区故人，黑天派乌陀来到牛村，表面上让他传授无形瑜伽之道，实则置他于崇尚有形之道的牛村人中间，让他迷途知返。乌陀的到来，打乱了牛村人的生活，一者，牛村人沉浸在思念黑天的离情别绪之中，乌陀破坏了气氛，于表面的宁静之中注入了不宁静。二者，牛村人本以为乌陀会带来黑天给予牛村的好消息，但适得其反，乌陀申明自己是为传授无形的瑜伽之道而来，甚至说是黑天派他来传授的，牛村人对此不解、迷茫。他们崇尚有形，膜拜黑天，难道黑天完全抛弃了他们？他们陷入了更深一层的痛苦之中。三者，对牧区女来说，与黑天离别本就艰难，但心中一直抱有再次见面再次恋爱的期望，乌陀的到来打消了她们的念头，从精神上摧毁了她们。其中，罗陀尤甚，她所遭受的打击要比别人更甚。由此，出现了本诗开头提及的罗陀晕厥以及晕厥之后乌陀“看到”的情况，具体内容是乌陀向黑天口述的：

乌陀对黑天说道：“黑天啊，你的恋人罗陀非常思念你，她忍受离别之苦，渴望与你相见。可是，你却让我去向她传授无形的瑜伽之道。唉，她一听到是你让我去的，当即就昏了过去，倒在地上，不省人事。唉，真是凄凉啊！这边罗陀昏迷不醒，那边动物界却出现了一派喜气景象：黑蛇从洞里出来了，它高兴地尽情享受空气；此前，罗陀的又黑又亮的长发辫曾使它羞于见人，认为自己形体丑陋，不得不躲藏起来。已经忘记奔跑的小鹿出来了，它撒开四蹄，愉悦地到处奔跳；此前，罗陀那明亮有神的大眼睛曾使它羞于见人，认为自己的眼睛丑陋，不敢出来乱逛。鹦鹉出来了，它参加群鸟大会，坐在高高的枝丫上，声称自己是林中之王；此前，罗陀又尖又挺的鼻子曾使它羞于见人，认为自己的鼻子丑陋，躲藏起来。杜鹃鸟出来了，它和同族一起，咕咕叫个不停，欢庆胜利；此前，罗陀那甜美悠扬的声音曾使它感到拘束，认为自己的声音难听，不敢开口。狮子从山洞中出来了，他得意扬扬，悠闲自在，尾巴翘到了头顶上；此前，罗陀纤细柔软的腰肢曾使它羞于见人，认为自己的腰肢粗笨僵硬，不敢示人，躲进山洞。大象从茂密的森林里出来了，它一步一昂头，傲慢自大，目中无人，盛气凛然；此前，罗陀稳重美丽的妙腿曾使它自惭形秽，认为自己的腿丑陋不堪，羞于展露，躲进森林。唉，黑天啊，你快救救罗陀吧，如果再不行动，稍后想要施救就来不及了……"

"此众得乐自彼时"是本诗的标题，意思是罗陀晕倒之时，即是众动物高兴之时，它们羞于与罗陀相比，虽然视罗陀为敌，却不敢直面罗陀，纷纷逃遁躲藏。听说罗陀遭到黑天抛弃，晕厥不醒，它们自然高兴，便迫不及待地恢复了原来的自由生活。"如若罗陀再这般，一众敌人大欢喜"，是诗外音，是苏尔达斯的总结性话语。在这首诗里，苏尔达斯主要展现了罗陀的美，但整首诗中没有出现任何对罗陀的溢美之词，没有提到罗陀的名字，更没有提到她的发辫、眼睛、鼻子、声音、腰肢和腿等，甚至没有提到蛇、鹿、鹦鹉、杜鹃鸟、狮子和大象的相关部位，仅以这些动物对罗陀晕厥不醒后的反应进行阐释，这就给听者和读者留下了巨大的想象空间，似形似景，情景交融。这种手法似乎是印度特有的，其审美视角值得深入研究。

上述例解仅为笔者及笔者团队之于印度中世纪经典汉译的一己之见，希望能开拓印度经典汉译与研究的新视角、新路子，以期印度经典在中国能得到更为深入系统的翻译与研究。

五、中印经典及当代作品互译出版项目

2013 年初，笔者与中国大百科全书出版社社长龚莉女士、副总编辑马汝军先生和社科分社社长滕振微先生合作，提出了"中印经

典和当代作品互译出版项目”的动议。该动议得到相关单位的积极回应。2013 年 5 月李克强总理访印期间，国家新闻出版广电总局和印度外交部签署合作文件，决定启动“中印经典和当代作品互译出版项目”，并写入两国发表的联合声明（第 17 条）。2014 年 9 月，习近平主席访问印度，该项目再次被写入两国发表的联合声明（第 11 条）。该项目成为中印两国的重大文化交流项目之一。双方商定，双方各翻译对方的 25 种图书，以 5 年为期。2016 年 5 月，国家新闻出版广电总局印发“关于实施《“十三五”国家重点图书、音像、电子出版物出版规划》的通知”，该项目被列入“‘十三五’国家重点图书出版规划”。在此期间，笔者与薛克翘先生商量组织翻译团队事宜。我们掰着指头算，资深的老辈学人几乎都不能相扰，后辈学人又大多刚刚走上工作岗位，有的还在求学，翻译资质存疑。我俩怎一个愁字了得！然，事情得做，学人得培养。我们决定抓住机遇，大胆启用后辈学人，为国家培养出一支新的汉译团队。因此，除薛克翘、刘建、邓兵等少数几位前辈学人外，我们的翻译成员绝大多数在 40 岁左右，有的还不过 30 岁。两三年的实践证明，我们的决定完全正确。新生代学人知识全面，学习能力强，执行能力更强。从已完成待出版的成果看，薛克翘先生对审读过的一本书的评价最能说明问题：“字里行间，均见功夫。”译文质量是本项目的重中之重。除薛克翘、刘建和笔者外，我们邀请了黎跃进教授、石海军研究员和邓兵教授作为特约编审，约请了尼赫鲁大学的狄伯杰（B. R. Deepak）教授以及德里大学的阿妮达·夏尔马（Anita Sharma）教授和苏林达尔·古马尔（Surinder Kumar）先生作为印方顾问，对译文质量进行全面把关。译者完成翻译后，译稿首先交予编审审校，如遇大问题时向印方顾问咨询，之后返予译者修改。如有必要，修改稿还需经过编审二次审校，译者再次修改。这以后，稿件才会交予出版社编辑进行审读，发现问题再行修改……我们认为，唯如此，译文质量才能得到保障，译者团队才能得到锻炼。

本项目是中印两国的重大文化交流项目之一。因此，印度方面也有相应团队，负责汉译印的工作，由上文提及的狄伯杰教授领衔，由印度国家图书托拉斯负责实施。需要指出的是，双方翻译的作品并非译者自选，而是由双方专家通过充分沟通磋商确定。汉译作品的选定过程是这样的，笔者先拟定了50多种印度图书，这些书抑或是中世纪以来有重要影响的经典巨著，比如《苏尔诗海》《格比尔双行诗集》和《献牛》等，抑或是印度独立以后获得过印度国家级奖项的作家之名作，如默哈德维·沃尔马、毗什摩·萨赫尼、古勒扎尔的代表作等。而后，笔者请相熟的印度学者从中圈定出30种。之后，国家新闻出版广电总局的相关领导、中国大百科全书出版社的龚莉社长和滕振微先生以及笔者本人专赴印度，与印方专家组进行面对面的交流探讨，最终确定了25种汉译印度图书名录。印度团队的印译中国图书名录的选定过程与此类似。具体的汉译书单如下表：

序号	书名	作者	备注
1	苏尔诗海 *Sursagar*	苏尔达斯 Surdas	诗歌
2	格比尔双行诗集 *Kabir Dohavali*	格比尔达斯 Kabirdas	诗歌
3	献牛 *Godan*	普列姆昌德 Premchand	长篇小说
4	帕勒登杜戏剧 *Bharatendu Natakavali*	帕勒登杜 Bharatendu	戏剧
5	普拉萨德作品集 *Prasad Rachna Sanchayan*	杰辛格尔·普拉萨德 Jaishankar Prasad	戏剧、诗歌、短篇小说
6	鹿眼女 *Mriganayani*	沃林达温拉尔·沃尔马 Vrindavanalal Verma	长篇小说
7	献灯 *Deepdan*	拉默古马尔·沃尔马 Ramkumar Verma	独幕剧
8	灯焰 *Dipshikha*	默哈德维·沃尔马 Mahadevi Verma	诗歌
9	谢克尔传 *Shekhar: Ek Jeevani*	阿格叶耶 Ajneya	长篇小说
10	黑暗 *Tamas*	毗什摩·萨赫尼 Bhisham Sahni	长篇小说
11	肮脏的边区 *Maila Anchal*	帕尼什瓦尔·那特·雷奴 Phanishwar Nath Renu	长篇小说
12	幽闭的黑屋 *Andhere Band Kamare*	莫亨·拉盖什 Mohan Rakesh	长篇小说

序号	书名	作者	备注
13	宫廷曲调 *Raag Darbari*	室利拉尔·修格勒 Shrilal Shukla	长篇小说
14	鸟 *Parinde*	尼尔莫勒·沃尔马 Nirmal Verma	短篇小说
15	班迪 *Aapka Bunti*	曼奴·彭达利 Mannu Bhandari	长篇小说
16	一街五十七巷 *Ek Sadak Sattavan Galiyan*	格姆雷什瓦尔 Kamleshwar	长篇小说
17	被抵押的罗库 *Rehan par Ragghu*	加西纳特·辛格 Kashinath Singh	长篇小说
18	印度与中国 *India and China*	师觉月 P. C. Bagchi	学术著作
19	向导 *Guide*	纳拉扬 R. K. Narayan	长篇小说
20	烟 *Dhuan*	古勒扎尔 Gulzar	短篇小说、诗歌
21	那时候 *Sei Samaya*	苏尼尔·贡戈巴泰 Sunil Gangopadhyaya	长篇小说
22	一个婆罗门的葬礼 *Samskara*	阿南特穆尔蒂 U. R. Ananthamurthy	短篇小说
23	芥民 *Chemmeen*	比莱 T. S. Pillai	短篇小说
24	印地语文学史 *Hindi Sahitya ka Itihas*	罗摩金德尔·修格勒 Ramchandra Shukla	学术著作
25	棋王奇着 *The Chessmaster and His Moves*	拉贾·拉奥 Raja Rao	长篇小说

毫无疑问，这些作品均是印度中世纪以后的经典之作，基本上代表了印度现当代文学水准，尤其反映出印地语文学的概貌。我们以为，通过这些文字，中国读者可以大体了解印度现当代文学的基本情况。

就本项目而言，笔者在这里需要表达由衷谢意：

首先，感谢国家新闻出版广电总局的相关领导，没有他们的认可，本项目不可能正式立项。其次，感谢中国大百科全书的前社长龚莉女士、前副总编辑马汝军先生和前社科分社社长滕振微先生，没有他们的奔走，本项目不可能成立。再次，感谢中国大百科全书出版社社长刘国辉先生，社科学术分社社长郭银星女士、副社长王宇女士以及诸位编辑大德，没有他们的付出，本项目不可能实施。感谢另两位主编薛克翘先生和刘建先生，两位前辈不仅担当主编、审校工作，还是主要译者；他们是榜样，也是力量。十分感谢黎跃进和邓兵两位教授，两位是特邀编审，邓兵教授也是译者，他们认真负责的精神令人起敬。感谢印度尼赫鲁大学的狄伯杰教授以及德里大学的阿妮达·夏尔马教授和苏林达尔·古马尔先生，他们的付出为本项目的实施提供了某种保障。特别感谢石海军研究员，他是特邀编审之一，可惜天不假年，他于 2017 年 5 月 13 日凌晨突然辞世，享年仅 55 岁，天地恸哭，是中国印度文学研究的一大损失！最后，感谢翻译团队的诸位译者，他们是新时代的精英，是中国印度研究领域的后起之秀，他们的成就由读者面前的文字可见一斑。

祝福诸位，祝福所有为本项目的立项和实施有所付出的先生大德们！

自《浮屠经》以来，汉译印度经典已有两千多年的历史。这一人类历史上少有的浩大文化工程背后既有对科学技术的追求，也有对宗教信仰的热忱；既有统治者的意志，也有普通民众的需求。印度经典汉译一方面极大地丰富了中华文化，另一方面也保存和传播了印度文化；既形成了自己的学术传统，又推动了许多相关领域研究的发展。时至今日，在中印关系具有特殊意义的大背景下，继续推进对印度经典的汉译在两国关系层面有助于加深两国之间的认知和了解，构建更为均衡、更为深厚的国际关系，在学术研究层面也有助于推动相关领域研究的继续发展。

姜景奎
北京燕尚园
2017 年 12 月 31 日
2019 年 12 月 25 日修订

译者序

首先要感谢我的导师姜景奎教授以及中国大百科全书出版社。没有他们的策划、推动与帮助，本译作的完成是一件不可想象的事情。感谢薛克翘研究员与冉斌教授。作为对普拉萨德有丰富前期研究积累的前辈，他们在分别承担普拉萨德诗集与剧本翻译工作的同时，也在我翻译短篇小说集的过程中提供了无私的帮助和热情的鼓励。感谢刘建研究员。他极为细致、专业地对试译稿以及全文初稿进行审阅，除了指出细节上的问题，也为提高译文质量提出了修改的方向。

普拉萨德（Jayashankar Prasad, 1889—1937）是活跃在 20 世纪上半叶的印度诗人、剧作家和小说家。他英年早逝，却一生多产，全部作品包括八部诗集或长诗、十三部戏剧、三部长篇小说以及七十篇短篇小说和一部文艺论集。关于普拉萨德的生平，薛克翘研究员与冉斌教授在其翻译的普拉萨德诗歌和剧本作品中会有专业细致的呈现，我在此就不班门弄斧了。如有读者对这些信息感兴趣，可以去查阅他们的译本。以下简单表述我在翻译过程中的体悟。

普拉萨德尽管身具多重身份，但这些身份在世人眼中的重要性是不同的，换言之，关于普拉萨德作品的认可度和推崇度并不一致。具体来讲，人们通常将普拉萨德的诗歌置于现代印度文学启蒙时期的“神坛”之上，剧本的地位稍次之，而小说则是最不引人关注的。即便是译者自己，在曾经只是阅读诸多关于印度文学史的成果的基础上，也成为持此观点的人群中的一员。然而，在真正开展这项翻译工作之后，对此观点的疑窦逐渐生成。最终，一种为普拉萨德的小说作品（至少是短篇小说）摇旗呐喊，使其获得应有的、与之相匹配的评价和地位的愿望油然而生。

普拉萨德的五部短篇小说集共包括七十篇作品，长短不一。译成中文之后，最短的只有千余字，比如《石头的呼唤》，最长的则超过了两万字，比如《风暴》。现将五部短篇小说集的大致信息罗列如下：

《阴影》，1912 年出版，11 篇；

《回声》，1922 年出版，15 篇；

《天灯》，1929 年出版，19 篇；

《风暴》，1931 年出版，11 篇；

《魔术》，1936 年出版，14 篇。

关于普拉萨德的小说缘何不如他的诗歌和剧本受重视，细细想来，这样的境况并非无因。首先，一般来讲，诗歌和戏剧的传播形式更容易在大范围内形成影响，诗歌朗朗上口，用于演出的剧本则贴近大众，而能够坚持读小说的人则相对较少。其次，在印度文学史上，尽管诗歌和戏剧的起源时间并不相同，但至晚从迦梨陀娑时代开始，二者就一直占据统治性地位，即便到 20 世纪初，它们也更易于被印度民众接受。第三，20 世纪 20~30 年代在印度文坛兴起了“阴影主义”风潮，其在印地语界的代表人物——普拉萨德、尼拉腊（Nirala）、本德（Sumitra Nandan Panth）和沃尔马（Mahadevi Verma）——均以诗作成名，且他们在印地语诗歌中的语言运用形式和风格被认为是促成印地语现代转向的重要原因之一。在这种情况下，无论是在诗坛的奠基性地位，还是对于语言发展的积极作用，都无形中将包括普拉萨德在内的“四驾马车”推上了“神坛”。第四，在戏剧创作方面，普拉萨德的时代并未出现划时代的剧作家。按照供需理论，如果将新戏剧的创作视为商品的生产，那么其产量的下滑当然是因为彼时人们观赏戏剧的需求开始衰退。除了民族运动高涨引发了社会动荡，这给组织戏剧演出、保持剧场运营带来了一定困难，我们还需要考虑当时的另一个时代背景因素，即印度电影产业的大发展。自 1896 年电影第一次传入印度，经历了大约十年的酝酿，随着越来越多的电影爱好者以及商业资本家投身于该领域，20 世纪 20~30 年代正是印度电影史上的第一个大发展时期，且经历了无声电影向有声电影的跃变。电影业的崛起对戏剧在大众娱乐领域的地位产生了根本性消极影响，更多的优秀作家舍戏剧而转向电影剧本创作领域，比如普列姆昌德。在此情况下，纵横文坛多个领域的普拉萨德一旦进入戏剧创作领域，理所当然成为“一枝独秀”的存在。第五，在印度小说（尤其是短篇小说）创作领域，其发轫之际有一座无可逾越的高山——普列姆昌德（Munshi Premchand），他被誉为印度“小说之王”，共创作了十五部中篇和长篇小说（包括未完的两部）、约三百篇短篇小说，此外还有约七百篇论文、电影剧本、儿童文学以及翻译作品。仅就小说创作来看，普拉萨德的当世影响力以及后世传播度确实均不及普列姆昌德，看上去自然也就没有那么“伟大”了。正是在上述诸多因素的综合作用下，在个体以及大众的无意识之间，对普拉萨德的关注才会产生重诗歌、剧本而轻小说的境况。

就题材的选择、语言的运用、角色的塑造、对现实的批判、意义的挖掘、思想的建构等方面综合来看，普拉萨德的小说创作功力及其作品的真实品质并不亚于普列姆昌德，所以，无论是阅读欣赏还是文学批判，我们都理应给予他和他的小说更多关注。不过，除了以上的基本信息以及简要评析，我并不打算在此对小说的内容或者风格等进行剧透式介绍以及进一步分析，因为那样很可能会扰乱读者的原创性感知。毕竟，译者的阅读体验与常见的对普拉萨德短篇小说的评价并不完全相符，到底是真的如此，抑或仅仅是译者的“特殊”感受，再或者还可能产生怎样的读后感，最好还是交回给读者，由你们通过阅读自行判断。

巢　巍

2019 年 11 月

目　录

歌神①

1

这里有一座小屋，周围长满了喜人的杧果树和番石榴树。景色迷人极了。从稍远的地方看过来，入眼就是一大片树的海洋。高高的小丘中间，一汪清澈的水塘静静地卧在那儿。造物主小心翼翼地将水塘隐藏在大地的怀抱里，就好像是要在一片冷硬中增添一点温软。

黄昏时分。鸟儿一群一群地飞了过去。它们唱着轻快的歌儿，向各自的巢穴飞去。黑暗像是要展现自己的力量一样，将长在树枝高处的嫩叶全部染成了墨色。另一边，太阳也并不愿轻易让出自己的位置，还在努力绽放着最后的余晖。暮光流转，在微风的吹拂下抵挡黑暗的侵蚀，好似太阳神跳动的手指。

太阳落下山去，杜鹃开始鸣叫。忽然，从一处风景如画的山谷

---

① 原词 tanasen 由 tana 和后缀 sen 构成。Tana 意为“旋律”“歌曲”；sen 意为“……的人”，通常指获得特殊成就或有特殊才能的人。结合文中语境，这是一个封号，专门赐予唱歌极为美妙的人，因此译作“歌神”。

里传来悠扬的歌声。歌声盖过杜鹃的声音，杜鹃随之停止了鸣叫。阵阵美妙的歌声拂过湖面，浪花般拍打着湖岸。湖边的树木沙沙作响，像是在对歌声做出应和。湖水被南风吹拂着，在这动人的旋律里欢快地跳荡。每一片叶子都在歌唱，似是享受着快乐的时光。在这一方如仙境般的土地上，是一派宁静祥和的自然景象。

一位骑着马的旅者闯入这片天地，打破了已有的宁静。他快要渴死了，迫切需要喝水。旅者策马飞驰到湖边，勒住马，腿一抬就跳了下来。忽然，一阵优美的歌声传来。听到歌声，他不由自主地站住了，陶醉在歌声里。旅者倚在一棵树上静静地欣赏起来，很快就忘掉了一切，直到歌声停止才回过神来。年轻的旅者已经全然忘掉了去捧水喝的念头，身体仿佛不受自己的控制一样，向着声音传来的方向走去。来到声音响起的地方，他看到一个小伙子站在湖边，正注视着幽暗的湖面。

旅者激动地走上前去，抓住小伙子的肩膀摇了两下。小伙子被惊醒了，扭头望去。

2

映入眼中的是旅者那张英武不凡的脸。脸上的须髯一根根竖立着，像是在彰显主人与生俱来的骄傲。小伙子因为旅者略显粗鲁的举动而有些恼火，不过，他犹豫了一下，还是忍住没有发作。旅者显然没有意识到这些，大大咧咧地径直问道：“嗨，兄弟，你叫什么名字？”

小伙子答道：“罗摩伯勒萨德。”

旅者又问：“你在这儿有住的地方吗？如果你是从外面来的，那就跟我走吧，今儿住我家去。”

小伙子没有说话，点了点头表示同意。旅者带着小伙子走到马儿旁边，牵起缰绳。两个人沿着小路步行而去。

两个人来到一座巨大的城堡门前，旅者领着小伙子走进城堡。城堡的守卫看到他们，马上挺胸立正，恭敬地向旅者问好。一名守卫走上前，从旅者手上接过马儿，牵了开去。穿过一条长长的走廊和一大片杧果林之后，两个人进入一座小花园。

小伙子越走越吃惊。尽管直到现在还不知道这是谁的地盘，也不知道旅者要带他到哪里去，但他至少可以肯定一点，这位旅者是这座城堡里的什么大人物。

花园正中央有一座大理石建造的凉亭。两个人踏着台阶登上凉亭。不一会儿，两个女奴走了过来，一个手上托着装槟榔包的盒子，另一个手上捧着酒瓶。

旅者，哦，不！我们现在已经不能再把他称为旅者了，他真正的身份是瓜廖尔城堡的堡主，莫卧儿帝国阿克巴大帝治下的一名王公。地上铺的地毯是来自波斯的上等货。王公靠着垫子在地毯上坐下。那两个女奴又送来一套吸水烟的工具，摆好，然后站到垫子后面，开始挥动牦牛尾制成的尘拂驱赶蚊蝇，其中一个女奴偷偷地打量着罗摩伯勒萨德。

年轻的王公喝了一些酒，又嚼了几个槟榔，接着，拿起水烟筒抽了起来。罗摩伯勒萨德有点儿手足无措，局促地坐在那里，呆呆地看着王公的脸。由于喝了酒的缘故，王公明显带有伊朗人特征的脸上泛起一片红晕，显得容光焕发。他热情地招呼道："罗摩伯勒萨德，来吧，唱点儿什么。"罗摩伯勒萨德显得有点儿心不在焉，只是望着那个在一旁偷窥他的女奴。

3

罗摩伯勒萨德受到了王公的款待，被安排住在花园里。而且，他在城堡里没有任何限制，可以去任何地方。吃过饭之后，罗摩伯勒萨德经常来到凉亭里，浅吟低唱一番。他这样做是得到允许的。有的时候，如果王公正好路过这里，也会站定下来，陶醉地听一会儿他唱歌。然而，歌声同时也带来了一个大麻烦。王宫里有一名新来的女奴，她总是被美妙的歌声吸引得神魂颠倒，在工作中错误百出。她有时会忘了在槟榔包里加石灰，有时又会在主人要书的时候拿来水壶，弄得狼狈不堪。尽管如此，在路过走廊的时候，她总是会朝着凉亭的方向望上一眼。

罗摩伯勒萨德是在森林里长大的，他其实并不喜欢住在这样一个狭小的花园里。但是能怎么办呢？他现在也只好用一种游戏人间的心态来安慰自己。每当有人因为沉溺于他的歌声而忘了工作，他就会觉得很开心。

王公总是忙自己的事务。在忙碌之余，他喜欢在黄昏时分来到凉亭里，坐在那儿听罗摩伯勒萨德唱上一两首歌。要是哪一天没听到歌声，他就会连喝酒都提不起兴致，总觉得浑身没有一处舒坦的地方。有一天，罗摩伯勒萨德向王公请假，说是想回自己住的湖边看看。王公同意了。

这一天黄昏，王公并没有到凉亭小坐，而是直接回宫了。夫人问道："今天您为什么看起来不大高兴呢？"

王公说道："还不是因为今天没听到罗摩伯勒萨德唱歌。"

夫人："您说的这个罗摩伯勒萨德，他唱歌真的有那么好听吗？能让您听不到就心神不宁。要我说啊，我有一个女奴唱歌就比他好听。"

王公笑道："怎么可能！她叫什么名字？"

夫人答道："喏，就是那边那个，叫萨乌森[①]。她是我从德里买了带回来的。"

王公惊叹道："就是她啊！嗨，我每天都能见到她。她还会唱歌吗？那为什么直到今天我都没有听她唱过一次？"

夫人说道："现在讨论这些都没什么意义，明天让她和罗摩伯勒萨德比一比就知道了。"

王公说道："一言为定。"

4

今天，小花园被装点得焕然一新。乐师们已经在演奏着乐器。萨乌森拘谨地坐在罗摩伯勒萨德对面。王公下令比试开始，由萨乌森先来。于是，她放歌一首。

萨乌森不仅人长得美，歌声也妙极了。周围所有的人，包括正在吹奏的乐师们都听得如痴如醉，只有罗摩伯勒萨德好像陷入一种奇怪的状态中。原来，在看到罗摩伯勒萨德之后，萨乌森的脸上流露出无限娇羞的表情，而罗摩伯勒萨德则被这种表情深深地打动了。

罗摩伯勒萨德是一名出色的歌者，但是他却完全不知道该怎样眉目传情去讨女孩子的欢心。他在心里对自己说："完了，这下没戏了！"

王公说道："罗摩伯勒萨德，你也来唱一首。"尽管心里并不是很情愿，但罗摩伯勒萨德还是唱了起来。

---

① 原词"Sausen"由前缀"Sau"和后缀"Sen"构成。"Sau"意为"美丽的……"；"Sen"意为"……的人"，通常指获得特殊成就或有特殊才能的人。这一名字与歌神都以"Sen"为后缀，有呼应之效。

萨乌森被歌声里蕴含的深情打动了，脸上泛起一片红晕。罗摩伯勒萨德的歌声中充满了忧伤，两个人都沉醉其间。

王公见自己招来的人赢了，高兴极了，吩咐道：“罗摩伯勒萨德，你想要什么赏赐，说出来吧。”

听了王公的话，夫人也派了一名嬷嬷过来。嬷嬷对萨乌森说道：“夫人说了，如果你也有什么愿望的话，可以提出来。”

罗摩伯勒萨德愣了一会儿，没有作答。等到王公第二遍问他想要什么的时候，他的脸上流露出一丝不自然的神态。接着，他不好意思地说道：“如果您真的想奖赏我的话，那就请将萨乌森赐给我吧。”

与此同时，萨乌森也对那名嬷嬷说：“如果夫人要奖赏我的话，那就请赐给我自由吧。”

嬷嬷回去了。王公默不作声。过了一会儿，嬷嬷又走了过来，说道：“夫人同意了你的请求，另外，再赐给你一条项链。”

说完话，嬷嬷为萨乌森戴上了一条镶满珠宝的项链。

王公也点头同意了，说道：“罗摩伯勒萨德，从今天开始我赐予你‘丹森’① 的名号，萨乌森也是你的了。不过，你得依法与她结婚才行。”

歌神欣然说道：“从今天开始，我们的法② 将是‘爱’。”

---

①“Tanasen”的音译。

② 法（dharma），也译作“正法”，印度传统文化中的概念，指人生在世应当遵循的、符合道义的准则。它具有强烈的宗教意味，读者应注意与当代世俗性的法律、法则之法相区别。

金达

1

六月，黑半月的第八天[1]。皎洁的月光洒在金德勒博勒帕河清澈的水面上。河边的山岭上长满郁郁葱葱的树木，在月光的映照下披上了一层银光。树上的枝叶随着缓缓吹过的微风摇曳生姿。悠扬的歌声传来。是一位高尔族的姑娘，她坐在石头上唱着歌："亲爱的，我要向你诉说内心的痛苦！好痛……"

一首歌还没唱完，这时，一位高尔族小伙子出现了。他慢慢地走到姑娘跟前，停下了脚步。看到小伙子来了，姑娘的心开始怦怦直跳。她换上更加婉转深情的声音，一边继续唱歌，一边站起身来。如同一只归巢的乳燕，姑娘迫不及待地一下扑进高尔族小伙子怀里，紧紧地抱住了他。

两个人在石头上并肩坐了下来，含情脉脉地凝视着对方。姑娘

---

① 印度历法中每一个月被分为两部分，即白半月与黑半月，白半月相当于农历一号到十五号，黑半月相当于农历十六号到三十号。印历这一天是大神黑天的生日。

嗔道：“你怎么来了？”

小伙子回道：“是你叫我来的呀。”

姑娘（笑着）道：“我什么时候叫你来了？我干吗要叫你来？”

小伙子坏笑道：“是你的歌声把我叫来的呀，要我来听你倾诉痛苦嘛。”

姑娘（深吸了一口气）焦急道：“快想想怎么办呀？父亲还是决定要把我嫁给那个人了。”

小伙子（吃惊地站了起来）道：“听你的，你说什么我就做什么。”

姑娘看着金德勒博勒帕河的方向，幽幽地叹道：“哎，看来只有先躲到那儿去了。”

小伙子道：“我们还有什么别的地方可以选择吗？”

姑娘说道：“反正我是已经打定主意了。”

小伙子说道：“没问题，我随时愿意为你赴汤蹈火。”

姑娘说道：“那我们走吧。”

小伙子大声响应道：“走！”

两个人手拉着手向山下走去。下了山，来到金德勒博勒帕河边，两人站到一块大石头上。姑娘说道：“你现在就走吧！”

小伙子惊道：“为什么要我走？我要和你在一起。一起穿越轮回，直到海枯石烂。”

这时，远处的娑罗树下出现一个黑影，向着两人的方向行来。来人也是一位高尔族小伙子。随着距离慢慢拉近，他的身形逐渐清晰起来。两个人吓了一跳，忙转头看过去。来人闷声向姑娘质问道：“金达，你怎么上这儿来了？”

姑娘反问道：“你是我什么人啊，凭什么来质问我？”

刚来的小伙子理直气壮地说道：“我是你的未婚夫拉姆！”

姑娘愤愤道：“我是绝对不会和你结婚的。”

刚来的小伙子问道：“那你要嫁给谁？”

姑娘指着先来的小伙子说道：“嫁给他！”

刚来的小伙子脸上挂不住了，烦躁地踱了几步，问道：“怎么着，希拉！你真的要和她结婚吗？”

希拉反问道：“你说这些是什么意思？”

拉姆说道：“你必须和她分手！”

希拉不屑道：“凭什么，你以为你是谁？”

拉姆说道：“就凭我和她的婚事已经定下来了。”

希拉嗤之以鼻：“定下来了？人家还没同意呢，定什么定！”

拉姆转头问道：“是吗？金达，你怎么说？”

金达答道：“我不会嫁给你的！”

拉姆说道：“那你也不能嫁给希拉。”

金达问道：“为什么？”

拉姆（对希拉）说道：“现在，我们俩之间必须得有个结果出来了。一把剑鞘是不可能配两柄宝剑的。”

说完，拉姆扑向希拉，掏出一柄匕首刺了过去。

希拉尽管已经反应过来，可是动作上还是慢了一步，所以被刺伤了。他扶着树慢慢地坐了下来。看到这一幕，金达失声尖叫起来。正在这时，一位比尔族[①]老者出现在众人的视野里。

① 该处根据原文“Bhil”意译为“比尔族”，但结合上下文来看，这里应该是一处作者的笔误，原本应为“Kaul”，即“高尔族”。

2

金达掩面而泣。拉姆站在原地，握着滴血的匕首，用充满仇恨的目光盯着希拉。这一幕在皎洁的月光下形成一幅凄美的画面。看到老者出现，金达哭得更伤心了。原来，老者是高尔族族长。见到眼前的场景，他一瞬间就明白了事情的来龙去脉。他来到拉姆身边，从拉姆手里一把夺下匕首，然后用命令的语气喝道："你们两个，把希拉扶起来送到河边去！"

说完这些，老者跟着他们一起来到河岸边站住了脚。拉姆和金达一起给希拉清洗了伤口，又往他脸上泼了点水。这下子希拉清醒了一些。族长向希拉问了一遍事情的经过，问完后又问拉姆："怎么样，他说的都是真的吗？"

拉姆回道："都是事实。"

老者说道："既然是这样，那么你现在已经不配拥有金达了，还有这把匕首。我将收回我赋予你的一切。现在，你马上离开我们这片地方，否则我就只好把你的事情禀告给国王了。你应该清楚他会怎么处置你。（看着希拉）孩子！你的伤很快就会好起来的。别担心，金达将是你的了。"

听了这话，金达和希拉都喜上眉梢。希拉躺在地上，双手合十说道："爸爸，如果可以的话，我想和您说几句话。"

老者说道："我明白的，儿子！都是拉姆的错。"

希拉："不是的，爸爸！我想，拉姆他不会再犯了，我希望您这次能原谅他。"

老者犹豫半晌，说道："好吧，就依你的心愿吧。"

过了一段日子，希拉的伤口完全好了。然后，他终于如愿与金达举办了婚礼。拉姆也参加了他们的婚礼。尽管期间他一直阴沉着脸，但总算没生出什么事端。又过了没多久，老者去世了。去世之前，他把族长之位传给了希拉。希拉和金达总是喜欢坐在皎洁的月光下，听着山中泉水悦耳的叮咚声，享受宁静的时光。

3

骄阳散发出炽热的光芒，在这个林中之国肆虐。希拉和金达在金德勒博勒帕河边找了一片阴凉处坐下。这是山脚下的一处背阴之所。在茂密的树林的遮蔽下，连炎热的风吹过都变得凉爽起来。他们在凉风的吹拂下忘掉了一切烦恼，打起瞌睡来。两个人的脸上一片安详，彰显着他们内心的宁静。高大的树木给他们提供遮盖；美味的野生洋葱、各种水果等可以果腹；山上的洞穴可以提供居所；天然的泉水可以满足他们对水的需求……所有这些都让他们生活得更加安乐富足，却并不需要任何回报。他们享受着这样的生活，听着金德勒博勒帕河水奔流的动听声音，心中充满了幸福。

一天，金达问希拉："亲爱的，今天你看起来不怎么高兴啊？"

希拉："没什么啦。国王不是马上就要来我们这片山林了嘛，我在想这件事情呢。我们族尽管并不需要听命于他，但我想，还是同意招待他狩猎更好一些，反正这对我们来说也没有什么损失，而且还能从他那里获得一些补偿。不过有一点比较头疼，最近林子里没什么动物出没。我寻思着，哪怕有一头小狮子或者小豹子也好啊，那样就能应付过去这项差事了。"

金达问道："已经找过了吗？"

希拉答道："嗯，已经派人找去了。"

正说着，一个族人跑了过来，叫道："国王已经来啦，正坐在山洞休息呢！我们还发现了一只豹子。"

希拉听到这个消息喜上眉梢，一把抓起自己的斧头，叫上来人一起来到发现豹子的地点，然后做好了狩猎的准备。

国王在洞里架起枪管开始瞄准。远处传来敲锣打鼓的驱赶声，一只豹子逃到了近前。国王瞄准豹子的方向开了一枪。子弹倒是射出去了，却并没有打正，只打掉了豹子的一块皮。受伤的豹子很快就逃得无影无踪。这一来，国王不高兴了，把希拉叫到跟前，问他道："现在怎么办，还能找着这只畜生吗？"

这名勇敢的高尔人答道："怎么会找不到呢？"

说着话，他抄起一把枪就朝豹子逃走的方向追了过去。豹子伏在一片树丛中，舔着伤口。希拉钻进树丛才看到豹子，与此同时，豹子也看到了希拉。暴怒的豹子一下子就朝希拉扑了过来。措手不及之下，希拉已经来不及开枪。豹子的两只前爪扑住了他的肩膀，他只好扔掉枪，用双手掐住这头畜生的脖子。

希拉和豹子开始缠斗，拼命想战胜对方。僵持了一会儿，一人一兽倒在地上，继续相互角力。

4

国王被告知了这一情况，于是赶紧向高尔族的族人下令，让他们都去帮希拉捕杀豹子。拉姆也在人群中，听令后他第一个跳起来，赶在众人之前冲了出去。他赶到现场的时候，正看到人兽肉搏的场景。拉姆极为害怕，颤声对希拉喊道："快松手！把豹子放开，我好开枪打它，不然我怕会打到你。"

希拉急道："不用，你直接开枪就行！"

拉姆道："你放手我才好开枪啊！"

希拉："不，不能放开它！"

拉姆:“你快放手，我要开枪了！”

希拉:“不行，快开枪！”

拉姆:“开枪的话打偏了怎么办，要是打到你的手，这畜生就会挣脱开，然后把你撕碎。”

希拉:“不会的，快开枪！我的手快抓不住了。”

拉姆:“你怎么这么倔，不听劝！”

这时，正说着话的希拉忽然感到一阵乏力，坚持不住松开了手。豹子挣脱后跳了起来，一口咬住希拉的腰撕扯起来。

拉姆站在一旁，冷眼看着这一幕。这个卑鄙的畜生脸上露出一副狰狞的表情，紧接着，他笑了起来。

希拉的气息越来越微弱，他呻吟道:“快开枪啊。”

拉姆道:“安心去吧，你死了以后我就会送它上路的。你这个混蛋，抢走了我最爱的东西，简直就是十恶不赦。这都是你的报应，好好享受去吧！”

豹子已经开始啃食希拉，但他依然强撑着说道:“卑鄙！你以为这样一来，金达就是你的了吗？绝不可能！你这卑鄙的小人，禽兽不如！”

拉姆狞笑着说道:“反正只要不是你的就行，随便是谁的都行！”

希拉断断续续地说道:“你这么做很快就会遭到报应的。金达也会再见到我。金达……亲爱的……金……”

声音戛然而止。豹子一口咬断了希拉的喉咙。拉姆看到这一幕，得意地放声大笑起来。拉姆带着希拉的死讯返回到国王跟前。他用谎言搪塞了一番，推说豹子在众人抵达之前已经杀死了希拉。

国王听到希拉身亡的消息非常痛心。拉姆接替希拉，成为高尔族的族长。

5

春天。满月之夜。夜色下的山林展现出一幅瑰丽的画卷。月亮静静地朝着一个方向不停移动，也不知道要上哪儿去。风儿带着古德季花的幽香不知飘向何方。此时，坐在金德勒博勒帕河边的金达也陷入迷茫，她轻声念叨着："怎样才能得到消息呢？"

远处乍然传来一阵枪响，金达被枪声吓了一跳。仔细看去，在她那歌唱时洋溢着忧郁与柔美的脸庞上，此刻却布满了仇恨与愤怒。她像一头被踩了尾巴的母狮子一样弓起身子，一下跳了起来，缓缓说道："是时候了，消息终于来了！国王又来狩猎了。"一边嘴里念叨着，她一边整了整衣服，把自己打扮成高尔族小伙的样子，然后从腰间掏出一把擦得铮亮的匕首，放到唇边吻了一口。匕首在月光下闪着寒芒。金达接着又喃喃道："尽管你曾经刺伤了希拉，但爸爸又把你从拉姆那里收了回来。现在，既然你回到了我的手中，那么今天就让你痛饮拉姆的鲜血吧。"

说完这些，金达辨明方向，朝着枪声传来的地方走去。不一会儿，她就看到了国王，他正坐在一个山洞中。这次他射的是一头狮子。狮子已经逃走了，不知去向。现任族长是拉姆，国王命令他去追捕狮子。拉姆正准备动身，国王又吩咐道："带个帮手，两个人一块儿去！"

拉姆最开始是想拒绝的，但此时一名族中的小伙子已经在旁边做好了一同出发的准备，他就没法再说不了，于是径直向狮子逃走的方向追去。那名小伙子紧跟在拉姆身后。来到狮子藏身的地方，它正因为受伤而不住地厉声吼叫。拉姆向狮子发出挑衅，狮子暴起扑向他。拉姆毫无惧色，站在原地瞄准狮子扣响了扳机。狮子偏头躲了一下，子弹擦着狮身飞过，只打伤了一块皮。狮子被彻底激怒了，用牙咬住枪管。一人一兽开始了贴身肉搏。跟来的小伙子一声不吭，只是站在一旁看着。拉姆急道："开枪啊！你傻站着看什么呢？"

小伙子："我觉得你比它厉害多了。"

拉姆斥道："为什么不开枪？"

小伙子回道："当时希拉也是这么战斗的吧。既然他可以，你为什么不行呢？"

拉姆惊慌地道："你到底是谁？！金达，是你吗？快，快动手！不然狮子要挣脱了。"

金达："放心吧，我会动手的。看到这把匕首了吗？就在我的眼前，你用它刺伤了希拉。现在，我就要用它帮你脱离苦海[①]了。"说完，金达将匕首一下子刺入拉姆肋下。拉姆疼得浑身直打哆嗦。狮子乘机摆脱了纠缠，猛一发力压到拉姆的身上，把他咬死了。拉姆的尸体倒在地上。

金达将匕首从拉姆体内抽了出来，举过头顶，在月光下凝视着匕首，大笑起来，说道："亲爱的，你知道我有多痛苦吗？"又笑了一会儿，她接着说道："希拉，你看到了吗？我用这把匕首给你报仇了！"说完，她毅然把匕首刺入自己的胸膛。金达慢慢地倒了下去，嘴里还喃喃念道："……希拉……我……这就去找你……你了……"

只有暗淡的月亮凝注着大地，见证了这里发生的一切。

---

① 在印度传统文化中，人们一般接受这样的观念，即认为人生在世是一场受苦的修行过程，而死亡则是脱离苦海的有效途径。在这里，金达用帮助拉姆"脱离苦海"意指杀死他。

乡村

1

铛！铛！铛！火车站里响起了钟声。

五月里的黄昏也是如此的美丽！天空中，一片片白云飘过，在茂密的杧果林中投下自己的影子！暮色从东方天际开始缓缓地蔓延，就像英明神武的女王向治下的子民发出了就寝信号。一派幸福祥和的景象。高压电线浑然天成般地在一望无垠的原野上向远处延伸……乡村的车站里，只有一两盏灯火零星可见。风儿在葱绿的小树丛中漫步，接着拂过蛙声一片的池塘，翻动起一阵阵浪花。小雨淅淅沥沥地下着，沾湿了茉莉花苞，也给吹过的微风增添了一丝凉爽的气息。

过了一会儿，雨停了。今天是十四号。月亮正从东方升起。茂密葱绿的森林里透出一些月光，好似点点摇曳的灯火。风儿拂过的声音中传来火车的声响。信号灯一闪一闪的，履行着自己的职责。钟声在满眼都是绿色的站前广场上回响起来。旅客们带着大包小包的行李抵达这座小站。火车头前方的红色车灯已经清晰可见，看上去就像大恶魔血红的眼睛。终于，在震耳欲聋的轰鸣声中，火车进站了。站台上的旅客呼啦一声拥上前去。到站的旅客刚下完，他们就开始向车上挤。一位姑娘跟在一个男人身后，正准备登上一节车厢。车站的大门外伫立着两个妇女，应该是姑娘的什么亲友，她们一边目送姑娘一边抹着眼泪。听到哭声，姑娘转过头，伤心地望向大门外，丝毫没有意识到自己正要上的是二等车厢。车厢里坐着一位官老爷，看到姑娘要上来，叫道："这是二等车厢，你不能上来。"说着话，官老爷牵着自己的猎狗下了车，赶着它向车站出口的方向行去。

官老爷是英属印度议会的议员，一身进口的衣饰，长筒靴子、打猎服、草绿色的头巾……白色的皮肤和宽大的脑门更增添了他的气势。官老爷走到站长跟前，和他握了手，然后两个人说起话来。

站长问道："您这个时候是要上哪儿去呀？"

莫汉拉尔说道："下人们在家里搞出来一桩大麻烦，我得赶紧回去看一看去。我的家在古苏姆普尔。"

站长又问："那您什么时候回来呢？"

莫汉拉尔道："两天内吧。我得走啦。Good evening[①]。"

站长为莫汉拉尔引了一段路，道过晚安，回自己的办公室去了。

站台上已经有一匹马儿在等着了，马背上备着英国进口的马鞍。莫汉拉尔老爷骑上马，离去了。

---

① 原文此处即为英文，意为"晚安"。当时的印度还是英国殖民地，人们以会说英语、为英国人工作为荣。文中的说话者为了标榜自己的身份，特意在此处使用了英语。作者想通过这样的方式凸显说话者崇洋媚外的心态。

2

杧果林里，一群淳朴的乡村姑娘正唱着歌。甜美的歌声徐徐传来，在四处回荡。在黑暗的天空中，星星像萤火虫那样一闪一闪的，让人的心都变得轻快起来。农夫们扛着犁，唱着比勒哈[①]，赶着牛，朝回家的方向走去。

另一边是一大片树林，林子里有一个秋千。四个女人正坐在秋千上玩耍。上百只杜鹃围着秋千,一边鸣叫，一边飞舞。这些杜鹃的叫声动听极了，周围的一些小野兽都听得入了迷，不肯走了。女人们无拘无束地嬉戏着。忽然，一阵马蹄声传来，惊动了她们。她们朝声音响起的方向望去，只见我们刚刚提到的莫汉拉尔老爷勒住了马，正从马背上往下跳。看清楚他的样子之后，女人们有点害怕起来。她们互相示意了一下，都没有开口说话。

莫汉拉尔老爷打破了沉默，开口道:“诸位女神！这儿离古苏姆普尔还有多远呐？该往哪个方向走呢？”其中一个女人心想，“女神”该不算是调笑的话吧，于是她并没有对此发表什么意见，只是指着一个方向，说道:“从这里走，走一英里半（约 2.4 千米）的路就能看到路牌，然后照着路牌走就行了。”

莫汉拉尔老爷顺着那条路走了下去。走着走着，他又迷路了。他没有找到回家的路，却朝着另一条路走去。乌云笼罩，很快就要下雨了。天色越来越黑，云层越来越厚。又走了一会儿，他来到一块田边。田里长满绿色的庄稼，还有一座高大的守望台。守望台的顶棚是秸秆扎成的，台子边上有一间小土屋。

① 比勒哈：印度的一种双行民歌。

守望台上坐着一群小孩，他们正在嬉闹。雨下了起来。莫汉拉尔站在田边，一边淋雨，一边听孩子们开心地叫闹。

由于没找对路，莫汉拉尔浪费了很多时间。夜深了。上哪儿住一晚呢？他站在那儿想着。雨渐渐地小了。这时，一个女孩提着灯，拿自己破旧的纱丽遮着头，向守望台走来。

3

女孩看上去十五岁上下。在灯光的映照下，她的身影在一片漆黑中忽隐忽现。尽管穷苦的生活使她看起来灰头土脸的，但是蒙神灵庇佑，她的身体健康而有活力。莫汉拉尔策马向前，想问女孩一些问题，但又怕吓到她，于是停了下来。可是，除了问路也没有别的办法了，因此他只好生硬地问道："去古苏姆普尔怎么走？"

女孩被莫汉拉尔凶神恶煞的形象吓着了，但还是鼓起勇气说道："我不知道。"得到这么一个回答，莫汉拉尔并没有生气，反而笑了。他又说道："那你告诉我，谁会知道，我去问他。"

女孩答道："我妈妈可能知道。"

莫汉问道："你这时候是要上哪儿去呀？"

女孩（看着守望台的方向）说："台子上的那群男孩里有一个是我哥哥，我去给他送吃的。"

莫汉又问："都这么晚了，他为什么还要待在地里？"

女孩回道："他和那些男孩子要在地里守一整夜呢。"

莫汉接着问："你妈妈在哪儿呢？"

女孩道："走，我带你去。"

说完，女孩先去了守望台一趟，找到他哥哥，把吃的送给他，还分了一些给坐在一旁的其他男孩，然后向自家简陋的小屋行去。

莫汉拉尔跟在这个单纯的女孩身后。

4

来到那间简陋的小屋后，莫汉拉尔见到一个农妇。农妇看上去有五十多岁了，她的身上闪耀着金子般的光辉，脸上充满活力，嘴角骄傲地翘起。亲眼见识过农村生活之后，莫汉拉尔的内心起了一丝变化。他觉得也有必要在这位集朴素、认真、活泼于一身的农妇面前表现一下自己的单纯和谦恭。于是，他弯腰行了一个礼。农妇在致以祝福之后问道："孩子！你为什么上这儿来啊？"

莫汉拉尔回道："我要去古苏姆普尔，可是忘记怎么走了。"

农妇听到"古苏姆普尔"的字眼，脸瞬间变得通红，两滴眼泪从眼角滑落。这不是伤心的泪水，而是骄傲的泪水。

莫汉拉尔惊讶地看着这一幕，忍不住问道："您为什么一听到古苏姆普尔就变得这么激动呢？"

农妇说道："孩子！这是一个很长的故事，你确定你想听吗？"

莫汉回道："是的，我想听，如果您想说的话。"

农妇说道："好吧，你吃点小吃，听我慢慢说。"

农妇又看向女孩的方向，吩咐她道："去拿点水来喝。"

听到吩咐，女孩从简陋的小屋里翻出一个陶罐，从罐子里取出一些东西，放到杯子里，用水化开，然后端过来放到莫汉拉尔面前。莫汉拉尔把杯子里的饮料喝了，在草席上坐下来，开始听农妇讲述。

5

农妇诉说道："我的丈夫曾是这一带有名的地主，家里是一个很大的家族。他家的土地大部分都在您刚才提到的那个村子里。有一次，他从一个名叫加尔耶沃什·恭登拉尔的高利贷商人那里借了一些钱。当时也没有多想，结果利滚利下来欠债越来越多。当意识到这个问题的时候，我丈夫想尽办法凑够了钱，带去了债主那里。但那个狡猾的老狐狸却说道：‘没关系的，兄弟！你什么时候能还这笔钱再还，到时候如果差一点也没事。你把自己的地作抵押就行。’我丈夫相信了他，于是回家了。债主也没有再问起还债的事。就这样，因为债主的大度，原本凑够的钱又不够还债了。最后，债主把他觊觎已久的地收去拍卖，然后找中间人用很少的钱把它们都买走了。由于地被人夺走，我丈夫痛苦万分，很快就去世了。这些事情发生以后，我们就只好搬到这个村子里，开始了新的生活。这里的地主人很好，他用很低的价格把地租给我们种。靠着他的帮助我们才能吃上饭……”

说着说着，农妇的喉咙像是被什么东西堵住了一样，一句话也说不出来。

听了农妇讲述的往事，莫汉拉尔难过极了。这一夜就这样过去了。夜色消散，天亮了。莫汉拉尔向着月亮落山的方向，沿着农妇给他指的路离去了。

然而，他的脸上布满了沮丧和羞愧的神情，因为，强占了农妇家的地，使得农妇与心爱的丈夫阴阳两隔并从此陷入痛苦之中的恭登拉尔正是莫汉拉尔的父亲。

痴情人

1

四周一片寂静。黑夜女神已经完成自己的使命，正准备离去。太阳在地平线上探出头来。一座雄伟的城堡耸立在阿勒布达山的山顶上。此时，一个小伙子坐在城堡下的泉水旁边，面朝着太阳升起的方向。城堡里有一座王宫。小伙子时不时地向王宫的窗口方向望上一眼，嘴里还小声地哼唱着不知名的曲子。

小伙子就这么一直坐着，几个小时一晃就过去了。他什么也没有干，只是不时地望一眼窗口的方向。当旭日初升的一道霞光洒在小山顶上的时候，旁边忽然传来东西坠地发出的声响。小伙子正专注地盯着窗口的方向，一点儿也没听到声音。在那里，他曾看到过一道美丽的身影。他是多么希望能在远处的窗户中再次看到那道美丽的身影啊！即便之后再来时收获的都是失望，他也从没有放弃过。

落在地上的是一封信。一旁的隐蔽处站着一个陌生的身影，他走过来把信拾起，接着又走了回去。阳光从山顶上消失了，深沉的夜色笼罩了山头。小伙子身处的灌木丛里也暗了下来，可他对此毫无察觉。当阳光再次出现并直射到那扇窗口的时候，小伙子再次全神贯注地向那里打望，嘴里不时地用低不可闻的声音哼唱着，像是在对身边的树儿倾诉着什么。

直到阳光完全从窗口消失，小伙子才站起身来，慢慢地消失在沿着泉水向远处延伸的黑暗里。

2

当清晨的第一缕阳光洒在茉莉花丛上的时候，小伙子又出现了。他心无旁骛地径直朝自己的目的地前行，路过花丛和灌木丛也不避不绕，就那么披荆斩棘地一路闯了过来。他又一次来到那扇窗前，坐在之前自己每回都坐的那块大石头上，开始日复一日的凝望。一名守卫慢慢地走了过来，拍了一下小伙子的肩膀。

小伙子被吓了一跳，扭过头，没好气地问道："你是谁啊？"

守卫笑了起来，回道："我还想问你呢，你是谁呀？为什么总是坐在这后宫的窗前？你到底想干什么？"

小伙子："我喜欢在这附近散步，这里是我休息的地方。朋友，坐在这儿是我的自由吧？再说了，我有一个朋友就住在这座城堡里。我坐在这儿经常能与她照面，每次见到她我都很开心。"

守卫："可是，朋友，你不知道这是国王的后宫吧。别人看到你老是在这里晃悠会怎么想？国王知道了又会怎么处置你呢？"

小伙子辩解道："我才不管呢，我又没干什么坏事。我只是一心想着能看到那道美丽的身影罢了。就算是国王问起我，我也还是这么回答。"

守卫："你总是窥看的那个人其实是公主。她说再也不想看到你啦，所以你这么做完全就是白费功夫。”

小伙子惊道：“她是公主？那又怎样！我只是想看看她而已，又没把她怎么着。我就是要坐在这儿看她。话又说回来，你怎么知道她不想看到我？”

守卫：“你想知道为什么？（递给小伙子一封信）看看这个。”

小伙子接过信看了起来。信上这样写道：

“小伙子：

你为什么要虚度自己的时光呢？我是绝对不可能见你的。为什么要天天坐在这里？这不是在浪费生命吗？我看了都为你感到痛惜。我好心劝你一句，别再坐在这里啦。

祝好！

你总是想看到的人。”

3

小伙子看完信，呆住了。守卫仍然站在他跟前。忽然，小伙子站起身来，一把攥住守卫的手，说道：“朋友！能帮我一个忙吗？你放心，不是什么特别麻烦的事情。”

守卫：“说吧，要我帮你干什么？如果能做到的话，我肯定会帮你的。”

年轻人立刻找来一块石头，用石头尖一下将手指割破，又从身上的破衣服上扯下一块布，拿草根蘸着手上的鲜血在布块上写了一段话。做完这些，他把布块交到守卫手中，说：“等我走了，请将这封信交到那个无情无义的人手中。就是这件事情，拜托了！”

说完，小伙子头一低就要朝山崖下跳去。守卫一把抓住他，叫道：“痴情的小子，别干傻事！”

小伙子转过头来一看，惊呆了。只见五名护卫悄无声息地出现在眼前，他们躬身环侍在那名“守卫”的身旁。原来，“守卫”不是别人，正是阿勒布达国的国王。

国王向城堡大门的方向走去，护卫们簇拥着痴情的小伙子跟在他身后。进到城堡里，国王带着小伙子径直来到一座宫殿前，命令一旁的侍卫去将王后和公主叫来。侍卫领命后走了。

国王问道：“博尔文德·辛格，你怎么把自己弄成这副样子了？”

博尔文德（惊诧地）道：“陛下，您怎么会知道我的名字？”

国王说道：“博尔文德啊，在你小时候我就听说过你啦。不仅如此，我还知道你父亲呢。”

博尔文德吃惊极了，一句话也说不出来。这时，王后带着公主到了。

王后施礼后问道：“陛下，您有什么吩咐吗？”

国王伸手示意道：“坐下说话吧。是有件事情想和你商量一下。你先听我说完，仔细考虑一下，然后再答复我。坐在你面前的这个小伙子，他来自附近一个知名的大家族，我也知道他的情况。他爱上了我们的公主。我是想着，做主把公主许配给他。”

公主刚才一进来就看到了博尔文德，现在正害羞地躲在王后身后。听到国王的这番话，她更是羞涩得抬不起头来。另一边，王后却气得满脸通红，尖声说道：“您费尽心思就给我们的宝贝女儿、如花似玉的公主殿下找了这么一个驸马吗？哈，真是太般配了！您当这是给穷人施舍钱财吗？还是给猴子挑选项圈？怎么可能会有这种事情发生？您是不是精神错乱了？赶紧去找药吃吧。这真是天大的笑话！（对女儿说）女儿，走！我们离开这儿。”

国王：“站住！你给我听着，这件事就这么决定了。公主嫁给博尔文德，你不许再对这件事有什么异议。”

王后看向国王，只见他的脸上是一副不容商量的表情。僵持了一会儿，终于，王后妥协道：“那好吧，我同意了，不过，我还有个条件。这个小伙子必须凭自己的力量开出一条从这里沿着泉水通到山下的路来。我只给他一天的时间，从现在起到明天早晨，以公鸡打鸣的时刻为限。如果他能够做到，我就把公主嫁给他。”

国王看向博尔文德。他一直坐在那里，一动也不动地听着。此时，他站了起来，说道：“我接受这个条件。不过，我需要一些工具，还有食物和水。”

根据博尔文德的要求，所有东西都备齐送了过来。一拿到这些东西，他马上向泉水的方向奔去。到了泉边，他找到一块巨石，跳了上去，跪坐下来。他开始拼命地砸这块岩石，想把它砸碎，因为他知道，岩石下面藏着一条不为人知的路，可以直通山下。

4

长夜大约已经过去了一半，夜幕笼罩下的山林里一片黑暗。只有博尔文德还在挥舞着工具砸向岩石，时不时溅射出星星点点的火花，散发出萤火虫般的微光。工具撞击岩石的砰砰声不停地传来，一刻也没有停歇。博尔文德仿佛神灵附体一样不知疲倦地猛砸，头都没有抬过一下。他所有的注意力都集中在自己的手上和岩石上。突然，他一不小心磕伤了自己的手指，连血都流了出来。但是，怎么能停下呢？博尔文德一刻也没有停，依然飞快地砸着坚硬的岩石。在他的坚持下，胜利就在眼前了。随着他一下接一下地猛砸，一块块碎石不停地从山体上迸落下来。巨大的声响惊起了森林里栖息的兽群。是什么样的力量支持着他一刻不停地砸着岩石？那是因为对公主的爱啊！

砰砰的撞击声依然在持续，没有停歇的迹象。城堡上那扇窗户里亮起了灯光，一个人影不时地探头向窗外张望。博尔文德丝毫没有注意到窗户里的动静，埋头挥动着手里的工具。

黑夜即将过去。冷风吹过，林子里愈发冷了。倏然，一阵公鸡破晓的啼鸣声传来，随后，四周又陷入一片沉寂。林子里变得静悄悄的，不再有工具敲砸的声音传来，也不再有岩石迸裂的火花射出。

一个人影从那扇窗户里探出头来。借着灯光，只见博尔文德手里拿着一个杯子，嘴里叨咕了一些什么。然后，他一口将杯子里的液体灌了下去。没一会儿工夫，博尔文德从岩石上一头栽了下去。看到这一幕，那个人影发出一道轻声的惊呼。窗户随即被关上了。四周只剩下一片黑暗。

5

清晨，南风如同往日里一样，在阿勒布达山的林子里轻盈地吹拂着，但却总给人一种异样的感觉。天色还没有大亮，阳光给人的感觉是那么阴沉、压抑。国王站在尸体旁边，眼睛里蕴含着泪水，嘴里不停地念叨着："博尔文德，你怎么就这么去了呀？！我本来打算很快就将阿勒布达这片地方交给你的。到那个时候，你想把哪里当床睡都可以呀。为什么要自寻短见呢？你太冲动了呀！这明明只是对你的一场考验，你怎么这么傻呢？"

这时，被解除禁闭的公主冲了过来。看到尸体之后，她呆住了。国王依然沉浸在悲伤中，连公主来到身边也没有发觉。公主向国王行了触脚礼，接着悲切地问道："父王，他在去之前有没有什么东西托您转交给我的？或者是有什么嘱托吗？"

国王默默地从衣服里掏出一块布片，递给了公主。布片上写着几行鲜红的字。美丽的公主看完之后，又递还给国王，说：“您也看看吧。”

国王接过布片看了起来，只见上面写道：“没有想到你是如此的无情，因此，我决定长眠于此。但是，请你记住，我们一定会再次相逢，因为我将永远凝望着你，在一个永恒不灭的地方。

仰慕你的

痴情人！”

美丽的公主看了国王一眼，再次向他行了一个触脚礼，然后悲呼了一声：“父王啊，请原谅女儿的不孝！”说完，她飞快地捡起尸体旁的杯子，喝下杯中残留的一点液体，然后慢慢地倒在了地上。国王呆呆地看着这一幕，耳边不断地回响着那道声音：“父王啊，请原谅女儿的不孝！”

避难者

1

已是黎明时分。太阳尚未从东方天际升起，天空中仍然有一丝星光在闪耀。在星光的映照下，河水被染上了一层银白色。水面微波荡漾。两三个姑娘在亚穆纳河畔侍立着，另外还有两个姑娘正在河里沐浴。忽然，刮起一阵狂风。河面上一阵大浪涌来，一下将最美丽的那个姑娘卷走了。河里剩下的那个姑娘吓坏了，拼命往河边游去。在一根树杈的帮助下，她终于顺利脱险，回到了岸上的同伴那里。可是，那个被水浪卷走的美丽姑娘却再也没有现出身来。所有人一边抹眼泪，一边沿着亚穆纳河的岸边搜索，想要找回那个姑娘。

太阳升起来了，黑夜终于完全消散。众人找了没一会儿，河面上驶过来一艘小船。随着这艘小船的出现，惊慌失措的姑娘们总算安下心来。原来，落水的姑娘就在这艘船上坐着呢，旁边还有一位男子和一位女士陪着，两个人看上去都像是外国人。

小船靠了岸。众人这才看清楚，船上的一对夫妇是欧洲人。攀谈后得知，由于城里的士兵起义并且引发了骚乱，这对夫妇被迫逃难出来，结果正赶上姑娘溺水，机缘巧合下救起了她。为了把她送回来，他们这才行船至此。

落水的姑娘上了岸。其他几个姑娘一路小跑着来到她身边，把她围了起来，轮流上去拥抱她。众人喜极而泣。这对夫妻本打算直接离去，可是，姑娘们怎么会就这样放他们走呢？女士只好让丈夫停了下来。这里发生的事情很快就传了回去，甚至连当地的领主泰戈尔·吉肖尔·辛格也赶到了事发地点。此刻，在众人一再热情相邀之下，威尔弗雷德和爱丽丝夫妇只好接受了邀请。原来，他们救下的那位美丽姑娘正是泰戈尔·吉肖尔·辛格的妻子。

2

金登普尔领主的家坐落在亚穆纳河的岸边。花园里的小径上放置了四把椅子。吉肖尔·辛格面带微笑坐到其中的一把椅子上，威尔弗雷德和爱丽丝分别坐在另两把椅子上，领主夫人倚着第四把椅子，却没有坐下，只是俏生生地站着。爱丽丝面露惊诧地看着这位领主夫人。

威尔弗雷德则是一脸淡然。领主夫人垂下头，朝吉肖尔·辛格那边瞟了一眼，又躬下身去。

爱丽丝（向吉肖尔·辛格）提议道："领主大人，您让尊夫人也坐啊。"

吉肖尔·辛格说道："我说过不让她坐的话吗？"

爱丽丝（看向领主夫人）又问："那她为什么不坐呢？"

吉肖尔·辛格说道："你和她说呗，她说不定就坐下了呢。"

威尔弗雷德也发问道：“对啊，你为什么站着呢？”

可怜的领主夫人羞得恨不得找个地缝钻进去。

爱丽丝（看着领主夫人）说道：“你要是不坐下的话，我会很不自在的。”

吉肖尔·辛格说道：“如果只是光这样说说，她是不会坐的。你得过去按着她坐下来。”

爱丽丝闻言，真的站起身来。领主夫人白了吉肖尔·辛格一眼，笑着向一旁的房间里逃也似的离去。不过，爱丽丝并没有放过她，而是跟在后面追了过去。爱丽丝也进到房间里，一把抓住了领主夫人。领主夫人看着爱丽丝央求道：“请原谅，在我们这儿，做妻子的是不能在丈夫面前坐到椅子上去的，我也从来没有这样做过。”

爱丽丝愣住了，心里想：“难道做妻子的真的不应该在丈夫面前坐到椅子上去吗？”紧接着又想：“这个可怜的领主夫人难道不知道坐在椅子上是多么舒服吗？”

3

欧洲人夫妇在金登普尔领主这里暂时住了下来，生活上得到了无微不至的照料。不过，每当有关于起义士兵暴行的消息传来时，他们都会惊慌失措一阵子。尽管好心肠的吉肖尔·辛格总是耐心地安抚他们，可是娇弱而又美丽的爱丽丝却始终不能摆脱恐惧的困扰。

夫妇二人坐在房间里，望着亚穆纳河上美丽的浪花。由于这里没法找到香烟，所以威尔弗雷德先生只好尝试着抽起水烟来。眼前的一幕略显滑稽。他从来没有抽过水烟，因此总是不得要领。光这样倒还不算什么，可士兵暴乱的消息让他更是心烦意乱，连爱丽丝被吓得脸色大变也没有注意到。

这时，外面传来一阵骚动的声音。爱丽丝惊呼了一声："Oh, my God!"[①] 然后就吓得晕了过去。威尔弗雷德和吉肖尔·辛格赶紧把爱丽丝扶到床上躺下，然后吉肖尔·辛格就要出去看看发生了什么事情。

威尔弗雷德抄起自己的来福枪，也想跟着一块儿出去，但吉肖尔·辛格劝阻住他，取下挂在墙上的宝剑出门去了。

吉肖尔·辛格来到外面，了解情况后得知，原来是起义的士兵强占了离这儿约五柯斯[②] 远的松德勒普尔。那个村子也是他的领地。那里的农民没有办法，只好找他这个领主大人诉苦求助来了。吉肖尔·辛格安抚下众人，然后吩咐佣人去给众人安排吃喝，接着进屋看望威尔弗雷德和爱丽丝去了。

吉肖尔·辛格是一位非常仁慈的领主，因此在自己的领地里威望极高，他治下的子民都视他若父。由于他的领地范围很广，因此，他在子民心中的地位就如同一个小国的国王。他对所有人都一视同仁地关爱。不过，他对威尔弗雷德和爱丽丝显然更加上心，因为他们毕竟曾救了自己心爱的女人的性命。

4

吉肖尔·辛格进到屋里，看过爱丽丝，安慰道："不用担心，来的这些都是我的子民。他们住在附近的松德勒普尔村，家被起义的士兵占了。我已经把他们都安置好了，现在不会再有麻烦了。"

爱丽丝长出了一口气，睁开眼睛，问道："那些人都走了吗？"

领主夫人安慰道："别害怕，这儿有我们在，你不会受到任何伤

---

① 中文意为"啊，我的上帝！"
② 柯斯：印度长度单位，一柯斯约等于 3.2 千米。

害的。”

威尔弗雷德问道：“士兵们还在劫掠吗？”

吉肖尔·辛格说道：“是的，不过现在用不着担心了，他们已经抢完这里到别的地方去了。”

威尔弗雷德说道：“这下我们就放心了。”

吉肖尔·辛格问道：“你在想什么？”

威尔弗雷德说道：“这些人现在抢劫的可都是自己的兄弟，他们很快就会尝到自己行为的恶果了，最后他们肯定什么好处也得不到。”

吉肖尔·辛格深以为然，郑重地应道：“是的。”

爱丽丝说道：“今天我想和你们一起吃饭。”

吉肖尔·辛格和妻子彼此对望了一眼，欣然说道：“那太好了！”

5

整洁的大厅里分开铺着两块地毯。一块地毯上面坐着吉肖尔·辛格，另一块上面坐着威尔弗雷德和爱丽丝。爱丽丝一遍又一遍地寻找着领主夫人的身影，同时心里一遍又一遍地寻思，她怎么还不来和吉肖尔·辛格一起就座。

过了一会儿，饭食来了，却不是管家领人送来的。领主夫人亲自端着一个托盘，后面跟着三四个妇女，手里都捧着吃的和喝的。在吉肖尔·辛格的示意下，领主夫人先把托盘摆在爱丽丝面前，放好食物，然后依样画葫芦地给威尔弗雷德和吉肖尔·辛格摆上食盘。然而，谁也没有先动手吃饭。

爱丽丝问领主夫人：“你还是不打算在这儿就座吗？可是这儿也没有椅子呀？”

领主夫人反问道："那谁来伺候呢？"

爱丽丝答道："有管家啊。"

领主夫人说道："为什么要管家来，我不行吗？"

这时，吉肖尔·辛格说道："您就别再纠结啦，我们吃完以后她才会吃的。"

爱丽丝用满含惊诧和同情的目光打量着领主夫人，一顿饭吃得索然无味，只觉得内心的感受无以言表。

印度境内恢复了平静。威尔弗雷德和爱丽丝准备回他们在尼尔的家了。他们已经在金登普尔住了不少日子啦，尼尔的家离这里路途可远着呢。

两匹马已经备好等着了，吉肖尔·辛格安排护送他们回家的八名全副武装的士兵也已经整装待发。威尔弗雷德先生和吉肖尔·辛格聊了好一会儿了，爱丽丝却还是没有从屋里出来。看起来她还得有一会儿。

威尔弗雷德和吉肖尔·辛格在花园里散起步来。这时，七八个女人从屋里走了出来。看呐！发生了什么？爱丽丝没有穿自己的衣服，却穿上了碧绿色的绣花绸布裙子和丝绒上衣。脸上蒙了丝绸面巾，上面缀满闪闪发光的亮片。啊！这又是什么？原本殷红的双唇涂上了槟榔胭脂，眼眶用油烟[①]勾出了眼线，头发用鲜花编成了辫子，额头上还点了一颗美丽的吉祥志[②]！

① 古代印度妇女用来描画眼线的油性膏状黑色颜料。

② 在印度传统习俗中，妇女喜用红色颜料在额头点一颗痣状的印记，表示吉祥如意、圣洁虔诚之意，故称吉祥志。

看见爱丽丝的样子，吉肖尔·辛格开怀大笑起来，威尔弗雷德却被吓了一跳。

吉肖尔·辛格对爱丽丝说道：“马已经为你准备好了。”领主夫人在一旁说道：“那可不行，这回得为她准备轿子才行了。”

亚历山大陛下的誓言

1

明格劳尔城堡被希腊人的军队包围了，战士们手中铿亮的武器在日光的照耀下闪烁着森寒的光芒。希腊战士将攻城器械推到城墙边，随即开始迅猛地撞击城墙。城墙很快就被攻破了一个缺口，希腊战士们欢呼着从缺口蜂拥而入。正在这时，一支由年轻勇士组成的印度军队从斜刺里冲了出来。他们犹如出笼的猛虎，抵住了希腊人的进攻。在这样狂猛的攻势下，亚历山大指挥着自己的军队，一边抵挡，一边开始缓缓地后撤。

这些印度战士来到阿富汗境内，与阿育王的勇士并肩而战。他们是从哪里来的呢？您也许会有这样的疑问。看官们哪，您要知道，这些印度战士是受邀从遥远的地方赶来保护这片土地的。这支远征军尽管只有七千人，但他们却抵挡住了在数量上远超他们的希腊人的进攻。

三天了，亚历山大和他的军队被阻挡在城堡前，没有能前进一步，也看不到任何胜利的希望。回营后，亚历山大闷闷不乐地进了帅帐，开始沉思。确实是该想想怎么办了。自己在加沙和伊朗等地纵横无敌，然而这一次，却在阿富汗的一座小小城堡前束手无策，不但离获取最终的胜利遥遥无期，而且多次吃瘪受辱。

这一想，就想到很晚。夜深了，黑暗掩盖住大地，就像是伪君子隐藏起自己的邪恶。白天发生过激烈厮杀的战场上，现在只有一两只猫头鹰凄厉的啼叫声偶尔传来。亚历山大呼哨一声，打了一个手势，一名战士马上来到他跟前听令。亚历山大对他耳语了几句，战士转过身，很快就隐没在黑暗中。过了一会儿，夜更深了。亚历山大站起身来，向那名战士离去的方向走去。

2

在白天的战斗中被撞坏的城墙很快就被修补起来。所有人都去睡觉了，只剩下一名战士举着火把在城墙上守夜。他的行动很有规律，先是在一个地方四面张望一会儿，再转去其他地方重复同样的动作。每当他离开一个地方的时候，刚被巡视过的、夜幕笼罩的城墙下就有一大片区域被阴影所覆盖，并且会持续很长时间。此刻，亚历山大正藏身在这样一片阴影里，挺身肃立着，手中紧握弓箭，身旁放着兵器。如果旁边有光亮的话，那么就能清楚地看到他那英俊的脸庞上布满了诡异的表情，好像正在想着什么可怖的事情。忽然，他的脸上闪过一丝喜色，但他很快就控制住自己的情绪。

一个人影从近前的灌木丛里钻了出来，来到亚历山大跟前，汇报道："就是现在，城墙上只有一个人在巡逻。"

亚历山大闻言，立刻弯弓搭箭，瞄准城墙上的哨兵射出一支致命的利箭。一箭飞去正中目标，那名哨兵一头栽下城来。亚历山大和手下赶紧跑过去，接住了哨兵的尸体。然而，哨兵临死前的惨叫还是惊动了城楼里的人。另一名哨兵跑了出来，手上举着火把，探出头向城下张望，同时喝问道：“什么人？”

城下传来回答的声音：“是我，不小心从城头上摔下来了。”

哨兵说：“别担心，我扔根绳子把你吊上来。”

城头上很快垂下一根绳子。伪装成阿富汗人的亚历山大在哨兵的帮助下登上了城头。刚站上城头，亚历山大就一把将哨兵也推下了城墙。手下麻利地上前，一刀结果了这名哨兵，然后剥下他的衣服穿到身上，攀着绳子也上到了城头。上城之前，他发出信号招来自己的小分队，所有人顺着绳子一个接一个地上了城。

3

城主美丽的妻子正坐在花园里照镜子，她那迷人的眼睛一会儿看看自己美丽的脸蛋，一会儿瞅瞅身上的蓝色新衣裳。她的神情像是在思慕着什么人，眼中泛着炫丽的光彩。忽然，一个人影出现在她面前。“亲爱的城主大人！”她吃了一惊，下意识地唤道。然而，她很快就发现，这个人并不是城主。当她看清楚乔装成城主的这个人的样子时，她的内心闪过一丝悸动。亚历山大的容貌没有随着岁月的流逝而有丝毫的褪色，他的英俊脸庞仍然足以使人窒息。两个人目不转睛地注视着对方。美丽的城主夫人很快清醒过来，她稳了稳心神，鼓起勇气问道：“你是谁？”

回答传来：“亚历山大大帝！”

城主夫人又问：“你怎么会有这身衣服的？”

亚历山大答道：“把城主杀掉，衣服自然就归我了。”

城主夫人脸上泛起讶异的神色，问道：“城主真的被你杀死了？”

亚历山大回道：“是的，现在他已经不在这个世界上了。”

城主夫人双手捂住了脸颊。忽然，她手中亮出一把寒光闪闪的匕首，径直向亚历山大刺去。

亚历山大屈膝后仰，跪坐在地躲过一轮攻击，叫道：“美人儿！为了给你报仇的机会，我已经让了你这么多下了，你还要再打下去吗？”

城主夫人像泄了气的皮球一样停了下来，手里的匕首也不知道什么时候滑落在地。她双膝一软，也跪坐到地上。

亚历山大抓住她的手，把她拉了起来。现在，她终于发现亚历山大并不是一个人，无数的希腊战士正在城头集结。城主夫人平复了一下心情，打开一口箱子，从里面取出一盒珠宝，捧到亚历山大面前放下。亚历山大扫了一眼，说道：“我不需要这些东西。我已经占领了城堡，这些东西对我来说毫无意义。”

城堡里的战士挥舞起武器冲向敌人，准备和他们决一死战。看到这一幕，城主夫人喝住他们，因为她知道，亚历山大的无敌雄师就在城堡大门处待命。

亚历山大说道：“别担心，你有什么要求都可以提出来，我们把它作为条款写进合约里。好了，我先走了。”

城主夫人送了亚历山大一程。亚历山大留下一小队人马，自己带着大部队回营地去了。

4

合约顺利签订。城主夫人同意将明格劳尔城堡的势力纳入亚历山大的领地范围，亚历山大则册封她为该地区的女王。亚历山大对新女王说道：“让那些来此的印度战士回他们自己的家乡去吧，我绝不会阻碍他们离去。我为此向你立誓。”

拉其普特[①]勇士们带领自己的家人出了城，集合在一处，做好了向祖国进发的准备。他们在城堡附近的一座山头扎下营寨，开始生火准备做饭。

印度女人们一边为自己亲爱的儿子或丈夫准备着食物，一边议论着城主夫人。她们一致对这个女人嗤之以鼻，因为她竟然向杀害自己丈夫的人投降了。所有战士吃过饭休息去了。他们谈论着战斗的事情，越说越高兴。就在这时，一名希腊骑兵出现在附近，向营地驰来。看到有人来了，一名拉其普特青年站了起来，等着来人近前。

希腊骑兵来到青年跟前，对他说道：“出于体恤的考虑，亚历山大陛下决定在你们中间征兵。在此，我谨代表我皇向你们发出征召的邀请。希望这对你们来说是个好消息。”

青年说道：“我们非常感激陛下的盛情。但是，希腊人杀了我们这么多的兄弟，我们是不可能与你们并肩作战的。”

希腊骑兵道：“你们必须接受征召，因为这是亚历山大陛下的命令！”

青年坚持道：“抱歉，阁下，我们不同意。我们希望能够依照合约里约定的那样安全返回祖国，请你们不要阻挠。”

希腊骑兵：“你们是坚持要这样做吗？我劝你们好好考虑考虑，然后再给出答复，因为这将决定你们所有人的生死。”

这时，周围的拉其普特战士意见一致地说道：“是啊，是啊！我们坚持自己的选择。请亚历山大陛下不要忘记自己以神的名义发下的誓言。”

---

① 拉其普特人，今印度拉贾斯坦地区的居民，以英勇善战著称。

希腊骑兵说道："亚历山大陛下才不会愚蠢到放自己的敌人离去呢，这不是放虎归山吗。因此，你们准备受死吧！"

说完，希腊骑兵拍马离去，同时打响了呼哨。听到讯号后，无数希腊战士现出身形，开始向人数明显少得多的印度人发起猛攻。

这是一场足以载入史册的战斗。所有印度战士奋不顾身地与敌人厮杀，一直战斗至最后一刻。所有人都壮烈牺牲了。为什么不呢？当看到他们手中没有武器时，他们最爱的女人会递上宝剑，然后面带微笑地看着自己的丈夫奋勇杀敌。最后，女人们也加入了战斗，用生命捍卫了自己的尊严。他们的孩子在希腊人的宝剑下连哭的机会也没有，因为这些禽兽连一个活口也没有留下。

这些拉其普特勇士在不知名的地方陷入绝境，最后献出了自己的生命。今天，印度人民甚至不知道他们的名字！

光复吉道尔城堡

1

点点灯火摇曳，仿佛彼此在无声地打着招呼。精心装饰过的神龛里摆着两幅画像，画中人默默无言地凝望着对方。一阵凉爽的轻风吹来。然而，它也只能是缓缓地吹过，即便看见了两幅栩栩如生的画像，却没有办法对它们诉说什么。一个小伙子静静地坐在床上，支着额头，盯着对面的可人儿。她身上的光彩与墙角灯火发出的光芒一样，照亮了整个房间。屋里的一切都沉浸在一片静谧之中，仿佛是为了更加清晰地映衬出主人内心的激荡之情。

忽然，小伙子压抑着怒气低声吼道："我的美人儿！从今天开始你就是我的妻子了，可你为什么还是不愿意面对我？"

姑娘用黄莺般悦耳的声音答道："王子殿下！我知道您很仁慈，想用与女奴结婚的方式来展现您的宽容。可事实上，身为女奴的我是配不上您的。"

小伙子说道："你说这话我可不爱听。马尔德夫的女儿当然配得上我。你父亲尽管和我是宿敌，但还是为你的婚礼送来了椰子。[1]我也遵照拉其普特人的习俗收下了。所以，你已经是我的合法新娘了。说起来，能得到像你这么美丽的姑娘，我一点儿也没有吃亏，相反，借着这个事情，我说不定还有望收复先祖的发家之地呢。”

“您的胸怀真宽广，王子殿下！不过，请您原谅我吧，普通人是不能和圣人在一起的。您是如此神圣，我配不上与您共坐一床的荣耀。您还是让我随侍在您脚边，过一个普通女人该过的生活吧。”

说完，姑娘从床上扑下地去，抱住了王子的脚。

英勇的王子哈姆米勒张口结舌地看着，然后抓住她的手，把她拉到身边坐下。可是，这位王妃一下子又跳下床去，在床脚坐了下来。

王子意欲享受夫妻之情却始终不可得，他的火气一下子蹿了上来。可是，当看到姑娘脸上满足的神情时，他又平静下来。哈姆米勒问道：“美人儿！你为什么这么顽固不化呢？你倒是说说看，这是为什么？”

王妃说道：“我是个寡妇。听人说我七岁的时候就已经嫁过人了，然后八岁的时候成了寡妇。人们都说寡妇是不洁的。在这种情况下，我怎么敢和神圣高贵的王子殿下进行亲密接触呢？”

哈姆米勒喝问道：“啊！你是寡妇？那你父亲为什么把你嫁给我？”

王妃答道：“还不是为了羞辱您。”

哈姆米勒闻言“仓啷”一声拔出宝剑，但紧接着他又冷静下来，说道：“和你结婚可算不上什么耻辱，但我要是抛弃新婚的妻子，那

---

① 在印度，人们在送贺礼的时候经常将晒干的椰子作为礼物的一部分送出，因此这里原文的“椰子”意指结婚的贺礼。

才是真的耻辱呢。”

王妃悲呼道：“我的殿下！您为什么要接受我呢？我已经是不洁的了，会玷污您的。”

哈姆米勒微笑着说道：“这么天真无邪、诚实可爱的宝贝怎么会玷污我呢？”

王妃害羞起来。哈姆米勒抓住她的手把她拉了起来，让她坐到床上，接着说道：“过来，世上没有任何事情能把你和我分开。”

王妃哽咽着说道：“您娶了我可就是一辈子的负担了。”说完，她情不自禁地将脑袋埋入哈姆米勒的怀里。

2

盖尔瓦拉邦。小城堡的一个房间里，王子哈姆米勒正坐在那里担忧不已。他心里想着：“从我斩下蒙奇的头颅那天开始，一个沉重的负担就落在了我的头上，那就是恢复祖先传承下来的马哈拉那[①]家族的荣光。完成这项使命是我毕生的职责，而解放吉道尔则是实现它的首要目标。可是，我的天啊，神灵就是这样保佑我的？就这么一点部队，还没有充足的物资，这个目标怎么可能完成？王妃见我整日担忧，她还以为我是为娶了她而苦恼，以为我会因她而心怀怨恨，甚至想着报复马尔德夫。神灵在上，我们都有了一个儿子了，我怎么可能计较这些？可是见我整日愁眉不展，她却回娘家去了。尽管她说是回去看望父母，但估计我冷落了她也是原因之一吧。我该怎样才能完成这项艰巨的任务，估计只有神才知道。”

思绪就这样蔓延着。夕阳发出的光芒在眼前的群山上嬉戏，然

① 马哈拉那：印度历史上对美华尔、吉道尔和乌代普尔土邦王公的封号。

而，忧心忡忡的哈姆米勒完全无心欣赏这美景。黑暗渐渐地笼罩了群山覆盖的土邦。哈姆米勒站起身来。正在这时，有守卫进来禀报："大王神威！有一名士兵从吉道尔来见您，是王妃派来的。"

过了一会儿，那名士兵被领了进来。行过礼之后，他将一封信呈递到哈姆米勒手上。哈姆米勒接过信，让士兵退下，看起信来：

生命里最重要的夫君大人：

送上诚挚的问候。

夫君！能得到您的宽容对我来说是多么的幸运。我回娘家已经有一段时间了，可是您连一次信也没有送来过。为什么这样烦恼呢？是不是当年一时冲动接纳了我，现在后悔了呢？夫君！您大可不必如此。或者是我有什么过错吗？我不忍心见您成天愁眉苦脸的样子，所以回娘家来住一阵子，可是却发现，即便眼不见了也做不到心不烦。现在，请您告诉我，我该怎么做？夫君！您曾经说过，和我结婚是为了有一天能收回先祖之地，而我回到这里之后才明白，原来，您即便与我结婚了也从来没有放弃过最初的渴望，您的烦恼则全部来自于对夺回吉道尔的执念。在这件事情上，我对您来说肯定就是个累赘吧。出于我对您的爱，您没法出兵攻打我父亲，也就更谈不上光复祖先的领土了。看来，这辈子我欠您的是还不清了，甚至连一点儿还清的希望也没有。不只是这辈子，生生世世都还不清。吉道尔的守护女神曾经托梦给我，我是按照她的指示留在这里的。我想告诉您，父亲近来不在吉道尔城堡中。请别误会，我并不是怀疑您的英勇，也没有任何嘲笑您的意思。之所以提供这样乘虚而入的机会，只是因为如果一个人没有参加战争的话，那他就不会受到任何伤害了。请您看在我的分儿上不要烧杀掳掠。受到先祖庇佑的吉道尔城堡的英雄一定会在他士兵的帮助下赢得这场战争的。我相信神会保佑您的。还有，您亲手将我从吉道尔城堡赢回之后请不要离去，就在这儿称王吧。您的女奴只要能随侍在您的脚边就心满意足了。

3

吉道尔城堡的城门外，上千名拉其普特骑兵和差不多同等数量的皮尔弓箭手挥舞着手中的武器，纵声呐喊着。为了替哈姆米勒·马哈拉那赢取胜利，他们正在奋战着。

城堡的守军竭尽全力从城楼上倾泻下一片火雨，可是完全无法阻挡住这些视死如归的勇士前进的步伐。在紧闭的城门前，攻城的一方尽管没有任何攻城器械，可战士们还是奋不顾身地进攻着。英勇的哈姆米勒带着一队勇士冲了上去，想攻上城墙，可是他们失败了，没有取得任何战果。在皮尔战士射出的箭雨的压制下，哈姆米勒的敌人们抵抗的力度开始减弱，但是城墙依然没有被攻破。到处都是死伤的战士。这时，城门吱嘎吱嘎地打开了。

哈姆米勒的战士们意识到，敌人要来与他们短兵相接了，于是更加凶猛地进攻起来。然而，他们随后就看到，上百名刹帝利女战士手握宝剑肃立在城堡之中！哈姆米勒一开始还小心翼翼地防备着，但当他看到这队女战士的首领就是自己的王妃，并且她手中也握着宝剑之后，他走上前去。王妃行了一个礼，将宝剑交到哈姆米勒手中。拉其普特战士们欢呼起来，纷纷呐喊道：“艾格林伽[①]胜利啦！”

① 原文“ekalinga”是湿婆神的一个称号，这里战士们用它来指代哈姆米勒，把他比作湿婆神。

英勇的哈姆米勒没有带队入城。城主率领着部队从城堡里杀了出来，但当他看到外面的景象时，一下愣住了。哈姆米勒说道：“城主大人！我不想用这种方式打败你夺回城堡，你和你的部队还是自由的。如果你想的话，那就继续战斗吧。吉道尔城堡曾经是属于马哈拉那家族的。如果它注定将再次属于我们，那么艾格林格神会保佑我们亲手夺回它的。”

城主想了一会儿，答道：“神的旨意肯定就是让你夺回祖传的城堡，这一点有谁能阻止呢？整个拉其普特也会因为这件事情而获益的。我再也不想看到为了争夺这片领地而发生的同胞相残的场景了。你是吉道尔城堡的希望。拿回它吧！整个国家将因此而繁荣，印度的光辉将再次在梅瓦尔①的上空升起。”皮尔战士、拉其普特战士和城堡战士聚集在一起，为马哈拉那的胜利欢呼起来。鼓声也响了起来。伴随着喜庆的音乐，哈姆米勒领着妻子坐到了祖传的王座上。哈姆米勒接受了王妃的问候，然后问她道：“现在你还能说自己配不上我吗？”

① 梅瓦尔：印度中世纪的一个独立王国，在今拉贾斯坦邦境内。

阿肖克[①]

1

圣河跋吉罗陀河的岸边，国王查克拉沃尔蒂·阿肖克正在月光下来回踱步。离他不远的地方站立着一个年轻的侍卫。国王沐浴着月光，凝望着群星，说道："维杰格度，我听说最近有一群耆那教徒正在我国散播流言，煽动已经皈依佛教的信徒们起来反对我们，甚至邦德勒沃尔腾的一座佛像还被捣毁了，这些都是真的吗？"

维杰格度连忙答道："陛下，我怎么敢向您撒谎呢？"

阿肖克说道："我为人们的福祉努力，付出了那么多，难道这一切都是徒劳的？我为什么如此重视发展佛教？还不是为了宣扬和平的理念，为了国人之间不再彼此仇视，为了社会能平稳发展，从而实现商业、手工业和知识界的繁荣。然而现在看来，时机还未成熟，想实现愿望阻碍重重呀。我必须得想些办法消除这些阻碍，才能开创出全新的局面。"

① 原词"Ashok"是印度孔雀帝国皇帝阿育王的名号，这里音译为"阿肖克"。

维杰格度说道：“神王啊，请您下命令吧！”

阿肖克说道：“你知道吗，维杰格度，在印度历史上有那么一个时期，人们听到‘阿肖克’这个名字就会簌簌发抖。为什么呢？因为当时的他是一个非常残暴的统治者。但是，当他因为推行佛教而名扬天下以后，人们很快就忘掉了他昔日的暴行，转而开始称道他的慈悲。所以说啊，你现在需要做的就是，去把阿肖克这个名字的恐怖之处再一次传扬出去。另外，再颁布一条诏令，就说凡是耆那教徒的同党皆有罪；谁要是杀死一个耆那教徒并献上人头，将会受到奖赏。”

维杰格度（战栗地）问：“陛下，您确定要下这样的诏令？”

阿肖克催促道：“去，马上去办！”

维杰格度领命而去，阿肖克则继续踱着步子。忽然，国王听到一阵悦耳的脚镯声，于是停了下来。他诧异地循声望去，原来是王后蒂仕耶尔珂希达在数十名奴仆的簇拥下走过来了。

阿肖克叫道：“王后，你怎么来啦？”

蒂仕耶尔珂希达答道：“亲爱的夫君啊，影子怎么能和身体分开呢？已经很晚啦，我本来听说您快回来了，于是等呀等呀，可是过了许久见您还没有回来，就开始担心起来。后来听下人说您在宫外徘徊良久，于是我就决定自己来看看。快回宫去吧！”

阿肖克说：“我本来这就准备回去了。我们走吧。”

阿肖克带着蒂仕耶尔珂希达向身后美轮美奂的宫殿走去，一众奴仆跟在他们身后。

2

御花园里栽着种类繁多的树木，枝条上已经开满香气四溢的鲜花。杜鹃咕咕叫着在杧果树的枝条上跳跃。一派初春的繁荣景象。在春风轻柔的吹拂下，花蕾绽放得愈加鲜艳。

御花园旁的山上有一道人工修建的瀑布。此时，一个小伙子正坐在瀑布旁呆呆地盯着瀑布出神。他看着瀑布飞流直下，汇入下方的水潭里，如此一刻不停地进行着简单的循环，觉得这真是美妙极了。然而，他一点儿也没有察觉到，有一位年轻的姑娘已经被他纯真的眼神和英俊的外貌深深地打动了，为了他甚至不惜放弃自己神圣高贵的身份。

看！小树林中茂密的枝叶下，一双似蓝宝石一样美丽、如克里希那一样圣洁的璀璨星辰露了出来，流露着难以名状的惊喜。哦，不！再仔细看看，那真的是月光下的星辰吗？那分明是美丽姑娘的一双明眸射出的光辉啊。

小伙子享受着自己的美妙时光，丝毫也没有发现这支乘他不注意射来的爱情之箭。小伙子起身向小树林走去，竟鬼使神差地走到了藏着姑娘的那棵小树前。当他倏然看清树后的人儿时，惊得目瞪口呆，赶紧两掌合十俯首请安。

姑娘惊慌失措地站了起来，内心充满惶恐，身体颤栗不停。过了好一会儿，她才能慢慢说出话来，声音却轻如蚊蚋。小伙子仍然低垂着头。姑娘终于平静了下来，问道："古纳尔，你怎么在这里？你还好吗？"

"托母后您的福，一切都好。"古纳尔答道。

姑娘微笑着说道："我在这儿偷偷看了你好一会儿啦！"

古纳尔说道："王后殿下蒂仕耶尔珂希达，您为什么要如此藏头露尾地窥视我呢？"

蒂仕耶尔珂希达（声音微微颤抖地）说道："可是你英俊的身姿

让我实在是情不自禁啊。”

古纳尔（诚惶诚恐地）说道：“儿子长得再英俊那也是母亲给的呀。”

蒂仕耶尔珂希达说道：“不，古纳尔！我只是一个乞求你爱怜的女人，不是什么王后，更不是你的母亲。”

古纳尔（离开了灌木丛）说道：“母后啊，请您快快打消这邪恶的念头吧，我会祝福您的。我想，今后您可能再也不会见到这张罪恶的脸了。”

说完，年轻的王子古纳尔立刻转身离开了小树林，一边走，一边还在考虑该如何应对这由继母带来的尴尬。蒂仕耶尔珂希达则不知所措地站在原地，直到奴仆问安的声音传来才将她从失魂落魄中唤醒。

3

在斯利那加附近的森林里，有一间小茅屋。古纳尔坐在屋子门口冥想，他那贤惠的妻子正在屋里做饭。

小屋收拾得很整洁，地上也是一尘不染。风轻轻地吹着，林中一片宁静。

然而，这份宁静并没有能持续很久。一只小鹿一路跑着撞进古纳尔的怀里，打断了他的冥想。他站起身来，仔细打量了一番小鹿，想着可能是有一只老虎在后面追它。眼见这已经是一只无家可归的小鹿，古纳尔只好把它带回屋里，交给妻子塔尔姆勒克希达，说道：“亲爱的，要不，你把这只小鹿当孩子养着吧？”

塔尔姆勒克希达说道：“夫君啊，我们身为林居者可不就是应该抚养这样的孩子嘛。”

古纳尔说道："亲爱的，让你跟着我受苦啦。"

塔尔姆勒克希达说道："夫君，如果在这里的生活还不算幸福，那我真不知道世上还有什么地方能找到幸福了。"

古纳尔说道："可是，亲爱的，你难道不会怀念皇宫里的舒适生活，甚至因为怀念而痛苦吗？你如果不是内心痛苦，为什么会流泪呢？你敢说它们真的不存在吗？"

塔尔姆勒克希达说道："夫君，没有的事情，这都是你的错觉啦。在这宁静的森林里，我的心也变得很安定。再也没有什么地方比这儿更好的了。再说了，到哪儿能找到这么温柔、耿直、善良的伴侣呢？还有这突然之间出现在脚下的小东西，在满是喧嚣的皇城里哪儿能碰得上呢？夫君，说真的（亲了亲小鹿），你曾经见到过这么可爱的小家伙吗？还有一点，那些拜你后母所赐的烦恼这儿也没有呀。这么幸福的生活还有谁能享有呢？"

古纳尔眼里盈满了泪水，起身踱着步出了门。塔尔姆勒克希达继续做起饭来。微风在森林里轻轻地吹着，古纳尔的内心却并不平静。他溜达着越走越远。走着走着，忽然，他发现自己已经来到城市边缘，都能看到城市的轮廓了。于是他停了下来，望着城市的方向。

4

五六个人跑了过来，后面有二十多名骑兵在追赶。看到古纳尔后，那些人向他跑来，很快就到了跟前。古纳尔诧异地看着这些人。

来人又跑了一段躲到古纳尔身后，然后纷纷叫道："阁下，请救救我们吧。"

古纳尔把这几个人护在身后，向前一步站定。那些骑兵看到年轻的古纳尔这么勇敢心里有点发憷，于是都停了下来。古纳尔问这些骑兵：“你们为什么要抓这些人？他们犯了什么不可饶恕的罪吗？”

骑兵队长回道：“我们隶属王国的军队，奉君王陛下的命令来剿灭这些耆那教的异教徒。你又是谁，胆敢违抗蒙神庇佑的转轮王阿肖克君王的命令？”

古纳尔问道：“转轮王阿肖克！他有多伟大？”

队长呵斥道：“愚昧的人！你竟然不知道阿育王[①]的伟大事迹？他以无与伦比的力量赢得了征服羯陵伽之战的胜利。他治下的疆土南至喀拉拉和摩罗耶山，北至兴都库什山，东至吉拉特国，西至帕塔。连希腊人都渴望能获得他的友谊。你竟然完全没有听说过君王陛下？”

古纳尔说道：“这算什么伟大，不需要接受任何国家的友谊那才是真的伟大呢。”

队长说道：“我没必要和你争论这个，我们要抓人了。”

古纳尔说道：“难道你们一点儿也不同情这些可怜的人吗？”

说了这么多后王子生气了，眼睛似要喷出火来。队长看到他这副样子再一次停了下来。

古纳尔说道：“这样吧，如果你愿意的话呢，就去通知这里的领主，告诉他王子古纳尔让他过来。”

队长低头想了一会儿，然后唤过来一名队员，吩咐道：“去，把消息送回去，看上头有什么指示，然后速来复命。”

那名骑兵立刻向城里疾驰而去，剩下众人留在原地等候。

过了没一会儿，两骑马从城里飞奔而来，出现在众人的视线中。

---

① 这段文字中描述的事迹属于史上真正的阿育王。作者在这里这样安排是想间接地说明阿肖克君王已经成功地将自己的名字与阿育王联系起来，因此士兵们才会有这样的认识。

一骑是刚被派回城的骑兵，另一骑上坐着当地的领主。马儿刚跑到近前，领主就跳下马来，上前向古纳尔敬礼。古纳尔摆摆手，说道：“行了，不用多礼。我之所以叫你来，是因为看到这些无辜的人正受到残害。”

领主说道：“王子殿下！我们可是遵照您父王的诏令在办事啊。您怎么穿成这样了？”

古纳尔说道：“不要说这些废话。我就问你，你能不能听我的把这些人放了？”

领主（为难地）说道：“王子殿下，我们怎么敢不执行您的命令。（犹豫了一下）可是现在另有一件事让我们非常为难啊。”

古纳尔问道：“什么事情？”

领主从身上掏出一封诏书，递给古纳尔过目。古纳尔看了之后沉默了，过了一会儿才说道：“你一定得按照这项命令执行。”

领主惊道：“可是，这怎么行呢？”

古纳尔说道：“诏书怎么写的，你就按照上面说的做。”

领主说道：“王子殿下，我决不能从您神圣的躯体上就这么把眼睛给挖下来。哎，我还是辞官算了。”

古纳尔说道：“那这样吧，你把我连同这些人一起送去给父王。”

领主说道：“如您所愿。”

5

邦德勒沃尔腾城内陷入一片混乱之中。居民们都胆战心惊，尤其是耆那教徒们更是人心惶惶。那些平日里足不出户的女耆那教徒纷纷带着孩子逃出了家。但能逃到哪里去呢？到处都能看到拿着武器陷入疯狂的佛教徒。看！那边有一个女人，头发都跑散了，怀里还抱着一个正在发脾气哇哇大哭的婴儿。她跑累了，于是在一棵树旁坐了下来。呀！来了一群凶神恶煞的暴徒，开始殴打那个女人。

女人双手合十哀求道：“求求你们，别打我了。”她把自己所有的首饰一个一个地摘了下来，暴徒们上前拿了首饰一哄而散。女人困乏难耐，就在树下睡了过去。

再看那边，一个人驾着一辆马车向前行进。边上有人撩起车帘，向里面看了一眼，叫道：“车上有几个耆那教的狗男女！”车夫理都不理这些人，驾着马车沿着高低不平的石头路飞驶而去。夕阳西下，散发出昏黄的光芒。现在，马车朝着北边一路行去。路上一片寂静，只有马儿的蹄声与车轮的滚动声在回荡。

没一会儿，马车来到一座小湖边停了下来，马儿累得直喘粗气，怎么也不肯再跑了。车夫没办法，只好下了车。

发现马车停了，一个男人从车里探出头来，问车夫：“你怎么把车停下来了？”

车夫答道：“马儿跑不动啦。”

男人说：“这下子完了，我们碰上大麻烦了。那些像疯子一样追在后面的军队就快赶上来了。”

车夫说：“那怎么办呢？（想了想）啊，想起来了，这附近有一处茅屋，里面住着一位圣者。你们快上那里去躲一躲，那位圣者一定会庇护你们的。”

男人考虑了片刻，然后把所有人从马车上接了下来。一群人向着茅屋的方向跑了过去。

一位老者坐在茅屋外的一块石头上，穿着出家人的衣服。马车上下来的人一直跑到他面前才停了下来。圣者看了看这些人，奇怪地问道：“你们是谁，为什么上这儿来？”

那个男人上前一步，双手合十恭敬地答道：“尊敬的圣者，我们都是耆那教徒。在阿肖克国王的命令下，到处都在针对耆那教徒进行大屠杀。因此，我们为了活命准备逃往别处。谁知道半道上马儿跑累了，我们现在没法继续走啦。您能收留我们一会儿吗？”

圣者想了想，颔首道：“好吧，你们进屋去吧。”

几个耆那教男女顺利得到了庇护。

在屋里坐了没一会儿，忽然一阵急促的马蹄声传来。众人绝望起来，变得惶恐不安。转眼间，十名骑兵驰到茅屋前勒马停了下来。一名骑兵指着圣者问道：“喂，和尚，你这里有没有窝藏逃窜的耆那教异教徒？你最好老实一点，别想糊弄我们，我们可是跟着他们的马车一路追过来的。”

圣者说道：“士兵们，你们要抓他们去干吗？我当然要收留这些可怜的人们。为什么要让自己的双手沾满鲜血呢，这对你们有什么好处吗？”

那名骑兵看了看自己的同伴，喝道：“这个奸人肯定也是耆那教徒，在这儿装成出家人的样子。把他也杀了！”

伴随着“把他也杀了”的声音，圣者的脑袋一下子就被砍落到地上。

看到这残忍的一幕，屋里的男男女女都忍不住尖叫起来。一群刽子手一个人也没放过，把所有人都杀了。

杀完人，所有的士兵开始四处搜刮财物。他们将尸体上的首饰一一褪下。一名士兵来到圣者的尸体边，忽然，他惊呼起来。所有人的注意力都被他吸引过来。只见圣者的手上带着一个指环，上面写着“维达庶格”！

6

在没有表明身份的情况下，国王阿肖克的兄弟，圣者“维达庶格”被杀害了！四处的骚乱平息下来，邦德勒沃尔腾城也复归平静。

国王阿肖克坐在王舍城的王座上沉思。这座大殿的奢华根本无法用言语来形容。它的墙上满是纯金打造的图案，并镶有各色宝石。王座与大殿展现着印度帝国强盛的国力。在有幸瞻仰过它们之后，希腊人对波斯王大流士的宫廷也不屑一顾了。

审判官、调解官、丞相、大祭司、大将军……所有文臣和武将端坐在自己的座位上。国王的缄默让所有人都噤若寒蝉。

这时，一对男女来到大殿上。男人蕴藏着谦逊的大眼睛顿时吸引了殿上所有人的目光。不过，所有人依旧保持着沉默。这对青年男女向国王鞠了一躬，以表问候。

国王自顾自地问道：“来者何人？”

答曰：“古纳尔。”

问：“父亲是谁？”

答：“转轮王阿肖克君王。”

所有人都吃了一惊，目不转睛地看着这匪夷所思的一幕。然而国王的脸上一点反应也没有，反而用更加冷漠的声音又开始质问起来。

问：“你犯了什么罪吗？”

答：“恰恰相反，我觉得自己一直在努力避免犯下任何罪行。”

问：“那么你被定了什么罪呢？”

答：“这个问题您可以问塔克西拉[①]的领主。”

---

① 塔克西拉：古名呾叉始罗。

在国王的示意下，领主上前呈递了一封诏书，交到阿肖克手中。

国王看过诏书，转脸问丞相道："这封诏书是谁送出去的，唤他进殿。"

信使奉召来到大殿。他用颤抖的声音问了安，然后交代道："陛下明鉴，这封诏书是蒂仕耶尔珂希达王后在她的寝宫里交给我的，并且命令我即刻将诏书送到塔克西拉领主的手中。"

国王看向领主。领主双手合十禀道："陛下，信使送来的正是这封诏书。"

国王沉着脸吩咐丞相道："唤蒂仕耶尔珂希达来见朕。"

丞相本来作势欲言，但看到国王龙颜震怒，终于还是打消了说话的念头，起身出殿去了。

7

王后蒂仕耶尔珂希达来到大殿上。阿肖克厉声呵斥道："这封诏书是你伪造的吧？为了达成罪恶的目的，你那天是不是还盗用了玉玺？就因为古纳尔长了一双美丽的大眼睛，你就想命人把他的眼睛挖掉？这种恶行肯定是你干的。我看，你这样的女人不配活在世间，应该下地狱！"

所有人都不寒而栗。古纳尔上前一步跪下，恳求道："请父王宽恕她吧。"

阿肖克厉声说道："休想！"

蒂仕耶尔珂希达被行刑的刽子手带了下去。古纳尔王子被丞相请到座位上坐下，塔尔姆勒克希达则回宫去了。

丞相又向国王呈上一份奏折和一个指环。是邦德勒沃尔腾领主的奏折和维达庶格的指环。

看过奏折和指环，残暴的阿肖克悲恸不已，最后竟然晕厥过去，从王座上摔了下来。

从那一天起，暴君阿肖克收回了杀戮的诏令。他命人在各地立起石柱，在上面刻下不许杀生的诏令。

不久以后，为了平复自己内心的悲恸，国王阿肖克踏上朝圣之旅，周游佛教圣地去了。

奴隶

1

茉莉花尽管已经吐出蓓蕾，但它们可能无法再绽放，眼看着就要凋零了。最近雨水本来就少，再加上园丁也不来照料它们，花苞还没盛开就要枯死了。西下的夕阳放射出昏黄的光芒。忽然，在暮光的映照下，天边飘来一朵云彩。久违的雨终于下了起来。好心的风儿也格外帮忙，将雨滴都吹落到干涸的花苞上。娇弱的花苞怎么可能承受太多的重量呢！雨水又继续流到地上。不过这样一来，花苞倒是变得翠绿起来。

亚穆纳河中，一条尽管很小但是非常精致的木船正在微风的吹拂下随波缓缓地飘荡。船头的舱室里涌出来一群人，这群人中男的俊，女的俏。四位美丽的姑娘负责撑桨，还有一位姑娘坐下来，弹起了七弦琴。船头坐着一位华服男子，他目不转睛地盯着弹琴的姑娘。

亲爱的读者啊，这位就是声名卓著的沙·阿勒姆——德里地区的国王，他正乘舟在水上玩乐呢。

黄昏时分，太阳发出暗红色的光芒，将姑娘的脸庞也映照出一圈红色的光晕，使她看起来更为娇艳。国王贪婪地看着自己这位沐浴在阳光下的王后，嘴里不时地发出惊羡和赞赏的声音。随着国王的情绪起伏，七弦琴的声音也变得抑扬顿挫起来。曲调一会儿疾似奔马，一会儿又柔如春风，没有一刻的停息。

没过一会儿，王后的脸上开始见汗了。国王紧张地说道："好啦，朕亲爱的王后！歇息一会儿吧！你的琴弹得实在是太好啦。啧啧，真是仙乐啊！侍童，上一杯果汁来！"

"陛下，果汁来了。"随着声音响起，一个俊俏的男孩儿来到近前，手里端着一个杯子，脸上洋溢着灿烂的笑容。杯子装得很满，里面的果汁都要溢出来了。男孩儿浓密的头发像是一道帘子，遮住了他的眼睛。他一手端着杯子，一手去捋眼前的头发。头发被拨开，正好这时国王与王后看过来，两人顿时吃了一惊。王后倒吸一口凉气，国王看上去也想发出一声赞叹，但他硬是忍住了，只是吩咐道："把这杯果汁给王后拿过去。"

男孩儿双手捧着杯子递给王后。王后接过杯子，喝了起来。

不知道为什么，喝了果汁的王后并没有觉得凉爽，反而有点燥热，心跳也加快了一些。国王看向男孩儿，吩咐道："再拿一杯来！"

男孩儿快速向后舱跑去，没一会儿，端着第二杯果汁又回来了。国王一口气将果汁喝完，伸了个懒腰，向男孩儿招招手，说道："卡迪尔，过来给朕做个手部按摩。"

男孩儿恭恭敬敬地坐到国王身前，把他的手指抓在手里侍弄起来。

看上去，因为喝了果汁的原因，王后变得更热了。她俯下身子，把手探出小船的边缘，拨弄着亚穆纳河的河水。她的身子下面垫着一个天鹅绒靠枕，她把重量都压在了靠枕上。

在俊俏男孩儿的悉心护理下，国王的手指变得有如绽放的蓓蕾般鲜亮。男孩儿的目光定定地望着天空。忽然，国王吩咐道："米娜！你去告诉内务总管，让他好好地调教调教这个卡迪尔。朕就把这个孩子交给他了。"

一位撑船的姑娘行礼后应声道："遵命，陛下！"

王后抱紧了怀里的靠枕，但她什么也没有说，还是静静地趴在那里。

2

一晃，好多年过去了。卡迪尔现在已经长成英俊的少年。他那宽阔的肩膀、强壮的手臂、厚实的胸膛都充满了男性迷人的魅力。可事实上，他已经不能算是一个男人了，因为他被惨无人道地剥夺了男人的生殖能力。

卡迪尔已经成为最受国王宠信的内侍，变得名声在外。现在，他人在哪儿呢？看，他在王宫的门口站着呢。

到处都是盛装的人群，人人精神振奋。今天将要举行一场盛大的宫廷会议。每个人都尽自己所能地装扮了一番，此刻，他们端坐在自己的位置上。国王也坐在王位上。例行仪式过后，国王开始了封赏。他替一些人升了官，给一些人赐了赏。有人获赠宝刀，有人晋升爵位，有人增加俸禄。然而，进行完这一切之后，国王看上去还是一副意犹未尽的样子。他用眼神在找着什么人，手上无意识地打着节拍，明显是在做着什么决定。国王一言未发，群臣也只好候着。国王向一个方向望去，叫道："传内侍卡迪尔！"

卡迪尔早已穿戴整齐在自己的房间里候命，只剩下一把镶柄的匕首还没有别到腰带上。这把匕首是有一回国王被他哄高兴了之后赏给他的。别上匕首，他向一面大镜子走去，想照一下自己的仪容。卡迪尔站到镜子前，朝里看去。里面的人真是太好看了！这是谁的影子？我的？一点儿也不夸张，连卡迪尔自己都被镜子里的眼睛迷倒了。自我陶醉了一会儿，他开始细细打量自己的仪容。

他那充满男性魅力的俊美脸庞在朝阳的照射下熠熠生辉，两侧饱满的面颊因为喜悦而漾满红晕，眼角带着醉人的微笑。整个世界好像都因为他的存在而变得更加美丽了。

护卫进来禀道："陛下在大殿唤你呢。"

卡迪尔吓了一跳，像一个泄了气的皮球似的，瞬间失去了所有的颜色。他意识到，自己早就不再是一个正常的少年，已经不能算真正的男人了。他身为一个人的所有乐趣已经被残忍地剥夺了。

卡迪尔想起自己那已经变成一种沉重负担的人生。生活原本应该如一片阳光般美好，却忽然间布满阴云，只能在焦虑不安中度日。卡迪尔的心中充满了忿恨，恨不得能不顾一切地一下将镜子砸烂。

刚刚所有的幸福和陶醉在一瞬间都烟消云散，卡迪尔重又跌回到难以忍受的现实中来。他咬牙切齿地把匕首从腰间抽了出来。

等到心情平复了一些，卡迪尔犹豫了一会儿，然后慢慢地向宫殿走去。来到国王面前，他恭敬地行了一个礼。

国王不满地问道："卡迪尔！刚刚你在哪里，怎么来得这么慢？"

卡迪尔慌忙道："陛下！请开恩，原谅奴才的罪过吧。"

国王（笑着）说道："你犯了什么罪过啊，卡迪尔？"

卡迪尔（略显激动地）道："陛下，奴才来迟了！"

国王说道："好啊，那朕得惩罚你。"

卡迪尔（恭敬地）说道："陛下圣明，奴才还有一个请求。"

国王问道："什么请求？"

卡迪尔说道："如果要罚的话，那就请将我逐出宫一段时间吧。"

国王说道："这可是很重的惩罚啊，卡迪尔。不需要如此。朕本来是想给你一些赏赐的，希望你能谨记朕的恩德。下次不允许再这样了。"

卡迪尔双手合十，说道："陛下，那么请准许我离宫一段时间吧，我想回去陪伴老父亲一阵子，也好尽一尽孝道照料他。"

国王（惊诧地）说道："朕赏赐的田产足够他生活了吧？他在萨哈兰普尔应该过得很安逸才对。"

卡迪尔哀求道："可是陛下，我已经长大成人，也应该尽一些孝道了啊。"

国王想了想，说道："好吧，准奏。为了让你能时刻警醒，朕再赐予你千夫长的职位，这样，有了责任，你就不会忘记回来的时间了。"

群臣开始山呼"谢主隆恩"和"陛下圣明"。卡迪尔不情不愿地加入众人的行列，努力表现出一副衷心喜悦的样子。

3

印度之子，印度教徒的救世主，伟大的国王西瓦吉[①]是一位非常勤勉的君王。在位期间，他曾经颁布了一系列让马拉塔人受益匪浅的政策。沙·阿勒姆即位之后很好地延续了这些政策，收效显著。阿勒姆麾下有一位猛士叫辛提亚，他的英勇在马拉塔乃至全印度都

① 在真实的历史中，西瓦吉是马拉塔帝国的创立者。

被人们所称道。辛提亚统辖的军队是阿勒姆能够坐稳德里王位的保障。只要辛提亚还对阿勒姆忠心耿耿，那么没有人能够动摇他的统治，因此，辛提亚可以说是阿勒姆以及他的王国当之无愧的守护神。然而事情总是两面的。在经过了长年的安逸统治之后，阿勒姆的血性早已消失殆尽。

辛提亚带兵到南方调解地方纷争去了。现在，国王最倚仗的人是一名大臣，叫曼苏尔。尽管阿勒姆很器重曼苏尔，但他却依然因为印度教徒辛提亚一人之下的地位而耿耿于怀。

乘着辛提亚不在，卡迪尔率领帕坦人[①]高举起义的大旗，从萨哈兰普尔一路攻到德里，在城外安下了营寨。曼苏尔全权负责处理这项事务，与卡迪尔开始了谈判。谈判中，卡迪尔成功地迷惑了曼苏尔，让他以为自己的目的只是谋求丞相的位置而已。

在大理石建成的城堡里，年迈的国王阿勒姆正靠躺在华美的坐垫上，曼苏尔抱手侍立在他跟前。阿勒姆用低沉的声音问道："怎么着，曼苏尔，卡迪尔真的在攻打德里城，想抢走朕的宝座吗？是朕给了他现在的地位，而他就是这样回报朕的吗？为什么每个人最后都是这样呢？你倒是说啊，给朕说个清楚！马上就说，别想着糊弄朕。"

曼苏尔说道："陛下，他只是一个奴隶罢了。他带人起义无非是想得到荣华富贵。另外，他还有一个请求，就是请陛下不要将朝廷大权交在一个印度教异教徒[②]的手中。我想，如果我们让他来做这个丞相，他难道就做不好吗？"

---

① 帕坦人：即普什图人，如今主要分布在巴基斯坦和阿富汗境内，伊朗也有少量分布，是一个信仰伊斯兰教的民族。

② 本篇中的马拉塔帝国是伊斯兰教王朝，其皇室以及主要统治阶层都是穆斯林。在有些激进的穆斯林心目中，印度教徒都是异教徒。

阿勒姆："曼苏尔，这么说朕该当接受这样的请求咯？"

曼苏尔："陛下圣明！卡迪尔希望能当上丞相，并且统领那些帕坦人奴隶。他只是对辛提亚心存不满，对陛下是绝对没有二心的。"

阿勒姆（稍微支起身子）说道："哎，曼苏尔。朕从小把他养大，却换来这么一个结果。"

曼苏尔（在心里）嘀咕道："还不是因为你，为了满足一己私欲，把人家弄得不能当男人了，这才让人家这么恨你。"

阿勒姆急了，催促道："说啊，曼苏尔！为什么不说话？你说，他会不会忘恩负义呢？"

曼苏尔忙道："陛下，要不，我们就满足他的请求，先让他当这个丞相如何？"

阿勒姆哂道："给他个丞相的位置朕倒是没有意见，可问题是他能干得来吗？"

曼苏尔道："陛下，到时候他要是真的干不来，那就有他的好看了。辛提亚也就能明白您的一片苦心了。"

阿勒姆喜道："此计甚妙！你去和辛提亚说，就说朕是被逼无奈才让卡迪尔当丞相的，卡迪尔趁他不在的时候用武力胁迫朕，从而攫取了这个位置。"

曼苏尔又道："这样做其实还有一个好处，就是可以让那些穆斯林平民也对陛下感恩戴德。那么，我这就去安排召见他的事宜啦？"

4

卡迪尔开始在德里城内为所欲为。他将国王的亲信都罢免了官职，然后换上追随自己的帕坦人。在卡迪尔的纵容下，这些帕坦人正在洗劫城里的一切。对可怜的女人们来说，他们就像恶魔一样可怕。为了免于受到凌辱，她们不得不将自己所有值钱的饰物褪下，交到这些恶魔手中。然而，兽行还远远没有结束。国王阿勒姆满脸愤慨地坐在王座上。卡迪尔带着手下的帕坦人将他团团围住。

阿勒姆说道："卡迪尔，快收手吧！就当是发发善心。所有的一切都是你造成的。你为什么要无缘无故地这样对朕呢？"

卡迪尔："行啊，除非你把所有的金银珠宝都交出来。"

一个帕坦人附和道："对啊，对啊，见者有份，我们也要分一些！"

阿勒姆："卡迪尔！朕已经什么也没有了。你为什么要如此为难朕呢？"

卡迪尔："你不知道吗？我已经不能算是一个男人了。"

阿勒姆："你是因为这件事所以才这样报复朕的吗？"

卡迪尔："对像你这样的人来说，这点惩罚还远远不够。你难道没有感觉到我内心燃烧的火焰吗？想想你曾经对我干了什么？哼！我的整个人生都变得没有任何意义了。是你，夺走了我的一切！我真想一口一口地啖你的肉，饮你的血。"

阿勒姆："收手吧，卡迪尔！朕为自己曾经对你造成的伤害道歉，希望你能原谅朕！你要是想报仇的话，亲手斩下朕的头颅也行。但是，请你不要羞辱朕！"

卡迪尔："好吧，我会如你所愿的！但是在此之前，你得先告诉我把金银财宝藏在哪里了？"

阿勒姆："卡迪尔！朕身边已经什么也没有了！"

卡迪尔："这样啊。那好吧，你快从王座上滚下来吧，别磨磨蹭蹭的！"

阿勒姆："卡迪尔！朕哪儿也不去，就坐在这儿。朕曾经坐在这里向你发号施令，现在，你就在这里结束朕的一切吧。”

“这样也好。”恶魔般的卡迪尔一边说着，一边向王座走去，然后一把揪住老迈的阿勒姆，把他拖了下来。卡迪尔将阿勒姆摁倒在地，一脚踏在他的胸膛上，用匕首尖指着他的胸口，威胁道：“再给你一次机会，告诉我财宝在哪里，我就饶了你的性命。”

阿勒姆苦苦地哀求道：“朕就算活着也没有任何意义了，快杀了朕吧！”

卡迪尔：“那怎么行呢！你要是死了，我这满腔的怒火向谁去发泄呢？让我想个更好的解决办法。你从我这儿夺走了一样对我来说非常重要的东西，那我就从你那儿也拿走一样对你来说同样重要的东西。对啦，你是在用那对狗眼看到我的英俊相貌之后才决定把我阉割收进宫里的。这就好办了，把你的这对眼睛挖出来，那我的火气也就能消掉一些了。”

这么说着，卡迪尔用匕首将阿勒姆的双眼剜了出来。鲜血从变成两个黑洞的眼窝里泉涌而出。卡迪尔两眼盯着刚挖出来的眼珠，满意地笑了。

贾哈娜拉

1

一座皇宫坐落在亚穆纳河畔。此时，皇宫里面是一片可怕的沉寂。只有一阵一阵的枪炮声从远处不时传来。年迈的沙·贾汗躺在软椅上，一名女奴捧着药碗站在一旁。沙·贾汗看上去有点心不在焉，明显是在想着心事，时不时地因为响起的炮声而战栗一下。忽然，他的嘴里念叨起来："不，不，他怎么会这样做？难道孔雀王座[①]给我带来的就只有失望吗？"

"是的，您注定只能失望了。"

沙·贾汗抬起头，问道："谁？贾哈娜拉？你说的这都是真的吗？"

贾哈娜拉（走到近前）说道："是的，世界的庇护者[②]！这是真

① 孔雀宝座：指莫卧儿帝国皇帝沙·贾汗的镶有贵重宝石的王座，1739 年波斯王入侵德里时被掠走。

② 世界的庇护者：对皇帝的一种称呼，也叫世界的保卫者。

的，因为您那不成器的儿子‘达拉[①]’已经跑了，而忘恩负义的迪雷尔·汗则投靠了无情无义的奥朗则布。现在，城堡已经落在他的手中了。”

沙·贾汗说道：“可是，贾哈娜拉！奥朗则布真的是无情无义吗？他对自己年迈的父亲难道没有一点敬意吗？我这还没有死呢，他就想要坐上孔雀王座了吗？”

贾哈娜拉（眼中蕴满骄傲的泪水）说道：“世界的庇护者！正是您的这个宝贝儿子让您陷入如此境地。奥朗则布是一个来自地狱的恶魔。他就没干过什么好事。”

沙·贾汗说道：“不是的，贾哈娜拉！别这么说。”

贾哈娜拉说道：“就是这样，世界的庇护者！我就要这样说。”

沙·贾汗说道：“非要这样吗？贾哈娜拉，你怎么能这样！你的身体里面流的难道不是莫卧儿家的血液吗？你就不能给我哪怕是一丁点儿的帮助吗？”

贾哈娜拉说道：“世界的庇护者，您有什么旨意就说吧。”

沙·贾汗说道：“那就把我的宝剑递给我。当它在我手中的时候，没有人能将孔雀王座从我这儿夺走。”

贾哈娜拉赌气地说道：“是，世界的庇护者！如您所愿。”说完，将宝剑递到年迈的沙·贾汗手上，然后站到一旁。沙·贾汗站起身来，跌跌撞撞地走了几步，身子一软，又向地上倒去。贾哈娜拉公主一把抓住皇帝，扶着他向孔雀王座所在的大殿行去。

---

① 原词“Dara”意为“妻子”，这里将沙·贾汗的儿子称作“Dara”是一种讽刺。翻译时音译为“达拉”。

2

年迈的沙·贾汗坐在孔雀王座之上，贾哈娜拉戴着面纱坐在他身边。此时还留在皇宫中的大臣们侍立在一旁，宫廷诗人也在其中。在沙·贾汗的示意下，诗人正准备开口歌功颂德。可是，刚刚说了一个字，他的脑袋就飞了出去！所有人都大吃一惊，转头望了过去。

身披铠甲的奥朗则布站在大殿之前，正用一块手帕擦拭着自己的宝剑。他打了一个招呼，然后朗声说道："听闻陛下最近身体抱恙，儿臣义不容辞，因此特来看望一下。"

沙·贾汗（浑身颤抖地）说道："可是，王儿啊！你有必要这么滥杀无辜吗？现在……现在你看看，诗人都这么一大把年纪了，就这么被你杀了。唉！我简直不忍目睹！（又是一阵颤栗）怎么着，王儿，你要把我也……"（说到这里他昏了过去，从王座上滚落下来。）

奥朗则布（对自己的手下）吼道："把这具肮脏的尸体拖下去！"

贾哈娜拉再也坐不住了，跑去取来香水，往年迈的父亲脸上洒去。

奥朗则布（看向那边）说道："嗨！这个还抓着我老父亲的是谁呀？（转向沙·贾汗的亲信们）你们这些人全都太没用了。看到了没，我亲爱的父亲已经成什么样了，到现在也不知道把他扶到床上去。"（所有人随奥朗则布向王座的方向行去。）

贾哈娜拉见众人围了上来，站起身子，飞快地掏出一把匕首，另一只手举起一张盖有玉玺的纸，喝道："你们看清楚了，我有诏令在手。我命令你们都老老实实地待在原地，别让我说第二遍。"

所有人都看向那份诏令，只见上面写道："见持此诏者如朕亲临，所有人等皆须奉其号令行事。”

看到王令，所有的人都弯下腰去，包括奥朗则布在内。现场陷入短暂的寂静。

忽然，奥朗则布挺直身子，吼道：“把这个妖妇给我抓起来！她这都是在妖言惑众。除了陛下，我们谁的命令也不听。”

所有人又开始向那个女人逼近。她见局势即将失控，一把扯下自己的面纱。众人见到她的面容后，躬身退了下去。奥朗则布又一次低下头去，嘴里嘀咕了两句，大声喝道：“我当是谁呢，贾哈娜拉，你怎么在这儿？”

贾哈娜拉反问道：“奥朗则布！你又怎么会在这儿？”

奥朗则布（转头向自己的手下看去）说道：“孩儿们！我看公主殿下的脑子坏掉了，否则她是不会这么恬不知耻地到这里来的。你们有必要去好好地保护她。”

贾哈娜拉回道：“奥朗则布，那你的脑子又是怎么回事呢，让你变得对自己的父皇都这样粗鲁……”

刚说到这里，王子飞快地从她手里夺下匕首，说道：“我劝你好自为之。快回宫去，不然的话……”

贾哈娜拉见状，不再淡定，开始像寻常女人一样哭闹起来。她向奥朗则布哀求道：“奥朗则布！你为什么一点同情心都没有呢？”

奥朗则布说道：“问我为什么没有同情心？公主殿下！是，达拉是你的兄弟，可要知道，我也是你的兄弟，但你为什么如此偏心？”

贾哈娜拉回道：“他和你不同，他并不妄想夺取父皇的王位，而是安分守己地履行着自己的管理职责。”

奥朗则布又问道：“难道我就不能做那些事情吗？算了，我干吗和你争论这些，没这个必要。来人呐，公主殿下想回宫去了。”

贾哈娜拉痛苦地看了一眼昏迷不醒的年迈父亲，按照奥朗则布的吩咐回宫去了。

3

亚穆纳河边的一座宫殿里，沙·贾汗躺在床上。贾哈娜拉坐在床头。

当奥朗则布问起贾哈娜拉她想住在哪里的时候，她要求和自己年迈而又不幸的父亲住在一起。现在，她穿上普通女仆的衣服，全身心地照顾着遭此厄运的父亲。

贾哈娜拉的身上不再穿着光彩照人的公主裙，只有朴素的衣裙，映衬着她恬静的脸庞。宫殿里四处静悄悄的。贾哈娜拉将身边所有的东西都分给了附近的穷人们，连自己随身的贵重细软也没有留下。现在的她俨然一副苦行的修女模样，带着一丝圣洁的味道！她从来不会因为什么事情而责骂下人。她的居所之中只有一些生活必需品，其他的什么也没有。

年迈的沙·贾汗躺了许久，睁开眼睛说道："女儿啊，从现在开始我不需要吃药，拜神就行了。你也别再为我操心了。"

贾哈娜拉哭着说道："父王，只要肉身还在，就得好好保护它啊。"

沙·贾汗没有再说话，沉默下来。贾哈娜拉又陪着坐了一会儿，然后站起身，来到亚穆纳河边，将药瓶扔进了水里。

她在河边坐了下来，看着缓缓流动的亚穆那河水出神。她心想："莫卧儿帝国就像这亚穆那河一样后浪推着前浪。沙·贾汗还活着呢，可是已经不坐在皇位上了。"

她就这样坐着，想着，直到月光不再倾洒在她的面庞上。

4

贾哈娜拉公主成了一位苦修者。她的内心不再有凡人的各种欲望，而是充满了悲天悯人的情怀，使她整个人散发出圣洁的光辉。她比之前更加豁达了。她非常同情受压榨的受苦受难的人们，认为他们真正需要的是“实实在在的同情”。看到她的这种改变，铁石心肠的奥朗则布也转变了对她的态度。之前，奥朗则布禁止她自由行动，现在也就随她去了。可是现在的她哪里还有空闲去享受自由的生活呢？整天忙于照料父亲和帮助受苦受难的人们，她已经一点儿空余时间也没有了。为了伺候她，数以百计的奴仆在一旁垂手而立，可她自己却像个奴仆一样，忙着照顾自己的父亲。根据年迈的沙·贾汗的要求，扶他起身，陪他坐着，有的时候搀着他去亚穆那河畔散步，或者藏起来逗他开心。

年迈的沙·贾汗走完了他在这个世界上的最后一段旅程。现在，贾哈娜拉没有什么可做的了，只能在宫里四处转悠。可她对此也没有什么兴趣，反而总是回忆过去。在痛苦的回忆中，她日渐消瘦下去，还生了病。可是，她从来没喝过药。她的病情日渐严重，身体状况越来越差。奥朗则布听说了这些之后也坐不住了，跑来看望贾哈娜拉。

奥朗则布看到贾哈娜拉躺在一张老旧的床上，身下垫着一块破床单，已经奄奄一息了。此刻，世上的一切对贾哈娜拉来说都没有任何意义了，即便沙·贾汗在保佑着她也无济于事。数百名医师为了医治好她而忙碌着。奥朗则布站在一角看着这一幕！

这幅场景能让铁石都融化。奥朗则布的眼里溢满泪水，跪坐到地上。他探过头去，问道：“姐姐，你有什么要对我说的吗？”

贾哈娜拉睁开双眼，把一张纸条递到奥朗则布手上。奥朗则布收下纸条，然后问道："姐姐，你会原谅我吗？"

贾哈娜拉抬起双眼望向天空。此刻，天空中突然闪耀起一道仿佛来自天堂的光辉，她就这样定定地望着。奥朗则布站起身，擦干眼泪，看向纸条。只见上面写着：

"希望我的坟墓上只有小草，没有任何其他装饰。"

莫登和莫尔娜里妮

十胜节[①]的庆典结束了。一群孩子还在兴致勃勃地玩着，他们在演罗摩戏。

一个小男孩手里拿着弓箭，正在扮演罗摩的角色。这个十四岁大的男孩看上去漂亮可爱极了。

玩了一会儿，男孩肚子饿了，想吃东西。这个时候，什么罗摩的角色啦，什么罗摩戏啦，全都被抛到九霄云外去了。男孩把弓箭一扔，飞快地跑到妈妈身边，抱住她的脖子嚷道："妈妈，我要吃东西！妈妈，我要吃东西！"在儿子的撒娇声中，妈妈的心都要融化了。

看到儿子一副急不可耐的样子，妈妈被逗乐了。她坐着没动，就想再看一会儿他着急的样子。除此以外，一个邻居正在她这儿坐着呢，这也使她没有马上起身去给儿子拿吃的。大家都知道的是，这个邻居的心眼儿很小，特别容易生气。如果孩子妈马上起身去干

① 十胜节：印历七月白半月初十，印度教徒庆祝恒河女神下凡和罗摩战胜十首王罗婆那的节日。

别的，她肯定会不高兴的。结果稍微一耽搁，她就忘了去给儿子拿吃的这件事。男孩见状更加着急起来。又过了一会儿，他见妈妈还是没有动，气急败坏地跑去拿了自己的弓箭，又跑了回来，张弓搭箭瞄准那个邻居，喝道：“你！从这儿滚出去，不然我就射你。”

两个女人只是嬉笑着劝止男孩。忽然，那支箭从男孩手中射了出来，接着就命中了邻居的脖子！此刻，这支箭在男孩妈妈的眼中无比恐怖，看上去就像是与阿周那[①]和马勇[②]手中的三叉戟一样的东西。她害怕极了，赶忙用手将箭矢拔了出来，然后给邻居清洗伤口，同时不停地安慰她。然而，受了伤的女人可没那么容易停止痛呼。

男孩的妈妈是个寡妇，身边也没个能帮忙的人。她丈夫还活着的时候，她的日子过得是很好的。现在嘛，只能靠他遗留下来的一些财产勉强过活了。她踌躇了好一会儿，从自己省吃俭用攒下的积蓄中取出二十五卢比，赔给了受伤的邻居。

邻居在发誓不会把这件事告诉任何人之后回自己家去了。然而，男孩并不知道后来发生的一切。刚一射伤人，他就害怕地跑出家门，朝着一个方向径直逃了下去。

男孩的妈妈以为儿子只是因为害怕而在什么地方躲了起来，晚上就会回家的。慢慢地，一天过去了，一周过去了，一个月过去了，几个月过去了，可是儿子再也没有回来。哀伤的妈妈忧思成疾，最后倒在床上一病不起。现在，还有谁会关心那个男孩呢！

---

① 阿周那：印度史诗《摩诃婆罗多》中的人物，般度族的五位王子之一，擅长箭术。

② 马勇：印度史诗《摩诃婆罗多》中的人物，俱卢大战之后俱卢族一方所剩三员大将之一。

一个男孩站在一幢富丽堂皇的房子前，好奇地打量着加尔各答这座大城市里高大的房子和宽阔的街道。这几个月里，男孩一路走来受尽了磨难，到达这里已经是筋疲力尽了。

现在该做些什么？是不是要找个人，向他倾诉一下这一路的苦难历程呢？男孩心里正在想着这些问题的时候，一位先生路过他的身边。这位先生身穿笔挺的衬衣，看上去彬彬有礼，应该是孟加拉人。

看到男孩骨骼宽大、身材匀称、面庞清秀，这位孟加拉男人停下脚步。他以为男孩是外国人，于是问道：

“你是从哪儿来的？”

“呃……在……”

“那你是怎么到这儿来的？”

“逃来的。”

“想要找份工作吗？”

“是的。”

“那行，跟我走吧。”

男孩心想，自己除了当佣人还能干什么呢，有人肯要自己就不错了。于是，他答道：“行，走吧。”

孟加拉男人领着男孩穿街走巷，来到一座房子的大门前。门卫连忙起身向他问好。男人把男孩带到一个房间。一个小伙子坐在房间里，正埋头写着什么。他的面前散落着一堆稿纸。

小伙子抬头看见男孩，问道：“父亲，您带这个男孩来干嘛？”

“他是来给你做事的。你不是需要一个人手嘛，所以我就找了他，给带过来了。以后他就留在你这儿了。”男人说完就离开了。

男孩在小伙子的招呼下拘谨地坐了下来。两个人开始聊天。

小伙子先问道：“那么，你叫什么名字？”

男孩（想了一下）答道：“莫登。”

小伙子说道：“这是个好名字啊。对了，你先说说看，想吃点什么？你会做饭吗？”

男孩答道：“饭倒是不会做。我们都是有点什么食物，随便一弄就吃了。不过……”

“行了，你没必要为这个担心。”说完，小伙子喊道：“有人在吗？”

一个仆人小跑着过来了，问：“少爷，您有什么吩咐？”

小伙子说道：“你带他吃饭去。”

吃过饭，男孩又回到小伙子这里。小伙子带他熟悉了一下自己的房子，然后给他安排了以后住的地方，就在对面的小屋里。

男孩遵照小伙子的吩咐去到那间小屋。只见屋里摆着一张再普通不过的长凳，还有盛水的大缸、陶罐和杯子。他安静地在凳子上躺了下来。

躺下之后，男孩脑袋里回想起很多往事来。一件一件的事情走马灯一样闪过，令他陷入了情感的牢笼。童年的伙伴，无忧无虑的玩乐，罗摩和罗波那的战斗，紧接着就是十胜节那天发生的事情，箭射进邻居的身体，妈妈的惊慌失措，一路上的苦难……男孩越想越害怕，渐渐地，思绪又转进另一条死胡同里。

男孩想起小时候在妈妈怀里听到的传说，那些关于小岛上食人族的可怕故事。这下他更害怕了。紧接着，他的脑海里就闪现出一件令他坐卧不安的事情——这些人把我带到这里是当佣人来的，可为什么又让我这么舒服地待着呢？该不会是像那些小岛上的人一样，等着吃我吧。这一来，先前的惬意早跑到九霄云外去了。男孩觉也睡不下去了，开始辗转反侧，心里寻思着，必须得想个什么办法从这里逃出去。

不过，睡觉是一件多么诱人的事情啊！它能让人在极度痛苦的时候也享受到快乐。尽管男孩被所有这些事情吓得半死，但过了一会儿，他还是睡着了。

莫登在这个家里住了下来。现在，他看上去已经不再像最开始那样胆战心惊了。不过，有的时候他还是会胡思乱想，这些人为什么对我这么好呢，为什么让我过得这么享受呢。也有例外的时候，每回莫尔娜里妮让他去做饭的时候，他就会忘掉所有这些烦恼。小心，烙饼要糊了，给它翻个面，把豆子煮上……每当从莫尔娜里妮的嘴里听到这些有如维纳琴的琴音一样悦耳动听的话语，男孩的心里就忘掉了所有伤痛，甚至连对妈妈的思念也会被抛到脑后。

尽管莫登原本只是一个涉世未深的孩子，但在大城市住下之后，他自然而然地很快成熟起来。他从不给其他人做饭，因此每次都是等莫尔娜里妮来叫他。她会在他做饭的时候给他扇风。

莫尔娜里妮是主人家的女儿，长得貌似天仙。大大的眼睛，秀美的脸庞，婀娜的体态，长及脚踝的发辫，这些都让她看上去愈加美丽。她只有十三岁，但是却表现出超越年龄的成熟。

随着两人相处日久，一种特别的情愫在彼此之间逐渐产生。每当男孩的脸颊被火焰的温度烤得通红，或者眼睛被炊烟熏得流泪的时候，女孩就会哭着把扇子丢给他，抱怨道：“拿着，快用它扇扇。

怎么总是做些无用功呢？你都做了这么久的饭了，竟然还没学会！”

摆脱火烤的痛苦后，莫登总会感到口渴，肚子也饿得咕咕叫。可是，在忍着饥渴离开的时候，他的心里却充满欣悦。他总会想：“莫尔娜里妮啊！你为什么偏偏是一个孟加拉人呢？”

莫登为什么会这样想呢？他们两个人男的俊女的美，同样都还是孩子，同样都天真无邪，同样都富有热血、希望和激情，内心同样都充满光明，同样都拥有一个极乐的梦想！

在收留莫登的家庭里，男主人叫阿玛尔纳特·班纳吉，女主人叫希拉莫尼。他们有一个儿子和一个女儿，儿子叫吉肖尔纳特·班纳吉，女儿叫莫尔娜里妮。班纳吉先生在孟买和加尔各答两地都有店面，经营着日用品的零售业务。此外，他还做珍珠生意。他在锡兰[1]设有办事处，负责从当地采购珍珠。他在锡兰还有一些地产，可以获得可观的租金收入。他大部分时间都在孟买或者加尔各答，要么去孟买的店里巡视，要么住在加尔各答的家中。家里钱是花不完的，什么东西都不缺。尽管生活无忧，但是班纳吉先生却总在为一件事情而烦恼。

世上有谁没有烦心事的呢？飞禽，走兽，虫豸，有生命的，无生命的，万物都会有这样那样的烦恼。哪怕是瑜伽行者，他们即便已经六根清净，抛却了世间的七情六欲，却也不能例外。如果他们不进行自省的话，又怎么能被称为瑜伽行者呢？[2]

---

① 锡兰，今斯里兰卡。

② 在印度人看来，人因为有烦恼，所以需要通过自省来消除烦恼。这里作者想表达的意思是既然瑜伽行者需要进行自省，那么他们显然也是有烦恼的。

然而，班纳吉先生的烦恼又是因为什么呢？从他和妻子的这段对话中可以看出一些端倪来。

阿玛尔纳特叹道："女儿是准备一辈子不嫁人了吧？到现在为止婚事还没有着落。"

希拉莫尼说道："还不是因为你在锡兰做生意，还在那儿住过，所以人们都戴着有色眼镜看你。"①

阿玛尔纳特抱怨道："我才不在乎这些破规矩呢。我只是想在同种姓里给儿子和女儿找个结婚的对象。以前的人们难道没有去周边岛屿上做过生意吗？我又没有改信其他宗教。这些人简直是太无聊了。还有，如果没有人运来吃的喝的，靠这些整天只知道拜神求仙的人，难道就能让所有人都吃上饭吗？"

希拉莫尼说道："那你能怎么办？如今的世道呐，只有虔心向道的人才是上等人！"

阿玛尔纳特说道："看来，为今之计我们只有离开这里了。"

希拉莫尼问道："这样的话儿子和女儿不还是只能打光棍吗？"

阿玛尔纳特说道："不会的。现在，你带着所有人到那个地方去。我们在这里也住了好些年了，可是生意上一点起色也没有，那么为什么还要在这里耗费时间呢？我们原本以为自己能融入这里，但现在看来，这也只是一个奢望罢了。"

与莫尔娜里妮的接触使莫登的心中充满欣悦。单纯的莫尔娜里妮对莫登的感觉也很好。吉肖尔纳特很喜欢莫登，经常叫着他一起

① 在印度教传统中，印度教徒是不能离开印度本土的，否则就会被视为不洁。在种姓制度的约束下，不洁的人是不受欢迎的，所以人们不愿意与这样的家庭结亲。

出去散步。两个人的友谊日渐加深。每回莫登陪吉肖尔纳特出去转一圈回来之后，只要听到莫尔娜里妮动人的声音，他就会异常地满足。

莫登快乐地生活着。然而，当听说班纳吉先生要举家搬迁的消息之后，他的心里涌起一阵悲伤。他开始为自己的未来担心，想着主人会不会让自己也跟着一起离去。还有，如果他让我一起走的话，我该怎么办？到底要不要跟他们一起走？

就在莫登想着这些问题的时候，吉肖尔纳特突然出现在他面前，吓了他一跳。他站起身来，问道："您说吧，你们是怎么决定的？到底要去哪里？"

"什么意思，你不去吗？"

"哪儿？"

"我们要去的地方啊。"

"我问的就是这个。你们要去哪里啊？"

"锡兰。"

"您是说要带我一起去吗？"

"你还怕去了会有什么麻烦吗？"

（展示了一下手上的圣线[①]）"您看看这个！"

"也就是说你不能去海外了？"

"听说去了海外就会失去种姓的！"

"为什么？你在这边是怎么做饭的，到了那边还是一样做啊。"

"可那是要上船的！"

"这有什么问题呢？人们去恒河入海口或者圣湖朝圣的时候就不

① 圣线是身份的象征。按照印度教习俗，婆罗门、刹帝利和吠舍三个种姓的教徒必须佩戴圣线，以表明自己的身份。而他们一旦离开大陆去到海外，就会失去自己的种姓，成为不能佩戴圣线、无法转生的低贱种姓。

用坐船了吗？”

莫登这下没话说了，心里开始活络起来。正在这时，莫尔娜里妮从远处走了过来。莫登一看到莫尔娜里妮就瞬间失去了思考的能力，脑子里像是被什么东西塞住了一样。

莫尔娜里妮问道：“怎么啦，莫登，你不和我们一起走吗？”

就像沉浸在维纳琴的旋律中一动不动的麋鹿一样，在听到莫尔娜里妮动人的声音后，莫登魂不守舍地说道：“为什么不去呢？”

大船宛如一头巨兽在辽阔的海面上破浪前行。看着这一幕，莫登不由想起了驮着般度五子[①]和黑公主[②]的瓶首[③]。

巨浪滔天，呈现出一幅壮观的景象。四面都是无边无际的海水。明月当空，将无垠宇宙中无数星辰的倒影投射在无边的海面上。

莫登长成小伙子已经有三四年的时间了，由此也变得多愁善感起来。他眺望着大海上的美景。突然，远处出现了一道亮光。莫登向亮光传来的方向看去。

初升的太阳散发出迷人的光辉，将深蓝色的海洋映照成一片通红。海浪迎着朝阳轻快地嬉戏。莫登看着无垠的大海，心中没有丝毫恐惧，因为他总是能看到那道让他情难自禁的身影，这让他心中充满喜悦，并且有足够的勇气与主人一家踏上锡兰的土地。

---

① 般度五子：印度史诗《摩诃婆罗多》中般度族的五位王子。
② 黑公主：印度史诗《摩诃婆罗多》中般度五子共同的妻子。
③ 瓶首：印度史诗《摩诃婆罗多》中般度五子中的老二怖军和罗刹女希丁巴所生之子。

莫登在阿玛尔纳特的豪宅中住得很开心。莫尔娜里妮与莫登还和在加尔各答的时候一样，整天腻在一起。这片咸水海[①]为两人带来了无穷的乐趣。黄昏时分，两个人一起在海边漫步。夕阳缓缓下沉，将自己最后的余晖洒在两颗年轻的心上。两个人伫立在海边，在凝望着浪花的同时，心也早已经迷失在对方身上。

莫尔娜里妮和莫登在海边站了很久，欣赏着这幅无边的美景。忽然，一段悦耳的旋律穿透海浪的咆哮声传了过来。

莫登和莫尔娜里妮开始聚精会神地聆听这充满异域风情的美妙乐曲。然而，声音传来之处并没有人。两个人略感奇怪地倾听着。狂风呼啸而至，像是在为这首曲子伴奏；大海卷起一阵一阵的浪花，像着魔了一样为这首曲子和声；就连无尽的苍穹也仿佛回响着这首曲子。

一艘军舰在辽阔的海面上逐渐现出身形。莫登和莫尔娜里妮两个人目不转睛地盯着那个方向。军舰靠岸了，港口的守卫开始安排军舰上的士兵登岸。

深沉的大海、寂静的黄昏以及美妙的旋律将两个人的心深深地吸引住了，他们开始谈论这所有的一切。

莫登说道："莫尔娜里妮，这音乐多么美妙啊！"

莫尔娜里妮的注意力被打断了。她回道："没有你的声音好听呢。"

日子就这样一天天过去了。莫登平时没有什么必须要做的事情。

---

① 咸水海：印度古籍往世书神话中记载的七大海之一。

心情不好的时候，他就来到海边，听听大自然的声音，以此获得慰藉。他经常潜下海去，看采珠人采珠，心里对他们羡慕不已。

莫登的主人从来也不命令他去干什么活，只是在看到他呆坐着的时候会让他去陪莫尔娜里妮玩耍。他的内心纯洁善良，周围的人都很喜欢他，他也和人们相处得很好。

世事无常，很多时候总是会发生一些出人意料的变化。

莫尔娜里妮和莫登在一间偏僻的小屋里玩牌，两个人正绞尽脑汁想赢得胜利。

正在这时，阿玛尔纳特先生突然来到这间小屋。他满面怒色，一进屋就叫道："怎么着，小流氓！你是在勾引我女儿吗？"

莫登闻言呆住了，小心翼翼地问道："怎么了，老爷，我做了什么？"

阿玛尔纳特喝道："现在是我在问你！你是不是想引诱我女儿和你一起私奔？"

莫登答道："老爷啊，您在说什么呢？您怎么能这样怀疑我呢？肯定是有哪个小人在您面前乱嚼舌根来着。"

阿玛尔纳特说道："那行，你马上离开这里，从今往后你就住到另一间小屋里去。你给我记住，以后不要让我看到你和莫尔娜里妮再待在一起，否则的话，我就把你扔到海里去。"

莫登跟在阿玛尔纳特先生身后离去了。莫尔娜里妮失落极了，善良的她完全无法接受莫登所受的遭遇。她像失去攀附物的爬山虎一样一下子跌坐在地，嘤嘤地哭了起来。

莫尔娜里妮把门从里面关上。又哭了一会儿，情绪总算平复下来。

几个小时之后，莫尔娜里妮的妈妈来了。她叫开了门。只见莫尔娜里妮穿着的丝绸纱丽的衣襟部分湿漉漉的，脸上的泪痕倒是已经干了，不过眼眶却还是红通通的。显然，她刚刚为莫登的事情痛哭过，才会变成现在这副样子。世上的事情就是如此出人意料。

———

莫登一个人住之后害怕极了。为了排解心中的苦闷，他有的时候会来到海边，一直呆坐到太阳西下。只要太阳还挂在天边，他的视线就跟在它后面慢慢移动。他的心中时常涌起幻想和冲动，每当这时，他就会觉得自己与大海融为了一体。

如今，莫登在这个世上已经一无所有。妈妈在印度是活着还是死了，这个可怜的孩子不得而知。莫尔娜里妮曾经是他活在世上唯一的希望，是他快乐的源泉，是他心灵的港湾，可现在呢，也被从他身边夺走了。妈妈，祖国，爱人，莫登身边还剩下什么？莫登因为自己遭受的屈辱而忌恨不已，甚至心灵都变得扭曲起来。他开始相信，与这一家人住在一起根本就是一个错误。既然他们瞧不起自己，那自己为什么还赖在他们这里？

这么想着，莫登的内心做出了一个决定。他穿上衣服，向海边走去。正走着，忽然，一个人在他背上拍了一下。他踉跄着摔倒了，扭头向后望去，问道："啊，是您吗，吉肖尔少爷？"

吉肖尔纳特笑着说道："你这像巴格达的骆驼一样慌里慌张地是要到哪里去呀？"

"不上哪儿去，就是去海边转转。"

"为什么去海边？"

"去找个地方避一避。"

莫登泪眼矇眬地看着吉肖尔，憋出这句话来。

吉肖尔掏出手帕给莫登擦了擦眼泪，说道："莫登，我知道因为那天父亲羞辱了你，所以你感到很痛苦。可是你想想看，这是谁的错呢？如果不是你每天都和莫尔娜里妮腻在一起，父亲为什么要生你的气？"

莫登听了这话不乐意了，他愤愤地说道："这是谁在老爷面前嚼的舌根？我勾引她了吗？谁看见了？吉肖尔少爷！你们是主人，当然可以想说什么就说什么。您照顾了我这么久，所以，只要您吩咐，就算是要莫登跳海，我也绝不会皱一下眉头。但是，请不要污蔑和羞辱我。"

说着说着，莫登的脸因为气愤涨得通红，眼睛里盈满了泪水。接着，又是一番赌咒发誓，表达自己的无辜和愤慨。

吉肖尔说道："关于这一次的事情，其实我什么也不知道，就是听母亲说起好像是工头在父亲面前抱怨了你几句，结果父亲就朝你发了一通火。"

莫登说道："你们平时对下人也太和善了，因此这些毫无诚信可言的人总是会在背地里侵吞你们的财产。我就见过那个工头偷偷地把珍珠卖回给那些采珠人。我问他珍珠是从哪儿来的，他就抱住我的脚，求我不要告诉老爷。我把他痛骂了一顿，警告他别再做这种事情，不过后来也没有对你们说起这件事情。就因为这，他才会恶人先告状吧。你们其实什么隐情也不知道，就这么简单相信了他说的话。"

莫登一边说着，一边站起身来。吉肖尔拉住莫登的手，让他又坐了下来，自己也坐下，然后说道："莫登，别急着走，先坐下听我说几句话吧。我们肯定会惩罚那个工头，也会为你洗刷冤屈。但是，我接下来要说的话，也希望你能放在心上。莫尔娜里妮现在已经不是小姑娘了，你也已经不是小男孩了。你对她的感情对我们来说也不是什么秘密。我们正在考虑给你和莫尔娜里妮举行婚礼呢。”

听说要安排他和莫尔娜里妮结婚的事情，莫登一下子跳了起来，心想，这算是什么事情？他们是孟加拉的婆罗门，而我是来自异邦的穷小子，也不是婆罗门，我们之间怎么能结婚呢？！他们不会是在哄我吧。我该和他们一起抛弃自己的信仰吗？是不是就因为这他们才会对我这么好，才会让我随心所欲地和莫尔娜里妮交往，甚至是住在一起？我是真心想和莫尔娜里妮在一起的，也能肯定她并不是不爱我。可是，这桩婚姻是不可能实现的，因为这涉及宗教和信仰的问题。我可没有进行宗教裁决的能力。我只知道自己从来没见过，也没听过这样的婚姻。在这样的情况下我怎么能答应这桩婚事呢？

莫登心里想着复杂的心事，时间就这样过去了好久。直到听见吉肖尔纳特说：“好吧，你想好了之后告诉我。”他才一下子惊醒过来，连忙转眼望去，却发现吉肖尔纳特已经走了。

莫登并没有特别在意吉肖尔纳特的离去，而是继续沉浸在自己思绪的海洋里。

脑海中出现了莫尔娜里妮的身影，莫登的心开始剧烈地跳动起来。这种感觉让他快要窒息了。他心想，我一定要脱离这样的宗教！我是不可能放弃莫尔娜里妮的。

莫登坚定了自己的想法，然后转过脸去，开始凝望深沉的大海。

有一些富人正在海边往海里扔钱币，然后饶有兴致地看人们再去海里打捞它们。莫登心想，对恋人来说最重要的是“爱”，而对得道的人们来说永恒的财富则是“信仰”。

祭品[1]

蜜蜂享受过如美酒般醇香的花蜜，在嫩绿的叶子上睡着了。花瓣上，露珠还未干涸，看上去有如美丽的姑娘脸庞上滴落的汗珠。太阳放射出金灿灿的光芒，却并没有给它们带来太多温度。一些花儿已经绽放！但是，还只开到了一半。清晨，萨勒拉到树林里，摘下一些香气四溢的鲜花，再将它们用圣洁的树叶包裹上，揣在衣襟里，然后来到神庙里。洪亮的钟声在回响。檀香和番红花被点燃，使得神庙的拱门和院墙都飘溢着淡淡的芬芳。满眼都是纯金的饰物和供奉用的银器，巨大的铜盘[2]被无数花篮围绕。神像上镶满珠宝。

萨勒拉挤进人群看热闹。只见神像脚下已经被花环包围，有茉莉花编织成的，也有刺桐花的，还有其他各种鲜花的。莲花在旋转，那些极具艺术色彩的神像嘴角挂着微笑，闪耀出宝石般的光芒，仿佛在嘲笑那些花儿。萨勒拉都看晕了，这里到底有多少花儿，数也

---

① 这里的“祭品”特指信徒们完成祭礼之后，由神职人员分发的提前准备好的花瓣、甜食、果品等物。

② 铜盘是祭祀仪式的道具，被用来盛放酥油灯。

数不清，问也问不明。她手里攥着树叶包站在角落里。

成群的信徒纷纷将自己带来的供品和礼物敬献给神，甚至宝石、金币也被抛向神的脚下。祭司向信徒们分发着祭品。信徒们领到祭品后愉快地离去了。萨勒拉等不及了。她挤上前去，都没有打开自己手中的树叶包，也没有看里面包着的开了一半的花朵，就遮遮掩掩地抛了出去。[①]不过还好，树叶包正落在神的脚上。祭司避过众人的视线，把树叶包拨到一边。萨勒拉又回到角落，站在那儿。人们进来，拜神，钟声，被践踏的花，檀香和番红花的灰烬，抛洒的金银珠宝……这番景象一直持续到很晚。萨勒拉静静地立在一角，看着这一切。

进行阿尔迪[②]的时刻到了。来供奉的人都出去了。祭司捧着镶有宝石的金制托盘，准备开始进行阿尔迪仪式。在此之前，他先清理掉神像旁的花，又收集起供品中的珠宝、金银、首饰等贵重物品。神像裸露了出来，上面只剩很少的装饰物。忽然，祭司的目光落在那个树叶包上。他把它打了开来，里面是一些开了一半的鲜花，已经有点干枯的迹象。祭司将这些花装点在神像身上裸露的地方。他的动作唯美，让人觉得他上辈子一定是位艺术家。祭司的艺术品终于完成了。他开始虔诚地进行阿尔迪仪式。萨勒拉一直看着，可是竟然没有人发现她，或者问她“你为什么这时候还在庙里”的问题。

阿尔迪仪式还在进行，外面的钟在敲响。萨勒拉心想：“尽管我只带来几朵小花和几片叶子，可这都是为了供奉和祭拜啊，是值得骄傲的事情。供奉给谁？当然是神呐！我内心也是很虔诚的。可是，

---

① 尽管作者没有写明，但是根据全篇内容推断，小说中的女主人公应当是“贱民”。印度传统中，“贱民”是没有拜神、祈祷等权利的，因此不能进入神庙，也无法获得祭品。

② 阿尔迪：祭祀或祈祷时的一个环节，用手托着放有酥油灯的铜盘在神像或者贵宾面前画圈致敬。

唉！为了能得到祭品，为了能实现自己的心愿，我躲躲闪闪地留到现在。来供奉的人都走了，只有我还站在这儿，这到底是为了什么？还不是为了供奉之后能得到一些回赠的祭品，哪怕只有几朵花也是好的。算了，还是走吧。”

正在这时，阿尔迪仪式结束了。萨勒拉以为自己的心愿没法实现了，准备离去。走之前，她朝神像的方向望了一眼，只见她带来的花被装点在神像身上，好看极了。她又停下脚步。祭司开始四处巡视，忽然看见萨勒拉还在庙里，于是问道：“喂，你是怎么回事！怎么现在还在这里？哦，你没有领祭品。拿去吧。”也不知道祭司是没有注意到还是本就打算如此，他竟然将一串献给神的珍珠项链戴在低垂着头的萨勒拉的脖子上！神像满意地笑了。

裹破布的托钵僧

“托钵僧！喂，托钵僧！”后面传来一声稚嫩的呼唤。托钵僧扭头看去，只见一个七八岁大的男孩儿正在叫他。

一晃好几天过去了。今天，托钵僧又来到这附近。托钵僧是潜修的遁世者，从不行坑蒙拐骗之事。不过，前些日子他养成了一个习惯。每到中午的时候，他就会来到莫汉家，将自己那块脏兮兮的破布小心翼翼地铺好，坐上去，然后开始和莫汉聊天。莫汉知道他是托钵僧，以乞讨为生，就总是和母亲说一声，然后避开父亲的视线拿一些菜和烙饼给他。每当这个时候，裹破布的托钵僧脸上就会洋溢出神圣的光辉，然后像一个十来岁大的孩子费尽九牛二虎之力讨来食物后一样兴高采烈地吃起来，哪怕莫汉只是给他一块烙饼也会令他心满意足。

有一天，莫汉的父亲看见了这一幕，立刻大怒起来。他是一名狂热的雅利安社[①]成员，固执地认为托钵僧们都是虚伪的骗子，所

① 雅利安社是斯瓦米·达雅南达于十九世纪创立的一个印度教教派团体。

以很厌恶他们。他把莫汉大骂一顿，责令他以后不许和这些人来往。托钵僧笑了笑，离开了莫汉家。

那件事已经过去了好几天。今天，托钵僧又上这一带来了。他已经有意识地避开了男孩家，不过，在回去的路上还是被莫汉瞧见了。听见莫汉叫他，托钵僧就折了回来。

“莫汉！”

“你这些日子怎么没来家里呀？”

“你父亲那天不是发火了吗。”

“没关系的啦，你来拿烙饼吧。”

“我不饿。”

“好吧，那你明天一定要来哦。别忘啦！”

正说着话，一个小孩不知道从哪里冒了出来，一把拽下托钵僧身上裹着的破布，转身就跑。为了追回自己的破布，托钵僧跟在小孩后面也跑了。莫汉就站在那里看着，托钵僧一会儿就跑得看不见了。

跑着跑着，托钵僧来到一个十字路口，不小心被绊了一下，一骨碌摔倒在地，脑袋都摔破流血了。那个拿了他的破布跑走的小孩本来也没有恶意，只是恶作剧罢了，现在见状害怕起来，站住了一动也不敢动。莫汉的父亲正好从另一个方向走到十字路口，看见了这一幕，于是一把揪住小孩，然后用另一只手扶住托钵僧，想把他拉起来。一边拉，一边还用手扇小孩的脑袋。

“别打啦，别打啦，再打会打坏的！”托钵僧站起身来，一边喊着，一边想把小孩拉开。莫汉的父亲问托钵僧：“那你还为了块儿破布拼命追他？”

托钵僧脑袋摔破了都没有掉眼泪，可是看到小孩哭，他也跟着哭了起来。他说道："先生，我身无他物，也只有这样才能给这些像小罗摩一样顽皮的小祖宗们带来快乐了！"

"你是因为这个才一直留着这块破布的？"

"这些小祖宗们总是喜欢抢了破布逃跑，我就去追，追上了从他们手里夺回来，然后裹上等他们再来抢，无非就是想给他们找个乐子罢了。对金银细软感兴趣的那是窃贼，这些孩子也就是抢个破布玩玩！"说完，托钵僧替小孩抹了把眼泪，像朋友一样拥抱了他一下，转身走了。

莫汉的父亲听得目瞪口呆，叹道："裹破布的托钵僧啊！你身上裹的是破布，心里却像金子一样闪亮！！"

沙中之金

庄严肃穆的场馆，眼含热泪的人们！低沉哀伤的小提琴声，一位老妪的苍老身躯。她是骄傲的，却也惹人怜悯。

这位不幸的老妇人应该出身于一个善良人家。神啊，但凡是有恻隐之心的人看到她都会沉默下来！说句不好听的，有钱了才能享受生活。现在的年轻人动不动就讲什么民族独立啦、消除贫苦啦，全是空谈。现在我们国家的人民依然在饱受痛苦，总得做点儿什么，让他们打心底相信未来是光明的。我们国家现在需要一些值得尊敬的偶像，不管是身处逆境的还是生活幸福的。

老妇人逢人就说："我要工作。谁给我一份工作吧。"谁会给她工作呢？别说是打个水什么的了，她甚至连自己起身站立都做不到，这样的人谁还会用她呢？她不喜欢接受别人的帮助，也不吃别人施舍的食物。在她最穷困潦倒的时候，罗摩纳特老爷把她安置到了自己的店里。老妇人有个女儿，她有两个拜沙[1]的工钱。本来老妇人是

① 拜沙，印度的货币单位。

由她赡养的，可是老妇人觉得，如果一直靠女儿养活的话，下辈子就会投胎成猫啦，变色龙啦，或者别的什么动物。或许是出于自己的执念，也或许是出于宗教的信仰，反正老妇人誓死也要捍卫自己的尊严。在寒冷的日子里，她还用哆哆嗦嗦的手为自己打水。她尽自己所能地为女儿多干一些活。还记得家道中落之前，她有时候会将女儿唤来干活。那时候女儿也是这么做的。

罗摩纳特老爷按月给她支付工钱。此外，还会参照其他工人的待遇每月额外给她三四个拜沙的炒米[①]补贴。就这么过了几年安逸日子，老妇人变得无喜无悲，心情渐渐平复下来。她在店里负责的活计是打扫卫生和收拾杂物，店里忙不过来的时候也给搭把手。没人过问她干了多少活。如果店里面的其他雇工对老妇人态度不好，罗摩纳特反而会责骂他们。

秋去冬来，日子一天天过去了。每当夜幕降临、万籁俱寂的时候，老妇人就回到自己的小屋里躺下。靠自己挣来的钱填饱肚子，然后躺在广袤土地上的青草地里享受悠闲的时光，这是多少人的梦想。然而，这个梦想并不是所有人都能实现的。老妇人是幸运的，所以她对自己现在的生活很满意。

这一天，身体孱弱又饱经苦难的老妇人在杂货店里，她被安排去筛红辣椒。尽管活儿不好干，但她还是动手了。干了没一会儿，她就被辛辣的气味呛得晕了过去。罗摩纳特看见了这一幕，接着又想起自己糟糕的财务状况。他既同情老妇人，内心深处却又在犹豫。最后，还是对现实的考虑占了上风。他想，难道就不能给这个老妇人发放养老金吗？难道政府就这么困难吗？肯定是能给的吧。于是，

---

① 炒米：印度人爱吃的一种零食，主料是炒米，加入由剁碎的番茄、洋葱、香菜以及盐、咖喱粉、各种香料粉调成的酱料，用手拌匀后抓着吃。

他在心里做了决定。“你太累了，现在已经干不了活啦。”老妇人慌忙站起身，说道：“不，不，现在开始我一定好好干活。”“不必了，你现在把手上的活儿了结一下，我不打算再用你了。”

“别，老爷！我一定会给您好好干活的。”老妇人哽咽着说道。她现在已经不考虑幸福不幸福的事情了，也不考虑有没有养老金的事情，而是充满了惶恐。她想：“要是不干活的话，我还怎么好意思从老爷那里领钱呢？这不就成了乞讨了吗？”她的自尊心开始蔓延，万般思绪涌上心头。罗摩纳特轻声安慰她道：“别担心，你不会有事的。”

老妇人走了。她的眼里已经没有泪水，如同行尸走肉一般。回到家，她坐下就开始收拾自己的东西，把它们归置到小屋的一角。女儿问道：“妈，你干什么呢？”

老妇人答道：“你收拾收拾，我们准备走人了。”

罗摩纳特心里很得意，觉得自己实在是太明智了，今天做出了一个正确的决定，连神灵都会称赞自己的。

老妇人在家里坐着，心里寻思：“我这一辈子积攒下来的好名声，可不能因为受了一把米的施舍就给毁了。绝不可以！神啊，你难道看不到我受的苦难吗！他应该能听见我说的吧。”这么想着，她开始祷告。

忽然，老妇人灰暗的脸上闪现出一丝神采，她仿佛看见一缕天堂射来的圣光。那是天堂向她发出的召唤呀！她笑了，软软地躺倒在地。

第二天，罗摩纳特听说老妇人走了，去往没有痛苦的永恒世界。他拿这个月的养老金为老妇人举行了火葬。诸事完毕以后，他长叹了一口气，说道：“即便是生前非常富有的人，他们中的绝大多数在死了之后也没有能留下什么有价值的东西。而老妇人却留下了她的伟大精神，这真是沙中之金啊！”

破戒的乞食僧[1]

1

“兄弟，今天我不大想吃青豆糕，这玩意儿的口味太重了。我……”

“不行，不行！杰根纳特，给他拿两块，必须吃掉。”

“不，不，不！你这是干什么，我把它们丢到恒河里去啦。”

“好好拿着，不然小心我要你好看。”勒利德说完，一把搂住吉肖尔的脖子。月光下，吉肖尔假装可怜地用天真无邪的眼神看着勒利德。勒利德抓起两块豆糕，一把塞进吉肖尔张开的嘴里。吉肖尔嘴里塞满东西，嘟嘟囔囔地说道：“兄弟，不能再吃了，不然我会生病的。”勒利德拍了拍他白皙的脸颊，说道：“看来我得想办法让你长点胃口才行。别担心，该吃就吃，消化不是问题。”

秋日的河水静静地流淌着。河面上有一艘小船在徜徉。银月当

① 乞食僧：印度教阿库尔教派的修行者，崇拜湿婆神，不忌荤腥，有时会吃粪便、尸体等，所着服装奇特可憎。

空。勒利德带着来做客的吉肖尔坐船去了。他们两个是认识很久的朋友了。两人一路笑闹着走来。月光下，美丽的贾哈娜维[1]像是在邀请他们去探索那奇妙的世界。勒利德尽管生活富足，但他对体验吉肖尔过的贫苦生活却有着极大的兴趣。这位富家子弟在吉肖尔面前展现着自己的彷徨、无助和忧愁。他像一只懵懂的小鹿似的瞪着大而无邪的双眼，向吉肖尔诉说着自己全部的心事。这样做显然能让他的心情愉快一些，因为说过之后就好像卸下了重担一样。平时他都不愿意说这些事情给身边的人听，多难为情啊，这次正好是个机会。

勒利德有什么烦恼呢？他的内心为什么如此沉重？谁也不知道为什么。他生活中什么也不缺，但凡世上有的他都能轻易拥有，可即便这样他还是经常一脸的萎靡不振。

勒利德和吉肖尔说着，笑着，终于觉得有点累了。嬉闹过后人总是会容易疲倦。勒利德嚼着槟榔说道："走吧，兄弟，现在该回家了。"

船夫开始撑桨。吉肖尔说："兄弟，明天白天我还想再到这儿来玩。你来吗？"勒利德想着自己的心事没吱声，于是吉肖尔在他耳边叫道："兄弟，明天还来不来？"勒利德还是没说话。吉肖尔又道："说话呀，兄弟。再不吱声我挠你脚丫子啦。"

勒利德脚很怕痒，闻言只好说道："好啊，你看哪天请我尝一尝你吃的干烙饼呗？……"

吉肖尔说道："我请你吃牛奶粥……"勒利德打断道："不，不，不……我就要吃你平常吃的干烙饼。你就说吧，到底行不行？不行的话明天我就不来了。"

① 贾哈娜维，恒河的别称。

吉肖尔想了想，同意了。勒利德看了一眼月亮，把眼睛闭上了。月光穿过浓密的睫毛，散发出阵阵珍珠般的光芒，看上去神秘极了！

2

二十五年过去了。

有人叫他乞食僧，也有人叫他瑜伽行者。倒是没有人见他吃过尸体，但是有些人见过他拿着死人骨头把玩，一边玩还一边笑呢。村里的女人们来沐浴的时候会带一些烙饼、牛奶和没吃完的米饭，然后搁在五树之地[①]的小屋里。也没有人问他到底需不需要吃这些东西。要是有女人对他说："大师，您吃点儿东西吧。"乞食僧就会用如同孩子一样纯净的眼睛看她一眼，然后叫道："妈妈！"要是对方是个老太太或者小孩子还好，最多就是怜惜地叹口气，或者笑着跑开。但如果是个大姑娘，听了这话就总是会羞得面红耳赤。有的时候，乞食僧会跳到恒河里，沿着水边跑上一段。人们都说他已经疯了。然而，有的时候，当黄昏降临，贾哈娜维河水被染上一层金黄色，周围的一切都陷入阴影里的时候，这个人们眼里的疯子会欣喜若狂、目不转睛、满含憧憬和喜爱地看着在草丛里摇曳的娇弱小花，就好像他能听到它们的声音一样。

3

冬季的一个正午。由于一大早起了一阵雾，今天的太阳到九点钟才现出身来。一艘小船在贾哈娜维河冰冷的河水里摇摆着前行。

① 五树之地：由五棵榕树围成的神圣之地。

一对男女带着几个小孩坐在小船上，倚着靠枕，正在戏水玩乐。

葛姆拉说道："吃饭吧，饭点都过了。"吉肖尔说道："先给孩子们吃吧，我们多划一会儿再吃。"小船破浪继续前进了。吉肖尔无视在冬日阳光下泛着粼粼波光的水浪，两眼直视着前方，心里不知道在想着什么事情。"为何会有潮起潮落呢？水和水泡有什么关系？人生到底是水泡还是浪花？如果是水泡，那么为什么破了之后还存在着？为什么一些水滴聚在一起就能形成水泡呢？欲望和躯体之间是不是也是这样的关系呢？欲望的力量何在？它是以何种形式体现着自己的意志，从而得以将生命变成甘露和毒药的混合体，并且永恒地延续下去？它为什么有时终结，有时又会获得永恒的三昧[①]？……嗨，自己在想些什么呢？都是瞎操心。咳！"

纳沃尔叫道："爸爸，快看上面。那棵树的根好奇怪呀！"

吉肖尔全身一震，连忙转眼看去。那是一颗老朽了的树，长得很特别。沿着土丘还有好几棵同样的树。那里是乞食僧的五树之地。吉肖尔说道："停船！我们就从这里上岸休息，然后到那边吃点东西。"吉肖尔和葛姆拉带着孩子们很快地下了船，接着向五树之地所在的土丘上爬去。

4

所有人吃饱喝足，又休息了一会儿，正准备回到船上去。这时，一个披头散发、仅裹着遮羞布的人出现在众人面前。他看上去灰头土脸的，身上却闪耀着圣洁的光辉。

"给我些吃的吧。"远处站着一个本地小孩，当他看见这个人竟

① 三昧：一种止息杂虑，心专注一境而不散乱的精神状态。

然在要吃的，不由得大吃一惊，连忙跑过来解释道：“先生，这是我们这儿五树之地的乞食僧。”

吉肖尔看了乞食僧一眼，然后对葛姆拉说：“好像还剩了一些吃的，都给他吧。”

葛姆拉看了看，果然还剩下一些烙饼，于是就都拿出来给了乞食僧。

吉肖尔问道：“没有别的了吗？”葛姆拉答道：“没了。”

乞食僧拿着有点干了的烙饼笑了起来，说道：“我其他什么也不需要。”说完，抱起一个正在玩耍的孩子亲了起来。吉肖尔觉得自己快要疯了，慌忙叫道：“快放下他，你给我走开！”

乞食僧失望地看了吉肖尔一眼，把孩子放了下来，眼里慢慢地充盈起泪水来。这让吉肖尔觉得很奇怪。他想问点儿什么，可是，乞食僧已经慢慢地走开了。吉肖尔的思绪有点混乱，他赶紧带着所有人上了船。

小船向城镇的方向驶去。可不知道为什么，吉肖尔的心情变得沉重起来。他努力地回想，想记起什么事情来，可总是不得要领。他觉得自己肯定是忘记了什么重要的细节，却无可奈何地怎么也想不起来了。母爱泛滥的葛姆拉心想：“哼！哪怕他是乞食僧，可看见我的孩子不也照样破戒了。”

罪恶的失败

1

茂密葱绿的林子中央，山涧的小溪潺潺地流过。在这片远离村落的地方，科纳施亚姆背着猎枪、穿着猎装坐在离小溪稍远的地方。他刚刚猎到一只兔子，现在正满心喜悦地看着在火堆上炙烤的猎物，完全没有意识到自己正在破坏大自然的宁静。他已经能像原始社会的人类一样适应野外生活了。他很享受这一切，也以此为傲。科纳施亚姆拿过烤得半熟的兔子啃食起来。填饱肚子之后，他才有功夫关注起这片森林来。他惊奇地发现，这是一片多么怡人的世界啊。没过一会儿，他觉得困了，于是就睡着了。他梦到了很多东西。被雨水洗过的茂密森林、散布在各处已经开花的灌木丛、射入林间的阳光、灌木丛的阴影、让人心旷神怡的微风……一幅一幅画面在他脑海里若隐若现地闪过。

一阵丁零当啷声从远处传来，悦耳的声音钻入科纳施亚姆的耳朵，将他惊醒了。科纳施亚姆抬头望去。多么美妙的景象啊！一位以鲜花为饰、如蓝宝石般美丽的姑娘从山上走下来，坐到了瀑布的另一边。杜鹃花从她的秀发里纷纷飘落水中，与浪花一块儿嬉戏起来。在科纳施亚姆看来，她像模具里精心压制出的黄金制品一样耀眼，简直就是森林里的女神。科纳施亚姆从来没有见过这样的眼神，深邃似海，里面闪动着自然的韵律。这是一个长得美若天仙，只应出现在诗句中的皮尔族姑娘。她不仅美丽，而且勇敢。科纳施亚姆一下子睡意全消，看着美丽的姑娘开始胡思乱想起来："是不是美女只能用来欣赏，而不能猥亵呢？"他一边思考着这个问题，一边去掏猎装上的衣袋。掏出槟榔嚼了一会儿，他的眼中慢慢地染上了一层异样的色彩。他的思绪逐渐从梦里天堂般的景象转到寻欢作乐上来了。科纳施亚姆觉得，动人的容貌、青春期的骚动、健壮的体魄……这些正引诱着自己滑向罪恶的边缘。

罪恶是这样一种东西：它由欲望催生；在它的面前，人会变得异常软弱、冷酷、可怕；它看上去又是如此美丽！不光美丽，还很诱人。科纳施亚姆从来没有过这种体验，在无边的诱惑之下充满了力量，甚至觉得自己是战无不胜的。心中升起恶念的科纳施亚姆已经将良知完全抛到了脑后。只见他邪邪地一笑，准备付诸行动了。在那一瞬间，青春期的躁动成了帮凶，使得罪恶的念头一发不可收拾，在不经意间就占据了科纳施亚姆的心灵。他甩开臂膀向瀑布对岸扑去。

姑娘完全没有注意到这个方向。正当小伙子张开自己健壮的双臂想去抱住姑娘的时候，山上传来了声音："怎么啦，妮拉，你准备在这里坐到什么时候啊？我要迟到了。走吧，我们回家去了。"

科纳施亚姆抬头望去，只见又有一位圣洁美丽的女子款款走来。即便不是以血气方刚的小伙子的眼光，而是纯粹从艺术欣赏的角度来看，这也是一位神圣不可侵犯的美丽女子。然而，在这种时候，仅仅靠自我约束是无法控制与生俱来的欲望的。猎人科纳施亚姆也许是感到羞惭，但更多的还是受了惊吓，总之，在圣洁而又美丽的女子面前，他的罪恶念头消散了。妮拉急忙回道：“来了，女王陛下。我只是有点儿累了。”女王和妮拉两人离开了。科纳施亚姆又寻思起来：“美女是不是不能猥亵，只能欣赏呢？”最后，他满心苦恼地回家去了。之后，科纳施亚姆一次次地回想起那天的事情，甚至还数次跑到瀑布边去忏悔，然而，他在那里再也没有遇到过一个人。

2

科纳施亚姆曾经也有一颗火热的心，然而，在这寒冷的夜里，在这一刻，它变得如此不真实，像醒了的梦一样碎了。

刚刚还是一片晴朗，可一会儿的工夫，河流上方就升起了一片乌云。柴堆已经布置好了，科纳施亚姆正准备点火。他的妻子静静地躺在柴堆上，已经陷入永恒的沉睡。他并不打算严格按照古板的印度教经典中记载的要求进行仪式，仿佛这样能让他的心灵得到安慰。他一下子点燃柴堆。雨落了下来，像是要把大火浇灭似的。然而，这能起到什么作用呢？火势只是稍微小了一下，接着就又烧了起来。不过，看来一时半会儿是烧不完了。

科纳施亚姆心想，如果我是穆斯林或是基督徒会怎么做呢？啊！把她葬在开满鲜花的软土地里，修一个漂亮的坟墓，每天晚上点起油灯，敬献花环，念诵诗文，痛哭流涕，就这么过日子。可是，现在自己什么也不能做。杀千刀的社会！没有人性的宗教！令人恶心的习俗！在它们的统治下有什么希望呢？火依然在燃烧着。

3

火葬结束之后，科纳施亚姆没有和同伴一起回去，而是向森林的方向走去。他来到以前经常打猎的地方，坐了下来。以前，他总是在森林里一待就是好多天。今天，他看见不远处娑罗树①的树荫里有一个人，正拿手枕着脑袋躺在那里。科纳施亚姆吃了一惊。他踟蹰了一番，走上前去。原来这不是别人，就是前一阵子和他有过一面之缘的两位女子之一，好像是什么皮尔族的女王。看见科纳施亚姆过来，女王忙坐起身来。科纳施亚姆问道："您是谁？为什么躺在这儿？"

女王答道："我是露兜树森林王国的女王。"

"您为什么会在这里呢？"

"我在等人。"

"等谁？"

"你是干什么的？是来这儿打猎的吗？"

"不是的，我的女神！就我一个人怎么打猎呢？"

"那你还是赶紧回城吧。你之前没见过皮尔族女子吗？不过还是别见了，我差点忘了，饥饿之火正在灼烧着那些可怜的人。哦！那深深凹陷下去的眼睛现在已经不能再吸引任何人了。神啊，我到底为什么从山上下来。"

"我的女神，你到底想说什么？！我怎么听不明白。山上是发生了什么灾祸吗，在闹饥荒？"

"不，不，神灵发怒了，神圣的诅咒，人间炼狱呀！"

---

① 娑罗树：印度的一种高大乔木，木质红色，可做建筑材料。

“那么，您有什么愿望呢？”

“我是那里的女王。要是把我的随身物品都变卖了，怎么样也够他们吃三个月了。现在，为了能填饱肚子，我已经将它们都变卖了，什么也没剩下。所以……”

“什么？”

“我准备到城里去。听说那里身体也能换钱。要是能换点儿什么……”

“能又如何？”

“那就也卖掉好了。好歹也能帮助个孤儿什么的。怎么，难道我的身体卖不出价钱吗？”

年轻的科纳施亚姆张口结舌。要是在以前，哪怕是倾家荡产他也一定会买下她的。可现在，和妻子天人相隔之后，他已经变得无比正直、虔诚、善良和纯真，像苦行者一样无欲无求了。

科纳施亚姆说道：“你提这样的问题让我怎么回答呢？”

“怎么？你不想买？看你穿得还不错，难道不想买下我吗，你是怎么想的？怎么不说话？”

“我妻子刚过世了。”

“那正好啊，你应该是城里的有钱人吧，那你肯定需要女人啊，把我买了吧？”

科纳施亚姆双手合十敬了个礼。女王说道：“那天你不是还想侵犯一个皮尔族姑娘的嘛。怎么，今天变成谦谦君子了？”

“我的女神，现在我可不敢了。那是在犯罪。”

“你既然曾经都能有犯罪的勇气，难道现在连行善的勇气都没有了吗？”

科纳施亚姆哭了起来，说道：“请原谅，我并不是很清楚怎么样才能行善。但是，如果这也能被称之为行善的话……”

“你还在犹豫什么？”

此时，十数个皮尔族人来到女王面前，其中有两三个小孩和四五个女人，其他都是男人。他们已经饿得瘦骨嶙峋，仿佛一阵风就能吹走。

女王说道：“我们现在再来谈谈犯罪的问题？”

科纳施亚姆战战兢兢地说道：“不，我愿意为那天的行为赎罪。”

年轻的科纳施亚姆站起身，紧接着说道：“姐姐，你替我找到了生活的方向。我曾经一度陷入迷茫，不明白自己为了什么而活着。你别再想着出卖自己了。我的女神！我黄昏时分就回来。”

“黄昏时分？”

“在那之前。”

一个小孩哭了起来：“母后，他不留下来吗？”科纳施亚姆没有再停留，飞快地走了。

在科纳施亚姆曾经起了邪念的瀑布旁，现在已经变得车水马龙，集市也开了起来。在女王的管理下，科纳施亚姆开始为饥民服务。

科纳施亚姆心甘情愿地将这位皮尔族女王奉为自己的主人，用这样的方式为自己曾经犯下的过错赎罪。不知道为何，他现在过得异常快乐。

合作

莫奴勒玛一直以来都是一个丢三落四、经常惹祸的姑娘。每回当她刚把上一次惹的麻烦解决掉的时候，下一个错误就接踵而至。每一天，每一刻，她总是在给周围的人们制造麻烦，可她却老不上心，该怎么样还怎么样。现在不同啦，她把原来的习惯视作大敌，做事情开始谨小慎微起来。事实上，她原来总是惹麻烦，那是因为她是个简单、纯真的姑娘。这本来是值得称道的品质，可现在一切都变了。她已经被彻底地改造了，成了一个视服侍、迎合丈夫为己任的小女人。

莫汉，一个薄情的小伙子将莫奴勒玛娶回了德里的家中。结婚以后，莫汉对新婚妻子进行了严格的管教，想把她改造成一个没有自己思想、一心一意忠于丈夫的“学徒”。他把这看成是自己在婚姻中占据上风、体现男子气概的象征。

渐渐地，莫奴勒玛变得没有自我了。她已经完全忘记了自己曾经是什么样的。莫奴勒玛生在亚穆纳河畔离德里不远的一个村子里，也在那里长大。可是现在，她连自己的家在哪儿都快记不起来了。刚完婚来到婆家那会儿，她还是个天真懵懂的大姑娘。可是，在这样一个男权社会里，她的这些良好品质对于男人来说并不是什么值得称道的优点。相反，当丈夫因为什么事情离开家到外面去的时候，还会把这些情况当成一种苦恼讲述给别人听。本来嘛，女人们一进婆家的门就得开始伺候人了，而且这里不再有自己的家人，全是原本素不相识的人。带着一丝初为新娘的好奇和忐忑过门之后，辛劳、眼泪就成了家常便饭。见什么人得说什么话，对有些人要敬畏，对有些人要真诚，对有些人要和蔼，对有些人要关爱。莫汉无疑是成功的，他扼杀了莫奴勒玛的情趣和天性，把她变成了自己的一件工具。

根据印度教经典的规定，首陀罗女子莫奴勒玛在婆家开始了如履薄冰的新生活，说她是再世为人一点儿也不夸张。

1

逛完庙会，莫汉往家里走去。他的老相好并没有和他在一起。也许，她又跟哪个更有魅力的男人一起鬼混去了。漆黑的夜晚慢慢变得更加深沉。莫汉在桥上的一块石头上坐了下来。庙会已经结束。刚刚还是一片喧嚣和繁华，现在全都归于了平静。每当一个人独处的时候，莫汉就会觉得莫名烦躁。在这秋季的夜晚，他独自坐在河边，像是在忐忑地期待着什么人的到来。莫汉心想，这时候该干点什么呢？一颗不安分的心充满悸动。谁都可以！他觉得自己现在急需要找个女人乐呵一下。尽管他并不喜欢莫奴勒玛，但还是决定就找她了。于是，他起身向家里走去。

2

整个城市都安静了下来，莫奴勒玛的节日却依然没有结束，她的心中跌宕起伏着。在这样盛大的节日里，莫汉依旧没有回来吃饭。在昏暗的灯光下，莫奴勒玛坐在窗户的护栏边上，除了胡思乱想之外什么也干不了。她坐在那里，像个奴隶一样期待着丈夫的归来。敲门声响了起来，她赶紧站起身去迎接丈夫，然后诚惶诚恐地服侍、款待他，做得比一个老练的女奴还要熟练到位。莫汉开始一言不发地吃饭。莫奴勒玛一时没在意，随口问了起来："你今天上哪儿去了？为什么回来得这么晚？"她既不是生气，也不是没事瞎抱怨，只是没话找话地这么一问。可这下莫汉受不了啦，他觉得莫奴勒玛就像是在说："你这么晚回来死哪儿去了？"在他看来，没有人有资格这样质问他，这是极其不尊重他的行为。被惹恼的莫汉一下子停了下来。莫奴勒玛见状问道："不再吃点儿了吗，现在给你拿牛奶来？"

很普通的一个问题。然而莫汉表现得就像是一个上门做客的客人，而不是在自己家里进餐的主人。他飞快地回道："不，今天不喝牛奶了。"这时莫奴勒玛已经端来了一碗牛奶，说道："喝一点儿吧，还是热的呢。"

在莫汉眼里，莫奴勒玛早已经成了明日黄花。他本来就一直想找个机会做点儿什么，好让莫奴勒玛变得更加乖巧，可是总不能如愿。现在，莫汉觉得妻子说的"牛奶还是热的呢"是在含沙射影地讽刺他回来晚了，于是说道："是啊，今天我去逛庙会了，所以回来晚了。"

然而，尽管莫汉做了必要的解释，但莫奴勒玛貌似并没有在意他说了什么，接着说道：“没事，现在还不算晚。我把牛奶热好也才一小会儿。”

莫汉感觉有点憋气，自己好像白费劲了。他一言不发地上床躺了下来。莫奴勒玛依然没有在意莫汉的反应，而是转头麻利地收拾起家务来。过了一会儿，活干完了，她忽然又想起自己忘了干一件事，于是坐下来开始卷槟榔包。莫汉看见了，说道：“不用忙活了，我现在不吃槟榔。”

莫奴勒玛惶急地说道：“东西都准备好了，我要是不把槟榔卷出来的话，明天肯定就坏了。吃完饭也有一会儿了，帮帮忙啦，怎么着也吃两个吧。”

莫汉被劝着吃下两个槟榔。莫奴勒玛盘腿坐了下来。被妓女放了鸽子的莫汉现在烦透了。这样的日子什么时候是个头啊？他看上去被伺候得无微不至，可实际上就像是坐牢一样。他曾经一门心思要将莫奴勒玛给变成这样，现在好了，目的是达到了，可自己为什么觉得这么无聊呢？为什么自己对她一点儿兴趣也没有了呢？仿佛有人在他耳边缓缓地絮叨：“你一直以来都想把自己的妻子改造成听话的奴仆，那是因为你内心深处并不喜欢她，所以才会这么处心积虑。现在事情成了，你为何还会烦恼呢？”

忽然，莫汉坐起身，与莫奴勒玛互行起触脚礼来。

石头的呼唤

1

纳沃尔和维默尔两个人一边走一边聊着。维默尔说道：

“看起来文学工作也是会让人上瘾的毒药啊。”

“不，我的朋友！这可是世界上无声工作协会中的一个重要组成部分呢。”

“好吧，那你倒是说说看，你从中都获得了什么感悟？你对什么样的文学感兴趣？”

“那些描写过去、充满悲悯之情的作品比较能打动我的心。”

纳沃尔有气无力地笑了一下，说道：“看来咱们印度除了这些就没有别的什么特别的了！赞颂过去和悲叹现在，这些调调我也会啊。我看呐，这都是些陈词滥调。”维默尔心里宛如被一盆冷水当头浇下。他从来没有想到，自己一直交心的朋友会是这样的，结果今天听了他的话饱受打击，一时竟呆住了。只听纳沃尔问道：“你待会儿准备上哪儿去？”他答道：“走了，我打算溜达到恒河边去。”他和纳沃尔朝着不同的方向离去。

2

维默尔闷闷不乐地朝一个方向走去，最后来到城里一个僻静的角落。只见那里露天摆着一个破旧的床榻，都快要散架了，旁边是一座简陋的茅草房，门大敞着，看上去它的主人穷得都快要去要饭了。房子四周散落着凿子、锤子、水杯、刷子和两块黑色的石头。维默尔在附近一个人也没看见。似乎是听到了什么，他在一块石头上坐了下来。但四周静悄悄的。他又听到另一块石头在慢慢地说着什么，于是仔细分辨：

“我本来在自己的地方待得好好的。可恶的工匠！干嘛要把我弄来？一到这儿，人们就在我身上不停地凿啊，刻啊。我看上去是心甘情愿被你搬来的，但实际上却是被你骗来的。我一直渴望着能变成美丽的雕像。为了实现这个愿望，我把自己的胸膛袒露在你的面前，交给你‘摧残’。我曾经如此地享受你用凿子对我的凌迟！有时候，我的坚忍不拔也能获得奖赏，那是来自人们的赞美。我想着，变成雕像之后，这样的赞美将会伴随我直到永远吧。然而，真相是如此的残酷！你将我打碎之后运了回来，然后就把我这么晾在这里，我的愿望什么时候才能实现呢？”

听着石头催人泪下的控诉，维默尔愤怒极了。可事实上，这场交织着对过去的缅怀和悲悯的控诉只是维默尔自我畅想的一幕场景罢了。维默尔从石头上跳起身来，怒吼一声，一头闯进工匠的破房子里。

“我说，兄弟，你把这块石头运到这儿放着有多久啦？你有没有想过它心里是什么感受？你的动作怎么这么慢，为什么不赶紧把它雕成美丽的雕像？”维默尔厉声问道。

工匠身上裹着块破布，一边咳嗽，一边抖抖簌簌地说道：“老爷！您也从来没有给我下过单子啊。”

“只要今天你能做出东西来，不管是什么我都买了。你看看，这块石头这些天来一直都在抱怨你呢。”维默尔说道。工匠吐出一口痰，清了清嗓子，说道：“你们是富人，有闲工夫去听石头的痛哭、波涛的歌唱还有轻风的笑声，还会为这些毫无意义的呻吟癫狂。可是，你们什么时候能用心去听听那些真正痛苦的心灵的无声悲泣呢？这些悲泣可不是想象出来的，而是真实存在的。”

维默尔陷入了挣扎。开始考虑到底该坚持缅怀过去、悲叹当下，还是该关注严酷的现实。他呆立半晌，一屁股坐在脏兮兮的地上。

彼岸的瑜伽行者

眼前一波一波的波浪袭来，昏黄而浑浊。浪头退去之后露出一片沙滩，沙滩上是一层层阶梯式的纹路。大自然多么神奇，在这样的沙滩上却依然能长出绿油油的小草。不知从何时起，一块石头就静静地伫立在靠近沙滩边缘的地方。历经了多少风雨，石头始终不曾被摧毁，依旧顽强地挺立在原处。这块石头见证了南达拉尔的成长。蜿蜒的小河从村子边潺潺流过。南达拉尔每天都要背着自己的七弦琴，披着夕阳的余晖来到小河边弹琴。每逢皓月当空，他会坐在河边弹到很晚，直到夜深人静才回家。

南达拉尔一点儿也不怕黑，但在月光下坐到深夜总能看到一个模糊的影子。今天也不例外，那块石头上有一道身影，像雕像一样坐着动也不动。那人身上的金色外袍是如此耀眼，像是在与夕阳下的天空争辉。有风吹过。几缕头发被风儿吹起，在那人身前飞舞。自从儿时的玩伴娜丽妮离开以后，南达拉尔就开始用七弦琴诉说自己内心的孤独。除了娜丽妮，再没有人能给他带来那种快乐的感觉。

但总得苦中作乐吧！哪怕自娱自乐的时候也需要一个听者啊。如果没有其他人来捧场，那自己满心的幸福要去向谁炫耀呢？除了月光、浪花、花香和杧果树这些听众，南达拉尔相信那面的瑜伽行者在修炼时一定也时不时会沉浸在七弦琴的旋律中。看！那几缕头发在他脸上打着节拍呢。

今晚的月色真美。南达拉尔再一次弹起琴，唱起歌来。这是一首情歌，歌词大意是："炽烈、浪漫的爱情一下子就冒了出来。尽管之前一直被压抑在心底，然而它却如同被遗忘的梦境般，始终散发出微微的光芒。今天，它终于像金色的喷泉般爆发了。此前，它一直是纯洁友谊的象征，是单纯心灵的馈赠，是宽宏慷慨的谢礼；而现在，它变成了渴望爱情的烈火。"歌声回荡在空中。

"哎，有人吗……快来救救我……喂……"忽然，一阵风吹过，将断断续续的呼救声传到南达拉尔耳中。他陡然一惊，扔下七弦琴往呼救声传来的方向跑去，来到河边一个猛子扎了下去。他隐约觉得传到自己耳中的是娜丽妮的声音。小河不算宽，但是水流湍急。南达拉尔奋力地划动手臂破浪前行，直到抱住一副纤细的身体。

看到这一幕，月光和浪花开始聊了起来。浪花说："倒霉蛋！你为什么要来救这不幸的娜丽妮呢，她今天已经结束自己痛苦的一生了。"

月光说："你还问为什么。这些天来你不是一直在南达拉尔身边哗哗作响，试图提醒他别做傻事吗？"

浪花说："那你不是也努力想用光照来开导他，让他开窍吗？"

月光说："直到今天这可怜的孩子始终活在黑暗里。他一直沉浸在自己编织的梦境中不能自拔。那面的瑜伽行者其实在他人眼中就是一处静修地。"

浪花说："这个疯子！这么多天来我一直努力让他沉浸在幸福的梦境以及对美好未来的向往中，想把他从这种单纯的爱中解放出来。尽管他们的心早就系在了一起，但我还是无私无欲地尽力在他们之间制造屏障。没想到这样都没能阻止这个南达拉尔。他还是跳了下来，还用手把我搅得浑浊不堪。我真想一个浪头打过去把他淹死。"

月光说："对，快淹死他。"

风儿静静地听完它们的对话，顺着水流的方向吹了过去，想把消息送出去。不过他们已经走远，只剩下七弦琴的旋律在回荡。

怜悯的胜利

1

傍晚时分。莫汉坐在纳格罗布根特的一口水井边，向自己的妹妹拉姆葛莉解释着什么。旁边有一个空盘子，里面落满灰尘，一看就是很久没用过了。他手拿一块破布，为妹妹擦拭着眼泪，可是她哭个不停，眼泪怎么擦也擦不完。拉姆葛莉饿了，一直在讨要哥哥没卖完的豆子汤。莫汉自己也才十三岁，却要抚养三岁的拉姆葛莉，这显然有点超出了他的能力范围。

莫汉已经卖出两个半拜沙的豆子汤了。混着辣椒煮成的豆子汤还剩下一些，大概有两三个拜沙的样子。莫汉通常一天要卖出四个拜沙，然后剩下一两个拜沙的豆子汤给自己和拉姆葛莉胡乱填一下肚子。第二天一大早，莫汉就用这四个拜沙买来材料熬煮豆子汤，然后开始一天的叫卖。自从父母亲过世以后，他就这样带着妹妹过了一年。没有人多看他一眼，那些大人物就不用说了，哪怕是他的亲戚也不例外。莫汉很有骨气，他自强不息地活着。可是，今天他碰上麻烦了。拉姆葛莉吵着要吃，他自己也饿得受不了了，可今天还没卖够钱呢。哎！也只能先不管了。他先给拉姆葛莉吃饱，然后把剩下的一点食物扫进肚子里，结果这下反而更饿了。估计怎么也得再有两个半拜沙的食物才能填饱肚子。两个人在井边睡了下来。

2

贫穷和怜悯两个吵了起来。贫穷先说道："看呐，兄弟。我的威力多大呀。"怜悯说："我才是无处不在的。你是斗不过我的。"贫穷又道："你以为上嘴皮碰碰下嘴皮，沙子筑的墙就不会塌了吗？你的春秋大梦要做到什么时候？"自尊一直安静地坐着，听到这里也忍不住了，插进来说道："我也来凑个热闹，看你们谁说得过谁。"贫穷和怜悯忙问他支持谁。自尊说道："谁赢我支持谁。"

怜悯想着怎么能给安静下来的男孩一点幸福。他送上一阵阵花香，想让男孩更好地安睡。贫穷将乌檀树上积攒了一天的灰尘扫落。灰尘落到男孩身上，他那天真的脸上溢出一丝不自然的神色。贫穷也许在他的梦里展现了可怕的场景，莫汉的身子颤抖起来，连在远处观望的怜悯也开始战栗。突然，莫汉坐起身子，叫道："我不想要饭，那样的话还不如死了算了！"

哭声忽然响了起来。紧接着，传来"扑通"一声。原来是拉姆葛莉掉进了冰冷的井水里。树枝上传来猫头鹰的叫声，多么像是贫穷发出的笑声。这时，在别墅中栽满桃金娘[①]的露台上，市长在天蓝色风扇下的蚊帐里叫着："快把风扇打开！"

① 印度妇女用其叶研成的红色粉末染手掌和脚。

审判长面带笑意、目不转睛地看着莫汉，知道他是在不知情下闯了大祸，于是对他说："孩子，你犯下了罪行，杀害了自己的妹妹拉姆葛莉，这可是要判死刑的。不过呢，法官正在调查你犯罪的缘由。宝剑砍下脑袋，但它不会因为砍脑袋的罪行受到惩罚。迷糊的男孩儿啊，你刚刚的行为并不是在主观意志下完成的。你尽管引发了这一起惨剧，却只是被利用的工具罢了。这件事情应该由城市的管理者来负责，他们就不应该把才三岁大的拉姆葛莉交给你抚养！如果有哪个没有子嗣的富人死了，市长会将他的财产据为己有。如果死者的后代年幼无知，市长就会为他打理好财产。但是，把一个小孩子托付给一个孤苦无依又充满自尊心的无知男孩，这等于是以实现国家的独立自主为借口，通过隐秘的手段公然杀害这个小孩。你在这件事情中是无罪的。你自由了。"

怜悯本来正哭着，闻言笑了起来。知道自己胜诉后，莫汉留下了骄傲的泪水。

废墟上的文字

春天迈开步伐，为无尽的田野染上一抹嫩绿的色彩。黑色的杜鹃开始报春，蜜蜂也发出嗡嗡的歌唱。一座坟墓的旁边，玫瑰已经长出苞蕾，眼看着就要绽放了。正在此时，不知道从哪儿冒出来一个小伙，伸出手来，一下子就将它们的希望之火掐灭了。南面吹来一阵风，像是要把他推开一些，然而可怜的花苞们还是脱落了。小伙举目四望。最后，探寻的目光一无所获。周围是一片空旷和寂静。他沉浸在悲伤与思念里。忽然，一阵狂风刮来，带着呼呼的声响，似是在向他发出嘲笑。

眼前是一座小山。小伙踏上通向山顶的残破阶梯。大概爬了有五十级台阶之后，他在一处非常古老的廊道停下休息。山顶有一座古旧的寺庙，那里早已经成了一片废墟。庙里残破的石柱像是在不断地邀请着他，发出“来吧，来吧”的召唤。于是，他一次次地来到这里。谁也不知道这座寺庙是什么时候建成的。庙院的一角有一块石头，上面刻着没有人能读懂的文字。这些文字应该是用锋利的石片刻上去的，反正绝对不是天城体[①]。今天，小伙又一次来到这里，想再看一看这些文字。他已经走了很久，也有点儿累了。困意涌了上来，他进入了梦乡。

湖面上开满莲花，景色格外的美丽。周围洋溢着宁静、芬芳的气息。一阵维纳琴的声音随风响起，更为这片景色增添了一丝活力。西边稍远一些的地方，上千株金莲挺立在水中，露出水面的茎秆散发出金灿灿的光芒，莲花在茎秆顶部绽放。在如此的美景面前，小伙觉得有点自惭形秽。维纳琴的琴弦上流淌出最后一个音符，音乐声终了。在这样一幅安详、怀旧的场景下，小伙潸然泪下。一个仆人手捧黄金盘向小伙走来，盘里盛着藏红花、芦荟、混着檀香的油膏、槟榔和茉莉花芽编成的花环。仆人行了一个礼，然后说道："伟大的腾米德尔的女儿让我给您捎来一份礼物，并请您务必赏光去她那里一趟。美丽的小姐说，她会在我家宅子旁的花园里一直恭候您的到来。"

小伙显得有些漠然，说道："在从狮子国来此的途中，我乘坐的船在海里沉没了。我好不容易才死里逃生。请对你家小姐说，尽管事情已经过去好多天了，但在遭遇了这样的情形之后，现在我是没有心情去什么花园里寻欢作乐的。"

"那么，尊敬的先生，我就照您说的回禀了？"仆人问道。

"是的。另外请你再告诉她，对像她一样高贵的女子我是一向敬而远之的。与她们交往比乘一艘破船在狂风大作的海洋里航行还要糟糕，因为她们比能打沉船只的巨浪更加可怕。"小伙一边拨动自己的维纳琴一边说道。

"小姐吩咐过我，说您有可能不会去见她，如果您实在不想去，

① 天城体：梵文和印地文所用的字体。

请您无论如何与她在通往石柱的阶梯旁的凉亭里见上一面，因为不管怎么说，她是无辜的。”仆人恭敬地回道。

小伙眼里射出愤怒的火焰。仆人行礼后走了。面前的一株莲花正在黑夜的笼罩下凋谢，在小伙看来它就像是腾米德尔女儿的脸庞。它滴落的哪里是花蜜，分明就是眼泪。“我是无辜的”，蜜蜂也这样低声呢喃着。

小伙一下子从梦中惊醒，叫道：“我来了。”但他并没有睁开眼睛，只是在嘴里默念着古老廊道上的文字：“太残忍了！最后你终究还是没有来。”小伙彻底恢复了意识，站起身来，却不知怎的一下从历经了数百年岁月的古老平台上跌落。

空中回荡着“来吧，来吧”的声音。

戈拉沃蒂的说教

戈拉沃蒂把灯光调暗了一些。希亚姆松德尔郁闷地叫道："戈拉！你怎么能这样，这太糟糕了。"戈拉沃蒂皱着眉头，低头看了丈夫一眼，说道："那我还觉得睡觉的时候亮着灯糟透了呢。"

希亚姆松德尔说道："这里的灯光又照不到那边的床上。睡你的觉去吧。""你干嘛整夜整夜地不睡觉？"戈拉沃蒂劈手把书夺了过去。希亚姆松德尔被惹火了，说道："你又不懂得读书的乐趣，我懒得费劲和你解释。"戈拉沃蒂毫不示弱地回道："你倒是费点劲稍微和我解释一下呢。"

希亚姆松德尔更加生气了。他本来读到这一章正来劲呢。故事里，受过良好教育的女主角来到爱人面前，正要说话呢。结果戈拉沃蒂给他来这么一出。多么精彩的作品啊！这个时候就是迦梨陀娑来了也不能打断他呀。可现在，兴致全被这没教养的戈拉沃蒂打断了。他生气地说道："你这辈子是不可能明白的了。"

戈拉沃蒂冷笑着说道："那是当然，而且我永远也不想弄明白。"

花盆里的水仙花静静地注视着这一幕。他觉得无趣极了，于是开始就着书读剩下的内容。

希亚姆松德尔把灯光调亮，拿回书又开始看起来。戈拉沃蒂回到床边坐下，打开盒子卷起槟榔来。卷好两个后，她拿着它们又来到希亚姆松德尔身边。希亚姆说了声“放下吧”，然后一边伸手抓起槟榔往嘴里送，一边凑上去一口吃了进去。戈拉沃蒂又转回床边坐下。她伸手拿过一个瓷娃娃，对着她开始说教起来：“听着，我要教你一些事情，你可要记好了。狡猾的男人是永远不会感到羞愧的，可他们却总是要求女人这样做。从另一个角度来说，这不就是一种欺骗吗？所以啊，你得记住男人的劣根性。他们看上去怜惜你，但其实内心不知道怎么恨你呢；不过同时呢，他们又害怕你，不敢接近你。拜万恶的奴隶制度所赐，狡猾的男人把女人变成了自己的工具，并且受这种模式的好处吸引而极为推崇它。要我说啊，女人就是名副其实的奴隶。不是身体上的，而是受着心灵上的奴役。正因为如此，有的时候人们也会干出一些不好的事情。聪明是个好东西哇，现在的世道流行这个，再蠢的人有了它也能变得明事理。你得好好地领悟这个道理。哎，要说你笨吧，可我看着又不像。姑娘啊！你对自己的着装打扮这么不上心，这可不行呀。你怎么能让金色的纱丽盖在额头上呢？快把它掀开一些，再把头发烫卷起来，这样男人们才会来吻你的脚。亲爱的姑娘，懂了吗？”

当希亚姆松德尔读到小说里女主角抱住了男主角，脸上闪耀着幸福光辉的时候，他感到自己内心也充满了无法掩饰的愉悦。他到底有没有听见妻子说教的话，这我们也说不清楚。不过，他确实是笑了。戈拉沃蒂不知想起了什么，走过来抱住丈夫。这时，小说也正好读完了。不知道瓷娃娃能不能记住这些说教。在微弱的灯光下，它看起来什么也没能弄明白。

阿育王石柱

“爸爸，这座石柱是怎么建起来的呀？是谁建的呢？这上面都刻了些什么东西？”萨尔拉一连问了好几个问题。黄昏时分，本来绿油油的小丘仿佛被罩上一层盖头，变了颜色。一群羊儿散落在小丘各处，东一簇西一堆地聚在一起吃草。年迈的信道者远远地望着这群吃草的羊。

为了引起父亲的注意，萨尔拉抓起他的手，指着石柱让他看。信道者深吸了一口气，叹道：“女儿啊！伟大的转轮王阿肖克[①]建造了这座石柱，并让人在上面刻下了奉行正法与宗教的法令。受人敬仰的转轮王肯定想不到他的这些法令会成为一纸空谈。狂热的异教徒们把这个地方给毁了。现在，寺院里只是偶尔有一两个乞丐藏头露尾地出现了。”

说完这些，老者的眼睛变得微红，继续凝望着愈发浓郁的暮色。萨尔拉在他旁边坐了下来。端坐在柱头的护法石狮子慢慢地融入了

① 即阿育王，阿肖克是阿育王的名字的音译，转轮王则是他的称号。

无边无际的黑暗之中。

过了一小会儿，一队虔诚的信徒来到这个地方。他们先是在石柱前行注目礼，然后点起一排油灯，在石柱前供奉上芬芳的鲜花。芦荟的清香、花儿的芬芳、摇曳的灯光……这个破败的地方又一次变得活色生香起来。见到这一幕，萨尔拉开心极了。她一遍遍地叫着老者，让他快看这神圣的祭拜场景。虔诚的老者眼里开始闪现出水痕。他带着萨尔拉一起加入信徒的队伍，在石柱前真心诚意地向神灵祭拜起来。

马蹄声逐渐接近，所有人都被惊醒了。众人举目望去，只见一队骑兵飞驰而来，手里都举着明晃晃的宝剑！恐惧忽然笼罩了这片神圣的地方。天空中的群星也因为害怕而藏了起来。云儿抽泣着想劝阻他们，但是凶残的士兵理都不理它。他们将所有信徒的财物洗劫一空，又以反宗教的罪行把他们抓了起来，然后将这些“异教徒”都带走了。萨尔拉也在这些人中被一起抓走了。

信道者问道：“士兵们，你们信奉的是什么宗教？”

一个士兵答道：“我们信的是最高贵的伊斯兰教。”

信道者又问：“你们的宗教难道没有教你们要仁慈吗？”没有回答。

信道者继续问道：“如果哪个宗教里连仁慈都没有，你们还要称它为宗教吗？”

第二个士兵回道：“有啊，怎么没有？我们的宗教里也有仁慈之说。根据先知的命令，你是老人，所以我们可以优待你。嘿，放了他。”老者被释放了。

信道者说道："你们还是把我绑起来吧，要不然就把所有人都放了。建造这石柱的人也是君王，他颁布了善待所有人的法令。你们不也是想在统一全国之后称帝吗？为什么不多行善事呢？"

又一个士兵呵斥道："和这个疯老头废什么话？你们谁赶紧想个法子，把这座不知道是供奉哪个神的高塔给拆了。"

萨尔拉叫道："爸爸，他们要把我们所有人都带走了。"

信道者叹道："女儿啊，我不中用了，老朽的臂膀里已经没有力量，只能祈求佛祖的保佑了。借用佛祖的教导'色即是空'来面对这一切吧。"

士兵开始准备动用暴力。石头无法呼救，只能默默承受这一切。残暴的灵魂对此很满意。看见石头只能无助地默默哭泣，云儿落下了雨滴。一时间电闪雷鸣。这下子施暴者也不得不寻找躲避的场所了。忽然，一声震耳欲聋的雷鸣和一道亮彻天际的闪电同时出现。

阿育王石柱无法看到发生在自己跟前的这一幕了。它被一道霹雳击中，倒塌下来。什么士兵，什么俘虏，一切都不复存在。

杜吉雅

1

山林边的村庄，多雨的季节。在晨曦的照耀下，一派美丽祥和的景象。一夜雨水润物，杧果树长得愈发欢实了。晶莹的露珠从叶片上缓缓滴下。黎明已至，天色依旧灰蒙蒙的。小姑娘杜吉雅站在路旁的杧果树下抬头张望。只听“扑通”一声，她立刻蹦了起来，一把将掉落的杧果捡起塞进了衣襟（那里已经被缝成了一个口袋）。

南风温柔地拂过，像是在与硕果累累的枝桠调皮地嬉戏，也催熟了一些果子。三五颗熟透的果子坠落下来。杜吉雅沐浴着朝霞在田间一蹦一跳，衣襟很快就塞满了。但她还不死心，在原地充满期待地四处打量着。在一番努力徒劳无功之后，杜吉雅只好掉转头，回自家的小屋去了。在茅草盖成的小屋里，年迈目眇的父亲正在给破旧的烟斗点火。一回到家，杜吉雅马上从装了七个杧果的衣襟里掏出五个递到父亲手中，便转身去水塘边洗餐具去了。

看看这些餐具吧，一只破得不成样子的盘子、一只碗和一只罐子，这就是这个家所有的家什了。杜吉雅坐在水塘边的石头上洗完，又挨个儿把它们擦干。

2

杜吉雅用自家磨的黍面粉烙了饼，先给父亲吃了，然后自己也吃了一些。吃完饼能得空躺一会儿了。在离家不远的地方有一棵雾冰藜树，杜吉雅把头枕在树根上休息，兴致来了还会唱上一支歌。中午就这么过去了。下午，杜吉雅起身后拿上镰刀开始割草。为地主割草喂马是她每天的工作。好不容易终于割够了今天的草，她又把草拿到水塘边洗起来。

夕阳金色的余晖映照在雨季的天空，像一个调皮的画师学习上色般为天空抹上了绚丽的色彩。杧果树林和棕榈树林的轮廓投映在被绿荫环绕的水中，形成一幅大自然的美丽画卷。杜吉雅有些耽搁，到现在还没洗完草料，但她沉浸在美景中一点儿也没察觉。正在此时，一阵急促的马蹄声把她从美景中拉回现实。

原来是地主的儿子莫汉·辛格傍晚出来骑马兜风了。他的坐骑是一匹“巴洛特拉”良种马，不知怎的今天却不听使唤了。它突然挣脱主人的缰绳，狂奔起来。也许是巧合，马儿一头撞倒在坐着的杜吉雅附近。莫汉·辛格也不幸摔伤了，貌似伤得很重。杜吉雅连忙跑过去为莫汉救治，从水塘里打来水为莫汉擦洗伤口。莫汉自己绑好绷带，马儿也站了起来，安静地立在一旁。当杜吉雅轻拍马儿安抚它的时候，莫汉充满感激地望着她。他是一个受过良好教育的人，为了报恩，他打算给穷苦的杜吉雅一些钱。杜吉雅双手合十推辞道：“不用，少爷。我们都是您的奴仆，全靠着给您的马准备草料挣钱吃饭呢。”

见与杜吉雅渐渐熟络，莫汉便问道：

“你是拉姆古兰的女儿吗？”

“是的，少爷。”

“说起来好久都没见到他了呢！”

“少爷，他的眼睛看不见了。”

“天哪！记得小时候我们坐上马背玩儿，总是他牵着马儿带着我们。他现在在哪儿呢？”

“在我家的小屋里待着呢。”

“走，上你家看看。”

杜吉雅不知为何害起羞来，说道：

“少爷，我准备草料已经耽搁太久了，老爷会生气的。”

“别担心，快走吧。”

杜吉雅推脱不过，只好把草料打了包顶在头上向小屋的方向走去。莫汉骑马慢慢跟在后面。

3

“拉姆古兰，你还好吗？”

“我的神呐，是少爷！祝您长命百岁，少爷！”老汉尽管看不见，还是从破旧的床上爬起来，双手举过头顶向莫汉请安。

“咦，拉姆古兰，你能看见东西啦？”

“哪能呢，少爷！好不了啦。”他说道。

“那你领到抚恤金了吗？”

“我们全托了您的福才能吃上饭呢，少爷。现在女儿顶替我干着给马儿准备草料的活儿。”

好心的小伙子接着又问道：“拉姆古兰啊，那如果你女儿出嫁了呢，到时候谁来准备草料呢？”

拉姆古兰抑制不住悲伤，痛苦地喃喃：“我还不知道能活到什么时候呢。”

话至此，莫汉实在难掩悲悯之情，他给了老汉两个卢比就匆匆离开，边走边说：“我会再来看你的。”

杜吉雅正好要去送草料，于是也跟在后面走了。

地主家的牧场里，大象、骆驼、马、夜莺、水牛、母牛、羊、公牛，各种动物应有尽有。牧场管理员是一个叫纳吉布·汗的恶棍。看到杜吉雅来晚了，他便逮着机会恶毒地嚷嚷：“该死的，别自以为了不起！从明天起你不用来了。竟敢耽搁这么久！”

杜吉雅沉默良久，想起了自己的老父亲。她寻思，必须保住这份工作才行，于是怯懦地解释道：

“少爷从马上摔了下来，我送他去家里所以迟了……”

“闭嘴，小贱人！你真是越来越坏了。我现在就找老爷说理去。”

纳吉布说着起身走了。委屈的杜吉雅把草料扔在地上，哭着往家走去。她在路上走着走着，脑海里忽然浮现出水塘边的黄昏美景。这使她忘掉了一切不快，就这样带着美好的回忆回到了家中。

神像

1

就因为贡吉纳特未能取悦神灵，所以可怕的野兽夺走了萨尔拉的生命。然而，由石头雕刻而成的神像却还伫立在那里，仍然在享受着人们的供奉。法螺、钟、油灯……该有的一个也没有少。此刻，只有贡吉纳特还待在神庙的花园里。他在一块石头上坐了一会儿，然后双手合十，走了过来。他始终还是没有勇气到神像跟前去。不知道是不是因为他不再那么相信神灵了，随着敬畏与信仰之心的泯灭，他的心也变得狭隘起来。

今天，月光皎洁。诱人的月空下，漫天的星星和如雨的鲜花隔空相映着。温柔的春风亲吻过每一朵花儿，又抚弄起神庙中的几串花环。贡吉纳特坐在石头上看着这一切，心里忽然涌上一股冲动，要去供奉面前的克里希那神像。他从祭司手上拿过供奉用的器皿，一丝不苟地祈祷起来。当年轻的贡吉纳特端着银制的阿尔迪灯来到神像前站定的时候，心里不由自主地浮现出萨尔拉的面容。他的眼神在神像脸上凝滞住了。

洪亮的钟声响了起来，这是来祭拜的信徒们拜过神之后开始一个接一个地敲钟了。贡吉纳特把阿尔迪灯放下。这时，一个人从远处一边唱歌一边走过：

“要我说啊，你太冷酷了。不好的一概不要，

有些年头的东西都成了你的贡品。”

贡吉纳特定神望去，那个人既没有瞻仰神像，也没有虔心祭拜，就这么带着一脸生动的表情走过，不知道要上哪儿去。贡吉纳特磕头也顾不上了，飞快地跟了上去。

2

“你这是要上哪儿去？”

“妈妈，今天我还没拜过湿婆神呢。”

“女儿啊，从昨天晚上开始你就发烧啦，到现在也没有好。你这时候还要上河里沐浴去吗？”

“是呀，没有拜过神我是不会喝水的。”

“勒吉妮，你怎么这么倔呢。我们的宗教里没有这么严苛的教义，可不会要求你为了遵守教义而糟践自己的身体。”

“妈妈，就去一下就好了，不然我是不会喝水的。”

“你干吗要这么苛求自己呢？”

“那你干吗要一遍又一遍地哭呢？”

“还不是为了你。”

“那我拜神的时候就祈求哭泣能够离你而去。”说完，勒吉妮拿上水罐走了。

恒河边伫立着一株大榕树，树根旁边有一座石头砌成的神庙，很小，也很破旧。神庙里有一座湿婆神的神像。榕树的枝条上挂着陶制的罐子，罐子底部开有洞眼，罐子里的水正一滴一滴地向下滴着。一派怡人的景色。黄昏时分，在冰冷的河水中沐浴过后，勒吉妮点亮一盏酥油灯，用纱丽拢住火苗，把灯带到神像前放下。她两手合十，虔诚地跪坐下来，带着一颗慈悲、热爱和奉献之心开始向神祈福。在灯光的映照下，沉浸在暮色中的石像看上去显得格外丰满，仿佛活了过来。每当一阵风吹过，油灯的火焰就会随风摇摆，看上去就像是神被取悦之后在翩翩起舞一样。这样的虔诚肯定能感动神灵吧。勒吉妮用心地给神像浇上酥油。为了能解开寡母的烦恼，她还编了一束花，放到神像的脚下。茉莉花在夜风中摇曳，沿着神像的躯体滑落。勒吉妮得到了心愿必将实现的暗示，于是再次行了一个礼，拿上水罐，向村里的小屋走去。

3

“在人类形成社会之后，人们就开始陷入堕落的深渊。我现在要和这万恶的世界断绝所有联系。我们所爱的这个世界其实充满了尔虞我诈；谁要是为它辩解，那都是在找借口。哦，难道是对我们有成见，才会将我们变得如此暴虐、如此邪恶。我们总不能为了自己的一点利益就变得如此邪恶吧。到底是谁在我们纯洁的灵魂里掺入了毒药，把我们引向错误的深渊？是谁教会了我们欺诈、奸猾和虚伪？是这个万恶的世界。得远离它。只有抛弃所有的一切才能免于受到这种影响。走吧，今天就对它说再见。就这样吧……”年轻的贡吉纳特站在杧果林的一角，一边看西下的夕阳，一边自言自语道。这时，勒吉妮正好从一处藤蔓丛里走出来，闻言问道：“喂！喂！您这是要抛弃谁呀？”

贡吉纳特四处打量了一圈，看见自己亡妻的妹妹勒吉妮提着水罐走了过来。贡吉纳特一下子激动起来。他已经好久没有见过勒吉妮了。贡吉纳特很看不起自己那穷困潦倒的丈母娘，甚至觉得和她见面是一件很丢脸的事情。自从萨尔拉过世以后，这种想法就更甚了。因为娶了穷人家的姑娘，他只能低三下四地做人。要是不能将他受的罪都还回给勒吉妮的母亲，不能报复一下的话，贡吉纳特绝不打算善罢甘休。在勒吉妮还是小姑娘的时候，她曾经不止一次跟着姐姐一起和贡吉纳特玩闹。今天，她心里又起了逗弄姐夫的念头，于是问道：“贡吉老爷，你要抛弃谁呀？”

贡吉纳特出生在富有的地主家，和人贫嘴对他来说可不是个容易的事。如果换一个时间，贡吉纳特肯定就生气了。不过，这两天他的心里满是悲天悯人的情绪，所以并没有动气，而是笑着问道：“你这是从哪儿来呀，勒吉妮？”

勒吉妮答道：“刚刚拜完湿婆神回来。”

贡吉又问：“你的湿婆神在什么地方呢？”

勒吉妮答道：“就在这河边呗。”

贡吉说道：“我也想去看一看。”

勒吉妮说道：“那走吧。”

两个人向河边走去。贡吉看见了破败神庙里的神像。黑色的神像赤裸着身体，身上没有衣服和饰品，没有银制的器皿，更没有宝石的光辉，只有碧绿的树叶和小小的油灯散发出的微弱光芒。贡吉纳特受到了神的感召。他在神像前弯下腰，庄重地行了一个礼。

在那一瞬间，贡吉惊奇地看见亡妻与勒吉妮手牵着手，慢慢地和湿婆神的雕像重合起来。

毁灭

被冰雪覆盖的群山，亘古不变的天空，波涛涌动的大洋！一个小伙子站立在山间一处峡谷的原始森林中，对身边的姑娘说：“亲爱的！”

“亲爱的！下一步要干什么？”

“别担心，先看看我们还有什么。还有酒吧？”

“亲爱的，我们图的是什么呢！生活这么美好，就非得走向毁灭吗？”

“如果不走向毁灭而就这么继续活着的话，这显然是一点意义也没有的事情。”

“那为什么人们心里会有不灭的幻想呢？”

“因为他们心里有追求幸福和享乐的欲望啊。”

“那么创造的努力是虚幻的吗？”

“虚幻还是真实，这谁也说不清楚。但可以肯定地说，创造就是为了毁灭，因为毁灭也是一种创造呵。”

“创造并维持自己的存在是一项巨大的功业啊。”姑娘吸了一口气，说道。

“对我来说这也是可以接受的，就像是你为了自己的存在而毁灭自己一样。”小伙子戏谑地说道。

姑娘被说服了。小伙子转移话题说道：“亲爱的！去把酒拿来吧。”

姑娘用水晶杯盛上酒，端了过来。小伙子喝起酒来。

“为什么我们日夜提防，却还是避免不了骚乱？”姑娘想不明白，又问道。

“那是因为你的追随者太挥霍无度了。”小伙子面带笑容地答道。

“哦，亲爱的！我们现在该上哪儿去呢？”姑娘尊敬地问道。

小伙子面色一整，庄严地说道：“还用上哪儿吗，当然是就在这儿看这场戏啦。”

太阳像一个燃烧着的火圈在天空中巡游，在辽阔的空间散发着光和热，形成一道奇异的景观。雪山在融化。在恐怖的热量的侵袭下，幸存的生物四处奔逃！这可怕的景象来自于伟大的修道者焚烧自己的火焰！然而，炽热的光线带来的却是一片黑暗！

小伙子安坐在宝石座椅上，悠闲地喝着酒。姑娘面带惊惧地看着这场可怕的交锋，只看了一会儿就不敢再看了。在这天地变色、一幅世界末日的景象之下，小伙子却依然悠闲自得。他微笑着说道：“亲爱的，多么壮观的景象啊！”

“有些人就是得经历过如此场景的洗礼才能获得灵性的提升吧。”姑娘说道。

“真聪明！”小伙子笑着说道。姑娘听见笑声，微微抬起头问道：

“什么意思？”

“你这是逃避现实，不敢直面残酷死亡的借口。”

“亲爱的，别这么说！”

“迷惘通常就是这么产生的。”小伙子一边倒酒一边说道。

“我不能接受你的说法。”姑娘说道，态度很坚决。

眼前的大洋开始涌动起来，数不清的巨浪卷向天空。洒落的水滴形成一片水幕，又扩散成一片雾气。冷气开始抚平可怕的高温。姑娘鼓起勇气问道：“灵性的觉醒会带来迷惘吗？”

“这是意识的回流，是以原子为基础的自然法则的一个方面！保持自己的存在是一种愉快的幻想，死亡才是达成与神合一的预期的途径。这种预期能给人的心灵带来无穷的勇气，帮助人们正视自己的梦想，并通过将自己视为工具的方式来实现。看起来，你因为看了这场整个世界的毁灭大戏而产生了迷惘？”

飓风开始刮了起来，发出可怕的轰鸣声。峡谷森林里的树木都被吹得东倒西歪，有的参天大树也被连根拔起，如同小草般被可怕的狂风吹上天空。漫天的云彩被吹得晕头转向，在原地转起了圈圈。火山也爆发了，滚落的熔岩把河流都燃着了。就像是小伙子手里被喝空的酒杯，太阳的威势不复存在，变得慵懒、温顺。火山在可怕的震颤和极端的暴雨中闪电般地消失了。

小伙子得意地笑了，说道：“这样的暴雨谁能面对！再来一杯。”

姑娘连声称是，把杯子添满后说道：“抱着我，我好害怕。”

小伙子说道：“你的同情心是一种讽刺，只会使人发笑。你是一个……”

“走开，你太残忍了……”

“我历经的沧桑与这世界的魅力一同促使你观看到了这场创造和

毁灭的永恒演出。现在，请欣赏它的狂欢之舞吧。你不是也曾为了自己的小小冷酷而异常骄傲嘛……”

“我是骄傲，不然为什么要费尽辛劳来见你？让我走吧，你将是我的全部。我什么也不求，只求你将我所有的欲望都带走。”姑娘说道。

可怕的严寒在下一刻就转换成难挨的炽热。空中是飓风伴随着一声接着一声的低沉轰鸣，上面是雾和雨，下面是永恒的大洋。风将五大元素搅拌在一起，急速地改变着它们的形态。一棵大榕树在无尽的苍穹中靠一个小小的支点挺立着。在飓风的强大冲击下，所有的一切都消散殆尽。小伙子和姑娘就待在一根树枝上！小伙子的脸上散发出万丈光芒。姑娘快要晕过去了，脸上只能看到一片朦胧。她在清醒后说道：

“亲爱的！”

“怎么了，亲爱的？”

“主人！从现在开始，我将奉你为主。”

“你到现在都没有接受我吗？”

“我一直都没有能认清你的真谛。你到底是什么，请告诉我。”

“那你认清楚自己了吗，你的目标是什么？”

“我正在一点一点地认识自我。比如我的存在是虚幻的；灵性的觉醒会带来迷惘；凡是与你分离、幻想着拥有独立个体的人，他们都无法真实存在，而是扭曲的。我希望能达成与你合一的目标。”

姑娘的脸庞依然如一幅朦胧的图案，小伙子则散发出耀眼的光芒。

“如此说来，你的认识已经足够，想现在就与我合一吗？”

“是的。”答案响了起来。

“来吧，这场在毁灭中诞生的合一将是无比愉悦的。来吧。”

平静！亮光！幸福！

天灯

1

“兄弟！”

“什么事情？让我睡觉吧。”

“你想重获自由吗？”

“就算想也不是现在，正困着呢，别烦我。”

“这样啊，那你就再也没有机会啦！”

“好冷啊，你还不如给我找一条毯子，把我从寒冷中解救出来呢。”

“看上去要下大暴雨了。现在可是个好机会，今天我身上的绑绳正好没有锁紧。”

“这么说来你也是犯人？”

“对。小声点！这艘船上的水手和哨兵加起来一共只有十个人。”

“能搞到武器吗？”

“没问题。你能把甲板上的帆弄断吗？”

“可以。”

海面上的波涛涌动起来，两个犯人借机相互松了绑。第一个说话的犯人先挣脱出束缚，接着连忙去帮另一个犯人。海浪的冲击给他们提供了很好的掩护。两个犯人在黑暗中终于恢复了自由。愿望得以实现，第二个犯人情不自禁地一把抱住同伴。忽然，他惊诧地叫道：“怎么回事？你是个女人？”

“怎么，是女人犯法吗？”女人挣脱对方的怀抱，回道。

“武器在哪里？对了，你叫什么？”

“金芭。”

狂风在布满群星的天空和深蓝色的海面上肆虐。在黑暗的笼罩下，它显得愈加可怕。海水像是只暴动的野兽一样疯狂地涌动着，渡船在巨浪里颠簸不已。女人小心翼翼地匍匐前进。前面是一个水手，她麻利地用匕首解决了他，然后轻巧地拔出匕首，又匍匐着回到同伴身边。突然，甲板上的哨兵喊道：“暴风雨来啦！”

警报声响了起来，所有人都被惊醒了。犯人小伙伏在原地，一动不动。有人跑去拽起控制帆的绳子，想把帆撑开。小伙悄悄地爬了过去。满天的星辰被乌云遮住了。大海发出怒吼，浪更大了。可怕的暴风雨像一个恶魔般将渡船抓在手心里，然后高高地抛起，还发出得意的狂笑。

一道巨浪打来，船被甩向空中。在这万分危急的时刻，两个犯人却愉快地笑了起来。不过，在暴风雨的掩盖下，没有人听见他们的笑声。

2

一缕朝霞照亮了这片海域，金色的光芒和温柔的浪花绽放出恬淡的笑脸。大海终于平静下来。水手发现船长不知所踪，人犯却恢复了自由。

纳耶格问道："布特古博德！是谁把你放出来的？"

布特古博德挥舞了一下匕首，说道："是它！"

纳耶格又道："那我就把你再抓起来。"

"你为谁卖命？船长莫尼普德勒已经被扔到海里喂鱼去了。纳耶格！现在这艘船上我说了算。"

"你？海盗布特古博德？绝不可能。"纳耶格闻言吃了一惊，说道。一边说，他一边去掏自己的匕首，却发现匕首早就被金芭偷走了。纳耶格气得暴跳如雷。

"这样吧，我们两个来一场决斗，谁赢了，这条船就是谁说了算。"说完这些，布特古博德示意把匕首还给纳耶格。于是，金芭将匕首递到纳耶格手中。

激烈的打斗开始了。两个人都很能打，速度也很快。忽然，布特古博德用牙咬住了匕首，把自己的双手解放出来。金芭在一旁看到这一幕，脸上浮现出惊恐的表情，水手们则雀跃不已。然后，布特古博德干净利索地用一只手擒住纳耶格持匕首的那只手，再用自己的另一只手圈住纳耶格的腰，发一声喊，将他一把摔在地上。下一刻，布特古博德又操起自己咬住的匕首。匕首在清晨的阳光下闪闪发光，好像也宣告着他的胜利。纳耶格眼里射出乞怜的目光。

布特古博德问道："怎么样，现在服不服？"

"伐楼拿[1]在上，我发誓效忠，永不背叛。"布特古博德随即把纳耶格放开了。

金芭来到年轻的海盗身边，希望用自己妩媚的眼神和温柔的动

---

① 伐楼拿，印度教水神。

作减轻他伤口上的痛楚。布特古博德健硕身体上的血滴犹在，仿佛在庆祝他的胜利。

休息了一会儿，布特古博德问道："我们这是到哪儿了？"

"看起来是在一个不知名的海岛附近，离巴厘岛还远着呢。我们的人很少往返于那一带。那里僧伽罗商人的势力最大。"

"我们还要多少天才能到那里？"

"要是风向好的话，两天之内应该能到达。到时候就不用为补给的事情发愁了。"

忽然，纳耶格命令水手们全力划桨，自己则坐在舵前掌起了舵。面对布特古博德的询问，他说道："这一带海域有暗礁，要是不小心应对的话船会触礁的。"

3

"这些人为什么要把你抓起来？"

"都是因为大商人莫尼普德勒的邪念。"

"你家在哪儿？"

"在恒河边。我来自占婆城的一个刹帝利家庭，父亲曾经是莫尼普德勒的这艘船上的护卫。母亲过世以后，我也就随着父亲住到了船上。从八岁开始，大海就成了我的家。你带人杀上船来的时候，我父亲杀掉七个海盗之后坠海死了。从此，我就变得孤苦无依了。这一个月以来，我在这碧海蓝天之间痛苦度日。有一天，莫尼普德勒想调戏我，被我大骂了一顿。从那天开始，我就被关起来了。"金芭愤怒地控诉道。

"我来自达摩尔利博迪，也是一个刹帝利，在阴差阳错之下不幸当上了海盗，然后就以此为生了。金芭，现在你有什么打算？"

“我现在心里乱极了，一点头绪也没有。该怎么办呢？”金芭两眼失神，思绪不知道跑到哪里去了。小伙子们总是会在姑娘们明亮清澈的眼神中沦陷，杀人放火的海盗也不能例外，轻易就被这样的眼神俘虏了。海面上暮色渐渐降临。金芭那一头飞扬跃动的秀发披洒在她的背后。桀骜不驯的海盗看着这一幕，惊奇地发现自己完全被这个年轻女孩吸引住了。布特古博德心中第一次萌发了青春的悸动，这令他困惑不已。他连忙扪心自问，原来是心中多了一样东西，那就是柔情！

这个时候，纳耶格在一边说道：“我们快要靠岸了。”

船身震了一下，靠上了岸。金芭迫不及待地跳下船。水手们也纷纷下了船。布特古博德说道：“这个岛没有名字，我们以后就叫它金芭岛吧。”

金芭笑了。

4

五年过去了。

正值秋季。在深蓝色的天空下，明亮的星辰在闪烁，月亮散发出皎洁的光芒，各色鲜花竞相开放。

金芭坐在金芭岛的一处高地上，正在点燃一盏油灯。她费尽功夫把灯装进一个石棉罩子里，然后用自己修长的手指牵住连着罩子的细线。天灯向上飞了起来。金芭那双美丽的眼睛充满喜悦地盯着不断升高的天灯。细线慢慢地扯紧了。金芭多么希望自己的天灯能飞到天上的星辰那里去，可惜，那是不可能实现的。终于，她收回了希冀的目光。

眼前是一片银白色的浪花，它们好似伐楼拿用钻石和蓝宝石为姑娘们打造的礼品。远处传来渔民们的歌声。金芭看到海面上出现了自己放飞的天灯的踪影，它正不停地旋转着向下落来。她不高兴地站起身来。尽管身边并没有任何人影，她还是唤道：“洁雅！”

一个黑皮肤的女人来到她跟前站定，看上去充满野性。女人咧嘴一笑，露出一排洁白的牙齿，宛若挂在深蓝色天空中的星辰。她先是恭敬地向金芭喊了一声“女王陛下”，然后告诉她布特古博德传口信来了。

“海盗之王到底什么时候能来，快去给我问清楚。”金芭吩咐道。洁雅领命而去。

一阵风从远处袭来，吹过金芭的衣襟。她的心里正想着心事，也不知道是为了什么，总之看上去有点心不在焉，所以一点也没有察觉到周围的异样。男人站了好一会儿，看金芭没有反应，就把手搭在她的背上。金芭一下子惊醒了。她回头一看，叫了出来：“布特古博德！”

“你疯了吗？这么晚了还坐在这儿放灯。你干嘛要这样？”

“我是为了自己的长久幸福而祈愿，难不成还要吩咐下人替我去放飞天灯吗？”

“真是好笑！你在这里放灯是想给谁指引道路呢？是那个你信奉的神灵吗？”

“是啊！他有时候也会打个瞌睡、忘掉一些事情，不然的话，他为什么要让布特古博德变得这么有权势呢？”

“这有什么不好呢？！这座岛的女主人金芭女王！”

“让我走吧，离开这个牢笼一样的地方。是，现在巴厘岛、爪哇岛和苏门答腊岛的经济命脉都掌握在你这个海盗之王的手里！可是，我却始终怀念着过去的时光。那时，你身边还只有一条船，我们也只是在金芭岛周围抢劫财物，却过着幸福的生活。在这片水域中，在熹微的黎明里，在星光的照耀下，我们曾多少次乘舟徜徉。布特古博德！那段日子里，每当夜深人静的时候，我们在历经一番苦之后就会以星辰为盖，彼此相对地躺在岸边。多么美好啊！……”

“金芭！我们现在可以比过去更好地畅想未来。你是我生命中最宝贵的东西，是我的全部！”

“不，不，你现在虽然已经不再当海盗了，但是你的内心却还是那样无情、贪婪和暴力。你听到神灵之名会发出嘲弄，看到我放飞天灯会口出讥讽。我的水手啊！你还记得吗？在那场猛烈的暴风雨中我们是多么无助，所求的仅仅是一丝光明罢了。记得在我小的时候，父亲有一次要去海上出船，母亲就把陶制的油灯安在竹筐里，一边把竹筐挂到跋吉罗陀河[1]边的竹子上，一边祷告道：‘神灵在上！请将我那误入歧途的男人从黑暗中引到正途上来吧。’几年之后，父亲安全回到家，对母亲说：‘好媳妇！都是因为你的祷告才让我能幸免于难呀。’母亲听了开心极了。我这么做都是在纪念自己的母亲。我的水手啊！是谁杀死了我英勇的父亲？是海盗！你快走开。”金芭一下子愤怒不已，脸上的颜色都变了，显得狰狞无比。海盗之王从来没有见到过她这个样子，觉得很有意思，于是哈哈大笑起来。

“你这是怎么了，金芭？你会把自己的身子气坏的。快去睡觉吧。”布特古博德一边说一边离开了。只剩下金芭捏着拳头，像疯了一样在那里走来走去。

---

① 跋吉罗陀河即为恒河，跋吉罗陀是印度古代传说中一国王的名字，据说是他把恒河从天上带下人间。

5

海岸上渺无人烟，海浪一波又一波地冲上滩头。太阳像一个旅人，慢慢地由东向西行去，散发出柔和的黄光，铺洒在这片海域上。

金芭和洁雅慢慢地走到这片海滩上，站住。风卷起浪花，不规则地涌动着。洁雅发出信号，招来一艘小船。两个人坐上船之后，船夫跳下了船。洁雅操起桨开始划船。金芭的心中满是忧郁，在她看来，诱人的大海仿佛也笼罩了一层忧郁的气息，要把自己整个包裹起来。

“多么辽阔的大海！多么寒冷的季节！内心却燃烧着熊熊的欲望之火。用这海水和冰冷能熄灭我心中的火焰吗？不能！难道，我要像人们在海浪中受伤后一样尖叫，甚至也痛哭一场？还是跳入这倒映着一轮火球的无边无际的大海？”金芭呆呆看着带有一丝血色的太阳慢慢地沉向海底，四分之一，二分之一，直至全部消失不见。她的痛苦与灼烧的感觉仿佛也随之消失了。金芭深深地吸了一口气，然后转过头望去，只见海盗之王的大船就在她们小船附近。布特古博德向金芭点点头，又挥手招呼她过去。金芭在他的搀扶下上了大船，两个人并肩坐下。

“坐这样的小船到这里来游荡太危险了。这片海湾附近遍布暗礁，要是不小心撞上去或是搁浅了，那可怎么办呢，金芭？”

“那样不是挺好，布特古博德！被困在水里总比被困在冰冷的城堡里强多了。”

“哦，金芭，你的心好狠那！你要是有什么需要就和布特古博德说，看他有什么事情是做不到的。他可以为你占领新的岛屿，为你找来成群的仆人，为你建立新的王国，你可以考验他，看他……你倒是说话啊，金芭！他都要用刀把心给挖出来了，衷心可昭日月啊。”海盗之王，这个在巴厘岛、爪哇岛、金芭岛一带赫赫有名的男人，虎目含泪地跪坐在金芭面前诉说道。

金芭疯了一样地抓住布特古博德的两只手，然后抱住了他。两个人紧紧地贴在一起，就像地平线处的天空和海洋一样。然而，抱了没一会儿，金芭像是忽然意识到了什么，从自己胸前掏出一把匕首来。

“布特古博德！今天我要将自己复仇的匕首沉入深深的海底，因为我的爱人总是一遍遍地欺骗我。”那把匕首摇摇晃晃地向水底沉去，最后消失不见。

“今天你终于相信我了吗，打算原谅我了吗？”海盗之王吃惊地颤声问道。

“相信？永远不可能，布特古博德！当我还不能完全相信我的爱人时，他却欺骗了我，我能说什么？我恨你，但我也可以为你去死。我的心好乱。海盗，我爱你！”金芭失声哭了起来。

充满梦想的多彩黄昏在黑暗中闭上了自己的眼睛。海盗之王深深地吸了一口气，说道：“我要为生命中最值得纪念的这一刻建造一座灯塔，金芭！就在金芭岛的那座小山上。也许，我生命里被迷雾笼罩的黄昏也会因为它而重现光明。”

6

在金芭岛的另一面有一片美丽的礁石，远远地延伸到海水中。涌动的海水不时地卷来，一次次把它淹没。今天，在这片地方将举行金芭岛原住民的聚会。所有人都行动起来，把岛屿装饰得焕然一新。成群的达摩尔利博迪水手组成了队列，盛装的金芭也在队列中。人群向前行去。

在最高的一块礁石上建起了一座坚固的灯塔，用以给金芭岛的水手们指明方向。今天将要举行的是灯塔的落成典礼。布特古博德站在灯塔的门口，看到队伍来了，他上前把金芭从轿子上搀了下来。两个人并肩走进灯塔时，鼓乐奏了起来。队列里的人们开始一边抛洒鲜花，一边跳起舞来。

金芭在灯塔高处的窗户边看着这热闹的场景，问道："洁雅，这是怎么回事？这么多女孩子是从哪里找来的？"

"今天不是女王您大婚的日子吗？"洁雅笑着说道。

布特古博德遥望着大海的方向。金芭拉住他晃了一下，问道："这些都是真的吗？"

"如果你希望的话，那么它们就会变成真的。金芭！多少年来，我一直都把汹涌澎湃的激情埋藏在了心底。"

"闭嘴，海盗之王！你是看我如此无助和可怜，所以今天要来报复是吗？"

"我可不是杀你父亲的凶手，金芭！他是死于其他海盗剑下的。"

"要是我能相信你就好了。布特古博德，那一天是多么美好，那一刻是如此动人！哦！你太伟大了，残忍地毁了这一切。"

洁雅到下层去了。只剩布特古博德和金芭两个人在灯塔狭小的房间里相对而坐。

布特古博德捧住金芭的脚，低沉地说道："金芭，在这片远离我们故土印度的地方，淳朴的民众把我们当成因陀罗天神和舍脂天女[①]一样膜拜，可不知道是因为受了什么诅咒，直到现在我们也没能真正在一起。真怀念那个遍地哲学家的国度呀！还有那些光辉灿烂的雕像！那些记忆对我有如此大的吸引力，可是我为什么不回去呢？

① 舍脂天女：因陀罗的妻子，又名因陀罗尼。

你知道吗，尽管我现在地位尊崇，可事实上我就是个穷光蛋！从见到你的那一天起，我的那颗像石头一样冰冷的心才忽然得以重见光明。”

“金芭，我不崇拜神灵，我不管什么是罪恶，我也不理解什么是怜悯，所有这些我都不放在心上，但在我心灵深处最柔软的角落却还保留着一丝敬畏。你根本不明白，这对我来说就像是一颗指引方向的启明星，在无尽的黑暗中向我绽放出一束柔和的光芒。在那些信奉野蛮力量与财富的追随者心中也许会嘲笑对宁静和孤独的追求，可我不是这样！”

“走吧，金芭？在船上装满数不尽的财宝，像个女王一样衣锦还乡？今天是我们大喜的日子，明天我们就能回印度去。就算是海浪也要执行海盗之王布特古博德的命令。它们会在南风的吹送下把我们的船送回印度大陆的。嘿，金芭！走了。”

金芭牵住他的手。两个人不知道怎么回事撞在了一起，然后彼此的唇就贴上了。金芭一下子跳了起来，说道：“布特古博德！对我来说所有的领地都是泥土，所有的水都是浪花，所有的风都是寒冷。我的心已如死灰，所有的一切对我来说都是浮云。亲爱的水手！你自己回乡去享受荣华富贵吧，让我留下来，为这里在痛苦中挣扎的无辜人们做一些事情。”

“我一定要走了，金芭！不知道继续在这里待下去的话，我还能不能控制自己。哦！我去跳海得了。”海盗之王苦恼地说。接着问道：“你一个人留在这里要干嘛呢？”

“我本来想着可以时不常地在灯塔上点灯，认为这样就能为父亲在这片水域照亮涅槃之路。可我发现，我自己都快要像天灯一样在这里燃着了。”

7

一天清晨，金芭从灯塔里朝外眺望，只见一队大船正驶离金芭岛的岸边。它们排成一路纵队，像一条巨大的水蛇向西北方向驶去。泪珠一瞬间就从金芭的眼睛里滚滚落下。

这是个发生在数百年前的故事。金芭终其一生都在灯塔里重复着点灯的工作。在她离世之后很久，岛上的居民依然将她当成救苦救难的女神崇拜着。

直到有一天，时间将这一切都埋葬在它的滚滚车轮之下。

默默达

1

年轻的默默达坐在罗赫达斯城堡的院子里，看着天边流转的红霞出神。默默达是个寡妇。就像那红霞一样，她的青春正处于怒放的季节。可是，她的内心是多么痛苦和煎熬啊，时常流着眼泪，为自己的不幸遭遇而忧郁、惶惑着。她是罗赫达斯城主手下大臣朱拉莫尼唯一的女儿，因此生活上肯定是什么都不缺，可惜却成了寡妇——印度教的寡妇是世界上最无助最不幸的生物——这样的日子什么时候是个头呢?

朱拉莫尼静静地走进院子。沐浴在夕阳里的默默达正沉浸在自己的境遇里不能自拔，完全不知道父亲来了。朱拉莫尼又是一阵头疼。能为自己的宝贝女儿做点儿什么呢，一点头绪也没有，朱拉莫尼于是只能转身出门去了。这一幕时常发生，但今天他的心里充满了不安，踱着步子没有上前。

过了一会儿，朱拉莫尼还是来到默默达跟前。在他身后，十名侍从用银制的大托盘捧着东西站立着。听到这么多人的脚步声响起，默默达转头看了过来。朱拉莫尼命所有人把托盘放下。侍从们放下托盘离去了。

默默达问道："这些是什么东西，爸爸？"

"是给你的，女儿！全是礼物。"说着话朱拉莫尼把托盘上的盖子都揭了开来。金灿灿的黄金在暮色中闪烁出耀眼的光芒。默默达吃惊得跳了起来：

"这么多金子！这些都是从哪儿来的？"

"别激动，默默达，这些都是给你的！"

"爸爸，您是不是接受了低种姓人的贿赂？这可是不义之财，一点儿意义也没有。退回去吧。爸爸！我们可是婆罗门，要这么多金子有什么用呢？"

"这个古老的封建王朝正在衰落，就要走到尽头啦，女儿！说不定哪一天狮子王就把罗西达士沃城占领了。到那时我就得赋闲啦。这都是在为将来做准备啊，女儿！"

"我的天呐！为将来做准备，为困境做准备，计划得多么周详！爸爸，您的计划是如此完美，我都快要没有勇气反对了！爸爸，我们难道不能乞讨吗？在印度教的世界里，难道就没有人能养活我们吗？总能有两口吃的吧？我们是不会饿死的。还是退回去吧，爸爸。我现在浑身都在颤抖，眼睛都要被这些金子的光芒闪瞎了。"

"愚蠢！"朱拉莫尼说完走了。

第二天，当一溜轿子排队进城的时候，婆罗门大臣朱拉莫尼的心里开始打起鼓来。他无法抑制地来到罗西达士沃的城门口，拦住轿子，想揭开轿子的帘子朝里望一眼。帕坦人轿夫说道：

“您这样做是在羞辱里面坐着的夫人。”

事情并没有结束。帕坦人拔出宝剑，在城门口杀死了婆罗门。国王、王后、财宝……所有的一切都落入了诈城成功的狮子王手中。只有默默达逃跑了。轿子里藏了大批的帕坦人士兵，他们分散开来搜索全城，但是没有找到默默达。

2

伽尸城的北部有一座法轮寺院，它在经历了孔雀王朝和笈多王朝的辉煌之后现在已经是一片废墟。断落的柱头、被杂草覆盖的围墙、散布的砖块，仿佛依稀可见印度昔日的辉煌。然而，这一切在夏夜的月光下却略显萧瑟。

那座塔是当年人们聚集起来听佛陀传道的地方，现在也已是一片废墟。它朦胧的阴影里有一座茅屋，一个女人正在屋里借着灯光诵经。

诵经声停了下来。一个身影站立在门外昏暗的灯光下。尽管他看上去很虚弱，但依然令人害怕。女人站起来，想把门关上。然而那个人出声道：“女主人！请您收留我吧。”

“你是谁？”女人问道。

“我是莫卧儿王朝的人，在乔萨战争中饱受狮子王的荼毒，现在正在逃亡中。今晚实在是没有力气再往前走了。”

“你是说狮子王吗？”女人咬着嘴唇问。

“是的，女主人！”

“可你看上去也像他一样凶恶，你的脸上充满了可怕的嗜血和残忍！士兵！我这儿没有多余的地方。走吧，去别的地方找人收留你吧。”

“喉咙渴得冒烟，同伴全失散了，马儿也倒毙了——我累得不行了，不行了！”说着说着，来人一阵头晕，扑通一声跌坐在地。女人心想，完了，麻烦来了！她给男人喂了点水，把他的命给救了回来。女人开始寻思：“所有的异教徒都不值得同情。正是这些强盗杀死了我的父亲！”她的心因为仇恨而变得冷漠无情。

莫卧儿士兵恢复了意识，说道：“女主人！那我走啦？”

女人心想：“我是一个婆罗门，得严格按照自己信奉神灵的禁忌来行事。但是在这里嘛……不，不！这些异教徒都不值得同情。可这不是同情不同情的事……这是职责啊。那就这样？”

莫卧儿士兵拄着自己的剑站了起来。默默达说道：“真可笑，你也会骗人。站住！”

“骗人！没有，绝对没有！女主人，我走了。帖木儿的后裔会欺骗一个女人？我要走了，去接受命运的挑战。”

默默达在心里说道：“这儿哪有杜尔迦女神呢！反正这间小茅屋里是没有。我想做什么的话去做就是了。现在我必须尽自己的职责。”她走出屋外，向莫卧儿士兵说道：“到屋里去吧，受到惊吓疲惫不堪的行路者。不管你是谁，我都会收留你的。我只是个婆罗门女子。既然所有人都在放弃自己坚守的信条，我为什么不能呢？”莫卧儿士兵注视着这张在昏暗月光下闪耀着光辉的脸庞，自己在心里默默地祈祷着。默默达去了一旁的残垣断壁处，把屋子让给疲惫的行路者休息。

第二天黎明，默默达从残垣断壁的缝隙中看到有数百名骑兵在这一带搜索着什么。她不禁为自己的愚蠢行为暗自咒骂不已。

行路者从小茅屋里出来，叫道：“弟兄们，我在这里！”

士兵们听到喊声后惊呼起来，紧接着欢呼声响成了一片，声音在这附近回荡不止。默默达更加害怕了。行路者接着喊道："那个女人在哪里？把她找出来。"默默达赶紧找地方躲藏，最后跑进了鹿林。整整一天她都躲在林子里没有出来。黄昏时分，大队人马开始整装待发，行路者也骑上马准备离去。默默达听见他命令道："弟兄们！这次我是没法报答那个女人了。给她把房子翻盖一下吧，我在陷入绝境的时候是她收留了我。别忘了这个地方。"说完，他就离开了。

莫卧儿王朝军队与帕坦人的乔萨战争过去很多年了。默默达现在已经是一位七十岁的老妇人。一个冬季的早晨，默默达生病了，躺在自己的小屋里。她衰老的身子因为咳嗽而剧烈地颤抖着。村里的几个女人围坐在默默达身边照料着她。她这一辈子总是把别人的事当成自己的事，帮助过附近所有的人，因此人们很是敬重感激她。

默默达想喝水，于是一个女人拿起贝壳盛了水喂她。忽然，一名骑兵出现在小屋门口。他自言自语地说道："这里应该就是陛下让人画了发下来的图里面指示的地方了。那个老妇人好像已经死了，现在我该向谁去打听关于胡马雍大帝曾经在这里的一座茅屋里停留的事情呢？这可至少是四十七年前的事情了！"

默默达隐约听到了士兵的话。她对一旁的女人说道："把那个人叫过来。"

士兵来到近前。默默达断断续续地说道："我不知道那个人是皇帝，还是一个普通的莫卧儿士兵，但确实曾经有一个人在这座小屋里停留过。我听见他下令让人翻盖我的小屋！神灵可以作证。但是现在不管你们是要把这里盖成一座房子还是一座宫殿，一切都和我没什么关系了。我就要去往极乐世界了。"

士兵静静地站立在一旁。老妇人的生命之火终于熄灭了。

那里盖起了一座八角形的神庙，上面的题词这样写道：

“七国之王胡马雍曾经在此小憩。他的儿子阿克巴为了纪念自己的父亲建造了这座高耸入云的神庙。”

碑文上没有提到默默达的任何事迹。

在天堂的废墟

四处都是盛开的鲜花，它们组成一幅巨大的花幕，在沁人的凉风中摇曳生姿。山泉形成的一道道小溪在静静地流淌。天然形成的洞窟仿佛是一间间精美的房间，散发出沁人心脾的芬芳。满眼都是交织的灌木丛与花圃、精致小巧的休息场所、酒杯里芳香的美酒、各色结满花果的树木形成的林子、像牛奶与蜂蜜一样流淌着的河流、小憩的彩霞。还有神秘的月光剧场、在树与花的海洋中自由自在地嗡嗡鸣叫的蜜蜂、停留在枝头的鸟儿用心灵鸣唱的乐曲和缀满宝石的油灯上新挂的花环。一个英俊的小伙和一群美丽的姑娘正在开心地玩耍。这场面多么怡人！一艘小舟徜徉在连绵不断的音乐声中，这是他们的水上宫殿！不管是谁看到这幅场景都不会再感到迷惘和痛苦。这里就是天堂。

一个小伙子坐在泉水边上对姑娘说道："米娜，我都忘了。是的，米娜，我要叫你米娜到什么时候啊？"

"那我为什么要叫你古尔呢？"

“为什么，米娜，我们在这里过得也很幸福啊，难道不是吗？啊哈，多么美丽的地方啊！就像是活在梦里一样！要是不用再去别的地方，那该有多好啊！”

“不，古尔，我总是沉浸在对过去的回忆里不能自拔。已经过去好几年了。像母亲一样的爱抚，那个优婆夷的眼睛里射来的充满关爱和怜悯的眼神。我觉得糟透了。如果是被囚禁，哪怕是在天堂一样的地方……好吧，你难道不讨厌住在这里吗？”

“不会啊，米娜。当一切尘埃落定，只要有你在我身边，我就不会再有其他的念想了。我认为……”

“你认为的是错的……”

米娜没有能说完想说的话。在一群蝴蝶的后面，一个小伙和一群姑娘穿着与蝴蝶同色的丝绸衣服跑过来，围住了米娜和古尔。

“我们一起玩彩色游鱼的游戏吧。”

众人一起鼓起掌来。他们先把米娜和古尔推下水，然后也都跳了下去。河岸边的绿色灌木丛中传来一阵笛声。小伙和姑娘们围在米娜和古尔的前后左右游了起来。

游着游着，米娜问道：“古尔，假如我被水卷走，就要淹死了怎么办呢？”

“那我就赶紧造船，米娜！”

“那要是我真的离开这里呢？”

“你可千万别这么说，那样的话我怎么办呢？”

“怎么，难道你不和我一起走吗？”

这时，就在离他们不远处的一个美丽姑娘插话道：“要去哪里啊，古尔？我也要去，是那边的小树林吧。哦，看呐，多么怡人的一片绿色呀！”古尔看了一眼姑娘说的那个地方，然后朝那里游了过去。

波哈尔也随着他一起游了起来。他们两个游得很快。米娜听了古尔的回答本来就很失望，眼见跟不上两个人的速度，就慢慢地游起来，落在了后面。

波哈尔和古尔抓住垂在水上的枝条，同时拍打着水面。他们准备休息一会儿。看四周没有其他人，波哈尔对古尔说道："走啊，我们藏到那片小树林里去吧。"

两个人消失在那片树丛里。

身边一个美丽的姑娘向米娜问道："古尔去哪里了，你看见了吗？"

米娜其实是知道的，可她却装作不知道，一面向另一侧的岸边游去，一面说道："我不知道啊。"

这时，传来一阵奇怪的哨子声。这下，所有人都不游了，上到岸边。一个小伙子身穿绿色的衣服，跟在一个庄严肃穆的中年人身边，出现在众人眼前。小伙子看到这里的一切之后眼花缭乱，脚步都有点迈不稳了。所有人看到那个中年人后都马上低头行礼，然后齐声问道："圣者大人，是有客人上我们这里来了吗？"

"是的，这个小伙子一直想看一看天堂是什么样的。"穿着绿色衣服的中年人答道。

所有人又行了一个礼。中年人说完向米娜的方向看过去。他是山上城堡中的传道者，有点健忘的毛病。他仿佛看见自己的愿望正在实现。

"米娜，哦！多么纯洁、完美的姑娘。哪怕是她的一缕潮湿的秀发也能为我的天堂增添无上的光彩。"他于是喊道："米娜！"

米娜来到他身边站定。其他人簇拥着那个小伙子朝一个方向行去，只剩下米娜还留在传道者旁边。

传道者说道：“米娜，你实在是我天堂中的瑰宝啊。”

米娜紧张得浑身发抖。传道者亲了一下她的额头，然后说道：“看吧，你不需要为任何客人服务，只需要坐在那片葡萄园里，有时候唱唱歌就行了。坐，给我唱个歌来听听。”

米娜唱了起来。歌词大意是这样的：“我是一只流浪的夜莺。嘿！不知名的树林啊，能不能让我停歇，哪怕只是一小会儿？这是我的哭诉。我说的是真的，是我的亲身哭诉，绝不是什么歌唱。把自由还给我吧。春天的那个早晨，我来了，只是想唱一支歌给你听，用它来充当休息一夜的回报，然后就飞走。让我回自己的地方去吧，回到那根干枯的残枝上。我只是一只迷途的夜莺。”

传道者忘了自己的身份，不再是什么神的使者，什么祖师，什么圣者。甚至有那么一瞬间，他连自己都忘掉了。他相信自己不是什么夜莺，而是一种自己忘却了的东西。到底是什么呢？想啊，想啊，他竟然疯了，迈步朝着一个方向走去。

河两岸一片绿意盎然，川流不息的河水流到这一段变得略微平缓了一些。波哈尔和古尔手牵着手，一步一步艰难地向岸上爬去。忽然间，古尔身体失去了平衡，幸好波哈尔比较警觉，一把拉住他，两个人终于上了岸。

在一块石头上坐定之后，古尔说道：“好渴阿。”

波哈尔回到不远处的休息之所，倒了一杯饮料，端了过来。古尔一饮而尽，觉得畅快极了，接着又说道：“波哈尔，你带着我快跑吧，行吗？注意啦，我要下来咯。”

古尔把头埋在波哈尔的怀里，闭上了眼睛。鼻子里传来波哈尔青春洋溢的身上散发出的香气，他又一下子睁开眼睛，搂住她的脖子，说道：“把我带到别的地方去吧，行吗？”

波哈尔是这处天堂里的仙女。她飞得很快，在花香四溢的风中刮起一阵涟漪。波哈尔笑着问道：“你离开这个天堂要到哪里去啊？”

“哪儿都行，只要你和我在一起。”

“为什么，这里有什么不好的吗？”

单纯的古尔说道：“不好的！也许有吧？有人知道！”

“谁？米娜？”

“如你所想。”

“那你避开所有人和我……就和我一个人……不……”

“别这么说。”古尔用手掩住波哈尔的唇，说道。

这时，那个新来的小伙子正好来到两个人附近，打断了他们的谈话。波哈尔站起身来，向他表示欢迎。古尔瞪着自己通红的眼睛看着他，却没有起身，只是傲慢地伸了一个懒腰。波哈尔向小伙子告了别，然后离开了。小伙子径直来到古尔身边坐下，神情凝重地看着他。

古尔酝酿了一会儿，说道：“欢迎你，尊贵的客人！”

“你是德沃古玛尔！噢！我找得你好苦啊！”

“德沃古玛尔？谁是德沃古玛尔？啊，是了，我记起来了，可是你为什么要唤起我对那片恶土的记忆？你是从人世间来的！忘了那个满是绝望和不幸的世界吧。看呐，这片祥和宁静的乐土是多么动人！”

“德沃古玛尔！你难道忘记自己原来是怖军护卫的后人了吗？你被困在这里了！你傻了吧。你以为是乐土的地方，其实是你自己臆想出来的。我就是来救你出去的。”

“那你就错了，我在这里过得很幸福。我要把波哈尔叫来了。你吃点东西吧，再喝点东西……可怜的家伙！到了乐土却白白地浪费时间！要听歌吗？”

小伙子失望极了。

古尔在心里对自己说：“我该怎么办？所有人都在生我的气。根本就没有人关心我，所有人都想让我按照他们的心意去做，就好像我没有思想、没有感觉一样！爱是多么引人入胜！可即便是天堂里的爱也充满了嫉恨！波哈尔生气走了。米娜呢？她受伤的时间就更早了。这样的地方还是天堂吗？”

看见小伙子失望的样子古尔也觉得很遗憾。他想起来怎么说对方也是来客，于是说道：“说吧，我能为你做点什么？让米娜来唱歌给你听怎么样？她是这里的女王！”

小伙子说道：“好啊。”

两个人来到葡萄园里。米娜正坐在那里。古尔说道：“给客人唱个歌吧。”

吸了一口气，米娜唱起了夜莺之歌。小伙子的眼睛湿润了，说道：“你不愧是这里的女神！”

“不，客人。我来自人世间。虽然那里充满了苦难，但我觉得即便是在那里受苦受难也比在这里享清福来得有意思。可惜现在再也听不到那里的消息了。”米娜说道。

“如果你想听那里的事情的话，我可以说给你听！”小伙子说道。

“快快请讲。”米娜急忙说道。

2

小伙子说了起来：

“瓦哈里克、犍陀罗、剑浮沙、乌迪安，这些国家都在穆斯林王朝制造的恐怖之下瑟瑟发抖。随着犍陀罗最后一位国王的统治落下帷幕，这些国家的王室成员的好日子也纷纷走到了尽头。不过，他们中有不少幸存者得以逃向四面八方，有的住进了乌迪安的门格里城堡或者苏瓦斯杜的山谷，也有的在群山、雪地和森林的庇护中度日。他们好歹是自由的。

德沃巴尔是一位勇敢的王子。有的时候，他会一边回忆过去的荣光，一边踱着步来到印度河的岸边。这一天清晨，乐佳姑娘在印度河里沐浴，河岸边开满的鲜花散发出馥郁的芳香。她带来的大水罐被留在河岸上。和往常一样，德沃巴尔今天又鼓起勇气来看乐佳洗澡了。”小伙子的讲述没有停下，只听他接着说道：

“在宁静的晨光下，这个内心满怀乞求的人正带着甜蜜的愿望会心地微笑。‘一颗心儿哟！总是要故作姿态。哎，该死的臭架子！现在的问题是，没有人来可怜我。

我该怎么办呢？在那一刻，在那个地点，做出我一定会回来的保证吗？我想去印度河，想去云端，想去太空，想去喜马拉雅山……即便这样她也不会给我一个时间限制吗？那可太好了！’

乐佳姑娘害羞了，在芳心震动之下显露出一丝慌乱的表情，身子也像受惊的小鸟一样颤抖起来。她甚至顾不上在水罐里灌上水就飞也似的逃走了。也许是因为心里一直有如鹿撞般怦怦直跳，她滑倒了。年轻的王子救了她，一把将她抱在怀里。此后是她青葱岁月中梦幻般的一段时光。

就这样梦幻般地过了一些日子之后，塔拉出现了。她犹如将人从梦境中唤醒的炽烈晨光般将乐佳的梦击得粉碎。对于德沃巴尔来讲，塔拉是甜美的，克什米尔也同样甜美。他希望能够从克什米尔获得臂助。美梦破碎的乐佳来到阿育王修建的寺院，按照他所说的，出家当了一名优婆夷，也就是比丘尼。

坐在佛陀宝相庄严的塑像脚下，她终于悟到了。一切皆苦，一切皆无常，一切皆轮回。

苏瓦斯杜的梵音开始洗刷那颗饱经苦痛的心灵中的创伤。她以这样一种方式获得了解脱。

一个清冷的夜晚。寺院里的上座比丘都不在。突然，寺院的门被擂响了，同时传来‘开门！开门！’的叫声。寺院里只有乐佳一个人在。她鼓起勇气问道：

‘什么人？’

‘我是个流浪者，想找个住的地方。’回答声传来。

被冰雪覆盖的道路黑漆漆的，雪也还在下着，天上一颗星星也没有，天气冷得要命。在这样的夜晚有谁会在外面游荡？打开窗户，优婆夷乐佳用尽目力也看不清门口站的到底是什么人。她又怯生生地问道：‘你们是什么人？’

‘啊哈，原来是个优婆夷！你肯定有一颗更加慈悲的心。请让两个无家可归的人托庇在神像的阴影下吧，这也是一件功德啊。’

乐佳拉开门栓，然后就惊诧地看见，一个男人用他巨大的斗篷裹着两个孩子跌跌撞撞地滚了进来，接着摔倒在地。两个孩子都是八九岁大，一个是男的，另一个是女的。三个人都快要死了，看起来一定在饥寒交迫中挣扎很久了。乐佳关上庙门，扒拉了一番火堆，又往里面洒了一些香水。开门的时候放进来的冷空气被驱散了。

招待了来人之后，乐佳开始询问他们的情况。来人说道：‘我是门格里城堡的主人德沃巴尔的仆人。成吉思汗率人在犍陀罗烧杀抢掠之后将它整个摧毁了。就在昨天，这些人又攻占了乌迪安的门格里城堡，德沃巴尔被囚禁了，他的妻子塔拉自杀了。在此之前主人

就吩咐过我，叫我在遇到危难的时候带着这个男孩来阿育王寺院，这里有一个叫乐佳的优婆夷，她会照看这个孩子的。’

听了这些话之后，乐佳的血液开始沸腾起来。在这么冷的天气里，她竟然出汗了。为了转移话题，她向女孩的方向看了过去。来人见状介绍道：‘这是我女儿。她的母亲已经死了。’即便尽了最大的努力，但是乐佳觉得已经快要控制不住自己的情绪了。她说道：‘行啦，你们快睡吧，肯定累坏了。’说完，她去了另一个房间。

乐佳打开窗户向外看去，雪已经停了，忽明忽暗的星辰出现在天空。在星光的照耀下，阿育王佛塔顶端的黄金铸就的法轮仿佛也在摇曳不定。

第二天，那些回来的男比丘惊讶地发现寺院里多了几个人，而当他们听说了整件事情之后就更加激愤了。他们纷纷说道：‘你把王族的人收留下来，是想让这座寺院和佛塔也都被捣毁吗？乐佳，你这样做到底是为了什么？成吉思汗可是佛教徒，我们为什么要跟他对着干呢？’

‘上座！难道为他人提供庇佑也是不符合佛陀教义的吗？关于这件事情我想说清楚一些。德沃巴尔尽管负了我，可他还是信任我。为什么会这样呢？其实我自己也不知道。曾经的我是非常爱德沃巴尔的，但现在我已经彻底放下他了吗？我不敢肯定。’乐佳说道。

‘这样说来你已经违反了僧团的戒条，所以你必须离开寺院了。’上座说道。

乐佳很沮丧。不过，当看到男孩酷似德沃巴尔的脸庞时，她就像是被重新注入了力量。那个女孩也不愿意离开她。

乐佳鼓起勇气说道：‘那这样好了，我选择放弃优婆夷的身份，从此成为一个流浪者。’

在那个夜晚，乐佳和两个孩子以及名叫维格勒的仆人踏上了流浪的旅程。他们乔装打扮，一路靠着乞讨前行。有一天，没有能要到吃的，剩下来的食物只够两个孩子吃的。两个孩子吃过东西睡了，乐佳和维格勒却饿得晕了过去。

第二天，当二人醒过来的时候，发现两个孩子都不见了。于是，在接下来的日子里，他们四处寻找两个孩子的下落。有一天，他们得到消息说，附近的山间城堡那里有一处极乐世界，那儿需要大量俊美的男童和女童……

还想接着听这些悲伤的故事吗？听了之后你有什么感觉？想知道乐佳和维格勒怎么样了吗？”

听到这里，米娜再也忍不住了，她扑上去搂住小伙子的脖子，说道：“那么……你就是那个优婆夷吧？哼，快说实话。”

古尔本来也沉浸在故事里，这下清醒过来。他伸了个懒腰，又打了个哈欠，然后说道：“很有意思的故事。我说，米娜，你这是要干嘛？”

忽然，可怕的天堂卫兵来了，把小伙子给抓了起来。米娜见状哭了，古尔静静地站着，波哈尔则在一边窃笑。

这时，卫兵队长从后面走上来，喝令道：“把米娜和古尔也抓起来。”

小伙子正转头四顾，这下和大胡子队长的眼神对上了。

小伙子惊叫起来：“德沃巴尔！”

“谁！乐佳？我的天呐！”

“是的，德沃巴尔。请你把自己的儿子古尔也抓起来吧，这样做是履行清除异端的职责。”乐佳说道。

“我的天！”说完，队长德沃巴尔抱住自己的头，一屁股坐了下来。片刻之后，他又疯了一样地跳起来，跑过去一把抱住古尔。

德沃巴尔小心地对押着乐佳的卫兵说道：“放了他。”

卫兵扭头看向波哈尔，得到她隐晦的暗示之后说道：“只有圣者才有释放犯人的权利。”

德沃巴尔闻言怒不可遏，拔出宝剑挥向那个卫兵。卫兵软软地倒在地上。波哈尔一边叫着：“杀人啦！杀人啦！”一边逃走了。

3

当所有人来到山中城堡的王座跟前时，这个世界的繁华终于归于平静。圣者如同一尊雕像似的端坐着。乐佳、米娜、古尔和德沃巴尔穿着囚服站在大厅中间。可怕的卫兵站在远处，警戒地望向四周。圣者在这个大厅中有着无上的威严。他发问道：“德沃巴尔，你是否信奉我们的宗教？”

“不信！”德沃巴尔答道。

“这么说你之前是欺骗了我吗？”

“当然不是。当你的仆人在战场上把我从成吉思汗的监牢里救出来之后，我就被你的高义打动了，从此心甘情愿地听从你的差遣。我心里产生了一个迫切的愿望，那就是毁灭我的敌人成吉思汗。我最后终于杀了他。我皈依这个宗教已经有一段时间了，只不过还有点不太明白罢了。”

“你说的这些基本上都是按照我的命令做的，但是你为什么要杀死阿拉乌丁？”圣者咬牙切齿地说道。

“我这是在向他报仇！”德沃巴尔掷地有声地答道。

“你知道吗，这座山城的圣者不但是天堂里的领主，还是裁决每一宗谋杀案的法官！”圣者愤怒地说道。

“我之前并不知道这一点，圣者大人。我只相信生命的法则。我觉得，如果是为了保护自己或者报仇雪恨，那么就必须采用暴力的手段把对方撕碎、消灭，此外别无他法。人们总是会不由自主地受到所处环境的左右，所以我做了我应该做的。现在你可以行使你的权力了。”德沃巴尔坚定地说道。

圣者被这番话刺激得面目狰狞，情不自禁地吼了一声，接着问道：“接下来呢，你这个女人又是哪里来的？简直胆大包天！你竟敢欺骗我！”

乐佳把自己的伪装去掉，说道：“是的，圣者大人，现在我已经没有隐藏的必要了，我是德沃巴尔的妻子。”

“那你应该是来引诱他们跟你离开的，是吗？”

“我也是被逼的。就像令人作呕的人类总是假装自己是个圣者一样，我则以女儿之身扮成了一个男人。另外，世上的事物总是打着宗教的幌子把自己装扮得异常圣洁。你身有依仗，而我却没有，否则我并不会比任何人差。”乐佳喘息着说道。

圣者就这么看着乐佳。多么骄傲、美丽的女人！尽管已经不再年轻，却依然激情四射，就像是月夜里从山上飞流而下的瀑布一样！在这一刻，圣者觉得自己的内心好像变得柔软起来，她多像是自己的宠物啊。他说道：“你正好有资格成为我这个天堂里的女王。如果你能取得我的信任，我就放了你。说吧！”

“天堂！圣者大人，这世上为什么要有天堂的存在？不，不，即便没有天堂这个世界也能运转得很好。而恰恰相反，世上引以为傲的东西却会因为天堂的存在而毁灭。只有在平平常常的状态下世界才能维持下去。为了天下众生，请让这个世界继续存在下去吧。请不要为了一己的私欲、为了实现自己梦中的天堂而将它变成炼狱，这样会让人们陷入成神的欲望中不能自拔，最终变成可怕的怪物。”乐佳说道。

圣者发出雷霆一般的咆哮，吼道：“带走，把这两个人关起来。我再来想想，至于古尔你，念在你们是初犯，这一次我就饶了你们。米娜，你给我听好了，你马上回到自己的小屋里去。赶紧把这两个人彻底忘掉。”

有一天，波哈尔对古尔说道：“走啊，我们到葡萄园去唱歌吧。”两个人刚喝过酒，所以有点忘乎所以。米娜正坐在那里，忧郁地唱着歌：

“在这天堂里宛若身处地狱，因为和亲人们永不能相见。在那个漆黑的夜晚，屠杀带来了阴阳两隔。那个年轻人的努力注定是白费功夫，因为他没有坚定的追随者。爱情就像是有毒的匕首，全都是阴谋诡计。所以啊，生活呐，就是不要胡乱做白日梦，在忘却中入睡就好！陷入沉睡就不会再有悲和喜了。如果能明白这些道理，那我就不管到哪里都能安然入睡了。”

波哈尔没有勇气踏入葡萄园。古尔呢？他就像哑巴了一样！他的心里思绪万千，可是脚下却一动不动。这时，一片喧嚣声传来。四面八方都有人奔来，原来是鞑靼可汗带着人杀了过来。

围困持续了不知道多少年，天堂昔日的繁华如今一点儿也没有剩下。天堂里的生物因为饥饿而哀号着。尽管如此，米娜是吃喝不愁的。今天，圣者正在她面前坐着，他的杯子里还剩下最后几滴酒。饱受嫉妒煎熬的波哈尔在那里惊慌、悲伤地呻吟。今天，被囚禁的犯人们都被放了出来。犯人们战战兢兢下发出的声音在天堂广阔的院子里回响。圣者笑着看了他们一样，然后看向米娜，对她说道：“米娜！今天是最后一天了！杯子里还剩下最后一口酒，你能亲手喂我喝下去吗？”

“我是您的犯人，圣者大人！如您所愿。”

圣者深深地吸了一口气，站起身来，拔出自己的佩剑。这时，门被撞开了，鞑靼人蜂拥而入。圣者手中的剑落到了地上。

葡萄园里，米娜静静地坐在德沃巴尔、乐佳和古尔的遗体旁边。她的眼睛里没有泪水，嘴里也没有发出呜咽的声音。

鞑靼人的首领过来了。他发现在经历过森林之火的肆虐之后，这里的花花草草却安然无恙。他一心想着报仇，所以没那么多心情欣赏这一切，而是嘶吼着问道：“你就是圣者的女儿吗？”

米娜睁开眼睛，用坚定的声音答道：“父亲，我是你的一场游戏。”

首领维格勒彻底占领了这片地方，米娜领着他在这片天堂的废墟中巡视了一番。在唤起首领许多记忆之后，她说道：“我是一只迷途的夜莺。请准许我到一处残枝上了却此生吧！今晚我再唱最后一支歌，然后就离去了。”

谁也不知道，米娜唱的那最后一支歌，到底有没有人听见过。

金黄色的蛇

“你太冒险了，金德尔德沃！”

“我说的可是真理，德沃古玛尔。”

“我觉得你在演说的时候确实很有煽动力，可是你说的真理并不容易理解，因为你用来阐述它们的理论太过虚幻了。像是你阐述的人生真谛，一再告诫人们要相信它们，这些完全超越了我们普通人的认知范围。”德沃古玛尔说着话就笑了起来，笑声中充满了对智慧的轻蔑。

金德尔德沃不想再讨论这个话题了，于是说道：“我会在这个问题上继续深入下去的，看能不能把它说得更明白些。现在，我们还是看瀑布吧。我们好歹到了这个地方，怎么说我们为了看它也赶了八英里的路呢。”

“人类是真理和虚幻的集合体，可是他们却始终无法碰触到哪怕是真理的边缘，因为他们总是活在一片黑暗中。金德尔德沃，我相信你也做不到彻底认清自我吧。”德沃古玛尔说道。

金德尔德沃坐了下来，目不转睛地看着飞流直下的瀑布。这道位于马苏里山中的瀑布非常有名。瀑布倾入一个深潭里，然后沿着一条河流蜿蜒而出，宛如生命之河一样向前奔流不息。

金德尔德沃是一个地主家的儿子。他这次和自己的朋友德沃古玛尔一起来到马苏里的避暑庄园，主要是想度假疗养。这座山里面的天气变幻莫测，什么时候晴转多云，什么时候又大雨滂沱，也没有个规律可循。金德尔德沃的仆人带着吃的喝的也赶了上来。两个好朋友在一棵核桃树下坐定，便开始吃喝起来。出于健康养身的目的，金德尔德沃还喝了一些葡萄酒。

德沃古玛尔看了看天，说道："我们如果不想被雨淋湿的话，那么现在就得走了。"

金德尔德沃一边喝酒一边说道："你太瞻前顾后了，一点冒险精神也没有。谨小慎微地行事，按时回到囚笼一样的房间，像个得了重病的人一样吃粗茶淡饭，那样的话我们还不如待在家里呢！"

德沃古玛尔笑了起来。过了一会儿，两个人起身准备离去。仆人慌忙跟在身后。开始下起雨来，所有人都穿上了雨衣。

走了一段路，众人发现必须得找地方躲雨了，因为光靠雨衣已经不足以遮挡雨水了。主仆三个人四处寻找有遮挡的地方。最后，他们在山壁上找到一处洞穴，很小，不过看上去也够用了，于是赶忙钻了进去。

金德尔德沃一眼就看见了一张青春洋溢的脸，尽管肤色有点黑，但是在从云端瓢泼而下的雨幕中却仿佛闪耀着光辉。这是一个山里的姑娘，有着匀称的养眼身段。金德尔德沃装作很有艺术修养地上下打量起姑娘来。姑娘被看得有点不好意思。金德尔德沃略显傲慢地问道："你上这里干什么来了？"

“老爷，我是附近山村里的人，为了维持生计才上这里来的。”

“你是做什么的？”

“我是捕蛇人。”

金德尔德沃吃了一惊，说道：“你在这里也能抓到蛇吗？这里的蛇好像很少吧。”

“是的，不过有时候得找半天才有。我刚刚在这里看到一条金黄色的蛇。它……”姑娘说到一半，手忽然指向了一块石头的方向。

金德尔德沃看到了两只锐利的瞳孔。

一阵暴雨袭来。金德尔德沃惶急地说道：“快走，德沃古玛尔，我们回去。拉姆，你好像也会抓蛇吧，是吗？德沃古玛尔！他可会抓蛇了，而且都用不着念咒语的！”德沃古玛尔点点头。

拉姆问道：“是的，主人，要我把它抓来吗？”

“不，不，让这个姑娘去抓！你在边上看着，抓着后把她带到庄园里来，我们要好好耍一耍那条蛇。怎么样，德沃！这很有意思，不是吗？”说着，金德尔德沃和德沃古玛尔先跑了。

有些人总是喜欢挥霍无度，通过显摆自己拥有的财富、知识、力量和美女向别人展示自己是多么地幸运。可事实上，他们的内心都极为渺小，而这些穷奢极欲、令人反感的行为恰恰体现了他们的可悲之处。现在，住在酒店里的金德尔德沃也正上演着这样的一幕。他的四周是一幅幅惹人发笑的荒唐场面，可是金德尔德沃却不以为耻，反以为荣。

他的房间里聚集着一群朋友。涅拉一边吹着蛇笛一边表演节目。最后一个节目是耍蛇，就是那条漂亮的黄金蛇，现在已经被她抓来了。

拉姆正目不转睛地盯着涅拉，金德尔德沃说道：“拉姆，去把那个玻璃箱拿来。”

拉姆马上跑去取来了箱子。

金德尔德沃笑着说道：“涅拉！这个箱子是为你这条漂亮的蛇准备的。”涅拉闻言高兴地把自己的新伙伴往箱子里送去。不过，它好像不喜欢自己的新家，不肯游进去。拉姆连忙上前帮着控制住蛇，两个人合力把蛇送进了箱子里。涅拉用眼神向拉姆表达了谢意。

金德尔德沃的朋友们起哄道：“让你的仆人也来一个节目呗！”

金德尔德沃骄傲地看向拉姆。然而，拉姆此时正一动不动地盯着涅拉，一颗心早已装不下别的东西了。

德沃古玛尔笑得前仰后合。表演结束了，涅拉得到了很多赏赐。

三天之后。金德尔德沃一言不发地站在酒店旁的一棵松树下面，眼睛眨也不眨地看向远处。那里，一对男女貌似在亲密地说着悄悄话。金德尔德沃有点生气，但不知道为什么，他一句话也没有说。德沃古玛尔过来把手搭在他的背上，问道：“发生什么事了？”

金德尔德沃朝那个方向示意了一下。只见涅拉站在一处树丛里，拉姆在一边劝说着什么。德沃古玛尔看到这一幕，忙抓起金德尔德沃的手往回拉，劝道：“走啦。”

两个人回到房间里坐下。

德沃古玛尔说道：“现在坐蜡了吧。你说说看，这个拉姆的心思在抓蛇的那一天你应该就已经清楚了吧。事情发展到今天这样完全是预料中的结果。看起来你还是没有能认清自己。”

金德尔德沃恨恨地说道：“我要拿鞭子抽他一顿，好让他能老实点。这个混蛋！”

金德尔德沃去看了演出，然后回到自己的房间，准备上床睡觉了。这时，他听到一阵“嘶嘶”的声音传来，这让他又想起了涅拉。

他咬着嘴唇上了床。又是一阵声音传来。摆放在火盆上方的玻璃箱子和瓶子闪动着微弱的光芒。金德尔德沃越想越气，起身把灯关掉了。

过了一段时间，一声呼叫打断了金德尔德沃的睡意。好像是拉姆的声音。金德尔德沃打开灯。在灯光下，他惊诧地看见那条金黄色的蛇正像一副手铐一样盘在拉姆手上。金德尔德沃叫道："是你，你这个混蛋！你在这里干什么？啊，你要弄死它吗，快把涅拉叫来！"

金德尔德沃很紧张。这时，涅拉来到了房间。这么晚了，这都是闹的什么事？金德尔德沃因为生气一言不发。涅拉把蛇从拉姆的手上取下，然后把它关回了箱子里。金德尔德沃问拉姆："我问你，你到这里来想干什么？"拉姆的身子颤抖起来。

"说，快说啊！不然小心我拿鞭子抽你啊。"

拉姆还是一言不发。

金德尔德沃的脸色变得异常可怕。他的眼睛一会儿看向涅拉，一会儿看向拉姆。他掏出枪，指向拉姆。涅拉赶紧站到拉姆前面，说道："老爷，他到这里来是想给我拿酒的，就是那边瓶子里装的酒。"

金德尔德沃看向那边瓶子里装的暗红色的葡萄酒，觉得它仿佛正在嘲笑这里发生的一切。金德尔德沃把枪放下，拿过箱子和瓶子递给两人，转过脸说道："你们两个拿上这些现在就走吧。还有啊，拉姆，你以后永远别再出现在我面前。"

两个人慢慢地走了出去。拉姆这下终于知道了自己主人的心思。

第二天，德沃古玛尔和金德尔德沃下了山。拉姆并没有随他们一起离开。

十一个月以后，金德尔德沃又一次来到这家酒店。正是下午时分，天上是朵朵的白云，暮色逐渐降临到山上，风呼呼地吹着。正想关上房间里的玻璃窗，金德尔德沃忽然看见了拉姆和涅拉。拉姆脑袋上顶着一个箱子走在前面，涅拉在后面慢慢地跟着。涅拉的眼睛向上看过来。看见金德尔德沃后，她笑着打了一个招呼，然后跟在拉姆后面走了。金德尔德沃哗啦一声关上窗户，心想：“说真的，我还能认清自己吗？”

喜马拉雅山的旅者

“山口正在下雪，你怎么会在这个时候来到此处？是有什么特别的东西吗，有这么大的魅力把你吸引过来？”一个人打开窗户后这样问道。圣洁的月光在雪花中显得愈加冷凝。视线可及之处是高耸入云的山峰，山上覆盖着厚厚的积雪。此时，一个旅者站在茅庐的门前，叫道：“让我先进去吧，救救我！”

积雪已经很深，门好不容易被推开来。旅者进了屋，然后回身把门关上。他来到火堆旁，开始烤起火来。下一刻，两张毯子披到了他的身上。过了好一会儿，旅者才缓过神来。他四下打量，发现这是一个小石屋，屋里光线昏暗。身旁是一个老者和一个女孩，女孩看起来像是老者的女儿，俨然已经是个大姑娘了。

老者问道：“你要吃点东西吗？”

旅者答道：“要，我很饿。”

老者看向姑娘，说道：“金纳丽，去拿点吃的来。”

金纳丽起身去拿了吃的，回来放下。旅者狼吞虎咽地吃了起来。

金纳丽静静地坐在火堆旁，盯着年轻的旅者瞧，一点儿也没觉得不好意思。旅者吃完饭，扭头就看见金纳丽在看他。只见她穿着羊毛长衫，散落的头发被一块布扎在脑袋四周，就像是在头上戴了一顶帽子，两只耳朵上挂着蓝宝石耳坠。多么美丽的姑娘！年轻人的心里本来就容易泛起涟漪，这个旅者也不能例外，他看了姑娘一眼，然后就局促地低下头想起了心事。

老者问道："说说吧，你是怎么到这儿来的？"

旅者答道："之前我一直在漫无目的地四处游走。王城的大道、野外的深渊、大海的岸边、山间的深谷……我都曾经去漫游过。我的愿望是用自己的双眼去见识更多的地方。至于说为什么想要游历这些地方，我自己却也说不清楚。"

"这么说你到这里也是来游览的？"

旅者说道："是的，我现在的愿望就是看一看这喜马拉雅山脉，然后还要深入其中游览一番！"

老者又问："你还有父母吗？"

旅者答道："都没了。"

金纳丽插嘴道："原来如此，难怪你能到处跑呢！我爸爸连稍微远一点的地方都不让我去。"说完笑了起来。

老者把手放到她的背上，嗔了一句："疯丫头！"

金纳丽笑得更大声了。

旅者说道："每到一个陌生的国度，我都会停留一晚，然后再接着上路。行走在路上的感觉好极了，脚下就像生了风一样。在自由行走的同时，心灵也会自由自在地飞翔！"

金纳丽羡慕地说道："我们哪儿也没有去过，什么也不知道，就像井底之蛙一样。平时也没有人上这里来。只有这喜马拉雅山的山脉、飞舞的雪花、山中的麋鹿和雪鼠陪伴着我。”

老者不满道：“说什么呢，金纳丽！不是还有我吗？”

金纳丽反驳道：“你也讲不出什么新鲜的事情来，都是些老掉牙的东西，听得我耳朵都要长出茧子来了！”

闻言，老者陷入了沉思。

旅者笑了起来。他这一笑，金纳丽反倒害羞起来。老者心里有事，阴沉着脸盖上毯子睡了。

不知不觉间，旅者在这所茅庐里住了好几天了。也不知道是什么原因，他竟然在旅途中停留了下来。年轻的旅者变得慵懒起来。明媚的阳光下，他经常会静静地坐在雪松长长的阴影里，盯着远处优美的无人山谷出神。有的时候，金纳丽会跑过来抓住他的肩膀摇晃着撒娇，每当这时，他那枯萎的心中总是会像触电一样闪过一丝悸动。金纳丽脸上总是带着灿烂的笑容，像是那冰雪融化之后怒放的娇艳花朵。

有一天，旅者开口说道：“明天我就要走了。”

金纳丽问道：“去哪儿？”

旅者指了指远处喜马拉雅山的山巅，说道：“那里，那从来没有人到过的地方！”

金纳丽又问：“去过那里之后你要做什么呢？”

“看过之后我就回来了。”

“既然要回来，为什么还要去呢？”

“我去看一下就回来。回来后和你们见一面，然后我就要回国去了。回去之后，我会把这里看到的一切都告诉人们。”

“那里有你认识的人吗？”

“没有。”

“回去以后你会难过吗？”

“不会的。啊，对了，当我想起一个人的时候，心肯定会痛的。应该会很痛吧！”

“有多痛？”

“非常非常痛。我在他们那里借住了好几天，我永远都不会忘记他们给我的恩惠的。”

“真希望我也能和你一起到山峰上去看一眼。我去问问爸爸。”

“不，不，别这么做。”旅者看见冰雪覆盖的岩石上已经开始长出黑色的杜尔瓦草[①]。他站起身来，摘了一些花草编成一个花环。接着，他把金纳丽头上扎着的布解开，将花环戴在上面。金纳丽的脸上一点表情也没有，抿着嘴一言不发。一阵呼叫声传来：“金纳丽！”

两个人转头望去，只见老者面红耳赤地来到他们跟前。他质问道：“旅者，你亵渎了女神！说，你该受到什么样的惩罚？”

旅者用冰冷的声音答道：“放逐。”

“还有什么？”

“你没有权利这样质问我。你又不是神，凭什么就说这是犯罪！”

“哼！”

“还有，恰恰相反，我的行为是神圣的。是我让她得以沐浴在爱的芬芳里。你可以将她奉献给女神了。”说完，旅者起身向山口的方向走去。

老者在后面喊道：“你要去哪里？那前面是可怕的雪峰！”

旅者回转身，作势向一旁的深渊跳去。金纳丽一边跑一边喊道：“哎，哎，你别跳啊，跳了就没命了！”

---

① 杜尔瓦草：印度教徒用来敬神的一种草。

旅者停了一下。金纳丽扭头问老者："爸爸，我这样就犯罪了吗？"

老者什么话也说不出来。金纳丽继续向前跑去。这时，天边飘来一大片暗红色的云，暴风雪要来了。金纳丽和旅者已经越过山口，开始向山上攀登。两人在老者的眼中变成了两个小黑点。血色的阴云越来越近了。老者向茅庐跑去，一边跑还一边喊："你们两个快回来，要命的暴风雪来了！"可是就因为他沉默了一会儿，现在再喊已经来不及了。已经走远的两个人是不可能听见他的喊声的。

就在下一刻，要命的暴风雪在老者和远处的两个人中间落了下来。

女丐

嘉哈娜维披头散发地睡在地上，冻得瑟瑟发抖。冰冷的晨雾已起，而且越来越浓。几缕霞光透过天际在东方闪射出来。信徒们开始陆续来到河边沐浴。

尼勒默尔的妈妈下到河里沐浴去了，他自己却和一位祭司坐在岸边。他一副惬意的样子，笑看着虔诚沐浴的人们。妈妈沐浴完毕上了岸，一边拧干头巾一边轻轻问尼勒默尔："你难道不打算也洗洗吗？"

尼勒默尔回答："不了，妈妈。我要等太阳出来了在家里洗。"

祭司在一边笑着说："这个年纪的孩子哪里懂得宗教神圣的意义，等他到了你这么大的时候自然就会懂啦。"

尼勒默尔涨红了脸，却什么话也没有说。妈妈正想着捐一些香火钱，一旁忽然冒出一个人，张口露出一排雪白的牙齿，弱弱地乞求："赏几个钱吧，好心的妈妈！"

尼勒默尔转头望去，那是一个十四五岁的女丐。祭司怒骂了两句，又呵斥道：“滚！”

尼勒默尔说：“妈妈，给她点儿钱吧。”

可妈妈看都没看女丐一眼。尽管衣衫褴褛的女丐脸上带着笑，尼勒默尔却感受到了那张笑脸背后的悲伤。女丐那干枯的头发用一根素色发带胡乱绑着，睫毛上还挂着泪珠。那双眼睛里写满了渴望，她多希望能要到点儿钱啊。

笃信宗教的妈妈沐浴完带着尼勒默尔转身就走。女丐没有死心，跟在他们后面走着。

尼勒默尔是个善良的孩子。他问女丐：“你为什么出来要饭？”

女丐边走边慌忙捂住正从满是破洞的布袋里往外漏的米粒，答道：“为了吃饱肚子啊，少爷。”

尼勒默尔接着问：“那为什么不找工作呢？妈妈，我们可以把她带回去吗？反正也不常遇到这样的事情。”

妈妈生气地说：“住嘴！她是哪个种姓的，人品怎么样，我们什么都不知道。你想也别想！”

尼勒默尔说：“妈妈，她肯定是哪个穷人种姓的嘛。”

女丐见状终于转头走了。满心的热情被浇了一盆冷水，尼勒默尔只能眼睁睁地看着这一幕的发生。他的心像被针扎过一样，却对此无能为力，只能跟着妈妈离开了。

“喂，罗摩是穷人的财富哎！喂……”

悠扬的歌声在风中飘荡。明媚的阳光将恒河照得波光粼粼。女丐在河边的石阶上面朝太阳唱着歌。这一天，尼勒默尔陪嫂子到河边沐浴。他抱着自己四岁大的堂弟拉姆也下到了石阶上。嫂子问道：“尼勒默尔，今天你还是不打算下去沐浴吗？”

“凭什么，嫂子！你在这么冷的天里都要带着弟弟沐浴，这么神圣的事怎么能少了我呢？”

尼勒默尔正说着话，突然看到昨天那个女丐正坐在一旁唱歌。女丐也看到了尼勒默尔，说：“少爷，这是您的孩子吧？他今后一定有出息，会是个顶天立地的男子汉。今天总能赏我几个钱了吧？”

尼勒默尔听了这话尴尬不已。嫂子笑了起来，接着喝骂道：“快滚，小疯子！”

女丐被吓着了，赶紧闭上了嘴。

尼勒默尔沐浴完拾级而上。忽然，路被挡住了，女丐又露着一口白牙上来乞求道：“少爷，能给几个子儿吗？”

“哈哈，你家少爷还没结婚呢。他什么时候准备结婚了会发帖子请你的。到时候你可一定得来哟。”嫂子笑着说。

“你们也太没有同情心了吧，嫂子！那天我求妈妈带她回去做佣人，妈妈却说不知道她的种姓所以不肯答应；今天你也这样取笑她。”

这时，女丐打断尼勒默尔的话说道：“夫人，我一看就知道您已经结婚了。您这是为不想给钱找的借口吧。”

“找死呢，小疯子！在这儿胡说八道！”嫂子说。

“嫂子！别生她的气啦。她懂什么呀。在她眼里所有生活美满的富人都已经结了婚啦。走吧，我们回家去。”

“好吧，走。今天我回去和妈妈说说，让小姑娘给你当个使唤丫头好了。”嫂子说着笑了起来。

这下子尼勒默尔可不干了，他嚷嚷道：“什么呀，嫂子！要这么说我还得和她结婚咯！干嘛嘲笑我？！”

嫂子愣了一下。女丐在一旁毫不客气地说：“连着两天向你们要钱，一分钱没给不说，怎么还作践人呢，小少爷？就这么随随便便说结婚的事也太没正形了！”女丐沉着脸转过身去。

这时，小拉姆灵机一动，用自己的小手从妈妈口袋里掏出两安那硬币向女丐扔了过去，喊道:“喂！拿去吧，女丐！”

看到小拉姆的善举，尼勒默尔和嫂子可高兴了，刚想说点什么，却被歌声打断了。女丐一边拾级而上一边唱:

“喂，罗摩是穷人的财富哎！”

回声

人类一代又一代薪火相传。然而，当一个人的生命之火熄灭之后，其他人心中因为他而累积的愤懑之火却有可能熊熊燃烧起来。

这一天，塔拉成了寡妇。所有人都在为此而悲伤地哭泣。不过，死者的姐姐并没有对弟弟的死感到太过悲伤，她一边哭，一边还用阴阳怪气的语调说道："我就说嘛，哼哼。是谁犯下的罪孽，谁就要自己承受。哼！"正值丈夫新丧，塔拉是异常敏感的，她在一片嘈杂的哭声中清楚地听到了这嘲讽的话语。

塔拉家境殷实，所以，除了说几句风凉话之外，姐姐也不敢太过造次，说完这些就远远地避开了。哎，谁让她从来没有享受过这样的幸福生活呢。长久以来，拉玛都是和女儿夏玛相依为命，日子过得很拮据。由于出不起女儿的嫁妆，一个上门来提亲的人也没有。夏玛已经十四岁了，拉玛想尽了各种办法依然没有能把她嫁出去。终于有一天，拉玛离家出走了。

夏玛成了无依无靠的孤儿，艰难地过活着，度日如年。她一个人住在恒河边自家杧果园旁边的一座土屋里。

有一位叫蒙妮的老妇人晚上总是会来小屋和夏玛一起睡觉，夏玛管她叫“奶奶”。也不知道她是从哪里来的，更不知道从什么时候开始，她就照顾起夏玛的饮食起居来。慢慢地，夏玛不再是一副营养不良、贫弱交加的模样。

遗憾的是，她家地里的杧果依然绿油油的，还不到卖的时候。

烈日好似被温柔的恒河吸走了热量，变得不再那么炙人了。新抽出的嫩叶在阳光下闪闪发光。布谷鸟沐浴着春光不停地鸣叫。杧果树上结满一簇一簇的果实，压得枝条微微晃动着。杧果园里一派春天的景象，夏玛的美丽身躯也洋溢着青春的气息。

又是一个节日。夏玛倚在自己小屋的门边，望着云集在河里沐浴的人群。尽管离得很近，但是人头攒动的人群在她的眼里就像是一群爬来爬去的蚂蚁一样。蒙妮来了，一来就抓着夏玛的手，说道：“走，姑娘，我们也沐浴去。”

夏玛说道：“不了，奶奶，我今天浑身不舒服，像是发烧了。”

蒙妮走了。

塔拉沐浴完毕，和侍女一起上了岸。紧挨着夏玛家的杧果园旁有一条小路。塔拉沿着小路走来，看到路上一个人也没有，煞是惬意地呼吸着新鲜的空气。结满杧果的枝条垂挂下来，悬在小路的上方，有的甚至已经挨到她的脑门。塔拉四处扫了一眼，发现附近没人，于是伸手摘了几个杧果。

忽然，一个声音响了起来：“您再摘几个吧，舅妈。明天它们就要卖掉了。”

塔拉目光如电，迅速地四下打量了一圈，想找到说话的人。看见夏玛的那一刻，她心里不由自主地回想起一句话来：“谁犯下的罪孽谁就要自己承受，哼！”塔拉倏然一惊。她想，拉玛的女儿难道也在嘲讽我，她是不是暗指我正在行乞讨的行为？塔拉咬着嘴唇离去了。

一百零五，一个，

一百零五，两个，

一百零五卢比，三个！

声音停了下来。阿明问道："剩下四分之一的钱怎么给？"

一个敦实的汉子回道："不用这么麻烦，一次都结清了吧。"他以塔拉的名义开了一张收据，和钱一起递了过来。

夏玛静静地坐在一棵杧果树下。她什么也听不见，耳中只有远处鼓点的声音在回响。这时，一把充满智慧的声音说道："可以走了。这下可好啦，塔拉为小姑娘解决了住的地方和生计问题。不然的话，一栋恒河边的房子加上三比卡[①]杧果园咱怎么可能只卖一百零五卢比！塔拉真是做了一件大好事呀。"

老妇人蒙妮说道："是啊，不然天知道她能上哪儿找住的地方去！"

夏玛静静地听着。天色暗了下来，在杧果林里安家的鸟儿唧唧喳喳地叫着，成群结队飞了回来。夏玛却一动也没有动，像是忘了她也该回家了。

阿明和老妇人一起走了过来，站定。阿明是大家公认的帅小伙，他自信任何女人只要见了他之后都会想再多看一眼。朴素的装扮掩盖了夏玛的美丽，但是青春的气息还是扑面而来。阿明说道："蒙妮，给我问问到底是怎么回事！我又不是不给钱。现在还有一个月的时间呢，我既然给了钱就该停止往外卖了。"

---

① 比卡是印度面积单位，一比卡大约相当于五分之三英亩。

夏玛用犀利的眼神瞟了阿明一眼。身高体壮的阿明竟然像是受不了小姑娘的这一瞥似的，讪讪地走了。蒙妮看见有两串泪珠从夏玛的眼中滚落。蒙妮不忍心这个时候就马上催小姑娘回家，于是决定先去转一圈，过一会儿再过来带她回家。然而，等到她转完过来，在夜色下找遍四周，却怎么也找不见夏玛的身影了。

塔拉也去世了。她没有子嗣，于是把自己所有的财产都留给了哥哥的儿子博勒卡什。就像大多数暴发户一样，博勒卡什一夜暴富之后也开始忘乎所以，成了十里八乡有名的浪荡公子。他使人将远离塔拉家老房子的之前归了夏玛的杧果园大肆整饬了一番；土屋被推平，然后盖起了别墅；杧果林里辟出了好多小径和花圃。这一片地方成了博勒卡什少爷的游乐园，现在仆人们都喜欢把这里叫做“行宫”。

四月[①]里的一天清晨。空气异常潮湿，风从东面吹来，天空阴云密布，眼看着就要下雨了。一群群的鸟儿在天空惊慌失措地飞来飞去。一个女疯子沿着恒河岸边走来。每走一步，她都要用含糊不清的声音数一遍“一、二、三”，然后抬头看一看天空。杧果园的门敞开着，她一头就闯了进来，然后在旁边的树下走来走去，嘴里依然数着“一、二、三”。

一阵狂风吹过，瓢泼大雨落了下来。几个杧果被打落在地。女疯子慌张起来，因为她只会数到三，可现在有这么多杧果，还混杂着雨滴！这对她来说太难了，数着数着就数乱了。幸好，下了一阵雨之后，那片乌云就飘走了。女疯子又恢复了正常。

一只杜鹃在枝头歌唱，发出“杜布[②]、杜布”的鸣叫声。听到这

---

① 这里指印历四月，约在公历六、七月之间。

② “杜布”是印地语中形容杜鹃叫声的拟声词的音译，契合下文的鼓声。

像是鼓点一样的声音，女疯子泛起一阵熟悉的感觉，像是回忆起了什么。然而，她很快又接着数起“一、二、三”来。鸟叫声停了，女疯子看向枝头，继续愉快地数着“一、二、三”。这一次，她的声音里明显充满了欣喜，还带有一丝惊讶。她从一根枝头上连着枝叶摘下三只熟透了的栌果，拿在手上一边摆弄一边数着。女疯子仿佛一瞬间变成了一个小女孩，在和自己心爱的玩具玩耍。

园丁来了。他一边喝骂，一边举起手作势欲打。女疯子吓得一把将手里的栌果扔掉，一言不发呆愣愣地看着园丁。园丁逼着女疯子捡起栌果，然后拽着她的手，打算带她去见博勒卡什少爷。

博勒卡什近来饱受肺结核病的折磨，所以一直住在这里静养。他靠坐在垫子上不停地咳嗽，隔一会就往痰盂里吐一口带血的痰。整个人已经瘦得只剩下皮包骨头了，脸色蜡黄，脸上唯有翕动的鼻翼和张得大大的眼睛看上去还算是正常。园丁拽着女疯子来到博勒卡什跟前。

博勒卡什的注意力转到了女疯子身上，这个花花大少目不转睛地盯着她。尽管他刚刚还在为自己的病生气，现在正在气头上，但他此时还是克制了一下情绪，向女疯子走了过去。博勒卡什一看到栌果就什么都明白了，他朝着女疯子破口大骂起来。

女疯子说道：“这是谁造的孽呢？你知道吗，谁将承受这结果？说！谁将要死去？说！一、二、三……”

“偷了东西就想靠装疯卖傻来逃脱？！可惜你碰到我了！为什么要来偷东西？”博勒卡什喝问道。

女疯子忽然犯起病来，眼里闪动着癫狂的神色。她一边拼命地抓揉栌果，一边数着“一、二、三”。看到这一幕，博勒卡什感到自己那被病痛折磨得千疮百孔的心又抽搐起来。他仰面倒在靠垫上，嘴里开始不停地打嗝。女疯子笑了，接着又数起“一、二、三”来。数数的声音在栏果园里回荡。

葛拉

葛拉出生的时候，父亲给她起了“葛拉”这个充满爱意的名字。她像新月一样光彩照人。在校园里，所有人的目光都聚集在这个单纯的姑娘身上。其中，卢伯那特和勒斯德沃是她最虔诚的仰慕者。葛拉有时候也会和他们两个说话，除此以外，这个美丽的姑娘通常都一句话也不说。

三个人相互之间的关系处得还比较和谐，不过也会有争风吃醋的时候。他们都想让自己在对方面前显得更有魅力，好让对方多看自己两眼。对于宿舍里的其他学生，三个人就不太愿意和他们打交道了。而另一方面，其他学生却是会私下议论他们三个。

第一个人说：“葛拉从来也不正眼看我们这儿一眼。”

第二个人说：“卢伯那特长得是真英俊，可就是太严肃了。”

第三个人说：“我看呐，勒斯德沃快要疯了，他的心里怕是早就翻江倒海了。看他的眼睛倒是个老实巴交的人，可是要说谁最喜欢葛拉，那估计非他莫属了。”

三个人并没有注意到这个方向，他们正在宿舍的花园里饶有兴致地散步。前方的玫瑰花瓣上停着一只蓝色的蝴蝶。葛拉一边看着那里一边低声地吟唱。她的声音美极了，不过，发出这美妙声音的双唇显然更加动人。卢伯呆呆地盯着她看，勒斯则抬头望着蓝天，享受着这甜美的音乐。

卢伯说道:“嘿，葛拉！当你开始唱歌的时候，你的口中就像是有无数浪花在嬉戏。你的眉毛就像是在表演一样跳动，在我心底留下无数道难以磨灭的痕迹。”听了卢伯的话，葛拉停止了吟唱。勒斯觉得受到了挑衅，横眉怒目地看向卢伯。

葛拉说道:“我要回家了，我今天的课都上完了。”

两个人一下子都傻了。卢伯说道:“我要画一幅你的像，然后对着它祈祷。”

勒斯说:“我会时刻将你放在心头的。”

葛拉走了。春日里的一天，玫瑰都已盛开，宿舍的花园里芬芳四溢。卢伯那特和勒斯德沃坐在那里谈论着葛拉。

卢伯那特说道:“她长得太漂亮了！”

勒斯德沃说道:“你竟然没有注意到她的心灵美。”

“心灵美还不是因为容貌，都是容貌美带来的。”

“可是有时候心灵和容貌并不一致，眼睛也是会受到蒙蔽的。”

“我就要用容貌来衡量心灵。勒斯德沃，你是知道我的，我擅长画画。什么时候想葛拉了，我就会马上把她画出来。这样，即便是见不到她，对我来说也没有关系了。”

“哦！卢伯那特！你说的外貌只是一种工具罢了。过于注重它会将人的心灵暴露在世间污浊的空气里，时间一长心灵就被毁掉了……”

“闭嘴！你在自己心里叨咕去吧。你心里有什么？能说说看吗，要不然打开来让我看看？……”说完，卢伯那特起身就要离去。

勒斯德沃从后面一把抓住他的肩膀，痛心疾首地说道：“难道我对她的崇拜是徒劳的吗？”

卢伯那特轻蔑地看了他一眼，笑着走了。

混沌的轮回之风将三个人吹散到了世界的尽头，尽管如此，他们始终想念着对方。卢伯那特成了一个高明的画家。他努力地磨炼自己的技艺，而且只画葛拉的画像。为了能更好地膜拜自己的女神，他不断地创作新的作品。他用画笔表现自己内心的挣扎，将它们永久地刻画在多幅看上去异常美丽却也略显病态的画作中。他的名气越来越大。可是，每当他回到自己的画室，在外面扬起头颅伪装的高傲就会像泄了气的皮球一样干瘪下来。他心里清楚自己灰心丧气的原因所在，因为时至今日他始终未能够画出心目中理想的葛拉形象，不过，他从来没有对旁人提起过这一点。

勒斯德沃一直在寂静的小树林里度日，整日里一句话也不说。静坐在河边，凝望着对岸，等待夜幕的降临……这些都是他每天白天必修的功课。到了晚上，在满天星辰的夜空下，他依然一动不动地静坐着，用自己的双眼探究这世间的奥秘。

他唱着前言不搭后语的歌，坐在朦胧的阴影中。人们有说他腐朽的，有说他疯了的，也有说他懒惰的。忽然，夜色下的河面开始翻腾起来。当勒斯德沃用心灵之眼看过去时，河水忽然间又静止了。水面上漂来一株翠绿的茎叶，上面托着一朵宝石般的千瓣莲花，莲花在风中摇摆着。一尊雕像随着波浪的哗哗声浮现出来，同时传来一阵脚镯的叮当声，原来是一个人凌波缓缓地走来，在莲花上坐下。

勒斯德沃不停地念叨着，讲完他在多少个无光暗夜下备受煎熬的痛苦，又讲到今天明月当空的舒畅。那个人听着听着，笑了起来，然后就离去了。脚镯碰撞的回音渐渐远去。世界的本源多么美妙，覆在上面的遮盖终于被消除。勒斯德沃的双眼变得仿佛能够洞察一切。今天，勒斯德沃心中一直埋藏的声音终于显现出了它的价值，他开始轻轻地吟唱。

今天，城里面热闹极了。看呐，人们都在向剧院的方向涌去。已经成为富翁的画家卢伯那特盛装坐在剧院特制的舞台前。商人、学者和官员们纷纷在自己的毯子上就座。舞台的幕布升起，女主角在维纳琴和手鼓的悦耳音乐中亮相了。脚镯碰撞的铿铿声断断续续地响了起来。玉指、皓腕、柳腰、香肩，配合着起伏的音乐做出种种姿态。人们纷纷说道："今天终于看到了值得一看的东西，享受到了人生最大的乐趣。"

一个商人就坐在画家旁边，他是画家的狂热崇拜者。只听他说道："卢伯那特，你能帮我以这个场景为素材画一幅画吗？"

画家定睛看去，真是无与伦比的场面呀！自己能用画笔将它完美地展现出来吗？他开始凝神观察构思起来。忽然，女主角的双唇张了开来，她的舞蹈动作也停滞了那么一瞬间。紧接着，笛子的声音响了起来，天籁般的歌声也随之婉转地响起，如同光线一样向四面八方传去。画家叫道："葛拉！"

然而，当他再凝神看去的时候，发现刚刚看到的葛拉其实只是自己画板上的画像。原来，伴随着美妙的音乐声，画像已经完成了。他像疯了一样地喊道："我又失败了！我完全没有办法把心中所想表现出来。"他站起身来，离开了剧院。

穷困潦倒的勒斯德沃也在剧院里，他和自己的一个同伴坐在靠后的地方。同伴说道："勒斯德沃，台上演员唱的歌词就是你写的名为‘回忆’的诗吧？你这首诗韵味十足，绝对是这首天籁之曲的核心与灵魂。倾泻的音符就像是在欢快地舞蹈。”

歌剧中场休息的时间到了。女主角示意维纳琴和手鼓停止演奏，自己也歇了下来。忽然，她听见了诗人的动听声音。诗人勒斯德沃笑着对自己的同伴说道：“她忘了唱最后一段，也是最重要的一段诗，这段诗的大意是：‘我竟然把你的样子忘掉了，所以多少次在梦里寻找你，探视你。哦，我心中的美人！’”

女主角的回忆好像也被唤醒了，赶忙用充满希冀的目光四处搜寻，终于看见了那个说话的人。为了表达自己的敬意，她拿起收到的花环，向远处站立的落魄诗人脚下扔去。

勒斯德沃低下了高傲的头颅。

歌舞伎

1

“……”

1.3.1925

亲爱的拉梅什！

身在外地，从来信中得知家里人盼着我早日回去，这无疑是令人欣慰的，可是，你对我的邀约却给人感觉像是在演戏。好吧，也许我这么说是有点刻薄了，可是你也得考虑一下我是不是有什么苦衷吧？我现在是真想找个人大吵一架，因为在这个世界上我已经什么也没有了，我是个被忽略了的人。总是有另一个声音忽然之间就会在心底说几句什么，每当这时我都充满了愤慨。目前看来，我回去的日子还没法确定下来。我在“--”① 的印地语推广办公室找到了一份工作。你是知道的，在我心目中普拉亚格和“--”的地位是同等的。现在阿肖克在他乡不用再忍饥挨饿了，因为我已经开始做书籍

① 原文即为该符号。根据上下文来看，它是一座城市的名称。

销售的工作了。

你来信说已经买好了上我这儿来的车票，我根本就不相信。如果你的脸现在就在我面前，我肯定一巴掌扇过去了。你真行，竟然敢给我写这样的信！这样信口胡诌我也会，我还和你一样在出版社从事编辑的工作呢。我警告你，如果你再敢写这样的东西给我，我就不给你回信了。

帮我和孩子说一声我很爱他，再告诉他，等我攒够钱了就买辆玩具火车寄回去。

如果我把旅途中所有的经历都写给你，你就会知道它们并不全是有趣的事情。现在还是听我说一说吧。“--”会定期举行盛大的典礼，典礼总是在当地一座非常有名的寺庙举行。你肯定知道，南方的寺庙通常建得是非常壮观的，而即便是在所有的寺庙中这所寺庙也是排得上号的。我现在正在去那儿的路上，准备去销售我们出版的书。

你的阿肖克

附言：

我相信你并没有多少兴趣听到我的消息。即便真的是这样，你最好也别在我面前表露出来！

2

“……”

10.3.1925

亲爱的拉梅什！

我太激动了！我跟你讲，我已经参观过这里的神庙了，心里别提有多开心啦。高耸的庙门、坚固的围墙、宽阔的环形走道[1]以及巨大的集会大厅，它们无一不是印度建筑艺术的杰出代表。这座神庙在我心中产生了深刻的影响。我知道你心里可能会问这里的祭司怎么样，我敢保证，他们绝不比北方寺庙里的差。这里举行祭拜和阿尔迪仪式的场面是震撼人心的，令人记忆深刻。

我经常去神庙，总是看得目不转睛。每当这个时候，我绝不仅仅是在观看神庙，更是在欣赏古老的印度文明。我跟你说，你要是什么时候攒够钱了，必须到南方来看看这儿的神庙，来欣赏一下这里的神像艺术。对了，还有一件事，我计划在这里再长住一段时间。我正在努力学习这里的方言。一次偶然的机会，我在环形走道旁发现了一间囚室，边上还有一口井。每次来神庙我都会去领一份神赐品。我现在生活得愉快极了。书也在往外卖了。由于配的图案都很精美，书的销量很好。我就在庙门边上开了一间书店，连女人们都会来问我关于书的问题。在给她们讲解的过程中，我也得到了很多快乐。这一带的风景美极了，河流、山川、森林……什么都有。我时不时地会去游览一番。但是，有一点是和在北方一样的，像我这样的人不能接近神像，只能在酥油灯的照耀下远远地看它们一眼。这里的神庙里也是载歌载舞的，很是热闹。近来，由于游客比较多，有意思的事情就更多了。

知道我为什么要在信里写这么多东西吗？还不是为了引起你到这里来的兴趣！我在这里真的快乐极了。

你的阿肖克

① 印度教徒在朝拜时会围绕神像、寺庙或圣地进行游走，这里指的是围绕寺庙的环形走道。

3

"……"

17.3.1925

亲爱的拉梅什！

我不喜欢印度人浪费时间扯闲篇的古老传统，所以当肌肉萎缩、骨骼宽大、佝偻着身子的祭司齐丹巴拉姆拄着拐杖来到我身边坐下，开始用他自己的语言给我讲道的时候，我竟然有点害怕了。这纯粹是在浪费时间，我快要无法忍受了。好在转移自己的注意力还是没有问题的，反正今天的饭钱已经赚够了。于是，我开始开小差，思考一些问题。我为什么这么在乎时间呢？因为我知道它是我的伙伴，是我最亲密的朋友，我无法忽视它的存在。啊！我还忘了一件事情，如果不能告诉你，我会睡不着觉的。现在听我慢慢道来：

集会大厅里，一个漂亮的黑皮肤姑娘靠在一根建造精美的柱子上。我两手抱膝坐在地上，目不转睛地看着这个小姑娘。她的头上戴着一串茉莉花编成的花环，她总是喜欢在身上装饰一些花朵。我已经习惯于天天见到她了。她想跟着我学说印地语。我倒是想问问你呢，我该答应教她吗？她的名字叫伯德玛。伯德玛和齐丹巴拉姆其实也很熟悉，可她却像只小鹿一样犹豫着，就是不敢过来。又过了一会儿，不知道是什么促使她鼓起勇气坐到我边上，开始漫无目的地翻看店里的书。她时不时地在我说着话的时候插上一句，逼得我不得不中断自己才说了一半的话。她从我这里离去之后，我心里涌起一丝异样的感觉，忽然有一种想要吟哦的冲动。这是怎么回事？我心中对美的渴望被唤醒了。你也许会认为我下流，也许会说，看呐，倒霉蛋阿肖克也心动了！可我说的都是真的，看到她我的心就雀跃起来。

对了，她是神庙里的歌舞伎。这样的人还有好多，但是在我看来，像她这样的一个也没有。人们称她为歌舞伎伯德玛，他们太没有眼光了。她是仙女伯德玛！

阿肖克

4

“……”

28.3.1925

亲爱的拉梅什！

你的抱怨真可笑。我现在只想谈论伯德玛，为什么要浪费笔墨口舌在咱俩的事情上呢？你问我她如何美貌，我都形容不上来。像是有千言万语在心中奔涌，可怎么也说不出口。她就像是一团火焰，把自己的本体隐藏在耀眼的光芒之中，只剩下一双水汪汪、蓝莹莹，充满圣洁和怜悯的眼睛在我眼前不断地闪现，给我眼中笼罩上一层冰冷的黑暗。这充满恶行的世间是令人失望的，愤懑犹如来自罗摩耶山的气息溢满我的胸膛。我忍不住了，一定要给你讲一讲那天发生的事情：

我打开店门，在书店里坐了下来。伯德玛从远处跑过来，眨眼间已经冲到庙门口。这时，一个小伙子从另一个方向来到她跟前，站住了。这个小伙子是个很有钱的游客，这从他耳朵上闪闪发光的钻石耳饰就能看出一丝端倪。他在这座庙里很吃得开，想去哪儿就能去哪儿。庙里经常有人能得到他的施舍，所有人都很尊敬他。伯德玛见有人挡在自己面前，只好站住了。小伙子慢声细语地说了几句什么，伯德玛却一言不发。紧接着，小伙子应该是给她说了晚上会面的详细地点，伯德玛却回道：“我是不会去的。”小伙子闻言面红耳赤地骂开了。怒气一下子从我心底涌了上来。我站起身，走到小伙子身旁。他看见有人过去就离开了，走之前撂下一句话来："行，走着瞧！"

莲花一样的蓝色双眸中闪现出晶莹的水滴，我是多么想去接起这些珍珠啊。我心中第一次升起去抚摸那张脸颊的冲动。哦！开始泪如雨下了。我问道："你为什么这么怕他呢？"

"我的职责是取悦到神庙里来的游客。我是个歌舞伎！"她说道。

"真是太惨了。那你为什么要留在这里自甘堕落呢？"我问道。

"能上哪里去呢，我已经被敬献给神灵了。"她说道。

"不，不，神灵算什么，就是罗刹也不会泯灭自己的人性，尽管他们是无血肉不欢的。你又为什么要牺牲自己的灵魂和自我呢？"我说道。

"别这么说，这是在犯罪，会触怒神灵的。"她说道。

"犯没犯罪让神灵去判断好了，人世间还是有净土存在的，伯德玛！你为什么不去寻找呢？如果只是不犯罪的话也算不上纯洁吧。你是自己灵魂的主人，是自己心灵和身体的绝对主宰，没什么好怕的。要我说啊，神灵会因此而高兴的，说不定会降下祝福之雨呢。"我刚说完，伯德玛就仿佛被点醒了，只见她的额头泛起一丝光彩，对我说道："就这样吧，再见啦。"

伯德玛走了。我回头一看，齐丹巴拉姆正站在我身后微笑。我有点生气，不过什么也没有说，转身收拾书去了。

你能给我一些建议吗？

阿肖克

5

"……"

1.4.1925

拉梅什！

昨天，神庙里歌声不断，到处点着酥油灯。伯德玛一边跳舞一边唱歌。啊！她的歌声像美酒一样诱人，我都深陷其中不能自拔了。她在身上戴满了鲜花，与之同来的是一阵香风。她看上去很无奈，尽管是在明快的节奏中表演，却像是一根疾风中的藤蔓。人们都赞叹不已地看着她，可不知道为什么，我的心里却感到很难过，于是回到自己的小屋躺了下来。今天，出版社来信了，召我回去。我心里想着伯德玛，也不知道是什么时候闭上的眼睛。忽然，耳朵里传来一阵窃窃私语声，我忙侧耳倾听。

仔细听了一会儿，我终于听明白了，原来是齐丹巴拉姆和那个叫做拉马斯瓦米的阔少两个人正在说话。我更聚精会神地听了起来——

齐丹巴拉姆说道："你要干的那些事情是强人所难嘛。既然她不愿意，你为什么非要难为她呢？"

拉马斯瓦米说道："听着，齐丹巴拉姆，我身边不缺美女，可不知道为什么我心里就是放不下她。她看上去是如此天真无邪，一想到能玩弄她我就觉得太有意思了！你去和她说，让她答应从了我，至于她有什么要求，我会满足她的。"

随着齐丹巴拉姆离去，两人之间的对话也结束了。说实话，此时的我对神庙已经产生了一丝抵触心理。一阵脚步声响了起来，接着传来伯德玛的声音，她带着哭腔问道："拉马斯瓦米，你就不能可怜可怜我吗？”哦！她的声音听上去是如此痛苦，然而，拉马斯瓦米却又一次向她热烈地表白，听上去就好像他的心里有一团火焰在熊熊燃烧。只听他说道：“伯德玛！如果你能体会到我内心的热烈，你就不会这么说了。你是我心中的女神，没有你我都活不下去。走吧，我已经做好准备去承受神灵的怒火了，我要带你到别的地方去。”

“你亵渎了圣洁的神灵，还是先为此赎罪吧。至于我，就让我像神灵脚下逐渐枯萎的花儿一样自生自灭吧。拉马斯瓦米，还记得我曾经也喜欢过你。那个时候，我还相信神灵，觉得他们只要不是铁石心肠，就能理解我的行为，因为对于我这样的花季少女来说，无论是从肉体上还是从心灵上来讲，这些都是正常的需求。我相信神灵会原谅我的。我对你那么好，可是结果呢！你把我心中所有美好的东西都掳走，然后像个过客一样飘然而去。现在，这颗心已经变成一潭死水！拉马斯瓦米，你就是造成我痛苦的罪魁祸首。”

伯德玛失声痛哭，然后再也没有说话。忽然，拉马斯瓦米叫道：“没有你我活不下去啊！”拉梅什！没有伯德玛我也活不下去啊。我给出版社寄了一封辞职信。我可能会饿死，可是有什么办法呢？

倒霉的阿肖克

6

“……”

2.4.1925

拉梅什！

我现在犹豫极了。前方被一片混沌的阴影笼罩！命运把我引上了一条未知的道路。我必须写信向你倾诉一番。

蜜月里，野花的芳香飘洒在江边的石林间。蜜蜂的嗡嗡声响成一片。树林里，树上抽出的柔软嫩芽看上去如此欣欣向荣。我坐在一片青灰色的茉莉花丛中，与脚下流淌的小河一起看着春日里的阳光，心中充满了希望。哦！太阳将自己最宝贵的财富从天空倾泻到我的脚边。我今天是来这片树林游览的，除了我还有很多城里人也来到这里游玩。神像被安放在巨大的榕树下面。河岸旁的巨石下、灌木丛里、山间、峡谷的草地上……到处都是一群群游客的身影。人们欢笑嬉闹、吃喝享受着，草地上传来木箫声和歌舞伎如夜莺般美妙的歌声。整片林子一刹那就沸腾起来。见到这幅景象，我赶忙跳起身来四处奔走。为什么？我相信我的女神伯德玛一定也从神庙来到了这里，现在说不定正在哪儿表演歌舞呢。

我心想："哦！这一刻就要到来了，我和伯德玛终于能一起在这片林子里徜徉了。这是神圣的一刻，是我生命中最重要的一刻。它什么时候能到来呢？"心里又有一个声音满怀希望地说道："它很快就会到来的。"我开心地吹起笛子来。今天，我的笛音充满了躁动，奏响的仿佛已经不是笛子，而是我的内心。齐丹巴拉姆来到我面前，站住脚，听得如痴如醉。他从来没有听过我吹笛子。我停下来之后，他说道："阿肖克，你真是个杰出的演奏家。"要知道，他可是歌舞伎们的音乐老师。他说完就走了，过了没一会儿，领着伯德玛又回来了。他的手里还拿着吃食。伯德玛看来受了他的鼓动，一来就对我说："再来一曲吧，我也想听。"我就像在做梦一样，伯德玛竟然要听我演奏！我说道："坐下听吧。"当她在茉莉花丛的阴影中坐下来时，我又吹响了笛子。拉梅什，我都已经不是在吹笛子了！说真的，我已经使出了浑身解数。曲调是如此忧伤、如此动人。吹着吹着，我自己也陷入曲调之中，变得癫狂起来。

一曲终了，我放下笛子。森林女神的四周依然余音缭绕。伯德玛叹道：“太美了！你真是无忧树[①]啊！”森林女神伯德玛站在原地一动不动。我不禁想起一首诗来，于是说道：“伯德玛！我是大地上的无忧树，你是水中的圣莲花！离开了无忧树抽出的新叶，圣莲花还怎么能生长呢？”

这么多天来伯德玛第一回笑了。她说道：“阿肖克，我算是领教你们这种人玩文字游戏的功力了。吃点东西吧。”她递过来些吃的，我大吃起来。等我们定下神来，才发现齐丹巴拉姆已经走了。伯德玛低下头抚弄起自己的指甲。我们此时置身于山顶上，临河的一面是刀削般直立的悬崖！前方是一片葱绿的世界。忽然，拉马斯瓦米也来到这里，看见我们之后语带讥讽地说道：“伯德玛，今天我才知道，你原来被北方来的穷鬼给迷住了。”伯德玛眼含热泪看向他，悲呼道：“拉马斯瓦米！你对我的暴行什么时候是个头啊？”

“想得美。起来，跟我走。”

“哦！不，你是要杀了我吗？我害怕！”

“我什么也不会做的。快走，看见你和他在一起我就不舒服。”说完，他一把抓起伯德玛的手拖着就走，一边还用冰冷的眼神盯着我，那模样就好像要把我吃了似的。我疯了一样地冲上前去，狠狠地推了他一把。接着，我就目瞪口呆地看着他从三百英尺高的悬崖上摔了下去，最后落到河里。这绝不是我的本意。伯德玛走上前来，惊恐地看着我，一句话也没说！这时，齐丹巴拉姆过来了，他一把抓起我的手，对伯德玛说道：“你回去和其他歌舞伎会合。一定要小心，什么话也别说！我带阿肖克先回城去。”我还在愣神，齐丹巴拉

①“阿肖克”一词既可以作为人名，也有“无忧树”的含义，无忧树被认为是纯洁、神圣的象征。

姆也不等我回话了，拖着我就走。我都不知道自己是怎么回到家的。我进到小屋里，晕晕乎乎地躺下了，整个晚上都浑浑噩噩的。天一亮，我就开始给你写信了。我都干了些什么！拉梅什！你告诉我，我该怎么办？！

卑贱的阿肖克

7

“……”

8.4.1925

亲爱的拉梅什！

你在来信中告诫我说：“要小心啊！别在信里写这些事情。”其实说这些都没什么用了。我现在心无所惧，也并不担心自己的生活。

这样的说法已经在城里传遍了：“拉马斯瓦米对伯德玛的爱一直得不到回应，他失望之下就在某一天远走他乡了。”自那天回来后开始，我就一直惶惶不可终日，全靠齐丹巴拉姆接济我，时不时给我些吃的。我呢，就在神庙的大堂里随便找个地方一坐。齐丹巴拉姆无疑是我的再生父母。可是，哎！那天回来之后，我再也没有见过伯德玛唱歌跳舞。她总是蜷起一条腿收在胸前，双手抱住这条腿的膝盖，靠着大厅里的石柱坐在那儿，整个人像是在梦游。她的脸上一片茫然，身体消瘦，双眼无神，机械地呼吸着。好多新来的游客看到她还以为这也是一座雕像呢。我总是想起自己是个杀人犯的事情。自从那件事情发生之后，我们三个从来没有再提起过那件事。伯德玛应该是真的喜欢拉马斯瓦米吧？可恰恰是我的爱伤害了她！而我呢？哦！那个梦是多么美好啊！

拉梅什！我？我现在都不敢看我的女神了。我想，自己说不定什么时候就要发疯了，接着又想，伯德玛也快要疯了吧。然而我还不能疯，因为我还没有向伯德玛表达过自己的爱意呢。我多么想对她说出这些话：“伯德玛，我爱你。你对于我来说就像是妇女们头上的吉祥志那样纯洁，就像是神庙里的神像那样神圣，你是我心中最渴望的人。”

我最终还是没有这样做。我一直问自己，伯德玛和齐丹巴拉姆为什么不把我抓起来呢？

拉梅什！阿肖克要离开了。他成了石庙里的乞丐。他不会再给你写信了，也不会再去祈求任何人了。卑微、低贱的阿肖克还有什么脸去见自己的孩子呢？

不幸的阿肖克！

渡海

地平线上，蔚蓝的海水和天空结为一体。平静的海面泛起阵阵波涛。岸边的沙滩上反射出夕阳的光辉，看上去无边无垠的。

海风徐徐地拂过椰林，火红的太阳正向地平线下沉去。正是退潮时间，不过海水还未完全退去，依然在嬉戏着。

苏德尔辛静静地看着这场大自然的宏伟演出，这一幕场景俨然是一首壮美的悲歌。一幅幅充满艺术气息的画面随着蔚蓝的波涛起伏荡漾着。在苏德尔辛看来，仿佛整个太阳系都在经受这海浪的冲刷。他总是来到这里看着这一切，不过，每回都将王子的身份抛诸脑后。他会把随从留在远处，孤身一人像个普通人一样看着这一切，又像个单纯的学生一样研究着这充满真理的场景。而当他的脑海里一片空明、似有所悟的时候，他就会转身回宫去。

今天，苏德尔辛坐在那里，像是在等待着什么人的到来。一个渔家女手中拖着渔网，从海里向岸上爬来，看上去就像一只张开翅膀的大蝴蝶。她的眼睛像大黑蜂一样直视着前方，丝毫没有注意到苏德尔辛的存在。在这天色渐暗的美丽黄昏，美丽的姑娘在沙滩上洒下一路的脚印，向着远方走去。

王子的目光也跟着投向远方。在他眼里，这一刻的海滩上异象纷呈，使得他一瞬间领悟到了许多。有些原本不明白的东西他现在好像也能理解了。他出声喊道："美女！"

正在离去的美丽渔家女转身回来了。她的眼角和唇边都带着笑意，脸上洋溢着青春的气息，犹如一轮从蔚蓝的云朵中升起的太阳，放射出金色的光芒。

渔家女来到跟前站住，问道："是什么人在叫我？"

"是我。"

"你刚刚叫我什么？"

"美女啊！"

"为什么，我哪里美了？是有什么你觉得特别的地方吗？"

"是的，我这辈子还从来没有把任何姑娘叫做美女呢，因为到今天为止我从来也没有过美的感觉。"

"那么今天你心里为什么忽然就有了美的感觉了呢？"

"看到你之后，我沉睡在心中的对美的渴望就苏醒了。"

"可是，你言语中所说的美也只是对你来说是美罢了。"

"我不这样认为，因为所有人都想得到我的青睐，都跟在我后面疯了似的表现自己。现在这种情况对我来讲是从来没有发生过的。我是王子，可以说是要什么有什么，什么样的美人得不到？可这并不是我想要的。事实上我在爱情方面还是一片空白。"

"这样啊，原来你是王子！看来你说的美也只是相对而言的。"

"你是谁？"

"我是个渔家女。"

“你是做什么的？”

“捕鱼。”说着，她晃了晃手上的渔网。

“在这永恒唯一的大自然展现欣欣向荣的时候，你竟然在做这么残忍的事情？”

“就算是残忍吧，可我也没办法呀。我们这个岛上的王子就要大婚了。我接到命令，得为这个大日子捕一些金色的鱼。”

“可是这场婚礼是不会举行的。”

“你到底是谁？”

“我也是个王子。我们王子们有自己的小圈子，所以我才会知道这个消息。”

渔家女看了一眼苏德尔辛的脸，接着说道：

“如果是这样的话，我还是把这些可怜的小东西放了吧。”

苏德尔辛诧异地看去，只见渔家女将捕获的金色鱼儿向海里放去，就像是在水神伐楼拿的脚下敬献金色的鲜花一样。苏德尔辛慌忙抓住她的手，说道：

“如果我刚刚说的是骗你的，那怎么办？”

“那我就明天再来撒网呗。”

“你不光长得美，心地还很单纯。”

“原来你就是个骗子！”说完，渔家女深吸一口气，在暮色下转过脸去。她的头发“啪”地一声甩在渔网上。夜开启了新的篇章。苏德尔辛低下头开始思考一些事情。渔家女离去了。寂静在黑暗中蔓延。过了一段时间，两个人牵着一匹马走了过来，其中一个人对苏德尔辛说道：“殿下，很晚了。邀请的客人很多都已经到了，陛下正在找您呢。”

“我在这里丢了些东西，正在找呢，找到了我才回去。”

“殿下，可是天已经黑了呀。”

“别担心，会有月亮的。”

“您对我们有什么吩咐吗？”

“离开这儿。”

所有人都离开了，苏德尔辛王子一个人坐了下来。夜以月亮为盘向大海乞求甘露来了，慷慨的大海涌动起来准备施舍。浪花一阵阵地袭上苏德尔辛的脚面。他看见辽阔的海面上有一点白帆带着美丽的小船向岸边驶来。他静如止水的心开始烦躁起来。热切的等待仿佛已经印刻进灵魂深处，在海浪的咆哮声中纵情歌唱。渐渐地，他的耳中响起一阵低沉模糊的音乐声。那犹如悠远天堂传来的音乐声征服了他。大自然就像个穿金戴银的姑娘在他眼前嬉戏。

苏德尔辛一眼看过去，所有的东西都是美丽的。哪怕是以前见过的忧伤画面，现在回想起来也变得美丽无比。见识到这种显现在所有事物之上的美丽之后，苏德尔辛沉沦了。他多么希望自己变成大海，在月光下与浪花嬉戏，大声地笑。这时，他又想起渔家女来。如果自己是大海，那她就是伐楼拿之女，沐浴着月光在自己宽阔的胸膛上徜徉。他的眼中只剩下那艘带白帆的船，耳朵被若隐若现的音乐声塞满了。苏德尔辛正沉醉其间，一阵脚步声传来，把他惊醒了。一些人走了过来，是来带他回去的。他一下子跳起来，跃入泛着泡沫的海水中，迎着波涛游去。

苏德尔辛远离了岸边，四面都是水。他眼里盯着那白帆，耳中是若隐若现的音乐声。游着游着，苏德尔辛感到有点累了。恰在此时，一艘小渔船驶了过来，一阵由笛子奏响的音乐声也随之靠近。等小船来到近前，苏德尔辛才发现原来是渔家女在吹笛子。小船随波漂荡着。

渔家女问道："你要上来吗？"

苏德尔辛划着水反问道："你要带我上哪儿去？"

"去远离陆地的水上王国。那里没有冷酷，只有温暖、柔软的拥抱；那里没有掠夺，只有信任；那里没有奢华，只有简单的美丽。"

渔家女一把抓起苏德尔辛的手，把他拉上船。两个人笑了起来，月亮和大海也笑了起来。

隐居者

山脚下有一块小小的平地。这里满是常青树、无忧树、乌檀树和杧果树，一片郁郁葱葱的景象。三五朵花苞在柔软的枝条上绽放出来。一切都是那么潮湿、清新。早晨，一丝热风从罗摩耶山吹来，在这片宁静的树林中停留了一小会儿。

这是一座小屋，屋里住着一位隐居者。屋顶上覆盖着的茅草、凉棚、毯子、钵、树皮衣……一切都显得那样和谐，就像是王宫里最富艺术气息的艺术珍品一样。

隐居者趺坐在一块石头上，面朝西方沉浸在禅定的状态中。下沉的夕阳绽发出最后一缕光芒，照在他的眉毛上。隐居者安然而坐，不动如山。他的脸上带着祥和的笑容，却也严格遵守着禁欲的戒律。生命的激情早已因为看破红尘而灰飞烟灭。就在石头下方有一条小路，成群的牲畜正沿着小路从山上的牧场上归来。一路上扬起的尘土在天空寻找着栖身之所。一个声音响了起来："请问这里能收留我吗？"

隐居者从禅定中醒来，打眼看去，原来是一个衣衫褴褛的女人在乞求庇护，想在小屋中住下来。她的头发披散着，遮住了胸脯和双臂，赭色的衣服破旧不堪。女人正瞪着美丽的眼睛看过来。这一瞬间，隐居者变得呆滞起来，就像是一棵陷入狂风中的大树。他慢吞吞地说道："欢迎你，客人！来吧。"

深沉的暗夜里，茅草小屋、树林、闪耀的群星清晰可见。刚来此地的女人坐在无忧树下的祭坛上，隐居者则坐在自己小屋的门前。

女人问道："你把自己原有的世界一脚踢开，儿子的小脸蛋啦、母亲的容貌啦、家族的荣耀啦……把所有的一切都抛弃了，却来到这块鸟不拉屎的土地上散播仁爱，这是为什么？你这么努力，付出这么多，都是为了什么呢？"

"我只是为了给像你这样的过客提供帮助，当他们无法从宫殿或豪宅获得想要的食宿时，可以给他们提供一个这样的休憩之所。每当有人在这里温暖的床上休息过后幸福地离去，我就觉得自己的努力没有白费。"

"你要在这里待到什么时候呢？"

"永远为人们服务是我的荣幸！"

"人们能在你这里待多久？"

"在找到下一个落脚之处前，他们可以一直在这里住下去。"

"我这辈子从来没有被收留过，而且看起来未来也不会有这样的机会。"

"一辈子吗？"隐居者诧异地问道。

"是的。"女人颤声答道。

"你觉得冷吗？"隐居者问道。

"是的。"还是同样的回答。

隐居者点燃一些干柴。在一片黑暗之中，几缕火焰升腾起来。朦胧的光线扩散开来。隐居者拿来一床毯子，递给女人。女人披上毯子坐了下来。天地间仿佛只剩下他们两个人对坐着。一阵风吹过，隐居者问道：“你要在外面坐到什么时候？”

“等黑夜过去我就会离开，去寻找别的庇护所，因为在这里待着会剥夺其他人的幸福，这是不对的。就这么一会儿为什么还要进屋呢？”

隐居者像是被电到了一样，用尽全身的力气喊道：“不，不，你可以随便在这里住多久。”

“看来你还是没有能摆脱对这座茅屋的执念。我不想让你误会，以为我是想来霸占你的茅屋的！”说完，女人垂下头去。隐居者的内心被震撼了，完全不知道该说什么好。过了一会儿，他忽然说道：

“有人在召唤我了，你帮我照看一下这间屋子！”说完，隐居者消失在黑暗里。这里只剩下女人一个人了。

从那以后，路过的旅客都会看见，茅屋里有一个脸庞白皙的女人，向他们发出热情的邀请。

粮商

黑夜慢慢地过去，天亮了起来。文迪亚山脉的山口处，一队牛车满载着货物行来。牛脖子上挂着的铃铛发出悠扬的声音，与赶车的人们吟唱的乡间小调形成一曲大合唱。秋风已经带上了一丝凉意，在这条长长的山路上呼呼地吹过，像是在寻找什么人一样。

来的是一群粮商。他们正在前往瑟尔古迦的森林，想到那里去做买卖。每年除了雨季，大约有八个月的时间他们都往来于这条路上。不知道有多少次，他们熟悉的歌声在道路上与群山间回荡。歌声中有希望，有控诉，有痛苦，有回忆，有悲伤，也有忧愁。

走在最后的小伙昂着头，正在对天高歌。唱的歌词大意是：

“怀着致富的希望，我一次次地来进货。可是，高尔族的公主啊，你将自己的青春和美丽全都隐藏在郁郁葱葱的林间，本身却是那样的高不可攀。你的货物实在是太贵了！难以买下它们啊，即使我倾尽所有的财产。为了积蓄财富，我努力地做生意赚钱。等到有钱的那一天，我一定会再登宝殿。不过我相信，即便到了那个时候，在你的面前，我依然还是个穷光蛋！”

等到一曲唱毕，小伙儿彻底沉醉在野花野草的香气中，一颗青春的心放飞得无影无踪。忽然，前方的车队骚动起来。鞭子抽动的声音、吆喝声、脚步声杂乱地响了起来。小伙一下子从放飞的思绪中惊醒，高呼道：“我的天呐，抢劫！”叫完，他飞快地顺着一处山坡向下滑去。这一滑就收不住了，最后翻滚着摔到山脚下，晕了过去。

不远处就是哈基姆·伯勒格纳和他的工程师的住地。第二天，抢劫的事发地点聚满了人。巡警和士兵都来了，弄得鸡飞狗跳的。小山脚下，霞光像是金色的花朵一样照耀在茅屋里。一个皮肤黝黑的姑娘把受伤男子的头捧在手上，正目不转睛地盯着他瞧。姑娘的脸上慢慢地绽开了一丝笑意，因为男子脸上显现出将要苏醒的迹象。男子的眼睛睁开了。姑娘取过放在一旁的热牛奶，拿到男子嘴边喂他。男子张嘴喝了起来。

这个男子就是那个逃命的小伙。其实他的伤并不重，更多的还是受了惊吓。喝过牛奶，他的状况好多了，一边起身一边问道：“莫妮，是你啊！”

“是的，别说话，再休息会儿。”

“现在我已经没事了，不用担心。”小伙说到这里就停住了，因为他看见一个高尔族守卫正警惕地向茅屋里窥探。看清楚屋里的景象，守卫调笑道：“哇哦，莫妮！你怎么还同情、照顾起强盗来了！说吧，这是谁呀？长官正调查呢！”

莫妮抬起头，咬牙切齿地说道：“你就是个流氓！滚，滚出我这里！”

“你行，你就说吧！我看你已经被这小子迷住了。他就是总上你这里来买洋葱和坚果的小子吧！”守卫说道。

莫妮气坏了，像只受伤的母老虎一样颤抖起来。守卫见状这才收敛了一些。不过，一肚子坏水的他还不死心，换了一副态度假惺惺地对小伙子说：“怎么啦，兄弟，你也遭抢了吧，还受伤了！走吧，把你的情况去和长官说清楚。追回了好多货物呢，快去看看吧！”

“至于你，莫妮！我看你是想到监狱里待着了吧？说吧，考虑好了吗？还是乖乖地听我的吧。”在远离驻地的地方，守卫对戴着手铐的莫妮说道。莫妮怔怔地看着暮色，只见那个年轻的粮商就站在远处的树丛中。莫妮又看了他一眼，嘴唇颤抖着说道：“我什么也不知道啊，我更不知道，行善也会受到这样的惩罚！”下一刻，她想到了监狱里的可怕，于是可怜兮兮地哀求道：“守卫大人！我把小屋、地里所有的作物和树木都送给你，求求你放过我吧！”

守卫笑了，说道：“你说的这些我都不需要。你还是快说吧，同意我说的了吗？否则……”

莫妮尖声叫道：“不，那是永远不可能的！”

恶魔一样的守卫丧心病狂地扇了莫妮几个耳光，可是她既没有哭也没有闹，而是像个坚强的男人一样瞪着行凶者的脸。

哈基姆·伯勒格纳是个很和善的人。他从驻地晃晃悠悠来到这里。南杜拉着他的手不知道说了什么，然后他就来到莫妮跟前。

哈基姆已经明白了一切。他打开莫妮的手铐，朝那个守卫背上抡了几巴掌，呵斥道：“看你干的好事，混蛋！今天我就饶了你，下回要是再敢干出这样的事情，我就让你干苦力去。快去搜查真正的强盗。”

莫妮回驻地去了。南杜认回自己的牛，赶着它们走了！他又照旧经营起了自己的生意。

几个月过去了。

有一天，南杜又来买洋葱和坚果。他来到莫妮的小屋，发现地里所有作物上的叶子都已经蔫了，正纷纷地坠落。本来堆满收成的仓库已经破败不堪，眼看着就要塌了，里面只剩下一片狼藉。南杜叫道:“莫妮！”没有任何回音。他转身向来路奔去。

南杜来到山间的小河旁，看见莫妮就坐在那里！她笑颜如花，两只脚浸在河里荡悠着。南杜叫道:“莫妮！”她还是没有回话。当南杜来到她身旁时，她终于看见他了。那一刻，她脸上的灿烂笑容就像是被太阳曝晒的冰雪一下子消融不见，转而飞起一片阴霾。

南杜问道:“莫妮！还有洋葱和坚果吗？”

莫妮讥诮地回道:“我现在不种庄稼了，也不卖东西了。”

南杜又问:“为什么，是发生了什么事情吗？”

“所有出产的东西都是给我们这儿的人填饱肚子用的，要是卖了，我们吃什么呢？”

“那之前为什么卖呢？”

“都是贪婪惹的祸。我那时只想着做生意，想挣大钱。”

“现在难道不想了吗？”

“我现在明白了，所有人都不应该做生意，把东西放到市场上卖是不对的。”

“那我只能回去了？”

“是的，回去吧。”

“那我不干这一行了，莫妮！”

“知道我为什么会变成这样吗？本来，我闷闷不乐地坐在这寂静的山上，一心想听见美妙的钟声。坐着坐着，我想通了，卸下了心中的包袱，一下子就变得畅快起来。我再也不会想着卖东西给任何人了。南杜！”

南杜失望极了。他在空无一物的牛背上拍了几下，一声不响地向来路走去。

卖手镯的女人

1

“我手上现在已经有镯子戴着呢。”

“夫人您看，这是多好的镯子呀！都是直接从孟买发过来的。老爷跟我吩咐过，所以新款的镯子一运到我就赶紧给您拿过来了。”

“快走吧，那你让老爷去戴啊，我可不需要这些玩意儿。”

“夫人，您还是看一眼吧！”赔着笑脸又劝说了一句，卖手镯的女人打开首饰盒，鼓起勇气递了过去。这是个看上去有二十五六岁的女人，长得很漂亮，身材纤细。她的手腕好看极了，就像是专门为戴手镯而生的一样。涂得红红的嘴唇带着几丝弧度，像是隐藏着什么秘密，让人忍不住地想看过去，再听一听见从这美丽的唇中发出的声音。女人一直在笑，笑声中交织着婴儿的纯真、年轻人的热情和成年人的深沉。

夫人一点儿也不喜欢这笑声。只见女人拿出一副精致的手镯戴上，一边展示一边说：“很容易的，一下就戴上了。”夫人闻言气得笑了起来。女人见状更来劲了。

这个卖手镯的女人已经连着来了好多天了。有的时候也没人招呼她，但她还是会跑来，然后就开始推销她的镯子，非要等到老爷出现才肯罢休。夫人都快要被她烦死了。今天，女人又来了，夫人忍不住叫道："难道近来没有人去商店里了吗？"

"夫人，我近来一心想着来这里，卖得就少了。"说着，她取出成打的手镯一一展示。拖鞋的声音传来。夫人开始整理自己的衣服，女人昂起头，装作很卖力地吆喝道："这是德国产的，这是法国的，这是日本的。"老爷站在她身后满意地笑了。

"是你让她每天来推销新到的镯子的吗？"夫人傲慢地问道。

老爷答道："戴呗，有什么不好的吗？"

"也没什么不好的，就是镯子戴久了手腕会疼。"女人低着头，斜着眼瞟向老爷小心地说道。一丝潮红飞快地从老爷的眼睛向双颊延伸。在他看来，这个贪婪的小姑娘是在嘲讽他呢。心里盘算了一会儿，他不耐烦地说道："这样啊，那就别戴了。"

"每天要敬神呢，还是得戴着。"卖手镯的女人用敬神时才会用到的肃穆声音说道。

"行了，你们现在都可以走了。"夫人看着老爷和女人生气地说道。

"那我就走了啊？这可是您说的，要让老爷戴上，您得去和他说一说啊。"

"快滚出去！"夫人瞪起眼睛吼道。老爷慢慢地出去了。女人像犯了事一样低着头，把手镯都收起来，然后走了，留下夫人在后面心里一阵嘀咕。

2

卖手镯的女人叫维拉希妮，是城里一个名妓的女儿。她不但长得漂亮，歌唱天赋出众，而且并不缺钱！然而，奢华安定的生活并没有让她感到满足，总觉得心里还缺点什么。事实上，她的这种心态是因为对现在的身份不满意。

维拉希妮内心渴望嫁入豪门，梦想着婚后能过上天堂般的美好生活。现在，她早已经厌倦了任人玩弄的卖笑生涯，可是，人们对她这样的女人都唯恐避之不及。自从想明白不可能通过现在的生活获得庇护之后，她就寄希望于用坑蒙拐骗的办法达成目的了。其实她的要求也挺简单的。尽管她平时迎来送往的，有大把的人追她，可是那些人她一个也看不上。

前些日子，一位德才兼备的先生引起了维拉希妮的兴趣，那就是维杰·克里希纳老爷。他在城郊有大片的土地，还有美丽的大庄园，自己就住在庄园里。他的佣人和跟班都称他为老板。维拉希妮的眼神完全被维杰·克里希纳吸引住了。为了完成自己的心愿，她把自己扮作一个卖手镯的女人，已经有一阵子了。

维杰·克里希纳对维拉希妮的小心思心知肚明，可他却装作不知道一样。作为一个有身份的人，也许是为了保持自己的形象，也许是出于轻视，他并没有禁止她进出自己的家门。维拉希妮的美丽充满了艺术的气息，在维杰·克里希纳心里引起了阵阵涟漪。尽管他已经被吸引住了，可他却给自己找到了一个很好的借口。他心想："那个卖手镯的女人见识到夫人的美丽雍容就会明白自己比不上她，从而死了这条心的。就把这当成是一个不错的消遣好了！"

维拉希妮玩的花样本来已经不可能成功了，可是，今天夫人的表现太糟糕了，这会给她带来不利的影响，因为她触犯了自己丈夫的尊严。

3

眼见维杰·克里希纳向自己的住所走去，鬼迷心窍的维拉希妮放弃了尊严和廉耻，一个人跟了上去。两个人来到花园里，在走廊的椅子上坐下，丝毫没有顾忌到现在已经是晚上了。一旁是一棵石榴树，已经开出花来。一只很小的黑色鸟儿在花间啄食花粉和花蜜，过了一会儿，又啾啾鸣叫着飞走了。

维杰·克里希纳一直注视着鸟儿，直到看不见了才说道："我把它捉来当宠物养着，你看怎么样？"

"哦，要是这种小鸟的话，它在笼子里是活不了的。花丛才能让它存活下去，而不是金丝笼。到时候，谁去采集花粉和花蜜供它吃喝呢？"

"可是，我觉得它的声音美极了，充满了艺术感，就像维纳琴一样。我一定要捉住它。"

"这美丽的小东西本来是自由自在的，想来就来，想走就走，它碍着您什么了吗？您把它关在笼子里只能埋没了它，这是奖励它呢还是惩罚它呢？"

4

维拉希妮根据自己近来的观察已经明白，在夫人的眼皮子底下搞一些小动作不会有什么大碍，因为夫人对自己和丈夫之间的感情很有信心，最多在想起来的时候计较一下。由于饱受肺结核病的困扰，夫人的身躯日渐消瘦。维杰·克里希纳给她张罗着看病倒是也很积极，可另一方面却开始借机和维拉希妮勾勾搭搭。维杰·克里希纳夫妇最终还是离婚了。夫人搬去一个人住了，维杰·克里希纳终于可以逍遥快活了。

过了一段时间，维拉希妮明白过来，自己看似彻底胜利了，然而事情并不像是她想的那样美好。原来她终究只是维杰·克里希纳的一个玩物。当一切都归于平静，一个玩物还能怎么样呢。有一天，维拉希妮想出门去，于是对维杰·克里希纳说："我要去买点东西，我可是你的人了，讲排场也是为了你的面子呀。"维杰·克里希纳却讥讽道："我娶了个妓女还能有什么面子？"维拉希妮羞愤无比，开始悲泣起来。维杰·克里希纳受不了这种哭闹，竟然一走了之！维拉希妮心想："我费了那么大劲才好不容易成了家，满以为能获得幸福，其实是竹篮打水一场空。看来，我就没有当贵妇人的命。不是说有因果循环吗？修行了那么多，自我牺牲了那么多，难道都白费了吗？"

维拉希妮想不明白，这个社会在如何看待男女关系的问题上为什么就不能宽松一些。这么想倒也没有错，不过嘛，想让两方都完全满意是不现实的，连一丁点希望也没有。这个奥秘才是形成这种复杂关系的关键所在。

维拉希妮想了很多，之后改变了自己的生活方式。她把维杰·克里希纳送给她的一些财产变卖掉，用换得的钱在附近村子里买来土地，种上庄稼。她像个传统的印度教修女一样虔心修行，以平复自己受伤的心灵。她住在简陋的小屋里，旁边是一株高大的榕树和一汪清澈的湖泊。她总是坐在那里，想着今后要尽力帮助过往的旅者。一段时间以后，地变得肥沃起来，家里也堆满了粮食。每当有人上门乞讨，她都会慷慨地施舍粮食给他们，从这里她获得了无法形容的幸福感受。日子一天天过去，宁静祥和的生活竟然让维拉希妮再次焕发了青春，好像回到了少女时代一样。途经这条路的时候，旅者们老远就能听见悠扬的歌声。

就在大榕树的下面，维拉希妮帮一个叫南杜的孤儿开了一家小店，卖一些炒豆、红糖之类的零食。有的旅者来买东西，可是身边没有钱，她就会帮他们把钱付了，免得南杜遭受损失。没过多久，维拉希妮的小湖就名声在外了。现在，来来往往的旅者一般都会在这里休息一会儿，然后再沿着湖边继续上路。

5

黄昏降临。小鸟叽叽喳喳地叫着向巢里飞去，大榕树这里一下子就热闹起来。维拉希妮站在食槽边看着牛儿。走廊里亮着灯，可是她的屋里却是一片黑暗，连她的内心也仿佛笼罩着一层阴影。简直叫人不敢相信，维拉希妮在这样的喧闹中却显得如此宁静。一旁，格鲁阿一边拿脑袋蹭她的腿，一边摇着尾巴。苏吉雅从家里过来，给它带来了一些吃的，不过格鲁阿并没有看见她，还在讨好自己的女主人。维拉希妮笑骂道:“去，没空和你腻歪。那边，吃你的去吧。”然后，维拉希妮就想，可怜的人们为什么会为了爱而乞怜呢?这时，南杜走了过来，说道:“姆妈，那边来了一个行路人，看上去快要饿死了。”

“你为什么不给他吃的？”

“他不要啊。他说了，你这孩子这么穷，我不要你的东西。”

维拉希妮赶忙朝榕树下走去。天已经完全黑了。行路人靠着树根躺在那里。维拉希妮双手合十，说道:“尊敬的客人，你吃点东西吧。”

“你是谁？”

“一个当过妓女的女人。”

“嗤，让我一个人静静地躺着吧，我不想和你说话，因为不知道有多少曾经和睦的家庭被你给拆散了。”

“尊敬的客人，我们只不过是一群牺牲品，是那些追求欲望的人的牺牲品。这个世界上有那么多充满无耻和自私的行业，为什么您只对妓女这么愤恨呢？”

“因为这项职业是最邪恶的。”

“可是，从良之后我只有过一个男人。我不懂那么多大道理，但我至少知道把从老爷那里得来的钱财全部拿来服务路人。在这小湖一带，没有人会饿肚子。其他的先不论，请不要抹杀我对路人的帮助。”

行路人一下子翻身坐起，眼睛深深地看向黑暗中，问道：“维拉希妮？”

“谁，是老爷吗？”

“是我。你终于摆脱了欲望的困扰，用我给你的钱做起了善事。我竟然一点儿也不知道。”

“老爷，为了能成为贵妇人我干了很多荒唐的事情。四年了，我才明白，身为贵妇人的意义不在于享受荣华富贵，而在于服务世人。”

“可不光是服务，维拉希妮！享受荣华是人们磨灭不了的天性，它不但让人们得到身体上的愉悦，还能影响人们去改造外部环境。它的作用是无边无际的，能帮助人们更好地完成家居期，所以它既是一种幸福，也是一种解脱。我相信你一定能成功地驾驭它。”

“我的成功与您的帮助是分不开的。我今后肯定不会再这么无情了。”说着说着，维拉希妮捧住了维杰·克里希纳的脚。

维杰·克里希纳一把抓起维拉希妮的手。

罪人

1

火红的太阳照在五彩斑斓的树林里，折射出动人的光辉。一眼看过去，树上的嫩叶和花瓣在春风的吹拂下摇曳，黄澄澄的花粉将阳光也染成了黄色。这是一个春日的早晨。

伽米尼是个年轻的卖花女。此刻，这里除了她之外一个人也没有。她从遍布树林的花海中摘取选中的鲜花，然后把它们编成花环，再拿去卖掉。即便是在斋戒的日子里，她也依然坚持工作。今天，她又来到这里，坐在一株已经开花的紫荆树下，摘下半开的花朵，也不给它们穿孔，就直接用绳子扎起来，编成一串串花环。大黄蜂飞过来，嗡嗡地叫了一阵，又飞走了。她并没有听见这些春天的使者传递来的讯号。南风抚起她的衣襟，吹乱她的秀发，又施施然地离去了。卖花女一无所觉，依然一刻不停地把线系成一个个环，然后在上面绑满鲜花。

一阵急促的马蹄声把伽米尼惊醒了。她挎起自己装满鲜花的篮子，低垂着头，惊慌失措地站了起来。来的人原来是王子，他今天也不知道是怎么想的，竟然跑到这一带兜风来了。他从老远就看到这里有个姑娘，从她的反应可以看出来她被吓到了。强壮的马儿停了下来，王子开口问道："你是干什么的？"

姑娘像只受惊的小鹿一样抬起头，用大大的眼睛看着王子，答道："我是卖花的！"

"你是在编花环准备拿去卖吗？"

"是的。"

"这里的守卫没有来管你吗？"

"没有啊，我没看到这里有什么守卫。"

"今天你都编了些什么花环？"

"我在这儿编伽米尼花的花环呢。"

"你叫什么名字？"

"伽米尼。"

"哇哦！行吧，你先把手上这串花环做完。我去转一圈再回来，到时候你把编好的花环给我。"尽管有点害怕，可是卖花女的思维看上去并没有受到什么影响，她说道："过一会儿太阳就出来了，到时候伽米尼花就没有现在这么好看了。"

"我很快就回来。"王子说完就走了。

卖花女很快就把手上的花环编好了。光线渐渐变得刺眼，天大亮了。王子依然没有回来。卖花女起身沿着王子离开的方向行去。

卖花女离去之后一会儿，王子向这里奔驰而来。不过，他走的不是离去时的那条路，而是另一条路。到了地方，他找了一圈，没有看见卖花女，于是四下呼唤起来："卖花女！喂，卖花女！"

喊声犹如杜鹃的啼叫一样远远地传了出去，最后落到卖花女的耳朵里，她连忙折返回来。只见她手里捧着伽米尼花编成的花环，径直向这里走来，宛如森林女神一样款款而来。王子目瞪口呆地看着这幅美人图。伽米尼来到近前，将花环戴到王子脖子上。王子解下自己的丝袍，抛在卖花女头上，吩咐道："去，找个地方把这个换上，换好再过来。"带着一丝惊惧，卖花女按照吩咐找到一处被藤蔓遮掩住的地方，躲了进去，准备换衣服。

卖花女换上丝袍，从藤蔓丛里又钻了出来。看见她的样子，太阳仿佛都露出了灿烂的笑脸。王子也笑了，说道："从今天开始，你就是这片林子的看护人了。记住了啊。"

王子走了。卖花女一脸茫然地坐在一株雾冰藜树下面。

2

春天走了，炎热的天气也随之而去。绿意在林子里蔓延。天色渐渐地黑了下来，地上是绿油油的青草，一派美丽的景象。孔雀围在女护林人的四周翩翩起舞，像是在庆祝着什么节日。夜幕终于降临，黑暗笼罩了女护林人的小屋。天上开始下起暴雨来。外面传来窸窸窣窣的声音，女护林人透过小屋上简陋的窗户警惕地向外看去。一个颤抖的声音倏然响起："行行好，让我进屋吧！"女护林人问道："你是谁？"

"一个罪人。"

"这样的话，我不能收留你。"

"你再考虑考虑吧。"女护林人闻言陷入了思考。过了一会儿，声音又从外面飘了进来："别再犹豫了。"

女护林人终于拿定了主意。她站起身来，过去把门打开。一个陌生人一步跨进门来。这是一个健壮的小伙子，脸上满是果敢坚毅。

女护林人问道："你犯了什么罪？"

"很重的罪。等明天早上我再告诉你，今天晚上让我好好休息一下吧。"说完，陌生人开始拧自己湿透了的衣服。他的声音听上去很飘忽，脸庞看上去很暗淡，整个人在黑暗里显得更加朦胧起来。

年轻的女护林人正心烦意乱地等待黎明的到来，突然，小伙子一把抓住她的手。她惊慌失措起来，叫道："罪人，你这是想要干嘛？"

"不是都说了嘛，我是个罪人，小美人儿！"这一回，他的声音起了明显的变化。狂暴的大自然包围了小屋，仿佛正在大笑一般，并且随着笑声更加疯狂起来。伽米尼只觉得血管中的血液在狂涌，好似屋外水渠中泛滥的雨水。小伙子的声音透露出一丝熟悉的味道，引得女护林人的欲望喷薄而出！屋外是一片雷电交加。屋内，女护林人的另一只手搂住了小伙子的脖子。

黑暗在狂笑。

3

一年又一年，一晃很多年过去了。这座树林里原本开满了鲜花，孔雀、鹦鹉和杜鹃也曾经在这里筑巢安家。可是现在，它变得荒芜了，很多植被已经枯萎。王子再也没有来过这里，他继承王位当上了国王。高大的树木张开自己的枝丫。在茂密的树林一角有一座小屋，里面住着一个女人和他的儿子，他们是伽米尼和吉肖尔。

母子俩以捕猎为生。大多数时候，吉肖尔捉到的都是小鸟什么的，有时候也能捉到一些小鹿，猎物都是卖给城里人。

有一天，吉肖尔捉到一只美丽的小鹿，于是就带着它上城里去了，打算把它卖掉。他把小鹿背在背上，这样可以让人更清楚地看见它。国王的小儿子骑在马背上溜达着过来了，他的护卫们跟在一旁。看见小鹿，小王子动了心，跳下马来。吉肖尔想问小王子要钱，护卫随便给了他几个钱，接着就要把小鹿抱走。吉肖尔不干了，一把抢过套住小鹿的绳索，然后转身就跑。小王子见状开始撒泼，赖着大哭起来。护卫忙追上吉肖尔，把他抓了回来，押着他向王宫的方向行去。

回宫的时候，王后正好在窗户边上，看到自己的儿子一边哭着一边往回走，就问是怎么回事。她听了事情的经过之后勃然大怒，命令护卫用藤条狠狠地抽吉肖尔。

吉肖尔既没有哭，也没有闹，生生地忍受着藤条的抽打。最后，他整个人被打得皮开肉绽，连路都走不动了。国王打猎回来，看到了这一幕。有那么一瞬间，他动了一丝恻隐之心，不过他最终什么也没有做。王后下令将男孩的家人带来。也许是命运的捉弄吧，国王刚一离去，女护林人就到了。她一把将吉肖尔搂进怀里，一边以泪洗面，一边悲呼道："天呐！你们这些人太残忍了！"

又过了几年，那片树林现在成了小王子学习打猎、练习射箭的固定场所。他在那里射鹿，射鸟……女护林人现在有了一个新差事，就是在小王子来的时候帮着驱赶小鹿，或是指引鸟儿的方位，每回也总能得到点赏赐。可是，他的儿子吉肖尔从来也不参加王子的狩猎。

一天，在春日里明媚的阳光下，为了检验自己儿子学习打猎的成果，国王来到这片树林里。这是时隔十六年之后他第一次再来。看到眼前的景象，他的脸变得苍白起来。只见这片树林里所有的植被都因为缺水而死去了，只有一两粒曾经遗落的种子发出的新芽。国王神情恍惚，陷入了对过去的回忆里。

小王子和他的同伴们身穿猎装进了树林。吉肖尔也拿着自己的弓站在林子里，搭上箭瞄准一只鹿射了出去。吉肖尔的箭穿透鹿的咽喉，紧接着又射进了小王子的胸膛。小王子一下子晕倒在地。吉肖尔被抓住了。

女护林人并没有在一旁，她得知国王驾到的消息就赶忙找花去了。现在，树林里已经没有伽米尼花了，她只好找了一些雾冰藜花和杜尔瓦草，然后把它们编成美丽的花环。

国王快要疯了，气急败坏地咆哮道：“杀了他！”刽子手的箭到底射出来了没有？总之能看到的就是长相俊美的吉肖尔摔倒在地。恰在此时，女护林人带着雾冰藜花的花环来到国王面前。

残酷的命运注定发生了！女护林人就是伽米尼，她一步三摇地来到吉肖尔的尸体旁！她像疯了一样把花环丢到国王身上，抱住吉肖尔一屁股坐了下去。吉肖尔的眼睛瞪着她，仿佛还在无声地喊着“妈妈，妈妈”！伽米尼眼里的寒冷直慑人心底，她先是看了国王一眼，又转头看了小王子的尸体一眼。

国王失去了思考的能力，整个人像是梦游去了另外一个地方。自己儿子的一切喜怒哀乐都结束了，就好像水中的气泡一样飞快地随波而去了。国王变得心如死灰。当他清醒过来的时候，一眼就看到了面前的女人，也认出了她身上的破旧丝袍。“伽米尼！”

“陛下！”伽米尼的眼中没有一滴眼泪。

“这个孩子是谁？”

女护林人伽米尼低下头，沉声说道：“一个罪人。”

爱的信物

1

“不知道曾经的岁月还会再次复返吗？在那些充满希望的夜晚，心灵曾经动不动就超越肉体的束缚而跃动飞扬，可是，现在它到底是怎么了？”

“视野所及之处满是郁郁葱葱的森林。多么希望能对它们说些什么，并且得到它们的回应，可是，却只有树叶在不住地摇曳。明媚的阳光带着最后一丝光辉即将沉下山去，星星已经在天上眨着眼睛，月亮面带着微笑露出头来。身边一个能说话的人也没有！貌似所有的东西都发誓不再和我说话了一样。随着夜幕的降临，露水也静悄悄地落了下来。尽管我知道与你的爱不会有结果，可是万分失望之余总还是有一丝期待，于是我至今依然是一个人，并且会一直这样下去。我远离尘世，来到这道瀑布旁枯坐，然而，内心却始终无法平静下来，对你的担忧时不时地撕扯我的内心。多么想有个人能和我说几句话，听我倾诉一下内心的声音。”

“可是，既没有人来和我说话，也没有人来听我倾诉。难道我真的被这个世界遗弃了吗，成了不可接触者？！这种无声的嘲讽是令人难以忍受的。我要改变这种状况，无论如何不能再这样下去了。”

孤独者一边自言自语，一边走出了山洞。眼前有一道瀑布，四周是碎石滩。他并没有去瀑布那里，而是沿着它向下走去。就像奔走不息的时间一样，孤独者毫不停歇地向前行去。

小溪向前方奔流而去，在视野可及的范围内越来越小，直至最后在旷野深处消失不见。孤独者的面前又出现一片沙的海洋！一阵又一阵炽热的狂风卷起无数沙粒，在四处肆虐。他站住身，四下打量，想看看这里有什么东西，可是什么也没有，只有翻滚的黄沙。

孤独者鼓起勇气继续向前走去。渐渐地，视线开始模糊，手脚也变得麻木。尽管如此，他依然在坚持前行。当来到一片海枣树林时，他终于支持不住倒下了。林中有几处树荫，他正好倒在其中一片树荫里，然后失去了意识。这一来，也不知道他会昏迷到什么时候。

刚巧，有一个旅者因为迷失了方向也正在这里休息。他取来一些水，小心地泼在孤独者脸上。孤独者清醒过来，发现是一个同类正在照顾自己，于是问他叫什么名字。他说自己叫“服务者”。

“你这是要上哪儿去？”服务者问道。

“我对这个世界产生了恐惧，所以要到一个荒无人烟的地方去。”

“我恰恰相反，是因为对孤独的恐惧而要回到人世间去。”

“为什么，难道一个人就无法获得幸福吗？”

“其他都还好，只有一件事情会带来痛苦，而且这痛苦太可怕了。它比我所有能获得的幸福加起来还要可怕多了。”

“我要去体会一下那种痛苦。”

"我劝你还是别去尝试的好。"

"那我该去干什么？"

"回去吧，我们可以一起走，一边聊天一边打发时间。"

"不要，你说的这些才是真的可怕。"

"好吧，随你了。"

两个人开始休息。冷风吹得人昏昏欲睡。两个人美美地睡过一觉，醒来之后相视一笑。服务者问道："你是从这条路上来的，它是什么样子的？"

"是一片荒凉的旷野。"

"那样的话我就不去了，还是回城里去的好。你也去吗？"

"不了，我就在这片海枣树林里待着，哪儿也不去了。和你聊过天以后我心愿已了，没必要再去见人了。"

"好吧，那我走了。如果你有什么需要帮忙的事情就告诉我，我帮你去做。"

"我没什么事情。"

"再想想吧。"

"不了，你帮不了我的。"

"说说呗，说不定行呢，我看看能不能帮上你。"

"鲁尼河那面的罗摩城国王有一个美丽的女儿，你能帮我给她带个口信吗？"

"我尽力而为。你要对她说什么呢？"

"你那三年前被放逐的爱人正在海枣树林里，等着你给他捎来一个信物。这一次，他要到未知的远方去，而且永远不会再回来了。"

服务者说道："好吧，那我走了。不过你看起来不像是要从这里离开的样子，我觉得你这是在骗人。"

"我先不走，我要在这里等回信。"

服务者走了。孤独者用海枣树的叶子盖起一间小屋，住了下来。他多么希望有哪个旅者迷失方向，然后来到这里，好让他能尽一番地主之谊。他一定会用海枣和甘甜的水好好招待来人。

然而，现实却是如此残酷！孤独者命中注定要忍受孤独的煎熬。只有当海枣树的叶子被风吹得沙沙作响时，他才会被惊醒，然后为自己所处的境地惨然一笑。月光下，一望无际的荒野看上去像极了一幅平整的油画。

2

家里只有服务者的母亲一个人。老太太肚子饿了，于是在茅屋里到处找吃的。河对岸的悬崖上映出两个人模糊的影子。正在慢慢向西方地平线下沉去的太阳将自己的余晖挥洒在云朵上，这些云朵在水中留下美丽的倒影。河里是一片明暗交织的景象。服务者从满布粗砂的岸边将小舟推入水中，然后坐上去准备起航。

服务者的亲人里只剩下母亲了。刚回来的时候，他为孤独者去向公主传递口信，却被国王撞见了。国王见他是个大小伙子，不由地起了疑心。等到得知真相之后，国王暴跳如雷，要下令处死他。最后，还是公主求情才保住了他的小命。从那以后，他就靠划船糊口了。

德米瑟拉走了过来。荒野上一片寂静，潺潺流动的波涛声也停止了。她的眼睛看上去像是在等什么人。终于有人过来了！要再等等吗？不了，还是回去吧。桨从船上向水里划落，激起哗哗的水声。沙滩上传来凌乱的脚步声。船夫停下桨，向岸上看去。

"船夫，你是要到对岸去吗？"一个软软的声音问道。

“为什么不呢，我家在那边，必须得回去啊。”

“我也必须过河去。我的爱人在河对岸呢，我要去见他。拜托赶紧捎上我过去吧。”一个女人嘴里说着话，跳到船上，坐下来。小船在水面上轻快地向前方驶去，像是在翩翩起舞一样。透过傍晚略显昏暗的阳光，服务者努力想看清楚女人的样子。女人笑了起来，说道：“服务者，你干嘛一边看着我一边划船呀？”

“我就是要一边看一边划船。要是光划船的话那谁都会了。”

“好吧，你说得有道理，想看就看吧，能好好划你的船就行。我的爱人不会再回来了，不会再回来了啊！你快点划呀！”女人情绪激动地叫道，胸口剧烈地起伏着。服务者开始全力划起桨来。几颗星星在蓝色的天空中不停地闪耀。冰冷的河面上狂风大作，服务者必须竭尽全力才能操控船的平衡。女人问道：“你家里还有什么人吗？”

“就还剩一个老母亲，其他都没啦。”

船靠岸了。女人下了船，立在岸边说道：“感谢你及时把我送过河来，可是我身边也没什么能用来感谢你的东西。”

他一言不发地看着她的脸。

女人又说道：“我生命中最宝贵的财富正在离我而去。我为了去见他最后一面途经此地。我身上带了一枚戒指，本来是想送给他当信物的，此外别无他物。可是，你为我们这次的最后见面帮了大忙，送来了他的口信。如果不能给你一些回报的话，我们的这次见面将会留下遗憾。这枚原本是信物的戒指就送给你了。”

服务者接过戒指，问道：“那你要给爱人什么东西做信物呢？”

“我要把自己献给他，追随他而去，因为再回来已经没什么意义了。好了，谢谢你！”女人飞快地离去了。

服务者一言不发地立在那里。天空中是一闪一闪的星星，和他手里戒指上的宝石交相辉映。服务者披着星光回到家。母亲还没吃饭，正在等他回来。不会把它卖了吧，他担心地想。母亲说道：“我早就做好饭等着你了，可你一直没回来。今天打到不少鱼。去，快吃饭去。”服务者开心起来。

3

孤独者坐在那儿收拢海枣树的果子。正是清晨时分，太阳还没有升起太高。一个有如金色光芒般耀眼的女人来到跟前。孤独者像是失忆似的看向女人，并没有什么特别的反应。

“欢迎你，客人！快过来坐。”

女人受了一番款待，然后问道：“你还认识我吗？”

“我以后就不认识你了，我的爱人！你是送爱的信物来的吧，那就快给我吧！我正是为了这个等在这里的。”

“回去吧。你在这可怕的孤寂中还没有待够吗？”

“去哪里？回去了也不能和你共度此生，回去干什么？把信物给我吧，有它我也就满足了。”

“我把它当谢礼送人了，所以是空手来的。你要想得到它就得到鲁尼河畔去。”

“我这就去。”

两个人准备了一番，启程向回走去。每到黄昏时分，当服务者撑着船往回走的时候，他的心里就会浮现出女人的身影，然后他会掏出戒指看一眼，想着等女人回来了就把戒指还给她。他相信她会回来的。

船在河岸下系着。服务者从家里一出来就看见女人站在眼前，和她一起的还有一个男人。不知道为什么，男人登上船坐了下来。服务者和女人来到岸边就站住了脚。女人问道：“你还认识我吗？”

“当然认识了。”

“我之前给了你一个东西当谢礼，那是我爱的信物。我的爱人不要我跟着，只要那个信物，所以我想求你把它还给我。”

“这不公平。你不能把给了我的奖赏再拿回去。”

“我求你了。”

“我是个穷人，不能把它还给你。”

女人束手无策地向孤独者看去，然后说道：“你难道不是为了归还它才留着它的嘛。你看，它就戴在你的手指上呢，为什么不能还给我呢？”

“我明白了，它的价值超出了我曾经付出的劳动。那走吧，这次我再送你们两个一程，补足它的价值好了。不过请你发发慈悲，让它留在我身边。要远行的人们坐在船上都应该是开开心心的。”说完，服务者看了一眼小屋的方向。老妇人已经去世了，那里现在空无一人。下一刻，他的眼神从小屋那里又转了回来，操起桨，向水中划去。

女人说道：“走，我们反正是要赶路的，坐下吧。”

孤独者笑了，和女人在船上坐了下来。船在水流中向前行去。女人笑着问道：“这次你是准备只看我呢，还是要一边撑着船呢？”

“船自己会走的，我只看你。”

倒影

伽尸城坐落在贾哈娜维河的西岸。在这里，河岸上的台阶都是用大理石砌成的。一群群的乌鸦藏在台阶下面。河岸上一片喧闹，从印度各处赶来的人们在台阶上漫步，他们穿着各异的服装，有的唱着赞歌，有的唱着圣诗。

有一个姑娘远离人群，正独自坐在最高处的台阶上，一边听乞丐们唱歌，一边望着眼前的景象。她的心里一片茫然，背后隐藏着一种犹如星空般浩瀚的空虚和悲伤。眼前就是恒河，河的对岸是成片的沙滩，正在闪闪发光。再向远处看去，映入眼帘的是一片郁郁葱葱的森林，还有蓝蓝的天空。尽管天还没有黑，但天空中已经挂上了一轮满月。一片片淡淡的云彩像是水中航行的船上的点点白帆。视线中忽然出现好多飞快地移动着的黑点。姑娘定睛看去，原来是高高的神庙上飞起的一群鸽子。她四下打量，目光最终落在一个小伙子身上。他长着一张白净的脸，有一头飘逸的长发，身穿外套，坐在一截木头桩子上专心致志地看书。

姑娘的心怦怦地跳了起来。她走下台阶，来到小伙子身旁，然后又转身向原处走去。她正向台阶上爬呢，迎面赶巧撞上一位熟识的中年妇女。姑娘慌里慌张地对她说了些什么，然后一个人走掉了。

中年妇女来到潜心钻研学问的小伙子跟前，打断了他，问道："你是个学生？"

"是的，我在印度教学校里上学。"

"你家是这一带的吗？"

"不是的，我是外国人，在这里举目无亲。"

"那你需要什么帮助吗？"

"如果有可能的话，我现在正为住的地方发愁呢。"

"我们那只有几个女人住着。如果你不介意的话，可以和我们住在一起。"

"太好了，我非常乐意。我还可以帮你们干家里的活。"

"那我们现在就走？"

"我还有些书和行李。等我先去取来，然后就能走了。"

"去拿吧，我就坐在这儿等你。"

小伙子离去了。

明亮的光线照在恒河边的一间屋子里。年轻的学生坐在屋里，正在煮晚饭。他现在已经是一名大学生了，生活条件大为改善，并且变得兴趣广泛。窘迫的生活早已与他无缘。

中年妇女一边盛饭，一边问道："怎么了，塞尔那特！你是在想自己的叔叔吗？"

"没有啊，我可没有叔叔。"

坐在远处的姑娘闻言说道："他这没心没肺的人才不会想到别人呢。"

小伙子轻轻一笑，没有理会姑娘的调笑。他听着时钟“嘀嗒嘀嗒”的声音，一边无意识地晃着脑袋，一边想着心理课上碰到的问题：“人的心里为什么一次只能思考一个问题呢？”

中年妇女出屋去了。小伙子洗过了手和脸。塞尔拉包好槟榔，递给他，说道：“我能问你一件事吗？”

“对于学生来说，碰到有人问问题是必须要回答的。你问吧。”

“你会想起以前在拉姆村的事情吗？太阳从亚穆纳河的波涛中升起，那黑色河滩上的清晨。你还记得吗？我记得那一年，应该是八月[①]的望日，我们一起去河边沐浴。那时候我还是个姑娘呢，你含情脉脉地看着我，一把抓起我的手。同行的女人们一下子都笑了起来，你羞得满脸通红。”

塞尔拉说的已经是二十五年前的事情了。今天，曾经年轻的学生仿佛听到了人生中一件很奇怪的事情一样，他回答道：“不记得啦。”

又是好多天过去了。

塞尔拉坐在最下层的台阶上，把脚丫伸进流淌不息的恒河水中。肩膀上褶皱的纱丽，被半遮的脑袋，弯曲的脖子，额头上的吉祥志……画着粗黑眼线的大眼睛在恒河中寻觅着，期望能找到一两条鱼儿。她也会时不时地望一眼在流水中航行的船儿。艄公们一般都不会正对着船前行的方向，他们总是坐在船上，向反方向撑出船篙，船就向着要去的方向驶去。

忽然，塞尔那特来到她身边，问道：

“叫我来干嘛？”

“坐。”

---

① 阴历八月一般在公历十月到十一月。

塞尔那特在塞尔拉旁边坐下。塞尔拉对他说道："你现在没法躲了吧。你是我的丈夫，我们是结了娃娃亲的。叔叔死后，你有一天忽然就不知所踪了，然后再也没有回来过。为了找到你，我们走遍了四方。你是我的神，是我的一切。你快说'是'！"

塞尔拉显得疯狂起来，明显是陷入了对青年时代的回忆中。她浑身颤栗着，说话的语调尖锐，听上去充满了痛苦。塞尔那特仿佛又看到了那充满活力的青葱岁月，脑海中浮现出的美丽容颜让他开始回心转意。他的心脏剧烈地跳动起来，都快要从胸腔里跳出来了。"是"字眼看就要脱口而出，可是忽然之间，他又改口说道：

"这都是你的一厢情愿。真是可悲！可惜啊，我是不会这么感情用事的，我是用脑子的。"

"你有本事摸着恒河水说！再这样说一遍！"

小伙子向黄昏下的恒河里看去，塞尔拉的倒影就像月光一样光彩照人，恒河水也闪耀着动人的光辉。塞尔那特看着这一切，说道：

"你的魅力使人迷醉，这真是罪过啊。"

"是吧，可是这种罪过正是生命诞生的动力。"

"我走了。塞尔拉，倒影给了你误导。有的时候，幸福也会给人带来不幸，使人变得痛苦。我要去其他地方寻求庇护了。"

塞尔那特站起身，走了。

迷茫的塞尔拉什么话也说不出来，陷入深深的痛苦和羞愧之中。夜深了，塞尔拉的倒影也随之消失了。

光明

满天的繁星在浪漫的夜空下闪闪发光。一阵冷风吹过，想将星星们吹散，然而却是徒劳无功，星星们依然在黑暗中眨着眼睛。

森林里，遍布岩石的地面凹凸不平，上面长满了青草和其他植物。春日里生长的藤蔓类植物向四面八方蔓延开去。寒冷的高山上呈现出一幅生动、深沉、感人的大自然画卷。

一个长相甜美的山里姑娘一边四处乱瞧，一边悄无声息地向前走去。在巍峨的喜马拉雅山中，她像个小孩子一样玩耍着，长发迎风飘洒。她一次又一次地拢起长发，把它们甩到身后，脚下片刻也不停歇，一直在向前走着。她玩得很开心。不过，喜马拉雅山上依然是一片沉寂，只有这个姑娘的出现带来了一丝生气。女孩不知道在寻找着什么，仿佛有一汪冰冷的清泉正从她全神贯注的心田流淌而出。

找了很久，姑娘不但没有找到要找的东西，而且看上去迷失了方向，竟然朝着未知的区域走去。眼前是一道轰鸣而下的瀑布，打破了夜的沉寂。美丽的姑娘停下脚步。她仿佛才意识到夜的降临，紧接着就被这深沉的夜惊到了，于是找了块石头坐了下来。

姑娘很苦恼，呆呆地看着蓝色瀑布下方汇聚而成的潭水，一晃几个小时就这么过去了。她又抬头朝上望去，只见星星在天空中闪耀。下方是飞溅的瀑布，却无法为她带来任何灵感。在这无声的大自然里，她既无法诉说任何事情，更不可能获得任何回应。忽然，一个人的手抚上她的后背。姑娘一下子跳了起来，明显是被吓到了。她颤声问道："什么人？"

"我也正要问你呢。在这无人的夜晚追求真理会导致邪魔入侵的。你怎么上这儿来了？"来人用沙哑的嗓音严肃地问。

美丽的姑娘闻言寻思起来，一想到追求真理和邪魔入侵就浑身一颤，然后小心翼翼地说道：

"即便是害怕，我也必须这样做。你又是谁？"

"一个勇者……"

"勇者和邪魔都不算什么，真理才是永恒的，才是我追求的东西。"

"你非常勇敢！你需要什么帮助吗，美丽的姑娘？你叫什么名字？"

"森林之女！"

"是一把年纪、双目失明的森林之王的女儿，那个以美丽著称的森林之女吗？"

"是我。"

"就是他，那个森林之王！他对我的不幸遭遇视若无睹，毫不作为！"来人愤怒地颤声说。

"可我什么也不知道呀。那么，你还会帮助我吗？"

冰冷的天空中，那道颀长的影子仿佛笑了起来，他接着说道：

“我是你值得信赖的伙伴。说吧，你想要什么？”

“我希望父亲能重见光明。”

“好吧，我们走，一起去寻找你要的东西。”说完，来人牵起姑娘的手。两个人走入起伏不平的森林，路上摔了无数个跤，手上也变得伤痕累累。姑娘喘着气，跟随着勇者的步伐大步朝前走去。

忽然，勇者说道：“停下，快看，那是什么？”

在长满青草的黑色石头上，金色的藤蔓开出犹如繁星一样的花朵，在微风中摇曳。月亮依然悬挂在西天，天色一片幽暗。不过，黑夜即将过去。东方，天空仿佛正从睡梦中苏醒，懒洋洋地睁开眼睛。森林之女一下子变得笑逐颜开，兴高采烈地跳起舞来。她激动地叫道：“就是它了！”

眼见自己成功地帮助了森林之女，勇者非常高兴。他正要离去，森林之女对他说道：“请留步，我有一件事情要告诉你。”

“什么事？”

“你有曾经喜欢过的东西吗，它们难道没有给过你任何希望吗？”

“美丽的姑娘！不享受生命赐予的欢乐是一种罪过。”

“那你有喜欢过的人吗？”

“怎么了？当然有了，那个人就是你！”说完，勇者大步向前走去！

“喂，听我说，如果一个人从来没在月夜下为了爱人而彻夜担心过，那么他是不会见到光明的。这是只有在森林里虔心祷告过的情侣才能领悟并获得的纯洁力量，它的功能……”

身强力壮的小伙子对森林之女的话充耳不闻，他紧紧地握住自己宝剑的剑柄，向林中走去。

姑娘惊恐地叫道："喂，喂，别去碰它！爸爸的眼睛，噢！"这时，勇者长长的影子已经将月光覆盖起来。姑娘长长地叹了一口气，仿佛陷入了沉睡。月亮沉入西方的山头之下。

森林之女像被狂风吹折的树枝一样向地面落去。炽烈的阳光像波涛一样向年轻的勇者头上罩去。

勒姆拉

萨金的心中总是充满了阳光。无论生活里碰到的事情是欢喜还是悲伤，他总能积极地面对。也不知道他这种乐观的精神是从哪儿来的。不过，萨金也有碰上烦心事的时候。最近，他总是像一条死鱼似的躺在这个大湖的岸边。他都快要忘记自己在这里待了多久了。他那壮硕健美的身躯闪耀着动人的光芒，即便是在无人注意的角落里也总是熠熠生辉。他是这大湖的主人、卫士、伙伴……

每天一早，被岩石环绕的大湖就开始了一天的奇妙历程。太阳的光辉在湖面舞动，驱散夜晚积聚的寒意。中午的时候，时间就像是停滞了一样，只为了能让大湖获得短暂的宁静。到了傍晚，四周的树就都慢慢地藏进自己的阴影之中。大湖是如此的慷慨、自由和宽广，月亮在这儿映照自己的面庞，一边照还一边嬉笑着。

那萨金呢？他每天和这些自然界的朋友们打过招呼，然后就沐浴在宁静的美景里，兴高采烈、蹦蹦跳跳地玩耍。这些都是他最喜欢做的事情。

萨金的呼吸仿佛都与湖面上波浪的声音融为了一体。大湖给萨金提供了必要的食物，莲子、菱角……这么多的东西。它是萨金的主妇和爱人。有的时候，萨金会满怀深情地大声呼唤它：“女王！”然后就有回声不断地传来：“昂……昂……昂……”。每天，他都以同样的方式醒来，然后玩啊、哭啊、笑啊……一晃就又到了晚上，星星挂满天空，黑暗笼罩住萨金，他只好不情不愿地结束一天的活动。有时干脆就把头枕在树根上睡着了。

就这样，一晃很多年过去了。

现在，连放羊的孩子都不上这里来了。远近村庄的人们都相信，勒姆拉湖里住着一位水神。慢慢地，再也没有人关注这里，这里成了一片与世隔绝的世界，美丽却又怡然自得。

勒姆拉是村里最活泼的女孩子，但从另一方面来讲，她也很冒失。啊，对了，她现在已经不是女孩子，早就长成个大姑娘啦。不过，她还没有嫁人。在她所属的种姓里面，她的皮肤是最白的。就因为这个原因，她得了勒姆拉的名字。这也成了导致她没法嫁人的罪魁祸首。更令人不能接受的是，她还总在那些男孩子因为犯浑而干了什么蠢事之后拍拍他们的脸，然后哈哈大笑。在大湖的南面有一座小山，勒姆拉住的村子在离小山好几柯斯远的地方。

曼贾尔也不是个消停的孩子，他总是去爬那座小山，还怂恿所有的男孩子，让他们和自己一起去爬。

有一天，男孩们终于都被说动，准备一起去爬山。这天，勒姆拉正好也要到山上去放羊。所有人一起向山上爬去，勒姆拉竟然一马当先冲在了前头。她爬到山巅之后向下喊道：“嘿，我第一个爬上来啦！”刚喊完，有个男孩子也爬了上来，是曼贾尔。她又开心地拍了拍他的脸。

这时，曼贾尔指着一处叫道：“呀，快看那里！那是什么？”

勒姆拉朝那个方向看了过去。美丽的大湖！她一下子就看呆了。也许是出于一种报复的心理，男孩轻轻地推了勒姆拉一把。当然，他肯定完全没有预见到这样做的后果。勒姆拉对突如其来的力量完全没有心理准备，失去平衡向山下摔去。她在山崖边抓住了一株灌木，但是灌木又怎么能支撑住她的重量呢，反而被连根拔起一块儿向下坠去。勒姆拉又在一块凸出的岩石上磕了一下，却也没有能止住下坠的势头。一路不知道被磕碰了多少回，勒姆拉滚落了山崖。男孩们被吓坏了，一窝蜂向村子的方向跑去。不过这么一来，勒姆拉的家人倒是了结了一桩心事。

萨金有时候会绕着勒姆拉湖散步。绕湖走一圈大约有几柯斯远的路程。每次走到一座石头山边缘的时候，萨金就跳进湖里，沿着湖岸开始游泳。中途，他通常会找一两个山洞休息一下。今天，当他游到南面这座山的山脚下时，看见一个姑娘在岸边坐着，两只脚没在水中。

萨金先是吃了一惊，然后有点生气，嘴唇微微颤抖着。原来，姑娘坐的地方正是他平时休息的山洞。现在可怎么办呢？萨金举起双臂挥舞着，远远地喝道：“你是谁？快走开！”

看见一个男人到来，勒姆拉开心起来。她一下笑了，说道：

“我呀，叫勒姆拉！”

“勒姆拉！女王勒姆拉！”

“不是女王啦，是勒姆拉。”

“不是勒姆拉，快叫女王，不然我揍你！我的女王哟！”说着话，勒姆拉看向大湖的方向。

“好吧，好吧，女王！你是谁呀？”

“我叫萨金，是女王的仆人。”

“你是仆人呀？那我都已经来到这里了，你不打算招待我一下吗？”勒姆拉半开玩笑地说道。

“那你过来呀！”萨金说完，略带挑衅地看了一眼勒姆拉。

“我当然要过去，不过，萨金你竟然不穿衣服，太羞人了！我现在需要一些吃的。你住在哪儿？我走过去就行啦。”

勒姆拉站起身来。萨金见状紧张起来，说道：“我们得游过去，前面没有路了。”

勒姆拉跳进水里，像只美丽的天鹅一样游了起来。萨金一下子就被这美丽的一幕吸引住了，呆呆地看了起来。他还是第一次看见这样的场景哩。萨金现在没工夫感受游泳的乐趣了，心中的堤防被涌动的浪花瓦解。尽管有点不情愿，他还是游到前面领起路来。两个人一道向前游去。

好多天过去了。勒姆拉和萨金看上去从早到晚都待在一起，但其实一直形同陌路。勒姆拉的激情在一个人的寂寞里慢慢消失殆尽。

勒姆拉觉得无聊极了。她的山洞里尽管有成堆成堆的食物，可她对这些物质上的东西一点儿兴趣也没有。萨金像条哈巴狗一样，总是忠实地执行着女主人的命令。然而，勒姆拉现在满心想的却是逃离这个监狱一样的地方。

有一天，萨金问道：

“需要我带什么回来吗？”

“什么也不需要。”

“什么也不需要？！怎么会？”

“我要走啦。”

“去哪里？”

“去哪儿都行。”

“为什么不在这里继续住下去了？”萨金马上问道。

勒姆拉什么话也没有说。夜降临了。月光洒在湖面上，一片宁静。勒姆拉回自己的山洞睡觉去了。萨金坐在自己的山洞旁，闷闷不乐地看着美丽的月亮发呆。他貌似记起来一些东西，那些自勒姆拉来了之后他就忘却了的东西，今天，这些东西所代表的情感又在他身上觉醒了。萨金大声喊了起来：“女王！”在沉寂了很多天之后，湖岸的山间又荡起“昂……昂……昂……”的回声。

勒姆拉被惊醒了。她来到山洞之外，然后就看见萨金面向大湖的方向不停地喊着：“女王！女王！……”她的喉咙哽咽住了。今天的月亮好像特别亮。勒姆拉静静地听着。萨金的声音里已经带上了哭腔。感受到他的焦躁不安，勒姆拉把手轻轻地放到他的肩膀上。萨金被吓一跳，叫了起来：“谁？勒姆拉呀！”

“不是勒姆拉，是女王！”

萨金吃惊地看着勒姆拉，问道：“你是女王？”

“是的。你刚才不是在喊我吗？”

“你……你……是的，刚刚就是在喊你，我亲爱的女王！”

两个人同时看见，天边划过一群流星，向勒姆拉湖的方向落了下来。

不知道又过去多少岁月。

萨金被掩埋的七情六欲彻底觉醒了，就像是伟大的圣师突然想起自己应该为世人传道一样。

现在，萨金也会觉得冷了。就像勒姆拉需要穿衣服一样，他自己也有这样的需求了。

有一天，勒姆拉说道：“走啊，我们上哪儿逛逛去。”

萨金欣然回道："那走吧。"

萨金和勒姆拉来到一个山口，那儿已经很久没有人类到访的痕迹了。两个人一步步越过山口，向外面的世界走去。

勒姆拉穿着自己破旧的纱丽，萨金裹着树皮衣。他们尽管身无长物，脸上却满是恬淡的神情。两个人就像是古老神话传说中的人物一样。他们来到村子里的一户地主家。已是黄昏时分，不过院子里却还没有完全沉寂下来。这家的主人也是一个年轻人。看见到来的勒姆拉和萨金之后，他觉得有点惊讶。年轻的地主让人拿来吃的和穿的招待二人，并请求他们留下来。

第二天早上，勒姆拉睁开双眼。哦，已经不早啦，农民们都做好准备要出发去田里干活了。她坐起身来。萨金还在一边睡着，身上盖着衣服，享受着温暖的包裹。他从来没有享受过这样的生活。住在湖边的时候，勒姆拉见他每天都起得很早。不过，来到村子里之后，在紧张、好奇和希冀的心情交织之下，他竟然也能睡懒觉了。年轻的地主正准备骑上马出门去，恰好看见一旁的勒姆拉，穿着素色衣服。他来到近前，问道："昨晚你们住得还习惯吧？"

"挺好的。"说着话，勒姆拉掀开了头上的披巾。年轻的地主看见她的脸，吃了一惊，再次细细打量了一番，然后战战兢兢地问道："你是谁？是勒姆拉吗？"

"是的，曼贾尔！"

年轻人的呼吸一下子变得沉重起来。

他说道："勒姆拉，请原谅我吧，我当年把你……"

"是的，你推了我一把，让我摔下了山崖。不过我活下来了。"

年轻人看了一眼睡着的男人，问道："他是你的什么人？"

勒姆拉停了一下，答道："我的……谁也不是。"

“怎么会这样，那他是谁？”

“勒姆拉湖的水神。”

年轻人听了勒姆拉的话就是一个趔趄。

他又问道：“你还要再离开吗，勒姆拉？”声音里满怀着温柔的情愫。

“听你安排吧。”勒姆拉软弱无力地回道。

年轻人忙道：“太好啦，那你先去沐浴洗漱吧。”说着话，他骑上马出门去了。勒姆拉也起身向村子里的小池塘走去。

萨金其实早就醒了，一直在装睡。勒姆拉一走，他就伸了一个懒腰，爬起身来，然后沿着来时的路向大湖的方向走去。

黄昏时分，忧郁的勒姆拉湖。萨金面带疲惫地坐在那里。今天，他的心里面充溢着不知道从哪里冒出来的爱意。在宁静的勒姆拉湖中央，一株闪闪发光的莲花随风摇曳。萨金举目望去，山尖上有一颗明亮的星星在闪耀，仿佛是勒姆拉额头上的吉祥志。看着看着，满天的星星化作了那串勒姆拉胸前挂着的项链。

萨金深情地呼唤道：“女王！……”

小贩

美丽的大山脚下有一座小小的绿色村庄。春风拂过，村里的房子被装点得花团锦簇。一条小溪由冰冷的水汇聚而成，从山上流下，绕着小村淌过。在这片世外桃源一般的地方总是回响着由杜鹃的歌声与水流声组成的动听乐章。

红色的石榴花在夕阳的照射中投下多彩的身影。席玲坐在树下的一块石头上，凝视着眼前的一丛丛鲜花。风儿在吹拂，花丛里有无数杜鹃在鸣唱，它们的声音响彻云霄。

忽然，席玲将脸上的面纱取了下来。周围的一切仿佛都为她的风采所倾倒，发出会心的微笑。她的面容比百花还要娇艳，两只蓝色的眼眸好似停留在花朵上不愿离去的蜜蜂，为美丽的面容增添了无穷光彩。席玲的眼睛一眨也不眨地盯着眼前的杜鹃，它们正在灌木丛中自由自在地飞进飞出。

这时，席玲的好友朱蕾卡走了过来，将她从一个人的世界中唤醒。朱蕾卡摘下自己的面纱，开口说道："席玲！那只杜鹃呢？就是总会飞到你的手上待一会儿再飞走的那只，最近怎么不见踪影了？”

席玲叹了一口气，说道：“严冬里和它的伙伴们一起迁徙到温暖的地方过冬去了。现在，春天倒是来了，可是它却没有回来。”

“听说它们去的是很远的地方。这是真的吗，席玲？”

“是啊，亲爱的！杜鹃喜欢随着季节迁徙，它们是一个热爱自由的种群。”

“你为什么不找个地方把它们拴起来呢？”

“可我并不想这么做。”

“好了，它会回来的，别担心了。我要回家啦。”席玲点点头。

朱蕾卡离开了。

天空中，落日的余晖愈发刺眼了。鸟儿们叽叽喳喳地叫着，排成行向灌木丛里飞了回来，落下的漫天羽毛在风中飘扬。黑暗在阵阵风儿的吹拂中降临，花儿们把娇颜藏进一片绿色之中。席玲收回充满希冀的眼神，闭上眼睛，开始放飞自己的思绪。

在印度斯坦一座繁华的城市里，一个小伙子身背包裹走街串巷地走着。辛劳与饥饿令他看上去面黄肌瘦的。走到一户人家门口时，他累得实在是走不动了，于是停住脚，坐下来歇息一下。今天的饭钱还没有着落呢。小伙子开始可怜兮兮地叫卖起来，想卖出点儿东西换些钱买吃的。听到叫卖声，这家的主人走到门口，对小伙子说道：“你要是有什么值钱的东西可以拿来看看，也许还能在我这儿换点钱，没有的话就背上东西赶紧走。听见了吗？”

小伙子说道：“我这儿没有什么值钱的东西。”

“那你卖的东西里肯定没有我需要的。”

席玲忽然之间从自己的遐想中惊醒了。她总是会在心里想象着，希望能把印度斯坦每一个有钱人身边多余的钱都拿过来，然后买下小伙子所有的货物，帮他解决生活的困难。然而，事实上天真的席玲什么也做不了，即便是她的父亲她也影响不了。席玲的父亲是山区的一位王公，平时冷酷无情。席玲低下头，又陷入了沉思。

天完全黑了下来，鸟儿们停止了鸣叫，风儿越吹越慢。席玲的呼吸也变得悠长起来，她将背部靠在一块岩石上。

一个侍女来到席玲身边，将她唤回了现实。侍女禀告道："夫人叫您呢。我们回去吧，指甲花运到了。"

一晃几个月过去了。在这段时间里，席玲嫁给了一位富有的王公。她在小溪边有一座花园，里面结满了果实。狂风一阵阵地袭来，将无数果实刮落在地。果实掉在地上碎裂开来，甜美的汁水流得到处都是。杜鹃叽叽喳喳地叫着，仿佛在为这令人痛惜的一幕哭泣。席玲过得并不开心，就好像度日如年一样。还好，王公尽管有这样那样的毛病，但他总算是个内心充满阳光的人。

一个瘦瘦高高的小伙子身背货物，来到门前坐下。席玲一眼就看见了他。小伙子打开自己的包袱，目不斜视地整理着货物。

王公想给妻子买一件礼物，于是走过去，在一堆玻璃杯以及诸多克什米尔风格的物件中挑拣起来。

席玲一言不发，她的心神还沉浸在杜鹃的啼叫声中。王公开始询问价钱。小伙子答道："我的货物只拿来送人，不卖。这些外国货和克什米尔物件都是我精挑细选之后运来的。它们蕴含的不是普通的价值，而是满满的心意，所以是无法用金钱来衡量价值的。"

王公闻言觉得受了冒犯，愤愤地说道："那我不要了。你拿上东西走吧，快点离开。"

"好吧，我这就拿上东西离开。不过，我走到这里已经很累了，您容我休息一会儿，洗把脸再走吧。"小伙子说着话，眼泪就流了下来。他赶紧低下头，站起身子。

王公同意了这个请求，让年轻的小贩去小溪那里。小伙子空着手去了，然而，他休息过后却没有回来。席玲觉得很受伤，她用手捂着胸口，向花丛的方向看去。不过，她的双眼满含着热泪，所以事实上什么也看不见。王公爱怜地把手放在她的背上，问道：“你在看什么？”

“我有一只宠物鸟，去年冬天的时候，它飞往印度斯坦去了。今天早上，它又回来了，飞到了我的身边。可当我想去捉住它时，它却朝着高加索山的方向逃走了。”席玲已经泣不成声，不过还是断断续续地说完了。王公笑了，说道：“它是寻找鲜花去了吧？大惊小怪！”

小贩留下了自己的货物，没有再回来过。席玲只好收起货物，却一分钱也没有付。

风暴

金达湖畔有一片参天大树，它们长得都很茂密，宛如华盖的树冠在地上投射出幢幢的阴影。我常常来到这些姆吉贡德树下，有时踱一会儿步，有时小坐一下，有时在月光里打个盹。待在这儿总是让我觉得很放松，它们就像是我的爱人一样，只不过从不说话而已。这里有一座秸秆堆成的小屋，从外面看就像是一朵大的蘑菇。当年，萨提雅就是在这座小屋里生下了穆萨赫尔族[①]的黑胖小子，并且一个人抚养他。直到现在，我的眼前还总是会浮现起她祭拜的样子：两手伏地跪在地上，额头埋在两手的手腕之间，嘴里念叨着祈求神灵保佑之类的话语。那个时候，我时不常地会给萨提雅送一些吃的和用的，不过也只是聊胜于无。她有自己的生计，活得倒也挺自在。和她的族人不同的是，她从来没有什么坏心眼，也不坑蒙拐骗。住在这远离族人聚居地的地方反而带给她很多便利。姆吉贡德树的果子、木棉树结的棉桃、林子里的枯树枝……这些都可以拿去卖，只

① 穆萨赫尔族：一种以卖药草为生的原始部落，据说该部落的人吃老鼠。

不过没有人帮忙，她需要自己做所有的事情。直到有一天，萨提雅死了。她死的时候，格鲁还小。我还记得当时的一个场景：他用手撑着脑袋翻了个身，一边伸懒腰一边打了个哈欠。我想，萨提雅营造的家庭环境是温馨的，在温情、仁慈和母爱中生长的孩子肯定也会逐渐汲取到这些优良品质。毫无疑问，这个孩子是惹人喜爱的，不过，可不一定在每个人心中都有仁慈和母爱！穆萨赫尔族的人知道了这个孩子的存在，于是来把他带回了聚居地。后来，这个地方变得荒芜起来，逐渐染上了一丝寂寥的色彩。

在溜达了很长时间之后，就好像被什么东西牵引着似的，我向着那片姆吉贡德树的阴影走去。今天的清晨仿佛有一种别样的美丽，让我的心也变得轻快起来。风中满是醉人的香气，还有一丝清冽。红彤彤的晨光透过树冠之间的缝隙照在湖面上，折射出五光十色的波光，看上去美丽极了。我在这样的美景中陶醉了，慢悠悠地晃着脑袋，嘴里哼起了小调。忽然，从那片林子里升起了几道炊烟，还隐隐约约传来一些响动，听着像是人们的喧嚣声。我略感诧异地向那个方向走去。

我记得那里曾经有一个小客栈，不过现在只剩下一片废墟了。倒是有那么三两间小茅屋保存得还比较完好，一些循着道路过去的途经此地的旅者也会在屋里过夜。

入眼是一片穆萨赫尔族人的宿营地，覆盖范围大得令人吃惊，从林子边缘一直向里，延伸到很远的地方。

人类诞生至今已经不知道经过了多少岁月，可是总有一些不幸的人，他们既没有能在哪个山麓定居下来，也没有能在某个河谷长久停留。这些穆萨赫尔人就是如此，他们直到现在还过着居无定所、四处漂泊的生活！每过一段时间，他们就会将行囊打包，放到牲口的背上，然后赶着它们去寻找下一个暂居地。尽管这些人并没有真正融入人类社会，但事实上他们自有另一套社会体系；他们从来没有学习过现代意义上的行事规范，却奉行自己的一套准则；他们独立于这个世间，过着自由自在的生活。对于现代人来讲，他们的一切构成了一座奇妙的博物馆。这些人既是出色的骑手，也是精明的商人。好吧，他们还是勤劳的工匠和高效的旅行家。可是，他们为什么从来不在一个地方停留，建立自己的家园呢？心里想着这些事情的同时，我慢慢地接近了这片宿营地。对于这些人我是抱着强烈的好奇心的，因为曾经听人说起过无数关于他们的传说。曾经，人迹罕至的金达湖都能引发我无限遐想的兴趣；现在，这看上去热闹异常的湖畔又怎么会对我没有吸引力呢？我慢慢地来到了林子旁边。只见一匹漂亮的小马驹背上驮着篓子，悠闲地吃着嫩绿的野草。一个身穿百褶裙、头扎手帕的小姑娘正一把一把地往篓子里装着干草。我停下脚步，在一旁观看起来。姑娘见我看她，就问道："您要骑马吗，大叔？"

"不用。"说完，我继续向前走去。这时，一个女郎从小屋里探出头。她看见是有人来了，于是走出来，向我问道："您认识字吗？"

"是的，认识一些。"

"那您能帮我看一封印地语的信吗？"

我像鉴别艺术风格那样仔细打量女郎的美丽脸庞。说到艺术风格，印度艺术中最具代表性的当然要数以人物雕塑为主的佛教艺术、犍陀罗艺术、达罗毗荼艺术等，它们代表了印度雕塑艺术的最高成就。美丽的雕像尽管没有生命，但它们却是我在孤独的生命旅程中聊以度日的重要道具。每当心中觉得缺乏情感滋润的时候，我就会赏玩一下那些沉默的雕像，给自己找些乐子。这边女郎在请我帮她看信，我却在心里暗自揣摩，这张美丽的脸到底是犍陀罗风格的呢，还是希腊和印度混合风格的？

女郎等得有点不耐烦了，又问了一句：“是不能帮我看吗？”

“我没戴眼镜。”反应过来之后我马上说道。可事实上，我是不戴眼镜的。之所以这样回答，我自己也说不清楚是出于什么原因，也许是因为我本来就不大愿意和别的女人说话。另外，我也有点害怕这些穆萨赫尔族的女人，因为听说她们在做买卖时为了卖出某样东西经常会用上各种各样的套路，把那些问了价钱又不大想买的人拖住。在这个过程里，她们的男人也会出来帮腔，这样一来，那些可怜的买家就更拿不定主意了。刚才我心中对这个女郎的美好印象一下子荡然无存。我迈步准备继续向前走，可她就像是座雕像一样杵在我前面，一动也没有动。我开口问道：“你想干嘛？”

“你要眼镜吗？我去拿一副来。”

“回来，不用了，没有眼镜也行的。”

我一边说一边想，就算你拿来我也不会买。女郎停住身子，又问：“那你怎么看呢？”

看样子要是不给她看一下的话是脱不了身了，于是，我说道：“拿来吧，我看一下，也许这样就能看。”她从自己的兜里摸出一封已经揉得皱巴巴的信，我接过来先默念起来。

莱拉：

看了你给我写的信，我是既好笑又难过。好笑的是，你怎么能把自己的心事就这样毫不设防地告诉其他人呢。你真是太天真了！在请别人为你写这封信的时候，你难道从来也没有考虑过这样做的后果吗？就凭你那四处流浪的家庭，你能谈得起爱情吗？你是不是从来也没有经历过这些情啊爱啊的事情？难过的是，你爱上我了。这是多么可怕的事情。不仅仅是于我来讲，于你来讲也是如此。你向我表明了心迹，希望与我一起自由地徜徉在爱的国度里，但你要知道，生活对于我来讲是一座坚固的堡垒，我无法挣脱。我有家庭，有妻子，还有三个孩子。我必须为了他们努力工作，努力挣钱。即便这些情况都不存在，我难道就能够接受与你一起生活了吗？你过的是自由自在的林栖生活，而我是一个地地道道的印度教徒。我们俩之间有很多的禁忌和无数的阻碍，所以我们是不可能在一起的。把那个美丽的梦给忘了吧，关于你和我的。这个世界是透明的，为了能在世上享受多一天的快乐，我竭尽全力地试图协调好生活中的各个方面。也不知道是从什么时候开始的，人类总是追求这种可怕的幸福。我无意于谴责这些人，因为这种幸福和你追求的自由自在的幸福也没有什么不同！它也许已经开始，却不会有什么结果，因为它需要人在一个地方安居，而不是居无定所，否则就会出现很多问题。这么看起来，你的梦注定是会破灭的。地球注定会不停地转动，花儿注定要随风飘落，天空注定要散发光芒，而充满恨意的懊悔，则会因为曾经的伤痛给生活带来绝大的伤害，使人坠入无尽的黑暗之中。所以说啊，莱拉！把一切都忘掉吧！还记得你卖的四圣徒硬币吗，据说它们的声音能帮人们找回失窃的财物。要是真的有这么神奇，那依靠它们将失窃的心也一并找回来该有多好啊。把你心中的执念放下吧。我曾和你说过，我要买很多古董硬币。要不你到西边去吧，去搜集硬币然后带回来，我会出一个很好的价钱买下它们。但要记住，我们只是买卖关系，我可没有把自己给卖掉。别再爱我了，这就是个错误！

对了，也别再给我写这样的信了，没用的。

拉梅什沃尔

我一口气把信看完，莱拉就一直看着我的脸。也许，我看信的样子就像是在梦呓。我把信还给了莱拉。她问我：“信里说了什么？”

“说了什么！下回再告诉你。现在，我要去吃东西了。我走啦。”说着话，我就要转过身去。这时莱拉又问道：“您住在哪儿，大叔？”我指了指金达湖畔的小白房子，示意我住在那里。莱拉手里攥着信，站立在原地目送我离去。我向家的方向走去，心里想：拉梅什沃尔，如果我没有猜错的话，应该是拉梅什沃尔纳特·沃尔玛！那个古董商！就是他的笔迹。他是我的一个熟人，不过，要列入真正的朋友范畴就谈不上了。我总是会在心里面把那些名义上的朋友划归到熟人的行列里。不这样区分是不行的，因为人们一旦认定一个朋友，就会希望他拥有如同湿婆神一样的自我牺牲精神、菩萨般的慈悲心肠以及无所不能的力量。然而，我并不喜欢将自己置于这样的境地中，从前我也从来没有过这样的经历，即便人们可以利用这样的借口向其他人索取好处。

对于独自生活的我来讲，普通的投资回报已经完全能够满足我的日常所需。我愉快地想着！现在，刚吃完饭的我正坐在椅子上翻看着来信。我从一堆信件里翻出一个信封，发现它封面的笔迹和莱拉的那封一模一样，赶忙打开看了起来：

室利纳特兄弟：

很久没有收到你的音讯了。你也许会很高兴听到这个消息，我们过两周要到你那里去做客。金达湖畔的风一直吸引着我们。珉纳知道我们要去你那儿之后就一直兴奋不已，她母亲比她还要激动。所有人都说，来了之后要整天待在船上，饭可以不吃，水也可以不喝，只要有美丽的景色就够了。不知道我们的到来会不会给你带来困扰？

你的　拉梅什沃尔

看完信，我的眼前仿佛走马灯一样开始闪过一幕幕场景。拉梅什沃尔与家人的亲密无间、他们甜蜜的争吵、争吵之后内心的妥协还有苦中作乐的精神，多么美妙的一切！作为丈夫来讲，拉梅什沃尔是成功的。他和妻子尽管争吵了无数回，但是玛尔蒂还是死心塌地和他在一起，俩人看上去还挺幸福，经常来个甜蜜的拥抱什么的。

拉梅什沃尔的婚礼我去了。拉梅什沃尔牵着玛尔蒂被染成黄色的手掌，圣水从他们的手上淋下。可事实上呢，共同生活至今，俩人的关系已经变得越来越冷淡了。回想当时，我满怀喜悦地观礼少女玛尔蒂和小伙子拉梅什沃尔的婚礼，可是现在看来，这就是个印度教社会的笑柄，可怕的黑色幽默！即便如此，据我所知，俩人之间也从来没有爆发过如地震爆发、火山喷涌或是洪水肆虐般的剧烈冲突。与此相反，拉梅什沃尔和玛尔蒂还每年定期收割着幸福……关于这些事情我曾经是怎么想的，以及现在想到了一些什么，我是不会写下来的，也算是我的一些小心思吧。也许有人会说我这是在嫉妒，可我在此重申一遍，我一点儿也不嫉妒拉梅什沃尔。如果这样您还是要胡乱猜度我的那些想法，那我可就管不着了，毕竟现在不是流行心理分析嘛。每个人都变成了心理分析大师，按照各自的标准将情感划分为不同的类别，白的、蓝的、红的……然后再将各种各样的情感分别归入这些类别中。

我把这件事情的前因后果好好想了一遍。看来，我很快就要有好戏看了，一场关于爱情的狗血剧！也许，我即将看到包裹在幸福家庭外衣下的夫妻争吵，它将给我无聊的生活带来一丝乐趣。我开始给拉梅什沃尔写信：

拉梅什沃尔兄弟：

很高兴收到你的来信。平日的生活是平淡的，我有理由为你们的到来而激动，这无疑将使我未来一段时间的生活变得充实起来。你一定要来哦，带着所有的家人一起来！

你的　室利纳特

附言：

你们来的时候务必带一些孟买出产的苏冉[1]！这里买不到那东西。少了苏冉的热劲儿，你们是经受不住金达湖畔的冷风的。再把你店里的东西带一盒过来，这样我们到时候就有东西可聊了。

室利纳特

每天吃过午饭以后，我总是要小睡一会儿。如果有人问起来，我会告诉他，嘿，兄弟，我可没有睡觉，只是打一个盹而已，这是为了保持健康而进行的必要休息！也别笑话我，这可不是我说的，而是医生的建议。不过说真的，我可不相信现在的医生，因为他们说的话就像那些西方考古学家做出的推论一样毫无逻辑可言。那些考古学家来到桑奇和阿马腊瓦提的时候，发现那里的古代石柱和艺术遗迹上的雕像都穿着衣服，就开始发挥无穷的想象力了：这些雕像肯定不是印度佛教艺术的遗产，而是受到了希腊雕塑艺术的影响，因为古代印度人根本不知道穿衣服是怎么回事；还有，既然寺庙、袈裟等事物在印度是随着僧侣一起问世的，那么在三藏[2]中为什么不交代清楚它们是什么时候出现的呢？！不过嘛，我还是会在头疼的

① 苏冉：一种块根植物，味辛，可治疗痔疮等疾病。

② 佛教典籍的统称，包括《律藏》、《经藏》和《论藏》，故称三藏。

时候去找医生，让他们给我开药，而他们会告诉我，我的头疼是由胃的问题引起的，然后开一堆泻药给我。这些可怜的人难道不知道，如果他们在生活中都这样严谨地思考问题，那么在碰到困难的时候就有可能会陷入其中，纠结到无法自拔。于是，我每天只是象征性地打个盹儿，为了让自己保持健康。

冬日的暖阳照在金达湖蓝色的水面上，晃得人睁不开眼睛。我正躺在房间里一个接一个地打着哈欠，这个时候，杜腊雷跑了过来，上气不接下气地对我说："波斯人，啊，不对，不对，是那些俾路支人来了。"我问道："什么样的波斯人，哦，俾路支人？"

"就是卖珊瑚啦、绿松石啦、四圣徒硬币的人，头上缠着头巾的那些。"

我坐起身，然后站了起来，走到门口向外看去，一眼就看见了莱拉，旁边站着一个二十来岁的小伙子。莱拉脖子上挂着一个皮包，背着货物，头上扎着印花棉布的头巾，看上去充满了诱人的异域风情。她笑着向我问道："大叔，要买四圣徒硬币吗？"

"四圣徒硬币？"

"是呀，大叔！四圣徒硬币！带着它能给你聚积财富，这样你的钱包就永远也不会空了。还有呢，大叔！它能帮你很快地把被偷走的东西全都找回来。"

小伙子也在一边帮腔说道："您就买吧，大叔！这是真正的四圣徒硬币，金子做的四圣徒硬币！我们本来是拿来要卖给另外一个大叔的，不过没找见他。"

我一直打量着他们俩的黑亮眼珠。在被头巾包裹的白皙的脸庞上，这样的眼睛是如此显眼；在细长的脖子上方，俩人的嘴就像是玩具一样不断地发出声音。过了一会儿，我开口说道："我不需要什么四圣徒硬币。”

两个人并没有把我的话放在心上，他们在台阶上坐了下来。莱拉打开随身带着的包，取出几个小纸包。突然，她的脸变了颜色，惶急地用他们的方言说了几句话，小伙子闻言站起身来。我一脸茫然，完全不知道发生了什么事情。小伙子离开了。等到他走远，莱拉笑着从包里取出那封我看过的信。我见了，忙道：“这封信我已经看过啦。”

“信里说了些什么？！”

“他还会回来从你这儿买四圣徒硬币的。信里就说了这些。”我答道。

“没了！就这些？”

“还有一些。”

“是什么，大叔？”

“那些他在信里写的其他内容，我实在是说不出口……”

“为什么，大叔？为什么说不出口？说啊。”

莱拉的声音里混杂着亲昵、宠溺、威胁、命令……

“整件事我没法……”

莱拉打断我的话，说道：“为什么没法？你全都知道，只是不想说，是不是？”

“他写的是，我爱你。”

“他真是这么写的，大叔？！”莱拉的脸上瞬间绽开幸福的笑容。她一边笑，一边飞快地把信折起来收好。我却在心里想：如果她这时候问我，他什么时候来，我该怎么说呢？还好，莱拉什么也没有问。只见她坐在台阶上，一脸傻呆呆地笑着，仿佛正在做一个美丽的梦。小伙子一路小跑着回来了。他一来到跟前就急吼吼地用方言说了些什么，莱拉不急不慢地回了几句，然后小伙子也坐了下来。莱拉看向我，说道：“嘿，大叔！他会回来的，还要来我这儿买四圣徒硬币。你给古尔也说一遍呗，他不信呢。”我这下知道了，原来这个小伙子叫古尔。我说道：“是的，他会回来买你的四圣徒硬币。”古尔闻言开心地看向莱拉。

然而，我却觉得有点不安起来，开始怀疑自己这样做是不是正确的。莱拉无疑是美丽的，可她的内心住着的到底是可怕的罗刹还是圣洁的神仙呢？！我对她一点儿也不了解，可我都说了些什么！我是一片好意，可这样做也许会带来可怕的后果。我心想：是，我并没有把拉梅什沃尔当成是朋友，但我又有什么权利去给他结下这样的仇怨呢？

我的小屋坐落在金达湖的南岸，湖的北岸则是一所精舍，里面住着一位来自僧伽罗的僧人。谁也不知道他是怎么来到金达湖这里的。他把附近人家的孩子们都召集起来，雇了两个老师给他们上课。他始终相信，如来佛的神圣足迹总有一天会降临到这金达湖畔的，因此他一直在默默地寻找着，直到如今。他是一个非常安静和坦诚的人。他那黝黑的脸庞，浓密的头发，锐利的眼神，僧伽罗人特有的谦恭，稍显厚实的嘴唇，貌似二十四小时不间断的笑容……无不透露出无穷的魅力。有的时候，如果我想找人聊天了，就会去他那里。今天发生的这件事情引爆了我的思绪，想得我脑仁儿都疼了。于是，我坐上自己的小船，准备去散散心。还有一两个小时天才会黑下来，我还有足够的时间划到湖对岸去。我的目光越过湖面，向对岸的精舍望了过去。湖岸到精舍之间的空地上长满了高大的枣椰树和椰子树。一株菩提树的幼苗长势正旺，满树的嫩绿新叶在风中摇曳。伯勒伽萨尔提正坐在树下面的一块石头上。我停好船，来到他的身前站定。西下的斜阳照射在他祥和的脸上，流转出五颜六色的光彩。两千年前，也或者是两千五百年前，在印度这片辽阔的土地上，人们就已经开始奉行圣洁的禁欲传统。直到今天，这种伟大的修行方式在这个追寻灵魂奥秘的国度依然存在着。就像现在，一株智慧之树正在变得愈加繁茂！眼中出现的这个人已经摒弃了人生中的七情六欲。他正沐浴在夕阳的彩光里冥想着，一动也不动，就像是一座雕像。这一刻，在我心中产生了一种对自身力量的无比自信，同时也真切地感受到印度的独一无二。之所以自信，是因为我也在进行着禁欲的修行，不是嘛！说印度独一无二则是因为我坚信她的胜利将由宗教产生。

伯勒伽萨尔提睁开眼，看见我之后眼里一亮，大笑着说道："刚刚我还想着你是不是要过来呢。"

我也笑着回道："还好我不管不顾地来了，不然的话你冥想都会心神不定吧。"

"我的室利纳特先生哎！我本来还以为你不会来呢。不过我今天确实有件事情想和你商量一下。"

"我来这儿也是为了说一些事情。我先说还是你先开始？"

"你不是和我提起过关于萨提雅的儿子格鲁的事情吗？我和穆萨赫尔族的人沟通了好久，终于说动他们将格鲁送到我这里来，这样的话格鲁可以有学上，他们也可以卸下抚养格鲁的担子。现在，格鲁已经七岁了。他在我这儿吃得好，睡得香，过得很开心。更重要的是，也学了不少东西！"伯勒伽萨尔提说。

"太好啦！我们想到一块儿去了。这才是他该有的生活嘛。我本来对这些家长里短的事情是一点儿也不感兴趣的，不过也不知道是为什么，就对格鲁特别上心。"我说道。

“这是好事啊，说明你对现在过的离世生活已经产生了厌倦。我看你需要找点事情做做。正好我也想回家了。我走了之后，这所学校就交给你来打理吧。”伯勒伽萨尔提看着我，郑重其事地说道。

我被吓到了。我可是个喜欢游手好闲的人！之前，要是碰到什么难以抉择的事情，我最多能够集中精神想一小会儿，然后随便做个决定就丢到脑后不管了。干个工作啦，承担责任啦什么的对我来讲是绝对不可能的事情！我陷入了沉默，伯勒伽萨尔提则一直看着我。我寻思着，怎么样才能找个巧妙的办法脱身。我很清楚，如果我再这样继续沉默下去的话，那就只剩下说“行”或者“不行”两条路了。于是，我先开了几句玩笑。

“您不是远离红尘的僧人嘛，现在怎么也要回家去呢？”

“僧人！”伯勒伽萨尔提一脸诧异地说道：“我可是个处于梵行期的修行者，到这里来是为了学习知识和体验宗教。只要我愿意，我当然可以回家去。印度教的教义里可没有哪条规定说不让人成家的，这些教义在我们那儿也是很流行的。我想，古代雅利安人一定也是奉行这些的！我只是需要熟悉一下家庭生活的感觉。”

“这么说来，你就要结婚了？”

“为什么不呢？我就是回去结婚的。”

“我拭目以待，看上去你对和女人相处有着完全的信心。”

“为什么会没有信心呢？历史和传说告诉我们那么多男人和女人之间的教训，在读过这些之后，我还无法和未来的妻子和睦相处吗？我没有理由不相信自己吧？每个人总是需要通过实践来检验自己的。”

“婚姻生活！那会有快乐吗？”我问道。

“在完成人生中每一项业之前都要先考虑一下是否能够从中得到

快乐，难道真的有这样做的必要吗？快乐是通过行善获得的，不这样的话，人世间的轮回就是一场痛苦的修行！只有虔诚地履行自己的各项业才有可能获得快乐。”

“可是，要完成类似婚姻这样的业是需要直接与女人发生联系的。女人，多么奇怪的动物！要了解一个女人可不是件简单的事情，而要在不了解她的情况下就和她生活在一起，这又该是多么可怕的事情呀，单身的梵行先生[①]！”我笑着说道。

“兄弟，你太狡猾了。你是想先考虑明白、了解透彻、鉴别清楚，然后再说在一起的事，是吧？可我认为就是要在没有鉴别的情况下才能在一起。”伯勒伽萨尔提认真地说。我没有说话，开始思考起来：就在刚刚，我还为一段也许本该结束了的关系打开了一道缺口，这难道是在彻底了解莱拉的性格之后做出的行为吗？！我心中为自己的愚蠢感到一丝不安。我把莱拉想象成一个报复心强烈的女罗刹，如果真是这样的话，那么当她按照自己的种族习俗许下复仇拉梅什沃尔的誓言之后，又会发生怎样的事情呢？

伯勒伽萨尔提又说道：“我是肯定要走了。我想请你在我走了以后经常过来查看一番。”

我忽然想到了一个很好的借口，于是开口说道：“我最近碰到一件麻烦事，我看看吧，这段时间我可能会被这件事缠得脱不了身。”

伯勒伽萨尔提问道：“什么事情？”

我对他说了帮莱拉看信的事情，以及后来发生的一切。伯勒伽萨尔提沉默了一会儿，然后说道：“你是说当时你并没有注意到，在处理这件事情的时候其实是需要仔细斟酌的，因为它引发的责任很

① 此前，伯勒伽萨尔提说自己是梵行期的修行者。“我”在这里提出“梵行先生”的说法，实际上是对伯勒伽萨尔提的一种调侃。

可能需要另一个人来承担，是吧？！”

伯勒伽萨尔提说这段话时带有一丝揶揄的语气，这让我觉得不是很舒服，于是回道：“我也是需要承担一定的责任的。”

“兄弟，在我看来吧，人生在世经常会在不得已的情况下去做一些事情，而这些事情也许是他做梦也没有想到过的。然后，突然有一天，这件事的后果爆发了，给他带来了很大的影响，于是，他就想着怎样摆脱这件事情，其实就是明哲保身。我也是这样，所以现在要回僧伽罗去了。”

月亮升上树梢，照亮了冬日里的黑暗，也在金达湖面洒下粼粼的波光。有那么一瞬间，我陶醉在这幅大自然的美景中，目光也凝固了。

直到格鲁跑来提醒伯勒伽萨尔提该吃饭了，我才想起来我还要回对岸去呢。我和伯勒伽萨尔提约好过几天再来，然后就告辞了。

坐上小船，我划动船桨向对岸驶去。

我漫不经心地划着桨，有时候盯着月亮看一会儿，有时候又盯着湖面。小船晃晃悠悠地向前驶去。我一遍遍地回想着僧伽罗人伯勒伽萨尔提说的话。转头望去，只见精舍所在的房子被灌木丛环绕着，在金达湖洁白的湖水中投射出一道影子，湖岸变成小小的一条。我心里翻腾开了：我这是在干什么啊，即便我答应了帮着照看精舍，又会有什么损失呢？是会耗费心神，还是会虚度光阴？离对岸越来越近了，那片姆吉贡德树已经映入眼帘。我又一次想起了莱拉，多么单纯、活泼、勇敢的小姑娘啊，她的眼神中充满了对拉梅什沃尔的迷恋。可是，即便她用尽办法想取悦拉梅什沃尔，却始终无法将他吸引到自己身边。我心中对拉梅什沃尔产生了一丝怒意，接着重新回顾了一下莱拉的事情，又对莱拉升起一丝不满。湖岸已经近在眼前，我调整方向，让小船向姆吉贡德树的方向靠过去。这时，我看到在平静的湖面上有两个身影在游泳。这么冷的季节，这么冷的大晚上，竟然有人在游泳？！我惊讶极了。两个人向小船游了过来，我停下手中的桨。借着月光我看清楚了来人，正是美丽的莱拉。在皎洁的月光下，莱拉像一朵盛开的百合花似的朝我微笑着！我叫道："莱拉！"莱拉正要回应我，她的同伴在一旁骚动了一下，这干扰了她说话。我以为陪着她的是古尔，但莱拉接着说道："别吵，是大叔。"我这才发现和她一起游泳的是一条可怕的大狗。莱拉问道："大叔，您去哪儿啦？"莱拉将手搭在小船的一边，另一边则是大狗的两只前爪。我回道："我出去转了一圈，刚回来。你呢，怎么大晚上的在游泳？"

"我干了一整天的活儿，现在刚歇下来，来凉快凉快。"莱拉说道。

这是一幅奇妙的场景。这些天来，我原本平静的生活好像变得大不一样了。我总是能碰到一些有悖常理的事情，而这些事情也确实给我带来了乐趣。不过，这样的场景我依然从未见过。我又说道："可是今天晚上好冷呀，莱拉！"

她回道："不冷呀，很热呢。"

对话到此就结束了。一人一狗松开小船向远处游去，我也再次操起桨，朝自己小屋的方向划去。小船靠岸之后，我看见杜腊雷正站在那里，于是问道："嘿！你怎么上这儿来了？"

杜腊雷说道："我看您回来晚了，所以就过来等等您。饭都要凉了。"

我从船上跳下岸来，然后向小屋走去。不知道为什么，我开始怀疑杜腊雷会不会是故意来等我的。我在和莱拉说话的时候他肯定已经看见我了，那他会不会怀疑我呢？就因为可能引发了杜腊雷的怀疑，我的心里竟然好像有了一丝兴奋。进了小屋，我坐下开始吃饭。做完一系列惯常进行的事情之后，我睡了下来。不过，我的脑子里还是不断地回想莱拉的事情。

今天，我睡到很晚才起床。因为犯懒，我一点儿去外面转悠的心思也没有，于是就开始在屋里打坐。即便是现在，我的眼前依然晃动着那天晚上的场景。我竭尽全力想要让自己平静下来，可是莱拉和僧伽罗僧人的脸却在心里交织个不停，扰得我郁闷极了。为了缓和自己的思绪，我拿出笛子开始吹起来。不过好像也没有起到什么作用，发生在那天清晨的沉闷对话又冒了出来，紧接着化成了莱拉那张沉浸在浪漫幻想中的脸。就在我刚放下笛子的时候，伯勒伽萨尔提神奇地出现在我眼前。我请他坐下，问道："今天是什么风把你吹到我这里来了？"

其实我这么问纯粹是没话找话，因为他本来就经常到我这里来。他笑着说道："我怎么就不能来，不过今天倒是真有事情。说吧，那件事情你想好了没？"

我装着什么也不知道的样子反问道："什么事情？"

伯勒伽萨尔提说道："就是照看精舍的事情呀，我那天不是跟你说过了嘛。"

我满不在乎地说道："你这是不相信我咯，我不是说要考虑考虑嘛。那天你自己不是也说，人们总是会在不情愿的情况下被很多事情牵绊住，这样说来我还有什么必要考虑这件事情呢？等到有机会的时候，我看情况再说吧。"

"不好意思，我可能没有把话说清楚。我完全没有要限制你自由的意思，你当然可以按照自己的方式思考和决定，可是，当你在做出决定并准备付诸实施的时候，你就不再是独立的个体了。我们经常能够看到，当人们在做了什么事情之后，就对它的结果不闻不问了。你得承认，你在给莱拉心里种下一个不可能实现的希望的同时，也给拉梅什沃尔的生活带来了隐患。也许，这件事情并不会像你想象的那样简单，而是会造成可怕的后果。一旦这样的情况发生，你的朋友甚至不会意识到是谁给他制造了这些麻烦。你扪心自问，你就没有为这件事感到一丝愧疚吗？”

在我听来，伯勒伽萨尔提的这番话刺耳极了。他凭什么跑到这里来对我指手画脚，我为什么要听他的。我现在只希望他赶紧从我这里离开，不过嘛，我还是得先回应他的话，于是我说道：“看来你是个靠不住的宿命论者。按照你的理论，那我是不是可以这样认为，即人们总是会在不经意间通过一些看似毫不相干的事情对别人犯下过错，抑或是越俎代庖地惩罚别人。就好比假使我今天伤害到了某个人，或者给他带来了困扰，也许并不是因为他曾经给我制造了什么麻烦，而只是基于这个社会的一些基本规则对他的某项过错进行惩罚。即便在这种情况下，我对他的惩罚也要算成是我的过错，同时我还必须承担这样做的后果。”伯勒伽萨尔提听完我的话笑了，然后说道：“我的室利纳特先生哎，那我就是为了惩罚你才来的呀。请将你闲极无聊的时光投入我这里的无偿劳动中来吧。”为了能及早脱身，我随口说道：“好吧，再给我三天时间考虑一下。”

伯勒伽萨尔提离开之后，我在心里寻思开了。在开始独自生活之后，除了母亲过世，这还是我第一回碰到烦心的事情。这么多日子以来，我一直过着无忧无虑的生活。但从另一个方面来讲，这种生活也令人绝望，因为它犹如一潭死水，毫无激情可言。随着时间的推移，这种感受在我心中一天天愈发清晰。并且，我想得愈多，这种无忧无虑和绝望相交织的感觉就愈发深刻。意识到这些之后，我开始尝试在慵懒的生活之余积极地去做一些事情，但每当这个时候，我脑子里那种游手好闲的思想就会跳出来，对我进行无情的嘲讽。

在接下来的三天时间里，我思考了很久，也挣扎了很久。最后，我还是决定答应伯勒伽萨尔提的请求，因为他拜托我的事情从名义上来讲是很有必要的，而完成它对我来讲却是小事一桩。

我再次坚定了一下自己的思想，然后就去找伯勒伽萨尔提了。见面之后，我对他说道："我答应帮你照看精舍，但是呢，我有几个朋友快要来了，他们在这儿的这段时间我最好还是住在家里吧，因为如果让他们也一起住过来，对你来讲可能又会很不方便。等到他们什么时候走了，我再搬过来住。"

我的僧伽罗朋友笑着说道："没问题，我还得在这里待一个月呢。不过，如果你能现在就搬过来住的话就最好了，因为那样的话我可以趁着还在这里的时候给你讲一讲所有的情况。至于你说的我会不方便，那纯粹是你的想象而已。如果你的朋友也住到这里来，我会很高兴的。又不是没有地方住。"

我说了声"好吧"，然后起身准备离去。不过，伯勒伽萨尔提又拉着我坐了下来，接着说道："你看哈，室利纳特先生，这间精舍就要完全归你调度了。此外，有一间独立的专门供僧人居住的僧院也正在盖着，还剩几个房间没有完工，我会让人尽快弄，争取在我走之前把它们盖好。我和我所属的教团正在沟通，想尽快把手续给办下来，到时候你就是这里的终生名誉主席，任何人也无权干涉你在这里的行为。"

眼见年轻的佛教传教士有条不紊地安排着一切，我惊讶极了。

有那么一瞬间，在深刻体会到这个僧伽罗人的行动力和行动智慧之后，我的内心突然升起一丝烦躁的感觉。我多么想明明白白地告诉他，我不想接受这个任务了，然而不知道为什么，我始终没有能说出口。我依然说道：“你就对我这么有信心，认定了我会一辈子帮你照看这座精舍？！”

伯勒伽萨尔提说道：“总是要给别人一个展现能力的机会呀。就像这件事情，即便是在我对你的能力很了解的前提下发生，你难道就不会觉得有些奇怪了吗？一方面嘛，你要知道，宗教信徒总是很容易信任他人的。而从其他方面来讲的话，善良的品质总是深植于人性当中的，我对这一点深信不疑。当有人误入歧途的时候，它会指引他回到正确的修行之路上来。而如果此时这个人还没有犯下什么不可饶恕的罪行，那又会怎样？”

伯勒伽萨尔提目不转睛地盯着我，我也与他对视着，只感觉他的目光中闪耀出一种沉静的慑人光辉。我再也无力抗拒，只好木呆呆地站在那里，有气无力地说道：“好吧，我会如你所愿的！”

我慢慢地向自己小屋的方向走去。正走在半道上，我突然看见杜腊雷向我跑过来，忙问道：“喂，怎么啦？”

他回道：“先生，来了一辆马车，上面有好多人。那些人正在打听您呢。”

我马上意识到应该是拉梅什沃尔到了，于是对杜腊雷吩咐道：“你快回去，我就在这里等你。把那些人领到这里来，连行李一块儿！”

杜腊雷飞快地向小屋跑去，我则看似镇定地站在原地，但事实上内心早已刮起一阵风暴。拉梅什沃尔已经来了，那些波斯人却还没有离开。噢，我这是干了件什么样的蠢事呀！还好，我心里有着一丝庆幸，因为拉梅什沃尔并不会住在我的小屋里。莱拉总不会跑到那座佛教精舍去吧？好像穆斯林是有什么宗教上的禁忌的，有些地方不可以去。不过，我很快就又开始头疼起来。在我看来，莱拉就像是一条奔流不止的河流，又像是从西面呼啸而来的狂风，有什么东西是能阻止她的呢？更重要的是，拉梅什沃尔可不是一个人来的，他妻子也跟他在一起呢。想到自己干的那些蠢事，我连呼吸都变得沉重起来。我站在原地，呆呆地望着湖面。那里，一阵一阵的微波随风泛起，将刺目的阳光反射进眼帘，晃得我连眼睛都睁不开了。我闭上眼睛，那一刻，思绪仿佛也停滞了。一阵车马的喧闹声传来，把我惊醒了。我睁眼看去，只见拉梅什沃尔掀开车帘，正准备从车上下来。

我上前和他拥抱了一下，然后赶忙催促道："快坐上车去，我也一起走，我们得去附近的一个地方。"拉梅什沃尔肯定不明白我有什么暗指，所以并没太当回事，随口吩咐车夫让他驾车跟上，然后就拉着我向前走去。当我们来到精舍的时候，伯勒伽萨尔提已经站在门外欢迎我们了，脸上带着让人感到神秘的笑容。

接下来，我们愉快地度过了两天。屋子里所有东西一应俱全，伯勒伽萨尔提也几乎一直陪着我们。这一回让我感到最惊讶的事情是玛尔蒂的表现。这两天，她就像是真正的主人一样操持着我们生活上的所有事情。玛尔蒂本就是个青春健康的女人，而且由于她的个子比较小，所以远远看去就像个小姑娘一样。她生了两个儿子和一个女儿，都长得好看极了。珉纳六岁，乐金四岁，女儿葛姆萝两岁。葛姆萝长得像个洋娃娃一样，格鲁很快就和她混熟了。两个孩子现在好得不得了，一刻不在一起就不得安宁，这让我觉得世上还是充满了爱的。人们总是懵懵懂懂地降生在这个世界，然后慢慢构筑起自己的亲密关系。然而，每次想到关于亲密的话题，我就会下意识地回避，努力将一些可怕的念头从脑袋里清理出去。这对我来讲到底是幸运还是不幸呢？

经过这几天的相处，我和拉梅什沃尔的关系越来越好，几乎成天都待在一起。吃饭会坐在一起吃，散步也一起出门，俩人有聊不完的话。格鲁也总是和三个孩子玩在一起。杜腊雷负责给我们准备吃喝。我和拉梅什沃尔聊天的时候，玛尔蒂就安静地坐在一旁听着，有时候也会冷不丁插进来说一两句俏皮话。

发生的这一切对伯勒伽萨尔提来讲就像是上了一堂生动的实践课，他可以安静、仔细地在一旁观摩家庭生活是如何进行的。

有一天，我一个人去逛了逛集市。回来的路上正好要经过我的小屋。刚走到那里，莱拉就出现在我的眼前。她骑在自己的马上。我看到她的那一刻大脑就开始疯狂地转动，想着自己该怎么办。莱拉没有给我思考的时间，她跳下马来走到我身边。我也站住了。莱拉问道："大叔，你这些天外出了？"

"是啊。"

"那你现在是不是不住在这里了？"

"我有件事情想对你说，莱拉。"我小心翼翼地对莱拉说道。

"什么事，大叔？"

"那封信。"

"我带在身边呢，怎么啦？"

"我给你讲信的内容时撒了一些谎。"

"撒谎！"莱拉的眼睛里射出一道利芒。

"是的，莱拉。其实，拉梅什沃尔在信里说的是，他不想和你来往了，因为他有家室。"

“啊！你撒谎！你这个骗子！……”说着话，莱拉咬牙切齿地把目光投向自己的匕首。

我忙说道：“莱拉，请你原谅我的过错……”

“你这是在拿我的感情当儿戏！太令人生气了！”莱拉再也说不下去了，坐在那里痛哭起来。我一看，这下事情糟糕了，要是有人看见我们俩这副样子，还不知道会到处去乱说什么呢。我真想立刻就离开这里。这时，莱拉泪眼婆娑地看着我，说道：“原来你只是给我讲了一个世上最动听的故事，枉我还一直为它开心不已！现在知道了真相，我真想一刀捅死你，或者自己去死。”莱拉把牙齿咬得咯咯直响。我浑身战栗起来，并不是因为担心自己的生命受到伤害，而是为了发生在我和莱拉身上这荒唐的命运，也是因为自己的愚蠢。我满怀歉意地说道：“莱拉，我深深地伤害了你，为此我也感到很难过。你还是把他给忘了吧。”

“你可以把一切都忘掉，可我不行！我要报复！”她的眼睛里射出一股火焰。

“报复谁，莱拉！我吗？”

“哦嗬，当然不是，怎么会是你呢，你曾经让我体会过最大的幸福呢。是，你骗过我，这件事你做得不对，但我依然会把你当成是朋友的。”

“那你到底要报复谁？”

莱拉深深地吸了一口气，说道：“我的，也或者是……”说到这里，她沉默下来。我劝道：“你可别做傻事，莱拉！”然后就不敢再往下说了。莱拉又问道：“有一种很大很大的风，来的时候总是带着闪电，有时还会下雪，能把很高很高的树都刮倒……还能把人们的房子都吹起来。”

“风暴！”我插口说道。

“对，我现在就像是在风暴里！”说完，莱拉用手捂住自己的胸膛。

“莱拉！”我惶急地叫道。

“我想再见他一面。”莱拉也忐忑不安地看着我说道。

“我可以答应带你去见他，可你要保证不伤害他，能做到吗？”我问。

“嘿！”莱拉不满地哼了一声，抬起头用黑亮的眼睛看着我。

我说道：“好吧，莱拉！我带你去见他。”

“那我们明天还在这里碰头。”说完，莱拉骑上马，走了。马儿仿佛也感受到了莱拉的忧伤，走得很慢很慢。莱拉整个人几乎都趴在马背上。

我在原地又站了一小会儿，然后无精打采地慢慢向精舍的方向走去。伯勒伽萨尔提坐在菩提树下的石头上，珉纳站在他身旁，正盯着他的脸瞧呢。伯勒伽萨尔提本来就宝相庄严的笑容今天看上去更加神圣了。这些日子以来，我亲眼看着他与孩子们互动，他的生活也因而得以改变，这正是他所希望的。可我呢？

我既然已经答应了莱拉，所以第二天就应约来到昨天的地方接她。只见莱拉早就已经坐在那里等我了。在极度失望之下，今天她的脸因为过度伤心而变得蜡黄蜡黄。我俩碰面之后谁也没有笑，都是一脸严肃。她问我：“我们什么时候走，要去哪儿？我是在苏拉特[①]遇见他的，也是在那里，他给了我这封回信。现在我们上哪儿去找他？”

我一下子呆住了。原来，莱拉一直以为现在拉梅什沃尔在苏拉

① 苏拉特：印度古吉拉特邦城市。

特、孟买、克什米尔或是其他某个地方，而我要先领着她去到那个城市，然后再去找他。看样子，因为我之前对她说的那些善意的谎言，她已经赖定我了。我心想：该怎么对她说呢？

莱拉接着又说道："我不会伤害他的，你别担心。"

我慢吞吞地说道："他已经到这里来了。他的所有家小也都来了！莱拉，你还要去吗？"

听了我的话，莱拉从头到脚都开始发抖！我在一边看得胆战心惊。我心里升起一个念头，今天我难道要犯下第二个错误了吗？莱拉勉强站稳身子，对我说道："是的，大叔，我要去！"我深深地看了一眼她的脸，没有山雨欲来的表情，但正好有一阵冰冷的风吹过，撩起了她卷曲的长发。我说道："好吧，跟我来！"

我迈开步子，莱拉跟在我身后。走到离精舍不远的地方，院子里忽然传出一阵甜美的歌声。我停下脚步倾听起来，多么美妙的声音啊！转头看去，莱拉眼里也流露出陶醉的神情。我又看向院子里，只见伯勒伽萨尔提将葛姆萝抱在怀里，也在跟着调子晃动着身子。唱歌的是房间里的玛尔蒂，在小小的便携乐器的伴奏下，她唱得棒极了！拉梅什沃尔躺在床上看着自己的妻子，脸上是一副心满意足的表情！两个人的脸上洋溢着一种幸福而又甜蜜的气息！珉纳和乐金坐在一旁，看着自己的母亲和父亲！谁也没有注意到我带着莱拉回来了。这一刻，我在心里把自己骂了个狗血喷头。本来是一个多么美妙的世界，我却非要把战火引到这里，难道就是为了要看洋相吗？！我这该死的好奇心！莱拉呆呆地站着，一双大眼睛目不转睛地盯着前方，也不知道是在看什么东西。葛姆萝在伯勒伽萨尔提怀里扭动着，想挣脱开他。她一边咯咯笑一边蹬着小脚，然后像只猫一样爬到了自己母亲背上，还喊了一声："妈妈！"歌声停了下来。珉纳和乐金跟着葛姆萝一起笑起来。拉梅什沃尔说道："葛姆萝，你是个大坏蛋！""大……坏……蛋……"葛姆萝一边说，一边抬起肉乎乎的手指，指向在场的所有人。拉梅什沃尔发现了我们，坐起身来。玛尔蒂看见我之后连忙把头巾向前拉了拉，好遮住脑袋。莱拉向拉梅什沃尔打了一个招呼，俩人的眼神在空中交汇了。有那么一瞬间，拉梅什沃尔的脸上闪过一丝慌乱。不过，他很快镇定下来，若无其事地问道："嘿，莱拉！你怎么在这儿？"

"你不要四圣徒硬币了吗，大爷？"莱拉一边说话，一边毫不畏惧地走到玛尔蒂身旁坐下。

玛尔蒂朝莱拉礼貌地一笑，然后起身站立到一旁。莱拉盯着她的脸不停地瞧，然而玛尔蒂并没有在意她，朝我说道："大哥，你还没吃点心呢吧。今天我特意用苏冉为你做了糖球。"

"那就快去拿呗，我从一早饿到现在了。"我回道。玛尔蒂去端吃的了。乘着妻子不在，拉梅什沃尔问道："四圣徒硬币带来了吗？"莱拉一边应是，一边打开自己的小包。打开到一半，她忽然又停了下来，然后从脖子上摘下一个护身符。护身符四四方方的，上面有丝绸的镶边。莱拉打开护身符，从里面取出那封信。我在边上一言不发地看着。莱拉说道："要不，大爷，您先念一下这封信？"拉梅什沃尔用颤抖的双手展开信，发现正是他亲笔写下的那一封。他一脸惊恐地看向莱拉。莱拉用平静的声音说道："念呀，大爷！我想听您亲口念出来。"

拉梅什沃尔开始飞快地读信。他看上去已经在心里做好了充分的准备，好去面对即将发生的一切情况，因为玛尔蒂已经端着吃的走了过来。拉梅什沃尔终于念完信，只是没有把信尾自己的署名念出来。玛尔蒂一直站在那里听着，我则在一旁不停地吃着苏冉做的糖球，间或看一眼玛尔蒂的脸色。她阴沉着脸问道：“大哥，糖球怎么样，您也没给个评价。吃得这么慢，是不好吃吗？”

“人们吃到好吃的东西总是会细嚼慢咽的。如果真是不好吃的话，我连碰都不会碰一下呢。”我正说着话呢，莱拉开口对拉梅什沃尔说道：“行啦！我已经听过了。现在您可以把它撕掉了，然后我就给您看四圣徒硬币。”

拉梅什沃尔真的就把信给撕了。信纸化为无数碎片纷纷落下。莱拉深深地吸了一口气，尽管她极力掩饰这个动作，不过还是被我听见了。在我听来，它并不比一场可怕的风暴要小多少。莱拉真的掏出一枚纯金的四圣徒硬币，另外还有一串漂亮的珊瑚项链。拉梅什沃尔拿过四圣徒硬币鉴定了一番，然后让玛尔蒂取五十卢比给他。玛尔蒂知道自己的丈夫做的就是这个生意，于是很痛快地给了钱。拉梅什沃尔正要把钱递给莱拉，葛姆萝跑到他面前站住了，咿咿呀呀地说道：“爸……红的……”拉梅什沃尔蹲下问她：“怎么啦，葛姆萝？”

像洋娃娃一样漂亮的小女孩用手捧住拉梅什沃尔的脸，说道：“红的……红的……”

莱拉接过钱，又问道：“老爷！这串珊瑚项链您不要吗？”

“不用了。”

莱拉拿起项链给葛姆萝戴上。拉梅什沃尔连声说着“不要”，可是莱拉根本就不听他的！葛姆萝看向母亲，说道：“妈……红的……”玛尔蒂笑了，又拿了一些钱给拉梅什沃尔，对他说道：“咱可不能白拿人东西，买下吧，把项链的钱也给人家。”

莱拉眼神凌厉地看向玛尔蒂，我看了都觉得心惊肉跳的。玛尔蒂笑了，开口问道：“怎么，你不打算收钱吗？”

莱拉亲了亲葛姆萝，然后站起身。玛尔蒂一直默不作声，拉梅什沃尔则一脸惊愕地看着这一切，也许只有我已经平静下来。

莱拉走了。

我回忆着，思索着，一直没有想出什么结果来，也不知道那件事最后怎么样了。莱拉、伯勒伽萨尔提、拉梅什沃尔、玛尔蒂……所有这些人的影子就像走马灯一样在我眼前旋转。天黑了下来，我坐在菩提树下，一点儿也不想起来。一边，伯勒伽萨尔提结束打坐站起身来。他招呼了我一声："室利纳特先生！"我勉强朝他笑笑，说："请讲！"

"看来今天您也进入冥想了。"

"没办法，人总还是要活在这个世上的啊！这里欲望泛滥，人们即便脸上在笑心里可能也充满痛苦，一边在拜着泥塑的偶像一边心里却在酝酿着残忍的念头。不过，您的精神境界倒是非常崇高，像是天堂来……"

"打住，室利纳特先生！快乐和痛苦、太空和大地、天堂和地狱，这些事物之间的差别人们是可以接受的。"

"请原谅！不过我要说，我可没有凌空飞翔的本事。"我满是调侃地说道。

"当人们抛却一颗平常心开始思考一些不切实际的事情的时候，这难道不是一种放飞自我？我们人类说起来是应该两脚着地行走的，可是你看，实际上我们都会为了够什么东西而无数次地踮脚、跳跃，甚至是放飞自我。这都是在为了获得进步而努力，是在为了生活而奋斗。然而，这些行为却没有获得应有的褒奖。我不想谴责这种情形，只想说我们需要振作起来，可是……"

"你不会是想说人们都应该充分理解这一点，并且踮起脚去够一下吧。可是，知道自己该去够一下，并且什么时候该去够一下可不是件简单的事情呀。所以说，人们尽管是最聪明的动物，可还是一次次地受到欺骗。”

“身体的活动是次要的，心理上的克制才是更重要的。室利纳特，今天莱拉对自我的克制之力比起一座阻断大河流动的大坝也丝毫不差吧？总之我看见之后也觉得无可指摘。你那个时候倒是显得很奇怪。这一切怎样才能有一个结果呢？我想了很久，可到现在也没有想出个所以然来。她在经受了这样沉重的打击之后能平静下来吗？”

“莱拉心里到底经受着一种多么可怕的黑暗感受，这我们根本就无法体会到！我到现在还在为这事担忧呢。”

伯勒伽萨尔提沉默了一会儿，缓缓地开口道：“我明天就要走啦。如果你没意见的话，我去跟拉梅什沃尔说，让他和我一起离开。我们可以一路同行到孟买，这样玛尔蒂也可以尽快从这段阴影里走出来！然后，所有人都会好起来的。……”

我备受煎熬的心灵仿佛一下子找到了一处避难所，于是马上说道：“这是个好主意。”伯勒伽萨尔提起身离去，我依然坐在原处，就这么坐了很久，要不是珉纳和乐金的哭闹声、拉梅什沃尔的喝骂声、玛尔蒂摔锅铲的声音传来，要不是格鲁跑到跟前叫我，我可能还会继续坐下去。

伯勒伽萨尔提、拉梅什沃尔和玛尔蒂走了有一个多星期了。直到现在，那天发生的一切就像是一曲甜美的音乐总在我的耳边回响。我至今也还是无法对那个问题给予回答。我对生活的态度不再像以前那样确定了，曾经的无忧无虑也已经不复存在。我开始思考，我该做点什么呢？

“为什么会有做点什么的冲动呢？”在内心深处的某个角落，一个声音语带讥诮地发问道。

“要是什么都不做就活不下去了呀。”

“那就去做呀，你心里很排斥精舍吗？”

“可总是会觉得有点不甘心。”

“那你到底想要什么？”

“这个嘛其实我也没有想清楚，否则的话我干嘛还要问自己该做什么的问题。”我烦躁地说道。听我这样说完之后，那个声音笑着隐没不见了。我陷入一片黑暗之中，带着一种深深的担忧！那个声音体现了我最真实的内心，可我貌似对它一点儿也不了解。不过，当眼前浮现出一道无比伤心却又充满激情的身影时，我仿佛在黑暗中看见了一道亮光，内心渐渐平静下来。

我意识到那是莱拉。亲爱的读者，如果你想笑话我，那就尽情地笑吧。不过，我现在已经确信自己想和莱拉在一起。莱拉之前想和一个人在一起，可是没有能够如愿。我亲眼见证了事情的过程。然后呢？我为什么会感到一丝怜惜？对，就是怜惜的感觉。在未来漫长的人生道路上，莱拉多么像是那个能一直陪伴我的人啊。

那天，在确定了自己的想法之后，我开心极了。

晚上，格鲁央求我：“大叔！你别回家了。”我惊讶地看向他。他坚定地看着我，把之前的话又说了一遍。我笑着说道：“我的家就在这儿呀，格鲁！”

“不是的，大叔！珉纳回去的地方，还有乐金和葛姆萝回去的地方，那才是家。”

“那里有妈妈，那里有爸爸……”我忽然就想起了伯勒伽萨尔提，情绪一下子低落下去。我有点生气地说道：“格鲁，我再没有别的家了。”然后在心里想：那个佛教徒肯定能明白我说的话……

“噢，可是所有人都有家呀，爸爸有家，妈妈有家，珉纳有家，所有人都有，你为什么没有呢？”格鲁纠缠不休地问道。

不过，此时我已经平静下来，对他说道：“别在这儿说废话了，快睡觉去，这些天你都没有学习吧。”

格鲁被唬住了。他低着脑袋，抱着胸，回自己床上躺下睡了。而我呢，在这样一个寂静的夜晚，失眠了！从窗户里看出去，湖水正在翻腾，我的眼前却出现了这样一幅画面：皎洁的月光下，平静的湖面上，一艘小船在向前行驶，玛尔蒂和拉梅什沃尔坐在船上，我在撑桨，伯勒伽萨尔提站在船头逗弄着孩子们。突然，画面中又出现了一道身影。是莱拉！我的眼睛渐渐迷离了。

我进入半梦半醒之中。

天亮了。由于困倦，我并没有睁开眼睛。这时，外面传来一阵吵闹声，我被惊醒了。转脸向外看去，只见一群波斯人正围在门外。

我问道：“发生什么事情啦？”

古尔现出身来，问道：“这里的教长去哪儿啦？”

“教长？！”我诧异地反问道。

“对，教长，就是那个总穿着黄色衣服的人。”

我明白了，这些人是在找伯勒伽萨尔提。我说道：“他现在不在这里，回自己家去了。你们找他有什么事情吗？”

“一个姑娘中邪了，可能是被鬼上身了。我们想来找教长给瞧一瞧。”一个中年妇女走上前，焦急万分地说道。

我又问道：“朋友！我可不懂看这些。那个姑娘在哪儿呢？”

“在我们营地里呢，老爷！您就去看一眼吧。”

中年妇女说完这些就再也说不下去了，不过古尔在一边接上话头帮着说道：“大爷！你认识的，那个姑娘，莱拉！”

听到这儿，我的心里轰的一声炸开了。接下去古尔又说了些什么，我全都没有听进去，只觉得心里异常地烦乱。这种事是时有发生的，一个人遭受到毁灭性的打击，另一个人也感同身受。如果这样的情况发生，那另一个人可能也会受到同样的打击。假设我们抛开对拉梅什沃尔、玛尔蒂以及孩子们的担忧，只是单纯从莱拉的角度来看的话，那么……然而，这种假设又怎么可能成立。我的心里不禁浮现出莱拉美丽的面孔，那张面孔现在布满了绝望和悲苦！

我没有再理会这些波斯人，转身走进屋里，然后把脸深深地埋在枕头下。在我身后，格鲁骂骂咧咧地吆喝着：“快走，快走，这里没有你们要找的人！”

我开始给精舍里的孩子们上课了。于我来讲，这是多么可怕的、令人惊诧的改变！连我自己都对这种改变感到不可思议。一晃几个月过去了，格鲁是我在这里唯一的同伴。我一遍一遍不厌其烦地对他解释了无数次，可他却总是继续问我回不回家的问题。我已经不打算再给他解释了。现在，每当格鲁和我提及回家的话题，我就会摇头晃脑地回答他：“对呀，我一会儿就回去。”

日子就这样一天天过去了。春天来了，天气又有点凉了下来，树木也开始抽出新芽。我坐在菩提树下，心情有点压抑，身子在微凉的风中有点战栗。天空中仅剩的亮光一点一点地沉入金达湖的波涛中。夜越来越深了。

一阵哀怨的歌声从远处传来，所用的是一种我无法听懂的语言。我意识到这可能又是一个梦境。接着，我突然又想到，命运交织变化的速度真是太可怕了。它犹如一场风暴，将无数人像草根棉絮一样吹得七零八落。也有人在命运的安排下长久地走到了一起，即便命运同样使他们不得不戴上沉重的枷锁。真的！梦境又换了一幅场景。这里是南方的天空，一个恶魔开始吞食星星，天上一片灰暗。鸟儿们的骚动在蔓延。整个宇宙也不安起来！所有生物都在轰隆隆的巨响声中急匆匆地寻找庇护之所。我想起身，可怎么也做不到！歌声渐渐靠近了。这是有人用生命在歌唱，歌声连轰鸣声都盖过了。在这黑暗的国度里，小草、灌木、大树……世上的万物都在战栗。

格鲁的尖叫声传来，我赶忙跑进屋里。即便是在这样可怕的喊叫声中，那道歌声依然清晰可闻，就好像随风回荡在精舍四周。突然，外面又传来一声尖叫，于是，我又来到外面，查看发生了什么。

风暴停止了。我看见菩提树的枝干断了下来，落到地上，下面压着莱拉。她的所有情感都成了一场空。

现在，我是金达湖畔佛教精舍的名誉主席了。日子一天天过去，我在心里不断地咒骂着伯勒伽萨尔提，除此之外一点别的办法也没有。这里已经成了我生活的中心。

时至今日，我的内心依然有风暴在肆虐，莱拉的脸像闪电一样不断地在其间划过。

默图阿

“已经过去七天了，除了我还有哪个酒鬼能做到滴酒未沾？！今天已经是第七天啦，大人！”

“你撒谎。你衣服上现在还有酒味儿呢。”

“这个……那是好几天前的事情了。至少有七天了吧，反正是好多天以前。当时天太黑，瓶子里的酒洒出来了，结果全洒到衣服上了。我跟您说吧……说什么呢……反正您可得相信我。七天呐，七天里我真的一滴酒也没喝。”

泰戈尔·辛格笑了起来。泰戈尔老爷的儿子在勒克瑙上学，所以他有的时候也会到勒克瑙来。他很喜欢听故事，于是几经周折找到了这个酒鬼。酒鬼每天都要到泰戈尔老爷这里来，给他讲有趣的故事，逗他开心。除了中午和晚上是必到之外，有时候早上也会来。

泰戈尔老爷笑着说道：“那今天也别喝了！”

“我可是有什么说什么。今天不管能得多少赏钱，我都拿去换酒喝了。这七天我就靠吃炒豆度日了，这还活个什么劲儿呀。”

“太令人惊讶了！你都饿了七天了，今天拿了钱却不去吃点好的，偏要去喝酒！这也太……”

“老爷！一刻的欢愉怎么也比漫长的痛苦生活要好得多呀。喝醉了就可以更容易挨过痛苦的时光了。”

“好吧。今天一整天你都干什么了？”

“我干嘛了？行嘞，您听好喽。今天一早就下雾了，雾气像个毯子似的把太阳都给遮住了。我们哥俩全都没脸见人了。”

泰戈尔老爷笑着说道：“这样啊，那为什么说没脸见人了呢？”

“七天了，一滴酒也没有下肚，我哪还有脸去见人哟！不过，等到日上三竿、太阳晒屁股的时候可就没法再赖着了！起床，洗漱，这些实在是太麻烦了。老爷，您都想象不到！一旁就是做小生意的，食客们嚼炒豆的声音响成一片，听得人牙根都发酸。我跑到卖煎饼的那里，一边慢慢吃着煎饼，一边晒着太阳。吃完之后，我就去了哥姆底河的岸边！逛着逛着，天忽然暗了下来，原来是下雨了。我想着，上哪儿去躲个雨呢，就到您这儿来了。”

“行了，那天你讲的牧羊人的故事，里面说到阿斯福道拉，他竟然把那个女孩围兜里装的烤玉米粒都换成了珍珠！这是真的吗？”

“千真万确！哎，那个可怜的女孩肚子饿了，于是抓起一把珍珠就往嘴里塞，结果，没嚼两下全吐了出来！……然后哭得哟，稀里哗啦的！也只有大人物才能这样了，在开了这种没心没肺的玩笑之后还坐得住。听说，拉姆金德尔先生也对哈奴曼大神做过这样的……”

泰戈尔老爷笑得前仰后合的。他捧着肚子笑了一阵，转过身去，顺了一会儿气，回转身说道：“怎么又扯到别的大人物身上去了？穷光蛋就是穷光蛋！这个女孩太蠢了！估计她以前从来没有见过珍珠吧，才会这么不管不顾地吃进嘴里去。我跟你说实话吧，你之前讲的那些故事都太没意思了。不是国王的伤痛就是倒霉王后的失败恋情，总之，全是悲伤的或者痛苦的故事。你以后啊，给我多讲些这种惹人发笑的故事，那我就赏你好酒喝。”

“老爷哎，我的故事都是从老一辈人那儿听来的。贵族们的幸福生活、富豪们的奢华聚会、可怜人的痛苦叹息、王后在深宫里行尸走肉般的生活……所有这些都不停地在我脑子里打着转。我会为他们的遭遇而落泪。富人有可能变成一个穷光蛋，大人物的傲慢也会在一夕间如尘埃般消逝……这个世界简直是太疯狂了。我就是为了忘却这个疯狂的世界才开始酗酒的。老爷！要不是这样，我早就忍受不了自杀去了！”

炉子里的火烧得很旺，烤得人昏昏沉沉的。泰戈尔老爷打起瞌睡来。酒鬼冻得全身发抖，他也把手伸到火上烤起来。忽然，泰戈尔老爷从瞌睡中惊醒了，随口说道：“行啦，你可以走了，我困了。瞧好喽，这儿是一个卢比，拿去花吧。走的时候把勒路叫来。”

酒鬼捡起卢比，慢慢地走了。勒路是泰戈尔老爷的门卫。酒鬼一路找他，最后来到大门一侧的小屋旁边。忽然，一阵抽泣的声音传来，听上去柔弱极了。酒鬼站住脚步，侧耳倾听起来。

“你这个蠢东西，哭什么？小爷我不就是踢了你两脚嘛！我拿枪射你了吗？”一个刺耳的童声说道。是小少爷！然而，回答他的依然只是呜呜咽咽的抽泣声。小少爷用更加严厉的声音呵斥道：“默图阿！快滚远点，别在这儿装死了。等我起身你就死定了，看我不把你的皮扒了！听见没？”

酒鬼默默地听着。男孩哭得更厉害了。接着，小少爷的声音又传来：“我说，你到底滚不滚？在这儿等着挨揍吗？”

男孩害怕了，朝外面奔来！酒鬼终于看见了那个男孩，一张小脸，皮肤白白的，长得很清秀。眼泪从他的脸上滚滚落下。酒鬼拦住男孩，怜惜地为他拂去眼泪，带着他走出了大门。这时大概是晚上十点钟，正是夜晚降温的时候，天冷极了。两个人一言不发地走着。男孩卑微而单纯的内心感受到了酒鬼无声的关怀，他终于停住声不再抽泣。然而，刚走进一条小巷子里的时候，男孩又忍不住抽咽起来。酒鬼咒骂一声，问道：

“小子，你哭什么呢？”

“我一整天没吃东西了。”

“没吃东西？！你在这么有钱的人家里待着，却告诉我一天没吃东西？”

“打骂倒是每天都有的吃。今天确实是一点儿东西也没吃到，我就是因为这个才到门卫那儿去的。整个白天，我都替小少爷捧着大衣，陪着他在外面玩，七点钟才到家。回来又要干活，一直干到九点钟。一点面粉也没留下，哪里能烙出饼来！于是我就跑到门卫那里诉苦去了。”嘴里说着自己饿肚子的事情，饥饿的感觉愈发强烈了，于是男孩又开始哭哭啼啼起来。

酒鬼抓住男孩的手，拖着他向巷子深处走去。来到一座脏兮兮的小屋跟前，酒鬼推开门，带着男孩进了屋。他摸索着用火柴点燃土制油灯，又在一床破毯子底下摸索起来，然后竟然掏出一块馅饼来！酒鬼把它放到男孩手里，说道：“你先吃着这个，我再去给你找些吃的填饱肚子。听见没，小子！别哭了，再哭我就揍你。我最讨厌人哭了。混蛋，我也忍不住要哭了……”

酒鬼逃也似的出了小巷子，他的手里捏着一个卢比。“半瓶本地产的酒，这要花掉十二安那，然后是两安那的茶……两安那的炸丸子……不，不，要土豆烧豌豆……好吧，这个不要，再来四安那的肉，可恶的小东西！他到底要吃什么，还有，要多少东西才能填饱他的肚子呢？哦！我活到今天还从来没有为哪个人的伙食操过心呢。我到底该买什么？还是先来半瓶酒吧。”想到这里，他的眼中闪出一丝激动的神采。不过，他最后还是来到了甜品店里。酒鬼已经完全忘了要买半瓶酒的事情，只是买了一些油炸甜饼。当然，他也没忘了买主食。他把一个卢比花得精光，提着买的食物走出店来。为了能快点到家，他迈开双腿跑了起来。一到家，他就兴冲冲地把一堆甜的咸的全摆到男孩面前。闻到食物的香气之后，男孩咽了一口唾沫，开心地笑了起来。

酒鬼操起一个陶罐，一边倒水，一边说道：“小鬼，这下总算笑了。香气直往鼻子里钻吧！多吃点，吃到吃不下为止，这样就不会难过了！”

两个人像久别重逢的老友一样坐在一起，大吃了一顿。男孩盖着酒鬼破旧的大外套，在这潮湿的地方睡着了。酒鬼也困了，他钻进那床破毯子，嘴里还嘟嘟囔囔的。他想：“七天了，终于能吃顿饱饭再睡觉了。不过话说回来，这个爱哭的小混蛋到底是从哪儿冒出来的？”

凌晨时分，酒鬼在微弱的光线下睁开双眼，扫视过四壁如洗的小屋，然后将目光定在那个无辜的小东西身上。只见他把膝盖蜷在下巴处，睡得正香。酒鬼不禁在心里问道：“到底是谁无情地迫害了这个可爱的小东西，使他陷入如此境地？啊，是命运！我现在收留了他，是不是意味着我也必须要改变生活了？真是不幸！我还从来没有考虑过这个问题呢。一直以来，我可是只对杯中物感兴趣的，现在怎么突然就变成这样了呢？这个小东西到底做了什么，为什么能让我的生活发生如此神奇的改变呢？我现在到底该怎么办？要去找份工作吗？怎样才能填饱两个人的肚子？不行，得赶他走。还是把他叫醒吧？！”

男孩伸了个懒腰，坐起身来。酒鬼在一边说道：“快起床，然后吃点东西。还有些昨晚吃剩的东西。小心看着点地上！小子，你叫什么名字？”

男孩轻快地笑了起来，说道：“我叫默图阿！难道不用先洗脸洗手嘛。那我就吃了？吃完干嘛呢？”

“噢！该怎么对他说要赶他走的事情呢！让他爱上哪上哪去？可他还在痛苦的深渊里煎熬呢。那么……”酒鬼这么想着，嘴里大声地说道：“听着，小子，我不打算再回这里了。以后你就住在这里吧！”说完，他静静地走出了这个家。

酒鬼离开城市，来到哥姆底河的河岸边。他一路想着心事走到这里，可是什么结果也没有想出来。他开始在河里洗手、洗脸。酒鬼默默地看着哥姆底河的水流。今天阳光明媚，暖洋洋的照在身上舒服极了，令人一时之间忘却了所有的烦恼。这时，有人在一旁叫道：

“你现在住哪儿了？这么多年都没见你。我找了你好久，腿都跑断了也没找着。”

酒鬼被惊醒了，向来人看去。这应该是个自己认识的人，可到底是谁呢，他怎么也想不起来了。

那个人又说道：“我在和你说话呢。听着，快去我那儿把你的磨刀工具拿走，不然的话，我就要把它们都扔出去了。我就一间小屋，还是花两个卢比租来的，你的东西一直在那占着地方，我还怎么放自己的东西？”

“哦嗬？拉姆吉，是你啊！兄弟，我都差点没认出你来。走，今天我就全部拿走。”这么说着，酒鬼心想：“这下好了，把工具卖掉应该能管好多天了。”

拉姆吉在哥姆底河里沐浴了一番，然后带着酒鬼回到家。他把酒鬼的工具全部交还给他，然后说道：“拿去，我终于可以解放了。”

离上回寄存东西已经过去很久了，酒鬼又拿回了自己的工具。他好不容易把它们都运回家，然后就看见男孩正在屋里坐着。酒鬼嘟囔了一番，问道：“喂，小子，你吃过了没？我可是已经吃过了。再来看看这个，这是我专门为你准备的。”说完，他一阵开怀大笑，为死气沉沉的小屋增添了一抹生气。可紧接着，酒鬼却又沉默下来，默默地去倒水喝。他心想：“这也许就是命运吧，不然还能是什么呢？算了，我还是去干磨刀的活计吧，好歹能填饱两个人的肚子。不然呢，难道还是像之前一样，讲些有的没的故事去哄别人开心？可是，看起来现在要是不找一份稳定的工作是没法养家糊口了。”酒鬼喝过水，问道：“我说，默图阿，今后你有什么打算吗？”

“没有。”

“拿着这个，这可是我吃饭的家伙。放心吧，怎么样也能有你一口吃的。”

“那我也得帮忙。”

“你确定？”

“你说吧，有什么要我干的？”

“好吧，从现在起你就跟着我。这套工具是为你准备的！走，今天就开始教你怎么磨刀。至于去哪嘛，这可说不准。你不是在树底下也能过夜嘛？！”

“我确实在哪里都能安身，但就是不去泰戈尔老爷那里做事！”

酒鬼又看了一眼男孩，只见他的眼里满是坚毅和决然。

酒鬼心想：“这可怕的事情怎么就发生了呢？看起来我也得下定决心不再喝酒了。”

他开始整理需要随身携带的物品。一个包裹，一套工具，一共两样东西。

酒鬼问道：“你拿哪一个？”

“随便，你看吧。”

“好吧，你爸爸不会来抓我吧？”

“走吧，没人会来抓你的。我爸爸已经死了。”

酒鬼吃惊地看向男孩的脸。下一刻，他背起工具站了起来，男孩则背起了包裹。两个人离开小屋，向远方走去。

女奴

“你玩这套把戏是给谁看呢，巴尔拉吉？”菲罗萨一边说话一边抓住了小伙子的手腕。在小伙子的手中，一把匕首正闪耀着可怕的光芒。他一脸怒意地看向菲罗萨，而她却俏皮地笑了起来。菲罗萨看上去比其他少女更像真正的小姑娘。天真、活泼、爱笑，这个突厥小姑娘能唤起所有人心底的爱怜之情。在柔软的手指的安抚下，巴尔拉吉原本青筋暴起的手腕不再用力挣扎，慢慢地松弛下来。他说道：“菲罗萨，你这是存心不让我获得幸福！”

“那也得先活着才谈得上幸福啊，巴尔拉吉！你难道看不见这个绿意盎然的世界吗？缀满花草缤纷美丽的河岸、金色的晨曦、月光皎洁的夜晚，你却要撇下它们撒手而去！永远别做这样的事情！除了所有我说的这些以外，还有我们在一起快乐玩耍的时光。我不会眼睁睁地看着你去寻死的。”

“为什么？”

“因为寻死是没有意义的！哼哼，它永远也解决不了任何问题。

当然了，在吉弘河畔与突厥人战斗而死则是另一回事。如果是那样的话，我会让人给你修一座坟墓，在上面种满鲜花。可是，在这加兹尼河畔将匕首捅进自己的胸口就太幼稚了，这样自杀死去是连小孩子都不会干的事情。”

巴尔拉吉打眼望去，只见象征着马苏德苏丹统治的加兹尼河上横着一座拱桥，桥身在水面上投射出一道忧郁的影子。巴尔拉吉说道：“可是，为什么我没有和战友们一道在那一天死去，他们都是如此地英勇，怀抱着自己的宝剑投入加兹尼河流的怀抱，陷入永恒的沉睡。菲罗萨！那些勇士的灵魂最后却落得如此令人惋惜的下场！你是不会明白这种耻辱的感受的。”

“苏丹用职业将战败的突厥人和印度人区分开来。那些突厥人难道就没有想过去死吗？”

“也许吧。那些突厥人对苏丹来说是自己人，而印度人却是外人。菲罗萨！这种耻辱比死还要可怕。”

“那你今天要自杀又是因为什么？”

“你就算知道了又能怎么样？”说着话，巴尔拉吉把匕首扔掉，深深地吸了一口气，然后陷入沉默。菲罗萨一把搂住他的肩头，晃动着说道：

“为什么不说给我听呢？你的……算了，就说她吧！她是谁？是什么样的？巴尔拉吉！她的皮肤白吗，她也像我一样娇小可爱对不对？她在耳朵上戴东西吗？还有脖子上呢？”

“都不是，菲罗萨，她和我一样都是穷人。之前我对她说：‘我要去打仗了，在对苏丹的劫掠中我也会得到成堆的金银珠宝。等我有钱了，就会回来把你娶进门。’”

“就因为这，所以你刚刚想要寻死！你现在两手空空，也没法回去和她见面，你的心愿没有能够实现。你就是个大混蛋！快滚吧，随你要死还是要活，我不会再和你说话了。”

菲罗萨真的将头转向了一边，像是生气了。面对她这样的小女人举动，本应该觉得好笑的巴尔拉吉却一点儿也笑不出来。他想，菲罗萨的心中蕴含着多么丰富的情感啊！她到底有多少快乐呢？他开口问道：“菲罗萨，你也是在战争中被抓来，然后被迫当奴隶的。你有没有对自己现在的生活产生什么念头呢？你到底是出于什么原因才能这么快乐呢？”

“我可能很快就不再是奴隶了。艾哈迈德在动身去印度斯坦之前找到王公，对他说：‘我会奉上一千枚金币，提拉克兄弟！然后你就把菲罗萨放了吧。她一心想着回到印度斯坦，你就满足她的心愿吧。’现在金币可能都已经送来了。我就快要赎身了，再为了奴隶的身份哭泣还有什么必要呢？为什么年纪轻轻就老想着去死呢？你肯定没有发现，现在突厥人中开始有新的潮流在涌动。世界就像是把他们的胸膛打开了一样。一个人可能今天还是奴隶，明天他就成为新的苏丹。在这样的情况下还有什么值得流泪的呢？只要能笑得出来，我干嘛还要在哭泣中度日呢？”

“我祝你的幸福生活能长长久久，菲罗萨。不过，今天你阻止我自杀的行为可不是件好事情。”

“我都说啦，自杀是没有意义的行为。难道你自杀还有别的什么……？”

“什么原因也没有，菲罗萨！我们的宗教精神已经面目全非，世俗生活也由于人们的自命不凡以及政治上的混乱和自私而变得麻木不仁。到处都是自立为王的人，可是没有一个能一统四方。我们的骄傲在哪里，又该为谁效忠，甚至奉献生命呢？”

"你爱怎样就怎样吧，不过至少也回到印度斯坦再找个地方去死。会有那么一个地方的，你不去的话……那里是你的……那也许就是一座小茅屋，你可以到了那里再自杀。一个人只要不是真正的富有，那他肯定多少还是会有破产的可能。所以我们只要还活着，就得承担各种压力。"

"……"

"巴尔拉吉！不知道为什么，我不想眼睁睁地看着你死去。如果在哪个地方有那么一个人能看着你一路走去的话，那么……噢！要是能见到她的话，我一定会亲吻她的脸颊。她的小心脏里得存着多少爱恋哪？拿着，这是五个迪勒姆[①]，是昨天王公殿下赏赐给我的。拿着它们离开吧！走吧，去见她吧。"

尽管菲罗萨的眼睛里充满了泪水，但她看上去却在笑。下一刻，她突然将五个金属小块塞进巴尔拉吉手中，头也不回地窜进了灌木丛里。巴尔拉吉一言不发地看着自己手中闪闪发光的小银块，觉得沉甸甸的。终于，银块缓缓地从他的手上滑落。巴尔拉吉坐了下来。这时，一个男人微笑着走到他跟前站住。

"巴尔拉吉！"

"王公殿下！"巴尔拉吉像还没睡醒一样问了一声好，然后站起身来。

"我刚刚都听见了。回印度斯坦去吧，我也给你同样的忠告。不过，有一件事情。"

"是什么，王公殿下？"

"我能够感受到你的痛苦。在听了刚刚你向菲罗萨诉说的事情之后，我的心也动摇了。可是我能怎么样呢？我已经深陷在追求抱负

① 迪勒姆：一种旧制银币，合四安那。

的道路上不能自拔。人在江湖身不由己呐。人们可以因为痛苦而抚着胸膛呐喊，或者拍打自己的脑袋，可当同样处于那样无助的状态之下时，我却只能默默地低下头，告诉自己一切还好。可是真的好吗？当人们享受着幸福，沉醉其间心花怒放时，我却只能微笑着将这样的幸福置之度外。一点儿也不好！我费劲心力才从一个普通的职位慢慢爬到了苏丹顾问的位置上，而事实上我原本是印度斯坦的一个穷光蛋。日益泛滥的道德枷锁和政治绑架、追求幸福的意识的觉醒，这些都使得人们的生活越来越痛苦……我被迫离开了。我在苏丹的宫廷里学到了很多，这使我彻底变了。刻意营造的威严感！伪装出来的礼贤下士！噢，多么可怕呀，这么邪恶的思想！渐渐地，我的仁慈和善良被彻底埋葬，并且这种状态已经完全改不过来了。人们也开始怀疑我的心中到底是否还有良知。不过我为什么要在你面前倾吐自己的心声呢？也许是因为今天你打碎了桎梏我内心的枷锁吧。今天我……”

“够了，王公殿下，您别再说了。我这就走。我明白了……”

“等一下，我没有太多的时间了。明天有一批造反的奴隶要从这儿出发，去拉哈尔的艾哈迈德·尼亚尔德金那里。你和他们一起走吧。把这个拿上。”说完，苏丹的亲信王公提拉克将一个钱袋递到巴尔拉吉的手上。巴尔拉吉从那个地方悄悄地离开了。

提拉克是苏丹穆罕默德极为信任的印度教手下。他在处理佛教徒和希腊人关系的过程中建立并巩固了自己的威望，因此，即便是在马苏德苏丹在位时期，他也是一个不能被忽略的政治角色。尽管如此，也不管其他人是怎样看待自己的，他始终将自己看作是一个印度教徒。然而今天，在听说了巴尔拉吉的事情之后，他的内心泛起了巨大的波澜。突然，他开口唤道：“菲罗萨！”

菲罗萨从灌木丛里钻了出来，垂头站在他面前等候吩咐。提拉克用手抚摸着她的头，柔声问道：“菲罗萨，你想回印度斯坦吗，回到艾哈迈德的身边？”

菲罗萨的心开始怦怦直跳。她一句话也没有说。提拉克又说道：“别害怕，把你的想法都说出来。”

“艾哈迈德把金子给您送来了吗？”菲罗萨抬头问道，眼中充满了希冀。提拉克笑着说道：“真要说的话他倒还没有送来，不过，你要是想走的话，可以跟我说。”

“我能说什么呢？就像我的……”说着说着，她的眼中开始有泪水流下来。提拉克说道：“菲罗萨，你可以离开的。我可不想为了一些金子就让你的心备受折磨。”

“真的？！”她的声音中充满惊喜和感激之情。

“当然是真的，菲罗萨。艾哈迈德可是我的好朋友。此外，我再交给你一件任务吧。你见到他之后对他说，叫他在旁遮普好好地待着，别总带着自己的部队去印度斯坦的其他地方抢掠。我过一阵子就会向苏丹进言，把在地方征收商业税和土地税的权力也下放给他。他必须要明白，通过慢慢地做工作，一切情况都会好起来的。他也许不知道，现在宫里关于对他的任命有很大的争议，甚至有人向苏丹建议派我去接替他。

“菲罗萨，我并不想去印度斯坦。我曾经有一个妹妹。如今她在哪儿？她有没有受苦？死了还是活着？多年以来，这些事情我一点儿也没有花功夫去打听过。还有……我是印度教徒，菲罗萨！这些年来，我以自己的抱负为借口，迷失在自己的平步青云之中，心安理得地在这加兹尼河畔享受着舒适的生活，完全忘记了印度斯坦，忘记了我的祖国以及它正承受着的痛苦。为穆罕默德苏丹统计他的抢掠战果、给这些血迹斑斑的财富规划用度、向苏丹献策如何更好地剥削印度斯坦的人民，这些就是我的工作，也正是这些工作为我积累了如今的威望。在远离故土的时候，我好像什么坏事都能干得出来。可是，我始终是要回到印度斯坦的某个地方，再次在它的怀抱下生活的。在这样的情况下，我总该干点儿什么！菲罗萨，如果我现在就回去的话，我会发疯的。我是长久以来流放在外、被人遗忘的罪人！伊拉沃蒂是我妹妹！噢，我有什么脸去见她！或许她正在水深火热之中艰难度日，又或许她已经死了……菲罗萨！你去对艾哈迈德说，正是他，我的朋友，把我从这样的痛苦中解脱了出来。”

“我会回去的，并且把伊拉沃蒂找到。王公殿下！我之前从来也不知道，您的心里竟然藏着如此多的痛苦。我一直以为，您和其他几位突厥人王公一样，也不遗余力地推行种族融合呢。现在看来，被冰雪覆盖的山峰之下也是有可能藏着火山的。”

“那就回去吧，菲罗萨！把我从煎熬内心的可怕火焰中拯救出来！”提拉克王公说完这些，在原地坐了下来。菲罗萨侍立在一旁。王公的脸上慢慢地浮现出一丝温情。天色越来越黑了。伴随着加兹尼河上的水浪，迎面扑来一阵冷风，瞬间灌满了这片灌木丛。王公的府邸就在旁边不远处，宫殿的白色圆顶在夜色中依然清晰可见，仿佛正高傲地昂着自己的头颅。提拉克又说道：“菲罗萨，走之前再给我唱一回你的那首歌吧。”

菲罗萨唱了起来，她的歌声在笼罩着黑暗的灌木丛中回荡。

“如果能再见到她一回……但这已经是不可能的了。多么残酷的

命运！她的纯洁无瑕也许已经被玷污了，她的靓丽明艳可能也已经被世间的黑手摧残了。可是，即便放弃了她，我又能怎么样呢？我该怎么办呢？曾经也有过飞扬的梦想，现在却眼睁睁地破灭了！”一边说着话，巴尔拉吉一边愤愤地在石头砌成的神庙外墙上砸了一拳，发出咚的一声。声音一瞬间就消散了。他用充血的眼睛瞪着宏伟的神庙，接着像疯了一样突然站起身，绕着高耸入云的祭拜柱跌跌撞撞地转起圈来。

巴尔拉吉的视线落到神庙大殿的门神身上。那些涂满酥油的黑黝黝的使者举着可怕的三叉戟，像是正用它们指着小伙子的方向。巴尔拉吉停下了脚步。面前的神龛旁边，盛满酥油的长明灯点亮着。混合着藏红花、麝香以及其他各种鲜花的味道的神圣气息源源不断地飘了过来。一颗充满反抗的心并不想就这样屈服，然而头颅却因为崇敬而不由自主地低了下去。

“神灵在上！我该祈求点儿什么呢？我这一生从来没有故意犯下任何罪过。尽管在为加兹尼的苏丹效力，但这并不是我的本意。那我就祈求……能再与我的爱人见一次面吧！请宽恕我吧，也请拯救我于水火之中。”

祷告结束之后，巴尔拉吉把低下的头抬了起来。他忽然觉得身边有窸窸窣窣的声音，像是什么人在慢慢挪动，于是举头四下望去。只见一个身穿丝绸衣服的女子手上挎着装满鲜花的小篮子，正向远处走去。巴尔拉吉从后面跟了上去。走到祭拜柱边上的一处地方时，他不确定地叫了一声：“伊拉沃蒂？！”女子站住身子，转头四顾。巴尔拉吉张开双臂向女子扑了过去，想把她抱住。伊拉沃蒂喊道：“站住！”巴尔拉吉停住了，眼见对方一脸严肃的表情，他问道：“怎么回事，伊拉！你难道不是我的未婚妻吗？我们不是即将要在神灵的面前举行婚礼了吗？难道……？”

“你说得对，是即将举行，但是还没有举行。还有，巴尔拉吉！你并没有能够保护好我，我已经被罪恶的手玷污了。在这种情况下，你怎么能再娶我为妻呢？你是英雄！是大男人！为了实现你身为男人的职责，你还有很多重要的目标需要达成。去实现它们吧，把我留给神灵去庇护。我心中正在时时刻刻地忍受痛苦和悔恨的火焰的炙烤，以至于现在已经不会去爱了。”

“对于爱情来讲，纯洁的含义是截然不同的，伊拉！我爱你，所以在我心中，你的肉体纯洁与否并不是最重要的。逃走吧，我们……这样一来，我的爱情之火就能为你带来净化的曙光。”

“逃走，为什么？这是不可能的。我是被买来的女奴。一群异族人在劫掠木尔坦的时候把我抓住了。我在他们的严苛统治之下苟且偷生，寻找一切机会反抗他们。常常挨鞭子，或者被绳子捆着吊起来，但我的意志从来没有动摇过。有一天，这群强盗准备把我卖掉了。在曲女城的一个十字路口，他们让我和一群待售的马站在一起。我被卖了五百迪勒姆。买主是伽尸城的一个大人物，我成了他的女奴。巴尔拉吉！我在卖身的时候签下的条款也许是你从来没有听说过的。我是在白纸黑字上签了字的。在这个家里的身份是最低贱的，不能起任何反抗之心，绝对不能试图逃跑，永远不受别人唆使而对主人起恶念。如果我自杀了，那么主人或者他的任何家人都不需要为此承担任何罪责！他们只需要去恒河里沐浴就可以保持圣洁，而不会因为与我有了联系而受到玷污或被认为犯下罪孽。他们终生保有对我的身体的权利。如果我有违反条款的行为，只要他们愿意，他们就可以拽着我的头发，把我拖到王城的道路上，公开对我实施惩罚。原来的我早就已经死了。我的身体是用五百迪勒姆的价格换来的。我在这里一天，就得做牛做马一天。主人要是愿意，他就可以贱价把我卖给其他任何人。明白了吗？！我是自愿在脑袋上插了草标，然后把自己给卖掉的。这样的事实我怎么能隐瞒呢？”

巴尔拉吉的脸涨得通红，他说道：“伊拉沃蒂，你是骗我的，这不是真的。人怎么能像牲口一样被买卖呢？我怎么也想不通会有这样的事情发生。这样的歪门邪道都是突厥人的马贩子们传播开来的。如果你的誓言是在不知情的情况下发出的，那么它就不能被当成确实的准则，你也不用遵循它。你不知道，我为了能找到你也曾为希腊人效过力。”

“原谅我吧，巴尔拉吉。我没法认同你的逻辑。我女主人的马车可能已经走远了，我要赶上去随时听候差遣了。她近来都住在远离城市的庄园里疗养，这次是回来拜神的。”

“这么说来，我曾经做的那么多努力都是徒劳的了！菲罗萨为我争取到的希望也成了一场空。我到处游荡了这么久。伊拉沃蒂，可怜可怜我吧！”

“菲罗萨是谁？”刚说了这句话，伊拉沃蒂突然停了下来，转而说道：“我能怎样！如果那样做的话，那么我将能够得到此生最大的幸福。可是我命中是否有这样的际遇，这也许只有神灵才知道吧？现在，放我走吧。”听了这样的回答，巴尔拉吉伤心欲绝。在头晕目眩之下，他像一具木偶一样从伊拉沃蒂面前走开，站到神庙的外墙下。伊拉沃蒂离开了。巴尔拉吉在原地一动不动地站着，过了好一会儿，突然朝着伊拉沃蒂离去的方向追了过去。

这些日子以来，在特纳达德的庄园通往城里的路上，巴尔拉吉像个疯子一样不停地转悠着。他忘记了饥渴，只求能再见上伊拉沃蒂一面。然而，他的心愿并没有能够实现。今天，他终于做下决定，准备离开伽尸城。他是带着对生活的失望踏上从伽尸城通往神庙的道路的。他那壮硕如山的身躯曾经让拥有阿修罗般力量的人也艳羡不已，现在却变得了无生气。他的脸色因为饥饿而极度苍白。他心中想着："那天我竟然没有进湿婆神庙里拜一拜，真该死！"巴尔拉吉皱着眉头一路前行，也不知道自己走了多久。前方忽然有人发出一声呼喝："看着点儿，快停下！"巴尔拉吉被吓了一跳。他打眼望去，只见道路前方是一条长长的马队。队伍中大部分人都牵着马，自己步行前进。整队人马都是突厥人。巴尔拉吉从马贩子那里得知，享誉加兹尼的穆罕默德已经下令停止对印度斯坦的进攻。目前在位的是马苏德，而统治旁遮普地区的则是加兹尼的统帅尼亚尔德金。为了获取更高的商业垄断地位，突厥人商贩现在已经将活动范围拓展到了中央邦境内。巴尔拉吉避让到大路的一旁。一名骑士问道："贝拿勒斯还有多远？"巴尔拉吉回道："我不知道。"

"你这是刚从那里来的吧，却告诉我说你不知道？！你赶紧老老实实地回答我，否则的话……"

"否则怎样？我是你的佣人吗？"说完，巴尔拉吉继续向前走去。之前问话的骑士气坏了，叫道："抓住他！"

"是你！尼亚尔德金！"巴尔拉吉突然叫了起来。

"好吧，原来是你啊，巴尔拉吉！你这是什么情况，现在你已经不在苏丹帐下效力了吗？"

"不在了。马苏德苏丹并不信任我，总是找机会考验我的忠诚。我是不会为怀疑我的人效力的。话说你们来这里是要干什么？"

"我听说，贝拿勒斯是一座美丽富饶的城市，而且……"

"而且什么？"

"没什么，我们就是来观光的。大法官并不想将势力范围扩展到曲女城以东的地方。你不要和我一起吗？我可是知道你的实力的，很多勇士也没法做到像你这样。你到现在还谨守着印度教徒的身份吗？打破旧的传统，每到一个地方就要低头祈福，最保守、最创新、最善变的印度教徒！为什么？你的身上聚集了太多腐朽的东西，它们还没有舍你而去吗？这样的话你既没法接受新的事物，也享受不到这个世界的喜悦。你都和我们在一起混这么久了，可为什么……"

此刻，巴尔拉吉心里想的却是伊拉沃蒂，想着她无情无义的举动，还有那直白伤人的回答。想到愤怒之处，他咬住了自己的嘴唇。这时，尼亚尔德金还在一旁继续试探巴尔拉吉。他问道："你现在住哪里？在干什么？难道就这样甘于平淡了？"

巴尔拉吉终于平静下来，说道："哪儿也没住。现在让我静一静，我要走了。你说要去贝拿勒斯观光，这样的说辞我是不会相信的。不过这和我又有什么关系呢？你想干什么就去干吧。在这个世界上，我没有必要去同情任何人。抢掠吧，破坏吧，杀戮吧。去吧，尼亚尔德金。"

尼亚尔德金笑着说道："你没疯吧。我带着这点人能干什么的。我是为了一件事情到这里来的。菲罗萨的那些贝拿勒斯产的织锦衣服……"

"菲罗萨也和你一起来了吗？"

"走吧，我们上马慢慢说，我会把一切都告诉你的！"说完，尼亚尔德金让人牵了一匹马过来。巴尔拉吉心里一下子变得说不出的兴奋，翻身骑上了牵来的那匹突厥马。

放眼望去，映入眼帘的是两旁琳琅满目的珠宝摊、衣服摊、杂货摊以及香料摊，来自本地和国外的摩肩接踵的商人，人群中夹杂的一辆辆马车……贝拿勒斯城中用石头筑就的大街小巷用这样的方式向人们展示着自己独特的风格。被围墙环绕的主城区占据了从湿婆神庙一直延伸到拉吉码头的广大区域。城门上站满了卫兵。曲女城的国王占据了这座城市，现在它的管理者是德利布丽。如果仔细观察就能发现，整个城市中毫无秩序可言。尽管如此，日常工作的、买东西的、卖东西的、旅游观光的……各色人等丝毫未受影响，该干嘛依旧还是在干嘛。

菲罗萨在一家衣服摊上看锦缎，尼亚尔德金在一家宝石摊为自己挑选宝石。两个摊子正好挨着！巴尔拉吉则站在两个摊子之间。菲罗萨心不在焉地选了几块布料，向着边上说道：“巴尔拉吉！快来瞧瞧，你觉得这几块布怎么样，很好看吧，是吗？”另一边，尼亚尔德金也说道：“看完布料就到这边来吧。那些布料看看就行了，买就不用啦！”菲罗萨闻言，放下布料准备到隔壁摊子上去，衣服摊老板见状说道：“光看不买，这都是什么人呐。从来没见过这样的。就像那些穷鬼一样，拿眼睛看看食物就算是吃过了。”菲罗萨都已经迈步向一边走了，闻言又站住了。她转头问道：“你在胡说八道什么？”“快走吧，快走吧，回土耳其斯坦的林子里放牧去吧。这些布料不是你能买的……”旁边的珠宝摊老板正想说点儿什么，巴尔拉吉看不下去了，说道：

“闭嘴，不然我把你的舌头挖出来！”

“哦嗬！突厥人听差的奴仆，你也……”衣服摊老板只来得及说出这么多话来，尼亚尔德金已经抽出宝剑架到了他的脖子上。市场上沸腾了。尼亚尔德金的手下都散落四处各自在闲逛，有些人看见这里情况不对劲已经聚了过来，剩下的也都得到信号向这里靠拢。冲突开始升级。一些当地人把尼亚尔德金围了起来，而突厥人则想把他抢出来。城里的卫兵也赶到了。尼亚尔德金得到报告，说他们在这里遇到麻烦的消息已经传回了驻地，这下他的胆气壮了不少，大力挥舞着宝剑叫道：“我们双方各自罢手如何，这样可以相安无事，否则的话就不能善了了，我们可是突厥人。”

突厥人的恐怖在北印度早已经是尽人皆知了。于是，周围安静了下来。不过，人们的沉寂只持续了一小会儿就消散了，因为商人们的反抗举动点燃了所有普通市民心中的愤怒。双方开始打斗，卫兵也加入了商人一方。更多的突厥人赶到了。尼亚尔德金大笑起来，一边高声呼喝一边向突厥人发出各种指令。贝拿勒斯的道路第一次被突厥人的宝剑照亮了。

尼亚尔德金的手下逐渐聚集在一起，有组织地行动起来。他们已经不仅限于打斗和自保了，而是开始抢掠财物。巴尔拉吉没有动，他站在原地，就像是在看一场戏。突然，一个略显熟悉的声音传入他的双耳。他转头四顾，只见一把宝剑正要刺入珠宝店老板的脖子。另一边，伊拉沃蒂嘴里喊着：“放过他吧，别杀他！”自己则挡在了宝剑前面。巴尔拉吉连忙叫道：“住手，尼亚尔德金！”下一刻，尼亚尔德金的宝剑就到了巴尔拉吉的手中。尼亚尔德金气急败坏地叫道：“你要赖，你这个异教徒，这算什么本事？”几个突厥人靠了过来！一旁的菲罗萨也觉得巴尔拉吉有点过分，脸涨得通红。巴尔拉吉尽管并不怕他们，但依然非常谦逊地说道：“菲罗萨，这就是伊拉沃蒂。”菲罗萨闻言开心地笑了起来，一把抓起伊拉沃蒂的手，转头说道：“尼亚尔德金！我和巴尔拉吉要带着她先走了，你也赶紧来啊。这个宝石摊老板也没有伤害到你，就别杀他了！看呐，好多骑兵冲过来了，咱们所有人都该撤啦。”

尼亚尔德金一瞬间就判断清楚了整个局势，他一把拽住宝石摊老板的衣领，转头向伊拉沃蒂的方向示意了一下，然后问道：“从另一个方向能冲出去到达她家吗？”

“能！”一个颤抖的声音答道。

“很好，走吧，你的小命保住了。我带伊拉沃蒂走。”

说完这些，尼亚尔德金把嘴巴凑到一个突厥人的耳朵旁边，又小声吩咐了几句，紧接着，他让巴尔拉吉在前面开路，然后跟在伊拉沃蒂和菲罗萨的身后闯进了特纳达德家里。突厥人在这里聚集起来准备休整一下。城里的卫队慢慢地逼近了。

金德尔帕伽河的岸边有一片茂密的树林，林子里有一片营地。夕阳西下，将树木照射出一片阴影。伊拉沃蒂和菲罗萨坐在这片阴影中，彼此打量着对方的面庞。菲罗萨先开口道：

“你到底爱不爱巴尔拉吉？”

“我不知道。”伊拉沃蒂说出了一个颇令人意外的答案。

“他可是为了你才从加兹尼河畔千里迢迢返回印度斯坦的。”

“为什么要让他回来，你应该让他留在那里的。”

“你身上是发生了什么事情吗？”

“我……我已经不再是自己了。我现在是一个奴隶，是用金属块就能换取的一堆皮肉而已，里面埋藏的那颗心早就已经干涸了。”

“伊拉！你这样他会死的，要么就会发疯。”

“可我能怎么样呢，菲罗萨？”

“好吧，那你也去死吧！”菲罗萨刻薄地说了一句。

伊拉沃蒂像是被点醒了。她说道：“巴尔拉吉不会让这样的事情发生的。那天，尼亚尔德金的宝剑本来都快要做到这一点了，可人们总是很自私的。为了达成让自己幸福的心愿，他们才不会管给多少人带去了痛苦；为了满足自己的欲望，他们会对其他人的需求置之不理。你说的是对的，菲罗萨，我应该……”

“停，伊拉！你心情不要这么激动，我们心平气和地谈谈。你就那么想尽快将他赶走吗？”

“菲罗萨，如果只是在我遭受不幸的时候跑来陪我一起哭泣，这样的人我是不会直接当作朋友看待的，总还得看看这个人能为我减轻多少痛苦的感觉。看起来他是为了帮我分担痛苦而放弃了很多东西，但事实上他做这些只是为了满足他自己的虚荣心和企图心罢了。他根本没有真正帮我承担痛苦的勇气，也无法成为我同行的伴侣。他一开始想着如何变得富有，然后想施舍他的爱情，还想要获得我的心，世上有比这更无耻的事情吗？”

“你说了这么多，我一下子可没法完全理解。但我可以这样说，痛苦已经将你生命中柔软的那一面彻底剥夺了。”

“菲罗萨……我不想和你争辩什么。你救了我的性命，这是事实，可是你拯救不了我的心。它只有在自我寻觅中才能得到救赎。你想说什么话就对我说吧。我很清楚，人们从来就不可能完全站在另一个人的立场去看待问题！尽管如此，却也不能对别人的想法彻底不管不顾。”

菲罗萨听到一些响动，于是向后看去。只见巴尔拉吉从一棵树的后面现出身来。他说道：“菲罗萨，难道我在加兹尼河畔一心寻死的时候忘掉什么东西了吗？好吧，我走了。”

伊拉沃蒂心里想：“现在我是不是也该说点儿什么……”

菲罗萨心里想：“我把这两个人从死亡中救了回来，可是现在看起来我好像是干了一件蠢事？”

两个人谁也没有去看巴尔拉吉一眼，就让他这么离开了。

二

拉维河畔有一座美丽的宫殿，它是旁遮普将军艾哈迈德·尼亚尔德金的府邸。宫殿四周长满茂盛的大树，绿色一直延伸到很远的地方。树下是星罗棋布的营帐，里面驻扎着大批突厥军队。

春日的月夜仿佛一位斗士，它以月光为武器，同宫殿的塔楼、圆顶以及周围大树的阴影战斗了一晚，现在终于要入睡了。月亮就要从西方天际落下去了。在面朝拉维河方向的一条大理石走廊上摆着一张床，不过现在上面是空的。丝绸床帘向上方掀开，系在两端的床柱上。伊拉沃蒂坐在走廊的台阶上，两眼盯着拉维河的水流，快要睡着了。她的身影一动不动，仿佛已经与宫殿融为一体，变成了一尊装饰用的粉红色石雕。

今天轮到伊拉沃蒂晚上在寝宫值守。她整夜都在等候艾哈迈德归来，现在终于撑不住睡着了。这些日子以来，由于从加兹尼传来了新的命令，艾哈迈德变得更加忙碌了。苏丹在传达这份命令时明显是带着怒火的。为了商议一些事情，艾哈迈德瞒着菲罗萨，专门挑夜深人静的夜晚召集手下开会。这些人都是他的心腹，他很信任他们。他的心中现在正燃烧着欲望之火，他渴望带领旁遮普取得独立，并成为它的主人。菲罗萨曾经劝阻过他，然而，在大人物决定政治立场的时候，一个普普通通的突厥女奴隶的话又能起到多大的作用呢？在野心面前也只能是被当成耳旁风罢了。一半是因为生气，一半是因为身体确实有点不舒服，菲罗萨很早就回了房间，关上门睡觉了。尽管有好几个女奴可供挑选，可她今天偏偏就选了伊拉沃蒂，让她到这里来候着。艾哈迈德登上台阶，走进了那条走廊。一个带着痛苦表情的睡美人映入他的眼帘！他又走近了一些。月光绕过宫殿的圆顶，正照在伊拉沃蒂的面庞上。艾哈迈德用醉醺醺的双眼打量着这副美丽的容颜。它是那样纯真自然，毫无矫揉造作。酒醉后的燥热不复存在，艾哈迈德一下子变得清醒了。他有点疑惑，小心地四处打量了一圈，然后上前抓住伊拉沃蒂的手摇晃起来。伊拉沃蒂被惊醒了。她睁眼一看，艾哈迈德就站在眼前！伊拉沃蒂赶紧站起身来，忙不迭地整理起自己的衣服。艾哈迈德努力克制住平常的傲慢，问道：

“你怎么会在这里睡着了，伊拉？”

“我太困了，不小心就睡着了。您说吧，需要我拿什么？”

“来点果汁吧。”艾哈迈德一边说话，一边坐到床上，看伊拉沃蒂忙着向水晶杯里倒果汁。他的眼中流露出一丝贪婪的神色。伊拉倒满一杯果汁，然后端了过来。艾哈迈德接过杯子，问道：“菲罗萨在哪儿呢？”

“她有点头疼，在房里睡觉呢。”

艾哈迈德眼中开始闪现兽性的火花，身体里也涌现出一阵激流。他一把抓住伊拉沃蒂的手，说道：“你要不也坐下来吧，伊拉！你不是累了嘛。”

“您喝果汁吧。我去把菲罗萨叫醒。”

“菲罗萨！难道我是菲罗萨的奴隶吗，伊拉沃蒂！你……噢！”

伊拉沃蒂正在手忙脚乱地甩着手，想摆脱艾哈迈德的纠缠，却发现菲罗萨已经来到近前！她的眼中闪动着愤怒的火焰，张口说道：“我才是奴隶，艾哈迈德！你怎么会是我的奴隶呢？不过，我想你应该还记得吧，你到现在还没有向提拉克王公支付过我的赎金，所以我要走了。”

艾哈迈德傻眼了！一下子蔫了下去！菲罗萨转身离去。伊拉沃蒂哀求着说道："姐姐，为什么不带我一起走呢……？"

菲罗萨转过头来，定定地看了一眼伊拉沃蒂，说道："那就一起走吧。"

两个人牵着手走下了台阶。

自从在国外闯荡了好多日子的巴尔拉吉回到自己的故乡之后，金德尔帕伽河两岸的贾特人中就掀起了一股新的浪潮。他向自己同族的人宣布，今后将会让他们摆脱过往的苦难并且重获自由，还承诺他们将不再受苏丹政权的压榨。将尚未开化的贾特人纳入自己的势力范围，同时让他们接受军事政权的统治，这即便是对于一个为苏丹效过力的人来讲也是非常困难的事情。

如今，在菲罗萨离去之后，艾哈迈德彻底丧失了人性中柔软的一面。一方面是因为马苏德发来的表达愤怒的信息，另一方面是因为贾特人的骚乱使得他的财政出了问题，都已经快要发不出军饷了。艾哈迈德现在很暴躁，甚至一度在脑海里做出了一次性将贾特人全部消灭的决定。当时他都差点都要下令让自己骁勇善战的军队出发去包围那些贾特人了。然而，压在心头的另一件事情却使得他打消了这样的念头。他知道提拉克正带着加兹尼的军队向这里赶来，为了毁灭他梦想中的帝国而来！他终于决定要最后搏一把了。他和心腹商议已定，如果他们此时能够得到起义的贾特人的支持，那么旁遮普从此就能从加兹尼的统治下独立出来了。这样的局面将给两方都带来好处。

前方是一片郁郁葱葱的森林。两个姑娘跑到这里已经累极了。她们把头靠在树根上，躺下身子休息。前方山丘上响起了一阵马蹄声，将她们惊醒了。两个人正要坐起身子，一队骑兵已经来到跟前。是一队贾特小伙子，他们威武雄壮，手中可怕的长矛向前挺立着。

看见前方有两个女人，这队人的头领问道：“你们这是要去哪儿啊？”

这时，菲罗萨和伊拉沃蒂已经站起身来。头领看清楚两人之后，一边下马一边叫道：“菲罗萨，原来是你啊，我的姐姐！”

“是呀，我的兄弟，巴尔拉吉！正是我。还有伊拉沃蒂！”巴尔拉吉像是没有听见菲罗萨的话一样自顾自说道：“菲罗萨，我们要和艾哈迈德开战了。如果让突厥军队越过这片森林的话，他们就能直接进攻贾特人了，所以一定要在这里把他们挡住。你们在这个时候要去哪儿啊？”

“你说去哪儿我们就去哪儿，巴尔拉吉！我已经从艾哈迈德的阴影下走出来了。”菲罗萨不耐烦地说道。

“别害怕，菲罗萨，这里是印度斯坦，这是我们印度教徒的圣战。我们绝不会变成奴隶的。”巴尔拉吉只来得及说完这些，身后就传来一阵轰响。他猛然回头望去，急切地说道：“行了，他们来啦，没时间了。”下一刻，巴尔拉吉已经骑上了马背。艾哈迈德的军队来到了近前。他一看到巴尔拉吉就高声叫道：“巴尔拉吉！果然是你呀。”

“是我，艾哈迈德。”

“其实我们可以成为朋友的。现在还有机会……”正说着话，艾哈迈德的目光忽然落到菲罗萨和伊拉沃蒂身上。他一下子忘记了所有的一切，大声吼道：“把这两个女人抓起来！”下一刻，巴尔拉吉挥动起了手中的长矛。战斗开始了。

贾特人取得了明显的优势，战斗眼看着就要进入尾声。这时，情况又起了新的变化。一支突厥军队从背后杀向了贾特人。巴尔拉吉尽管已经受伤，但还是将可怕的长矛刺进了艾哈迈德的胸膛。绝望的贾特人依然在为自己的理想奋战。奄奄一息的艾哈迈德勉力睁开眼睛，看见提拉克站在他的面前，后面是加兹尼的军队。所有人都停下了手中的武器，可是，艾哈迈德生命的流逝却没有停止。菲罗萨伏在他的尸体上大哭起来。另一边，巴尔拉吉已经陷入昏迷，伊拉沃蒂把他的脑袋搂进了怀里。提拉克诧异地看着这一幕。

巴尔拉吉醒了，做了个想喝水的手势。提拉克将一个水囊递到伊拉沃蒂手中。喝着水，巴尔拉吉睁开眼睛，说道："伊拉沃蒂，要不我以后不死了吧？"

提拉克大吃一惊，问道："伊拉沃蒂？"

菲罗萨一边哭一边说道："是的，王公大人，是伊拉沃蒂。"

"我可怜的伊拉沃蒂？原谅我吧，我都把你忘了。"提拉克惭愧地说道。

"哥哥！"伊拉沃蒂叫了一声，然后就再也说不下去了，喉咙像是被堵住了一样。她俯下身子捧住了提拉克的脚。

巴尔拉吉成了统领贾特人的王公，伊拉沃蒂是王妃。由于伊拉沃蒂的仁慈，奇纳布河所在的这个省正在焕发勃勃生机。不过，菲罗萨的幸福也正是在这里终结的。她也留在了这里，每天扫地、献花、点灯……她终于成为艾哈迈德永远的女奴。

吉苏

每当夕阳西下，黑暗和孤寂笼罩大地的时候，一阵悠扬的歌声就会从某一口远离城市的水井旁传来。吉苏很喜欢唱歌，不过从来没有人当面听到过。他总是一边唱着歌，一边独自喝着小酒！

如果有人受他美妙的歌声吸引来到近前，他就马上收声，把所有的物品打包收拾好，飞快地离去。然后，又会找一口新的水井，在那里盘桓数日。

这一天，吉苏收拾停当，在九点钟的时候回到南杜大叔家里。这正是南杜大叔坐下来开始吹笛子的时间。他一眼就看见了吉苏，于是招呼道："来啦，吉苏！"

"是啊，大叔。大车经过后，扬起的尘土总是要落下地来的！"他一边说着话，一边捯饬着自己的斋普尔围巾。南杜大叔慈祥地看着他，那披肩的长发、短小精悍的胡子和大大的眼睛。对他来讲，吉苏是永远的观赏者，也是虔诚的倾听者。南杜大叔从罐子里取出两个槟榔递给吉苏，说道："给，拿去吃吧！怎么，你不是说过就喜欢吃这个吗？"

吉苏恭敬地接过槟榔，咧嘴笑了起来，露出一排珍珠般雪白的牙齿。

吉苏的年龄在二十五岁上下。他的老母亲三年前去世了。

听南杜大叔吹完笛子，吉苏去市场上买了些脆饼和牛奶，又回到南杜大叔这里。然后，在低声的哼唱中慢慢进入了梦乡。

这一回，吉苏准备了数百枚零钱。他捧着装钱的盘子坐了下来，一个拜沙一个拜沙地整理起来，最后数下来一共是十多个安那。

戈文德拉姆打好酒，招呼吉苏一起来喝，他却拒绝了。戈文德拉姆说道："你这个大财迷。你不就是怕我下回让你请客，所以才不喝的嘛。"

吉苏说道："才不是呢，兄弟。我晚上就只喝一回东西的。"

十点钟的时候，宾多到戈文德拉姆的码头来沐浴。她穿着白色的围裤，长得漂亮极了。每回当她俏生生地站到吉苏跟前来换零钱的时候，吉苏都高兴得无以复加。宾多说道："你可看仔细了，别给我破破烂烂的钱。"

"嘿，宾多！我难道会故意给你破破烂烂的钱吗？干嘛这么埋汰我？"

"你的名字不是叫吉萨吗，那你的钱当然就是破破烂烂的咯？"① 宾多说完就笑了起来。吉苏说道："宾多！这个世界上确实没有比我还要迂腐的人了，所以我父母才给我取名叫吉苏。"②

宾多连眉眼都带上了一丝笑意。她深深地吸了一口气，转身向菜市场走去。

宾多并不总是来换零钱，因此吉苏隔三差五才能享受到和她调

---

① 在印地语中，"吉苏"一词发音为"ghisu"，"破破烂烂的"一词发音为"ghisa"，两者是近音词，宾多故意混淆两词来调笑吉苏。

② 在印地语中，"ghisa"既有"破破烂烂的"之意，也有"迂腐的"之意。这里吉苏活借一词多义巧妙地应对了宾多的调笑。

侃的乐趣。他有时也会心存一丝绮念，如果能够实现，哪怕只有一段时间，他也就心满意足了。

黄昏时分，在绿意盎然的地平线处，吉苏沉浸在美景中自娱自乐地低声哼唱。对于吉苏来说，这就像是生命的旅途中必备的路费和口粮一样重要。

渐至的黄昏，香醇的美酒，美妙的歌声，南杜大叔的笛声，所有这些都是宾多的挚爱。吉苏做着幸福的美梦，香甜地睡去。

宾多到底是什么人？这个问题吉苏从来也没有想过。也不知道为什么，他总以为她是个寡妇。不过，除此以外他也不想知道更多东西了。

晚上八点，吉苏向南杜大叔家的方向行去。五月的天空乌云密布，一会儿就下起毛毛雨来。吉苏依然在唱着歌。

路上满是泥泞。吉苏一边慢慢地走着，一边继续唱歌。忽然，前方路面出现一大滩积水。吉苏停了下来，想着去什么地方躲一下雨，免得被淋湿了。旁边是一座花园，他听到那儿的房子里传来说话的声音："这才是你的真面目吧，用花言巧语把我骗到这里。离我远……"

另一个声音传来："我怎么了！你还不是我老婆呢，我凭什么要事事顺着你？"说话的人嗓音嘶哑，像是喝了酒。

吉苏继续听着。宾多说道："我当然不是你的什么人。不过，既然选择了和你在一起，我就已经违背了世俗道德。所以，你不能抛下我，不然我就活不下去了。真要是到了那个时候，我也不会让你好过的……混蛋……"

"哦嗬！我是混蛋！你吃我的，从我这儿……你好好想想，你是和谁一起来的这里，又是靠谁才过上如今的日子！混蛋……恶棍……快滚，不然我一刀捅死你！”

“来捅啊！杀了我吧！今天我就和你同归于尽。杀了我，你也会被绞死的！”

随即传来一声尖叫，接着是一声巨响。吉苏这下再也忍不住了。他冲进花园，撞向房门，撞开门之后飞快地冲进屋。宾多跌坐在地上，一个中年男子揪着她的头发。吉苏见状双眼一下子变得通红，叫道：“喂！这是个女人……你怎么能……”

打人的男人说道：“那又怎么样？是我带她来的这里！现在，你可以滚了，你朋友来了。”

宾多茫然地抬头望去，下一刻失声叫道：“吉苏！”接着就大哭起来。

中年男人说道：“快滚吧，这下开心了吧！从今往后别让我再看见你！”

吉苏说道：“兄弟，你这人真奇怪。你还是别自作多情了，我要走了。我是听见‘拿刀捅死’的声音和尖叫声才过来看看的。你们吵架关我什么事！”

“我能带她上哪儿去，兄弟！你要搞清楚，这可是你的事情。行了，我要走了。”说完，吉苏准备离去。

宾多叫道：“等一下！”

吉苏停下身。

宾多先走出门去，吉苏跟在她身后出了花园。路上行人寥寥，两个人一言不发地向前走去。走到一个路口，吉苏说道：“现在你可以回自己家去了！”

“哪还有地方可去！现在只能去你家了。”

吉苏闻言犹豫起来，说道：“我哪儿有家？南杜大叔有一座小屋，我住在他那里。你那儿难道连住的地方也没有？！”

宾多又哭了起来。她一边哭，一边埋怨道：“你干嘛这个时候跑到那里去。刚刚那种情况我本来是能应付的！可是你一去，就把一切都给毁了。我现在无处可去了！”

一路上是电闪雷鸣。吉苏和嘤嘤哭泣的宾多说着话，看她呼吸都开始不畅起来，于是说道：“那就跟我回去吧。”

第二天中午，吉苏来到戈文德拉姆的码头，把盘子放在地上，默默地坐了下来。戈文德拉姆一边酿酒，一边问道：“吉苏，今天要来点酒吗？”

吉苏没有吱声。

戈文德拉姆看着他低垂的头说道：“吉苏，说话啊！今天碰上什么烦心事了？”

“怎么说呢，兄弟！我在找住的地方。一间小屋就行，能放点东西，有个自己的空间。”

戈文德拉姆问道：“你现在住的地方呢？”

“那里现在已经没地方住了。为什么不就在这里住下呢？！你帮我上个锁吧，我可不会一天二十四小时在这里待着。”

吉苏眼中泛起一层泪光，满是乞求的意味。

戈文德拉姆说道：“起来吧，今天来点酒。”

现在，吉苏每天都会出现在这附近，坐在地上给人兑换零钱，宾多也总是到恒河边来沐浴。她会在吉苏的摊位旁站一会儿，等吉苏给她四安那的零钱。只不过两个人之间再也没有了笑容。

有的时候，吉苏也会去更远的地方。他通常是坐戈文德拉姆的船前往对岸。往返途中，船上总会传来他的歌声。可一到岸上，他就会闭上嘴巴。

宾多依然会来取零钱，一句话也不说。吉苏也总是默不吱声。吉苏大大的眼睛明显地凹陷下去。宾多有时盯住那凹陷怔怔地看一会，不过还是会离开。日子就这么一天天过去了。每回过来，宾多都会看到摊位上的零钱比上一回要少一些。吉苏的身体也一回不如一回。两个人还是不说话，连一句问候也没有。

有一天，戈文德拉姆忍不住问道："吉苏，这儿再也没听到过你的歌声了。"

吉苏说道："身体不行啦。"

戈文德拉姆握住他的手，说道："你是发烧了吗？"

"不是发烧。近来连饭都懒得做了，就胡乱吃一些了事。"

戈文德拉姆问道："就是因为你把酒戒了才会变成这样的。"

这时，吉苏心里却在想着别的事情："好多天没去听南杜大叔吹笛子了，不知道他会怎么想呢！"

戈文德拉姆走了。吉苏躺在自己的小屋里，他真的发烧了。

吉苏被可怕的高烧折磨得整夜不能成眠。宾多还是在老时间来了，不过吉苏今天并没有在小屋前的平台上摆摊。宾多在那里站了一会儿，然后一把推开房门，向里面望去。只见吉苏正难受得翻来覆去！宾多上前喂他喝了点水。

吉苏说道："宾多，对不起啊，我给你带来了巨大的痛苦。现在，我要走啦。拿着，这是我攒的一些钱！你知道吗，神……"说着说着，他的眼睛缓缓地闭上了。泪水从宾多眼中止不住地流下。她叫来戈文德拉姆。

现在，宾多依然在用吉苏给她留下的钱做着换零钱的生意。她的青春、容貌早已不复存在，剩下的只有一些零钱、渐渐发福的肚腩和日复一日的时光！

脚镣

“老爷，您行行好，赏两个钱吧！”

听到这个声音，我的内心颤栗了。多么可怜的声音啊！我循声望去，只见一个十多岁的小男孩牵着盲棍站在我跟前，盲棍的另一头被一个盲人老头抓在手中。我开口问道：“苏尔达斯，这孩子是你从哪里找来的？”

人们有的时候会用苏尔达斯的名字代替“瞎子”来称呼一个失明的人，我觉得这是值得称道的行为。就像现在就是如此，面对着这可怜的人，“苏尔达斯”的称呼代表了我对他的同情与尊重，而不是嘲讽。

瞎老头答道：“老爷，这是我儿子，同时也是我的盲棍。有他在的话，乞讨起来能方便不少，还能帮我解决不少问题呢。”

我递过去一个安那。男孩兴奋地叫道：“哇，一个安那耶！”瞎老头闻言忙说道：“老爷，祝您长命百岁！”

我继续向前走去。一边走一边在心里想：“在这些艰难度日的人们心里面，生活本身应该也是无价的吧。神灵保佑！”

"天神啊，你怎么还不现身？"在去神庙的路上，我的耳朵里传来一声苍老的叹息。声音里充满了卑微，就像杜勒西达斯的诗歌中所描写的一样。这是惊慌失措的求生呐喊，同时也是声嘶力竭的痛苦呻吟。摩托车停了下来，咆哮的轰鸣声消失不见。我一言不发地循声望去，原来是那个瞎老头！不过，今天他是一个人。我给了他一点钱，然后问道："今天怎么就你一个人啊，你儿子呢，他上哪儿去啦？"

"老爷，我靠着乞讨倒也攒了一点钱，没想到他拿着这些钱跑啦，不知道上哪儿去了！"泪水从两只瞎了的眼睛里流了下来。我又问道："没有他的消息吗？这事儿发生多久了？"

"听别人说，他跑到加尔各答去了！"我满怀着对那个浑账小子的愤怒向码头的方向走去。在那里，一个说书人正在讲说远古流传下来的故事。听着听着，我对那个男孩更加痛恨起来。举目望去，河面上的水雾好似巨蟒一样在天空中蜿蜒开去。

过了几个月，我在一个路口又碰到了那个瞎老头，他的儿子牵着盲棍昂首挺胸地站在一旁。我上前生气地问道："怎么回事，浑小子，前阵子你抛下瞎眼的父亲跑了，是到哪里去了？"他笑着答道："老爷，我是去找工作了。"听了这满怀责任感的回答，我的怒气平息下来。我给了他一些钱，说道："小子，这就是你的工作，你可不能再抛下父亲跑啦。"

瞎老头在一旁说道："老爷，他现在可没法跑喽，我给他脚上戴了脚镣。"我惊诧地看去，男孩的脚上真的套着一副脚镣，这使得他只能很慢地挪动脚步。我在心里对自己说："神啊，为了乞讨，父亲竟然狠心地在自己儿子的脚上戴脚镣。儿子呢，却还笑得出来。苍天啊，你赢了！”

我继续向前走去。

我站在路边等一位先生，之前和他约好了今天要一起乘船出游。小汽车，摩托车，马车……路上车水马龙的，所有人看上去都匆匆忙忙的。我像个哲人一样在心里对这幅喧嚣的场景大肆批判着！在一棵树的阴影之下，一个我略感熟悉的声音响了起来。是瞎老头！只听他说道：“儿子，这几天你就别花钱了。我已经和拉姆达斯说过了，用七个安那给你做一件长袍，现在天已经开始冷了。”男孩呜咽着说道：“不嘛，今天必须给我两个拜沙，我要吃拌沙拉。看，那边就有人在卖。”男孩哭得涕泪横流，可是瞎老头坚持着就是不给他钱。一番打骂之后，男孩依然哭闹不止。瞎老头无可奈何，最后只好给了他两个卢比。拿到钱之后，男孩飞快地向路边的小摊跑去，脚上还戴着脚镣。

纳温老爷骑着摩托车，以四十英里的时速在路上飞驰。在路人的惊呼声中，男孩被撞倒了。人们呼啦一下围了上去。摩托车不管不顾地开走了。瞎老头还不知道发生了什么，茫然地叫道：“怎么回事？！”

第一个人说道：“伤得不太重吧。”

第二个人说道：“是哪个天杀的给他戴的脚镣，要不然怎么会被撞到。”

瞎老头明白过来，说道：“老兄，帮我把脚镣斩断吧，现在再也不需要了。”

我隐约看见，男孩的生命之鸟也斩断了自己的脚镣，然后飞走了。

背誓

“那你是不打算接受了？”

“当然不接受，现在我们之间有着如此巨大的鸿沟，而且这鸿沟是绝对无法消除的！”

“那我们这么久以来的情谊呢？”

“哼！我们从今往后恩断义绝。你那天说出口的话我永远也不会忘记的，南登！现在，我们已经没有继续在一起的必要了。那些过往的回忆，就当作是一场梦好了。明白吗？”

“即便是你不愿意再承认我们之间的情谊，就当是可怜可怜我都不行吗，我们好歹曾经是朋友啊！我们一起在学堂里……”

“是的，是的，我知道，你以为我是穷人家的孩子，所以一直同情我。可是，直到现在我才明白，这其中包含着多大的侮辱。”

“红色的朝霞照在跋吉罗陀河上，与波涛融为一体。为了进行虔诚的沐浴，我们向圣河边走去。说真的，难道在我们纯净的心灵中就没有如此美好的事物吗？”

“也许过去是有的吧。可是现在，在经历了如此严重的侮辱之后，还怎么可能继续存在呢？！我当时站在原地，而你呢，登上金色的马车走了，连一声招呼都没有打。南登，你应该是知道的，在我们这样的穷人心中是多么地痛恨这样的行为？因为它代表的是欺骗和蔑视。我再强调一遍，现在我们之间已经没有任何关系了。”

“你说得对，格宾杰勒！我们过去的关系已经不复存在，可我们在结束了关系之后难道就不能放开胸怀再重新发展出一段友谊吗？我们可以重新开始啊。”

“对于你的祈求我无法接受。你身上满是富人式的傲慢，可事实上，只有贫穷才能使人拥有更强烈的骄傲。”

“事到如今，你的脑子已经不怎么清醒了。好吧，等什么时候……”

“现在不会，什么时候也不会。我要让贫穷的人们知道我到底是什么样的。我也许会在这个充满欺骗的世界忍饥挨饿，可绝不会在任何人面前低头。如果可能的话，我要改变这个世界。”

格宾杰勒走了。南登惊惶不安地回去了。这一夜，他失眠了。

这件事一晃过去了好多年。华氏城大亨格勒谢的儿子南登已经渐渐地淡忘了这件事情。富有带来的奢华生活能消磨掉任何人的意志！他的生活中充满了青春的激情和无数的梦想。然而，由于受到友人的欺骗，南登的美妙生活终于戛然而止。

“拉塔，你难道疯了吗？你竟然决定要嫁给格勒谢的儿子。太令人吃惊了！”

“是的，尊敬的王后殿下。这是长辈们的吩咐，我只能接受了。”

“我可以阻止这件事情发生。那个蠢货南登！你们两个太不登对了！拉塔，可怜的孩子。”

“可是，如果要违背长辈们的期望，不管是用什么方式，这都是有悖我的信仰的，王后殿下！南登的愚蠢只是他天真本性的一种体现，这并不令我感到讨厌。我可以照看并管教这颗纯真的心灵，这也许会成为我的一项乐趣呢。”

摩羯陀国的王后殿下笑了，她称赞了一番公主的这番勇气，然后提醒道：“既然你这样决定了，那这样做的后果以后也将要由你自己来承担了。”

王后终于忍受不了一旁玛塔维树的气味，站起身来。她一直视拉塔为己出，对她很是宠爱。

这一天终于来到了。摩羯陀国的国王、伟大的特南杰的女儿与格勒谢的儿子完婚了。他们的婚礼举办得非常隆重。摩羯陀国王准备了大量的嫁妆，除了镶满宝石的首饰和黄金打造的器物，还有拉塔最喜爱的完全由宝石制成的灯台。盛大的仪式、丰盛的美食、各式各样的节目……很久之后，这些婚礼细节依然是古苏姆普尔的人们茶余饭后的谈资。

拉塔正式成为格勒谢的儿媳。

两天的时间里，拉塔的新房被沉香、檀香、藏红花、花环等物品装饰一新。屋里点着成排的油灯，竖琴、笛子和鼓的声音在回响。南登用一个很舒服的姿势躺着，目不转睛地静静看着拉塔的绝世容颜。架子上的灯台发散出摇曳的火光，映照在南登和拉塔身上。南登时不时地抚弄一下拉塔的披肩。拉塔笑着说道：

“终于结束了。”

南登说道：“你看，你身上穿戴的衣饰太烦琐了，都流了好多汗。得好好休息一下了。”

拉塔开心地笑了起来。嫁给这么纯真体贴的丈夫真是太幸福了！自己实在是太有眼光了！她的脑海里情不自禁地畅想起幸福的未来。

格勒谢是个守财奴，他总是担忧自己财产的安全。尽管国内的治安很好，可他还是更相信神灵的庇佑。前些日子，一个裸身修行的圣者来到城郊，住了下来。于是，格勒谢把他供奉起来，并且将满腔的希望寄托在了他的身上。

有一天，格勒谢吩咐道："所有人，都跟我去拜见圣者。"

一托盘一托盘的礼品准备好了。所有人坐上神车，出发去拜见圣者。众人来到跋吉罗陀河边的一处森林，那里有格勒谢请人搭建的小屋。

众人带着随从下了马车，然后怀着一颗虔诚的心步行来到圣者近前。当拉塔远远地看见赤身裸体的圣者时，她赶忙调转身子向神车的方向走了回去。格勒谢在身后喊她，不过拉塔没有回头。南登一会儿看看拉塔，一会儿看看自己的父亲，左也不是右也不是。圣者见状大为震怒，咬牙切齿地说道："你的这个儿媳是个不祥的人，格勒谢！你必须把她赶出家门，否则你肯定会倒霉的。"南登看清楚了圣者的模样，惊讶得下巴都快要掉下来了，他一字一句地说道："啊！你是格宾杰勒……"

格勒谢被圣者预言的未来吓到了，他拜过圣者之后就匆匆忙忙地回家去了。拉塔回到自己的院子，格勒谢也跟来了。

格勒谢很生气地问拉塔："你在圣者大人面前为什么表现得这么傲慢？"

"没有啊，父亲大人！是他自己太傲慢了。已经有妇女去到跟前看见他了，他却一点也不知道收敛。这样的人永远也不可能修得正果！"

“说什么呢！那可是位真正的得道高人。”

“得道高人要是都这样品行不端，正法如果都意味着这样厚颜无耻，那它对女人来说就完全没有意义，父亲大人！对这样的正法您难道一点也不恐惧吗？”

“看来你真的是个不祥之人！”

“全知之神才有资格说这样的话吧，作为人类是根本没有资格这样说的。父亲大人，您……”

格勒谢打断了拉塔，恼怒地说道：“让你继续待在这个家中会招来不幸的。滚！从我这个家里滚出去。”

南登在一边听着，木然得像是一尊雕像！他有心想阻止这场争执，可是该怎么做呢，他一点头绪也没有。拉塔眼见自己的丈夫一言不发，于是昂起头骄傲地说道：“我并不是有钱人家里买来的奴隶。一直以来，我都兢兢业业地履行着自己身为一个妻子的义务，而且我也相信自己很好地扮演了这个角色。没有人能随随便便将我赶出门去。”

南登吃惊地看着这一幕，格勒谢听了拉塔的话一时之间也有点不知所措。父子两人随后就离开了院子。

院子里一下子变得安静下来，像是成了一个被遗忘的角落。拉塔坐在院子里，呆呆地看着发生的这一切。

南登的思维模式和行为习惯越来越像他的父亲了，他甚至慢慢地将拉塔这个曾经的结发之妻忘到了脑后。直到有一天，得知家人给他安排了新的婚姻之后，南登心中没来由地升起了一股对财富的鄙夷之情。他忽然开始觉得富有给人带来的一成不变的享乐生活是如此乏味，于是对现在的生活越来越不满起来，并且试图寻找改变这种现状的途径。

为了能更好地继续享乐，格勒谢修建了新的宅院。南登也离开充满回忆的旧居，搬到新家中住了下来。

拉塔开始变卖自己的首饰细软，以便继续维持大户人家应有的定期施舍。可是，光是靠着变卖首饰的所得，这种规模的免费施舍又能维持多久呢？现在，拉塔身边只剩下一座宝石灯台，就是王后殿下赐给她用来赏玩的那座。

家里只剩下最后一点点粮食了，勉强还够施舍一次。拉塔已经禁食两天了。女仆说道："夫人！这可怎么是好，您都不吃东西了，我们作为您的仆人还怎么能吃得下去呢？"

拉塔说道："这样的话，那今天把这个灯台拿去卖了吧。"女仆去取来了灯台。拉塔托着这座用宝石精心打造的灯台舞动起来。她脚上的镯子铿铿作响，声音在这间陋室中回荡。一曲跳毕，拉塔笑了起来，感慨道："难道这就是人们常说的人生无常么？"

拉塔深情地吻了灯台一下，然后就把它交给仆人拿去变卖了。宝石打造的灯台在市场上出现之后瞬间就成了人们追逐的对象，它发出的神圣光辉吸引了所有人的目光。人们不断地叫价，价格直线上升。格勒谢也赶了过来，他刚到场就质问道："这灯台是谁的？"仆人回答道："是我家福祉无边的神圣主人拉塔夫人的。"

贪婪成性的格勒谢骂骂咧咧地说道："你们把我家的东西偷了出来，竟然还敢光明正大地拿到这里来拍卖，我要把你们都送进监狱里去。快滚！"

眼见无望获得珍贵的灯台，所有人都散去了。格勒谢命人把灯台搬回了自己家。

仆人回到家，向拉塔汇报了事情的经过。拉塔听完之后一句话也没有说。

洪水从恒河上游咆哮而来，在河两岸的土地上肆虐。猛烈的洪水席卷到哪里，那里的人们就必然只能无助地奔逃。无数屋舍被洪水冲毁，只有那些爬到树上的人方能勉强保住性命。看到这一幕幕场景，南登的内心受到了极大的冲击，他的恻隐之心被激发了。南登驾上船，尽一切可能地在洪水中营救灾民。格勒谢却丝毫不为所动，依然整天在自己的庄园里吃喝玩乐。

南登不分昼夜地在船上忙活，什么日晒、雨淋、寒冷都顾不上了，只觉得胸中有一腔热血在沸腾。一船一船的灾民被运送到庄园里安置下来。格勒谢气坏了，他下了死命令，说如果南登再带灾民回来，绝不允许放他们进门。乌云翻滚，大雨滂沱，格勒谢却坐在自己高高的阁楼上赏玩着那座宝石灯台。

南登又带着一艘船回庄园来了。船上载了四个虚弱的女人、三个被冻得瑟瑟发抖的孩子以及五个年迈的老人。小船行至大门边停了下来。南登家的宅院坐落在恒河边的一座小丘上，院子里面有一座小城堡。大水已经蔓延到了大门边上。守卫看到船，忙拦了下来，说道："灾民不能进去。"

南登问道："为什么？"

"是伟大的主人格勒谢的命令。"

南登愤怒地向庄园里看了一眼，下令船夫掉头往回划。船夫问道："现在上哪儿去呢？"南登什么话也没有说。船夫没得到命令，只好划着小船在茫茫的水面四处徘徊。忽然，远处现出一间房子来，从露出水面的树梢之间可以清晰地看到，房子的上半部分还没有被水淹没。南登赶忙发出命令，于是船夫向那个方向划去。

房子在水面下的部分已经被水灌满了。一些粮食和柴火被抢救出来，堆在房顶上。拉塔也被洪水困住了。她坐在屋顶，出神地望着渐渐沉入水面的太阳射出最后一丝光芒。女仆在一旁说道："夫人！那座灯台也没了。现在我们身边只剩下很少的一点粮食了。"

"你没看到这可怕的大洪水嘛！不知道要死多少人呢。你现在还有命能坐在屋顶看着这一切，这已经是极大的幸运了。从今天开始，我将放下所有的一切去救人。至于你们能坚持多久，那就看着办吧。"

拉塔不经意间向下瞥了一眼，只见一只小船正向房子的窗户靠了过来。小船停下之后，一个小伙子把船牢牢地系在了窗户上。

拉塔问道："你是谁？"

南登行了一个礼，说道："请问你这里能收留一些灾民吗？眼看着洪水就要退去了，他们大概只需要在这里待个三两天就差不多了。"

"上来吧，我这就让人放梯子下去。"

拉塔和女仆帮着仆人一起把梯子放了下去。南登把船上的灾民一个一个地背上了屋顶。所有人都上到屋顶之后，拉塔走了过来，说道："我们这儿也没什么东西剩下的了，只有一些豆子汤，能给你们勉强充一下饥。你们等一下，我这就去拿来。"

南登抬头看去，发现说话的是拉塔，于是叫了起来："拉塔！你是一直住在这里吗？"

"是的，夫君，这是我的家，我也一直在履行自己身为家庭主妇的职责。"

"可是我却没有能尽到自己作为一家之主的职责。拉塔，请你原谅我吧。"

"夫君，以后这对我来说将不再是罪过了。今天你让我对你刮目相看，之前我竟然从来不知道你是如此勇敢！"

两个人开心极了，由此救人的劲头也更足了，开始竭尽所能地为灾民们提供最大的帮助。

几个小时以后，南登说道："我隐约记得这附近还有一个穷人。拉塔！现在天还不算太晚，我再出一次船过去看看吧？"

拉塔说道："我也去吧？"

南登说道："你在这里负责该你主妇干的活，拉塔！每个人都应该严格履行自己的职责，而不是感情用事。"

南登带上一个船夫划着船走了。拉塔点亮一盏灯，在屋檐处坐下。仆人们依然在忙着照顾灾民。天上的云渐渐散去，数不清的星星眨着眼睛探出头来，就像是从云朵组成的牢笼里出来放风一样！月亮也慢慢地升上天空，惊惧地打量着这片被洪水肆虐的土地。

一个来小时之后，南登的声音传来："梯子！"

拉塔举灯照去，只见南登正背着一个人爬上梯子。

南登上到屋顶后说道："快拿件衣服过来，拉塔！"拉塔递过来一件袍子。被救的人看上去奄奄一息的样子，浑身赤裸着。南登把袍子给他盖上，为他带去了一丝暖意。感受到身上的温暖，那个人微微地颤抖起来。船夫在下面叫道："大水在很快地退去。我得把船划走了，不然就要搁浅了。"

南登回道："我把吃的给你吊下去，接好了。"黑夜过去了。一大早，南登睁开眼睛，只见所有的人都还在睡觉，只有拉塔坐在他身边，抚摸着他的头。

这时，躺在两人身后的那个南登最后救回来的人醒了。他坐了起来，发现自己来到了一个不认识的地方，开口叫道："是谁给我盖上的衣服，是谁让我打破了自己立下的誓言？"

南登笑着说道："格宾杰勒！这是拉塔的家，你是得到她的许可才能留在这里的。别再发疯了！起来吧，还有很多的人等着我们去救助呢。”格宾杰勒说道：“这怎么可能？我们是不可能联合起来的。”

“这可都是因为你，你为了惩罚我而一手导演了这场闹剧。自那一天起，拉塔就被逐出了家门；而我，从昨天开始也不能进自家门了。格宾杰勒！现在我和你一样了。你看，这么多陷入绝境的人正等着我们去拯救呢。这不是打破誓言，而是新的誓言的开始。走吧，让我们去救济这些受苦受难的人们吧。”

此刻的格宾杰勒像个言听计从的男孩，他点了点头，站起身来。

村歌

一个秋季的月圆之夜。葛姆拉普尔有一片凸伸在外的丘陵地带。恒河像是一条由牛奶汇成的河流，沿着这片丘陵的三面潺潺流过。我和朋友泰戈尔·吉文·辛格一块儿坐在他的宫殿里，面带微笑地凝望着这美丽的大自然景象。遍布天空的星辰一直延伸到四方的地平线处。在皎洁的月亮近旁，一颗很小却异常明亮的星星在天空中遨游。它好似想要从后面追上月亮，却始终不能如愿。

我问吉文："你能告诉我吗，那颗星星叫什么？"

"好像是叫罗西尼吧。"吉文不确定地答道。我正要嘲笑他，远处忽然传来一阵歌声：

"悲无尽，泪成河……"

起伏的声音像是饱含着深重的痛苦，听得人肝肠寸断之下不由地心生一丝怜意。受到歌声的感染，我嘲笑的话也被堵在了嘴里。声音是从恒河对岸的树林里传来的。我循声望去，可是那里一片黑暗，什么也看不见。

我一言不发地坐着。过了一会儿，那个声音又传了过来：

“父亲的女儿陷入爱里，

却一直受苦受难，

泪成河。”

我一动不动地听着，像是在欣赏一个被遗忘了的美丽故事，心里升起一股向往，还有一种满是同情的好奇！那个声音又唱道：

“小嫩瓜什么时候能出现，

不是在梦里，

泪成河。”

我像个傻子一样开始猜测这首歌的含义。

“受苦受难”，“小嫩瓜”，这些都是什么意思？为了弄明白它们的含义，我像个懵懂少年一样，开始放飞自己的心灵。不过，有一点是显而易见的，这悲叹着不知名的神秘事物的人，她的心正像鱼儿一样徜徉在这月光的海洋里。

我的好奇心上来了，于是开口要求道：“泰戈尔！让人把这个唱歌的人叫来呗？”

“还是不要了吧，那是个疯子。”

“疯子？绝对不可能！要是一个人能唱出这样的歌，那她就不可能是个疯子。吉文！快把她叫过来，你可别想找借口敷衍我。”

“你这纯粹是在白费功夫。”吉文深深地叹了一口气，说道。

我闻言更加好奇了，接着说道：“费点功夫算什么，如果需要的话，即便是要和人打架我也会做的。说吧，你为什么不想把她叫过来？”

“她是村里一个卖艺人的女儿，疯了有一段时间了。有的时候，她会整夜地唱着歌在恒河边游荡。”

“这又有什么大不了的呢？快把她叫过来吧。”

“不行，我不能叫她过来。”

“好吧，那你告诉我，你为什么不愿意叫她过来？”

“你让我怎么说呢？！”

“一定要说，泰戈尔！我此时不是还在你的领地里待着嘛，所以没什么可担心的。”我笑着说。

吉文·辛格说道：“好吧，那我就告诉你吧。

“你是知道的，在农村，有一种卖艺人，他们的一项重要工作就是在节日的时候去有钱人家里唱赞美诗。每当这个时候，卖艺人家里的女人们也会跟着一块儿去，帮着吹拉弹唱什么的。南登就是这样一个卖艺人，他总上我家来接活儿。他有一个女儿，是个寡妇，名字叫罗西尼。”

听到这里，我打断了吉文：“你说她叫什么名字？”

吉文说道：“罗西尼。那一年，她本来都快要结婚了。南登并不是一个贪婪的人，他和其他的卖艺人一样，在要多少钱的问题上总是拿不定主意。他家的小屋在离这里不远的恒河岸边，那里有一片茂密的树林。有一天，我去地里巡视过后正骑马往回走。天上骄阳似火。走到南登家旁边的树林里时，我停下马，想在树荫里休息一会儿。南登看见我，邀请我去他家坐坐，还给我铺了毯子。我很怕热，于是就决定去他家里休息一会儿。”

看到吉文忙着为自己辩解的样子，我笑了起来。可是，吉文并没有受到我的影响，继续一脸严肃地讲述着往事。

“进了家门，南登叫道：‘罗西尼，快倒杯水来。女儿啊，这可是我们的东家，你在他面前有什么可害羞的？’罗西尼走了过来。她正处于人生之旅刚刚开始的年纪，从小坚持劳作使得她看上去筋骨结实，肌肤圆润。她的眼睑下垂，黑色的睫毛又长又弯，由睫毛下射出的眼神就像辩才天女一样温柔多情。不知道为什么，我心里升起一股强烈的嫉妒之情，这使得我无法在那里再继续待下去了。我站起身子向家里走去。

“十胜节到了。家里面吹拉弹唱的声音响了起来。我走到妻子旁边坐了下来。她问我：‘你听了吗？’

“我回道：‘两只耳朵一直在听着呢。’

“妻子说道：‘这个罗西尼唱歌真是好听。还有一件更难得的事情，她竟然既能创作，又能演唱。你这里虽然是乡下地方，可这些女孩太有才了。’我一边嘴里应着‘是’，一边起身向外面走去。只见罗西尼捧着麦苗站在那里。我朝她点点头，大麦上那些细细长长的叶子都快杵到我的耳朵根了。我什么也没有给她，径直走了出去。

“身后传来我母亲的痛骂声，说罗西尼不要脸。从那天开始，罗西尼就被禁止上我们家来了。

“南登痛苦极了。他也不再上我们家来了，因为觉得没脸见人。有一天，我碰巧听见罗西尼的几个好友在嘲笑她，说她和我有不正当的关系，结果她一下子就激动得跳了起来，大声吼道：‘这件事和你们有什么关系吗？我是死了又或者是喜欢他，这关你们什么事！’

“那几个好友接着奚落她：‘天呐！看她，多么无礼啊。看来她的脑子现在还发着热呢。’她们就这样不停地取笑罗西尼，很快就把她逼得喋喋不休起来。从那以后，罗西尼的嘴里就从来没有停止过唠叨。这里的人都觉得她已经疯了。现在，她再也不会感到害羞了。但凡有人来到这里，她就唱着歌在他身边转悠。好啦，故事也讲完了，你倒是说说看，我怎么去叫她？”

吉文·辛格说完这一切就不再言语，我的脑海里又回响起那首歌来：

“悲无尽，泪成河。”

这时，歌声竟然真的又在近旁响了起来：

“这件事真奇怪，

谁在心里骂我，

泪成河。”

女疯子用这土得掉渣的乡村语言表达着埋藏在心中的简单故事，还有那凄美的痛苦。我深深地陶醉了。

吉文·辛格不知道为什么坐不住了，站起身来开始踱步。歌声从房顶下方传来。

凄婉悱恻的歌声直入人心。我说道：“吉文，把她叫来吧，我想见识一下这个为爱痴狂的女子。”

楼梯上忽然传来一阵脚步声。那个据说疯了的罗西尼上楼来了，走到吉文跟前停住脚步。

守卫在后面一路小跑着跟了上来，呵斥道：“快滚，女疯子！”

吉文和我都没有开口说话。吉文来回踱了几步，拿眼睛瞟了守卫一眼。守卫被这一眼看得心里直发毛。女疯子罗西尼在一旁又唱了起来！

“不要脸！这点破事都忘不掉，

还怎么能够活下去，

泪成河……”

守卫再次用嘶哑的声音喝骂起来。我已经记不清当时罗西尼是自己逃走的还是被带走的了，只记得屋顶下面洒满月光的恒河里传来“扑通”一声响。吉文就这么浑浑噩噩地看着发生的一切。我抬头看向无垠的夜空，那颗叫做罗西尼的星星依然紧紧地跟随在月亮后面。下方，罗西尼星散发出的光芒在无数被浪花卷起的水泡中闪闪发亮。

十胜节

格姆勒的所有钱财都被卷走了，被他的朋友卷走了。他是如此地信任他们，可他们却骗了他！他们曾经一起愉快地生活，欢度每一个夜晚，可他们却掏空了他的钱包。他的身边什么东西也没有剩下，所有的喜怒哀乐全都离他远去了，享受生活的热情也冷却下来。

剩下的只有一个卢比。

年轻人心中涌起一股放纵一把的冲动，因为毫无痛苦地获得幸福的机会摆在了他的面前，一切都结束了。今天，他静静地坐在河边，脑袋里转着投河自尽的念头。在河的对岸，一个焚尸堆正在熊熊地燃烧，火光在昏暗的黄昏照射开去。天空中云儿朵朵，像硬币一样圆圆的月亮努力地从它们间探出头来。村里的灯火亮了起来，在树木形成的一片葱绿中摇曳不定。格姆勒掏出那枚卢比。这样一枚小小的硬币是不可能带给他任何欢愉的，尽管它并没有随朋友们一同离他而去。他想把它丢进河水里，却还是有点舍不得，毕竟这是最后一个卢比了。他怔怔地望着奔流的河水，可事实上，他现在耳朵里什么都听不到，眼睛里也什么都看不到。他一动不动地坐着，一言不发，内心逐渐变得冰冷起来。

“妈妈，我要去买新衣服。”

“我的孩子！我上哪儿给你买去哦，连肚子都填不饱呢。哎，别，别，别哭啊，我去买还不行嘛。可是怎么买呢？哈，该死的骗子把我的一切都夺走了，连一个子儿也没剩下。不行，不行，我就这么一个儿子！穷人家的儿子可是无价之宝啊。一定有办法的。对，就这么办，借钱去买，一定要买一件新衣服。十胜节那天我的儿子绝不能穿得破破烂烂的。”

一对母子从格姆勒身边走过，他们的对话传进他的耳朵里。格姆勒站起身来，快步走到那位母亲身边，叫了一声：“松德莉！”

“老爷！”女人吃了一惊，然后施礼道。男孩也跟着叫道：“老爷！”

格姆勒把手上的卢比递给女人，说道：“松德莉，我身边只剩下一个卢比了。你拿去吧，给孩子买件衣服。我曾经做过很对不起你的事情，你能原谅我吗？”

男孩高兴得手舞足蹈。松德莉把他的小手握在自己手里，说道：“不用。同我儿子的新衣服比起来，你能填饱肚子才是更重要的事情。你的遭遇我都听说了。”

“我今天就要死了，不再需要任何东西了。这样罪恶的人生过着还有什么意思呢！松德莉！我对你犯下了可怕的暴行，请原谅我吧！噢！请收下这最后一个卢比吧，这代表你原谅我了。也只有这样它才能实现价值！”

“这么说今天你是想为自己犯下的罪行赎罪咯，它难道只值一个卢比吗？”

“我已经身无分文啦，松德莉！数以十万计的财富都散光了。我现在再也不贪得无厌了。”

“寡妇的所有财产当然不可能只值一个卢比。”

“你打我吧，骂我也行。”

“没这个必要。别去管别人怎么想。当有罪恶发生的时候，人们只会拿手捂住耳朵尖叫。这样子别人倒是听见了，可是他们自己却可以装作什么也没有发生过。来吧，跟我走吧，我们一起向别人证明自己的价值。我现在每天干的工作能挣四个安那，你也可以干些擦洗的活来挣钱。只要每天干些活，我们就能养活一家子人了。走吧。”

松德莉坚定地握住格姆勒的手。

男孩叫道：“走咯，老爷！”

格姆勒向天上看去，月亮终于出来了。他把那枚硬币放到男孩手中，将他抱到自己怀里。

有钱时的奢华日子一去不复返了，从今往后将清贫地度日。格姆勒忘掉了从前的一切，一下子变得身心愉悦起来。男孩被抱在他的怀里，一旁跟着松德莉。他向着十胜节的庙会走去。

不可磨灭的记忆

十二月的望日。月亮悬挂在恒河上空，向白色的水面洒下一片光影。在春风的吹拂下，一艘小船在水面缓缓地随波摆动。整座城市里，大街小巷到处是一片喧嚣，声音一直传到圣洁的恒河边上。莫诺赫勒达斯洗过手和脸，靠着枕头坐了下来。戈巴尔摆好晚餐，直起身来问道：

“老爷，要我把西塔琴拿来吗？”

“今天和明天都不用拿了。”莫诺赫勒达斯吩咐道。

“啊！老爷，今天您不弹西塔琴吗？那怎么能行！”

“不弹了，戈巴尔。霍利节的这两天我既不会弹西塔琴，也不打算上城里去。”

“您是打算待在这儿不走了吗？大过节的却要在船上度过，这也太糟糕了。”

戈巴尔还年轻，他非常渴望像其他年轻人一样去庆祝这一年一度的节日。不过话说回来，刚满七十岁的老者莫诺赫勒达斯也没有那么衰老，他那饱满的脸庞、稳健的步伐和强壮的身躯看上去比戈巴尔还要年轻呢。莫诺赫勒达斯说道：

“戈巴尔！我待在这里是为了避开到时候脏兮兮的街巷和铺天盖地的颜料。当然了，除此之外也还有别的原因。对我来说，霍利节就是那么回事，每年都一样，我都过了五十回了。”

戈巴尔按捺下到城里去观看节日庆典的好奇心，问道：“为什么会这样呢，老爷？”

莫诺赫勒达斯把头靠在枕头上，舒服地叹了一口气，开始讲起自己的故事来：

“我和你大哥吉利特勒达斯以前在一起合伙做珠宝生意，这些事情你肯定也是知道的。对了，那个时候孟买的商业还没有发展起来。印度境内也不像现在这样有四通八达的铁路网，所以人们要长途旅行只能通过四轮或双轮马车。在北印度的土地上，从孟加拉到喀布尔的道路就像是一条巨大、蜿蜒的白色蟒蛇，旅客们一刻不停地在这条路上来来往往。尽管有的时候，道路上也许会有三五柯斯长的路段空无一人，但总体说来，这条遍布饮水站、商店、驿站和酒馆的道路是非常热闹的，几乎每一处地方都能看到匆匆赶路的马车，它们一小时能走十柯斯远。贝拿勒斯就是这条道路上的一座城市。

“大概十点钟的样子，看完霍利节的晚会，我和吉利特勒达斯回到家里。刚到就收到了我们的合作商人从普拉亚格寄来的信。信里提到他手上有价值数十万的货物等着出售，如果我们感兴趣的话，那就得去普拉亚格找他谈，而他只会在那里待到明天。尽管已经是晚上了，我们还是立刻叫来一辆马车，和车夫谈好，付过车钱，一直忙到十一点才睡下。第二天一大早，太阳还没升起我们就出发了。树上的叶子在南风的吹拂下仿佛才刚刚苏醒，可我们已经乘着马车驶离了城市，跑出去有好几柯斯地了。马车飞快地朝前驶去。路的两旁种满杧果树，树上抽出的花苞散发出一阵一阵的香气，直往人鼻子里钻，令人陶醉其中。坐在车夫旁边的勒库纳特·马哈拉贾说道：‘老爷，天真冷啊。’

“勒库纳特·马哈拉贾算不上是贝拿勒斯有名的镖师。不过，在那个年代，进货的旅途中请个这样的镖师还是很有必要的。

“太阳已经升起老高，我觉得有点渴了。这时，我们正好行至一片杧果林边，树荫下有一口井，井的正上方搭着一座带顶的棚子。我吩咐马车停下。棚子东侧有一家小杂货店，里面卖一些红糖、豆子、盐、面粉之类的东西。你应该知道，我和你大哥都有喝茶的习惯，所以我的包裹里带了所有的喝茶工具。我们顺着台阶爬上井台向前眺望，想找一处合适的地方。最近的客栈离这里大概有两柯斯远，最近的村庄也在一柯斯以外。相较而言，这处风景宜人的地方还是不错的，所以我们就决定在这里休息一下。一群鸟儿的甜美叫声顺着微风传了过来。我们开始准备自己泡茶了。旁边的一棵柠檬树上，花儿正在怒放。勒库纳特去杂货店借来一只壶，泡了一些花瓣进去。花茶要泡一会儿才能喝，一时间茶香四溢，沁人心脾。我从包裹里拿出几个银制的杯子，勒库纳特看见了，开口提议道：‘老爷，这茶要用小陶碗喝着才香呢。’于是，我们又去杂货店想要借几个，可惜那里没有这种陶碗。这时，一个声音慢悠悠地从稍远的地方传来：‘你们需要什么？’

“‘我们想找几个小陶碗！’

“过了没一会儿，一个十四五岁大的小姑娘沿着台阶向我们走来。这是一个乡下姑娘，穿着红色的印花棉布衣服。明天就是霍利节了，她肯定是和自己小姐妹一起洒红来着，刚玩了个痛快。看她那双明媚的眼睛，眼睑和睫毛上还沾着颜料的粉末呢，从面纱里露出来的头发也是五颜六色的。她整个人由内而外散发出一种惊心动魄的光彩。不知道为什么，她在快要走到我们跟前的时候愣住了，然后就一直沉浸在这样的状态里。不过，她马上意识到现在不是发愣的时候，于是抬起眼睛向上看来，同时把手上的陶碗放下，又整了整自己的衣服，开口问道：‘请问你们还需要别的什么东西吗？’我微笑着摇了摇头。有了陶碗果然不一样，既有格调，泡出来的茶又香。众人慢慢地品起茶来。与此同时，我拿眼睛不断地打量着那个小姑娘，肆意享受着青春靓丽的气息。柠檬花和杧果树的香气从四面八方汇聚而来。这口带顶棚的水井远离城市却又不在村中，形成的一方小世界俨然就是一处世外桃源，而这个小姑娘则仿佛是如梦如幻的世界里忽然飞来的一个仙子。路上，一个车夫赶着牛车行来。他闭着双眼，嘴里唱着民歌。拉车的牛儿完全不需要指引，它们如识途的老马一样自己走着。车夫的歌声如泣如诉，小姑娘两手扦着腰，听得入了神。吉利特勒达斯和勒库纳特·马哈拉贾已经洗漱完毕走了回来，可我却还一动不动地坐在原地。勒库纳特促狭地笑着问道：

“‘你这是没拿到钱吗？’

“吉利特勒达斯也笑了。小姑娘的脸蛋本来就被花儿映照得红彤彤的，现在愈发地红了。她像是忽然意识到什么，慢慢地向台阶下走去。我也像是从睡梦中倏然惊醒过来，一把将槟榔塞进嘴里，然后登上马车一屁股坐了下去。马儿接着向前奔去。又过了一个多小时，我们终于抵达了普拉亚格。第二天，在往回走的路上，我们发现那口井旁边的杂货店不见了踪影。一个人正在井边喝水。上前询问过他之后，我们这才知道原来是村子里发生了一件非常可怕的事情。当天中午的时候，一些人在庆祝霍利节的过程中引发了骚乱，那个杂货店店主也是其中之一。晚上，他家里就被抢了，他自己也被人杀了，而他的女儿则不知所踪。

“勒库纳特不屑地说道：‘哼，活该。这些人都是自找的。’

“听了勒库纳特的话，我的心里觉得很不舒服，眼前不由地浮现出一幕霍利节上打斗的场景。一年以后，和我们合作的那个商人又来到普拉亚格。还是老样子，我去普拉亚格找他交易，期间正赶上霍利节结束。办完事情回程的路上，我又一次在那口井的旁边停下休息。只见一个姑娘躺在那座棚子下面，一动也不能动。她身有残疾，看上去明显是个穷困潦倒的人。我走到近旁时，姑娘咧嘴朝我一笑，还挥舞起手来。我认出来了，这正是一年前的那个小姑娘。我在这一天立下誓言，从今往后再也不庆祝霍利节了。

“五十年过去了。每年到霍利节的时候，这件事情就会在我眼前闪现出来。你大哥吉利特勒有好几次邀请我一起过霍利节，可我都没有答应他。我这个忌讳是不会改的啦。明白了吗，戈巴尔！正是因为这个原因，我才会在霍利节的这两天避开贝拿勒斯的喧闹搬到船上来住。”

妮拉

“别再往前骑啦，这里太臭了！你到底想上哪儿去，德沃·尼瓦斯？”

“再骑一段吧。”德沃·尼瓦斯一边说着，一边把摩托车的速度放慢下来。可是，后面的维勒歌德·阿玛尔纳特还是按住车闸，把自己的车停了下来，只剩下德沃·尼瓦斯又继续向前骑了一段距离。只见前面出现了一个池塘，岸边有一棵茂盛的冬青树，洒下一片阴暗的影子。池塘里传来一股充满酸腐味的恶臭。德沃·尼瓦斯扭头向后看去，发现伙伴停在原地，于是调转车头打算骑回去。忽然，他车头的车灯灭了，肯定是撞上了什么东西。德沃·尼瓦斯从摇摇晃晃的车上跳了下来，好在没有摔倒。一个瘦弱的身影嘴里叫着“哦，天呐”摔倒在地，然后又爬了起来。一个小女孩上前拉住他的手，问道：“没伤着哪里吧，爸爸？”

“没事，女儿！以前我有些话没对你说过，现在你可要记住了。其实呐，这些骑着摩托车的没有尾巴的动物比摩托车本身可怕多了。

他们总是会给他人带来伤害，会把路上的行人撞飞，却不知道他们自己也不可避免地会摔倒。等到事情发生了，他们就会对别人说：‘怎么样，大爷，您没受伤吧？我们会赔偿您的。’”

德沃·尼瓦斯的脸红了起来。他对老头说道：“请您原谅。您……”

“原谅？是对我说的吗？哦，您在说什么呢！您怎么没带几条猎狗呢？忘在家里了吧，没牵出来！真是好人啊！您不会有麻烦的。让我想想啊，这么冷的天，要是不能讨到点吃的，肚子就该咕咕叫了！现在倒是不困，不过总也得睡十来个小时！另外，我还生着病呢。报纸也是要看的，没有两个拜沙这也干不成。没办法，图书馆不给穿得太破的人进去看书，所以我也进不去呀。哪怕是买张隔夜的报纸也得两个拜沙呢！”

阿玛尔纳特看到这里发生了意外，赶忙跑了过来。他笑着说道：“德沃·尼瓦斯！我说你这就是活该！谁叫你不听人的劝。跑啊，再跑啊，这下停住了吧，顽劣的小马总是会撞南墙的！这个人受伤了吗？大爷，你还好吧！拿着，这是半个卢比。快走吧，别磨磨蹭蹭的了！”

老头并没有满足，他接过硬币说道：“别磨磨蹭蹭的？真要那样的话我怎么能拿到这半个卢比！先生啊，你们的兜里好像还有报纸呢，我都看见了。你们在车上骑着的时候，我看见有纸头从口袋里露了出来，那肯定是报纸。”

“走了，爸爸，我们回家吧，我觉得好冷。”小姑娘好像是不愿意看到自己的爸爸做出这样没皮没脸的事情，显得有点局促不安。德沃·尼瓦斯一言不发地看着这一幕。老头闻言呆住了，像是被人打了一拳似的。他之前总是把乞讨当成一种生意，同时又会在女儿跟前百般遮掩，极力粉饰这种既可怜又可恨的行为。他会念报纸给女儿听，一遍遍地重复连他自己也不明白的各种消息。妮拉呢，看上去什么都明白。她从来也不问老头问题，他说什么，她就静静地听着。有时候老头生气起来不说话，她也还是不开口。今天，这还是妮拉第一回用强硬的语气对老头说话。老头心想，她催着说要回家，可能是因为她受不了自己拿到半个卢比却还接着讨要报纸的行为。

“好吧，先生。如果世上有神灵的话，他一定会保佑您的。”老头牵起小姑娘的手，向冬青树的方向行去。德沃·尼瓦斯呆呆地望着他们。阿玛尔纳特借着自己车头的车灯射出的灯光看去，妮拉的身子被投射出一道雪白、美丽、瘦长的影子。两个好朋友一时间都没有再开口说话。过了好一会儿，阿玛尔纳特说道：“现在我们回去吧，这里真不是个好地方！”

“你刚刚听到了吧，阿玛尔纳特！那个人说——‘如果世上有神灵的话’——多么可怕的愚昧！”德沃·尼瓦斯吸了口气，说道。

“正是因为贫穷和延绵不断的痛苦才使得人类变得愚昧，尼瓦斯！这并不是什么新奇的事情。”阿玛尔纳特一边启动车子，一边说道。德沃·尼瓦斯却还站在一旁思考着，想得都入了神。他说道：“那是不是获得了幸福和财富之后才会使人对神灵更加虔诚呢？人们能认识到神灵的存在吗？当人们看到在神灵的庇佑下世上却还有这么多衣衫褴褛的人，他们难道不会抛弃信仰、拒绝信仰吗？阿玛尔纳特！你这次在《评论家》的专栏里写了一篇关于外出务工人员回乡的文章，是不是？你是怎么写出来的？是看了报纸上的统计数据吧。我记得很清楚，哪一天，什么时间，从哪里，坐哪条船，还有‘萨特莱杰’、‘潘迪特’、‘艾力芬特’这些船上分别载了多少劳工，我知道得一清二楚。可那又能怎么样呢？现在这些人都在哪儿？”

“听说，在加尔各答附近有一座土城，那些不幸的人都是那里的居民。城里还有阿伐陀王公名下的行宫和寺庙。我在那篇文章里对此狠狠地嘲讽了一番。走吧，别在这儿傻站着说话了。你不是说想远离这人满为患的加尔各答，所以让我今天带你去一处好地方看看嘛。这里……”

“这就是那座土城吗？”德沃·尼瓦斯一脸严肃地说道。“让我猜一猜，你是不是还想说那个老头就是从外面回来的劳工？”

“也许是吧，我可不清楚。行了，快走吧，我们现在就回去。”说着，阿玛尔纳特发动了自己的车子。

德沃·尼瓦斯说道：“我们去趟前面那个老头家吧，我有些事情想再问一问他。”

“好吧。”阿玛尔纳特心不甘情不愿地哼了一声，骑上车，跟在德沃·尼瓦斯后面向那棵冬青树下的一座小屋驶去。来到小屋旁，借着摩托车闪亮的车灯，小屋里的情形清晰可见。老头正在吃爆米花，妮拉则在吃着昨天剩下的烙饼。几颗碎屑粘在她干枯的嘴唇上，仿佛拒绝被吞进那张属于穷人的嘴里。涂着油漆的玻璃罐子闪耀出一片蓝色的光芒，直直地射入妮拉的眼睛里。光线是一种永恒的存在，它并不会因为人闭上眼睛就隐藏或消失。老头睁开眼睛，一下子就看到了刚碰到过的两位先生，于是开口叫了起来：“先生！您是来拿报纸给我的吗？我们正在吃饭呢。我不是生病了嘛，所以吃点爆米花。这玩意儿真咸啊。有时候送报的人来了，总得请他吃点带味儿的小吃吧！只有这样，我们这些可怜的人才能知道遥远的地方传来的消息。我在毛里求斯的时候总是会关注印度斯坦的消息。我的国家是金子铸就的，我在那个时候就产生了这样的想法。回来以后，现在我有时候也会听到关于那个小岛的消息。每当这个时候，我就更加热爱自己的国家。不过说真的，先生，如果当时毛里求斯没有发生枪战，妮拉的母亲没有死的话……是的，她就是被子弹打死的……那我现在肯定还在那儿没有离开，正眼巴巴地做着回到祖国的梦呢。这个倒霉的国家！不，不，先生，我没有资格说这样的话。我是个倒霉的人！喂，哎，快跑啊！！”

妮拉惶恐起来。她艰难地咽了两口唾沫，看向阿玛尔纳特。她那双眼睛仿佛在说：“来吧，你们这些有钱人，也来尝尝贫穷的滋味吧！你们平时只能过着幸福的生活，一点也不接地气！”看着自己的父亲不停地唠叨，妮拉慌乱极了，害怕他忽然又说出什么奇奇怪怪的话来。德沃·尼瓦斯默默地看着她的脸。妮拉已经不再是一个小姑娘了。尽管从年龄上来讲她已经完全长成了大姑娘，可是贫穷像一只无形的可怕大手遏止了她的成长，使得她的个子没有能够长起来。

“你是不是不相信神灵？”阿玛尔纳特一本正经地问道。

“我在《评论家》里面读到过一篇文章！里面充斥着这样的指责，说是‘现在的人们越来越不虔信神灵，这是多么令人痛苦的事情啊’。看到这些言论，我都禁不住笑了。”老头冷冷地说道。

“禁不住笑了！这可也是令人痛苦的事情啊。”阿玛尔纳特说道。

“想着痛苦的事情也是可以笑的。以前，像我们这样愚昧的人为了获得庇佑而向神灵虔诚地祷告，却从来不知道互相信任与和谐相处。作为一个人，却不能相信同为人类的其他个体。幸福的人对痛苦的人充满敌视，痛苦的人则寄希望于神灵的庇佑。可是，神灵到底有没有消除世上的痛苦呢？人类的勇气已经消亡殆尽，难道神灵也……？”说着说着，老头的眼睛里开始有光芒在闪烁。接着，光芒慢慢地在他的脸颊上汇聚成一颗颗泪珠。

阿玛尔纳特愤怒地瞪着老头，而德沃·尼瓦斯却痴痴地盯着妮拉，像是想要看透这张满是遗憾的脸。

“您生气了，是吧，先生？！不就是几个钱嘛。拿着，这是您的半个卢比。能向别人施舍钱财并不意味着就是真正的信仰神灵。为了不让您去警察那里告状，我还是不要这钱了。我觉得吧，世上的人们本来就是不一样的，不管怎么努力他们也不可能在经济上或是肉体上达到同一水平。对了，那些受到神灵庇佑的人就不用说了，他们理所应当尽心尽力地发动更多人信仰神灵。说吧，您是不是就是为了这个目的才到这里来的？”

听老头絮絮叨叨地说着这些充满无神论色彩，同时却又逻辑性很强、让人难以辩驳的言语，阿玛尔纳特觉得无趣极了。他正打算叫上德沃·尼瓦斯一起离开，却看见自己的同伴在小屋里盘腿坐了下来。

见阿玛尔纳特没有多说什么，德沃·尼瓦斯对老头说道：“行了，您要不然上我家里去住吧。如果有可能的话，以后我会照顾您的。到时候您自然就会信仰神灵的。不用这么惊讶吧。”

闻言，老头眼神不善地盯着德沃·尼瓦斯。德沃·尼瓦斯渐渐地开始受不了这样的目光注视了，他以为是自己刚才说的话伤害了老头，于是又说道：“您是不是……？”

“先打住，小兄弟！你知道自己在说什么吗？”老头说道，“你是真的要照顾我还是……？”

老头一边说着，一边向妮拉的方向看过去。妮拉用眼神示意老头别再往下说了，不过老头还是继续说道：“还是要照顾妮拉？你已经盯着她看了很长时间了，你心里肯定是在想着把她带回家吧！真抱歉，我是个坚定的无神论者！对了，你知道吗？当这片邪恶、肮脏、臭气熏天的土地上的人们对那些劳工产生同情之心的时候，我能感觉到这种同情也不可避免地带上了恶臭。我遇到了一个愿意帮助我的人，他家离这里不远。我住进了他家。”妮拉实在是听不下去了，在一边插嘴说道：“爸爸，你要是再不住嘴，我就要发飙了。”“等一下，妮拉！是的，尊敬的先生。我在他家里住了下来，他对我照顾得无微不至。一个像今天这样漆黑的夜晚，云层中不时地有闪电划过。我吃过饭，在寒冷的夜里享受着宁静的时刻。这件事情已经过去好多年了，可如今我依然能清楚地记得。当时，我就像是做了可怕的噩梦似的一下子跳了起来。妮拉发出了凄厉的尖叫！怎么了，妮拉？”妮拉彻底绝望了，她已经放弃了阻止老头说下去的念头，怔怔地盯着他的脸。

老头又开始说了起来：“是的，妮拉发出了凄厉的尖叫。我赶忙起身看过去，只见那位好心帮助了我们的先生正用两只手抓住妮拉，拖着她在地上走，可怜的妮拉拼命想挣脱，却徒劳无功。我挥动自己两只孱弱的胳膊打向那个卑鄙的人。他放开妮拉，一边吼‘来人啊，混蛋，你们赶紧从我家里滚出去’，一边把我那少得可怜的行李往外扔。外面下起了倾盆大雨，电闪雷鸣。我带着妮拉，在一棵枝叶落尽的树下坐了一夜，冻得牙齿咯咯发抖。而与此同时，我曾经视若神明的恩人却待在灯火通明的屋内，在柔软的大床上美美地睡着觉。尽管我后来再也没有回去看过，但我敢肯定他一定还享受着幸福生活，没有受到过哪怕是一丁点的惩罚，因为神灵从来也没有主持过正义。我哭啊，喊啊，可是谁会听呢？！”“神灵没有来帮你讨回公道，你就是因为这个所以不再相信神灵了！你所说的正义根本就是只存在于文人们虚构的文学作品中，你竟然想着它能在现实中出现！”德沃·尼瓦斯插嘴道。

“我为什么不能这样想？难道我连这样想一想的权利都没有了吗？”

“你平时都看报纸的，对吧？”

“当然！”

“那你也会读上面刊登的小说以及相关的评论吧？”

“读啊，那又怎样！”

“评论家们都恨不得在自己写就的每一篇文章里尽情倾诉内心的故事，却从来不会管这样做是否合适。从某种程度上来讲，你就和他们一样，只会无谓地企盼造物主能让你生活得一帆风顺。先生！我也觉得如果每个犯下罪行的人都能马上受到可怕的惩罚，那么世界上就不会有人作恶了。然而这是不可能的。更可笑的是，世上的事情常常与此相反，人们受到的苦难总是来自其他方面。这真是可怕。就因为这样，人们很容易就会忘记自己的职责。你是否反思过自己曾经犯下的罪行呢？”

德沃·尼瓦斯飞快地说着，老头听着听着不知道为什么浑身颤抖起来。摩托车的灯光亮得刺眼，照在他扭曲的脸上。老头的脑袋慢慢地低了下去。妮拉赶忙起身，把一床破旧的毯子披在老头身上。忽然，老头抬起头，说道：“我承认您说得很对，也证明了我目前面临状况的根源。可是对于像我这样住在树下的茅草屋里，饱受饥饿、寒冷和疾病折磨的人来说，您所说的东西太过沉重了，那只属于你们。您走吧，请原谅我的怠慢。”

德沃·尼瓦斯还想再说什么，妮拉用不容置疑的语气说道：“你们为什么要这样折磨我爸爸？让他好好睡一觉吧。”

德沃·尼瓦斯呆呆地看着妮拉，只见她一脸宁静和肃穆，那是一种自强不息的满足。一般说来，女人的内心是欲望与享乐的温床，然而妮拉尽管如此年轻，她的心中却充满了忧郁和平静。德沃·尼瓦斯被妮拉深深地打动了。

两个好朋友离开了小屋。夜更加深了。他们骑着车慢慢地回到加尔各答的富人区。两个人的内心都很沉重，一句话也不想多说。

德沃·尼瓦斯的朋友不是城里的原住民，他对自己的统计方法以及对如何运用它们有着充分的自信。他以自己的标准衡量幸福与痛苦、贫穷与富有、苦涩与甘甜，他关注与之相关的一切，然后把它们记录下来。他还全身心地投入创作中，以期揭露世俗生活中的伪善。他在德沃·尼瓦斯家里受到了热情的款待，然后带着丰富的素材离去了。

此后，那晚在老头家的小屋中发生的情景不停地在德沃·尼瓦斯的眼前闪过。一个星期之后，他又去了那里。

小屋中，老头躺在一堆稻草上。他的双眼比上次见到的时候变大了一些，并且由于发烧而充满了血丝。看见德沃·尼瓦斯，他的嘴角浮现出一丝病态的笑容。他缓缓地出声问道："先生，您今天怎么又……"

"不，我不是来和你争辩的。你生病了？"

"是啊，病了，先生，都是拜你所赐。"

"拜我所赐？"

"是啊，自那天之后，您的话就一直在我脑海里回响。我开始思考是否有必要信仰神灵的问题。请坐，听我说。"

德沃·尼瓦斯坐了下来。老头开始讲述："我是个印度教徒，自小就从家里受到了一些基本的信仰熏陶。家人们在节日和庆典上的祭祀行为自然而然地在我心里产生了影响，但我从来没有被刻意地教导过关于神灵的知识。好吧，您要知道，这是个关于我的很长的故事，是我长期与命运作斗争的故事。为了追寻更好的生活，我去到毛里求斯当了劳工。我和古尔萨姆，就是妮拉的母亲在那里相遇了。我和她结了婚。您别笑，对于那儿的劳工来说，律师或是牧师并没有多么重要，倒是我们俩彼此都那么需要对方。古尔萨姆替我操持起一个家。不管她曾经是什么样的，和我在一起之后她一直很好地扮演着贤妻良母的角色。有的时候，她会用自己的方式祭拜神灵，并且一直试图让我也加入进去。尽管我的内心非常爱古尔萨姆，但我却极力地反对她的信仰。我根本无法理解古尔萨姆信仰的神灵是怎么回事。我非常大男子主义地认为，古尔萨姆应该信仰我所能理解的神灵，那非印度教神灵莫属！因为尽管我什么都可以抛弃，可在我心中始终坚守着身为印度教徒的骄傲。即便古尔萨姆是个非常明事理的女人，但是我也完全没有办法将我的想法灌输给她。我觉得自己也许应该成为一个无神论者。每当有合适的机会，我都会笑着调侃一番古尔萨姆的信仰，然后说：‘对我来说你就是神，是主，是所有的一切。’她见我恭维她总是会笑，可我知道其实她的内心是悲伤的。

我挣得不少，却把所有的钱用来买酒消愁！我觉得这没有什么大不了的，否则我将会深陷身为有神论者的痛苦之中。我变得越来越消沉。古尔萨姆向我哭泣、控诉、解释，所有这些对我来说都是徒劳的。我越来越堕落，并且这种趋势越来越快。在这样的折磨下，古尔萨姆失去了活下去的动力。当那一天发生枪击事件的时候，古尔萨姆本来是不必到那里去的。我说真的，先生，自杀是她为自己找到的解脱方式。我相信正是因为我她才会那样做的。从此以后，我所有的坚持，包括曾经引以为傲的信仰，全部被打得粉碎。我带着妮拉回到印度。尽管我已经是一个对神灵不屑一顾的无神论者，可是丧妻的痛苦让我陷入挣扎之中。我觉得是神灵在我身上降下了这样的灾难，这是对我的一种惩罚。”

老头的情绪变得异常激动，呼吸也急促起来，同时开始剧烈地咳嗽。妮拉用陶罐捧着水进了小屋。看到德沃·尼瓦斯在屋里，妮拉忙打量了他和父亲一会儿，当确定两人之间没有发生争论的时候，她才松了一口气。她一边轻轻地给父亲按摩头部，一边问道：“爸爸，爆米花拿来了，你吃一点儿吧。”

老头说道：“等一下，闺女！”然后看向德沃·尼瓦斯，接着说道：“先生，我也曾为了妮拉而向神灵祷告过，不过也许是因为我不够虔诚，所以它并没有显灵。后来我一直在努力地与神灵沟通，因为我放不下妮拉这孩子啊。她今后怎么办？她会不会陷入哪个恶人的魔掌被糟蹋了呢？”

德沃·尼瓦斯正想说点什么，妮拉飞快地说道：“爸爸，你别担心我，神灵会保佑我的。”德沃·尼瓦斯的良知觉醒了。老头说道：“是吗，女儿？”他的脸上闪过一丝欣慰。

德沃·尼瓦斯看着老头柔声说道：“我打算娶妮拉为妻。如果你……”

老头又咳嗽起来，这一次咳出了大量的鲜血，不过他的脸上闪耀着满足与神圣的光辉。他将自己的两只手分别放在德沃·尼瓦斯和妮拉身上，然后说道：“嘿，我的神呐！”

赏赐

星辰像是被一场大水冲刷得无影无踪。天空中密布着厚厚的乌云，不时传来轰隆隆的雷声。金色的太阳从东方天际露出头来。它也是来观看国王出行的吧。被群山环绕的肥沃平原上，泥土散发着诱人的芳香。城门口传来人们的欢呼声。人群中现出国王乘坐的巨象的身影，它的鼻子上装饰着孔雀的羽毛。欢乐的人潮激动得不能自已，开始朝前方涌去。

一阵细雨飘过。在清晨金色太阳的照耀下，那绵绵的雨滴就像是一片金灿灿的茉莉花一样惹人喜爱。人们全都为庆典的开始而欢呼起来。

战车、大象、骑兵的队伍雄壮威武。围观的人群越聚越多。巨象伏下身子，国王沿着阶梯走了下来。前面有两队美丽的姑娘引路，一队是圣女，一队是未婚的姑娘们。她们手捧由杧果树嫩枝装点的吉祥罐和装满各种鲜花的托盘，齐声唱着美妙的歌曲。

国王的脸上洋溢着灿烂的笑容。祭司们在祭天祈福。健壮的公牛已经被套上车辕。国王握住被镀上金色的犁的手柄，发出了开始的信号。乐队开始演奏起来，姑娘们则抛洒出手中的鲜花，制造出一大片花的海洋。

这是憍萨罗国[①]广为人知的节日。在这一天，国王必须当一天的农民。人们从城里来到山上举行庆祝活动，对因陀罗神进行盛大的祭拜，并且组织游行。每一年，这个为农耕而设立的节日都热闹非凡，甚至吸引了其他国家的年轻王子们竞相来参加。

摩揭陀国的一位王子阿伦坐在自己的战车上，饶有兴致地看着这一幕热闹的场景。

茉涂丽卡捧着种子站在国王身旁。当国王撒完手里的种子继续向前迈步的时候，茉涂丽卡就会把盛着种子的托盘递到他面前。这块地是茉涂丽卡的，今年被国王选作进行庆典仪式的场地，因此，她有幸获得了随侍在一旁捧种子的荣誉。茉涂丽卡是一位未婚少女，长得非常漂亮。她身上的丝绸衣服随风飘扬，更衬托出她异常美丽的容颜。她有时理一下衣服，有时捋一下黑亮的头发。由于劳作的关系，少女洁白的额头上布满汗珠，最后结成串顺着脸颊流下。她嘴角带着微笑，心无旁骛地为国王递送着种子。所有人都或吃惊或好奇地在观看国王种地，而阿伦却注视着一旁的茉涂丽卡。啊！她的美丽多么质朴！她的目光多么纯洁！

节日庆典的主要仪式流程结束了。由于征用了茉涂丽卡的土地，国王要给她相应的赏赐。金币被装在托盘里呈了上来，这是来自国王的恩典。茉涂丽卡两手举过头顶，接过托盘。然而，下一刻她就抓起托盘里的金币，向国王谢过恩之后抛洒了出去。人们讶异地看

---

① 憍萨罗国是印度列国时代的十六强国之一，存续期约为公元前六世纪至前四世纪，疆域包括现在的印度北方邦和尼泊尔部分地区。

着茱涂丽卡的惊人之举。国王的眉头也微微地皱了起来。此时，茱涂丽卡恭敬地说道：

“陛下！这片土地是我的祖先传下来的。用它来换取财富是一种罪过，因此我不能接受它带来的赏赐。”一位年老的大臣抢在国王说话前厉声喝道：“愚蠢！你在胡说八道什么呢？你这样做是在藐视国王的恩典。赏赐是正常情况下租用你土地价格的四倍，这是我们憍萨罗国一直以来遵循的惯例。这赏赐代表着你从今天开始将有权享受到国家的保护，它会给你带来幸福。”

“受到国家保护应该是所有人的权利，尊敬的阁下！……我从来没有过拒绝向国王奉献土地的意思，将来也不会有。然而接受赏赐对我来说也是不可能的。”茱涂丽卡激动地说。

大臣看到国王询问的眼神后回道：“陛下！这是瓦拉纳西之战中最杰出的勇士辛格米特尔唯一的女儿。”国王闻言惊道：“辛格米特尔的女儿！是那位在摩揭陀国军队面前捍卫了我国荣誉的英雄辛格米特尔吗？茱涂丽卡是他的女儿？”

“是的，陛下！”大臣恭敬地回道。

“这天的节日里都有哪些约定俗成的惯例呐，爱卿？”国王问道。

“陛下，惯例其实很简单。为了举行节日的庆典仪式，需要先选择一块肥沃的土地，然后以赏赐的形式作为使用土地的回报。赏赐的数额会大大超过土地的正常价值，一般来说是四倍。之后的一整年，土地的所有者必须仔细照料这块地，而在这段时间里它将获得‘国王之地’的称号。”

听了大臣的话，国王觉得自己有必要好好考虑一下这件事，于是陷入了沉默。仪式在人们的掌声中结束了。所有人三三两两地分散开来，继续以自己的方式庆祝节日。然而，没有人在后面的庆典中再看到茉涂丽卡的身影。在她的土地边缘处有一株高大的雾冰藜树，树上长满油亮碧绿的叶子，她正一言不发地坐在树荫下。

夜幕降临，庆典活动告一段落。阿伦王子并没有加入人群中去，而是在自己的行宫里冥想。他的眼睛里一点困意也没有，反而闪动着耀眼的光彩，犹如霍利节上人们相互抛洒的红粉一样夺目。往前看去，一只雌鸽正用一只脚站立在田埂上，扑棱着翅膀伸懒腰。阿伦倏然站起身来。只见行宫外出现了一些奔驰的骏马，他一直注视着它们。这些马儿跑到城门边。守卫本来都在打瞌睡，却被马蹄的声音一下子惊醒了。

年轻的王子打马箭一般地驰出了门，印度出产的骏马在黎明的微风中撒着欢。过了一会儿，马儿慢了下来。阿伦骑在马上溜达着来到那棵雾冰藜树的下面。此时，茉涂丽卡正用手撑着脑袋在打瞌睡。

阿伦看到有一条爬山虎的藤从树枝上垂落下来，四周鲜花绽放，蜜蜂在忙着采蜜。为了能继续欣赏这幅美景，阿伦约束住自己的马儿让它噤声。没想到一阵杜鹃的啼叫声传来，打破了这儿的宁静。鸟儿好像在质问阿伦："嗤，你是谁啊？不知道在一个姑娘睡觉时盯着她看是无礼的行为吗？"茉涂丽卡的眼睛慢慢地睁开来。她看到眼前站着一个陌生的小伙子，羞涩地一下子坐了起来。"天呐！你不是昨天庆典里的那个姑娘吗？"

"庆典！啊，是，是有这么回事。"

"昨天你好风光呢……"

"您为什么总是提起昨天的事？先生，您是存心不让我舒舒服服地待着吗？"

“女神啊！我已经被你昨天的形象深深地迷倒啦。”

“是因为我的表演吗？真是讽刺啊。哎！人为什么总是如此残忍！请原谅，陌生人，不过还是请你该干什么就干什么去吧。”

“纯洁的女神！我是摩揭陀国的王子，现在是你虔诚的追求者。我心中对你的情感已经一发不可收拾了。它是我……”

“王子殿下！我是农民的女儿。您是比哈尔人的领袖，而我只能靠劳动活在这个世上。从今天开始我已经失去了爱的能力，因为我的心中充满了痛苦。请别再拿我寻开心了。”

“我去和憍萨罗国王说，让他把你的地还给你。”

“别，这是憍萨罗的传统。我并不想违背它，哪怕它给我带来了这么多的痛苦。”

“那么你还有什么好痛苦的呢？”

“这痛苦是人内心的自然反应，并不是我想要有的。王子殿下，如果靠传统的力量就能约束人的内心的话，那么今天，身为摩揭陀国王子的你是不会放着身边有公主不去追求，却跑来戏弄我这样一个农家女的。”茉涂丽卡站起身来。

王子的满腔热情受到了打击，只好悻悻地走了。他头顶的宝石王冠在初升太阳的照耀下发出灿烂的光辉。马儿快速地向远方跑去。茉涂丽卡貌似是用尖刻的言语保护了自己，但她难道真的没有受到伤害吗？其实她心里像针扎一样痛，用蕴满泪水的双眼凝望着马儿奔跑时扬起的尘土。

茉涂丽卡最终还是没有接受国王的赏赐。她在别的土地上耕种，一日三餐吃的是粗茶淡饭。她用晒干的秸秆做墙，在雾冰藜树下盖起了一座小茅屋。之后，就住在小茅屋里，通过辛勤的劳作收获粮食，倒也能维持生计。

茉涂丽卡的身形慢慢地瘦了下去，然而，她身上却散发出一种充满活力的健康之美。附近的农民都非常尊重她，将她看作是完美姑娘的典范。日子就这么一天天地过去了。

一个冬季的夜晚，天空中布满乌云，还有闪电夹杂其间。茉涂丽卡家的屋顶在漏雨，家里也没有毯子什么的能遮雨的东西。她坐在小屋的一角，冻得浑身发抖。尽管家里的状况今天愈发糟糕，但她心里却在想着别的事情。在物质上只能满足活着的最低要求，但其实她对物质的需求和渴望也是会随着心情的变化而改变的。这些天来，她总是忆起当年的事情。两年，不对，也许是三年前，就在这棵雾冰藜树下，那个早晨，阿伦王子说了什么来着？

茉涂丽卡在自己的内心深处问道——是为了再听到那些甜言蜜语而问吧——“他说了什么？”饱受痛苦折磨的内心能记住那些如梦似幻的话语吗？记倒是记住了，但那又有什么用呢？有本事他倒是在这自己饱受不幸的夜里跑过来再说一遍啊。哼，真是好笑！

今天一整天，茉涂丽卡都沉浸在那一段回忆里不能自拔。现在，她的思绪越过屋顶的干秸秆飘飞出小屋。天空中有闪电划过。在那耀眼的光芒里，茉涂丽卡仿佛看到摩揭陀国富丽堂皇的宫殿群在摇曳。她多么想像顽皮的孩子在五月里伸手去逮萤火虫一样伸手把这些景象抓住啊。“别想啦，都过去啦。”雨越下越大，雷声也越来越响。看上去有可能要下冰雹。茉涂丽卡在摇摇欲坠的小屋里瑟瑟发抖。忽然，外面传来一个人的声音：

“请问谁住在这里？我是过路的人，您能收留我吗？”

茉涂丽卡推开秸秆扎成的门。正好又是一道闪电划过。借着闪电的亮光，她看到一个男人牵着马缰站在门外。她失声惊呼道：“王子殿下！”

“是茉涂丽卡？”小伙子也吃惊地问道。

两人一时间沉默下来。乍然间梦想成真，茉涂丽卡终究是惊喜异常，于是她率先打破沉默说道：“这么久了，我们又见面了！”

阿伦说道：“我回去努力了很久，但是……”

茉涂丽卡不想提及如今自己的窘迫处境，于是打断道：“您今天这是要上哪儿去呀？”

阿伦低下头说道：“我因为反抗摩揭陀国的统治而被放逐了，这不是跑到憍萨罗国来讨口饭吃。”

茉涂丽卡在黑暗中笑了起来，说道：“一个孤苦无依的农家女要收留流亡至此的摩揭陀国王子，这是多么讽刺的一件事情。话虽然这么说，我还是收留你好了。”

冬天的夜晚恢复了宁静。月亮被雾气洗得洁白发亮，寒风刺骨地吹着。阿伦和茉涂丽卡坐在山口处的一株无花果树下谈心。茉涂丽卡满心欢喜地沉浸在对话中，但阿伦说话时却貌似非常小心。

茉涂丽卡问道：“你都这样穷困潦倒了，为什么还要带着这么多士兵呢？”

“茉涂丽卡！就像力量是勇士的倚仗一样，他们也是我的伙伴。我怎么能抛弃他们呢？再说了，抛弃他们的话我还怎么干大事？”

“为什么？我们用劳动挣钱，吃饭。但现在你……”

“你可以不用加入进来，我要依靠自己的力量成事。我会建立新的国家和政权。为什么要失望呢？”阿伦说得断断续续的，好像是要说点儿什么，但是又说不出口。

“新的国家！哇哦，你的心可还真不小。可是怎么实现呢？要不然你给我说说你的办法呗，让我也能享受一下白日做梦的感觉。”

“这不是白日做梦，茉涂丽卡。事成之后，我就封你做王后，让你享受一人之下的荣耀！这样你就再也不用担心自己的土地会被人抢走了。”

有那么一瞬间，茉涂丽卡彻底陶醉在对美好未来的憧憬里，但是很快内心又斗争起来。她忽然说道：“哦，事实上一直到今天我都在等你出现，王子殿下！”

阿伦拉着茉涂丽卡的手低声下气地说道：“这都是我的错。你是真的爱我吗？”

姑娘的胸口剧烈地起伏着，说不出话来。她既没有承认，也没有否认。阿伦曾经碰到过这样的情况。和别的男人一样，他是不会让机会从自己手中溜走的。他冲口而出道：“如果你不放心的话，我拿生命在此立誓，一定会立你为王后。茉涂丽卡！难道你要阿伦死在你面前吗？”茉涂丽卡闻言身体颤抖了一下。她很想说不，但话到嘴边却成了：“是吗？”

“当然是真的，茉涂丽卡。到那时候，憍萨罗国王就要看你的脸色做人了。我保证他再也不敢拒绝你提出的哪怕简单不过的要求。我得到情报说，憍萨罗国的兵马大元帅带着王国大部分军队到很远的山区镇压土匪去了。”

闪电在茉涂丽卡眼前划过，像是在嘲笑她一样。由于感到害怕，她的脸都变了形状。阿伦问道：“你不会说出去的吧？”

“你说什么，我就怎么做……”茉涂丽卡茫然地说。

憍萨罗国王在黄金打造的床上微闭着眼睛假寐。一位美丽的宫女站在他身后，两手抱着孔雀羽毛制成的扇子有规律地缓缓扇动着。侍卫们如同雕像一般侍立在远处。

女倌进来禀告道：“战无不胜的陛下！一个女人说是有事情来求见您。”

国王睁开眼睛，说道：“女人！有事来求见？宣她进来。”

茉涂丽卡跟在女倌身后走进来，躬身行了一个礼。国王盯着她看了一会儿，问道：“朕是不是在什么地方见过你？”

“那是三年前的事啦，陛下！您征用了我的土地用来种地。”

“哦，看来，这些日子以来你过得很是艰难啊。今天是来索要补偿的吧，是吗？好吧，好吧，你会如愿以偿的。女倌！”

“不是的，陛下，我不要补偿。”

“真是愚昧！那你想要什么？”

“王城南面的护城河边有一片树林，我想在那里要一块和我原来那块地一样大小的地。我会在那里继续种地。我找到一个帮手，他会带人来帮我，干一些平整土地之类的活儿。”

国王说道：“农家女！那里是一片山地，而且地处王城边上，有着非常重要的军事意义。”

“难道您忍心让我失望而归吗？”

“辛格米特尔之女啊！你让我如何是好，你的这个要求……”

“陛下！请您恩准！”

“好吧，朕准了。你带人去那块地吧，朕会让土地管理大臣给你签发土地证的。”

“陛下圣明！”茉涂丽卡谢了恩，行礼之后离开了王宫。

王城之南的护城河边本来有一片茂密的树林。今天，这片树林正在人们的砍伐之下逐渐消失。原本只能潜藏起来的阿伦和他的手下现在终于可以光明正大地自由行动了。灌木丛被砍倒，道路被开辟出来。这里属于王城的偏僻地带，因此，没有什么特别原因的话是没有人会上这儿来的。得到国王的同意之后，现在茉涂丽卡正在全力开垦这块土地，以便能帮助心上人尽快实施计划，哪怕她自己并不愿意这样做。

阿伦和茱涂丽卡在一片小树林里欣喜地互相注视着对方。天逐渐黑了下来。密林里的鸟儿看见这两个不速之客后纷纷飞回自己的巢里，叽叽喳喳地叫得更欢了。

阿伦高兴得眼睛都在放光。太阳的最后一丝光芒射进小树林里，照在茱涂丽卡的脸上。阿伦说道："茱涂丽卡！相信我，再过十二个小时，也就是明天早上，我将攻破舍卫城。到时候，你的加冕典礼就将在这腐朽的国度憍萨罗的王城中进行。至于我，一个被摩揭陀国放逐的人，则将成为一个独立国家的主人。"

"太可怕了！阿伦，你的勇敢简直让我无法想象，只带着一百名士兵就敢……"

"过了午夜就是我踏上胜利之途的时候了。"

"你就这么相信自己能获得胜利？"

"当然。今晚你就先安心待在自己的小屋里。等过了明天早上，哪怕是王宫你也能在里面随意嬉耍了。"

听到这里，茱涂丽卡的内心无疑是欢欣雀跃的，可是，她同样对阿伦所说的事情感到一丝不安，因此时不时地会像惶惑的孩童一样问几个傻傻的问题。每当这时，阿伦总会耐心地解释给她听。忽然，远处有信号传来，阿伦见状说道："差不多啦，天已经完全黑了。茱涂丽卡！你去远处避一避吧，我也该去准备准备了。这场生死之战午夜时分就将打响，然后会持续一整夜。"

茱涂丽卡站起身来，跌跌撞撞地离开这片荆棘遍布的灌木丛，在夜幕的掩护下向自己的小屋奔去。

道路被黑暗笼罩着，茱涂丽卡的心也逐渐被凝重的情绪包围。甜蜜的感觉不复存在，她变得惊慌不安。在这黑暗里，之前编制的幸福幻想就像肥皂泡一样破灭了。她开始担心这担心那。首先是担心阿伦，要是他没有能成功，那该怎么办？接着又忽然想到，为什么要盼着他成功呢？舍卫城怎么能落到一个外国人的手里呢？摩揭陀可是我们的宿敌啊！哎，还得是我们赢！憍萨罗国王怎么说的来着？“辛格米特尔之女！”辛格米特尔可是憍萨罗的护国英雄，可他的女儿现在这是在干什么呢？“不，不行，茉涂丽卡！茉涂丽卡！！”父亲仿佛在黑暗里呼唤着她。她忽然像个疯子一样大声叫喊起来，再也顾不上赶路。

三个小时过去了，茉涂丽卡还没回到自己的小屋。她的内心陷入左右不定的矛盾之中，这种感觉快要把她逼疯了。在黑暗里，她的眼前一会儿出现辛格米特尔的影子，一会儿又出现阿伦的影子。前方有亮光出现，她在道路中央停下脚步，站住了。大约一百名骑兵举着火把奔驰而来。领头的勇士看上去年纪已经很大了，他左手紧握马缰，右手举着雪亮的宝剑。这队人马悄无声息地赶着路。然而，茉涂丽卡站在道路中央一动也没有动。领头的人都已经策马奔了过去，可茉涂丽卡还是没有挪动身子。他勒住马喝问道：“什么人？”没有回答。这时，他身后的一名骑兵又喝道：“那个女人，你是谁？快回答憍萨罗国元帅大人的问题！”

这时，茉涂丽卡像得了神经病一样疯狂地叫道：“抓我啊，快把我抓起来！杀了我也行。我身上罪孽太深重了。”

元帅笑了起来，说道：“原来是个疯子。”

“我没有疯。如果我疯了，那我怎么会这么痛苦呢？元帅！把我抓起来吧，押我去见国王。”

“发生了什么事，你给我说清楚！”

“舍卫城再过三个小时就要落入强盗的手里了。他们会从城南的护城河发起进攻。”

元帅大惊失色，急忙问道：“你在说什么？”

“我说的都是真的。快想想办法吧。”

元帅下令让八十名士兵向着护城河的方向缓缓前进，自己则领着二十骑人马向城里快速驰去。茉涂丽卡被一名骑兵绑了起来，然后带上马一同离去。

舍卫城，憍萨罗国的心脏，在这样的夜晚静静地矗立着，像是在回顾自己辉煌的往昔。多个王朝曾在这里建立了自己的政权，可是到了如今，它的辖下只剩下一些村庄了。其实，在憍萨罗国建立之初，它也曾经强盛过。发展到如今这样的地步，让人不得不为其感到心痛。一小队骑兵飞快地奔到城门外停下，惊醒了城门守卫。他在火炬的映照下认出这队人马中有元帅大人，赶紧打开了城门。元帅从马背上跳了下来，一边走一边问道：“我的勇士！现在城里还有多少兵马？”

“元帅大人明察！尚有两百人。”

“马上去把人都召集起来，但是注意不要惊动其他人。集齐一百人后，你即刻带着他们悄悄地前往城南。不许点灯，也不许发出声音。”

元帅看向茉涂丽卡，她已经被松了绑。元帅示意她跟自己来，然后向王宫走去。女倌看到元帅来了，马上禀报了国王。国王一开始还睡眼惺忪犯着迷糊，但当他看到元帅和茉涂丽卡一起出现的时候马上清醒了过来。元帅禀告道：“陛下圣明！因为这个女人微臣才不得不这个时间来觐见。”

国王转眼看去，惊道：“辛格米特尔之女！你怎么会在这里？你不是在建设自己的土地吗？是有什么困难？元帅！朕已经把城南护城河边的一块土地赐给她了。你是为了这件事来见朕的吗？”

“陛下！有一股潜藏的敌人计划今晚从那个方向进攻王城。是这个女人在臣回来的路上告知了臣这一消息。”

国王向茉涂丽卡看了过去。她浑身都在颤抖，陷入自怨自艾的境地不能自拔，因为自己竟然做出了如此可耻的行为。国王问道：“茉涂丽卡，这是真的吗？”

“千真万确，陛下！”

国王转而对元帅吩咐道：“你马上去集合士兵，然后去城南。朕很快就来。”元帅领命而去。国王又道：“辛格米特尔之女！你再一次为憍萨罗国做出了巨大的贡献。因为你送来的情报，朕将大大地赏赐你。行了，你先留在这里。朕先去对付来犯之敌。”

阿伦的冒险行动失败了，被抓住成了阶下囚。王城被火把照得通明。人群在兴高采烈地欢呼，因为舍卫城今天避免了落入强盗之手的命运。连孩子、老人、妇女也全都跑了出来，高兴得手舞足蹈着。

天亮了。曙光中，议事大厅里挤满了看热闹的人群。五花大绑的阿伦被押了上来。人们看到阿伦之后变得群情激愤，纷纷高声呼喊道：“杀了他！”国王接受了众人的意见，下令道：“拉出去砍了！”茉涂丽卡也被叫到这里。她像疯了一样跑了过来，站到一边。憍萨罗国王问她道：“茉涂丽卡，不管你要什么赏赐，朕都满足你。”茉涂丽卡沉默不语。

国王沉吟了一番，说道：“这样吧，朕把所有的私人领地都赏给你。”茉涂丽卡看了一眼五花大绑的阿伦，说道：“我什么也不要。”阿伦笑了起来。国王又道：“那可不行，朕必须要赏赐你。提要求吧。”

“那请把我也杀了吧。”说着，茉涂丽卡来到五花大绑的阿伦身旁，与他站在一起。

魔术

1

村子外边有一片小小的荒地，那里住着一群耿杰勒[1]人。在这个大家庭里有二十一个成员，包括一匹马、一头牛和几只狗。他们的首领叫麦古，是一个长得高高壮壮的中年汉子。他一点儿同情心也没有，平时总是不苟言笑，将喜怒哀乐都藏在那一脸浓密的胡须下。每当族里的女人去村子里乞讨的时候，他都会要求她们带上自己的孩子。如果哪一家人不给她们吃的，她们就会在人家门口狠狠地拍打孩子，总之一定得要来点儿什么，否则的话，她们回去就会受到严厉的惩罚。

在这个毫无人情味的族群里，有一个唱歌的姑娘蓓拉和一个吹笛子的小伙高利。他们总是唱着歌、吹着笛子去乞讨，然后把要来的东西带回去交给麦古。尽管日子过得很苦，可是蓓拉和高利依然觉得快乐无比。每天能在一起对他们来说就已经是世界上最幸福的

① 印度的一个非雅利安种族，以流浪为生。

事情了。他们俩在这个以流浪为生的群体中扮演着不同的角色。蓓拉是个歌舞艺人。母亲去世以后，她就和酗酒又无能的父亲一起流落到这群人中间。她继承了母亲的歌唱天赋，并且从很小的时候起就开始模仿母亲的样子唱歌。

最近王国境内的管制越来越严了，这个族群只好停止了打劫和拐卖女孩的生意。不过，麦古并没有灰心丧气，依然想尽一切办法维持着族群的生计。高利的父亲，一个优秀的杂技演员去世以后，高利受到了麦古的器重，因为麦古把顶替高利父亲的希望寄托在高利身上。除了吹蛇笛以外，为了能和蓓拉在一起表演，高利也开始练习吹长笛来。最开始，蓓拉劝他还是应该好好耍自己的杂技，可是，一段时间以后，两人发现光靠耍一耍杂技根本要不到多少钱。这样下去可不行。他们慢慢发现，比起看杂技，人们还是更喜欢听蓓拉唱歌。于是，他们开始在表演中增加更多的歌唱环节。这下子，要钱变得容易起来。这两个加入没有多久的外来户慢慢地在族群中站稳了脚跟。

蓓拉是个皮肤黝黑的姑娘。她芬芳的身体散发着无尽的青春气息，就像是躲在雨季云彩中的太阳一样努力地放射出万丈光芒。她总是走路生风，未语先笑。在高利爱情的滋润下，那漆黑的双眼溢满幸福的味道，整个人周围也仿佛洋溢着甜蜜的气息。尽管两个人现在已经形影不离，但他们还没有走到结婚这一步。

每当高利吹起笛子的时候，蓓拉就会放声歌唱。她的歌虽然不是什么文学经典，但却谱写着爱的旋律。因为她的歌声，村子里的人并不再像原来那样急于赶走这群流浪者了！当族群里的其他成员给人们带来厌恶与恐惧时，高利和蓓拉却用歌声吸引了人们的注意。不过，这中间还有一个并不起眼的人起到了非常重要的作用，他就是普拉。他总是在蓓拉唱歌的时候拿着一个小鼓给她伴奏。

事实上，普拉是一个狡诈如狼的人。当高利把笛子凑到嘴唇边，半睁着眼睛盯着蓓拉，用心灵的呼吸赋予竹笛灵动的气息时，普拉就会满怀仇恨地在小鼓上击打出可怕的节奏。

有一天，蓓拉他们被请到当地领主的城堡里演唱。赏赐很多，有衣物，也有钱财，蓓拉甚至还得到了一枚戒指。麦古看到这么多赏赐乐得合不拢嘴。这时，芦苇帘子外面传来一阵喧闹声。麦古走到外面，只见普拉和高利正在争吵。麦古用嘶哑的声音阻止住他们。高利说道："我正好好地坐着呢，普拉不知道为什么就开始骂我。尽管如此，我一句话也没说。他看我好欺负，就又上来打了我。"

"他觉得好像没有他吹笛子蓓拉就没法唱歌一样。他还对我说今天我的鼓打得没跟上节奏。"普拉非常生气地说道。

麦古笑了起来。他知道高利毕竟是个不谙世事的少年，现在又有美女相伴，并且沉浸在爱河里，就变得更加狂热、羞怯、单纯了。他是不会有什么坏心眼的，而今天之所以变得这么狂躁，完全是因为他想和普拉一争高下。

蓓拉也来到两人吵架的地方。她厌恶地看着普拉，说道：

"说你鼓打得没跟上节奏，这难道说错了吗？"

"就算我打得不好，要是没有我，还有谁能来打呢？你现在还没有找到新的搭档呢。蓓拉！你还不知道呢吧，你爸爸死前把你许配给了我。为此，我把自己的尼泊尔混血小马驹给了他，就是你现在骑的这一匹。"普拉的脸因为愤怒而变得狰狞起来。他刚准备继续开骂，麦古开口了，大声地呵斥了几个人一通。所有人都闭上了嘴。

黑暗降临，夜空下繁星闪耀。蓓拉坐在一块无人的地方，正在低声地吟唱。

耿杰勒人聚居的茅屋旁有一小片紫铆树林，蓓拉的歌声在林子里回响。根本都不用猜，高利就在蓓拉身边，这就像没有人能阻止大黑蜂飞舞在莲花周围一样。今天，因为和人吵了一架，他那纯真的心中生出浓浓的自信。为了赢得自己的爱人，也为了争取在现实中的权利，高利浑身都充满了力量。他的腰间别着一把刀子，手上拿着笛子。蓓拉每唱完一段，高利就用笛子跟着吹一遍这段旋律。两个人像是两只小鸟一样在黑暗的林子里欢快地吟唱。今天，两个彼此深爱的人终于捅破了那层窗户纸，他们开心地跳起舞来。今天，在稀疏的星光下，两颗心不顾一切地印在了一起。今天，蓓拉迈入了生命中的新篇章，高利也踏上了蜕变为一个男人的道路。

这时候，普拉也在慢慢地接近这个地方。更为可怕的是，他的手里也握着刀子。被紧紧抱在怀里的蓓拉发出一声尖叫。高利一下子跳了开去，远远地立到一旁。他还顺手让普拉受了一点小伤。

高利有如下山猛虎一般再一次发起了攻击，普拉完全不是他的对手。就在高利第三次发起攻击时，麦古抓住了他的手。他低下头，站住不动了。

麦古大声说道："蓓拉，你是要嫁给普拉的，你现在做的这些事情一点意义也没有。"

听到这番话的那一刻，高利的脑子里一阵天旋地转，手里的刀子也慢慢滑落在地。他的手松开来。当麦古拖着蓓拉和普拉的手一起走掉之后，高利迷茫了，他到底能上哪儿去呢？没有人会关注这个问题。

2

在这个耿杰勒族群里，蓓拉开始被公认为是普拉的女人。蓓拉也低下头颇接受了这个事实。不过，她依然会在黄昏的时候去那片紫铆林中，没有人能阻止她这样做。每到晚上，她就像是走火入魔了一样，连普拉和麦古都没法不让她到那片林子里去。如若不然，她那坚定的双眼中就会跳动起可怕的反抗火焰。

雨季来临了。村子里现在对这个流浪族群不再有什么抵触情绪。族群里的人已经全方位地参与到村里人的生活中，并以此挣钱糊口。有的时候，他们也会收到一些粮食作为报酬。他们捕鸟，炼油，制药，酿酒……村子里的普通人和城堡里的贵族现在都离不开这些耿杰勒人了。不过，现在再也没有动人的笛声伴随着蓓拉了。每当她在演出的时候，她的歌声中总是带有一种痛苦的韵味，并且听上去依然像是有笛子在伴奏一样。

爱情被压抑在心底的姑娘迸发出动人的火花。她唱起歌来有一种慵懒的意味，使人迷醉。她经常被邀请去领主的城堡里演唱。

印花棉布织成的裙子，紧身的胸衣，缀满蕾丝的披肩……她的衣服越来越多。几乎半个村子的人都为她而疯狂了。小男孩们可以毫不避讳地就在近旁听她演唱，小伙子们就有点遮遮掩掩的了，而上了年纪的人则更是顾忌自己的名声和尊严，他们都躲在远远的地方，也无非就是为了能听到她的声音，或是能看上她那么一眼。

每当蓓拉在城堡的广场上演唱时，领主就总是装作在忙一些别的事情，不过，这显然只是一个幌子，因为他时不常会漫不经心地瞥上她一眼。

麦古是个精于世故的人，他很容易就揣度出领主的心思。有一天，表演结束之后，赏钱也领了，蓓拉和普拉也一起离开了城堡，麦古却留了下来。他站在那里等了一小会儿，终于被领主看见了。领主问他道：“你在这儿有什么事情？”

“大人！小人有点事情想向您禀告。”

“什么事情？”

“蓓拉这小丫头都有点不想从村子里离开的心思了。那儿的警察对此很是担心呢。”

“不想离开了，为什么呢？”

“她时不常地到城堡里来，能吃香的喝辣的……”

麦古没有继续往下说，只是意味深长地笑了一下，然后做出一副欲言又止的样子。

领主心里起了一阵骚动。他努力压下这股情绪，故作矜持地问道：

“那我能做些什么呢？”

“大人！她总是在黄昏时分独自去到那片紫铆林中，坐在那儿一唱就是一整夜。”

“这样子啊！”

“您找个机会去吓唬她一下，这样我们就能劝动她随我们去往下一处地方了。”

“好吧。”

见自己的阴谋得逞，麦古满意地走了。他坐在自己的芦苇垫子上，一边抽着水烟，一边畅想能得到多大一笔赏钱。

蓓拉开始穿金戴银起来，她美丽的身体也越来越裸露。不过，她始终坚信，如果她与普拉组建了家庭，那将是对她与高利的爱情的背叛。她真正的丈夫只能是高利。她不由自主地升起一种强烈的放纵之欲。她的内心开始春情荡漾，一味只想追求身体上的满足，喉咙里发出甜美的呻吟，眼睛里泛起动人的桃花，唾液随着每一次的摆动飞溅……她的激情像是澎湃的河水一样涌动着。

今天，她发髻上戴着醋栗花编成的花环，迈着轻快的步伐向林子里走去。这时，普拉骂骂咧咧地喝问道：“你这是要上哪儿去？”

“去见朋友。”蓓拉不以为然地答道。普拉知道自己配不上蓓拉，所以自从和蓓拉在一起生活以来，他一直备受压抑。此刻，他略有不甘地说道：“我看你不碰个头破血流是不会消停下来的。”

现在，蓓拉满脑子都是高利的身影以及他炽热的爱情，根本容不下任何别的东西。她只想赶紧去到那片林子里，唱上几曲自己最爱的歌，享受幸福的时光。

在这个孤独的黄昏，蟋蟀的鸣叫在林子里回荡。蓓拉坐在那棵熟悉的紫铆树下，唱了起来：

“一切都没有改变……”

黑暗里，高利走了过来，可是却像不认识她一样把头扭到一边，径直走了过去。他显然并没有意识到蓓拉内心的痛苦。

孤独的感觉进一步加剧了蓓拉内心放纵的欲望。她如泣如诉的歌声在紫铆林里响了起来。忽然，领主大人骑着马来到近前，打破了这里压抑的氛围。

“哦，是蓓拉啊！你在这里干什么呢？”

蓓拉的歌声戛然而止。她打眼看去，原来是领主大人！这个身影曾经多少次地闯进她天马行空的想象里。不过，她觉得自己无疑是在白日做梦，于是总是哂然一笑，然后转眼就把它湮灭于无形。现在，她畏畏缩缩地站立在那儿，一句话也说不出口，只是在心里寻思着：“放弃高利然后和普拉在一起生活真的有前途吗？还不如就……”

领主说道：“你竟然没有人陪着就一个人待在林子里。如果有什么野兽跑出来了，那该怎么办？”

蓓拉扑哧一声笑了起来。领主看得心猿意马，从马背上弯下身来，揽住蓓拉的肩头，说道："走，我送你回去。"

蓓拉的身体颤抖起来。领主也非常激动，开口说道："蓓拉，要不去我那儿吧？"

"普拉是我丈夫！"蓓拉的这个回答真是太讽刺了，因为她是如此地渴望摆脱普拉。她慢慢地把自己的脑袋靠在了领主的大腿上。在这个过程中，两个人谁也没有再说话，一动不动地享受着此刻的宁静，像是变成了黑暗里的两尊雕像。普拉凄厉的叫声在一旁响起："蓓拉！"

领主一下子惊醒了，把手摸向腰间挂着的宝剑手柄。普拉愤愤地说道："直到今天我才知道，你到林子里是来见谁的。你看我今天不打死你，要不然我誓不为人！"

领主心中的邪念刚升起就又消散了，他放弃了杀人灭口的打算，转而吼道："在此之前你最好考虑清楚了。你竟然敢怀疑我，真是该死。我要……"

这时，麦古来了。他出声说道："大人！蓓拉现在已经无法在我们这个族群里继续待下去了。"

"你到底想说什么？"领主回过神来，不过还是有点搞不清楚状况。

"现在她只能和您在一起了。普拉已经没有资格带着她和我们一道生活了。"麦古说道。他的眼前仿佛出现了无数的财宝，在黑暗中闪闪发光。

这番话无疑为领主大人的行为提供了一个台阶。他在黑暗中斟酌了一会儿，终于拿定了主意，然后说道：

"如果是这样的话，你有什么想要的吗？"

“您就给我一千卢比吧。”

“走吧，以后你就跟着我了。”说完，领主握了一下蓓拉的手，打马走了。普拉非常生气，不过这并没有任何作用。麦古把他打发到另一个方向去，然后追着领主去了。蓓拉也跟着离开了。

第二天，耿杰勒族群的人离开了这个一直住着的村子。

3

上面讲述的故事已经过去好多年了。蓓拉现在成了领主大人唯一的女人，权威日盛。她平时跟着音乐大师学习唱歌。在城堡里，她有一处独立的宅院，虽然不大，但是因为被装饰一新过，所以很整洁。领主大人经常会到这里度夜。然而，他有时候会产生一种感觉，蓓拉从来没有真正地属于过他！他也说不清为什么会有这种感觉，为此常常感到很困惑。日子就这样一天天过着。

有一天，一个杂耍艺人来到这一带，一口气表演了好几个节目。和他一起的是他妻子，她带着面纱，一直也不掀起来。艺人表演完节目，拿上东西，正准备离开，一些起哄的人们问道：

“我说，兄弟，你老婆不表演个节目吗？”

“她倒是能演，先生！改天让她演给大家看。”艺人说完就离开了。然而，他吹奏笛子的声音落在蓓拉耳朵里之后，却在她心中激起了一阵涟漪。她知道他就是高利，不由自主地想起了那片小树林，还有春天里刚抽出花蕾的枝条。

第二天，城堡里聚满了赶过来的人，他们都是来看高利表演的。所有人都沉醉在他精湛的技艺里。忽然，高利说道：

“大人！有一只巨大的凶猛怪兽从天上过来了，我要去和它战斗了，请你们保护好我的妻子。”

高利拿出一根绳索，把它朝上抛向天空的方向。绳索抻得笔直。在所有人的注视下，高利借着绳子爬上了天空，然后消失不见。人们都看呆了，傻傻地等着看接下来会发生什么。没有人注意到那个女人现在去哪里了。

所有人的视线转向了城堡大门的方向，高利正浑身浴血地走来。他来到近前，向领主行了一个礼，说道：“大人！我已经把那个怪兽给杀了。现在该给我奖赏了。”

所有人都对高利满意极了，钱币像下雨一样向他抛洒过去。高利把钱都捡起来，装进钱包，然后左右看看，说道：

“大人，现在该把我的妻子还给我了吧，我都……”然而，没有人知道刚刚发生了什么，以及他妻子到哪里去了。高利哭丧着脸，抱着脑袋坐了下来。他又找了一圈，还是没有找到妻子，于是扯着嗓子喊道：“在这个国家怎么会发生这样的事情。我敢打赌，领主大人把我美丽的妻子藏在了城堡的某个地方。”所有人都笑了起来，他们以为这是另外一个节目。领主说道：“那你就把美丽的妻子从我的城堡里找出来吧！”天慢慢地黑了。他装作有点害怕的样子向四周看来看去，然后闭上眼睛开始思索。

人们说道：“你怎么不去找找啊？你美丽的妻子说不定在哪儿藏着呢？”

“那我就不客气啦，大人？”

“去吧，去吧，为什么不去呢。”领主也笑着说道。

高利向那座新建的屋子行去，然后毫不犹豫地走了进去。蓓拉正透过一扇窗户目不转睛地看着外面的人群。当看见高利来到近前的时候，她吃惊地跳了起来。屋里一个下人也没有，所有人都去看表演了。高利把手里的东西往地上一丢，飞快地说道：“蓓拉！快跟我走。”

蓓拉的心里感动极了。她很快地将自己装扮成高利妻子的样子，然后在脸上盖了一层面纱。她跟着高利慢慢走到人群中间。掌声响了起来，人们笑得前仰后合。那张面纱在晚间的轻风中微微摆动，还好没有被掀起来。领主大人也开心地笑着。高利双手合十向众人行了一个礼。

夜深了。高利牵着蓓拉，走出人群，来到城堡的大门外。这时，一个男孩走过来，说道：“马车已经准备好了。”

三个人径直登上马车，坐好。马车很快驶远了。

直到现在，领主的城堡里还常常聚满了人，他们在交谈中纷纷称赞那位杂耍艺人的精彩表演。

萨利姆

1

西北部边境某省的一条小河旁边，在群山环绕下坐落着一个小小的村庄。黄昏已经降临，给小村庄披上了一层朦朦胧胧的薄纱。普雷姆古玛丽来到一棵菩提树下，准备向瓦苏德福神[①]敬献油灯。尽管现在盛行的是非雅利安文化体系下的宗教[②]，然而，这种雅利安文化中祭拜菩提树的传统仪式依然在这片土地上盛行着。人们认为这棵菩提树是瓦苏德福神的居所，是非常神圣的，因此很多人都会来祭拜它。由于这一带寺庙稀少，因此神像就安置在这棵树下。在树的旁边有一家开了很长时间的杂货店，老板叫雷克·拉姆。紧挨着店铺的小房子就是他住的地方。有一天，年迈的雷克·拉姆嘴里念叨着“罗摩，罗摩，胜利，胜利，罗摩……”离开了这个世界，杂货店也随之关门了。雷克·拉姆过世的时候，他儿子南登·拉姆正

① 瓦苏德福：黑天神的一个称号。
② 译者按：这种宗教指伊斯兰教。

随着森德辛格大人在雅勒根德做马匹的生意。预定的归期早已经过了，可他却还没有回来。村子里住着十来户人家，除了婆罗门雷克拉姆·米瑟尔家之外，其中有那么三四户是属于科德利[①]种姓的，剩下的人家全是帕坦人，也都是商人。因为这个村子里都是与世无争的人，家境也都比较殷实，因此他们总是活在强盗的阴影之下。古尔穆罕默德·汗，一位七十多岁的老人家，同时也是村子里的头人，总是靠卧在自己小店的床榻上，用修长的手指一边把玩用黑的和蓝的光滑宝石串成的链子，一边向人们展示店里的货品。一些人赶着自己的骆驼上附近的市集做生意，男孩们则会拿着枪到山里去打猎。

普雷姆古玛丽向瓦苏德福神敬献过油灯，把盛着牛奶粥的盘子托到神像上开始祈祷。这时，一个身形瘦弱的人从河里爬了上来，跌跌撞撞地走到菩提树旁边。他看上去实在是累得不行了，一屁股坐了下来。这个人一眼看到旁边的普雷姆古玛丽，吃了一惊，嘴里发出一声尖叫："异教徒……！"

一个人肩膀上扛着枪，手里拎着一只打死的小鸟，飞快地向这里跑过来，丝毫不顾及自己的脚正踩在河滩尖利的岩石上。他一边跑嘴里还一边打着呼哨，是古尔穆罕默德十六岁的儿子阿米尔·汗！他跑到跟前，说道："普雷姆古玛丽，你为什么一见我就端着盘子跑？不是说好今天要请我吃牛奶粥的嘛。"

"是的呀，阿米尔小鬼！我在这里待了有一会儿了，可是我有什么办法呢，你没瞧见吗，有陌生人上这里来了！所以我正打算回家呢。"

阿米尔上下打量了一下那个外来人，不知道为什么就不高兴起来，于是没好气地问道："你是谁？"

① 科德利：刹帝利种姓中一个专门经商的副种姓。

“一个穆斯林。”来人答道。

阿米尔把脸扭到一边，说道：“我估计你也饿了吧。走吧，我带你去见我爸爸，然后再给你找些吃的。对了，这些牛奶粥可不能给你吃。别往那个方向走啊，就是那个能看见火光的地方。”接着，他又对普雷姆古玛丽说：“你怎么还不给我吃呀？其他人快要来了，到那时我可就抢不着多少牛奶粥了。”

空气中传来一阵唿哨声。人小鬼大的阿米尔紧张起来，着急忙慌地说道：“快拿来给我，我现在就吃。”

普雷姆古玛丽笑了，从阿米尔扬起的脑袋上方把牛奶粥倒了下去。那个外来的穆斯林看到阿米尔竟然真的直接用嘴去接牛奶粥，失声尖叫起来。打猎归来的男孩们来到了近前，他们都像阿米尔一样长得又高又壮，浑身洋溢着健康与活力的气息。阿米尔嘴里塞满牛奶粥，一时间连话都顾不上说了。男孩们在那个外来人身边围成一圈，开始七嘴八舌地问他各种问题。阿米尔把手伸出来晃了晃，示意还要吃。普雷姆古玛丽笑个不停，又倒了一些粥给他。可是阿米尔依然拿眼睛瞪着她，意思是还要更多。尽管他的眼睛里充满了祈求、谦恭、执着和热切，但是普雷姆古玛丽怎么可能只给他一个人吃而不分给其他人呢？古灵精怪的阿米尔一只眼睛瞟向其他人，另一只眼睛则盯着普雷姆古玛丽，同时拼命地吞咽着。另一边，隐隐约约间能够听到，那个外来的穆斯林正用普什图语向围着他的男孩们控诉阿米尔大逆不道的行为，因为他竟然吃了“异教徒”的贡品。男孩们听了他的话都觉得有点莫名其妙。忽然，一个男孩叫了起来：“天呐，快看，阿米尔快要把所有的牛奶粥都吃光了！”

所有的男孩都朝普雷姆古玛丽跑过去，把她围了起来。普雷姆古玛丽开始向所有人的小手上分发牛奶粥。陌生人又一次惊呼道：

“你们不都是穆斯林吗？！”

男孩们异口同声地说道：“是啊，大哥。”

“那这个异教徒给的……？”

“她是我邻居啊！”一个男孩说道。

“她是我姐姐。”第二个男孩说道。

“南登·拉姆枪打得可好了。”第三个男孩说。

“他们这些人从来不骗人的。”第四个说道。

“他们这些人为了我们村子都打了好几场架了呢。”第五个说道。

“南登·拉姆还教我们骑马呢，他是个很棒的骑手。”第六个说道。

“还有呢，南登·拉姆会请我们吃红糖。”第七个说道。

“你心眼真小。”男孩们齐声说道，然后纷纷吃掉自己手上的牛奶粥。普雷姆古玛丽又笑了起来。夜幕开始降临，菩提树洒下一片浓密的阴影，鸟儿的鸣叫声也稀疏起来。普雷姆古玛丽让所有的男孩快回家去。阿米尔对陌生人说道：“你应该饿了吧，跟我们一起走吧。”然而，来人却心神不宁地想着心事。他是为了逃避一些事情离开印度来到这里的，可没想到，在这个穆斯林的国度也有这样的“罪恶”！他在黑暗中沮丧地向一个方向走去，那里是强盗们聚居的所在。

2

南登·拉姆身高六英尺半，是个健壮的小伙子。要是不在额头上点个番红花的标志，他即便是穿上再好的衣服和裤子也觉得不得劲。他留着一小撮棕色的胡子，手里总是要拿着马鞭，脸上带着玩世不恭的笑容。在他那如太平洋般辽阔的心中，普雷姆古玛丽就像是木星一样闪烁着耀眼的光芒。今天，他回来了，正兴高采烈地向自己家中行去。森德辛格的马卖了一个好价钱，他也因此得了不少的赏钱。南登·拉姆自己就是个很棒的骑手，也有一匹好马。别人看中了他的马，出了很好的价钱，于是他也卖掉了。所有得来的钱都在他身边装着。他骑在一峰高高的骆驼上往回赶路。同伴们在回程途中纷纷逛集市去了，可他在跑完生意之后最想做的事情就是快点见到普雷姆古玛丽。头顶上是太阳在曝晒。南登·拉姆行至一条荒凉的山道，前后几柯斯长的道路上连一个村子都没有。尽管走在这荒无人烟的地方，他的心情却很愉悦，甚至忍不住张口唱起歌来：

“喂，路上的行人哟，怎么能在半道蹉跎。家里的窗为你而开，心爱的姑娘正望眼欲穿地等你归来。

“乌云在汇聚，雨尽情地下吧。尽管暴风雨会给你的路途带来坎坷，但终究会过去的。白天的烈日使你汗如雨下，下雨了能凉快一些。继续向家的方向赶路吧。一想到她温柔双臂的热情拥抱和爱抚，心中就满是饥渴，好像那冬夜里的一团火。

“行人哟！你快点儿走吧，看呐，你的爱人一直在等你，那迷人的双眼熬得通红，眼泪都流不出来了。”

枪声打破了山中的宁静。南登·拉姆扭头四顾，子弹嗖嗖地从他的耳朵边飞了过去。他失声惊呼道：“强盗！”他赶紧卧倒。枪声停了下来，对面的人枪里都没有子弹了。南登·拉姆抬起头观望，只见西边山头上的灌木丛里冒出几个脑袋。他架好枪，瞄准之后开始射击。

双方你来我往地对射。除了一发子弹擦伤了南登·拉姆的大腿，其他的子弹都打飞了。对面则被打死了两个强盗。剩下的一个强盗害怕起来，转身就要逃走。南登·拉姆见状叫道：“你难道不认识你南登·拉姆爷爷吗？看好了，你也给我吃一枪。”接着扣动了扳机。那个强盗脚上中枪，一屁股跌坐在地。南登·拉姆骑上骆驼，继续朝家的方向行去。

萨利姆失魂落魄地出了南登·拉姆的村子，在路上碰到了这群与他有着共同信仰的强盗。他很幸运，没有被南登·拉姆的子弹击中。枪一响他就藏进了灌木丛里。受伤的强盗对他说道：“你装作是路过的饥民跟上去，看看他住在哪里，然后再回来。顺着这条小溪抄近道下山去，应该能在前面遇上他。”萨利姆沿着那个方向离去。

南登·拉姆正慢慢朝着村子的方向行去，忽然，一阵呻吟声传入他的耳中。是萨利姆。南登·拉姆停下骆驼，开口问道：“兄弟，你这是怎么啦？你是什么人？”

萨利姆回道：“一个饥饿的外乡人，现在实在是走不动啦。行行好，给我点吃的和喝的吧！”

南登·拉姆将萨利姆扶上骆驼坐好，仔细地打量了他一番，然后问道：“你是怎么到这儿来的？”

“我是从印度斯坦逃难过来的。”

“哦嗬！真是个妙人呐，为了一点事情就离开了自己的家乡。行了，跟我走吧，你就骑在我的骆驼上，别下来了。”

萨利姆坐着骆驼出发了。天色渐渐地暗了下来。一路上万籁俱寂，只有挂在南登·拉姆骆驼脖子上的一串大铃铛发出叮呤当啷的声音，给周围带来一丝生气。快要到家了，满心喜悦的南登·拉姆就着铃铛声的韵律哼起歌来。暗怀鬼胎的萨利姆则在心里打着自己的小主意。在愈发浓重的暮色里，只有那只骆驼慢悠悠地一步一步向前走着。

萨利姆心里先是冒出一个念头：“可惜现在身边没有一把匕首，

不然在这儿就能把自己同伴的仇给报了！”可紧接着，另一个气呼呼的声音在他心中响起，对他刚刚愚蠢的想法嗤之以鼻，说道：“萨利姆，你疯啦！你只是来打探他家的位置的，不是吗？”他就这样一路胡思乱想着，一会儿是虔诚的信徒，一会儿变成现实的卫道士，一会儿又像是慈悲的圣者。突然，骆驼停了下来。原来已经到家了。门打开，从里面走出一个美丽的姑娘，手上托着一盏点亮的油灯。南登·拉姆让骆驼跪坐下来，自己跳到地上，嘴里激动地喊道：“普雷姆！”普雷姆古玛丽也走上前来。她激动得连话都说不出来了，一把抓住南登·拉姆的两只手。

萨利姆看见普雷姆古玛丽之后大吃一惊，差点叫出声来，不过他还是忍住了。南登·拉姆爱怜地搂住普雷姆古玛丽的肩膀晃动着，也看见了萨利姆眼中流露出的惊讶。

南登·拉姆说道：“普雷姆！我们俩都饿啦，快给我们烙饼去！这个人是从外乡逃难来的。对了，先拿点水来喝，再拿件衣服来。”

普雷姆古玛丽略感诧异地问道：“怎么啦？”

“没什么，就是衣服上破了几个洞。要不我扎一下得了？”

“怎么回事，你这是又在什么地方打架了吗？”

“是呀，碰上几个强盗。”

“那这个人是？”说着话，普雷姆古玛丽看了萨利姆一眼。萨利姆瑟瑟发抖起来，看上去既害怕又愤怒！他的脸因为仇恨也变了颜色。

“是一个印度教徒吧。”南登·拉姆说道。

“不，我是穆斯林。”

“哦嗬，印度斯坦来的兄弟！我们习惯把印度斯坦来的人都当成是印度教徒。你别介意啊。”南登·拉姆一边说一边握住了萨利姆的手。萨利姆吓了一跳，普雷姆古玛丽见状在一旁咯咯地笑了。这笑容给萨利姆带来了前所未有的感觉，让他的整个心都飞扬起来。第一次碰面之后，萨利姆又见识到普雷姆古玛丽的另一面，这一次展现出来的是爱。此刻，她是沉醉的，沉醉在对南登·拉姆的如火之情中。萨利姆心中的火焰也熊熊地燃烧了起来，他开口问道："异教的兄弟，这儿是不是一个穆斯林也没有？"

"有倒是有，不过今天你可能得住在我这里了。"南登·拉姆肯定地答道。

萨利姆心里还想着打探到消息之后回去的念头。可普雷姆古玛丽怎么办呢！哦，她那么美丽！她的心那么善良！她生活得那么幸福！异教徒中竟然也有这样的人！她为什么偏偏生在这里呢？是命中注定的吧！

萨利姆吃喝过后在一间小茅屋里睡下了。他做了一个梦，梦见自己手中握着一把满是鲜血的匕首，南登·拉姆则死在一边。强盗头子对他很是满意，将在抢劫中掳来的普雷姆古玛丽赏给了他，因为他们能给那两个死去的强盗报仇全靠了他的功劳。萨利姆想去握普雷姆古玛丽的手，脸上却被她狠狠地扇了一个耳光。梦到这里，他倏地惊醒了，一下子睁开双眼。映入眼帘的是窗外刺目的阳光。

屋外，阿米尔正一边往水烟袋里装烟丝，一边发问道："南登大哥，你之前说要给我带皮衣裳回来的，在哪儿呢？"说到这里，他一下蹦了起来，兴奋得开始手舞足蹈。

南登·拉姆从屋里拿出来一件泛着金色光泽的柔软的皮坎肩，给阿米尔穿上之后，拍了拍他的脸颊，说道："小鬼，拿去吧。不过我说，你怎么还是这么小，我买的时候还想着三个月过去你应该能长大好些了呢。"

阿米尔穿着皮坎肩一蹦一跳地去找普雷姆古玛丽了。她看见阿米尔的舞姿也被逗乐了。这时，古尔穆罕默德来了。他一来就问道：“南登・拉姆，你还好吧？”

“是的，大叔！回来的路上和一群强盗干了一场，宰了两个，不过我的脚上也受了点伤。”

“强盗！”老爷子听到这个消息吃了一惊。不过，当南登・拉姆当着他的面把钱袋子里的钱都倒出来的时候，他又赶忙开始核对起自己应得的钱数来。之前，他也有马托付给南登・拉姆去卖了。

普雷姆古玛丽在一旁叫道：“我的大爷！还有你之前答应过我的事情呢。你说话不算话！”

老爷子闻言皱起眉头，看向南登・拉姆。南登・拉姆说道：“家里要建马厩，我得攒钱先修一条走廊出来，所以就没钱买耳环啦。”

“这可不行，南登・拉姆！你可能还得跑一趟白沙瓦，去给普雷姆古玛丽打一副耳环回来！你得说话算话。”

“好吧，大叔！我再去一趟，这回……一定带一副回来。”

外乡人萨利姆惊异地听着他们的对话，感觉自己快要疯了。人性中总会有这样的一面，当它发挥作用时，种族、宗教、国别这些差异都不再是问题，人们只会单纯地去爱。现在萨利姆就是如此，他内心的柔软情感犹如诗人笔下的梦幻爱情一样爆发了。之前，他把普雷姆古玛丽叫做“异教徒”；今天，他一边吃着烙饼一边在心里嘟囔道：“傻乎乎的异教徒！”

3

萨利姆是不满足于现状、一心追求流浪生活的穆斯林，就是个闲不住的性子。当他在老家陷入四面楚歌的境地时，正好当地人在突厥人的帮助下兴起一股移民潮，于是他也加入其中。然而，来到阿富汗之后，他在这个伊斯兰教国家的经历并不那么令人愉快，于是他又辗转来到南登·拉姆的家乡。

萨利姆为伊斯兰教的蓬勃发展和繁荣昌盛而奋斗的理想逐渐冷却下来，心中转而开始为自己的私利打起小算盘，变成一个像苏菲派诗人那样的唯美主义者。他在南登·拉姆家帮着干一些活。日子就这样一天天过去了。萨利姆为自己的人生找到了终极目标——他所谓的“傻乎乎的异教徒”。

普雷姆古玛丽对萨利姆却没有什么特别的感觉，平时只是和他正常交谈而已，或者有事情的时候才叫他。也许在她心中萨利姆就是个微不足道的人。尽管两个人的心完全就不在一个频道上，但是他们最终还是会在命运的安排下走到一起。

有一天，阿米尔对南登·拉姆说：“你得把那个可恶的萨利姆从这儿赶走，他的行迹太可疑了，我怀疑他有不可告人的目的。”

南登·拉姆笑着说道：“阿米尔小弟弟，他是从外乡来的可怜人，无依无靠的。我们都应该多关心他一些。”

性格直爽的阿米尔可不管这些，他见南登·拉姆没把他的话听进去，马上就不高兴了。南登·拉姆继续让萨利姆住在他家里。

现在，萨利姆有时也会去稍远的地方转一转了。在他的心里面，那点初见美丽的姑娘时升起的温情现在已经在欲望的驱使下消磨殆尽。他终于开始有所行动了。一天，一个强盗来找他，他们悄悄地说了一会儿话，接着强盗就又走了。萨利姆又变回了曾经那个狂热的穆斯林，只不过，这一回驱使他的不再是宗教，而是欲望的火焰！

那是一个极为恐怖的夜晚，一直淅淅沥沥下着小雨。萨利姆一直没有睡，忐忑不安地等待着什么。他的眼睛里饱含着对未来的憧憬。一阵马蹄声由远及近，渐渐地打破了小村里的宁静。萨利姆打开窗户向外眺望。在一片漆黑中，他的邪念仿佛也随着无边的夜色在蔓延。他开始大声地狂笑。

屋子里，南登·拉姆和普雷姆古玛丽刚说了一会儿体己话，现在两个人有点困了，正打算睡觉。突然，一阵枪声响了起来。恐惧在整个村子里蔓延开来。

“强盗！强盗来啦！”

十户人家里但凡有一些战斗力的人都冲了出来。百八十个强盗已经把村子团团包围。他们一边往里冲，一边倾泻出可怕的弹雨。

阿米尔和南登·拉姆肩背子弹带，在房子的掩护下举枪还击。两人的枪法都很准。阿米尔看见萨利姆像疯了一样地冲进屋去，于是也在枪里压满子弹，跟在萨利姆身后进了南登·拉姆家。村民们的伤亡人数不断地增加，不过，由于南登·拉姆的枪法太好了，此时已经有二十来个强盗被打死了。强盗们被打怕了，终于一窝蜂地逃跑了。突然，从屋子里传来一声尖叫。

南登·拉姆进到屋里，一眼就看见了披头散发的普雷姆古玛丽，手里正攥着一把沾满鲜血的匕首。一个强盗受伤倒在地上。另一边，阿米尔一脚踏住萨利姆的胸膛，正从腰间往外拔匕首。南登·拉姆叫道：“这是怎么回事，阿米尔？”

“有什么好问的！之前这个混蛋……”

“住手，阿米尔！这是来我们这里寻求庇护的难民。”南登·拉姆一边说话一边夺下了他手中的匕首。然而，阿米尔并不甘心，他咬牙切齿地说道：

“就是这个混蛋的手！不行，南登·拉姆！你给我让开，否则我也给你一枪。他抓住我的好姐姐、好邻居的手，还把她往外拖。他的手……”

南登·拉姆听到这里大吃一惊。只见阿米尔像抓黄瓜一样抓起萨利姆的手腕。萨利姆吓坏了，大叫一声昏了过去。普雷姆古玛丽拉住阿米尔，阻止了他的下一步举动。此前还满身戾气的阿米尔一下子松弛下来。很显然，女人惯有的同情心在这一刻发作了。南登·拉姆和阿米尔出了屋子。

受伤的强盗跑了。

这一天，即将离开村子的萨利姆来向普雷姆古玛丽告别。当他用断手碰触额头行礼的时候，不知道为什么，普雷姆古玛丽再一次对这个可怜人起了怜悯之心。她说道：“萨利姆，你家里已经一个人也没有了，回去还有什么意义呢？还是留下来吧。”

萨利姆哭了起来。哪怕是现在，他其实一点儿也不想回印度斯坦去。阿米尔在一边不耐烦地说道：“普雷姆古玛丽！让他走！这个村子里没有像他这样的混蛋待的地方。”

萨利姆留在了白沙瓦，平时靠乞讨为生。在那段日子里，他总是向人们诉说“傻乎乎的异教徒”的故事，人们也总是会津津有味地倾听他的故事。

小魔术师

嘉年华的广场上亮起了灯光，到处回响着人们的欢声笑语。我站立在一座小喷泉的旁边。喷泉边上还有一个男孩，正静静地看着饮酒狂欢的人们。他穿着破旧的衣服，脖子上搭着一根纱制的粗绳子，口袋里揣着一些扑克牌。他的小脸上透露出一丝忧伤，但细细看去更多的还是坚毅。不知道出于什么原因我被这个男孩吸引住，向他走了过去。他并没有注意到我。我开口问道："嗨，小兄弟，你在这儿都看到什么啦？"

"什么耍镯子啦，打玩偶啦，射数字啦，这儿的游戏我全都看啦。其实我打玩偶也玩得可好了。这个魔术师根本就不行，我比他强多了，我还会表演耍扑克牌呢。"男孩叽里呱啦地一通说，一个磕巴也没打。

我又问道："那边的场子里有什么表演呢？你进去看过吗？"

"没有呢，我进不去，那儿要票的。"

我说道："那走，我带你进去。"我在心里对自己说："哥们儿！

今天就把这孩子当成你的朋友吧。”

他说道：“去那儿干什么？走，打玩偶去。”

我欣然道：“这样啊。行！走吧，先去喝点饮料。”男孩听了不住地点头。

熙熙攘攘的人群让冬天的夜晚变得不再寒冷。我们两个人喝完饮料向打玩偶的地方走去。路上，我问男孩：“你家里边儿还有什么人吗？”

“妈妈和爸爸。”

“他们怎么会同意你一个人上这儿来的呢？”

“爸爸正在坐牢。”

“为什么呢？”

“为了国家。”他骄傲地说道。

“你的妈妈呢？”

“她生病了。”

“那你还到这儿来看热闹？”

男孩的脸上露出一丝苦涩的笑容。他说道：“我可不是来看热闹的，我是来表演的。要是能赚到些钱带回去，我就能给妈妈买吃的了。如果今天你不是请我喝饮料，而是在看过我的表演后赏我一些钱，那我就更开心了。”

我惊讶地打量着这个看上去只有十三四岁的男孩。

“我说的都是真的，老爷！妈妈病了，所以我没有去。”

“去哪儿？”

“监狱里！这里有这么多人，只要其中有一些人来看我表演，我就能给妈妈买药，自己也能填饱肚子了。”

我长吸了一口气，心里被男孩深深地震撼了。四周仍然是一片灯火辉煌。我对男孩说："走，我们打玩偶去。"

我们两个人到了打玩偶的摊位。不断地有人用球击中玩偶将它们打落。我买了十二张票，全给了男孩。

男孩在这一刻俨然成了神射手的化身，他的球一个也没有落空。围观的人也都看得目瞪口呆。男孩一共赢回了十二个玩偶。可是怎么带走呢？这是个问题。最后拿我的手帕包起来一部分，剩下的揣进了衣袋里。

男孩说道："老爷，我给您表演吧。快到外边儿来，我要走咯。"他三步并作两步地跑了。我心里说："这孩子怎么这么不靠谱！"

我一路逛着来到了卖槟榔的店铺前。吃过槟榔，又继续四处溜达了好长时间。当我站在秋千旁看人们上上下下地玩耍时，忽然有人从秋千上叫我："老爷您好啊！"

我问道："谁呀？"

"是我，小魔术师！"

加尔各答。植物园里风景如画。在一个开满红色荷花的小湖边有一片树林。我和自己社团的成员正一块儿坐在树荫里，一边吃着零食，一边聊着天。这时，小魔术师忽然冒了出来。他手里拿着一个方格粗布袋，穿着干净的短裤和露肩上衣，脑袋上用纱绳绑着我的手帕。

"老爷，您好！今天您想看表演吗，我给您演吧。"

"不用啦，我们正在吃东西呢。"

"那等你们吃完我再开始，行吗，老爷？"

"不用了，你……"我有点儿生气，正要再说点什么的时候，妻子说道："来吧，孩子，你来得正好。我们正想找点乐子呢。"我说不出话了，因为妻子甜美的声音里带上了一种母性的光辉，在这种情况下没有任何人再忍心拒绝这个男孩了。他开始表演。

那天在嘉年华赢到的所有玩偶都在表演中扮演了角色。熊在祈祷。猫在生闷气。猴子在吓唬人。

洋娃娃举行了婚礼，新郎是一个独眼龙。在男孩滔滔不绝的对白中，演出进行着。所有人都笑得前仰后合。

我感慨着，生活的艰辛使得这孩子还这么小就变得如此懂事。世事就是如此啊。

扑克牌一会儿都变成了红色，一会又都变成了黑色。脖子上挂着的纱绳断成了一截一截的，忽然又再连成一条。陀螺自己转了起来。我说道："好了，就到这儿吧，把你的道具收拾收拾，我们也该走啦。"

妻子慢慢地掏出一个卢比给了男孩，他高兴地一下子蹦了起来。

我又说道："孩子！"

"请叫我小魔术师。这是我的名字，也是我生活的依靠。"

我刚想说点儿什么，妻子抢着说道："好吧，小魔术师，你会用这一个卢比做什么呢？"

"先去吃豆粉炸丸子，吃个饱，然后去买一条棉毯。"

我又生起气来，这一次是生自己的气。我心想："哎！我这是有多自私啊，刚刚竟然还因为他拿了一个卢比的赏钱而心怀妒忌。"

男孩和我们道了再见，走了。我们也离开原处，接着看蔓生植物去了。

天色渐渐地暗了下来。风在这片人造小树林里吹过，发出簌簌的声响。已是日落西山。太阳在枝头叶子的缝隙里射下最后一丝余晖。四周一片宁静。我们骑着摩托车悠闲地向着豪拉[1]的方向进发。

路上，我还一直想着小魔术师，结果就真的看到他在一座小屋旁站着，肩膀上扛着一条棉毯。我叫停摩托，问他道："你怎么会在这儿？"

"我妈妈在这儿呢，医院里的人把她赶出来了。"我下了车，朝屋里看去，只见一个衣衫褴褛的女人正在簌簌发抖。

小魔术师把棉毯卸下来，盖在女人的身上，叫道："妈！"

眼泪一下子从我的眼睛里流了下来。

漫长的假期结束了。我必须得如期回去上班，是时候离开加尔各答了。临走前，我忽然很想再去植物园看一眼。当然了，要是能同时见到小魔术师，那么……走的那天我一个人去了，时间很紧。

已经过了十点。我在路旁看到了小魔术师，他正在烈日的曝晒下在一块布上表演着节目。我叫停摩托，下了车。表演在进行着。猫在生闷气，熊在祈祷，婚礼正在准备之中。然而小魔术师的声音里却没有一丝应有的愉悦色彩。当他做出滑稽的手势逗笑众人的时候，自己的身体却在微微地颤抖，就像浑身的毛孔都在哭泣似的。我奇怪地看着这一幕。表演结束了。小魔术师收完打赏，从人群里看见了我。他一下子激动起来。我走过去拍了拍他的背，问道："今天你怎么不收拾玩偶了？"

"妈妈让我今天早点回家。我没有时间了。"他点点头说道。

"那你还来这里表演！"我有点生气地说。人哪，都有自己的好

① 豪拉是加尔各答辖区内的一个县。

恶，也总是喜欢以它为工具来衡量别人。

小魔术师的脸上又露出熟悉的苦涩表情。

他喃喃道：“为什么不来呢！”

说完这句话，他什么话也没有再说，就好像多说一个字都是犯罪一样。

在那一瞬间，我意识到自己犯了错误。我把他的包裹拿上车，让他也坐上车，说道：“快开车！”摩托车司机听了我的吩咐很快启程了。

没过几分钟，我们来到小屋旁。小魔术师一边叫着“妈妈”一边跑进了屋。我也跟在后面进了屋，却只听到女人嘴里吐出一个字“儿……”。声音戛然而止。她的手无力地举了一下，紧接着垂了下去。小魔术师搂着她痛哭起来。我呆立在一旁。在明媚的阳光里，整个世界就像魔术一样在我的四周开始跳起舞来。

奴郦

1

“嘿，你是谁？”

“……”

“你怎么不说话？”

“……”

“你再这样的话我就喊人来了啊……”说完，她张开小嘴就要喊出声来。说时迟那时快，小伙子一手捂住她的嘴，另一只手按住了她的身子。姑娘的呼喊声被憋回了嗓子眼里。今天这种情况还是有生以来第一遭呢，被一个散发着藏红花、麝香和琥珀气息的小伙子抱在怀里，这于理不合啊。风儿撩开床边的嫩叶，让光线能够照射进来。下一刻，在透入树林的月光照耀下，一把锋利的匕首折射出耀眼的光芒。姑娘如同一只受惊的小鹿，她那漆黑的双眸里流露出无辜的眼神，还带有对生命的乞怜。小伙子的手放了下来。他把手指竖到嘴边，做了一个噤声的动作。奴郦是一个克什米尔少女，她那脚步轻盈的舞蹈在西格里的宫殿里也是很出名的。小伙子身上散发出很好闻的气息，将姑娘包裹在其中。姑娘意识到了，这个人原来是某个爱慕自己的人。他胆大包天，乘着伟大的阿克巴大帝玩捉迷藏的时候偷偷溜进来看望自己。奴郦陶醉在这如梦如幻的喜悦之中，觉得自己是世界上最幸福的人。她听话地闭上嘴，把身子靠在小伙子的身上。小伙子也陶醉了，忘我地享受着这动人的一刻。奴郦慢慢地说道："快从这儿离开。明天早上钟声敲响的时候我在大坝上的毛尔西里树下等你。"

小伙子一步三回头地离开了这片林子。奴郦脚步虚浮、跌跌撞撞地朝着另一片林子走去，就像是喝醉了酒一样。除了她之外，不知道还有多少美丽的姑娘也在寻找着阿克巴大帝。天空中的月亮看着这场游戏，无声地笑了起来。奴郦现在再也没有勇气钻到林子里去了。纳尔吉斯从另一片林子里钻了出来。她看见了奴郦，于是走过来问道：

"怎么，你要到那儿去看看吗？"

"不是呀，我还没找到呢。"

"那快接着找啊，我要到那片灌木丛里去瞧瞧。"

"你自己去吧，我累啦。"

纳尔吉斯走了。一根缀满花苞的茉莉枝条垂了下来，带出一片黑乎乎的阴影。奴郦被吓得心脏怦怦乱跳。她站住身，用手抚弄着自己的胸口。又有一个人从身后蒙住了她的眼睛。奴郦的心跳得更快了，她鼓起勇气说道：

"我认出你啦！"

"……"

"陛下……"她叫了起来，刚要继续出声，阿克巴大帝就捂住了她的嘴巴，然后在她耳边轻轻地说道：

“我现在到那片林子里去。告诉玛利亚，但是不要告诉王后。明白了吗？！”

阿克巴大帝刚刚离去，王后就过来了。王后平时对奴郦很是照顾，照理来讲是不应该骗她的。可是，阿克巴大帝的吩咐还言犹在耳！奴郦还是把王后支往了另一个方向。玛利亚慢慢地走了过来。尽管这位基督教徒王妃对这项娱乐活动并不怎么熟悉，不过她还是觉得很有意思。奴郦把阿克巴大帝藏身的那片树林指给了玛利亚。

几个小时以后，当所有的姑娘都累了的时候，阿克巴牵着玛利亚的手走了出来。随着他们的出现，门楼处响起了甜美的歌声。阿克巴仔细地看了一眼奴郦，然后轻轻地拍拍她的脸颊，褒奖了她一番。捉迷藏的游戏结束了！

2

奴郦的心中泛起了涟漪，就像西格里宫殿中湖面上荡起的波纹。在春日的月光下，她好像看见自己的爱人来了。她欣喜地望了过去，却发现原来一个人也没有。奴郦在毛尔西里树下已经坐了至少一个钟头了。今天是她有生以来第一次鼓起勇气来约会。她有点害怕，心跳得很厉害，可又不想就这么回去。她满怀期待地等待着，心焦的感觉把她折磨得快要发疯了。

有人从后面走了过来，说道：“我来了。”

奴郦转头看去，只见一个长得又高又白的小伙子站在她的身旁。在皎洁的月光下，她认出了来人，叫道：“雅各布·汗王子殿下？”

“是啊，就是我！说吧，你为什么叫我过来？”

奴郦沉默了。从对方的问话中可以听出，他对她一点爱意也没有。她好歹也在宫中生活过一段时间了，对那些听话听音的技巧也不是一窍不通。

“您那天为什么要到那里去呢？”

“我拒绝回答这个问题，你能拿我怎么样？”

奴郦闭上了嘴巴。雅各布·汗又说道：“你想知道吗？”

“您有种就别说。”

“我要是说了，那……”

“您要是怕了的话，那就还是别说了。”

“好吧，那你先告诉我，你是哪里人？”

“我出生在克什米尔。”

雅各布·汗就挨着奴郦身边坐了下来，接着问道：“克什米尔哪儿呢？”

“我家在离斯利那加不远的地方。”

“你在宫里是做什么的？”

“我是跳舞的。我的名字叫奴郦。”

“你不想回家吗？”

“不想。”

“为什么？”

“回去了我能做什么呢？苏丹约瑟夫·汗早就占领了我的家乡。我的母亲也许成了阶下囚，也许已经死了。”

“我会让人放了你的，这样你就可以离开了。”

“不，我不能走。不过，王子殿下，我已经知道您那天为什么到那里去了。”

“奴郦，你已经知道了吗？那真是太好了。我其实也是被禁锢了的人。在这里，在阿克巴的牢笼里，我一天也待不下去了。昨天晚上，我是为了将匕首刺入他的胸膛才到那里去的。”

“为了刺杀皇帝？”奴郦害怕极了，浑身颤抖地问道。

“是的，奴郦。昨天如果不是因为你的话，我的计划也就不会失败了。他强占了克什米尔……”雅各布停下嘴，向后面看过去。只见远处有人跑了开去。奴郦也站起身来。两个人又下到更靠近湖面的地方。在岸边坐下之后，奴郦说道：“你别再去做这种事情啦。”

“为什么不能呢？除了克什米尔，我还有什么可在意的呢？为了它我有什么不能做的呢？”说完这些，雅各布深深地吸了一口气。他那英俊的脸庞上爬满了痛苦的表情。可是在奴郦的眼中，他的样子可爱极了。她的心里开始满怀激情地憧憬爱的降临了，尤其是在这样一个孤独的、春日的夜晚！她说道：“您也许确实是爱着克什米尔！但是，或许也有人会像您爱克什米尔一样爱着您呀！”

“胡说些什么呢！我的心里面只容得下一幅画面。盛开的鲜花、累累的果实，还有印度河与杰卢姆河两岸谷地的绿色！你要我放弃自己所爱，去爱另一个……？”

“请别再说了，王子殿下！如果您不能冷静下来的话，那就还是不要再说了。”

说完，奴郦又向后看了一眼。她的心里很不安，大概是因为她那颗春心萌动的心直到今天才找到了目标吧。可是，为了能取走阿克巴大帝的性命，这个一心造反的小伙子已经把生死置之度外了。俗话说得好，要想动摇苦行者的决心，那就必须得靠天上的仙女。今天，奴郦就是那个仙女。她说道：“要不，您带着我去克什米尔吧？”没有回答。她又往雅各布身边靠过去一些，害怕地说道：“说话啊，带我走吧。我也很想挣脱这金色的牢笼呢。”

“你是不是喜欢上我了，奴郦？”

“两个不同世界的人能走到一起吗？”奴郦有点丧失理智了。

“可是我现在必须再去尝试一次那件事情，而你却不允许我去做。等我能活下来再看吧。”说着话，雅各布牵起了奴郦的手。奴郦浑身都颤抖起来。她将自己美丽的脸庞靠在雅各布的肩膀上，说道：“不，你别再去了，你向我发誓！”

忽然，雅各布好像察觉到什么，飞快地站起身来。等到奴郦反应过来的时候，雅各布已经不见了踪影。奴郦现在动弹不得，因为一个鞑靼人的大手正按在她的肩膀上。鞑靼人说道：“王后已经不知道找了你多久啦。”

3

王后和国王正在掷骰子下棋。广场被划成了棋盘。宫女们则像棋子一样，按照掷出的步数各自在广场上移动。上午九点，门楼处传来悠扬的簧管声。阿克巴随着音乐打起了节奏，姑娘们见状，也和着节拍跳起舞来。阿克巴被她们的热情所感染，连正在下棋的事情也忘了，结果他的棋被吃掉了。

代表被吃掉棋子的不是别人，正是奴郦。由于那天被阿克巴拍过脸颊，她现在已经不像以前那么胆怯了。她径直出了棋盘，一路跑进了小亭子里。阿克巴手里拿着骰子向奴郦望去，只见她撒娇地说道：“这下我是不是死啦？”

“你这不是活得好好的嘛，怎么会死了呢？”阿克巴童心忽起，像个滑稽演员一样调侃了奴郦一下，然后看向王后，问道：“这个姑娘叫什么名字啊？”嘴里说着话，他在心里想的却是那天晚上捉迷藏的时候发生的事情。

“她是从克什米尔来的，名字叫奴郦。她的舞跳得可好了。”王后答道。

“我怎么从来没见过她啊。”

“这不是见到了嘛。”

“奴郦是吧？你能伴着这簧管的乐声跳一曲吗？”

“为什么不行呢，陛下！”

所有的姑娘都回到了自己本来的位置。奴郦开始激情飞扬地跳起舞来，脚上的镯子铿铿作响。她的舞蹈充满狂野和诱惑，一如浪花般流畅。她伴着时缓时急的音乐声做了几个高难度的动作之后，阿克巴看呆了。接下来，每当她的舞动带起一阵声响的时候，阿克巴就会发出“哇喔，哇喔”的呼声。簧管的乐曲终了，舞蹈也结束了。阿克巴把奴郦叫了过去，开心地问道：“奴郦！你想要什么赏赐吗？”

“不用，陛下！”

“什么都不要？”

“我想去看望自己的母亲。如果能告个假的话，那么……”奴郦垂下头去，回道。

“这样啊……还有别的吗？”

“没有了。”

“好吧，等我派雅各布去那儿的时候，你就跟着一起去吧。”

接下来，棋局又开始了。王后和国王两个人都不想让对方赢。可有句话说得好，如果想让一个人能陪自己玩，那么最好让他一直赢下去。奴郦又变成了一枚棋子。这一次，她又被吃掉了。她叫道：“我死啦！”

阿克巴说道：“你上一边坐着去吧。”终于得了空闲，累得半死的奴郦走进了广场一旁的杧果林。她一边走一边伸着懒腰，放松着因为跳舞而紧张的身体。忽然，雅各布出现在她面前，一把抱住了她。他按住奴郦奋力挣扎的美丽身躯，说道："奴郦，我是来把你的爱还给你的。"

奴郦惊慌失措地说道："别，别，别这样。"

"今天我要和皇帝做一个了断，不是他死就是我死。"

"这么说今天你还是要去做那件事……"

"是的，奴郦！"

"不要啊，雅各布殿下！别去做那件事。今天皇帝准我的假了，他同意让我回克什米尔。我可以和你一起走了。"

"可我是不会去那儿的。奴郦，把我忘了吧！"

奴郦紧紧地抓住雅各布。然而，雅各布的满腔爱国热忱却推动着他，使得他要去完成自己的志愿。他说道："奴郦！阿克巴是绝不会妥协的，他是那种即便低下头也不会真心认错的人。让我去吧。只要知道有人还爱着我，我就能够欣然面对死亡了。"

奴郦难过得哭了起来。她的眼泪簌簌而下，把雅各布的肩头都打湿了。疯狂的反叛者、年轻的王子殿下狠下心来，用力地从奴郦的怀抱中挣脱开来。正在此时，四个鞑靼人侍卫从杧果林的阴影里钻出身来，把两个人抓了起来。

阿克巴的棋局现在停了下来。他将骰子拿在手里把玩着。两个犯人被带了上来。阿克巴吃惊地问道："雅各布·汗？"

雅各布高昂着头颅，一句话也不说。阿克巴又看向奴郦，问道："这样说来，你就是因为这个原因才要告假去克什米尔的？"

奴郦也沉默不语。

"雅各布！就算是约瑟夫·汗也忍受不了你这种幼稚的行为。不过嘛，我还是决定放了你。你去做好离开的准备吧，等我从喀布尔回来就到克什米尔去。”

鞑靼人领命把雅各布带走了。奴郦还是在原地站着。阿克巴又看了她一眼，说道：“把她关到碉楼里去。”

奴郦成了碉楼地牢里的一名女囚。

十八年过去了！

阿克巴的身体一天不如一天了。在即将来临的死亡阴影之下，曾经的荣耀和光辉被伤感消磨得一干二净，想促进印度教和伊斯兰教融合的热情也逐渐冷却。不仅如此，阿克巴还对自己的儿子萨利姆生出了提防之心。尽管父子俩还没有反目成仇，但因为萨利姆宣告了自己的独立，所以在阿格拉已经没有他的容身之地了。萨利姆只好痛苦地接受了要他回自己出生地的命令。

萨利姆来到了法塔赫布尔·西格里。这座城市曾经是莫卧儿王朝无与伦比的辉煌成就。阿克巴青年时代的梦想——西格里宫殿——就坐落在这里的悬崖峭壁上。它的兴盛毫无征兆，没落却也来得无声无息。这里曾是举世瞩目的宗教圣地，向世人宣告它的神圣；在崇尚虔诚的时代，这里曾同场进行过关于基督教、拜火教、耆那教、伊斯兰教和印度教的辩论；这里是圣者萨利姆悟道的地方；这里是王子萨利姆出生的地方。现在，这座宫殿还未完工就已经破败了。在阿克巴的这一生中，西格里宫殿沦落成了一个可怜的角色，它就像是一个被放逐的美丽姑娘，褪去了华丽的衣饰，慢慢走向毁灭。不过，即便是现在，阿克巴曾经的起居室中依然会上演健日王的戏剧！依然会有旅客住进庇护所，只是为了到这儿来瞻仰圣者的悟道之所！碉楼的地牢里依然塞满了囚犯！

萨利姆看着西格里的方向，心里满是哀伤。未完工的城堡仿佛正在哭泣，坍塌的城楼散落在大地之上。萨利姆来到自己母亲的宫殿，伤心地哭了起来。留守在那儿的仆人、女佣以及统领他们的管事全都是一副衣衫褴褛、蓬头垢面的样子。他们来到萨利姆的面前，就像是一群要饭的。所有人都是靠着设在悟道之所的舍粥场度日。祭拜过悟道之所，萨利姆下了回来以后的第一道命令。他让人把地牢里的所有犯人全部放了出来。萨利姆清楚地知道，这里面没有一个政治犯。无数臭气熏天、瘦骨嶙峋的人们来到了悟道之所。他们喜极而泣，俯下身去触摸年轻的君主萨利姆的脚。

这群人中有一个就是奴郦。她当年的青春模样已经被牢狱中的苦难生活消磨得一丝不剩。随着时间的流逝，美丽的容颜也犹如插上了翅膀，飞得无影无踪。

所有人开始了新的生活。舍粥场引入了新的管理制度。奴郦在这里找到了一份工作，为入住庇护所的旅客分发食物。

印历二月的一个夜晚。湖边的毛尔西里树下聚集着一群乌鸦。一群人正在兴高采烈地唱着歌。

"我看见了自己的真爱。"

"他是如此迷人，像美酒一样沁人心脾，像月光一样光彩照人，像波涛一样充满活力。他的笑声是如此爽朗直率。"

"可是，他那睥睨的眼神是多么伤人啊！哦，真残忍！"

"地狱还是天堂就在他一念之间啊。"

"不知道为什么到今天还是忘不了。"

"你可以把自己藏进林子里的花丛中。都过去这么久了，你还是这么美丽！那儿到处都是芳香！但这样能把你藏起来吗？"

"看见我出丑他们肯定会幸灾乐祸的！我真倒霉！"

奴郦站在那里，静静地听着。她是拿食物来喂乌鸦的。她穿着粗布的裤子和衣服，头上还裹着一条粗布披肩。她那貌似忧郁而又伤感的脸上却平静似水。由于过去的遭遇，她的内心发生了巨大的变化，变得冷冰冰的。她现在成了一个依靠神灵存活的人。只有当她跪坐在圣者萨利姆的悟道之所祈祷的时候，她的内心才能彻底摆脱世俗的欲望之苦，或者忘却过往的伤心之事。

也不知道是什么原因，今天这首歌将她沉寂已久的回忆唤醒了。脑海里浮现出一株毛尔西里树。浅显易懂却又寓意深远的歌词仿佛能直达人们的内心深处，就连蠢笨愚昧的人也不例外。然而，奴郦却沉浸在对过去那件事的回忆里。主角是一个英俊的小伙子，他打开心扉正在吐露自己的秘密。

那位克什米尔王子现在会在什么地方呢？奴郦忽然感到一阵心悸。她把盘子放下，然后慢慢地向悟道之所走去，大概是想平复一下自己躁动的心。

奴郦在大理石广场的边缘坐了下来，眼前是一片柔和的月光。她沉醉在自己美好的思绪里。过了好一会儿，一道声音响起，把她拉回了现实："奴郦！现在庇护所里是不是不发吃的了？"

奴郦清醒过来，一下子站起身。她从舍粥场端起盛放烙饼的大盘子，然后向庇护所跑去。来到庇护所的大门口，她开始搜寻那些因为穷困而吃不上饭的人，然后把烙饼分发给他们。

当奴郦来到一座茅屋边的时候，看见一个男子躺在一张破旧的床上，不停地咳嗽着。她问道："怎么回事，兄弟，你是生病了吗？如果需要我为你做什么的话，你就告诉我。"

"有很多很多。"男子断断续续地说。

奴郦进到屋里，又问道："是什么，你说吧？"

“因为我身边没钱，所以这些人是不会管我死活的。今天从早上到现在，我连一口水也没喝过。脚上也疼得要命，一动也不能动。”

“估计你也没吃过东西吧。”

“昨天晚上刚到这里的时候吃了一些。由于我是一路走来的，所以脚都肿了。现在只能躺着啦。”

奴郦放下盘子，去了外面一趟，然后拿着水又回来了，说道：“拿着。现在你可以起来了，吃些烙饼，再喝点水。”

男子坐起身来，吃喝了一些东西。之后，他的精神看上去恢复了一点。他问奴郦：“你是什么人？”

“我在舍粥场负责发烙饼。我的名字叫奴郦。在你情况好起来之前，我会照顾你的，给你送吃的，给你送水。你不用担心，这儿的主人会照看所有人的。”

男子的黑眼珠朝上方看去。他默默地祈祷了一番，然后深深地吸了一口气，问道：“你刚才说你叫什么？奴郦，是吗？”

“是啊，就叫这个！”

“好吧，你应该能进这里的宫殿吧。”

“宫殿！是啊，宫殿的围墙还在呢。”

“那你肯定不知道，曾经有一个女人，她也叫奴郦！她是克什米尔人。”

“你要找她做什么？”奴郦的心狠狠地颤抖了一下，问道。

“如果能碰到她的话，我要告诉她，曾经有一个可怜虫拒绝了她的爱。他原来是克什米尔的王子，可现在，他比一个乞丐还……”说着说着，男子的眼睛里流下了两行泪水。

奴郦给他擦了擦眼泪，问道：“那他现在还想着见她吗？”

男子点点头，说道：“我的名字叫雅各布·汗。我曾在阿克巴的跟前举起宝剑奋力拼杀过。我做的所有一切都是为了克什米尔。在那次失败之后，我就被关进了可怕的地牢，不知道在里面待了多久。听说是萨利姆苏丹把地牢里的犯人全给放了，让他们能够重见光明。我从那里被放出来之后，就想着去寻找自己的爱人，于是一路流浪着，最后来到了西格里。我就是想看看能不能找到她。”

雅各布一口气说完，停下来喘了一口气。奴郦的心中又回忆起曾经的往事和自己为爱奋不顾身的激情，那个早已经模糊的年轻身影又渐渐地变得鲜活起来。

今天发生的事情多么令人难以置信！满怀希望地四处寻找，最后到达的这个庇护所却是如此美丽。世上的事情有时候就是如此奇妙，它总是在不经意间散发出芬芳，就像是鲜花绽开了自己的花瓣。这段爱情里终于不再是一个人了。曾经在心里付出了多少情感，它一度枯萎了很久，现在，终于又焕发了生机。不，这是奴郦早已织就的一张爱情之网。尽管她如今已经不再深陷其中，只是在照顾一个可怜人而已，但那又如何？！雅各布又咳嗽起来，也许是因为他并没有能得到满意的答案。奴郦的心动摇了，她开始犹豫起来。雅各布的机会不多了！

奴郦用手托着雅各布的脑袋，让他躺了下来。看着雅各布那张满怀渴望的脸，奴郦的眼中终于流下了泪水。

转变

1

有一天，昌德尔德沃突然就明白了，原来在这拥挤不堪的尘世间社会之于人类是非常重要的。与此同时，他也开始慢慢领悟社会对于自己而言的必要性。从普拉亚格大学毕业之后，昌德尔德沃就返回了自己位于落后城郊的老家。在那里，当他试图用知识和尊严影响当地纯朴的居民时，人们感到既惊讶又困惑，于是忍不住像宝石匠检验珠宝一般纷纷用有色眼光仔细审视他。昌德尔德沃颇有一些资产，主要是一个日用品杂货店，店里的现金流稳定而充裕，在人们眼中这些为他的外貌身材加了不少分。

周围的人不明白的是，昌德尔德沃为什么没有去当法官或者征收员，反而甘心当了一个小店店主。不过，通过他平时的言论，人们渐渐地理解了他的选择，因为他极力推崇自由贸易，并且把工作看成是一种折磨。

虽然在其他人看来，昌德尔德沃这样做是因为他找寻到生活的意义，并且是在忠于自己的选择，但实际上他早就已经在心里面仔细地权衡过利弊了。他曾经考察过法官和征收员的职位要求，却发现自己并没有胜任英属机关雇员工作的能力。如果开个小店就能收获克己奉献的好名声，那么为什么要放弃这样能够轻易获得的好处呢？尽管师长们的谆谆教诲依然在他耳边回荡，然而对他来说，纯洁抑或肮脏、功德抑或罪恶都不是什么严肃的大问题。他经常拿辩论当作消遣，尤其是只要一有美女光顾店里，他就会隐藏起自己所有的负面情绪，然后如同遁世者一般与人展开哲学讨论。他也经常和略显天真的同龄人谈论一些愤世嫉俗的话题。

昌德尔德沃的妻子马尔蒂已经彻底厌倦了丈夫的这种做派，于是便开始频繁地回娘家住。不过，一旦她回到这个家里，还是得继续干自己憎恶不已的家务活。昌德尔德沃一般十一点就会结束店里的工作，但他总要再闲聊一会儿，教导教导别人啦，或是发表个演说什么的才回家。在家里，他总会干出一些让人难以忍受的事情，比如把马尔蒂刚收拾干净的房间弄得脏乱不堪。可是，除了掩面哭泣，马尔蒂还能做什么呢？虽然昌德尔德沃在外面的表现很正常，没给人一丁点质疑他品行的机会，但在家里的时候，他经常把马尔蒂蒙在被单里，然后在这样的黑暗环境中把她想象成自己的情人。

长此以往，马尔蒂生病了。

2

一天，大家听说昌德尔德沃准备到外地去。到了第二天，人们知道的消息更多了，因为昌德尔德沃发起了一场关于如何为妻子奉献的讨论。所有人都说：“昌德尔德沃多么高尚啊，他真是个心地善良的人。谁会为了老婆的健康花这么多钱，还带她去山里养病啊。

大多数人就连仅仅待在城里陪伴妻子都做不到。”

昌德尔德沃义正词严地对朋友们说：“兄弟们，我能怎么办呢？马尔蒂得了肺结核，带她去山里是我的义务。钱有什么，花光了还可以再挣啊。”所有人都对他的话表示赞同。

昌德尔德沃已经为山区之行做好了准备。尽管不情愿，马尔蒂还是非去不可，因为她害怕遭人非议。做丈夫的都准备履行自己光荣的义务了，做妻子的怎么能够不接受呢？

夫妻俩开始在人烟稀少的山区生活，他们不得不一天二十四小时地面对彼此。到了这个时候，伪装掩饰的把戏就用不成了，昌德尔德沃在迫不得已之下只好扮演起一个对妻子温柔体贴的角色来。如此一来，他通过充分地展示人性的美好而成了社会中优秀丈夫的典范。要知道，昌德尔德沃做这一切都是因为他别无选择。然而神奇的是，这种表面上的行为开始慢慢地转变成真心的了。一天，马尔蒂坐在松树下仰望着飘荡的白云，心里忽然不由自主地就想起了昌德尔德沃最近为她服务的场景，于是感到一阵的满足。然而转瞬间，她的脸就因为内心的痛苦而涨得通红，好似山间瑰丽的黄昏一样。马尔蒂对自己轻易产生的满足感到愤怒不已。这个时候，离她隔了一段距离坐着的昌德尔德沃对她喊道：“马尔蒂，你现在回去吗？你是不是累了？”

“这儿离家不远了，你走得快，先回去吧。把布提叫过来，我一会儿和她一起回去。”

昌德尔德沃应了一声过后便像接到命令的仆人一样离开了。他不想反对妻子的任何意见，唯恐让人觉得他对妻子不够关爱。马尔蒂坐在原地没有动。过了没一会儿，布提就赶到了这里，但马尔蒂还是觉得她来得太慢，认为她本可以走得更快一些。山区少女布提是作为女仆被安置在马尔蒂身边的。她总是碰到一点小事就能笑出来，然后又会努力地止住笑声。这个身材矮胖的女孩现在像个球一样蹦蹦跳跳地过来了。

布提来到马尔蒂面前，开口说道："走吧，太阳要落山啦。今天的工作结束之后我就要休假了。"

"休假？！"马尔蒂又惊又怒地说。

"是的，我不打算再继续工作了。"

"为什么！发生了什么事情，布提？"

"我这个月就要结婚了。"随性的女孩边说边笑了起来。

马尔蒂震惊极了，不禁在心里想：小鹿本来在森林里自由自在的，究竟为什么要自投罗网啊？她一边走一边问道："祝贺你哦。你是怎么认识新郎的？"

"呀！原来您不知道啊，我们的婚事定下来都有八年了。尼勒特尔一直在勒克瑙打工挣钱，我就每年来这里工作，现在已经攒了五百块钱，他后天也要带着一千块和首饰回来了。结了婚之后，我俩就要回山上我们自己的村子里去了。我们要在那儿安家，种地，还得养几个孩子，不是都说养儿防老嘛。"

布提一边兴高采烈地说着，一边蹦蹦跳跳地往前走去。马尔蒂的呼吸急促起来，嘟囔道："你现在跑个什么劲儿？这会儿又不是去见你的新郎。"

3

房间里在两头各铺了一张床，昌德尔德沃夫妇俩在各自的蚊帐里正准备睡觉。昌德尔德沃心想："这个布提！居然靠自己的劳动赚够钱准备安家了，他们俩之间得有多深的感情呐？可马尔蒂呢，平时手脚都不带动一下的，而且还竭尽所能地消极抵抗我，真是身在福中不知福！”昌德尔德沃的脑子里运转着哲学家一般的逻辑，不断地思考着：“我该不该放弃让她开心的努力？我的天啊！为了她我还有什么没做的吗？可她还是不高兴。我能怎么办？我背负着这残酷的重担，可我又能从中得到什么！我受够了，我要回家去了。马尔蒂之后……再找个女人就是了。哎呀！她那么顺从，难道她真的要死去了吗？人类真是太自私了，为什么要死的人不是我呢。但是谁会先死掉呢？我死了，而她却活下去了，这样的话该是多么大的耻辱呀，人们还不知道会想成什么样呢。如果我就这样去了，她肯定会为此感到羞愧，我在天上也会遭受耻辱的！要是马尔蒂死了，我就可以不受骂名地再婚，而对丈夫忠诚的她也会在天堂为我祝福的。这样就对了！人类为了保卫尊严和荣誉做了多大的牺牲啊，我难道不能也这样做一回吗？马尔蒂为了荣誉而牺牲，而我一定会像罗摩一样忠于妻子，维护她的尊严。”

昌德尔德沃睁开眼，看到面前蚊帐的网格上浮现出一幅图案，是一个女孩面带微笑高举着茶杯。尽管昌德尔德沃拒绝了喝茶的邀请，因为他现在并不想喝，可女孩的举动还是让他觉得很受用。女孩轻声说着：“喝吧！”

昌德尔德沃做完这个梦便愉快地睡过去了。他决心要终止自己对妻子虚假的服务式照顾。

另一个蚊帐里躺着疲惫的马尔蒂。睡觉前她对自己发了一通脾气，心想：“为什么昌德尔德沃不能回到我的身边，慢慢抚慰我让我重获尊严和爱情！如果他努力这样做了，现在会是什么样呢？年轻时的快活时光里，鲜花都带着花蜜，月光下一点阴霾都没有。那段时光早就一去不复返了，现在还能怎么样呢？即便只是做着平凡的零工，布提也能成为健康、漂亮、有魅力又值得尊敬的女人。她的青春已经开始走下坡路了，可她却依然是那么快乐。”

“拥有强烈的自信，这才是人生啊！但是我呢，我能得到什么！我的身体会再次变得柔软吗？脸颊会变得红润吗？我的心里会充满快乐欢笑，情不自禁地跳起舞来吗？”马尔蒂抬起无力的双手，随着这个动作，手腕上搭着的条纹布滑下去一大截。突然，她想起来了，自己的年龄其实比布提还小两岁，可年长的布提现在却健康、美丽又快乐无比，并且看上去还能一直保持这样的状态。不，绝对不行！我可不能让昌德尔德沃成为别人的丈夫。这样想着，马尔蒂也入睡了。

第二天早晨，两人掀起蚊帐。昌德尔德沃看见马尔蒂似乎很开心，脸色也变好了。他不禁纳闷起来，于是眨了眨眼睛，又向妻子看了过去。马尔蒂被他的动作逗笑了，昌德尔德沃却生气地坐了起来。他想要说：“我要走了，钱快要花光了！我还要在这山上待到什么时候？你的病情是不可能好转的。女仆已经走了，现在干什么都不方便，我也要离开这里了。”

然而，昌德尔德沃并没有能说出心里想的话，当他还在犹豫着是否要对妻子进行无情打击的时候，马尔蒂走到他身边，笑着对他说道：“走吧，我们回家吧。我现在感觉好极了。”

昌德尔德沃惊讶地看着马尔蒂，虽然她看起来依然虚弱，却不再有任何生病的迹象了。她的身体又恢复了自然的肤色，仿佛整个身心都因为快乐而发生了转变。

疑云

拉姆·尼哈尔把散落一地的行李捆扎在一起。太阳从树林边缘升起，阳光照在他身旁的一面小镜子上，折射出一道道亮光。不一会儿，明亮的光线在那面镜子上汇聚成一尊看上去异常圣美的影像，竟然是佛陀。佛陀正在沉思，他不但没有受到晃眼强光的影响，反而一脸的宝相庄严。拉姆·尼哈尔并没有注意到这一幅奇景，他手里正拿着一捆信，想在装箱之前再翻开看一眼。尽管潜意识里想要去看它们，可他不知道自己为什么会感到犹豫不决，仿佛有一股说不清的力量在阻拦着他，把他当成一个孩子似的，不想让他接触到可怕的东西。

拉姆·尼哈尔还是把手上的书放下，撕开一个大信封，取出一张照片来。他捧着照片，眼中满是泪花。房间里现在有两个影像了：一个是佛陀，庄重威严；另一个则是拉姆·尼哈尔，他静静地坐着，心中悲伤涌动，眼泪流成了两条小河。

一个小女孩过来了，见状嘴里开始嚷嚷道："嫂子，嫂子，你来看呀！尼哈尔先生哭了，你快来呀！”

什雅玛闻言也走了过来。她都已经站到跟前了，可拉姆·尼哈尔却还是没有注意到她，依然沉浸在自己的情绪中不能自拔，一直不停地流着眼泪。什雅玛只好出声喊道：“尼哈尔先生！”

尼哈尔这才抬起头来，略显茫然地说道：“怎么了？哦，请原谅我。”然后赶忙擦干眼泪。

“出什么事了吗？跟我说说吧。为什么会这么难过呢，是因为我们做的有什么不好的吗？”

“怎么可能！怎么会是你们的错？我哭是因为自己犯了过错。我也知道这种忏悔的方式并不可取，但我又有什么办法呢？我心里没法坦然接受啊。”

什雅玛突然迟疑了一下，然后转过身，看到小女孩还站在一边，就对她说道：“孩子，过去！衣服还在太阳下晒着呢，到那边去坐着吧。”小女孩乖乖地离开了。什雅玛铺了块席子坐下，准备倾听拉姆·尼哈尔的讲述。她面前精美的柚木桌上反射出小小的佛陀影像，佛陀脸上满是笑容。拉姆·尼哈尔开始诉说：

“什雅玛，你曾经立下了严苛的誓言，在那之后就一直坚持寡居。我本来是不相信人类的，认为他们无法克服自身的欲望。直到遇见你这样的典范之后，我才转变了已有的想法。你的负担很重，要照顾一群孩子。他们在你面前欢笑、玩乐、争吵、打闹，而你却毫无怨言，就好像把自己心灵的小屋变成了一座寺庙，又在里面装饰上了各种神像。可是，我该到哪儿去收获这样一份平静呢？我寻遍印度的各个城邦，在大大小小的企业里工作过，只有在你这里我才终于有了家的感觉。但当我真正了解了这儿的情况之后就又变得无家可归起来。事实上，我所有的财产就只有这个箱子和一点点行李，我背着它们到处游荡，就像是一个出家人，一匹小马驹就能驮走全部家当。

“我很聪明，人类不该有我这样的聪明，因为我始终认为人类有了更多智慧就会给自己带来灾难，将无法享受到神灵的仁慈和怜悯。

“我的野心，还有我进步的思想让我不断地奔跑着。我凭借自己的才能欺骗了命运，也填饱了肚子。有时我觉得生活就是一场赌局，而我赢过了自己。高兴满足过后，我会静静地坐到这世界的一个角落里去，因为我觉得所有这一切不过是海市蜃楼，是一场空罢了。

“我现在的同事都受过良好的教育，出身高贵，还很尊重我。在你这里我也感到很快乐。但这一切终将会弃我而去。”说完这些话，拉姆·尼哈尔沉默下来。

“你跟我说这些一点用都没有……”什雅玛一句话还没说完，拉姆·尼哈尔就打断了她，继续说道：“你是我好心的朋友和守护者，如果我不跟你说，那这沉重的担子我得背负到什么时候？接着听我说。那应该是正月里的一天。不对！是八月的月圆那天，我趁着休息时间想去欣赏河边的黄昏美景。我本来打算去达萨斯瓦梅朵河坛[1]，正要出发呢，伯勒杰吉肖尔先生来找我，对我说道：‘你是要去恒河边散步吗？正好，今天我的一个亲戚来了，你去岸边找一艘船，带着他一起逛逛吧。我今天实在是没有时间陪他了。’

“我点头同意了，然后就坐在办公室里等着。过了一会儿，一位漂亮的女士和一个男人从里间的办公室走了出来，我马上意识到这两位就是接下来我要陪同的人了。伯勒杰吉肖尔先生建议道：‘去摩曼迪尔河坛吧，那儿的船不错。尼哈尔会陪着你们一起去。放心去

① 形似中国古代河边的小码头。在印度，这样的河坛是进行宗教行为的场所，比如放河灯、焚烧尸体等，在平时则与码头无异。

玩，很方便的。我就不和你们一起去了，这会儿正好有工作脱不开身，还请原谅。’

“男人皱起了眉头，女士在一旁赶忙说道：‘没问题，你忙工作吧，我们自己去逛就行了。’

“我们一行人来到摩曼迪尔河坛。我在路上知道了两个人的名字，男人叫莫汉，女士叫摩奴勒玛。我在岸边选了一艘船买好票，船是双层的，甲板上洒满了月光。登船需要爬上几级扶梯，莫汉先生也不管自己的妻子，一个人径直先上了船。摩奴勒玛很害怕，看样子是没法自己爬上去了，我只好先上了船，站在船舷处，一边向她伸出手一边说道：‘上来吧，不用害怕。’摩奴勒玛抓住我的手上了船。在和我擦肩而过的时候，她附在我耳边轻声说道：‘我丈夫精神有点问题，在船上要小心一点。’

“我回了一句：‘别担心’。在船的上层坐下来之后，我的耳边仿佛还一遍又一遍地回响着摩奴勒玛轻柔的声音。我用了很久才让内心平静下来。月光下，一盏盏小小的河灯在河坛边被点亮，随即被放入水中顺流漂去，将恒河照得犹如白昼。

“莫汉先生瞪着又大又圆的眼睛叫道：‘摩奴勒玛，你快看呐。供奉这些河灯是什么意思，你知道吗？’

“‘恒河祭祀啊，还能是什么？’摩奴勒玛答道。

“‘我和你就说不到一块儿去。这明明是生命的小灯充满喜悦地在河流上漂荡。啊，多么美丽的想象！’说完这些话，莫汉先生志得意满地站了起来。很明显，他在精神极度亢奋之下身体都有点不能自已了。摩奴勒玛又贴近我的耳朵轻轻地说道：‘这回你看到了吧？！’

“我确实惊讶极了。这时我们的船已经驶到本杰耿伽河坛附近。

摩奴勒玛一脸笑意地询问丈夫：‘你打算跟那些竹子扎的灯说些什么吗？’

“莫汉先生不着边际地答道：‘天空是无边无际的，生命之灯却全都漂向一个方向，这肯定是一种暗示。’紧接着，他急促地喘着气，开始念叨起来：‘你们都觉得我疯了吧，我知道。哼！我在这世上遭受了如此多的背叛和挫折，就是它们逼得我发疯了。没有人关心我，我精神错乱了，也没有人对我伸出援助之手，所有人都巴不得我死掉。现在，我再也不能忍受这样的生活了，我需要真诚的爱，在此之前我从未得到过这些！这里面也有你的分儿，摩奴勒玛！你也对我……’

“摩奴勒玛惊慌地站了起来，大声喊道：‘别说了，你现在脑子又不清醒了，快安静下来！’

“‘我为什么要安静？！就因为拉姆·尼哈尔在这里，所以我就要闭嘴吗？他知道就知道呗，我才不怕呢。你们为什么要掩盖真相欺瞒大家呢？’莫汉先生喘息着，嗓音变得异常尖锐。摩奴勒玛一脸绝望地看着我，在月夜里如同一尊雕像似的站在那里，一动也不动。

“我小心翼翼地吩咐道：‘艄公，调头回去吧。’八月的夜晚在月光的照耀下变得冷飕飕的。小船向摩曼迪尔河坛驶去。我心里忍不住还在回想刚刚莫汉先生激烈的情绪波动。沉默了一会，莫汉先生又开始自言自语起来：

“‘摩奴勒玛，你没想到吧，我也认识伯勒杰吉肖尔。你们两个心怀鬼胎，想尽办法要把我逼疯，这就是个阴谋。现在被我知道了吧，我要揭发你们，就是……’

“‘唉，你还不闭嘴？我都说过了，这是没有的事！这些没由来的怀疑，快把它们从你心里面丢出去吧，要不然就买点砒霜毒死我好了。消停一会儿吧！’

“莫汉先生回过神来，突然又换了一种温柔的语调说道：‘哦！让你受委屈了，我真不该当着别人的面提起这件事，这是我的错。原谅我吧，摩奴勒玛！’说完，莫汉先生抓住了摩奴勒玛纤细的脚踝。她赶忙挣脱出来向后挪动脚步，慌乱之中撞到了我。她看上去又惊又怕，像个跌进水里的孩子似的，渴望着别人的救助。摩奴勒玛痛苦地望向我，说道：‘你看到了吧？’

“我确实看到了。我们的船依然在恒河上行进着，星星铺满天空，一位年轻美丽的女士正向我寻求庇护。她饱受羞耻和屈辱的折磨，遭受着难以忍受的猜忌，当她问我‘你看到了吧’的时候，就如同在向我做出祈求——不要再看了，我又不是供人嘲弄耍玩的小丑。

“艄公把船停靠在了河坛。摩奴勒玛抓着我的手，稳住身子，然后登上了台阶。不知道为什么，这次我心里面竟然不知羞耻地升起一股‘我真幸运’的念头。莫汉先生开始上台阶了，我站在摩奴勒玛身后看着他。因为背了沉重的行李，他走得很慢。

“莫汉先生对我说道：‘拉姆·尼哈尔先生，这是我们自己的问题，用不着你帮忙。’我没有接他的话茬，一直沉默着。”

什雅玛意味深长地看着拉姆·尼哈尔，见他闭上嘴不再言语，于是开口问道：“接下来还发生什么别的事情了吗，还是就这样结束了？”

拉姆·尼哈尔垂下头说道：“有的。”

“那就继续讲呗。”

“好吧。我后来才知道，伯勒杰吉肖尔先生希望法庭判定莫汉疯了，这样他就可以成为莫汉财产的管理人，因为他是莫汉的近亲。天知道这件事情背后还藏着什么秘密。这世界上总是有那么一些人，他们把别人都看成傻子。莫汉隐隐约约察觉到了这种背叛，所以不停地怀疑他周围的人，最后在精神压力之下把自己彻底逼疯了。你现在看到的这捆信就是摩奴勒玛写的。”

拉姆·尼哈尔又一次停了下来，看上去不想继续说下去了。什雅玛用犀利的目光注视着他，直到他再次开口：“你现在对此有所怀疑，这很正常。我心里也在怀疑，摩奴勒玛为什么会在这个时候请我过去。”

什雅玛笑着说道：“你是不是以为摩奴勒玛爱上你了，同时觉得这是很不道德的事？哎，拉姆·尼哈尔，你为什么要这么想？给我看看，你手里拿着的是谁的照片，是摩奴勒玛的吗？”说完，什雅玛从拉姆·尼哈尔手里抢过照片。扫了一眼之后，她被惊呆了，飞快地说道：“唉，是我的照片？你怎么会做这么幼稚的事，竟然爱上了我？好一个爱情旋涡啊。摩奴勒玛爱上了你，而你却爱上了我。你是为了让心里好过一些才跟我说这些话的吧，那么，现在你准备像个懦夫一样从这里逃跑了吗？！”

拉姆·尼哈尔就像个不知道该往哪里逃跑的罪人一样不知所措地望着什雅玛。什雅玛一字一句地说道：“尼哈尔先生！爱是很辛苦的，你并不了解这个游戏，别轻易掉进爱的旋涡。一个不幸的女人正在渴求你的帮助，去吧，去帮助她，一切都结束了之后再回来。你的行李就放在这儿，你的家也还在这里，明白吗？现在，你得听我的，先起来去洗个澡，然后坐火车到巴特那去，保护摩奴勒玛不受伯勒杰吉肖尔的诡计陷害，完事之后再回到我这里来。记住，不要让自己也陷入怀疑之中。”

听了什雅玛的话，拉姆·尼哈尔慢慢站起身洗澡去了。

乞讨

伯勒杰拉吉和米纳一块儿坐在瓦房中的毛毯上，两个人开心地聊着天。瓦房前面的池塘中莲花正在盛放。微风拂过莲池，将阵阵花香缓缓送入小屋，又吹散开去。

“妈妈说……”米纳一边摆弄手里的莲花瓣，一边开口道。

“她说什么？”

“她说爸爸你要去国外了。给我带一匹尼泊尔小马回来吧。”

“你要骑马？！疯了吧。”

“不是啊，我就骑小马驹，不会摔下来的。”

“要不我还是不去了吧？”

“为什么不去？一定要去！不去的话我现在就哭给你看。”

“好吧，那你先告诉我，等你开始能赚钱了，你会给爸爸妈妈带什么回来啊？”

“好多好多钱！”一边说着话，米纳一边把自己的小手高高地举了起来。

“是不是要把所有的钱都给我啊？”

“不是的，我也要给妈妈。”

“那你给我多少？”

“满满一袋子！”

“那你要给妈妈多少呢？”

“我要给她装满一个大木箱的钱。”

“你把这话告诉妈妈，她肯定会送你一匹尼泊尔小马。”

米纳生气了，让伯勒杰拉吉扮成马，骑在他的肩膀上玩了起来，转眼就忘了自己想要小马的愿望。英度从里屋看到父子俩嬉闹的场面，嘲讽地喊道：“米纳！你的这匹马太犟了。”

伯勒杰拉吉听到英度讥诮的声音就止住了笑。他今天早上已经挨过英度一顿骂了。英度这么频繁地责备丈夫显然根本就不符合一个妻子的品德标准，伯勒杰拉吉不禁心生不快。他在陪孩子玩耍打闹以及教育孩子上可以说是倾注了世上的所有感情。除了这些还想怎样？伯勒杰拉吉实在想不通，他们一家又不可能因为没饭吃而饿死，可英度为什么还是不满意。再从英度的角度出发，每当看到伯勒杰拉吉成天无所事事地坐着，要不就是和马洛贫嘴开玩笑，她的怒火就会越烧越旺。伯勒杰拉吉完全了解妻子的想法，却装出一副不明白的样子。只要和米纳一起在小瓦房里待着他就觉得很满足，可是今天不知道为什么，他的感觉不太一样了。

“米纳！要是倔强的小马跑了，就不要拦住它，也不用叹气抱怨。妈妈会给你吃泡过的豆子，小马肯定也在什么地方大口嚼着青草呢……”

“不对，米纳！说话算话的人不能这么做！”

“可以这样做，米纳！快说，可以！”

米纳紧张起来，他从没见过这样的阵势，不知道该怎么应对。最后，他只能开口跟着说道：“是的，可以这样做。”

“看吧，这就对了，就该这么做！”说完，英度使劲摔上门离开了。伯勒杰拉吉不禁怒火中烧，内心的厌恶像接通的电流一样不可遏制。他对自己产生了怀疑，我到底还是不是个男人？这疑问如同鞭笞一样，让他激烈地颤抖了起来。他对这个家产生了一种抵触的心理。今天以前，伯勒杰拉吉一直像个熟练的放贷人一样，谨慎地增加着自己种种负面感情的利息。因为有爱，他从来没有让英度偿还过什么。可是这一刻，利息累积得太多了，他的抵触情绪达到顶峰，他再也无法在这个家继续生活下去了。

他再次拥抱了一下米纳，便站起身来。当村民纷纷扛着犁往家走时，伯勒杰拉吉决定要离开自己的家了。

今年，有一位锡克老人开始运营从贾朗达尔到贾瓦拉穆基的卡车线路。他雇的司机就是伯勒杰拉吉。在老人眼里，伯勒杰拉吉是个机灵又朴实的农村小伙子，在加尔各答学过开车，不过很多年前就离开了。以前拉牛车，现在开上了汽车。谈到贾瓦拉穆基的景色，他总是兴致勃勃、充满热情。

伯勒杰拉吉开的卡车上成天装满了锦缎织成的披巾、剪裁精细的衬裤和由镶嵌金银丝的布制成的闪闪发亮的装饰马甲，可这个小伙子只爱机械，从不看这些东西一眼。他的整颗心都沉浸在汽车发动机、喇叭、制动器和仪表盘上了。开着卡车在山区行驶的时候，他总是专心致志的，双手紧握方向盘，根本无心看两边的风景。他的行李只有一件大外套、一条毯子和一个小水壶。座位下藏着一个盒子，里面装着他攒下来的所有钱。伯勒杰拉吉一点也不喜欢山顶的高大树木，因为上面缠绕着野玫瑰，从那里传来的香气会搅乱他的心神。但是不管怎样，他总能马上把注意力重新集中到开车上来，心无旁骛地驾驶着卡车在两地之间往返。就这样，一晃几年过去了。

锡克老人对伯勒杰拉吉很满意，因为他从不抽烟，也不会把钱浪费在其他没有意义的事情上。有一天，天空乌云密布，还下起了毛毛雨。他们的卡车正行驶在山区中荒凉的道路上，路旁只有住了几户人家的零星村落。那天的卡车上乘客不多，只载了锡克老人认识的一个锡克家族的人。他们包下了整辆卡车，准备去贾瓦拉穆基游玩。伯勒杰拉吉一直都不知道车上究竟坐了几个人。这时，他发现汽车水箱里的水不多了，于是就把卡车停下来，拎起桶打水去了。乘客们感觉口渴了，见伯勒杰拉吉打了水回来，于是也想喝水。锡克老人吩咐道：

“伯勒杰拉吉！给这些乘客也打点水回来喝吧。”

伯勒杰拉吉依言打了水，给乘客们送了过去。他看到一个往水瓶里灌水的漂亮女人，突然感到一阵恍惚，觉得自己似乎在哪里见过她。女人漫不经心地往瓶里装水，还洒出了一些，打湿了自己的披肩。这时，一位乘客生气地喊道：“兄弟，别看了！”

在另一边，那个女人也在偷眼瞄着伯勒杰拉吉。“伯勒杰拉吉！”这声呼喊似乎就在他的耳边回荡。然而他没有做出任何反应，很快地回到了卡车驾驶座上。

锡克老人和乘客都注意到了伯勒杰拉吉这没礼貌的举动，可是谁也没有吭声。伯勒杰拉吉发动了卡车。康格拉山区的美景仿佛电影一般每分每秒都变幻无穷，可是伯勒杰拉吉眼前却浮现出另一幅景象。

那时，村子里的池塘中莲花开得正盛，洁白的莲花就像是伯勒杰拉吉对米纳纯纯的爱。他喜欢坐在池塘边休息，看马洛在池中戏水，听她脚趾上的大银戒碰撞发出的声音。因为他总是这样，妻子英度不由得生出了猜忌之心，便打定主意想让他出国去工作。可是这样一来，他平凡生活中仅存的、由对孩子的爱而获得的快乐与满足也被剥夺了。为什么要猜忌呢？！英度以为伯勒杰拉吉爱上了马洛，那个村里唯一漂亮、活泼、开朗又风趣的未婚少女。那个穿披肩的女人是马洛吗？她怎么会在旁遮普？不可能的！可她的的确确就是马洛吧。伯勒杰拉吉握住方向盘转头望去，想验证自己的记忆是否准确。啊！那张脸庞让他想起了太多已经忘却的事情，他再也无法关闭记忆的闸门了。他必须转过头去看一看。

卡车撞到了树上。事故并不严重，也没有人受伤，可锡克老人还是发怒了。伯勒杰拉吉没有再回到卡车上。人们很少会同情其他的人，没有人愿意容忍别人的一丁点错误，就是这样。伯勒杰拉吉心想，换成我是那个锡克老人，肯定也会生气的。于是他辞去了工作。

伯勒杰拉吉放弃了之前的人生，这也没什么大不了的。他在家庭生活中受了挫，那段平凡简单的生活并没有给他带来很强的幸福感。只有米纳的调皮捣蛋、跟偶尔在路上碰到的姑娘开开玩笑以及冰凉的饮料中那两颗绿柠檬的清香能让他感到快乐。

之前的一切都过去了。伯勒杰拉吉住在加尔各答的时候学会了开车。在山峦的环抱之下，他获得了一种平静。看着那些只有几户人家的小小村庄，他的心中泛起了一种远离俗世的渴望。开卡车的时候，伯勒杰拉吉可以对一切都毫不在意，因为他能挣到钱。可是，现在他丢了工作，也不知道接下来会发生什么，于是便跑到贾瓦拉穆基附近的荒地住了下来。

伯勒杰拉吉还剩下一点钱，但慢慢地也快花光了。他身心的力量都逐渐被抽空了。有人开口让他帮忙，他就去帮工，可也不收报酬。人们都说他是个大好人，还有很多人和他交了朋友。伯勒杰拉吉的日子就这样一天天地消磨过去了。他从不担心自己曾经的家，一直在努力地忘却从前。可是米纳怎么样了呢？他经常忍不住想道："孩子现在长大了吧，让我去国外工作的那个女人肯定会照顾好他的。不知道现在还有没有人耕地了，家里会不会有别的男人了。马洛那姑娘还好吗……不行！之前就是因为英度怀疑我跟她有什么关系，我才不得不离开家的。上一次又是因为想起她害我丢了工作。可那天见到的是她吗，她来旁遮普干什么？我可别再想她了！"

"英度把我派到国外以后肯定开心得睡觉都带着笑。"

伯勒杰拉吉的狂妄自负在两三年之内就消失殆尽了。在这个看重金钱的时代，热心帮忙的人总是要认输的。现在的伯勒杰拉吉已经穷困潦倒，只好打定主意上街乞讨了。是的，他不想工作挣钱，而是准备去乞讨，因为他的内心一直认为，为别人工作还不如为自己乞讨。

一天早上，伯勒杰拉吉来到寺庙旁边，找了个位置坐下。他的心头燃起一阵希望的火焰，但很快又熄灭了。他不断地朝人群摇晃着身子，可根本没有人正眼瞧他一眼。

这一天是印历正月，来寺庙朝拜的旅客人头攒动，伯勒杰拉吉不断地向路过的人伸手乞讨。一个男人怀里抱着小孩在前头先走过去了，他身后的漂亮女人则因为整理披肩耽搁了一会儿，停在那里没有动。女人的本性通常都是温和柔软的，伯勒杰拉吉心想，这次向她乞讨或许不会落空，于是伸出手跟女人要起了钱。

女人站住了，开口问道："你现在不开卡车了吗？"

啊！这不就是马洛的声音吗？

伯勒杰拉吉收回手，问道："你是谁？马洛？"

"真的是你，伯勒杰拉吉！"

"对啊。"说完这话，他深深地吸了一口气。

马洛还站在他面前，问："你一直在乞讨吗？"

"是，以前的我乞讨幸福。乞讨米纳和英度的爱，乞讨那几亩农田的丰收，乞讨所谓的朋友的满意，被这些情感层层束缚着。我确实变得幸福了。我就该像个穷人一样远离人群和热闹，把心封闭起来。可是，你用一点点快乐就把我的心敲开了，为了我……"

"哎，英度真是疯了！居然怀疑我。你跟我来往，英度已经找我吵过几次了。所以我才跑到这里来了。"马洛一边说话，一边害怕地朝已经往前走的那个男人看去。

"前面那个是你的孩子吧？长得真好看！"

"是的。"马洛说完，掏出钱想给伯勒杰拉吉。

伯勒杰拉吉说："马洛！快走吧，你丈夫过来找你了。"

那位抱着孩子的旁遮普丈夫返回来了。马洛这时正一副心不在焉又不安焦虑的样子，脸上还同时挂着愤怒、害怕、惊讶和同情的表情。她的丈夫看到了，便怒斥道："怎么回事，这人在跟你讨钱吗？"

紧接着，他走向寺庙的长老，说："你们居然让这种骗子坐在寺庙边上。"

位高权重的长老哪里忍得了这样的侮辱，他立刻拖起伯勒杰拉吉的手，一边强拉硬拽一边喝道："快起来，要是再让我在这儿看到你，我非打断你的腿不可！"

可怜的伯勒杰拉吉吃了这样的亏，忍不住开始在心里思索："又是这个女人！难道我真的一跟她有牵扯就要倒霉吗？！直到现在她还能给我带来意想不到的厄运，她居然让我在乞讨的头一天就触了这样的霉头。"

画石

我是“石区”的一名工作人员。这段日子里，我不得不去温特亚山里的一个偏僻地区公干。山上茂密的树林里，坐落着一间很小的驿站。公干期间我就住在那里。附近有一座山，山上出产一种彩色的石头。我此次来公干就是为了调查这种石头的开采情况，以便为政府颁布“禁采令”提供事实证据。在荒芜的森林里，小小的驿站就像是保卫人类生命的方舟，看到就令人感到心安。有一夜，山中人迹全无，外面传来风刮过悬崖峭壁时的呜呜声。我怎么也无法入睡，不时地把头探出房间的小窗子，打量一眼外面的苍茫世界，内心充满了恐惧和焦虑。曾经读过的故事中那些可怕的情节总是会袭上心头，并且被演绎出更多稀奇古怪的版本。人们总是会受环境感染，然后在心中进行应景的遐想。就好像我时常会想，自己为什么要来这儿呢，难道就是为了多拿点津贴？这里是不是会发生一些像故事里一样的事情呢？我回头看向佣人平常待着的地方，想着看到她心里就不会那么害怕了，或许还能感到一丝困意呢。然而，她并不在那儿，大概是去睡了吧。

夜就要过去了。正在我感到有点困的时候，有人在外面敲了敲门。我又紧张起来，窗户还开着呢。恰在此时，东方的山尖上现出一道晨光，渐渐将天空染成一片红色。我鼓起勇气问道："是谁呀？到窗户这儿来呗。"

来人走到窗户前，我看清楚他的样子之后吓了一跳。也许他曾经也有过辉煌的时光，然而，现在他全身上下的每一个部位无不透露出一股郁结颓丧之气，无神的双眼中像是已经失去了生命之火。他说道："行行好，给点儿吃的吧。"

我心想，这不幸的人是从哪儿冒出来的？天还刚蒙蒙亮呢！我问道："可怜的人呐，你怎么这么一大早就出来要吃的？"

他浓密杂乱的胡须中露出嘴里的牙齿。他也许是在笑，又或者是在无奈地咧嘴，完全分辨不出来。他又说道："生活富足的人是很难理解世上穷人们的痛苦的，因为他们根本就不知道挨饿是什么滋味。他们给出一个拜沙，然后就觉得是施舍了天大的恩惠。可事实上呢，一个拜沙是填不饱肚子的。你就是这样的人。你知道饥饿的人什么时候会饿吗？你只会远远地站着，装作一副满怀人道主义的样子，用道貌岸然掩盖自己禽兽的本质。"我惊讶了，看来这是一个很有思想深度的乞丐呀，于是我说："行吧，你先在外面坐一下。"

把佣人叫醒，然后让她给乞丐准备吃的，这些都需要时间，急也急不来。我洗漱过后就去做礼拜了。等我做完礼拜再次出来，乞丐已经拿到了吃的，正在狼吞虎咽地吃呢。我在一旁等了一会儿。他很快吃完，然后来到我身边。我问他："你为什么会跑到这里来？"他深深地看了我一眼，反问道："你就这一个问题吗，还是要接着问下去？"我笑了，说道："我现在有两个小时的时间。你如果有什么想要说的，那我就洗耳恭听。”

他开始诉说——

那一天是我生命中非常美妙的一天。仿佛有无数的鲜花在一刻之间完成了发芽、生长、开花的过程，在我心中怒放，并开始散发出无尽的芬芳。那天，我受邀去参加一场婚礼。在婚礼上，我看见了她，那个让我内心获得新生的女人——门格拉。在我见到她的那一刻，整个世界仿佛都在她的魅力之下黯然失色。这简直是太不可思议了。她身上的每一个部分都是如此完美，我的视线完全被她吸引住了。

婚礼上闹哄哄的，谁会注意到我呢？然而，我们俩的目光还是彼此相遇了。对视过后，我走上前，向她敬了一杯酒。在这之后，我的目光就一直追随着她。她的每一次微笑都会让我的心像是被猫挠了一样怦怦直跳。

婚礼结束了。宾客们陆续散场，准备各自回家。只有我，脚像是灌了铅一样，在原地一动也没有动。我还沉浸在刚才的心跳回忆中无法自拔，就像是触摸到灵魂深处的什么东西一样。这时，门格拉走过来，说道：“穆勒利，你也要走了吗？”

“是啊，正如你所说，我要走了。”

“好吧，那你什么时候会再来呢？”

“那就得看命运的安排了！”

“说得太好了。”在这冬日的夜晚，她的声音也异常冰冷。我心里难过极了，想着，自己留在这里到底是要干嘛？我打定主意准备离开。不过，就像所有好客的主人总是会出言挽留客人多待一阵那样，门格拉的母亲热情地挽留了我，说是天太晚了。于是，我留宿了一夜。天亮之后，我准备离开的时候，门格拉来了。她只对我说了一句“行吧……”然后就什么也说不下去了。她双手合十向我示意再见。我感到一丝愤怒，不过还是在心里对自己说，这样也好吧，不然还能怎样呢？我离开了。然后要上哪儿去呢？总之我不想回家，只是想着随便到别的什么地方去都行，反正也没人关心我。

我上路了，至于要上哪儿去，暂时还不能告诉你。到了地方之后，天已经黑了。四周都是树林，到处静悄悄的。我觉得有点累了，可是看上去今天夜里也许会下霜，总不能就这样露天过夜吧？我想了想，开始用干草搭小茅屋，又砍了一些灌木枝拿来铺屋顶。夜就快要过去了。干了一夜的活，终于能休息了！天色亮了起来。当我看清楚茅屋的样子之后停下手来，再也没有了继续干下去的动力，因为它看上去丑极了。这里是树林，树枝什么的倒是不缺。附近的黏土也很棒。不过我还是四处搜寻了一番，发现河边的黏土质量更好。第二天，我把茅屋拆掉，开始挖土盖房子。我一边靠打猎填饱肚子，一边给自己建造家园。又过了一些天，房子盖好了。终于有一个家了，可是，我的内心却起了波澜：既渴望着家的温暖，却又对能否获得这种温暖抱有怀疑。我想离开，心里却有一个声音对自己说，先休息休息吧。毕竟是自己的劳动成果，直接放弃确实也有点舍不得。此外，也还有一些不能言说的原因。月光下，小河在不远处唱着歌流淌在白色的河道上，就像是银河从九天飞落到地面。多么美丽的画面啊！每当看到这样的美景，我的心情就异常舒畅，因为它总是能触及我心中最深处的秘密。我有时觉得它好似伤心的恋人脸上流淌着的眼泪，有时又觉得它像是在这冰冷世界上令人绝望的生活。人们总是会将自己的快乐建立在别人的痛苦之上，我也不能例外。

我有时候会想，自己是不是疯了！不就是一个女人嘛，为何会让我如此难忘？寡妇门格拉，她到底是毒药还是甘露？如果是甘露，可她为什么好像能引燃熊熊火焰？如果是火焰，可我为什么还没有被她烧死？青春的游戏！美丽的陷阱！这到底是怎么回事？我不断地纠结着这个问题。

秋天满月的那段日子里，无数人从很远的地方来到小河边，来欣赏这里的美丽风景。一对对恋人、一群群好友、一个个家庭……看着所有人的欢欣愉悦，我陷入了悲伤之中。我妒忌他们，心中的渴望也被激发了。我不想再继续面对这欣悦的场景，于是闭上眼睛，捂住耳朵。为什么？因为没有门格拉。没有她，我怎么能享受到这样的欢愉呢？！这一定是造物主的诅咒！我心想，这段日子里她为什么没有和其他人一起来这儿欣赏美景呢？她知道我在这儿吗？她不来，那我也不到河边去了。只要有人去那儿，我就不去。我愤愤不平地想着。我真愚蠢！这是生的哪门子气？直到有一天，我也不知道是怎么了，突然特别想到河边去看看。

我一点睡意也没有。月亮刚刚升上天空，散发出朦朦胧胧的亮光。我穿过影影绰绰的林子，向河边走去。来到河边的一处地方，我忽然站住了，只见前面的岩石上睡着一个女人和一个男人。我觉得很奇怪，因为一般情况下是没有人会逛到这里来的。不过，我还是下到河里开始沐浴起来。受到光线的刺激，女人睁开了双眼。她转动一下脖子，然后看向小河的方向。我呆呆地看着她。她穿的是最普通的裙子，而且还脏兮兮的，脑袋边摆着一个小包袱。男人还在沉睡。我和女人的目光对上了，我一下子就认了出来，是门格拉。她……哦！她陷入一阵慌乱，然后窘迫地坐起身来。尽管已经认出她来，并且内心泛起一阵悲伤，我却强忍住了假装不认识她，慢慢地往岸上走去。

“请听我说！”门格拉叫道。这下那个男人也醒了，坐起身来。我站住了，一动也不动，等着想听她说些什么。她接着问道：“先生，请问哪里有能住的地方？”

“先生！”哼！难道门格拉真的没有认出我来吗？也对，我的样子已经变了很多，清苦的隐居生活在我脸上留下了沧桑的痕迹。愤怒在心里滋长，我声音嘶哑地说道：“你们是要在这森林里寻找福舍[①]吗？”语气中带着极度讽刺的意味。门格拉果然像是被刺激到了，回道：“当然不是，我们要找的是山洞或者茅屋。先生，要找福舍的话我们到这森林里来干嘛？”

我们俩之间针锋相对的话让男人紧张起来。我看也没看他一眼，继续说道：“茅屋倒是有一间，不过是我住的地方。如果你们只是要休息一会儿的话，那里可以借给你们用一阵。”

“可以给我们用一阵！门格拉，快起来啊！你还在想什么呢？！你看，我们只是在这里睡了一夜，我都快要疯了。”男人说道。看得出来，这个小伙子是在某个幸福家庭的蜜罐里泡大的。不过，从小养尊处优生成的优雅气质现在已经被消磨殆尽了，一段颠沛流离的生活足以在他身上留下难以磨灭的印记。我说道：“行了，跟我走吧，兄弟！”

两个人跟在我身后，来到了我的小屋。

门格拉到底能不能认出我来呢，这我也说不好，毕竟已经过去好多年了。我观察了好几天，也许我现在的形象在她眼里就是一个和她毫不相干的人。可往事对我来说怎么能够轻易忘记呢！我一直以来都是一个人。当我沉浸在对过去的回忆中勉强度日时，依旧青

① 福舍：为印度教徒朝圣者提供的客栈，通常是免费的。

春靓丽的门格拉忽然就又出现在我眼前。我再次沉迷其中，变得麻木不仁起来，就像因陷入某种极端情绪中而绝望的人一样。真是可笑，只是为了这样一个女人。这也许就是我的命，不过，我已经坦然接受了。

画窟

1

大自然在创造与毁灭的轮回里不断地循环着，它笑啊，哭啊……在地表，古老的温迪亚山脉在创造的过程中发挥了巨大的作用。在它深沉的绿色中，生命的种子慢慢地播散开来。古猿的两只前爪慢慢地离开地面，进化成灵巧的双手，并终于成为靠双脚直立行走的人类。他们在生命之神的祝福之光下开始繁衍，然后走向昌盛。

一个洋溢着青春气息的年轻女人穿着熊皮衣，坐在一棵树的阴影下。她的旁边放着燧石，还有一堆干柴。一群小鹿来到这里的水源旁喝水。为了能抓住一只鹿，女人已经在这里坐了很久了。在那个时代，狩猎大型动物是男人们的工作，他们的女人只需要时不常地练习一下怎样抓小动物就行了。

水源地的水越来越少了。田野里的鲜花缓缓地摇曳着，一株又一株地，连成了串。女人惊喜地看了那些花朵一眼。尽管它们长得很好看，但这和她有什么关系呢？既不能帮她干活，也不能填饱肚子。女人回转头，继续等待着捕猎小鹿的最佳时机。有那么一瞬间，她的眼里闪过一丝贪婪的目光，但她接着用手揉了揉自己的胸口，于是又恢复了平静和淡然。

远处忽然传来一阵鸟鸣声。一支标枪歪歪斜斜地飞向目标，没有命中，却射入一旁的树干，钉在了上面。看见标枪射歪了，她似乎一下子想到了什么，瞬间变得惊恐起来。小鹿向她冲过来。不过，一想到忍饥挨饿的痛苦，她就仿佛涌起无穷的力量。然后她就看见一个男人从山上向这里跑过来，手里举着标枪。女人刚刚才出了一身冷汗，现在却开心得浑身颤抖起来。

“啊，就是那个人。那天，他用压倒性的力量打败了可怕的熊。”对了，女人今天身上穿的衣服正是用那头熊的皮做的。男人和女人已经不知道在无人的山谷和树丛里遇见过多少回了。男人被女人的魅力所吸引，经常从另一座山上到这儿来。两个人在这片原始森林里彼此照拂，一起度日。今天，男人要面对的却是女人因为心不在焉而错失了猎物。现在要想再抓到一只鹿已经是不可能的事情。他今晚只能两手空空地回去了。“她是不是故意把猎物放跑了的？她怎么能这样，只顾着满足自己的愿望。看呐，她的两只胳膊用力地伸出来，是想和我来一个拥抱吗？抱就抱吧。不对，她现在肯定需要的是食物。”男人从女人的怀抱里挣脱出来。女人也好，动物也罢，他们统统都只是男人的猎物而已。不过，此时的男人才不需要女人呢，他的山洞里已经断粮了。

夜幕降临，点点星辰开始爬满天空。女人为拥抱而举起的双手垂落下去。一道悲伤而甜蜜的回响仿佛从世界的尽头悠悠传来。这是女人第一次感受到被拒绝的震撼，这是与长久以来的平静生活完全不同的体验。林子里的猛兽开始出没了，然而女人还是坐在河边，没有起身。无数的花儿落下，飘入奔腾的河水中，就如同女人那落空的心愿一样随波逝去。今天，女人心中有一种前所未有的情绪觉醒了，这是一种她还不能完全理解的情感。风中传来一阵阵呼喊声，是女人的族人们在呼唤他们外出未归的同伴。然而，女人并未理会这呼唤，依然沉浸在自己的内心世界中，努力地想搞清楚刚刚来自心灵的召唤到底来自何方。她一会儿看一眼映照着满天星辰的河水，一会儿又看一眼不远处的那根标枪，还有那个她忽然之间就不想再回去的小小山洞。

2

夜慢慢地深了。女人觉得困了，不停地打着哈欠，慢慢地进入了梦乡。在睡梦里，她的双臂还在不停地举起、放下，就像是在拥抱着什么人一样。

忽然，星星们放射出格外耀眼的光芒。这些光纠缠着落下，就像是有一个人坐在太空中，用手将无数的丝线搓揉在一起，然后洒向地面。两位女神就踩着这条星光织成的大道向下走来。

其中一位女神说道："伟大的毁灭之主啊，你怎么能这么无情。我创造了世间的各种生物，你却为它们定下了不同的生命法则。它们生存的时间长短不一。每当它们走完自己的生命旅程以后，你就会让死亡降临。"

另一位女神说道："造物主啊，你难道疯了吗？如果我让所有的生物都变得一样，那你创造的世界该是多么乏味呀，你的这场游戏又该如何进行呢？你看，就说今天晚上吧。天女在花儿的芬芳里跳舞，荒凉的国度正在发生暴动。深不可测的大海逐渐干涸了，无垠的荒漠上，溪河却开始流淌。在位于圣域[①]南面的温迪亚山脉的边缘，一个男人失手了，没有猎到那只小鹿，然后就抛下自己心爱的女人走了。他是饿了。竟然只是因为饥饿。”

造物主说道：“是呀，妹妹。我把人类造出来也有一段时间了，可他们还是像野兽一样过着日子。”

毁灭之主说道：“你不知道呀，姐姐。就在今天，我已经在一个人的精神世界里埋下了精细、柔软的感性的种子。她的内心就要产生真正的人类情感啦。剧变即将来临。”

造物主闻言很是开心，问道：“也就是说，她快要摆脱愚昧无知的状态了，是吗？”

毁灭之主说道：“对的，不过很慢就是了。要想能够真正获得人类的情感，他们现在还缺少一些方法。”

造物主有点懊恼，说道：“走吧，妹妹，我们看神之舞去。因为你的冷酷无情，我现在对自己的创造之功也没有那么沾沾自喜了。我现在心里一阵一阵的烦躁。”

毁灭之主说道：“那就静静地坐着吧，把自己的工作先放下，这样你就不会对我有怨念啦。”

造物主沮丧地说道：“如果我这样做的话，那么问题就能在一天之内解决了吗，妹妹？”

“那你能在一天之内造出一个天堂来吗？走啦，众神正在开苏摩酒会呢。我们也去喝一杯。”说完，毁灭之主踏上了星光铺就的大道，造物主紧随其后。两个人一步三摇地向上行去，身形很快就消失在天空中。

---

① 圣域：古代印度人对印度次大陆北部平原（位于喜马拉雅山和温迪亚山之间）地区的称呼。

女人就像是做了一场梦，坐起身来。天快要亮了。她的眼中满是美梦过后的甜蜜。河里的水缓缓地流动着。东方天际一抹红色正在流转。一阵暖风吹过，将女人的头发吹得披散开来。她把头发向后拢起，然后就又看到了那群小鹿。她的心开始变得感性起来，在看到鹿群的时候不再有贪婪的欲望。

在美丽的朝阳下，群鹿跳跃着跑了过来，一只一只跃过水源。有一只鹿崽可能是被惊到了，停留在原地。狩猎的队伍从后面赶上来了。女人把鹿崽抱在怀里。队伍里的人都向水源对岸追了过去，而那个之前出现过的男人却来到女人身边。女人转过头向他看去，鹿崽大大的眼睛里映照出女人的身影。有那么一瞬间，女人愣了一下，她在那双天真无邪的眼睛里看见了自己的影子。

男人天性里的暴虐正在蠢蠢欲动，他到现在也忘不了那天晚上发生的事情。他想把鹿崽夺过来。这时，女人做出了一个疯狂的决定。她把鹿崽紧紧地抱在怀里，向着鹿群逃跑的方向奔去。男人呆呆地站在原地，看着女人远去。

女人一直追在鹿群后面。河流、谷底、小山丘，然后又是河流和平原。她离鹿群时远时近，但一直不停地前进着。有的时候，她在路上也能遇到出来狩猎的原始人队伍。但那又如何？她依然跟在鹿群后面行进着，那个有两头黑背鹿的鹿群。

鹿群行进到一条大河边停了下来。这条河太宽了，它们没法过河去。女人也停了下来，然后把鹿崽送回到鹿群中。对于男人和野兽来讲，这是多么奇怪的一件事情呀！鹿崽找到自己的妈妈开始喝奶。女人开心地笑了起来。鹿儿们向她频频点头，仿佛已经消除了戒备心理。女人向来路走去，回到了自己的山洞里。她觉得有点累，于是静静地躺了下来。她的眼前出现了两幅场景，一个场景里是高大、威猛、强壮的男人举着标枪正在狩猎，第二个场景里则是她被鹿群围着站在中间。一个显得如此可怕，另一个则充满了爱。两个场景哪个更好呢？她无法抉择。

3

女人的日常工作渐渐地改变了。她的心里开始出现一种美好的情感，不再像以前那样好似一潭死水了。一开始的时候，那个男人还经常到这边来，坐在女人的身旁，努力地想讨好她。可是，女人总是像石头雕像一样一动不动地坐着。又有一个男人开始时不常地过来。他会拿来一些狩猎得来的肉，或者一些水果，放下之后就离开。第一次看见后来的男人时，第一个男人龇牙咧嘴、青筋暴起、蹦来跳去、手舞足蹈地向他示威。女人依然是一副波澜不惊的样子，好像一点儿也没有见到发生在两个男人之间的挑衅。这一幕场景不断地上演着。女人就像是被自己的族群放逐了一样，一个人在山洞里住了下来。不过，貌似她还挺享受。

有一天，山洞下的河滩上，第一个男人举着自己的标枪追着一头野猪跑了过来。第二个男人拦在野猪前面投出了自己的标枪。野猪受伤了，慌乱之下掉头向第一个男人的方向冲去。在第一个男人的眼中，面前现在有两个猎物了。也不知道是有意还是无意，他带着一丝愤怒投出了自己的标枪。第二个男人此刻正挺着胸膛向前奔跑。标枪刺入了他的身体。在另一边，野猪则将自己锋利的獠牙挑进了第一个男人的身体。两个男人都倒下了，而野猪却跑掉了。女人看见这一幕，她赶紧跑过来，想扶起第一个男人。这时，族群里的其他人赶到了。女人在众人充满仇怨的目光注视下感到很委屈，一个人回到了山洞里。

那天之后，女人总是以泪洗面。直到有一天，她又笑了起来。人类的这两种具有代表性的行为就在她身上不断地交替出现。她一会儿哭，一会儿笑，笑过之后又哭……

春天已经过去，炎热的夏天到来了。从山上流下两种色彩的颜料，红色和黑色。女人好像也与大自然融为一体。她的一只眼睛在笑，另一只眼睛却在哭。两幅场景始终在她的内心交织着。

女人想将这两种情感永久地表现出来。在鹿崽的眼睛里她看到了第一幅图像。她把藤条折下，蘸上颜料，在自己三角形的山洞里坐了下来，开始涂画。这是人类历史上的第一位女画家。在她的身边有两种颜料，一种是红色，一种是黑色。她用红色的颜料画了自己的画像，是她一个人站在鹿群中的场景。黑色的颜料画的则是狩猎的场景，上面有一个形象可怖的男人，正高举标枪追在兽群的后面。

在很长的一段时间里，河岸旁的这个地方都被人们视为不祥之地，没有一个人再到这儿来。然而，女人依旧住在这里，每天看着这两幅画，觉得非常满足。

在温迪亚山脉的边缘，曾有多少人类种群来到这里住下，然后又离开了。当人们第一眼看到这间画窟的时候，有人恐惧，有人向往。

这是关于人类在那段岁月里的生活的记忆痕迹。它记录下并且表达着画者心中最原始的两种情感。事实上，这两种情感时至今日依然存在着。这片区域的原住民将这座山洞视为圣地，称它为人类艺术史上第一座“画窟”。

痞子

1

他的年龄应该有五十开外了。即便如此，他看上去却比小伙子还要强壮、稳健。皱纹没有在他的皮肤上留下任何痕迹。无论是在暴雨倾盆的天气里，还是在夜幕深沉的阴影中，抑或是在烈日当空的照射下，他都能够赤裸着上身四处行走，并且怡然自得。他留着浓密的胡子，它们一根一根地竖立着，在人们眼中就像是蝎子尾巴上的刺一样。他黝黑的肌肤像蛇皮一样圆润而有光泽。他的下身裹着那格浦尔出产的围裤，裤子上大红色的丝绸镶边隔着老远就吸引着路人的目光。腰上围着产自贝拿勒斯的腰带，上面缀满了亮晶晶的珍珠。他的卷发被裹在金色的头巾里，头巾的下摆披散在他宽厚的背上。宽大的肩膀上扛着一把厚背砍刀，这无形中增添了他的魅力！每当用力挥动砍刀的时候，他全身上下的骨骼就发出炒豆般的声音。这是一个痞子。

在公元十八世纪末的时候，伽尸城已经不再是曾经的那个模样了。这里曾是奥义书中描绘的圣地，无数的婆罗门学者为了朝圣来到这里。然而，由于毁坏寺庙和屠杀信徒的行为持续了数个世纪，当年盛行的佛陀和商羯罗流传下来的宗教哲学思想现在几乎已经没有人再讨论了。经历了长期混乱的局势之后，又要面对新思想的冲击，甚至连毗湿奴派这样曾经在婆罗门和贱民中都信众广泛的教派都开始产生可怕的变化。在亲眼见证了正义与智慧在武力面前的屈服之后，伽尸城里无助而失望的民众中开始生成一种全新的生活理念。他们信奉的是英雄主义。言出必行、快意恩仇、绝不欺凌求饶的可怜虫、不残害已经受伤的对手、帮助受苦的弱者、时刻将生死置之度外……这些都是他们的行为准则。伽尸城里的人们把这样的人称为“痞子”。

世上经常会有这样的人，他们在受到某件事情的刺激之后就会产生奇怪的转变。南哈古·辛格也是如此。他尽管是一位有名的大地主的儿子，但是在遭受了情感上的创伤之后，最终变成一个人们口中的痞子。他亲手把自己的家财散尽了。在那段日子里，他醉生梦死地挥霍了数不清的卢比。他的这一事迹在很久之后还会被伽尸的人们谈论起。在那个时代，即便是在最适合放纵的春天里，那样荒淫无度的日子也是很罕见的。那需要金钱、权力、胆量和放纵，缺一不可。有一回，南哈古·辛格又是一副吊儿郎当的样子。他一只脚上戴着脚镯，一只手上戴着手链，一只眼睛画着油烟，一只耳朵上挂着成串的珍珠，另一只耳朵上挂着破鞋底，一只手把玩着一把花里胡哨的宝剑，另一只手搂着一个花枝招展的风尘女子，放浪形骸地唱着歌：

“你要是遇到卖茄子的人就把他叫过来哟。”

他的身影总是流连在贝拿勒斯城外的绿色原野中，水流清澈的山泉边，在恒河里徜徉的小舟上……有的时候，他也会去赌场耍一下。每当他耍完出来路过花街的时候，伽尸城里那些漂亮的妓女们就会笑着向他打招呼，两眼放光地盯着他那威武的身躯。不过，他总是坐在妓院楼下曼努·德莫利的槟榔店旁听她们唱歌，从来不到楼上去。他要是之前在赌场赢了的话，就会从赢的钱里面掏出整把的卢比，从姑娘们的窗口甩进去。那一掷千金的架势看得路过的人头皮发麻，他却满不在乎地一笑了之。如果有人问他为什么不上楼去，他就会悠悠地叹一口气，什么话也不说。

这一天，南哈古从温西的赌场里出来。幸运女神今天完全没有眷顾到他。此刻，估计就算是一群仙女在他面前跳舞也没法让他振奋起来。他来到曼努·德莫利的槟榔店坐下，抱怨道："今天的运气糟透了，曼努！"

"怎么啦，我的爷！世上没有什么值得担心的事情。人生在世就是得活得痛快，这样您就什么都有啦。"

"哟嚯，你以为你是佛陀呀！自南哈古·辛格开始赌博的那天起，他其实就已经死了。你根本就不知道我都什么时候才去赌钱。都是在兜里一分钱没有的情况下，我就跑到赌桌边，看哪里的筹码最多，我就押那里，每回都能押中。这肯定是命运之神的眷顾！"

"那今天是怎么回事呢，爷？"

"第一把我确实是押中了，不过后来又押了几把，结果全都输出去了。得嘞，这些你拿着，就剩下这五个卢比了。一个卢比是给你的槟榔钱，还有四个卢比你帮我给玛鲁基送去，让他叫杜拉丽来唱歌。"

收到曼努带来的南哈古·辛格的口信时，玛鲁基正凑在火盆旁边卷印度土烟，闻言惊得一下子站了起来，然后沿着楼梯一溜烟地跑下楼去。一边跑一边忙着把手上的烟袋弄灭，为此还把手给烫了一下。他是有点害怕看见南哈古·辛格的，因为他永远也忘不了上回见到南哈古的情景。当时，南哈古刚从赌场赢了钱出来，坐在曼努的槟榔店旁，手里攥着装得满满的钱袋。远处出现了一支迎亲的队伍，吹拉弹唱的乐曲声传了过来。南哈古问道："这是谁的迎亲队伍？"

"是博提·辛格老爷的儿子结婚。"曼努的回答一下子点了马蜂窝，南哈古闻言嘴唇都颤抖起来，他咬牙切齿地说道："曼努！他们想结婚？连门儿都没有。今天有我在这儿，迎亲队伍就别想轻易过去。除非博提·辛格把我们打点好了，那我可以考虑放他们过去。"

曼努谄媚地说道："我的爷，您看我能干点儿什么呢？"

南哈古一把将砍刀拎起来扛到肩上，又举过头顶舞弄了两下，然后对玛鲁基说道："现在就看你的了，玛鲁基。你去对博提说，告诉他本大爷南哈古·辛格今天就站在这里。他要是识相的话就赶紧过来，否则的话他儿子就别想迎亲了。"玛鲁基哆哆嗦嗦地走到博提·辛格跟前。博提·辛格和南哈古已经有五年没有打过照面了。当年，两个人为一点小事发生过一些口角，然后彼此之间就疏远了。从那之后两个人就没有见过面。今天，拿性命当儿戏的南哈古独自一人挡在了迎亲队伍的前面。博提·辛格心里很清楚，这件事没那么容易善了。他对玛鲁基说道："你去告诉南哈古，就说我们怎么会知道前面是他的地盘。不过现在既然知道了，会给他一个交代的。"博提·辛格转身回去了。南哈古·辛格把钱袋搭在玛鲁基的肩膀上，领着迎亲队伍走了。按照婚礼的要求，他张罗着把该办的事都办了，该花的钱也都花了。一切都弄好之后，他在第二天又把新郎和他的迎亲队伍带回了槟榔店这里，接着把他们打发回家了。

那一天，玛鲁基也得了十个卢比的赏钱。从那以后，他就变得以南哈古马首是瞻了。他来到杜拉丽那里，对她说道："我来打拍子，你唱歌吧，然后很快就会有欣赏的人来了。"

"我的天啊，你是闯什么祸了吗？啊，是老爷？您好！"杜拉丽正说着话，忽然看见了窗外的南哈古·辛格，忙向他施了一礼。南哈古回礼之后，眼睛向另一个方向看去。原来有人从那边走过来了。

是两个士兵！他们手上拿着细长的棍子，眼睛上涂着眼影，嘴里嚼着槟榔，歪戴着帽子，穿着一身制服，腰上系着皮带，浑身上下全副武装。用指甲花汁染成红色的胡子根部还露出若隐若现的白色。其中有一个是穆斯林士官。南哈古笑了。那个穆斯林士官看都没看南哈古一眼，对身边另一个士兵说道："去，告诉杜拉丽，就说今天总督大人府上要举行庆典。快去，我们分头行动，我去加纳阿里那儿看看，买点香水什么的。"士兵向楼上跑去，士官向另一个方向走去。这时，南哈古大笑一声，叫道："杜拉丽！你还要我在这里坐到什么时候！萨仁吉雅现在还没到吗？"

杜拉丽叫道："哎呀，我的爷！我可是就为了你才坐在这里的呀，您就不想听我唱一曲嘛！要不您现在上来……"穆斯林士官气坏了。他大声吼道："卫兵！看来那个婊子养的小妞儿是不会下来了。去，到警察局长那里去，报我的名字，就说穆斯林士官阿拉乌丁·古博拉叫他赶紧带人过来。来了之后把这个人好好地修理一顿。我看啊，自从总督大人离开以后，这些异教徒是越来越嚣张了。"

天啊，是古博拉士官！德莫利开始收拾店里的东西准备关门。旁边一个布店里坐着看热闹的老板吓得跳了起来，脑袋都磕破了！就是这个穆斯林士官，曾经从大王杰德·辛格那儿要来了三个半赛尔的蚂蚁油。穆斯林士官阿拉乌丁·古博拉！整条街上都轰动起来。

南哈古·辛格对曼努吼道："怎么着，这就沉不住气啦！"又对杜拉丽叫道："在那儿好好待着！别坐立不安的。接着唱。这样的人我见得多了。上一刻还在装神弄鬼到处忽悠人骗钱，下一刻就又耀武扬威地招摇过市。"

古博拉朝四周看了一圈，然后看向南哈古，问道："这根葱是谁啊？"

"是你大爷南哈古·辛格老爷！"这句话一出，整条街的人就像是被人狠狠地抽了一个巴掌，古博拉更是惊得下巴都快掉了。佩着剑的士兵向着另一个方向灰溜溜地跑了。古博拉在众目睽睽之下跌跌撞撞地进了加纳阿里的店铺。

加纳阿里对古博拉说道："士官大人！您也太给那个痞子面皮了。您看他敢向您挥刀子吗。"古博拉闭着嘴，一句话也没有说。另一边，杜拉丽还在唱着歌。一曲终了，人们都停留在原地，既没有人来，也没有人走，只有南哈古·辛格一步三摇地慢慢走了。过了一会儿，一辆马车驶了过来，车窗用柔软的帘子遮着。马车后面跟着一个随从。他向杜拉丽传达了太后班娜的命令。

杜拉丽一言不发地坐上了马车。在飞扬的尘土和黄昏的炊烟里，马车穿过贝拿勒斯逼仄的小巷，向湿瓦拉码头的方向驶去。

2

五月的最后一个星期一。太后班娜正跪坐在湿婆神庙的大殿里做祭拜。杜拉丽来到神庙外面的时候，一群歌姬坐在那里齐声唱着颂歌。杜拉丽也坐下身子，随着其他人一起唱了起来。阿尔迪仪式已经进行到尾声。班娜将花瓣撒向四周，然后跪在神像脚下诚心诚意地磕了几个头。拿上祭司递过来的祭品，班娜出了神庙。刚走出门，她一眼就看见了杜拉丽。杜拉丽站直身子，两手合十说道：“我很早就到了那里，却什么也没有干成。那个古博拉大师来了，一来就到了店里面。几个小时就这么耗掉了，娘娘！”

“古博拉大师！我好像在什么地方听到过他的名字。听说他也上这里来了……”接着，班娜不知道想起了什么，话锋一转问道：“对了，后来发生了什么？你是怎么脱身到这里来的？”

“后来，南哈古·辛格老爷来了。我对他说娘娘您在做祭拜，我要来给您唱颂歌，可是大师不让我走。于是南哈古老爷就戏耍了大师一番，搞得他都忘了这一茬儿，最后都给气跑了。我这才脱身，上这儿来了。”

“谁是南哈古·辛格老爷？”

杜拉丽垂下头去，说道：“咦，娘娘您不知道吗？就是尼冷金·辛格老爷的儿子呀！在我很小的时候，有一天，我们在您的花园里荡秋千。突然，省督家的大象发狂了，向我们冲了过来。当时就是尼冷金·辛格老爷的儿子救了我们呀。”

记起了那件很久以前发生的事情之后，也不知道为什么，太后班娜的脸上一下子就变了颜色。她稳了稳心神，又问道：“南哈古·辛格老爷怎么会到那里去的？”

杜拉丽笑着低下了头。杜拉丽是班娜的父亲领地里一个妓女的女儿。班娜小时候经常和她一起玩耍，两个人最喜欢玩的就是荡秋千。杜拉丽从小就展露出唱歌的天赋。随着她慢慢长成一个大美人，她的性格也变得格外活泼。后来，班娜成为了伽尸国的王后，杜拉丽则成为了伽尸地区有名的歌姬，有的时候还会被请到王宫里去演唱。从巴尔温德·辛格大王在世的时候开始，音乐就一直是班娜生活中不可或缺的一部分。当然了，当年她感兴趣的是表现爱恨情仇的靡靡之音，而现在嘛，则更喜欢直指人本心的颂歌。自守寡以来，太后班娜的脸上就始终是一副波澜不惊的表情，现在却也泛起了一丝忧郁之色。

即便巴尔温德·辛格已经过世，他的嫔妃之间的地位之争也并没有终结。后宫里钩心斗角的戏码不断地上演，班娜在那儿一刻也不得安宁。为了躲开那些无谓的纷争，她经常来到这座伽尸国的王庙，把自己的心神都放在供奉神灵上。当她刚成为王后那会儿，她也曾独占鳌头，获得过巴尔温德·辛格的专宠，并且得到命运之神的眷顾，他们俩还有一个儿子。然而，由于整个社会对跨种姓婚姻的偏见，她的心里始终存着一个疙瘩。结婚之后的一幕幕情景在她的回忆里不停地闪现。

班娜坐在河边的小看台上，心不在焉地看着恒河里逐渐泛滥的水流。人们有时候会在无意识间把一个东西放在什么地方，然后就找不到了。记忆也是如此。不过，有些记忆即便在过往的生命中只发生过一次，人们可能也会毫无理由地想起来。也许这些记忆对于现状并不会有任何改变，但是，人们就是会时常不由自主地记起它们。“要是，当年那件事情发生了的话，那么？”再一次听见南哈古·辛格的名字，班娜忽然就想起在巴尔温德·辛格将她封为王后之前发生的一件事情，紧接着她又开始幻想当年如果没有那样做的话，结果又会有什么不同。耿达是班娜身边一个有点傲气的女仆。自班娜被巴尔温德·辛格看上的那天开始，耿达就一直随侍在她的身边。耿达跟着太后也算得上是见多识广了，对王国里发生的各种事情很是了解。谁也说不清楚她到底知道多少八卦。听了杜拉丽和太后的对话，她觉得有必要说点什么，也彰显一下自己的存在。

“太后娘娘！南哈古·辛格已经把他所有的家产都败光了，大吃大喝、斗牛赛马、听曲狎妓……现在，他彻底成了个流氓。他还打架斗殴……”杜拉丽忙打断了耿达，说道：“这都是胡说八道。老爷是个大好人，谁也比不上他。正是在他的帮助下，那么多寡妇才得以继续生活，那么多姑娘才可以顺利嫁人，那么多受到迫害的人们才能够得到庇护。”

太后班娜的心跳得更厉害了。她嫣然一笑，说道：“杜拉丽，他是不是上你那儿去了？所以你才会这么帮他说话……”

“没有的事，娘娘！我可以发誓，到今天为止，南哈古·辛格老爷从来也没有踏足过我那里一步。”

不知道为什么，班娜不想再听这个美丽的姑娘继续谈论这个话题了。她用凌厉的眼神看了杜拉丽一眼，示意她别再继续说了。杜拉丽于是闭上了嘴巴。早上九点的钟声响了起来。杜拉丽告辞之后坐上轿子离开了。这时，耿达开口说道：“娘娘！近来城里的境况越来越糟糕了。有些人就像疯了一样，白天就敢在大街上抢劫。遍地都是赌场，多少人在烂赌中慢慢丧失了理想。好多孩子都被拐卖走了。小巷子里是棍棒和刀子的天下，人们一言不合就大动干戈。大王总是和总督有分歧。”太后始终一言不发地听着。

第二天，大王杰德·辛格收到了来自总督马克西姆的信。信里对目前城里的糟糕状况表达了强烈的谴责，建议把强盗和流氓都抓起来，并且对他们进行严厉的惩罚。信里也提到了古博拉大师的事情，最后告知了黑斯廷斯即将到来的消息。湿瓦拉码头和罗摩城里一片鸡飞狗跳。在警察局长席默德·辛格的带领下，巡警们都像疯了一样地到处抓人。只要是手里拿着棍棒、铁条、宝剑、砍刀或者匕首的人被他们看见了，统统都被抓了起来。

一天，南哈古·辛格邀请了一群朋友，众人一起到恒河的交汇处附近寻欢作乐。他们选的地方在一座高高的山岗上，周围满是郁郁葱葱的绿色。他们的小舟在恒河岸边歇着，缆绳系在一棵榕树的根须上。乐师们卖力地唱着。河边停着四辆马车。

南哈古·辛格忽然叫道：“玛鲁基！这歌一点儿也不好听。你快去把杜拉丽叫来，坐着马车去。”玛鲁基本来正拿着一个钹敲着给乐师们伴奏，闻言，赶忙一路小跑，坐上马车离去了。今天，南哈古·辛格有些心绪不宁。酒也喝了好几杯了，可是一点麻醉的效果也没有。不到一个小时，杜拉丽来了。她行了一个礼，问道：“老爷，您有什么吩咐啊？”

“杜拉丽！今天我特别想听你唱歌。”

“就在这片林子里吗？”杜拉丽有些迟疑，笑了一下，然后带着一丝莫名的意味问道。

“你别没事就来撩拨我。”南哈古·辛格笑着说。

“没有啊，那天我在太后娘娘跟前都在说您的好话呢。”

“什么，在谁跟前？”

“太后班娜啊。”于是，那天的歌最终也没有能唱成。杜拉丽吃惊地看到，南哈古的眼睛在音乐声中湿润了。吹拉弹唱随后很快就结束了。下雨的夜晚，灌木丛里回响着蟋蟀的鸣叫声。南哈古·辛格满心忐忑地坐在神庙旁的一间小屋里，眼睛里没有一丝睡意。所有人都进入了梦乡，只有杜拉丽还没有睡，她在想自己的心事。在此之前，她费了很大的力气才勉强克制住自己，然而，她最终还是失败了。她站起身来，慢慢地走到南哈古身旁。南哈古被脚步声惊到了，他一把操起旁边放着的宝剑。杜拉丽见状笑着说道：“老爷，这是干什么？您在面对女人的时候也要举起宝剑吗？！”

南哈古就着微弱的灯光看去，映入眼帘的是一张春意荡漾的美丽脸庞。他笑了，说道："怎么着，大歌唱家！你这个时候还要走吗？难道那位大师又召唤你了？"杜拉丽在南哈古的身边坐了下来。南哈古又说道："你是不是有点害怕啊？"

"不是的，我过来是想问你点事情。"

"什么事情？"

"这个嘛……就是……你心里有没有……"

"别问了，杜拉丽！我的心早就已经死了。有人将它彻底蹂躏、践踏了一番，然后狠狠地撕碎了。现在的我就是一具行尸走肉，一心只想求死。为了达成这个目标，我什么都干了，可就是死不掉。"

"想死的话也得找个合适的地方啊。您又不是不知道伽尸城现在的情况！谁也不知道下一刻会发生什么事情。不过，情况也许会有一些变化。"

"是有什么新的事情发生了吗？"

"有个叫黑斯廷斯的人来了。听说他一来就带着英属雇佣军包围了湿瓦拉码头。大王杰德·辛格和太后班娜当时就在那里。有些人传言说他们被抓起来了，要被押送往加尔各答……"

"班娜也……后宫的女眷也在那里……"南哈古急得快要跳起来了。

"怎么回事呀，老爷，今天您听到太后班娜的名字之后为什么会淌眼泪呢？"

南哈古的脸色突然之间变得异常可怖！他呵斥道："闭嘴！你打听这些想干什么？"他一下子站起身来，没头苍蝇似的走来走去，就好像是在找什么东西一样。走了几圈之后，他站住身子，说道："杜拉丽！今天是有生以来第一回有女人坐到我的床上，我可是个光棍儿！为了履行自己的一个承诺，我撒了无数的谎，犯下了无数的罪孽。为什么？你知道吗？我是穷凶极恶的反抗者，可我是站在女人们一边的，还有班娜！……她有什么罪过！我没能把匕首插进残暴的巴尔温德·辛格的胸膛。可班娜呢！那些白种人把她抓起来要押送到加尔各答去！那……”

南哈古·辛格变得像疯了一样。杜拉丽看见他不管不顾地摸黑走到榕树下，在恒河湍急的水流中解开了小舟的缆绳。夜色愈发地深沉了。杜拉丽的心颤抖起来。

3

公元1781年8月16日，伽尸城发生了一场骚乱。湿瓦拉码头上，大王杰德·辛格被伊斯塔格尔中尉的人马看押着。城里弥漫着一股恐怖的气息。店铺的门全都关上了。要是有孩子在家里向自己的母亲询问：“妈妈，今天卖甜食的人怎么没有来呀？”母亲就会喝止道：“别吵，孩子！”街道上冷冷清清的，一个人也没有。在英属雇佣军的队伍前头可以隐隐约约地看见古博拉大师的身影。队伍行进到哪里，那里的窗户就会全部关闭。一片可怕的寂静。这时，有人压着声音喊道：“席默德·辛格！”

席默德·辛格把头探出窗户，问道：“谁呀？”

“老子是南哈古·辛格！”

“是你啊，你怎么现在还待在外面呢？”

“别说废话了！大王被抓起来了。快把那些你抓起来的人都放了！我们带着他们去湿瓦拉码头，好好地干一场。”

“等一下。”说完，席默德·辛格发了几条命令，然后就见一群士兵涌出门来。南哈古一把抽出雪亮的宝剑杀入人群。士兵们屁滚尿流地又逃了回去。南哈古愤愤地喝道：“一群忘恩负义的人！当你们的缩头乌龟去吧。”南哈古·辛格在众目睽睽之下离去了。警察局的门前又回复了平静。

南哈古快要急疯了。有几个平时唯他马首是瞻的同伴，现在，他们正聚集在一旁等着他发号施令。他想不明白，大王杰德·辛格到底对这个国家犯了什么罪？他又想了一会儿，终于做了决定。他让同伴们去关押人犯的神婆神庙入口处制造混乱，而他自己则划着一只小舟来到了湿婆神庙的窗户下。他好不容易找到一块凸出水面的石头，把缆绳系在上面。固定好小船之后，他像一只猴子似的爬上墙，从窗户钻了进去。这时，大臣马尼哈勒·辛格正在对太后班娜和大王杰德·辛格解释着什么：“把你们关在这里是他们的主意，我们有什么办法呢，就是想做什么也做不了呀。您要是每天祭拜结束之后就回王城去，那这……”

班娜反应很快，马上质疑道：“我现在这样还怎么回王城去呢？”

马尼哈勒·辛格露出一丝痛苦的表情，说道：“您让我说什么好呢？我的兵也都被关起来了。”正在此时，神庙入口处传来一阵吵闹的声音。君臣三人停止了商议，因为他们发现了钻进来的南哈古·辛格。众人都不认识这个好汉，只见他抓着武器，看上去很英武。房间的大门依然关着。南哈古·辛格从窗口向恒河上望了一眼，只见一只船正乘风破浪向码头的方向驶来，他的精神顿时为之一振。他示意众人再等一下，因为船靠过来还得有一会儿。趁着这个间隙，他开口问道：“太后在哪儿？”

杰德·辛格反问道：“你是什么人？”

“一个没有俸禄的王族守护者！”

班娜从嘴里轻轻地吁出一口气。都这么多年过去了！她还是认出了来人——是南哈古·辛格。

马尼哈勒·辛格问道："你能为我们做些什么呢？"

"我可以去死！先让太后坐上小舟。窗户下面还有一艘小船，船上有我们的人。然后我们再说接下来的事情。"马尼哈勒·辛格向外看了一眼，只见窗外停着一只王室的小船，警察局长带着四个水手正在船上待命，于是他欣然对班娜说："走吧，我护送您一起走。"

"这……"船上的人看了杰德·辛格一眼，犹豫地咕哝道。没人回答他。马尼哈勒·辛格又说道："要不我留下来殿后？"南哈古笑了，说道："我的大人，您就上船去坐着吧，我来殿后。我发誓，要是没有把你们都送上船，南哈古·辛格就算被打成筛子也绝不会倒下。"

班娜看向南哈古。在那一瞬间，四只眼睛相遇了，彼此的眼神里投射出对生存的信念。神庙的大门被用力地推开了。南哈古疯狂地大喊起来："大人，快走！"

下一刻，班娜被送上了船。南哈古·辛格冲到大门入口处，正好堵住了带队的伊斯塔格尔中尉。杰德拉姆走上前来，把一封信交到马尼哈勒·辛格手中。中尉说道："你们的人正在闹事。我现在已经没法继续约束我的部队了，他们随时都会开枪射击。"

"我的部队在这儿吗？他们在哪儿呢，长官先生？"马尼哈勒·辛格笑着说道。外面的鼓噪声更大了。

杰德拉姆说道："先把杰德·辛格抓起来再说。"

"我看谁敢这么做？"马尼哈勒·辛格大吼一声，一把拽出随身带着的宝剑。事情发展到这里又出现了新的变化，因为古博拉大师也来了！尽管是一介文弱书生，没法贡献武力，不过他很快就看清了局势并且指挥起来，这使得众人一时之间没法逃出去。只听古博拉叫道："你还傻看着干什么，杰德拉姆！"

杰德拉姆扑了过来。就在他的手已经快要抓住大王的时候，南哈古一把推开了他的手臂。伊斯塔格尔也冲了过来。古博拉大师在后面大声地呼喝着。南哈古·辛格转眼间就把伊斯塔格尔和他的几个手下撂倒在地，这下该要古博拉的命了！

南哈古·辛格说道："怎么，那天受的教训还没有让你醒悟吗？狗贼！"说完，他干净利落地一剑结果了古博拉。没一会儿，这件可怕的事情就告一段落了，大门口暂时不再有人冲进来。

南哈古·辛格急切地对杰德·辛格叫道："您还在看什么呢？快下到船上去！"他的伤口已经血流如注了。又有士兵开始从大门口涌进来。杰德·辛格爬出窗外的时候回头望去，只见在数十名士兵的包围下，南哈古依然站立着，挥舞着手中的宝剑。他那坚如磐石的身躯喷洒出道道鲜血，看上去有如黄金般耀眼。痞子终于倒下了，最后被乱刃分尸。他是伽尸城的痞子英雄！

沉默不语

渔网上缠了些贝壳。卡麦雅看见了，便对杰盖亚说：“我来把网展开，你去把那些贝壳解下来吧。”

杰盖亚反问道：“我难道是你的仆人不成？”

卡麦雅听了这话气坏了，把小渔网收拢起来，沿着海滨旅馆旁边的巷子向自己的小屋走去。

杰盖亚看上去被她生气的样子逗乐了。他低声哼着歌，歪戴上自己用椰枣树叶做的帽子，拿脚踢弄起黄昏时分岸边格外凉爽的沙子。

第二天，要去海里嬉水的游客陆续到来了。像个朱砂球似的太阳如同刚在湛蓝的海水中沐浴完毕，开始缓缓向东方的天空升起。卡麦雅和父亲热盖亚站在一群渔民中间。她家的几艘小船在波涛里起伏不定。大渔网收网了，渔民们开始一起用力拉网。杰盖亚过来

戳了戳卡麦雅的后背，可是卡麦雅还在和他怄气，挪了几步躲开了，压根就没看他一眼。

杰盖亚和母亲相依为命，因为受到热盖亚一家的照顾才不至于忍饥挨饿。此刻，杰盖亚正站在一旁，端个藤筐等待着。他的工作就是把卡麦雅家捕来的鱼运到集市上去卖。

杰盖亚是个调皮的孩子，有时他看到自己的母亲也会淘气地故意躲开，但每次一看到卡麦雅，他心里就会乐开了花。

渔网被收上了岸。这次收获颇丰，还捕到了一条凶猛的虎鲨。成群的游客聚了过来，纷纷对卡麦雅的父亲说："把它从网里弄出来吧，让大家好好瞧瞧这个大自然的恐怖杰作。"

抵挡不住众人七嘴八舌的蛊惑，热盖亚把虎鲨小心翼翼地放了出来，然后用木桩钉住它的尾巴。这时，杰盖亚的母亲正在一旁工作，专心致志地把网里的鱼一条条抓到筐里去。当虎鲨在宽阔的沙滩上又一次挣扎着跳起时，杰盖亚母亲的手被它的大嘴咬住了。它一口就把手咬了下来，接着吞了下去。周遭的人瞬间喧嚷起来，可是一切都已经晚了。可怜的母亲一只手已经进了鲨鱼的肚子。

游客们散去了。杰盖亚将痛晕过去的母亲抱进了茅屋。他的心中燃起了对卡麦雅父亲的无尽怒火，脑袋里也充满了对游客实施残酷报复的念头。卡麦雅此时泪流满面，但杰盖亚一句话也没有对她说。

几周过去了。大渔网几乎没再捕到过鱼，运送大米的工作也停了，船都被闲置在岸边。鱼倒是在卖着，可也是有一搭没一搭的。这难道是某位神灵发怒的结果？

卡麦雅的父亲打算在晚上举行一场祭祀。沙子堆成的祭台边摆着装了椰枣的篮子，虎鲨的牙齿分散搁置在周围，还有许多盛满酒的瓶子靠近祭司们码放着。向海神奉献的夜祭开始了。

杰盖亚沉默地坐在岸边，看着海浪不停歇地涌来又向远处退去。面对这似乎亘古不变的海水，他不禁心想："为什么我连一艘船都买不起？我明明抓了那么多鱼，可我的母亲却要受到如此的折磨。哎，现在连我母亲都快要死了，那除了这似乎永无出头之日的贫穷我还剩下什么呢！快看看吧，命运之神都做了些什么？！辛劳工作的母亲如今却要死去了。"

杰盖亚的愤怒开始像大海咆哮般爆发。

祭祀结束后，祭司瞪着因酒醉而迷离的双眼说道："热盖亚！你如果想要转运的话，那就和杰盖亚一家断了关系吧，明白了吗？"

杰盖亚的愤怒简直已经难以抑制了，他恨不得掐死热盖亚，但奈何自己只是个弱小的孩子。他的怒火如同眼前翻滚退去却又不断涌回的波涛一般，才稍有缓和就又膨胀起来。他在黑暗中向远处的茅屋走去。

突然，一只粗糙的大手拍上了杰盖亚的肩膀。他惊恐地喊起来：

“是谁？”

热盖亚哑着喝多了酒的嗓子说道：“从明天开始，你不要再来我家了。”

杰盖亚就地坐了下来。他想号啕大哭，可是黑暗扼住了他的喉咙，让他发不出声来。他的内心充满了难以承受的悲痛、绝望和愤怒。他恨！母亲只能在无尽的痛苦之中煎熬，哪怕是能马上死去也好啊。风渐渐地冷了起来，东方的天空泛起了鱼肚白，可是，杰盖亚的未来却依旧灰暗无望。

卡麦雅慢慢地向杰盖亚走来，伸手抚上了他的肩膀。杰盖亚回过头，对上卡麦雅噙满泪水的双眼，然而，两人却只能相对无言。

这时，只听卡麦雅的母亲大声嚷嚷起来：“杰盖亚！你妈咽气了，快来把她抬走！”

杰盖亚慢吞吞地站起身，走到母亲的尸体旁。他的脸上无喜无悲。没有一个人和他说话，他也不想跟任何人说话。周围是一片沉默，唯有卡麦雅在人群中放声痛哭。杰盖亚倒是想安慰她一下，可是他能说什么呢？唯一能做的只有沉默不语。

神车

额头上的三两道皱纹，乌溜溜的眼睛，一圈浓黑的睫毛，两道紧锁的秀眉，拉到鼻尖下的淡绿色面巾，所有这一切都让比丘尼那张白皙的脸庞变得异常生动起来。

一件赭色的袈裟就能将青春彻底掩埋吗？她在尝尽了世间的苦难之后加入僧团，以寻求庇护。她那颗满怀希望的心曾遭受过无数次打击。可是，她还依然年轻啊！即便已经皈依佛门，可她的心依然没有获得宁静。就好像今天，看上去她正处在异常烦躁之中。

正月的朔日，清晨的阳光欢快地嬉闹着，在菩提树灰扑扑的树干上，在丫杈上抽出的古铜色嫩叶上。好久没有遇到过这么好的天气了。

苏佳达陷入遐想之中。即便现在是朔日，清晨的阳光无比明媚，她的心里却是阴云密布。美好的阳光对她来讲就好像不存在似的。她想结束自己的胡思乱想，让内心平静下来，可是，这一切都只是徒劳。就像被猎人围住的孤立无援的牡鹿一样，她是那样的无助！

她的眼睛一直紧紧地闭着。

阿尔耶米德尔来到跟前站住，眼见苏佳达还沉浸在打坐中没有发现自己的到来，他笑了起来。为了掩人耳目，他压抑着自己的情感，僧团的戒规也压得他心里喘不过气来。然而，他现在却还是忍不住来到这里，站到苏佳达的面前。

苏佳达终于无法忍受内心的烦躁，干脆睁开双眼，想着接受一下光明的洗涤。见到阿尔耶米德尔的瞬间，她感到眼前开始有金星在飞舞。她酝酿了一下，这才鼓足力气说了声："您好！"

阿尔耶米德尔是个僧人。本来，按照僧团的戒规，他是不能和比丘尼说话的。但他并没有理会这些，笑着回了一句问候，接着问道："苏佳达，今天好些了吗？"

苏佳达下意识地就要回答，不过，当她看到阿尔耶米德尔身上崭新的袈裟时，心儿就又开始扑通扑通地跳了起来。她多么希望阿尔耶米德尔快点走开，走出她的视线，也走出她的心扉。之前，她身体不舒服，是阿尔耶米德尔给她开的药，他是僧团里的医师。现在，她的病已经好了，不再需要阿尔耶米德尔了。但是，话虽如此，其实她的心也亟须治疗呢，并且，只有阿尔耶米德尔能治！她该怎么办呢？总还是得开口说话呀。

"嗯，现在已经好了。"

"那也还是要注意饮食呀。"

"知道了。"

"我还有话要对你说。"

"什么？哦，不，请恕我直言。您什么时候出家的？"

"你知道了又能怎么样呢？人生在世就是来受苦的。"

"说的也是。那……好吧，再见。"

阿尔耶米德尔走了，光影因为他的离去产生一阵波动。苏佳达的身影也在其中摇曳不定起来。她压根儿没有注意到，长老是什么时候来到她旁边的。

海浪的巨响掩盖了所有的声音。暮色慢慢地笼罩住一望无际的蓝色大海。水浪一重又一重地袭来，然后消失不见。苏佳达坐在沙子堆成的冰冷祭台上，目不转睛地看着这代表刹那生灭的一幕。蔚蓝色的辽阔大海仿佛是要揭示某种真理。在这朦胧的黄昏，存在的永恒性被展现得淋漓尽致。苏佳达叹道：

“如果生活是真实的，感触是真实的，那么灵魂中就不应该有一丝幽暗存在呵。”

“苏佳达，你这是在说什么呢？”阿尔耶米德尔在她身后说道。

“谁？阿尔耶米德尔！你说，我为什么要当一个比丘尼呢？！阿尔耶米德尔！”

“现在说这些已经毫无意义了，苏佳达！在那个朔日的深夜里，我已经在僧团面前承认了自己的罪过。我对长老说，僧团教友之子阿尔耶米德尔无法将人世间的荣华富贵视若云烟。不管是为人们探索灵丹妙药的理想，还是身为羯陵伽王国统御者的荣耀，所有这些都不是我能轻易放弃的。我是为了苏佳达才出家为僧的。为了探知她的下落，我来到这座寺院，因为她是我定下婚约的未婚妻。”

“可是，阿尔耶米德尔，你来得太迟了。我已经没法成为你的妻子了。”苏佳达打断他的话说道。

“为什么，苏佳达！这袈裟难道是枷锁吗？那就把它甩掉！贝拿勒斯的镶金衣裙正等着你穿上身，珍珠项链、宝石手镯和金银佩带会把你打扮得艳丽无双。你将成为王后。”

“可是……”

“可是什么，苏佳达？我的心都要碎了。你倒是说呀！我已经打破了僧团的桎梏，难道你还不相信尘世与灵魂的刹那生灭吗？”

“可是，阿尔耶米德尔！女人们奉献到自己丈夫脚下的那些无价之宝，我该怎么样才能拥有呢？那些洋溢着杜尔巴草的翠绿和杜鹃花样的蜜意的花环，我上哪儿去弄来给你带上呢？”

“这能算是什么事情，苏佳达，你是有什么为难的地方吗？”说着说着，阿尔耶米德尔的声音变得有点激动，他用手指在沙子上划拉起来。

“你就算知道了又能怎么样呢？走吧，去享受你身为国王的快乐。我是注定要遭受苦难的，千万别因为我毁了你未来的幸福生活，阿尔耶米德尔！在你打碎僧团桎梏的同时，也请将我身为女人的魅力一并带走吧。”

苏佳达胸口剧烈地起伏着。

杳无人迹的海岸边，朦朦胧胧的暮色里，阿尔耶米德尔倏地握住苏佳达的手，激动地问道：“苏佳达，你明明白白地告诉我，你是不是已经不爱我了？”

“我爱，阿尔耶米德尔！可这也正是痛苦的根源所在呀，不然的话，对于难近母[1]来讲还有什么是得不到的呢？”

阿尔耶米德尔惊呆了。他放开苏佳达的手，说道：“你说什么？难近母！”

“是的，阿尔耶米德尔。我是难近母，我的……”

---

① 难近母是俗称，其本名为杜尔迦。在供奉难近母为主神的地区，人们会选出一位处女成为神女，并将其视为难近母的化身。该女不能婚嫁，不能与人发生性行为，以保持身为神女所必要的纯洁。

说到这儿，她再也说不下去了，泪珠从眼眶里滚滚落下，带出仿佛大海一样深不见底的痛苦。

阿尔耶米德尔不安地想："为了实现解脱和涅槃的心愿，人们努力地摆脱世俗中的束缚，想要变得圣洁。难道这就是宗教的归宿？！人们变得不再关注家庭生活的幸福，这种不幸还要持续到什么时候？"

他忽然灵机一动，说道："苏佳达！我的脑子有点乱，就像是跟着神车的轮子在转，转得头晕眼花的。不过，即便如此，我依然把你当成是自己的妻子。跟我走吧，苏佳达。"

"可我无法把你当成是自己的丈夫。要是我和你结为终身伴侣，我的污点就会沾染到你。阿尔耶米德尔，原谅我吧！我的不幸比长夜还要黑暗，我的痛苦比大海还要深沉。还记得吗？我们俩曾坐在这海岸边，一起在沙滩上写下自己的名字。可是，残酷无情的大海却以浪花为手指把它们都抹去了。如同那些被沙子抹去的名字一样，你也将心中的爱抹去吧！阿尔耶米德尔，让它消逝在这漫漫长夜的黑暗中吧！"

"苏佳达！"突然，一个严厉的声音传来。

两个人回头看去，一个可怕的黑影闪现出来。是僧团长老！

苏佳达生命的精华正在随风散去。夜幕中，她低垂着脑袋，盘坐在一边，呆呆地看着人们准备神车游行的启程仪式。犹如无声的木偶一样，她现在对什么都毫无反应。长老来到她跟前，问道："苏佳达，你忏悔了吗？"

"为谁的罪过忏悔！你的还是我的？"苏佳达厉声说道！

“你自己和阿尔耶米德尔的罪过。苏佳达！你心中的摇摆不定亵渎了宗教。”

“亵渎宗教？真可笑！”

“你的身体早已经奉献给神明，苏佳达。你……”

苏佳达打断长老的话，愤怒地斥责道：“住嘴，虚伪的人，卑鄙的恶棍……”

下一刻，这个可怕的人佯装出来的和善姿态消失得无影无踪，他咬牙切齿地说道：“你一定会被判处死刑！”

苏佳达望着他，说道：“即便是最残忍的死亡刑罚对我来说也不值一提。对我来讲，在这片貌似充满慈爱的地方苟且偷生还有什么意义呢？长老！你们的宗教统治是靠着毁掉无数的家庭才建立起一座座寺院的——将无数生命囚禁在你们编织的罗网之中。是，你们解除了世俗家庭的神圣束缚，可你们紧接着又建起了另一个满足自己私欲的牢笼，只不过是换了一个名字而已。你们贪得无厌的欲望远比普通纯朴的世俗家庭更为强烈，更为卑劣，更为下流。”

“苏佳达，你必须去死！”

“我会去死的，长老。不过，你们那个虚幻的、伪善的宗教也一定会灭亡的。任何灭绝人性的宗教都不可能长存！”

“就是明天！”

“如你所愿，明天早上你就能看到苏佳达是怎么死的了！”

苏佳达倚在寺院巨大的柱子上，平静地注视着在夜幕下进行的庆典活动。她缓缓地发问道：

“神啊，这样的庆典到底有什么意义？难道对你进行祭拜的贡品都是从人们的痛苦中凝聚出来的吗？”

神像没有给出任何回答。

清晨的阳光在寺庙的尖顶上欢快地跃动。

朝圣的神车启动了。人群中爆发出雷鸣般的欢呼声。

苏佳达清晰地看到，阿尔耶米德尔穿着丝绸的衣服，一脸虔诚地走在信徒们的队伍中。她想把阿尔耶米德尔喊过来，对他说，她已经准备好跟他走了。

然而，在一片喧嚣声中，谁能听得到她的呼喊呢？神车沿着宽阔的大道开始前行。它那坚硬的轮子向前缓缓地推进，在地上碾出深深的辙痕。苏佳达纵身一跃，跳入人海之中。下一刻，她的身子被神车可怕的轮子碾过。

神车停了下来。长老的目光缓缓地扫过苏佳达的尸体。他正要开口说话，围观者和信徒队伍中突然爆出“黑山！黑山！！”[①]的尖叫声。接着，人们开始四处逃散。飞扬的尘土中闪烁着小梭镖的光芒。

神车被神圣、狂热的“黑山”骑士围住——车上端坐着神像，车轮下横着苏佳达的尸体。

① 黑山：对异教徒的一种憎恶之称。

休止符

离神庙大门不远的地方有一个小小的地摊。槟榔树的树荫下，一块脏兮兮的布上摆着几串香蕉、四个青木瓜、两个新鲜椰子和六个鸡蛋，两根用来点缀的羽毛为小摊增添了一抹鲜艳的色彩。从庙里朝圣归来的虔诚信徒们纷纷走过小摊，但众人的目光却并没有在那里多作停留。

摊主是一个老妇人，裸露着半边肩膀。她并没有高声吆喝吸引人来买东西，只是木呆呆地盯着地上的香蕉和木瓜。一晃就到了中午，她一样东西也没有卖出去。脸上和身上的皮肤本来就很粗糙，现在更是皱成一团。旁边，一些人掏钱买了豆子粥，然后捧着装满的罐子向远处走去。原来是庙里的休息时间到了。看着人们手上的罐子，饥饿的老妇人眼里闪出渴望的光芒。可是，哪里有钱买吃的呢？今天已经是第三天了，她每天就靠着吃几根香蕉过活。有一回，她实在是饿得受不了了，于是向神祷告了一番，可是这对于减轻饥饿感没有起到任何作用。这个时候，老妇人的儿子拉特来到小摊前面，瞪圆了眼睛盯着她。他显然刚喝了一肚子酒，双眼通红，嘴巴翕动，一边挥舞双手，一边说道：

“所有人都回家了，他们可以先吃饱喝足，然后再去睡个觉。你呢，只能坐在这儿徒劳地祷告。算了，今天是不是又没有吃的？”

“儿啊！一个拜沙的东西也没有卖出去，我又有什么办法呢？话说回来，你这是又喝了多少酒？”

“你的神就在里面呢。你倒是不喝酒，那你有本事去拜啊！”

说话间，庙门前巨大的广场上人越来越少了，只剩下正午的阳光还在肆虐。广场上的集市也散了。拉特看到几只乌鸦呱呱叫着钻进前面的灌木丛中。他忽然想起自己今天还没吃过东西，于是把小摊上的鸡蛋都揣了起来。

“喂，喂……”老妇人只是嘴里叫了几声，并没有做什么动作去阻止。拉特走了。老妇人用手指揉了揉眼里的灰尘，然后用小陶碗接上水，洗了把脸。

她想了好一阵，拿起一根香蕉剥开，双手捧住，闭上眼睛向着神庙的方向开始祈祷。神灵到底会不会接受贱民的祈祷，这谁也不知道，不过，老妇人坚持认为香蕉已经受到了神灵的赐福。

老妇人把东西都打成一个包，进了一片灌木丛，就是之前乌鸦钻进去的地方。她打算回到自己那间用竹子和茅草盖成的小屋里休息一会儿。

老妇人所有的财产就是一棵椰子树、四棵木瓜树和小池塘边的几棵香蕉树。小池塘里还有一群鸭子，它们生的蛋也能给老妇人带来额外的收入。拉特则是一个彻头彻尾的酒鬼，他的老婆早就丢下

他跑了。

拜神已经成了老妇人的精神支柱，拜的神灵就是神庙里的那个。可是，她从来也没有能进过那座庙！

她刚歇了一小会儿，神庙的护卫贡奇来了，在外面高声叫道："拉特，哎，拉特，怎么不应声呢，真是的！"

老妇人走了出来，双手合十，问道："您有什么事情，大人？"

"听说你儿子伙同一批贱民，打算明天强行进入神庙拜神？"

"不，不，没有的事，这是谁说的，大人！就那个酒鬼，即便进了神庙他就能变得虔诚了？"

"没有？我告诉你，你要是还想好好地过日子，就去劝劝他。否则的话，你，还有你儿子，有你们俩的好果子吃。"

这时，拉特从外面回来了。他在贡奇身后恶狠狠地说道："我就要去！你们不是有那么多神要拜嘛，那你又算老几？"

"哎哟喂，快闭嘴，拉特！你怎么能这么说。嗯？你要去哪儿？神庙里？你不怕触怒神灵吗，啊？"老妇人期期艾艾地说。贡奇看到拉特手里拿着根棍子，色厉内荏地说道："你明天真要去，好啊，我倒是看着呢。"贡奇向后缓缓地挪动脚步。

"我从小就是一个人，是靠着捡地上散落的贡品吃才长到这么大的。你给过我吃的吗？我倒要看看，谁能阻止我。"拉特大声吼道。贡奇走了。老妇人说道："拉特，我的儿啊，长这么大你做过什么善事吗，你怎么敢到神庙里去呢？别去，儿子，永远不要这样做。你看，我们这些人有敢这么做的吗？"

"你今天做饭了吗？"

"没有啊，儿子！今天已经是第三天了，一点东西也没卖出去。家里已经没米了。"

"那些上庙里去的人连残羹冷饭也没施舍一点儿给你吗？"

"我为什么要接受那些东西？不过他们也没给我。"

"那你凭什么让我们别到神庙里去！就要去，所有贱民都要去！"

"别，儿子，你这是受了谁的蛊惑啊。到今天为止，我们这些人从来也没有进过住着神灵的圣洁的庙宇。去那儿必须得经过苦行啊。"

"我们就是要去。"

"不要啊，千万别这么做。"

"就要，就要！我要到酒馆里去了。所有人要在那里汇合，讨论明天怎么干。你就看着吧。"拉特咆哮着走了。老妇人赶忙转向神庙的方向，开始念念有词地祈祷：

"神啊，保佑明天一切顺利吧！"

第二天，神庙门口挤满了熙熙攘攘的人。为了保护神灵不被贱民玷污，成群的信徒站了出来。对面有数百贱民，正摩拳擦掌地准备冲进神庙。拉特也站在他们中间。

一时间，棍棒翻飞，头破血流。拉特还在闷着头向前冲。贡奇从一边冲了上来，抡起一棍子狠狠地砸在拉特脑袋上。拉特瞬间就血流如注，向后退了回来，没捱多远就倒下了。没有了领头的人，贱民们开始四散奔逃。警察也赶来了。十多个贱民站住了没有跑，他们是拉特最好的朋友。

紧张的气氛一时间松弛下来。就在此时，老妇人分开人群冲了过来。看到倒在血泊里的拉特，她的双眼一下子就红了。她来到儿子身边，喃喃地说道：“我要完成拉特的心愿，把他送进神庙里去。”老妇人用自己孱弱的双手抱起拉特的尸体。

同伴们和她一起向前走去。神庙一方鼓噪起来，可是没有一个人有勇气站到老妇人前面去拦她。老妇人继续向前走去。来到庙门的门槛前，她停下了脚步。她的勇气仿佛被抽空了，之前从眼里闪现出的神圣光辉也消散得无影无踪。

拉特的尸体在门槛前被放到地上。老妇人低下了头，然后就再也抬不起来了。她的身后是一群妄图冲进神庙的贱民。此刻，她的身躯仿佛化为一个巨大的休止符。

萨勒沃蒂

萨达妮拉河总是那么湍急，永不停歇地奔流向前。她会经过一片茂密的娑罗树林。在娑罗树投下的黑色阴影中，河水显得愈发湛蓝和美丽。然而，面对这些树影的恩赐，她只是卷起小小的波浪，像是在微笑着表示感谢，片刻后便继续行进了。她还要去和月光嬉戏呢，收集正月里朦胧的月色。河水从不吝惜将自己的财富慷慨赠予他人，她的几条支流甚至一直蜿蜒到树林边缘的那座小茅屋。

茅屋外有个女孩。她把脚丫浸在河水里静静地坐着，凝望着夜空中遥远的星辰，手边还摆着几个粗粮炒面团。这时，屋里传来一声虚弱的呼唤：“女儿呀！”

女孩完全沉浸在回忆中了，并没有听见父亲的呼唤。她今天刚见识到一个贵族女人的奢侈生活，这让她大开眼界。那是在傍晚时分，女孩在一户富贵人家帮工挖池塘。领报酬时，打扮得如同财富女神一般浑身戴满宝石饰品的妇女问她：“妹妹，你在哪里住？明天还来吧。”这些话是多么慈爱，多么庄重！这些词句是比天上的星辰更遥远的东西吧？尤其是对她来说……女孩正想得出神，屋里又传来一阵呼唤。

“女儿呀！萨勒沃蒂！天黑不要再洗澡了！听到没有！……我的女儿呀。”

“爸爸！”萨勒沃蒂这才回过神来。她站起身，发现老父亲正拄着手杖向她走来。老人拍了拍萨勒沃蒂的肩膀，用粗糙的双手抚过她的头发，略带欣慰地说道：“乖女儿，原来你没去洗澡啊。我已经睡过一觉了。你今天去哪儿了呀？哎哟，已经凌晨三点多了。孩子，你还没做饭呢吧？”

“爸爸，我今天到城里去了。那儿正在建池塘，我去看了看。”

“女儿啊，你回来迟了。快去做点吃的吧，我也觉得饿了。我已经不发烧了，想吃点菜豆汤……啊！菜豆没有了！唉，这是什么？”

“爸爸，我去帮忙挖池塘了，这粗粮炒面团是干活的报酬。我本来是打算去买菜豆的，可一看到修池塘就把这事给忘了。”

“忘了……好吧，女儿。但你这是干的什么事情呀！弗栗恃族人的女儿直到今天还……哎，真是丢人啊。孩子，我是不会吃的。这玩意任何体面孩子看了都会当作耻辱的，快把它砸了！”

萨勒沃蒂把炒面团砸碎了。从砸开的团子里掉出了标有毗舍离城印记的金块。萨勒沃蒂不禁心花怒放。可父亲却喊道：“孩子！快把它扔到萨达妮拉河里去。”萨勒沃蒂没有动，只是伤心地握住金块站在一旁。老人着急地说：“傻女儿！你今天不用禁食了。挖池塘应得的合理工钱应该是这粗粮团子，而不是闪闪发光的金块。”

“爸爸！那您吃什么呢？”

“我？我今晚发烧要忌口。去，把团子吃了，喝点萨达妮拉河的水就去睡吧。”

“爸爸，我今晚也可以不吃饭的。但我有一个疑问……”

“先把它扔掉，然后再问我问题！”

萨勒沃蒂扔掉了金块。老人深吸一口气，开始讲道：“和神明一起最先将知识的火种放在嘴里带到萨达妮拉河这一岸的那派雅利安人，他们支持思想的独立自由，反对婆罗门的祭司至上主义及其背后的伪善。那派人是所有精神和道德上攀附依赖的人的仇敌。

“他们开始思考新的生活方式，宗教的伪善玄虚对他们来说毫无意义。那派雅利安人是哲学家，他们要为人类的自由估价。如今，恒河北岸毗提诃、弗栗恃、离车、摩罗诸族组成的共和国仍因他们的声望而闻名，那是我们祖先荣光的印记。

“我也是他们的后人。我也从渡津者的口中听说过关于唯灵论和唯物论的训讲，参加过僧团的辩论，主持过四圣月的仪式。我也曾以哲学家而闻名。孩子，你作为我——特沃勒耶什的女儿，现在却要靠别人的怜悯慈悲过活，这是我绝对无法忍受的。

“共和国里那些拥有无尽财富的人养成了帮助没落贵族过活、给他们秘密馈赠的风气。在黑夜里让他们干一点点活儿，然后就赠予他们金子。女儿，你说这是仁慈的帮助吗？”

“是的，爸爸。”

“可你会因为这种仁慈和恩惠而染上大因果！我们这些人藐视上帝和天堂，却为人类的至善和平等发愿祝福，我们的后代难道要依靠这种怜悯过活？”

“不，爸爸！我不需要怜悯。”

“你是我最亲爱的女儿。听着，我已经决定了，要为自己的哲学思想而舍弃一切。”

“不，不行！”

“对财富的依赖是世界上一切痛苦的根源，人类必须从这种依赖中解脱出来。因此，神灵是值得崇敬的。”

“可是您的神在哪儿呢？”

老人大笑起来，说道：“我崇敬的神在我的茅屋里，在萨达妮拉河水中，也在我每天的劳动工作里。”

萨勒沃蒂惊讶极了，开始四处寻找这神灵。

“别惊讶，孩子。我是金胎的信徒。你看，萨达妮拉河的石头里就有无数的金子。”父亲说。

“爸爸，那您肯定已经在咱们的茅屋里装满了那样的黑石头吧？”萨勒沃蒂激动地问道。

老人摇着头进了屋。萨勒沃蒂则转过身去，再没看象征着耻辱的粗粮面团一眼，哪怕那贫穷的施舍已经摔得粉碎了。在她的眼前，在月光的照耀下，萨达妮拉河发出金子般的光芒。河中的波浪不断地拍打着岸边，发出一阵阵悦耳的声响。美丽的姑娘静静地坐在幽静的娑罗树林中，出神地想着弗栗恃、毗提诃族那非凡的自由。她激动地说道：“对！我不要怜悯。怜悯使人因为受惠而产生感激，而感激则会造成依赖。”

耻辱的面团填饱了鱼儿的肚子，而萨勒沃蒂却忍着饥饿睡去了。

从第二天起，老人开始在石块中取金子，然后让萨勒沃蒂拿去卖掉，以此来满足日常所需。他的娑罗树林变得热闹非凡，游客、出家人、拜访者纷至沓来，全都受到了殷勤的款待，然而没有人知道所有的招待品都是从哪里来的。毗舍离城内开始议论纷纷，人们好奇不已。直到有一天，特沃勒耶什含笑离世，这秘密也被一并埋

葬了。

萨勒沃蒂开始独自生活。她知道金子是从哪里来的，这确保了她能一直独立自主地生活。她的美貌和那颗年轻的心都如同萨达妮拉河的流水一样自由，充满了激情。

2

春天到了，花蕾纷纷绽放。年轻人感受到新芽的召唤，毗舍离城的自由公民也开始陶醉在春日的欢乐之中。蜜蜂在无忧树的红色花束之间发出陶醉的蜂鸣，将城郊变成了一片音乐的海洋。一队队端着酒坛的仆从、成群结队采摘春花的少女以及城邦的后人们，为了举行祭春活动纷纷向四面八方大大小小的树林去了。

一群勇士来到了这片遥远的娑罗树林。这里幽静极了。勇士们在萨达妮拉河岸边的娑罗树荫下准备聚餐。仆人们为他们铺开坐毯，摆好了餐桌。

这是一支特别的队伍，他们中连一个女人都没有。这也是一队地位尊崇的贵族子弟。有些严肃的思想家甚至认为这群年轻人的容貌可以与天神媲美。他们天生就高大的身材因为经常运动的缘故而愈发充满魅力，每个人身上还佩戴着几件首饰以及产自伽尸的镶嵌着大量高级宝石的腰带。他们的头发上别着细细的金饰和为节日特别准备的敬神花草，还有甘草花编织成的花环。他们强壮结实的手臂、因饮酒而微醺的双眼、弧线迷人的嘴唇，在那时的印度都被认为是身体之美的典型象征。

这队贵族子弟一共有八个人。他们说话前总是先微微一笑，然后再用甜蜜的词句表达自己的情感。他们的马车停在远处，仆人们将带来的东西摆放好便回到马车附近待命，随时准备着为主人们奉上吃喝玩乐所需的物品。

队伍中一人说道："这儿真是太好了！阿比南德，给我们弹维纳琴听吧。"

其他人也纷纷附和。于是，阿比南德差仆人取来琴，开始演奏。所有人都陶醉在琴声中。

过了一会儿，阿比南德停下稍作休息，大家纷纷喝彩，对他的琴技赞不绝口。这时，突然传来了一阵马蹄声。迎面驰来两名高级官员，两人骑着身毒国[①]出产的白马。马身上戴着金光闪闪的装饰物，马缨摇摆不止，脚蹬上的环佩发出阵阵悦耳的声音。他们希望这群聚会的年轻人可以让出一条路来让他们过去。和两人一起的还有其他骑手，他们在马车附近停了下来，只有这两人驰到了近前。

年轻人认出了其中一人——副王阿伯叶古马尔，于是纷纷起身向他致敬以示欢迎。

副王在马背上说道："向你们问好的同时，我想问一个问题。难道贵族们的乐趣就是跟城邦人民分开，独自庆祝祭春节日吗？"

"感谢您的问候。如果民众们愿意的话，他们当然可以参加我们的聚会，我们非常欢迎。"

"和我一起过来的还有一位贵宾，先让我介绍他吧？"

"快请。"

"这是摩揭陀国的首相，来毗舍离观看祭春节的庆典。"

贵族们心想，首相也太不按照常理出牌了，居然不乘马车出行，反而自己骑马。他们恭恭敬敬地簇拥着二位大人下了马，让仆人将两匹坐骑牵到了远处的马车旁。毗舍离副王和摩揭陀首相现在也成

---

① 身毒国本为中国古代对印度的称谓。不过，它在此处表示的是印度某个地方性王国，与后文出现的毗舍离、摩揭陀相类似。

了这群贵族的座上宾。

首相是个政治家，看上去神神秘秘的。他到毗舍离来是为了达成一个特别的目的。此刻，他正在仔细观察这些国家上层人士的心态。他敏锐地注意到他们的一些言行和态度，于是说道："如果贵族小伙子们同意的话，我想问他们一个问题。"

阿比南德答道："只要能让我们尊贵的客人高兴，我们知无不言。"

"毗舍离的七千七百零七个官员中也包括你们。可你们为什么在节日里选择离群独处？你们的节日为什么和其他人的不同？你们的聚会中没有美女，这就等于没有乐趣，也没有欢笑。这样的聚会和别人的最大区别就是，你们的聚会除了音乐和喝酒就没有其他内容，实在是稀奇。"

尽管阿伯叶古马尔觉得贵族们不会认为这个问题是一种侮辱，但为了不让他们说出令人不愉快的回答，他抢先说道："首相，你知道答案肯定会很欣慰的。因为毗舍离共和国的贵族们永远都自由地保留着自己的特质和个性。"

阿比南德说："还要补充一点，我们八个是耆那教的信徒，也是彼此的伙伴，所以我们决定不像普通民众一样庆祝节日。我信仰的是耆那教圣人富兰那·迦叶的无作论，祭祀等形式带来的业既不是功德也不是罪过，人们不应该陷入这样的争论之中。"

第二位贵族说："尊贵的客人，我叫苏普德拉。我相信死亡将会是一切纷争的终点。"

第三位说："我叫佛森德格，是善阇夜·毗罗胝兹的追随者。我认为所有的人都要通过直接的感受来认识生活中的事物，我们不可能了解超验的东西。"

第四位说："我的名字叫摩尼根特，是圣人波拘陀·迦旃延的追随者。我相信人类无法获得绝对确定的东西。任何学说都不是固定不变的。"

第五位说："我是阿南德，首相大人。我完全相信末伽梨·瞿舍罗的宿命论。人类根本无法控制命运，所以一切该来的总会到来，按照命运预先安排好的轨迹次第发生。"

第六位说："我是圣者笛阿底纳塔祖师之子的学生，我认为事物存在或者不存在，两种可能都是存在的。"

第七位说："我是教祖因扎菩提乔达摩的信徒苏门戈勒，我不相信任何真实的存在。像灵魂一类的物质并不存在。"

第八位微笑着说："大人，我是麦德拉亚，毫无保留地相信无实体的唯灵论。一切思想情感的起源都是灵魂。"

阿比南德说道："首相，您如果惊异于我们八个人的特殊性，那是再自然不过的。"

阿伯叶古马尔越听越上火，八个人说完之后，过了好一会儿他才慢慢缓过劲儿来。他注意到首相一直全神贯注地听着他们的介绍，然后略带讽刺地说道："当然惊讶了，尊敬的贵族们，你们逐一为我介绍了自己不同的观点，真让我大开眼界。可是你们根本没有统一的意见呀。"

"怎么会没有？我们弗栗恃族人始终坚持一条原则，就是弗栗恃议会的成员们在国家大事上不会有大的分歧。"一个人静静地看着贵族们，在娑罗树的缝隙间柔声说完这话，然后向河边走来。

大家向声音传来的方向望去，寻找着说话的人。拿着罐子来萨达妮拉河边打水的萨勒沃蒂出现在他们眼前。

摩揭陀的首相好似被这美丽姑娘的回答震住了，叫道："太妙了！”

阿伯叶古马尔被首相这极度兴奋下做出的傻里傻气的行为逗乐了，问道：“大人，您为什么如此惊讶？”

“我在摩揭陀从来没有见过这样的美人。弗栗恃的议会真是充满财富啊！我们国家的人民为安芭芭丽的美貌而骄傲，可在这位姑娘的美丽面前，她根本不值一提。这位姑娘的口才也是如此的……！”

“但我听说安芭芭丽是个妓女，就是不知道这位是什么人？”说完这话阿伯叶古马尔停顿了一下。

首相严肃地说：“这肯定是一位大家闺秀！我为我不当的言辞道歉。”

“答案我们一问便知。”

一瞬间所有人都安静下来。这时萨勒沃蒂正捧着装满水的罐子爬上河岸。阿比南德说：“美丽的姑娘！我们都非常希望认识你，你能介绍一下自己吗？”

“我只是故去的弗栗恃族后人——特沃勒耶什的女儿，萨勒沃蒂。我的介绍没什么值得稀罕的。”萨勒沃蒂严肃地说。她停了一下，将水罐挂在自己的纤细的腰上便要离开。

麦德拉亚说：“德高望重的族人后代！今天你作为我们的代表为尊敬的摩揭陀首相提供了一个完美的答案，这无疑是贵族的表率。请接受我们的赞美！”

“我该说什么呢，大人？我无法像你们一样用奢侈的方式欢迎、接待尊贵的客人，但我也不缺花果酒水。诚挚地邀请你们来我的娑罗树林做客，我一定尽心款待各位。”

“太好了！感谢你的慷慨大方，我们不需要任何接待品。”阿比南德说。

"但我有一个请求。"首相谦恭地说。

"请讲。"

"我担心你会误解我的意思。"

"但说无妨。"

"阿比南德有一把维纳琴。我们是否有这个荣幸听听你美妙的嗓音呢？"首相问道。

"那就献丑了，还请容我把水罐放下再回来，不过我的音乐水平恐怕难以令您满意。"萨勒沃蒂落落大方地说完这话便离去了，留下众人面面相觑。

萨勒沃蒂端着装了水果的藤篮回来，在毛毯上坐了下来。贵族们尝过果子，又小酌了一些酒，阿比南德便拿出维纳琴弹了起来。阿伯叶古马尔用期待的眼神注视着萨勒沃蒂。她以醉人的嗓音演唱起从父亲那里学来的家族歌曲。这乐曲的主题是森林，以及其间流动的属于大自然的自由。她纯净的歌声比枝头布谷鸟的演唱还要动人，所有人都陶醉于其中。乐曲结束了，但萨勒沃蒂的歌声仍在缭绕，回荡不止。见她起身，阿伯叶古马尔立刻摘下自己脖子上的珍珠项链捧在掌心，说道："我的女神，这是送给你的礼物。"萨勒沃蒂郑重地鞠了一躬，答道："感谢您的慷慨，不过我不接受任何人的恩惠施舍。"随后便离去了。

所有人再次面面相觑。

3

当晚，阿伯叶古马尔没能入睡，萨勒沃蒂的倩影在他的心中徘徊不去。他想象爱情发生的短暂瞬间，并且不断地重复那样的场景。一整个夜晚就这样过去了。阿伯叶古马尔是真正的贵族，他是毗舍离的副王，整个城邦的节日管理都由他掌控。第二天，黎明在他的渴望之中慢慢降临了。其实阿伯叶已经被那群贵族哲学家讥讽的玩笑话和萨勒沃蒂可怕的羞辱刺伤了心。不过，萨勒沃蒂不接受自己的馈赠，这却更显示出她的独立自强，愈发地让阿伯叶着迷。

那群贵族的聚会还在娑罗树林中进行着。他们已经沐浴完毕，正准备用餐。这时，从远方传来一阵号声，紧接着一位官员高声喊道：

“为了供奉爱神，今天将要选出弗栗恃族最美丽的姑娘。准备参选的人，请在三小时之内到国会集合。”

阿比南德跳了起来，说道：“麦德拉亚！必须带萨勒沃蒂去参选。如果她不参加的话，那就是对毗舍离顶级之美的不敬。”

“可她会愿意去吗？”

“这可真是个问题。”

“我们一起去请求她参加吧。”

“好的，走吧。”

于是，一行八人撩起自己精致的长袍向萨勒沃蒂家走去。萨勒沃蒂正在做饭，她的手边摆着牛奶和水果。看见贵族们来了，她高兴地说：“欢迎你们！请尊贵的客人们接受我的款待。”接着，她铺开了一条洁白的毛毯。

贵族们坐了下来，说道：“其实我们是为了提出一个邀请而来的。”

萨勒沃蒂疑惑地看向他们。

“请不要误解我们的请求。”阿南德说。

“请讲吧。”

“毗舍离的民众做了一个新决定，这次祭春节的爱神供奉将由弗栗恃最美丽的姑娘来进行，国会里正为了这个举办选美呢。”

“难道我能改变这个决定吗？”萨勒沃蒂心直口快地问道。

“不，亲爱的。你也去参加选美吧。我们会带你到国会，相信你肯定能获得胜利的。”

“可是你们给予我的这种恩惠，我是永远不可能接受的。”

“不是的！如果我们推荐的人赢得了选美，那不就是我们的胜利了吗？这样就等于是我们受到了你的恩惠呀。”

萨勒沃蒂有些犹豫了。

麦德拉亚又劝道：“思想的自由在于它可以公开地传播，而不是明知是对的还去压制它。”

萨勒沃蒂在这样的劝说鼓励之下没法再坚守自己的本心了。对女人来说，收获对她美貌的赞美是多么大的成功啊。于是，她终于羞涩地问道：“那我现在就过去吗？”

“你答应了，这真是天大的好消息！阿南德，快把你的马车叫过来，萨勒沃蒂应该坐你的马车去，你来当车夫吧。”

阿南德听了这话高兴得手舞足蹈，然后说道：“还有一件事情……”

萨勒沃蒂凝神望向提问的人。

“我们该怎么给美人梳妆打扮？”

“什么都不需要，我就这样过去。我会证明你们推荐我参选的决定是正确的，你们从来都不会犯糊涂。”

用过一些茶点，所有人都准备就绪了。萨勒沃蒂说：“你们先出去吧，我随后就来。”

于是贵族们先离开了。

萨勒沃蒂穿上一件新绸衣，在发髻上戴了一个花环，然后便上了马车。

阿南德遣退了车夫，亲自驾驶着载有萨勒沃蒂的马车，后面跟着其他贵族的七辆马车。当他们驶上国会前的大道，人群中传来阵阵欣喜和惊讶的感叹，其他美人则纷纷垂下了头。看到这群贵族，国王问道："我尊贵的哲学家们，你们是从哪儿寻得了这颗宝石的呀？"

"美丽的萨勒沃蒂是贵族特沃勒耶什的独生女。"

"我很惊讶，为什么直到现在都没有一个贵族向这宝石般的女孩求婚？现在选美还有投票的必要吗！"国王严肃地问道。

"没有，没有。萨勒沃蒂是弗栗恃王国最美丽的未婚女子。"人们大声嚷道。

国王总共这样问了三次，每次的答案都是如此。萨勒沃蒂不战而胜。在阿伯叶古马尔的示意下，数十位仆从将镶满宝石的首饰、迦尸出产的丝绸衣裙、精致的油膏、槟榔包和花环送了过来。

阿伯叶古马尔站定后向议会提出了请求："我想娶这位美丽的女子为妻。她的父亲已经过世了，所以希望议会能够允许我的请求。"

萨勒沃蒂的脸庞因恐惧和愤怒而泛起了涟漪。她正要反对，坐在摩揭陀首相身旁的莫尼特尔站了起来，高声说道："如果议会同意的话，我要提一个建议。"他是弗栗恃的将军，也是阿伯叶的最大对手，对副王的位置虎视眈眈。听了这话，所有人都担心地朝他看去。

得到国王的同意之后，莫尼特尔说道："直到今天，人们都梦想着能和贵族一样，因为他们的权力可以保卫自己的财富和利益。但因为权力而把美女赐给某一个人，这合适吗？我提议国家让这样的美女保持独身。她应该作为爱神的女祭司，随心所欲，每晚都能收取一百金币的礼钱。”

萨勒沃蒂陷入了困境，她求助地向贵族哲学家们望去。然而，他们也没有想到事情会发生这样的变故。国会里喧嚷起来，国王决定对将军的建议实行投票。票选很快就结束了，唱票人也已到位。萨勒沃蒂不停地祈祷：“快让我从这灾难中解脱出来吧。”

可是，出于对平等和民主原则的热衷，谁会来倾听她的祈求呢？有人说：“我们还应该在弗栗恃国修建一座安芭芭丽那样的美人雕塑，把其他国家的财富都吸引到我们这里来。”听了这话，阿伯叶古马尔如同失去理智一般，愤怒又恐惧地浑身颤抖不已。

他以锐利的目光望向摩揭陀的首相，可首相只是笑了一下。这时，唱票人宣布多数投票人赞成莫尼特尔，于是国王最终接受了这个提议。

投票进行的时候，萨勒沃蒂的内心已经掠过了许多想法。一开始她心想，父亲是金胎的信徒，金子也是这世间的神明，是自由的种子。一百金币礼钱是恩惠，可它同时也是宽慰啊，莫非他们就是这样表示尊敬的？接下来她又因为被生生夺走了自己的权利而感到无限烦闷。为什么自己落得如此可怜的境地？是因为她侮辱了阿伯叶吗？一定是因为自己没有接受他的恩惠，所以被当成了傲慢。是不是人们通常都得做自己不情愿做的事？

阿伯叶曾在摩揭陀的首相面前大谈民主的优越性，而现在摩揭陀国的代表就坐在这里。他多么想反对莫尼特尔的提议，可是投票结果是民意的胜利，所以他无法与其抗争。他心中再次回想起阿南德所说的宿命论，所有人都沿着命运指定的轨迹急匆匆地前往自己的目的地。弗栗恃国的子民们围住萨勒沃蒂，高兴地向她致以获胜的欢呼。萨勒沃蒂的脚边很快就堆满了礼物。她登上马车中爱神供奉的位置，那样子多么像将赴死刑的囚犯。她的身后跟着上千辆马车、骑着骏马的贵族以及无数平民，所有人都为今天共和国民主原则的胜利而欣喜若狂。

阿伯叶古马尔像被施了定身术似的呆站着。当首相要从国会离开，经过阿伯叶身边时，他拉住阿伯叶的手说道："副王一定很开心吧……"

"首相！你的外交策略成功了。"阿伯叶说完愤怒地瞪向他。

"你们国家真是自由和平等的践行者，我为你们喝彩。"

接着，两人分别登上自己的马车离去了。

4

萨勒沃蒂，毗舍离的女神萨勒沃蒂，她拥有无与伦比的财富和美貌。凭借着惊人的美丽，金钱如流水般源源不断而来。她的追随者中职位最高者就是毗舍离的将军莫尼特尔，很多贵族也经常来她这里，但从未到来的只有一位——阿伯叶古马尔。

萨勒沃蒂感到自己的尊严就像当时的阿伯叶古马尔一样被不着痕迹地践踏了。如今，她终于理解了阿伯叶想赠予她珍珠项链的意义，但是现在已经没有可能再来一次了。

萨勒沃蒂的内心本来就已经充斥了各种激烈的情感，如今，她又陷入了新的担忧。与摩揭陀的战争令毗舍离全城都陷入人心惶惶的状态。随着摩揭陀大获全胜的消息传来，甚至有流言说莫尼特尔将军在战斗中牺牲了。毗舍离城瞬间就被愤怒和激动的情绪淹没了。为了选出新军的统帅，今天将在国会进行投票。城中的贵族女士、名门小姐为了参加选出新将军之后的庆典都早早登上了花车。萨勒沃蒂也要前往，可是她情不自禁地质疑起自己的内心，因为莫尼特尔之死让她感到了悲伤。这是自己对他产生依赖的标志吗？这样的现实是她永远也无法接受的。萨勒沃蒂今天的打扮简直就无法形容！她带着能使她的美貌显得更加庄严肃穆的骄傲和自尊，穿起由各种宝石镶嵌的纱丽，乘上饰满鲜花的马车向国会的方向驶去。轻佻的少年们发出欢呼的口哨声，可是瞬间就被反对的声浪盖了过去。萨勒沃蒂的脸变得苍白起来。

民众们叫嚷道："就是因为和她交往染上了恶习，莫尼特尔将军才会战败。"

一个人说："她是害死莫尼特尔的阴险毒蛇。"

另一个人说："她是毗舍离的不祥之兆。"

第三个说："她是危害思想自由的剧毒之物。"萨勒沃蒂赶忙吩咐车夫："快调头，我们回去。"然而另一边同样是涌动的人潮，人们把萨勒沃蒂的马车逼停在国会前的大道上。

号角声近了。军队的钢盔和长矛闪闪发亮，矛头都高扬起来。战士们也高扬起头，一副随时准备为祖国奉献生命的样子。身骑信度国白马的阿伯叶古马尔也位列于这支英勇的军队之中。他的头上戴着属于将军的金饰，右手高举起出鞘的宝剑，接受着人民的欢呼致意。在为军队鼓舞士气的时候，他的脸上也挂着自然的笑容。

民众抛洒的花瓣如同雨点般落向军队，"弗栗恃国必胜"的呐喊声响彻天际。人人都想过去瞻仰这位勇士，向他致敬。萨勒沃蒂也在自己的马车上站起身来，将花环瞄准并扔向他，阿伯叶古马尔用剑接住了。

民众的情绪高涨，成千上万人一齐高声赞美他。阿伯叶看清了扔花环的人，两个人的视线随即交汇在一起。萨勒沃蒂赶忙垂下眼睛，而阿伯叶则愣在了那里。他迅速回过神来，开始在十字路口接见英勇的新骑兵队伍。阿伯叶古马尔看到那八位贵族哲学家也成了军队的统领，内心不由得充满喜悦。他在一瞬间确信，一个连哲学家都拿起武器的国家必定是不可战胜的。

阿伯叶古马尔高声喊道："贵族子弟们必胜！"

"将军阿伯叶古马尔必胜！"他们回复道。

"弗栗恃必胜！"民众也喊起了胜利的口号。

英勇的军队向战场行进了。萨勒沃蒂则承载着污蔑悲伤地回到了自己的树林，她成了最受谴责的人。褪去华丽的装扮，扔掉所有饰品，她回归到最初的山林，开始孤独无依地生活。

如今，萨勒沃蒂终于体会到女人的尊严是不值钱的。对于她这样一个年轻的妓女[①]来讲，在世上生存只是一件虚幻而又没有意义的事情。她散开自己带着芬芳的长发，把脸深深地埋了进去。萨勒沃蒂有一名叫做妮拉的女仆，平时看上去好像目中无人，实际上却很关心自己的主人。妮拉坐在萨勒沃蒂的身旁，流着泪慢慢地将主人的头发理顺，然后把她拥在怀中。萨勒沃蒂用噙满泪水的眼睛望向妮拉，妮拉不禁轻声问道："主人，您为什么如此悲伤？"

萨勒沃蒂沉默了。

"主人！去床上躺着吧，不然这样你会更加痛苦的。"

"痛苦！妮拉啊，我什么时候快乐过呢？"

"可是您的身体里已经有另一个小生命了，您必须要好好照顾他才行。"

---

① 此处的"妓女"和前文的"爱神的女祭司"是同一种身份，即"神妓"的两种不同表述。在印度，神妓表面上是神庙的神女，但其真实职责是通过性服务换取报酬，以此获得供奉神的财物。两种称谓的区别在于，人们认可时，主人翁就是"爱神的女祭司"，而当人们唾弃时，她就成了"妓女"。

萨勒沃蒂如坠冰窟，颤声问道："你说什么？"

妮拉微笑着回答："主人！现在您还感觉不到，但我是知道的，我可没有骗您。"

萨勒沃蒂彻底崩溃了。妮拉将她扶到床上，她嚷道："妮拉！从今天起不要让任何人出现在我面前，我谁都不想见，只要你在就可以了。"

萨勒沃蒂侧卧在柔软的床上。一封莫尼特尔从战场发来的信送到了她的面前。她赶忙起身开始读信："毗舍离的财富女神！"看到这里她停顿下来，陷入了沉思。女神？莫尼特尔真会撒谎啊，他早就实现了自己预谋的事情，把我变成了那种毗舍离前所未有的娼妓，让我成了给国家带来灾祸的人。呵……看看他接下来写了什么吧。"我的心不在战场上。"如何能在呢？扑火的飞蛾啊，肯定是会被燃烧殆尽的。他得到了自己罪恶的惩罚。以自由的名义创造误解，这就是他做的好事！我曾经是娑罗树林里的飞鸟，可如今我的美貌去哪了？孩子出生之后又该怎么办呢？

萨勒沃蒂止不住地哭泣。

她的生活已经被泪水淹没。从前她因为自由而感到多么快乐，如今她为失去那骄傲自由的生活就有多么悲哀。

萨勒沃蒂确实怀孕了。

她不再走出小树林，也没有任何人进入这里。她把自己彻底封闭起来。

几个月过去。春天又来了，可是萨勒沃蒂的春天却好像永远离去了。她隐约听到从围墙外传来伴着号角声的呼喊："弗栗恃国最美的姑娘将参加爱神供奉……"接下来的内容她就再也听不清了。她愤怒得快要昏过去了。由于激烈的情绪，孩子要提前降生了。萨勒沃蒂害怕极了，所幸在妮拉的照料和医生的努力下，她在当晚诞下了一个漂亮的婴儿。

萨勒沃蒂盯着自己小小的骨血，不断地做着激烈的思想斗争。最终还是尊严战胜了母爱，她将脆弱的婴孩放进铺满绸布的柔软花篮，然后把花篮遗弃在黄昏时分凉爽的树影下。医生接受了金子的收买，答应不向外声张这件事。

那一天，萨勒沃蒂回到了她奢华的大房子里。

同一天，阿伯叶古马尔也凯旋归来。他在路上捡到一个漂亮的婴儿，便收养了他。

选美举行的那天，萨勒沃蒂的美貌和骄傲再次觉醒了。她抿了一口葡萄汁，望着镜中的倩影，不由地担忧起来，因为她不能确定自己的花季是否已经过去。这个念头甚至让她害怕得无法站立。

毗舍离正在为胜利而欢庆，这一天正巧又赶上了春季节日的庆典。没有人还记得萨勒沃蒂这回事。对了！还有阿伯叶古马尔，可能只有他还在以掺杂着愤怒、悲伤和爱恋的心情记挂着萨勒沃蒂。这次选美不同于上次，获胜者是一群美女。此时她们都簇拥在国会中，因为众人之中没有一个能够毫无争议地成为冠军。阿伯叶古马尔首先提出反对，八位贵族哲学家也附和道："如果让不够顶级的美人做妓女，就是对美丽的不尊重。"但是根据以大多数人意见为重的规则，选美已经结束了。现在的毗舍离对妓女的需求更大了。

萨勒沃蒂躺在床上听到这个消息，不禁笑出了声。她向妮拉问道："妮拉，我的金库里缺不缺钱？"

"主人，不缺。"

"多留些心，我可不想在经济上再依赖别人了。"

"不会的，您放心吧。"

萨勒沃蒂啊！她的确做到了经济独立，可是仍然像穷人一样无法掌握自己的人生。八个春天就这样又过去了。

5

阿伯叶古马尔坐在自己的花园里，他的维纳琴搁在一块白色的石头上。两名仆人用精油按摩着他依然健壮匀称的身体，他面前的台子被一个漂亮的小孩摆满了玩具。阿伯叶正低吟着自己为赞美孩子的真挚笑容而作的诗，他心中无处安放的爱全部都汇集在这个孩子的身上。阿伯叶问他："维杰王子！今天你也去角斗场吗？"

小孩扔下玩具站起身来，摆出了真的要跟人摔跤的架势，答道："要去，我也要跟人比赛。"

阿伯叶捧腹大笑，小孩则有些害羞了。阿伯叶突然想起自己还有别的工作要忙，于是起身准备去沐浴。这个时候，国会集合的号角响了起来。阿伯叶竖起耳朵想要听清楚些，可是声音却又消失了。摩揭陀之战结束之后，他就卸去了身上的所有职务。他对于治理毗舍离之类的事情已经不再关心了，所以经常用身体状况不佳之类的借口躲避各类集会。大战之后，协同作战的八位贵族哲学家成了他亲密的朋友，他们八人也都依然未婚。阿伯叶古马尔经常与他们聚会，但聚会上总是没有女人相伴。这些人强壮的身体上都打入了永久的烙印——摩揭陀之战的勇士。

阿比南德问道："今天我们去国会吗？"

阿伯叶回答："我已经受邀去角斗场了。"

"难道我们真的已经对毗舍离的统治漠不关心了吗？"阿比南德又问道。

所有人都沉默了。苏普德拉说："到头来，从实践的角度看，我们仍是标准的宿命论者。该发生的还是要发生的。”

阿比南德笑了起来。摩尼根特说：“别笑了，一笑起来就什么事都干不成了。今天从树林过来时，我看见萨勒沃蒂的家门前聚了很多人。一问才知道，在经过长达八年的独居之后，她要为参加选美而复出了。她从花车上下来时，我一下子就愣住了。那一片围了成群的民众，很多名门妇女的马车也停在那里，有些女人怀里还抱着孩子。她们都尖声叫嚷着：‘这个女魔鬼要从我们的孩子手里抢走他们的父亲了！要从女人那里抢走她们的丈夫了！’她只是停顿了一下就说道：‘女士们，八年之后我才又站在毗舍离的国会大道上。这些年我连一个男人的脸都没见过，你们又何必咒骂我！’女人们又回道：‘是你在这个国家开创了卖淫的罪恶！你是引燃这片森林大火的第一点火星。哪怕光瞧见你的脸都是罪恶！看看这个国家的穷苦人民吧，恶女！’有人举高了怀里的孩子，萨勒沃蒂朝那孩子的方向看了看，然后就哭了起来。”

“哭了？”阿比南德问道。

“是啊，哭了，还说：‘女士们，原谅我吧，我会赎罪的。’后来她上了马车，我就到这里来了。跟你们说实话，萨勒沃蒂直到今天都是拥有无上美貌的女王啊。”

阿伯叶古马尔沉默地看了看维杰，说：“那我们今天去国会吧？”

“好的。”

阿伯叶又斩钉截铁地说了一句：“我们说好了要去，那就无论发生什么都不后退。”

“好，不后退。”八位贵族也斩钉截铁地答应下来。

“我沐浴后马上出发。”阿伯叶备好马车说道。

在他沐浴的时候，贵族们讨论了起来：“阿伯叶今天是要做什么惊人的事吧？”

阿比南德说：“要发生的总归要发生，慌张什么？”

阿伯叶很快就从浴室回来了，他把维杰也抱上了马车。

九辆马车一起向国会驶去。阿伯叶的脸上带着严肃、紧张，还有一丝不容置疑的坚定。

国会大门前挤着很多围观民众，庭院中则聚集着贵族和妇女。今天是选美的日子，毗舍离的妓女们分别坐在八张毡垫上。只有一张垫子还空着，新的参选者直到这会儿还没有来，这让佳丽们松了一口气。可是，萨勒沃蒂到底还是出现了。她的到来如同星光般璀璨。今天的她展现出自己全部的美丽，宛如少女般的美丽。佳丽们知道再无胜算了，不禁灰心丧气起来。当公职人员开始统计她们名字的时候，一个人也没有应答。

这时，阿伯叶和贵族们入场了。为摩揭陀之战的英雄们欢呼的声音再次响起。萨勒沃蒂的心战栗起来，她也说不清楚自己为什么会害怕阿伯叶，但还是勉强打起精神欢迎他们一行人。年轻人们都十分期待观赏选美，于是鼓励参选的女孩们开口，但佳丽们还是不愿告知自己的姓名。萨勒沃蒂扬起了胜利的微笑。

她起身谦恭地说道：“如果尊敬的议会给我机会的话，我想通报一件事情。”

国会里一片寂静。

她开始陈情：“请议会批准我的请求。我希望从今往后毗舍离不再有女人成为妓女。”

国会里顿时喧哗吵闹起来。

“你就在你的花魁宝座上待着吧，别抢走我们良家妇女的福气。”女人们的诘难声从露台传来。

“女士们，冷静点！所以议会同意接受我的请求吗？”萨勒沃蒂鼓足勇气直接地问。

阿伯叶提问道：“那如何处置妓女？她们还依然留在毗舍离吗？你是这次选美的获胜者，难道不明白这意味着什么？”

“将我流放或者关进监狱，全凭议会处置。但是，作为不幸和压迫的根源，这条由弗栗恃议会制定的可怕律法应该被禁止。”

一名贵族认真地说：“难道你的请求是让国家夺走这些女人的财富，驱逐她们，或者惩罚她们？这将造成共和国的衰落。”

萨勒沃蒂叫了起来：“不是这样的。”

“那要如何决定她们的命运？”国王严肃地发问。“她们的贞操、忠诚和德行已经被破坏了，对于这样的人国家应该怎么处置？”

“如果议会同意给她们机会，我可以提一点建议。”阿比南德微笑着说。

国王示意他继续，他便接着说道：“我们八个是身体经受过摩揭陀之战摧残的贵族，这里还有八位贞操受过摧残的爱神供奉者。”

所有人都忍不住笑出声来，公职人员不得不吹号要求大家保持安静。

国王、副王、将军、大臣、顾问、官员以及贵族们都因这伤脑筋的难题陷入了沉思，国会里又安静了下来。

过了一会儿，大臣提问道：“你们八位贵族真的决定好了吗？你们愿意娶这八个妓女为妻？”

阿伯叶转过身看着他们，他们坚定地齐声回答：“是的，只要议会同意给我们这个恩赐。”

“议会没有提出抗议，这样我就默认他们同意了。”国王说。

“萨勒沃蒂，萨勒沃蒂！”呼喊声响了起来。八位妓女站到了阿比南德他们的身边，但萨勒沃蒂还像石雕般站定在原来的位置。这个场景似曾相识。九年前，她拒绝了阿伯叶古马尔；如今，命运又扼住了她的咽喉，空气凝固了，她如同死去了一般。

突然，阿伯叶古马尔举起了怀中的维杰，说道：“我不想要妻子，我只想找到这个孩子的母亲。他是在夜晚降生的，一位骄傲的母亲把他当作羞辱的记号，为了保住自己的美丽，她遗弃了这个孩子。聪明的医生在他的右手臂做了一个消不掉的印记，如果有人认出了这个孩子，就过来拥抱他吧。”

萨勒沃蒂发疯似的扑了过去，她看到了那枚印记，也看到了孩子那张漂亮的小脸。她跪倒在阿伯叶的脚边，喊道：“神啊，这是我的孩子，你也会是我的吗？”阿伯叶握住她的手，把她扶了起来。

欢呼声在国会中回荡，经久不息。